A INFORMAÇÃO

MARTIN AMIS

A INFORMAÇÃO

Tradução:
SERGIO FLAKSMAN

2ª edição

COMPANHIA DAS LETRAS

Copyright © 1995 by Martin Amis

Título original:
The information

Capa:
Angelo Venosa
sobre obra sem título (1999), de Angelo Venosa.
Lâminas de vidro.

Preparação:
Cecília Ramos

Revisão:
Roderick Peter Steel
Rosemary Pereira de Lima
Rosemary Cataldi Machado
Touché! Editorial

Os personagens desta obra são reais apenas no universo da ficção;
não se referem a pessoas e fatos concretos, e sobre eles não emitem opinião.

Dados Internacionais de Catalogação na Publicação (CIP)
(Câmara Brasileira do Livro, SP, Brasil)

Amis, Martin, 1949-
A informação / Martin Amis ; tradução Sergio
Flaksman. — São Paulo : Companhia das Letras, 1995.

Título original: The information.
ISBN 85-7164-511-6

1. Romance inglês I. Título.

95-4714   CDD-823.91

Índices para catálogo sistemático:

1. Romances : Século 20 : Literatura inglesa 823.91
2. Século 20 : Romances : Literatura inglesa 823.91

2004

Todos os direitos desta edição reservados à
EDITORA SCHWARCZ LTDA.
Rua Bandeira Paulista, 702, cj. 32
04532-002 — São Paulo — SP
Telefone: (11) 3707-3500
Fax: (11) 3707-3501
www.companhiadasletras.com.br

*Para
Louis e Jacob
E em memória de
Lucy Partington
(1952-1973)*

PARTE UM

As cidades à noite, eu sinto, contêm homens que choram no sono e depois dizem Nada. Não é nada. Só sonhos tristes. Ou coisa assim... Basta balançar devagar num barco caça-prantos, com os sensores de lágrimas e as sondas de soluços, para os encontrarmos. As mulheres — e podem ser casadas conosco, nossas amantes, musas esquálidas, enfermeiras gordas, obsessões, devoradoras, ex-esposas, nêmesis — despertam, viram-se para esses homens e lhes perguntam, com a necessidade feminina de saber: "O que foi?". E os homens dizem: "Nada. Não é nada de importante. Só um sonho triste".

Só um sonho triste. Claro. Só um sonho triste. Ou coisa assim. Richard Tull estava chorando no sono. A mulher ao lado dele, sua esposa, Gina, acordou e virou-se. Aproximou-se dele por trás e pôs as mãos em seus ombros pálidos e tensos. Havia um certo profissionalismo em seu piscar de olhos, em seu franzir das sobrancelhas e em seus sussurros: como a pessoa à beira da piscina, treinada em primeiros socorros; como a figura que avulta de repente no asfalto coberto de sangue, um Cristo ambulante do boca a boca. Ela era uma mulher. Entendia muito mais de lágrimas do que ele. Não entendia da produção literária da juventude de Swift, da obra da velhice de Wordsworth, das várias maneiras como Créssida foi tratada por Bocaccio, Chaucer, Robert Henryson ou Shakespeare; nem conhecia Proust. Mas entendia de lágrimas. Gina tinha as lágrimas à sua mercê.

"O que foi?", disse ela.

Richard levou um braço dobrado até a testa. Fungou de maneira complicada, orquestral. E quando suspirou dava para ouvir as gaivotas distantes caindo através de seus pulmões.

"Nada. Não é nada. Só um sonho triste."

Ou coisa assim.

Depois de algum tempo, ela também suspirou e se virou, afastando-se dele.

Ali, na noite, a cama tinha o cheiro atoalhado do casamento.

Ele acordou às seis, como sempre. Não precisava do alarme do despertador. Já vivia amplamente alarmado. Richard Tull sentia-se cansado, e não só porque tivesse dormido de menos. Um cansaço local o submergia — o tipo de cansaço que o sono podia aliviar; mas havia outra coisa, além disso. O cansaço maior não era assim tão local. Era o cansaço do tempo vivido, com seus dias e mais dias. Era o cansaço da gravidade — a gravidade, que insiste em nos puxar para o centro da Terra. Aquele cansaço maior era permanente: e só fazia ficar mais pesado. Não havia descanso ou sesta capaz de torná-lo mais leve. Richard não se lembrava de ter chorado durante a noite. Agora tinha os olhos secos e abertos. Estava num estado terrível — o da consciência. Pouco antes em sua vida perdera o dom de escolher aquilo em que pensava. Descia da cama toda manhã só para encontrar um pouco de paz. Descia da cama toda manhã só para conseguir um pouco de descanso. Fazia quarenta anos amanhã, e era resenhista de livros.

Na pequena cozinha quadrada, que o aguardava estoicamente, Richard ligou a chaleira elétrica. Depois entrou no quarto ao lado e deu uma olhada nos meninos. As visitas matinais ao quarto deles sempre o consolavam depois de noites como a que acabara de passar, com todas as informações indesejadas que traziam. Seus filhos gêmeos nas camas geminadas. Marius e Marco não eram gêmeos idênticos. E, como sempre dizia Richard (talvez injustamente), nem eram gêmeos fraternos, no sentido de demonstrarem sentimentos fraternais. Mas é isso que eram, irmãos, nascidos ao mesmo tempo. Era possível, em teoria (e, supunha Richard, também na prática, sendo Gina a mãe deles), que Marco e Marius fossem filhos de pais diferentes. Não eram parecidos, e apresentavam uma dessemelhança notável em todos os seus talentos e inclinações. Nem mesmo seus aniversários se contentavam em ser o mesmo: uma sangüínea meia-noite de verão se interpusera entre os dois meninos e seus estilos (também) muito distintos de parturição, Marius, o mais velho, submetendo a sala de parto a um olhar sistemático e inteligente, com o juízo negativo suspenso pela decência e a repulsa, enquanto Marco se limitou a ronronar e suspirar em tom complacente, parecendo acalentar-se com tapas no próprio corpo, como alguém que consegue concluir uma jornada em meio a um tempo inclemente. Agora ao amanhecer, através da janela e da chuva, as ruas de Londres pareciam as entranhas de uma velha tomada. Richard contemplou seus filhos, com os corpos propulsores entregues com relutância à imobilidade do sono, presos pelas amarras de suas cobertas, e pensou, como ocorreria a um artista: as crianças dormem em outro país, ao mesmo tempo muito mais perigoso e a salvo de qualquer risco, perenemente umedecido por uma libido inócua — há águias neutras no parapeito da janela, à espera, propiciando-lhes proteção e ameaça.

Às vezes Richard tinha idéias e sentimentos de artista. Era um artista sempre que olhava para alguma chama, até mesmo de um fósforo (agora estava no escritório, acendendo seu primeiro cigarro): algum instinto dentro dele reconhecia a condição elementar do fogo. Era um artista sempre que contemplava a sociedade: nunca lhe ocorreu que a sociedade tivesse de ser como era, que tivesse qualquer direito ou razão de ser assim. Um carro na rua. Por quê? Por que logo *carros*? É assim que o artista precisa ser: atormentado ao ponto da insanidade ou da estupefação pelas situações mais elementares. A dificuldade começava quando se sentava para escrever. Na verdade, começava ainda antes. Richard olhou para o relógio e pensou: eu ainda não posso ligar para ele. Ou melhor: ainda não posso ligar para ele. Porque o monólogo interior em inglês, em deferência a Joyce, passara a dispensar o pronome pessoal. Ele ainda vai estar na cama, não como os meninos em seu abandono, mas deitado de maneira muito apresentável, confortavelmente adormecido. Para *ele*, o sono não traria qualquer informação, ou, se trouxesse, a informação seria boa.

Por uma hora (era o novo sistema), trabalhou em seu novo romance, deliberada mas provisoriamente intitulado *Sem título*. Richard Tull não era lá muito bom herói. Mas havia algo de heróico nessa sua hora matutina de labor esforçado e vacilante, o apontador, a borracha, as trepadeiras do lado de fora da janela aberta, amareladas não pelo outono, mas pelo acúmulo de nicotina. Nas gavetas de sua mesa, ou entremeados a essa altura com as contas e as intimações nas prateleiras mais baixas de suas estantes, e até mesmo no piso do carro (o terrível Maestro vermelho), espalhando-se por entre as caixas de Ribena e as bolas mortas de tênis, jaziam outros romances, todos firmemente intitulados *Inédito*. E aguardando por ele em seu futuro, sabia bem, havia ainda outros romances, sucessivamente intitulados *Inacabado, Inescrito, Intentado* e, por fim, *Inconcebido*.

Agora vinham os meninos — no que se poderia chamar de comoção se não durasse tanto e não envolvesse tantos detalhes exaustivos, com Richard na posição de piloto venerável mas tacitamente alcoolizado na cabine de comando daquele frágil veículo: nas mãos a prancheta com a lista de nove páginas de itens de rotina a verificar, e o motor da ressaca girando em ponto morto — meias, somas, flocos de milho, livro de leitura, cenoura descascada, rosto lavado, escova de dentes. Gina apareceu no meio daquilo tudo e tomou uma xícara de chá de pé junto à pia... Embora as crianças fossem um evidente mistério parcial para Richard, graças a Deus ele conhecia seu repertório infantil e o sabor de suas vidas ocultas. Mas Gina ele conhecia cada vez menos. Marco, por exemplo, acreditava que o mar tinha sido criado por um coelho que vivia num carro de corrida. Dava para conversar. Mas Richard não sabia em que Gina acreditava. Conhecia cada vez menos sua cosmogonia particular.

Lá estava ela de pé, com o batom leve, a base leve e um casaco leve de lã, segurando a xícara entre as palmas das mãos. Outras moças trabalhadoras cujas camas Richard freqüentara costumavam acordar por volta das onze da noite para começar a preparar sua interface com o mundo exterior. Mas Gina fazia tudo em vinte minutos. Seu corpo não lhe criava qualquer dificuldade: o cabelo que podia ser lavado logo antes de sair já seco, as órbitas cândidas que só pediam a ênfase mais suave, a língua rosada, a evacuação dos intestinos em dez segundos, o corpo que todas as roupas amavam. Gina trabalhava dois dias por semana, às vezes três. O trabalho de relações públicas que ela fazia parecia a Richard muito mais misterioso do que o que ele fazia, ou deixava de fazer, no escritório ao lado. Como o sol, o rosto dela não admitia a abordagem direta dos olhos, embora é claro que o sol brilhe loucamente em toda parte ao mesmo tempo, pouco se importando com quem olha para ele. O roupão de Richard pendia em volta dele enquanto abotoava a camisa de Marius com os dedos comidos.

"Não dá para pressionar?", perguntou Marius.

"Quer uma xícara de chá?", perguntou Gina, inesperadamente.

"Toc toc toc", disse Marco.

Richard respondeu, respectivamente: "Não preciso fazer mais força. Não, obrigado. Quem é?".

"Você", disse Marco.

"Não é isso, é ir mais depressa. Anda logo, papai!", disse Marius.

Richard disse: "Você quem? Não é pressionar, é apressar. Estou tentando andar depressa".

"Já estão prontos?", perguntou Gina.

"Quem é que está batendo? Toc toc toc", disse Marco.

"Acho que sim. Quem é?"

"E as capas de chuva?"

"Buuu."

"Não precisam de capa, precisam?"

"Não vão sair nesse tempo sem capa."

"*Buuu*", disse Marco.

"Você vai buscar os dois?"

"Bu, quem? É, acho que vou."

"Por que você está chorando?"

"Olhe só. Você nem está vestido."

"Eu vou me vestir agora."

"Por que você está chorando?"

"São dez para as nove. Eu levo os dois."

"Não, deixe que eu levo."

"Papai! Por que você está *chorando?*"

"O quê? Não estou."

"Mas estava de noite", disse Gina.

"É mesmo?", disse Richard.

Ainda de roupão, e descalço, Richard acompanhou a família até o corredor e até o térreo, descendo os quatro andares pela escada. Logo ficou para trás. Quando acabou de contornar o último lance das escadas, a porta da frente estava aberta — e se fechando — e com uma rabanada a comoção da sua vida desapareceu.

15

Richard pegou seu *Times* e sua correspondência de baixa qualidade (tão parda, tão mal vinda, tão lenta em sua travessia da cidade). Correu os olhos pelas cartas e depois folheou o jornal até encontrar os Aniversários de Hoje. E lá estava. Havia até uma foto dele, de rosto colado com a mulher: lady Demeter.

Às onze da manhã, Richard Tull discou o número. Sentiu seu nervosismo aumentar quando o próprio Gwyn Barry atendeu o telefone.

"Alô?"

Richard exalou e disse, calculadamente: "...Seu traste velho filho da puta".

Gwyn fez uma pausa. E então os elementos se reuniram em sua risada, que foi gradual, indulgente e até um tanto autêntica.

"Richard", disse ele.

"Não ria assim. Pode dar um mau jeito. Quebrar o pescoço. Quarenta anos. Vi o seu obituário no *Times*."

"Escute, você vai nessa história?"

"Vou, mas acho que você não devia ir. Fique sentadinho do lado do fogo. Com um cobertor no colo. E tome o seu remédio com uma bebida quente."

"Está bom, está bom. Chega", disse Gwyn. "Você vem?"

"É, acho que vou. Posso passar para te pegar por volta de meio-dia e meia e a gente pega um táxi."

"Meio-dia e meia. Ótimo."

"Seu traste velho filho da puta."

Richard deu um breve soluço e depois fez uma visita longa e consternada ao espelho do banheiro. Sua mente era sua, e ele aceitava plena responsabilidade por ela ou por qualquer coisa que fizesse. Mas aquele *corpo*. O resto da manhã passou às voltas com a primeira frase de um artigo de setecentas palavras sobre um livro de setecentas páginas sobre Warwick Deeping. Como os gêmeos, Richard e Gwyn Barry só tinham um dia de diferença na idade. Richard faria quarenta anos no dia seguinte, e a informação não sairia no *Times*: o *Times*, jornal dos registros. Só havia uma celebridade vivendo no número 49E da Calchalk Street; e nem famosa era. Gina era uma celebridade *genética*. Era magnífica, de alto a baixo, e nunca mudava. Ficava mais velha, mas não muda-

16

va. Na galeria de fotos antigas ela era sempre a mesma, olhando de frente para a câmera, tendo ao lado alguma outra pessoa com um ar destroçado de Proteu, Messias de cáftan, Zapatas de imensas costeletas. Às vezes ele preferiria que ela não fosse assim: tão linda. Em meio às provações por que ele vinha passando. O irmão e a irmã dela eram pessoas comuns. O pai dela fora uma pessoa comum. A mãe ainda estava viva por enquanto, gorda e decadente e ainda com uma certa beleza montanhosa, em alguma cama.

Todo mundo está de acordo — vamos admitir; todo mundo está de acordo — quanto à beleza física. Neste caso, um consenso é possível. E na matemática do universo a beleza ajuda a nos dizer se as coisas são falsas ou verdadeiras. Chegamos a um acordo rápido quanto à beleza, nos céus e no corpo. Mas não em qualquer caso. Não, por exemplo, na página escrita.

No furgão, Scozzy olhou para 13 e disse:

"Morrie vai ao médico, entendeu?"

"Certo", disse 13.

13 tinha dezessete anos, e era preto. Seu nome verdadeiro era Bently. Scozzy tinha trinta e um anos, e era branco. Seu nome verdadeiro era Steve Cousins.

E Scozzy disse: "Morrie diz ao médico assim: 'Doutor, não consigo mais ficar de pau duro com a minha mulher, Queenie. Com Queenie, ele não sobe mais' ".

Ao ouvir suas palavras, 13 fez uma coisa que os brancos já não conseguem mais fazer direito. Deu um sorriso largo, mostrando os dentes. Os brancos também já sorriram assim, anos atrás. "Sei", disse 13 ansioso. Morrie. Queenie. E pensou: gringos, judeus, todos eles.

E Scozzy disse: "O médico responde: 'Que pena. Escute aqui, recebemos umas pílulas da Suécia. A última novidade. Mas não custam nada barato. Uma baba. Que tal?' ".

13 assentiu com a cabeça. "Ou coisa assim", disse ele.

Estavam sentados dentro do furgão cor de laranja, tomando latas de Ting: suco de abacaxi misturado com *grapefruit*. O cachorro gordo de 13, Giro, estava sentado muito ereto entre os dois, bem em cima do freio de mão, imóvel mas arfando como se estivesse muito excitado.

" 'Basta tomar uma dessas pílulas que você vai passar quatro horas de pau duro. Tesão com *E* maiúsculo.' Morrie vai para casa, certo?'' Scozzy fez uma pausa e depois continuou, concentrado: "Depois Morrie liga para o médico e diz assim: 'Acabei de tomar uma das pílulas, mas adivinhe o quê' ''.

13 se virou e franziu as sobrancelhas para Scozzy.

" 'Queenie saiu para fazer compras! Só volta daqui a mais de quatro horas!' E o médico diz: 'Isto é muito grave. Mais alguém em casa?'. E Morrie: 'Só a babá'. E o médico: 'E que tal ela?'. 'Dezoito anos e peitos grandes.' Aí o médico diz: 'Olhe, fique calmo. Você vai ter que se virar com a babá mesmo. Diga a ela que é uma emergência. Um problema médico'.''

"Problema médico, sei'', murmurou 13.

" 'Ah, meu Deus', diz Morrie. 'Quer dizer, depois de gastar uma baba? Mas é um desperdício! Com a babá eu não precisava de nada para ficar de pau duro.' ''

Silêncio.

Giro engoliu em seco e recomeçou a arfar.

13 recostou-se em seu banco. Um sorriso e uma expressão franzida disputavam a supremacia em seu rosto. O sorriso venceu. "Sei'', disse 13. "Babando em cima dela...''

"...Como assim, babando, porra?''

"Você falou de baba.''

"Quando?''

"A pílula, com baba.''

"Meu Deus do céu'', disse Scozzy. "É que as pílulas custam uma baba. Cada uma.''

13 ficou com uma expressão um tanto infeliz. Não era nada. Logo ia passar.

"Uma baba. Meu Deus. Sabe como é: uma nota.''

Nada — não era nada.

"Caralho. Uma baba. Uma grana. Uma nota. Um dinheirão.''

Passou. 13 deu um sorriso fraco.

Scozzy disse: "E é você quem está sempre na prisão, e sabe todas as gírias''.

Bruscamente, como num filme de terror (Giro parou de arfar), Richard Tull apareceu enquadrado no vidro dianteiro do furgão, do lado esquerdo, e lhes deu um olhar breve antes de seguir em frente. Giro engoliu em seco e recomeçou a arfar.

18

"Uau", disse Scozzy.

"O homem", disse simplesmente 13.

"Não é ele. O homem é o outro. Ele é o amigo." Scozzy fez que sim, sorriu e sacudiu a cabeça; as coisas enfim estavam se juntando: ele adorava aquilo. "E Crash come a mulher dele."

"O homem", disse 13. "Que aparece na TV." 13 franziu a sobrancelha, e acrescentou: "Nunca vi ele na televisão".

Steve Cousins disse: "É que você só fica assistindo besteira".

Richard tocou a campainha em Holland Park e, momentaneamente pálido em sua gravata-borboleta, apresentou-se à câmera de segurança — que se assestou ostensiva para ele no nicho compacto que ocupava acima da porta. Também tomou algumas disposições mentais. O estado que tentou atingir era o de preparação para a disparidade. Mas não conseguiu. A casa de Gwyn sempre o esmagava. Sentia-se como o cadete inseguro a bordo do submarino nuclear, batendo papo com outro marujo enquanto desenroscava (verificação de rotina) a portinhola do compartimento dos torpedos: e era derrubado no mesmo instante por um falo espumante de água do mar. Nas profundezas, a uma pressão de não sei quantas atmosferas. A pressão de tudo que Gwyn possuía.

Para dar um exemplo imediato e de peso, a própria casa. Ele conhecia bem sua massa e seu tamanho, sua extensão e amplidão: freqüentara a escola durante um ano num prédio idêntico, do outro lado da rua. A escola, um colégio cosmopolita de qualidade, hoje extinto como o pai de Richard, que raspara as economias para mandá-lo para lá, tinha uma equipe de vinte e cinco professores e funcionários e mais de duzentos alunos — uma ecologia de estrogênio e testosterona, abobrinhas, cheiro de cueiros, cóleras, brigas, namoricos e primeiros amores. Aquele mundo desaparecera com sua rotação normal. Mas agora, num lugar das mesmas dimensões e do mesmo volume, viviam Gwyn e Demeter Barry. Pois é. E os empregados... Richard girou a cabeça como para aliviar dores no pescoço. E a câmera continuou a fitá-lo, incrédula. Ele tentou devolver-lhe o olhar, com um orgulho ensandecido. Curiosamente, Richard não era culpado de cobiça. Nas lojas, poucas vezes via alguma coisa que lhe parecesse divertido comprar. Gostava de espaço, mas não queria as coisas que se guardam nele.

19

De qualquer maneira, pensou ele, tudo era muito melhor nos velhos tempos, quando Gwyn era pobre.

Com sua entrada consentida, Richard foi conduzido até o andar de cima, não, é claro, por Demeter (que a essa hora estaria em algum outro ponto inimaginável dos grandes corredores), nem por uma criada (embora houvesse criadas, sempre chamadas Ming ou Atrocia, chegadas à Inglaterra dentro de caixotes embarcados em lugares como São Paulo e Vientiane), e nem por qualquer representante da comunidade das reformas domésticas (e sempre estavam presentes, o arquiteto elevado à nobreza, o carpinteiro de macacão com a boca cheia de pregos): Richard foi conduzido até o andar de cima por um novo tipo de auxiliar, um estudante americano, cujo corte correto dos cabelos, cuja boca estrita, cuja inteligência de olhos castanhos e sobrancelhas pretas revelavam que agora, fosse o que mais fosse, Gwyn se transformara numa *operação*, todo fax, xerox e *preselect*. No corredor, Richard viu, sob o espelho largo, uma prateleira infestada de convites impressos em cartão e até mesmo em finas lâminas de madeira... Pensou no furgão do lado de fora, com um mês de tablóides enfiados entre o painel e o pára-brisa. E os dois sujeitos dentro dele, um preto e outro branco, e o gordo cão alsaciano, mais um urso que um cachorro, com seu cachecol de língua.

Gwyn Barry estava chegando ao clímax de uma entrevista combinada com sessão de fotos. Richard entrou na sala e a atravessou na diagonal, com uma das mãos erguida na intenção de ser ignorado, e sentou-se numa banqueta, pegando uma revista. Gwyn estava no sofá junto à janela, com suas roupas de arqueólogo e também uma certa aura de arqueólogo: a vida de pesquisa árdua ao ar livre, e o bronzeado. Ele preenchia bem suas feições pequenas, assim como seus cabelos apresentavam o traçado (por enquanto, só um rumor) da recessão masculina. Os cabelos de Gwyn eram grisalhos, mas um grisalho claro: não o grisalho inglês de pêlo de lontra ou ardósia molhada; nem o grisalho que se deve ao cansaço do pigmento, ou à secura. Cabelo grisalho claro — o cabelo (pensou Richard) de um óbvio charlatão. O próprio Richard, aliás, também estava encalvecendo, mas de maneira anárquica. Não era uma retração constante, em que a pele vai sendo descoberta na direção do topo da cabeça como a maré que baixa; no caso dele, a queda de cabelos acontecia em espasmos, aos punhados e chumaços. As visitas ao barbeiro tinham se tornado tão assustadoras e aparentemente vãs quanto as visitas ao gerente do banco, ou ao agente literário — ou à oficina mecânica, no Maestro cor de tomate.

"Fazer quarenta anos", dizia o entrevistador, "faz o senhor pensar em alguma coisa?"

"Parabéns", disse Richard.

"Obrigado. É só um número", disse Gwyn. "Como qualquer outro."

A sala — o escritório de Gwyn, sua biblioteca, seu laboratório — era terrível. Sempre que entrava ali, a política de Richard era fixar os olhos, como um hipnotizador, nos olhos verdes e cobiçosos de Gwyn, por medo do que poderia ver se os desviasse. O que o incomodava não eram os móveis, a altura do pé-direito, as boas proporções das três janelas fronteiras. *Realmente* não se incomodava com a plataforma central de disquetes e lasers raios X. O que o incomodava eram os livros de Gwyn: os livros de Gwyn, que se multiplicavam ou ramificavam tanto. Na escrivaninha, na mesa, tudo o que se via era o horror movediço de Gwyn em espanhol (recheado de recortes e correspondência sobre novas edições), ou um livro-do-mês americano, ou um livro de bolso de supermercado, ou alguma coisa em hebraico, em mandarim, em cuneiformes ou pictogramas com aparência inofensiva, mas sem qualquer razão para estar ali se não fosse da autoria de Gwyn. E Gallimard e Mondadori e Alberti e Zsolnay e Uitgeverij Contact e Kawade Shobo e Magvető Könyvkiadó. No passado, Richard tivera várias oportunidades de bisbilhotar pelo escritório de Gwyn — sua escrivaninha, seus papéis. Os xeretas bisbilhotam a própria dor? É provável. Acredito que haja muitas jovens que. O senhor gostará de saber que. Suas passagens aéreas estarão. Os juízes chegaram a uma decisão em menos de. Acredito que estes termos são excepcionalmente. Estou começando a traduzir seu. Eis uma fotografia do interior da minha. Richard parou de folhear a revista em seu colo (chegara a uma entrevista com Gwyn Barry), pôs-se de pé e examinou as estantes. Todos os livros estavam em feroz ordem alfabética. As estantes de Richard não estavam em ordem alfabética. Nunca tivera tempo de arrumá-las assim. Estava sempre ocupado demais — procurando os livros que não conseguia encontrar. Tinha livros empilhados debaixo das me-

21

sas, debaixo das camas. Livros empilhados nos parapeitos das janelas, tapando a luz do sol.

Entrevistador e entrevistado estavam concluindo alguma troca de palavras sobre a enganosa simplicidade do estilo da prosa do entrevistado. O entrevistador era homem, mas a fotógrafa era mulher, jovem, vestida de preto, nórdica, com pernas compridas — como se acocorava e se equilibrava para obter as imagens de Gwyn! Richard continuava assistindo tudo com um suspiro de cenho franzido. A atividade de ser fotografado era claramente indigna de inveja. O que era invejável, e inacreditável, era que Gwyn merecesse ser fotografado. O que *acontecia* por trás do rosto tão fotografado — o que acontecia com a cabeça que lá havia? Os ianomamis ou os ukukis tinham lá alguma razão. Uma única foto não faz mal — mas o constante abrir e fechar da boca da câmera acaba roubando a realidade da pessoa. Sim, quanto mais você for fotografado, mais rala tende a ficar sua vida interior. Ser fotografado é um tempo morto para a alma. Conseguirá a cabeça pensar, enquanto produz o mesmo meio sorriso com a mesma expressão meio franzida? Se isso tudo for verdade, a alma de Richard estava em grande forma. Ninguém o fotografava mais, nem mesmo Gina. Quando as fotografias voltavam da revelação, depois de uma das férias cada vez menos freqüentes da família Tull, Richard nunca aparecia: Marius, Marco, Gina, algum camponês, salva-vidas ou jumento — e o cotovelo ou a ponta da orelha de Richard num dos cantos do quadro, à margem da vida e do amor... E o entrevistador disse: •

"Muita gente pensa que, por ser a figura que hoje é, seu próximo passo deveria ser a política. O que o senhor... O senhor...?"

"A política", disse Gwyn. "Meu Deus. Nunca pensei muito nisso. Até hoje. Digamos que é uma possibilidade que eu não gostaria de eliminar. Ainda."

"Pois já está falando igual a um político, Gwyn."

Era Richard. A observação foi bem recebida — porque, como sempre se diz, todos temos necessidade de dar boas risadas de vez em quando. Ou até qualquer tipo de risada. E uma necessidade desesperada, é claro. Richard baixou a cabeça e desviou os olhos. Não, não era o tipo de coisa que ele queria estar dizendo. Nunca. Mas o mundo de Gwyn era parcialmente público. E o mundo de Richard era perigosamente e cada vez mais particular. E alguns de nós são escravos de suas próprias vidas.

"Acho que escrever já me basta", disse Gwyn. "Mas as duas coisas não são incompatíveis, não é? Tanto o romancista quanto o político se preocupam com a questão do potencial humano."

"Os políticos trabalhistas, é claro."

"Evidentemente."

"É claro."

"É claro."

É claro, pensou Richard. Claro que Gwyn era trabalhista. Era óbvio. Óbvio não por causa das cornijas decoradas seis metros acima de suas cabeças, nem pelos lustres de bronze ou pela robustez militar da escrivaninha forrada de couro. Era óbvio porque Gwyn era o que era, um escritor, na Inglaterra, no final do século XX. E não havia mais nada que uma pessoa assim não pudesse ser. Richard era trabalhista, também obviamente. Muitas vezes, ao se deslocar nos círculos em que se deslocava e ao ler as coisas que lia, tinha a impressão de que todo mundo na Inglaterra era trabalhista, menos o governo. Gwyn era filho de um professor secundário galês (de quê? Ginástica. Uma pessoa que *ensinava* ginástica). Hoje, era um homem de classe média, e trabalhista. Todos os escritores, todas as pessoas que trabalhavam com livros, eram trabalhistas, um dos motivos para se darem tão bem, para não viverem se processando e se esmurrando uns aos outros. À diferença dos Estados Unidos, onde o pé-rapado vindo do Alabama era obrigado a se misturar com o nababo da Virgínia, onde o lituano atormentado precisava apertar a mão do desempenado oriundo de Cape Cod, com seus dois metros de altura e seus olhos muito azuis. A propósito, Richard não se incomodava com o fato de Gwyn ser rico e trabalhista. Richard não se incomodava com o fato de Gwyn ser rico. É importante deixar clara a natureza da antipatia (para eliminar as distrações), antes de tudo chegar a um extremo de deterioração e dilaceramento. *Ele me fez bater no meu filho*, pensou Richard. *Ele me fez — com a minha mulher...* Rico e trabalhista: tudo bem. Sempre ter sido pobre é uma boa preparação para ser rico. Melhor do que sempre ter sido rico. Que o socialista tome seu champanhe. Pelo menos é novidade para ele. E, no fim das contas, a quem isso incomoda? Richard chegara mesmo a ser membro do Partido Comunista, aos vinte e poucos anos — não que *isto* lhe tivesse valido de porra nenhuma.

"Muito obrigado", disse o entrevistador, num tom de ligeira surpresa. Hesitou por um instante, olhando desolado para seu gravador, mas depois fez que sim com a cabeça e se levantou. E agora a presença da fotógrafa começou a tomar corpo e a se expandir — sua altura, sua saúde.

"Se o senhor pudesse me dar três minutos ali naquele canto."

"Eu nunca poso", disse Gwyn. "O acordo era você ir fotografando enquanto a gente conversava. Mas nada de poses."

"Três minutos. Por favor. Dois minutos. A luz ali está tão boa."

Gwyn cedeu. E cedeu, pensou Richard, à maneira de alguém que já tinha cedido muitas vezes, cônscio tanto de sua magnanimidade quanto dos limites desta. O poço e toda aquela água fresca com certeza haveriam de secar algum dia.

"Quem mais vai estar lá?", perguntou Gwyn de longe, enquanto a silhueta da fotógrafa, com sua sacola e seus inúmeros bolsos, se interpunha entre os dois homens.

"Não sei direito." Richard lembrou alguns nomes. "Mas obrigado por vir. No seu aniversário e tudo mais."

Mas agora, sem se virar, a fotógrafa, com os dedos frenéticos atrás das costas, fazia gestos para ele se calar e dizia:

"Ótimo: estou conseguindo. Agora. Um pouco mais para cima. Isso. Ótimo. Ótimo. Uma beleza."

Na saída, encontraram lady Demeter Barry no corredor. Tinha vinte e nove anos de idade, e o ar distraído e desorganizado que se espera de uma parenta da rainha. Como Gina Tull, não tinha qualquer ligação com a literatura além do casamento com um de seus supostos praticantes.

"Tem aula hoje, meu amor?", perguntou Gwyn, aproximando-se dela.

Richard ficou à espera. "Querida Demi", disse então, fazendo uma ligeira reverência rígida com a cabeça antes de beijá-la nas duas faces.

O furgão cor de laranja ainda estava lá — o furgão laranja imundo, com seus frisos brancos manchados e suas cortinas creme manchadas cercando as janelas traseiras e laterais. Steve Cousins estava sentado em seu interior, só com Giro, pois tinha mandado 13 à procura de mais latas de Ting.

Ah, as gírias para o dinheiro proletário, pensou Scozzy. Uma bobagem. O linguajar de um certo tipo de gente, o idioma da prisão, que ninguém devia usar. E Steve Cousins nunca fora preso. Nunca tinha sido preso, tendo (como vários advogados lembraram exaustivamente em várias ocasiões e em vários tribunais) uma folha limpa... A essa altura, Steve estava lendo uma revista chamada *Police Review*, mas também tinha um livro sobre o painel do furgão: *As massas e o poder*, de Elias Canetti. Curiosamente, no círculo de Steve (e o círculo de Steve era elíptico e excêntrico), ler livros como *As massas e o poder* equivalia a uma proclamação de que a pessoa tinha estado na cadeia — e por muito tempo. Cuidado com o prisioneiro que traz o seu Camus e o seu Kierkegaard, a sua *Crítica da razão pura*, os seus *Quatro quartetos*...

Steve. Steve Cousins. Scozz.

Scozz? Scozz tinha o cabelo tingido e espetado — da cor de mel, ou mesmo de melado; mas as raízes eram pretas (tintura sedimentar de uma recente fase anterior). Seus cabelos pareciam o feno maduro e úmido submetido a um impiedoso enriquecimento químico. Nos pontos em que as cores se misturavam, lembravam as frestas entre os dentes de um fumante. Scozzy não fumava. Ninguém deve fumar. Todo mundo deve manter-se saudável e em boa forma. Seu rosto era comprido, apesar da ausência de queixo (o queixo era mais ou menos do mesmo tamanho do pomo-de-adão sobre o qual se equilibrava); e a uma certa luz seus traços pareciam consistir em planos e lentes móveis, como o rosto "pixelado" de um suspeito na tela da TV; indistinto, e composto de quadrados coloridos. Scozzy usava duas argolas finíssimas de prata em cada orelha. Antes da violência, sua expressão exibia os costumeiros olhos esbugalhados — mas os lábios também se alargavam e se abriam com avidez, alegria e reconhecimento. Não era alto e nem socado: surpreendia as pessoas quando tirava a camisa, revelando-se como um modelo anatômico. Era especialista em surpresas. Em brigas e sustos, a surpresa era sempre excessiva. Porque Steve não parava. Quando eu começo, não paro mais. Não paro. Era o tipo de criminoso que sabia o significado da palavra *reincidência*. Ele era bom. Tinha o jeito. Ou achava que tinha.

Sem sorrir, Scozzy girou os músculos do pescoço quando 13 abriu a porta traseira de correr e entrou no carro. Giro, mais deitado agora em seu imenso casaco de peles, suspirou com animação no sono.

25

13 disse: "Ele já saiu?".

"Os dois. Pegaram um táxi. Penduraram."

"O tamanho da porra dessa casa."

Scozzy virou-se para ele, exalou e disse, com indulgência: "Oh, Treze. Treze, meu amigo. O que você acha que a gente está fazendo aqui? Acha que a gente veio botar para foder? Sair pela casa roubando as coisas e rebentando tudo?". 13 sorriu com a cabeça abaixada. Era mais ou menos essa a idéia que ele tinha.

"Cai na real."

"Ora."

"Espere aí."

Ficaram olhando.

"A mulher", disse Scozzy, com convicção. "Saindo para a aula."

"Ela é grande", disse 13. "Pode crer", acrescentou com admiração.

É: lady Demeter parecia a realização dos sonhos de um negro: loura, rica, pcituda. Mas não era o tipo de Steve. Não havia mulher que fosse. Não, e nem homem.

13 estendeu a mão para a ignição e ergueu os olhos com expectativa, mas a piscada lenta de Steve foi suficiente para lhe dizer que ainda não iam a lugar algum. Com Scozzy, a gente sempre fazia muito menos do que achava que ia fazer. Muito menos, e de repente muito mais.

"Crash disse que ela era grande."

Steve falou em tom neutro. Pensando bem: "A rainha tem peitos grandes. Ei. Você não trouxe Ting. Trouxe Lilt!".

"Suco de abacaxi e *grapefruit*", respondeu 13 com petulância. "Deus do céu. Qual é a diferença?"

Uma hora almoçando naquele restaurante de peixes para velhos ricos, e uma coisa extraordinária estava prestes a acontecer. Não no mundo exterior. Mas Richard estava à beira de um discurso apaixonado. Isso mesmo: discurso apaixonado.

Vocês não acham incomum? Ah, mas é. Tentem lembrar da última vez em que aconteceu a vocês. E não estou pensando em manifestações curtas do tipo "Isto é um absurdo" ou "Foi você quem falou primeiro" ou "Volte já para o seu quarto e vá dormir". Estou falando de discursos: discursos apaixonados. Discursos já quase nunca acontecem. Quase nunca fazemos ou ouvimos um discurso. Somos péssimos nisso. "Marius! Marco! Vocês dois — que dupla!" Vejam como estragamos tudo. Salivamos e iteramos. As mulheres já conseguem, ou pelo menos chegam mais longe, mas quando se apresenta a oportunidade de lágrimas quase nunca deixam de aproveitar. Como não têm esta opção, os homens simplesmente se calam. São totalmente tomados pelo *esprit de l'escalier*. Os homens são espíritos na escada, desejando ter dito, desejando ter dito... Antes de falar, naquele veludo abotoado, Richard se perguntou às pressas se esse era um recurso natural de homens e mulheres — o discurso apaixonado — antes de 1700 ou do momento em que Eliot disse que era, antes que os pensamentos e os sentimentos se dissociassem. A sensibilidade dos homens era evidentemente muito mais dissociada que a das mulheres. Talvez, para as mulheres, a dissociação nunca tivesse acontecido. Comparadas aos homens, as mulheres eram metafísicas. Donnes e Marvells na mente e no coração.

Pois então, seu discurso apaixonado. Um discurso apaixonado, que se desenrola, com idéias e sentimentos dramatizados em palavras. Um discurso apaixonado, que quase sempre é uma ação funesta.

Como poderemos explicá-lo? Afinal, Richard estava ali para impressionar as pessoas. Ele queria um emprego.

Seria aquele lugar? Um reservado semicircular, cheio de comida, bebida e fumaça — e, mais além, pequenas fortalezas cheias de velhos que mascavam com paciência, consumindo o dinheiro extorquido por seus ancestrais?

Seria a companhia? Financista, colunista homem, colunista mulher, editor, repórter de jornal, redator de perfis em jornal, fotógrafo, capitão da indústria, ministro das Artes do gabinete paralelo (do Partido Trabalhista), Gwyn Barry?

Seria o álcool servido e consumido? Na verdade, Richard vinha se comportando muito bem, tendo conseguido tomar apenas um suco de tomate e uma cerveja de baixo teor antes do uísque pré-almoço. E depois uma tonelada de vinho. Mas antes disso, enquanto todos ainda se instalavam, ele tinha atravessado a rua até o *pub* com Rory Plantagenet — o repórter de jornal. Richard e

Rory às vezes se descreviam como colegas de colégio, o que significava que freqüentaram a mesma escola ao mesmo tempo. A escola era Riddington House — amplamente conhecida como a pior escola particular de todas as ilhas britânicas. Já fazia alguns anos que Richard vinha vendendo fuxicos literários a Rory. Belo arranjo. Qual dos dois chegaria mais longe? Ocasionalmente, e cada vez mais, vendia-lhe mexericos sobre divórcios literários, infidelidades, falências, doenças, curas de desintoxicação. Rory pagava pela informação e sempre por toda a bebida, como uma espécie de gorjeta. Pagava pelo gim e pelas generalidades, pelo dar de ombros, pelas piadas baratas. Richard não gostava daquilo. Mas precisava do dinheiro. Quando o fazia, sentia-se como se estivesse usando uma camisa nova e ordinária — da qual se esquecera de tirar os alfinetes que a prendiam à embalagem.

Seria a provocação? A provocação, pode-se pensar, era considerável. De qualquer forma, suficiente.

O clima de Londres também podia ter sua participação: um quente nevoeiro de começo de tarde. Como a noite caindo no interior da igreja, com os comensais reunidos... Gwyn Barry foi fotografado. O financista — Sebby — foi fotografado. Gwyn Barry foi fotografado com o financista. O editor foi fotografado com Gwyn Barry e o capitão da indústria. O capitão da indústria foi fotografado com o ministro paralelo das Artes e Gwyn Barry. Dois discursos foram feitos, lidos em folhas de papel — nenhum deles apaixonado. O capitão da indústria, cuja mulher tinha pela literatura um interesse mais que suficiente para ambos (Gwyn sempre jantava lá, Richard sabia), fez um discurso em homenagem ao quadragésimo aniversário de Gwyn Barry. Levou uns noventa segundos. Depois o financista fez um discurso durante o qual Richard fumou três cigarros e contemplou lacrimoso seu copo vazio. O financista estava tentando ganhar alguma coisa com aquilo. Não haveria de ser uma simples refeição grátis, com uma conversa vaga em torno do café. O financista falou sobre o tipo de revista literária a que gostaria de estar associado — o tipo de revista que estava disposto a financiar. Não tanto como a revista A. Não tanto como a revista B. Mais como a revista C (extinta) ou a revista D (publicada em Nova York). Perguntaram então a Gwyn Barry a que tipo de revista *ele* gostaria de se associar (uma revista de padrões elevados). Idem o capitão da indústria, o ministro paralelo das Artes, a colunista mulher, o colunista homem. Rory Plantagenet não foi consultado. Nem o fotógrafo, que de qualquer maneira já estava indo embora. E nem, tristemente, Richard Tull, que se esforçava para manter a impressão de que estava sendo cogitado para o posto de editor. As únicas perguntas que lhe foram feitas diziam respeito a questões técnicas — provas de prelo, o ponto em que o projeto começava a se pagar, coisas assim.

Haveria necessidade, perguntava o financista, Sebby (e sua popularidade devia muito a este diminutivo de ampla circulação: diante dele, ninguém se lembrava dos outros tubarões e abutres que ele deixara frementes por sobre seus balcões de venda), haveria necessidade de encomendar alguma pesquisa de mercado? Richard?

"O quê? O perfil do leitor?" Ele não tinha a menor idéia do que dizer. E disse: "Idade? Sexo? Não sei".

"Achei que podíamos fazer um questionário sobre, digamos... os estudantes londrinos que costumam ler. Uma coisa desse tipo."

"Para ver se eles aprovam padrões elevados?"

"Para determinar o público-alvo", disse o colunista homem, que tinha uns vinte e oito anos e portava uma barba experimental, exalando um ar de jantar ginasiano. A coluna que ele escrevia versava sobre temas sócio-políticos. "Francamente, não estamos nos Estados Unidos. Onde o mercado das revistas é todo compartimentado. Onde eles têm revistas especializadas", disse ele, já olhando ao redor da mesa para arrebanhar os sorrisos que logo haveriam de aflorar, "até para o mergulhador das Molucas que tenha passado por dois divórcios."

"Mas existem preferências mais previsíveis", disse o editor. "As revistas femininas são lidas pelas mulheres. Os homens..."

Fez-se um silêncio. Para preenchê-lo, Richard disse: "Alguém já demonstrou se os homens de fato preferem ler o que é escrito por outros homens? E as mulheres o que é escrito pelas mulheres?".

"Por favor. Que é isso?", disse a colunista mulher. "Ninguém aqui está falando de motocicletas ou de moldes de tricô. É uma revista de *literatura*, pelo amor de Deus."

Mesmo quando estava em companhia familiar (sua família imediata, por exemplo), às vezes parecia a Richard que as pessoas reunidas em torno dele não eram de todo autênticas — que tinham saído e depois voltado um pouco modificadas, meio reformadas ou renascidas de alguma forma blasfema, canhestra e, acima de tudo, barata. Em algum circo ou casa de jogos. Todos descamados e dissimulados. Um pouco diferentes. Muito inclusive ele próprio.

E disse: "Será que isso realmente não interessa? Nabokov disse que era francamente homossexual em seus gostos literários. Não acho que os homens e as mulheres escrevam e leiam exatamente da mesma maneira. Têm uma abordagem diferente das coisas".

"Então", disse ela, "também deve haver diferenças de *raça*, não é?"

Ele não respondeu. Por um momento, o pescoço de Richard se encurtou preocupantemente. Na verdade, estava às voltas com um problema digestivo, ou pelo menos se esforçava em sua cadeira para esperar até que o problema digestivo se resolvesse de um modo ou de outro.

"Não acredito no que eu estou ouvindo. Achei que estávamos aqui hoje para falar sobre a *arte*. O que é que há com você? Está bêbado?"

Richard assestou seus sentidos na direção dela. A mulher: ríspida, bem dimensionada e bonita; e sempre impondo sua versão da verdade. Richard conhecia aquele tipo de pessoa — porque a literatura conhecia bem. Como a gorda presunçosa da história de Pritchett, a política trabalhista do Norte, orgulhosa de seus modos bruscos e de sua bunda grande. A coluna que a colunista mulher escrevia não versava especificamente sobre a condição feminina. Mas a fotografia que aparecia acima dela às vezes precisava apresentar cabelos longos e maquilagem — para tudo fazer sentido.

O ministro paralelo das Artes disse: "Não é sobre isso que a literatura deveria ser? A transcendência das diferenças humanas?".

"Bravo", disse a colunista mulher. "Para mim, não faz a menor diferença se as pessoas são homens, mulheres, pretas, brancas, cor-de-rosa, roxas ou sarapintadas."

"E é por isso que você não presta."

"Calma", disse Sebby. E depois acrescentou, como se o próprio nome fosse um refrigério: "Gwyn".

Todos se viraram para ele em silêncio: Gwyn fitava sua colherinha de café com uma expressão concentrada de fascínio. Recolocou-a no pires e ergueu os olhos, com o rosto desanuviado e os olhos verdes clareando.

Gwyn disse devagar: "Acho que nunca penso em termos dos homens ou das mulheres. Sempre penso em termos das *pessoas*".

Houve um imediato burburinho de aprovação: ao que tudo indicava, Gwyn irrigara todo o grupo com um verdadeiro banho de bom senso e humanidade. Richard precisou levantar a voz, o que desencadeou sua tosse — mas começou seu discurso apaixonado.

Foi a pequena pausa antes da palavra *pessoas*: foi *ela* a provocação definitiva.

"Uma observação bem *baixo nível*, se me perdoa a expressão. Escute, Gwyn. Você sabe o que é que você me lembra? Um desses questionários de revista colorida — sabe como é, 'Você daria um bom professor?'. Última pergunta: Você preferirira ensinar: a) história, b) geografia, ou c)...*crianças*. Não há escolha, quem for ensinar só poderá dar aulas para crianças. Mas há uma escolha, e uma diferença, entre história e geografia. Talvez você se sinta jovem e correto quando diz que tanto faz ser homem ou mulher, que o que importa é ser uma... *pessoa*. E se fosse uma *aranha*, Gwyn? Vamos imaginar que você fosse uma *aranha*. Você é uma aranha macho, e acabou de ter seu primeiro encontro mais sério. Sai mancando, olhando para trás, e lá está a sua namorada, comendo uma das suas pernas como se fosse uma coxinha de galinha. E aí? Já sei: você iria dizer que nunca pensa em termos de aranhas machos ou aranhas fêmeas. Que pensa apenas em termos de... *aranhas*."

Richard mergulhou de volta em sua cadeira, suspirando ou rinchando ritmicamente devido ao quanto aquilo tudo lhe custara. Não tinha coragem de erguer os olhos, encarar aquela unanimidade de revisão reprovadora. Então fitou a toalha de mesa manchada, e viu apenas os cavalos-marinhos rampantes — não, cadentes — que viviam por trás de seus olhos.

Naquele dia, eram seis horas da tarde quando Richard voltou a Calchalk Street. Ao entrar em casa (a porta da frente dava direto na sala), uma voz metálica e distorcida estava dizendo alguma coisa como:

"Ninguém pode impedir Sinistor de realizar seu plano maligno. Nossa única esperança é enfrentar Terrortron."

Os gêmeos não desviaram os olhos da televisão. Nem Lizzete, a moça preta musculosa mas muito jovem que sempre ia pegá-los na escola nos dias em que Gina trabalhava fora, e depois ficava vendo televisão com eles até Richard voltar, ou sair cambaleando do escritório. Ela também estava de uniforme escolar. O novo namorado de Lizzete, por outro lado, pôs-se de pé num salto e meneou várias vezes a cabeça, e com seu pé calçado de tênis cutucou a canela de Lizzete até ela apresentá-lo como Teen ou Tine. Apelido de Tino? Por sua vez forma reduzida de Martino, ou Valentino? Um rapaz desempenado com um cerne de suavidade no tipo de rosto negro que haveria de ficar extensamente enrugado em vez de liso e caído no começo da meia-idade. Richard ficou gratificado ao ver que seus filhos, além de se sentirem à vontade com negros, até mesmo os invejavam. Quando conheceu o primeiro preto da sua vida, aos seis anos, Richard, apesar de toda a preparação, treinamento e suborno, prorrompera em lágrimas.

"Olá, garotos..."

Lado a lado no sofá, com aquele olhar baixo e concentrado, Marius e Marco continuaram olhando para a televisão, onde imensos robôs de desenho animado se transformavam com fluidez em aviões, carros e foguetes, como ícones num novo socialismo das máquinas.

"Sinistor, prepare-se para ser derrotado. Não pense que os comparsas de Horrortroid vão poder lhe dar alguma ajuda."

Richard disse: "Quem é que inventa o nome desses personagens? Como é que os pais de Horrortroid sabiam que ele ia ser horroroso? Como é que os pais de Sinistor sabiam que ele ia ser sinistro?".

"São eles mesmos que inventam os nomes, papai", disse Marius.

Agora Gina estava chegando, com as roupas e a maquilagem de rua. Os meninos ergueram os olhos, e se entreolharam; a sala se preparava para a transferência do poder. Richard, com a gravata-borboleta fora do lugar, examinava a mulher com uma atenção incomum. Os olhos dela, em meio a manchas curvas de sombra, como um texugo, como um arrombador; seu nariz, um quarto de círculo caligular; sua boca, ampla mas não cheia. Ele estava pensando que os rostos amados talvez ocupem e ultrapassem todo o espectro visível — o branco dos dentes, o preto das sobrancelhas. Vermelho e violeta: a boca infravermelha, os olhos ultravioleta. Gina, por sua vez, contemplava Richard com o olhar-padrão: olhava para ele como se ele tivesse enlouquecido muito tempo atrás.

Foram até a cozinha enquanto Lizzete reunia suas coisas — a bolsa, o casaco. Gina disse:

"Tem cinco libras aí? Conseguiu o emprego?"

"Não. Mas tenho as cinco libras."

O peito dela se ergueu por dentro da blusa branca. Ela exalou. "Que azar", disse ela.

"Ele nem pretendia me oferecer o cargo de editor. Cheguei a ter a impressão de que queria me oferecer o lugar de motorista. Ou de vendedor de espaço de publicidade pelo telefone."

"E por que você está com essa cara tão feliz?"

Richard quis beijá-la. Mas não estava em posição de beijá-la. Há muito tempo.

"Eu sou ele", dizia Marius, falando de algum robô, líder da fraternidade de robôs que brilhava poderosa por trás dos letreiros dos créditos.

"Não, *eu* é que sou ele", disse Marco.

"Não, você é *ele*", disse Marius, falando de algum outro robô.

"Não, *você* é ele. Eu sou *ele*."

"Meu Deus", disse Richard. "Por que é que *os dois* não podem ser ele?"

E três segundos depois os dentes de Marius estavam cravados nas costas de Marco.

Tensamente seguido por Lizzete, 13 desceu até o fim da Calchalk Street sem luz e entrou no imundo furgão cor de laranja. Não fechou de imediato a porta de correr atrás dele. Na verdade, um pé de tênis ainda balançava com um fascínio claro à beira da cabine escura.

"Era só isso?", disse Lizzete.

13 apenas sorriu para ela.

"Só isso?"

"Escute, eu levo você na Paradox."

"Quando?"

"Não vão deixar você entrar. Na quinta."

Ela apontou um dedo para ele. "Quinta-feira", disse ela. Deixado em paz, 13 estendeu a mão no escuro para pegar o último Lilt. Abriu a lata e experimentou sedento a bebida quente como o sangue. Também havia um livro no banco do carro. 13 franziu o rosto para ele: *As massas e o poder*. Assim que Lizzete se afastou, o rosto de 13 mudou. Deixou de ser a cara do rapaz negro alegre e talvez um tanto irresponsável porém basicamente decente, mais ou menos como se vê na televisão: ele revelou seu rosto mais verdadeiro, e uma expressão de cálculo infeliz. Estava satisfeito por ter visto Gina: a mulher. Pelo menos já era alguma coisa para contar para a porra do Adolf. Adolf era Scozzy. Adolf era um dos nomes que Scozzy tinha sem saber. Entre muitos outros, havia ainda Psico e Metido. Todos nós temos nomes que não conhecemos. Por exemplo, se você tem uma namorada, além da mulher com quem é casado, sua namorada vai chamar você de um nome que você vai preferir não saber, um nome que a sua namorada usa com as amigas dela e os outros namorados que tem. Todos temos nomes que não conhecemos e não queremos saber.

Então 13 soltou um suspiro intrigado. Não conseguia entender qual era o esquema — o que, pensando bem, não era incomum quando se trabalhava para Adolf. Não tinha nada na casa, além do vídeo.

Scozzy estava em algum outro lugar. Jamais estaria lá àquela hora da noite, de qualquer modo, mas estava em algum outro lugar. Com intenções que não eram nem de longe as melhores, fora ao hospital visitar um colega. O colega, Kirk, fora atacado, com selvageria, por seu próprio *pitbull*, Beef. Beef sobrevivera ao incidente. Kirk não mandara sacrificá-lo. Beef continuava vivo, na casa do irmão de Kirk, Lee, esperando tristemente a recuperação e a volta de Kirk. Melhor perdoar e esquecer, disse Kirk. Deixar para lá. Kirk disse que a culpa era dele mesmo, que tinha reagido com exagero, na cozinha apertada, à amarga derrota do Arsenal, com os gols fora de casa contando em dobro em caso de empate, diante do Dínamo de Kiev.

13 ajustou seu porte a fim de ir dirigindo até o hospital St. Mary buscar Scozzy, e então, vendo que horas eram, mudou de planos e decidiu ir até em casa tomar seu chá.

É um absurdo. O garoto negro não pode mais ser só um garoto negro. Ninguém pode mais ser só alguém. É uma pena.

* * *

Richard, por exemplo. Era um dos dias em que Gina trabalhava, e por isso cabia a ele cuidar dos meninos. Das seguintes ações ele se desincumbiu com uma consciência envergonhada (ou viceversa, uma vergonha consciente): banho, lanche, livro, água fresca para a jarra deles, os remédios de Marco, mais livro, as duas pílulas de flúor lembrando botões enfiadas nas bocas úmidas, beijos. Ele beijava os meninos sempre que podia. Seu conhecimento lhe dizia que os meninos devem ser abraçados e beijados pelos pais — o que fodia com a cabeça dos homens era não terem sido abraçados e beijados pelos pais. Richard nunca foi muito abraçado ou beijado pelo pai dele. E por isso decidiu que sua relação com seus filhos devia ser vista como puramente sexual. Ele os abraçava e beijava em todas as ocasiões possíveis. Gina também, mas ela os abraçava e beijava porque desejava e precisava fisicamente daquilo.

Quando acabou com os meninos, Gina apareceu de camisola, preparou-lhe uma costeleta de carneiro, comeu uma tigela de flocos de cereais rústicos e foi se deitar. Enquanto comiam, Gina leu um folheto de viagem, de ponta a ponta, enquanto Richard lia as primeiras sete páginas de *Robert Southey: gentleman poet*, o próximo livro que deveria resenhar.

Mais tarde, indo para o escritório onde pretendia tomar uísque e fumar maconha por algumas horas, examinando seu novo destino, ouviu um murmúrio em itálico através da porta entreaberta do quarto delimitado por divisórias onde os meninos dormiam (e onde em breve não caberiam mais): *Papai*. Enfiou a cabeça. Marius.

"O que é que você quer agora?"

"Papai? Papai: o que você ia preferir? Ser um Autobot ou um Decepticon?"

Richard apoiou a cabeça na moldura da porta. Os gêmeos estavam especialmente esclarecidos e ajuizados aquela noite — os gêmeos, com sua vida sutil, sua trama de temas. Antes, no banheiro, Marco apontara um dedo caracteristicamente torto para uma espécie de aranha de pernas compridas pousada no cano. Uma aranha com as pernas tão compridas que quase tropeçava em si mesma e lembrava as valorosas e trágicas competições esportivas para inválidos, as corridas de três pés, os sacos, os ovos e as colheres, os discursos preparados com tanto nervosismo e tantas boas intenções. "Papai? É o Homem-Aranha?" O pai, com as pernas compridas dobradas ao lado da banheira, respondeu: "Acho que deve ser a Aranha-Aranha"... E agora Richard disse a Marius: "Autobot ou Decepticon. Boa pergunta. Como a maioria das suas perguntas. E sabe o quê? Acho que cheguei a uma conclusão."

"Qual?"

"Autobot nunca mais. Só Decepticon."

"Eu também."

"Agora vai dormir."

Richard sentou-se à sua mesa no escuro. Enrolou e acendeu; despejou no copo e sorveu. Richard era obrigado a beber bastante quando fumava maconha — para controlar a paranóia. Para combater a incrível paranóia. Quando fumava, às vezes achava que todas as televisões da Calchalk Street estavam falando baixinho sobre Richard Tull: notícias sobre seus fracassos mais recentes; debates sobre sua obscuridade, sua negligência. Agora estava bebendo e fumando, e não estava nem alegre nem triste.

A parte melhor com Gwyn tinha acontecido depois, no táxi. Três e meia, e a luz do lado de fora, o céu, estava igual ao pára-brisa fumê do carro, a metade superior cor de carvão e óleo, a metade inferior com um brilho de chumbo. Richard desceu a janela lateral para verificar se era verdade, e é claro que o vidro tornou a subir lentamente, interpondo-se à paisagem. Esta talvez fosse a única maneira de realmente ver Londres, rodando devagar por ela, de táxi, na escuridão em pleno dia de julho. Os sinais de trânsito de Londres são os mais brilhantes do mundo, por trás de seu vidro coberto por uma grade de metal: a raiva de seu vermelho, a inveja de seu amarelo, o ciúme de seu verde.

O perfil ao seu lado estava em silêncio, e Richard se atreveu a dizer: "Você viu só aquela mulher? Sabe — ela realmente acha que é *autêntica*. E na verdade...". Fez uma pausa. Na verdade ela lhe parecia horrivelmente o contrário. "Não deve ser casada. Cheirava de longe a solteironice."

Gwyn virou-se para ele.

"Solteironice. Solteironice. Como os homens que não são casados cheiram de longe a solidão."

36

Gwyn virou de novo o rosto. E balançou a cabeça — com tristeza. Não se pode dizer aquelas coisas. E não só por razões públicas.

Richard deduziu (talvez de forma errada, talvez por excesso de elaboração) que Gwyn queria dizer mais ou menos o seguinte: não se pode dizer essas coisas porque toda a área foi contaminada — contaminada por homens que de fato detestam as mulheres. Talvez Richard tivesse dado um mau exemplo: com as aranhas. Podiam pensar que ele só detestava as aranhas *fêmeas*. Ou que ele achava que as mulheres *fossem* aranhas. De qualquer maneira, Richard foi em frente e disse:

"Rajadas de cheiro de mulher solteira. Um miasma de solteironice."

Gwyn balançou a mão para ele.

"Posso descrever para você, se você quiser. Imagine o estádio de Wembley cheio de maquilagem arruinada pela chuva. Ou..."

"Pode parar aqui na esquina, por favor?"

Não, não era nada. Gwyn só queria comprar o jornal da tarde de um menino. Meu Deus, a luz que passou pela porta aberta parecia o fim de Londres, o fim de tudo; seu brilho sulcado estava lívido, e era uma coisa que não dava vontade de tocar, como as pernas de pombo de cor humana por baixo de seus casacos sujos.

O táxi recomeçou sua viagem sem fim, sua viagem de pressa e espera, pressa e espera. Gwyn abriu seu jornal, procurou uma coluna e disse afinal:

"Bem, não saiu nada aqui."

Richard o fitava: "Nada sobre o quê?".

"Sobre o almoço. O seu pequeno rompante."

Richard o fitou com mais intensidade. "Ficou aliviado, não é?"

Gwyn respondeu com contenção. E disse: "Há muito tempo ninguém fala comigo dessa maneira".

"É mesmo? Pois desta vez você não vai precisar esperar tanto. Porque alguém vai tornar a falar com você da mesma maneira agora mesmo. Esta é a edição da hora do almoço. Você acha que o repórter telefona direto para as bancas de jornais? Sorte a sua ninguém saber o quanto você é burro. Que idiota você é. Este ia ser o furo do século."

"E nada sobre a oferta de emprego também", disse Gwyn, com os olhos brilhantes ainda correndo pela página.

"Não houve nenhuma oferta de emprego."

"Ah, houve sim. Enquanto você foi fazer uma das suas visitas ao banheiro. Eu recusei, é claro. Quer dizer, como se *eu*..."

O táxi parou. Enquanto se inclinava para a frente, Richard disse: "Só mais uma coisa. Por que eu não posso falar da solteironice de alguém?".

"Porque as pessoas vão começar a evitá-lo."

Agora, o primeiro pingo de chuva beijou-o cinzentamente numa de suas áreas de calvície quando ele desceu do táxi e entrou nos calabouços bem iluminados da Marylebone High Street. Richard subiu para os escritórios da Tantalus Press.

Mais ou menos aqui, na hora certa, as emoções perdem a lucidez e a definição, e passam a ser qualificadas por alguma coisa corpórea. Alguma coisa áspera e de pêlos ásperos para a fúria, alguma coisa rançosa e pulmonar para a dor, alguma coisa tóxica e desdentada para o ódio... Richard organizou seus pensamentos em ordem de chegada, como compete a um escritor: as coisas para serem *recebidas*. E ao mesmo tempo experimentou uma dessas expansões inesperadas que todo artista conhece, quando, quase audíveis para o ouvido interno, as coisas giram e se realinham (o cubo adquire as proporções corretas), e tudo fica claro. Não é alguma coisa que a pessoa faça: quem faz é o talento. Richard levantou-se na cadeira. Seu estado era de equilíbrio, nem propriamente agradável nem desagradável, mas firme e constante. Fez um súbito gesto de assentimento com a cabeça. E ali mesmo ela se cristalizou: a tarefa. Uma realização literária, uma busca, uma exaltação — um empreendimento em que podia comprometer toda sua paixão e todo seu poder.

Ele ia foder com a vida de Gwyn.

Do lado de fora, pendia a lua crescente. Parecia *Punch*. Mas onde estava *Judy*?

Voe uma milha no rumo leste em sua nave caça-prantos até as torres de Holland Park, as antenas, a casa, o telhado em camadas, os alarmes contra ladrões, a janela do primeiro andar, grossa de tantos reflexos, dando para o jardim silencioso. Esta é a janela do quarto do casal, onde dorme o dono da casa. Não vou entrar lá — ainda não. Por isso não sei como cheira sua cama, e não sei se ele chora na noite.

Como Richard.

Por que os homens choram? Por causa das lutas, dos feitos e das derrotas na maratona, porque querem suas mães, porque são cegos no tempo, por todas as vezes que ficam de pau duro e precisam deixar passar em branco, por tudo que os homens já fizeram. Porque não conseguem mais ficar alegres nem tristes — só chapados ou loucos. E porque não sabem como chorar quando estão acordados.

E também pela informação, que sempre chega à noite.

No dia seguinte era a vez *dele*: Richard virou um homem de quarenta anos. Virar é a palavra certa. Como um bife frito pela metade, como um policial que se torna drogado, como uma página antiga, como as putas se viram na rua. Richard virou. E nada mudou. Continuava um destroço.

Só porque usava gravatas-borboleta coloridas e coletes imaginativos não queria dizer que não estivesse nas últimas. Só porque dormia com pijamas multicoloridos não queria dizer que não estivesse acabado. As gravatas-borboleta e os coletes estavam sarapintados de manchas e queimaduras de cigarro. Os pijamas multicoloridos estavam sempre encharcados de suor.

Quem é quem?

Aos vinte e oito anos, vivendo de resenhas de livros e de seguro social, pálido, magro e interessantemente dissoluto, quase sempre visto com uma camisa branca sem colarinho e calças jeans enfiadas em longas botas marrons de cano mole — a aparência de um ex-aluno de escola particular que, meio prejudicado pelas drogas, talvez trabalhasse para os ricos e poderosos como carpinteiro ou jardineiro —, com suas inflamadas convicções políticas e seus febris casos amorosos em que quase sempre fazia o papel do cruel, Richard Tull publicou seu primeiro romance, *Premeditação*, na Grã-Bretanha e nos Estados Unidos. Se formos tirar a média de todas as resenhas (ainda guardadas em algum lugar dentro de um envelope desbotado), admitindo algumas diferenças no grau de generosidade e de QI de seus autores, o veredito sobre *Premeditação* foi o seguinte: ninguém entendeu o livro ou mesmo chegou a lê-lo até o fim, mas ninguém também tinha certeza de que fosse uma merda. Richard prosperou. Parou de receber seguro social. Apareceu na revista *Better Read*: os três críticos no

41

recanto onde tomavam o café da manhã, e Richard sentado por trás de uma mesa com um Gauloise invisível fumegando na mão trêmula — parecia estar com as calças em chamas. Três anos mais tarde, época em que se tornou editor de livros e arte de uma pequena revista chamada justamente *The Little Magazine* (na época já pequena, hoje ainda menor), Richard publicou seu segundo romance, *Os sonhos não querem dizer nada*, na Grã-Bretanha mas não nos Estados Unidos. Seu terceiro romance não foi publicado em lugar nenhum. Nem o quarto. E nem o quinto. Nessas três frases curtas está esboçada a descrição de todo um *Mahabharata* de dor. Richard só recebeu várias ofertas por seu sexto romance porque, àquela altura, num período de ansiedades e impulsos cretinos, começara a responder ao tipo de anúncio que declarava com todas as letras, PUBLICAMOS O SEU LIVRO ou EDITOR LONDRINO PROCURA ESCRITORES (ou seria PRECISA de escritores?). É claro que esses editores, ansiosos por palavras datilografadas como cães uivando para uma lua plangente, não eram editores comuns. Para publicar seu livro, por exemplo, o autor precisava pagar. E, o que talvez fosse mais importante, ninguém jamais o leria. Richard enveredou por esse caminho e acabou marcando um encontro com um certo sr. Cohen em Marylebone High Street. Saiu de lá com seu sexto romance ainda inédito, mas com um emprego novo, o de diretor especial da Tantalus Press, onde trabalhava cerca de um dia por semana, recebendo e revendo romances de analfabetos, autobiografias com todos os detalhes rememorados em que ninguém nunca ia a lugar nenhum ou fazia qualquer coisa, coletâneas de poemas primitivos, lamentos longuíssimos por parentes (e animais domésticos, e plantas) mortos, tratados científicos delirantes e, cada vez mais, ao que lhe parecia, monólogos dramáticos "encontrados" sobre a síndrome maníaco-depressiva e a esquizofrenia. *Premeditação* e *Os sonhos não querem dizer nada* ainda existiam em algum lugar, nos parapeitos das janelas de pensões à beira-mar, nas prateleiras das bibliotecas dos hospitais, servindo de apoio para pilhas de caixotes de chá, vendidos por dez *pence* cada em caixas de papelão nas feiras de livros do interior... Como a mulher que obviamente continuava a existir entre o barrete de formatura e as pernas mecânicas (e que lindo discurso de formatura ela fez), como o atleta risonho que, depois do acidente no estacionamento, descobriu-se, ao acordar, dirigindo uma rede de instituições de caridade de sua cadeira de rodas, Richard precisava ver se a experiência da decepção iria torná-lo melhor ou mais amargo. E tornou-o mais amargo. Ele sentia muito: não havia nada que pudesse fazer. Não estava destinado a coisa melhor. Richard continuou a resenhar livros. Era um ótimo resenhista. Quando resenhava um livro, pronto: o livro ficava resenhado para sempre. Além disso, era um ex-romancista (ou nem tanto ex quanto esgotado ou fantasma), editor literário da *Little Magazine* e diretor especial da Tantalus Press. O amargor pode ser enfrentado. Todos conseguimos enfrentá-lo. Mas aí aconteceu coisa ainda pior, e os verdadeiros problemas começaram. Era um outono viscoso, e Richard tinha parado de sair com garotas (a essa altura estava casado), e Gina estava esperando não apenas um bebê, mas dois, e as negativas não paravam de chegar em resposta ao livro número quatro, *Vermes invisíveis* (merecerá este itálico, nunca tendo nascido?). Cada vez que se atrevia a pensar em seu saldo negativo no banco, sentia praticamente uma trepanação: é fácil imaginar, então, a felicidade de Richard quando o mais antigo e mais estúpido de seus amigos, Gwyn Barry, anunciou que seu primeiro romance, *Summertown*, acabara de ser aceito por uma das maiores editoras de Londres. Como entendia, ao menos até certo ponto, que as coisas que mais detestamos sempre acabam dando um jeito de acontecer, Richard estava pronto para a notícia — ou no mínimo já vinha esperando por ela. Há muito tempo que Richard se divertia com as confidências sobre as aspirações literárias de Gwyn, e tinha lido *Summertown* — além de outros predecessores abandonados — em versões preliminares, sempre sufocando o riso. *Summertown?* Era sobre Oxford, onde os dois escritores se conheceram; onde dividiram, primeiro, alguns quartos no horror do Keble College e, mais tarde, um tosco conjugado à beira da Woodstock Road, em *Summertown*, vinte anos antes. Vinte anos, pensou Richard, que hoje completava quarenta: ah, onde teriam ido parar? O primeiro romance de Gwyn não era menos autobiográfico que a maioria dos primeiros romances. Richard aparecia nele, canhestra e superficialmente disfarçado (um comunista promíscuo, com seus poemas e seu rabo-de-cavalo), mas apresentado de forma afetuosa e até mesmo romântica. A figura de Gwyn, o narrador, era lânguida e galesa, o tipo de personagem que, de acordo com as conven-

43

ções do romance, prefere perceber tudo em silêncio — enquanto a realidade geralmente determina que o mudo suado é só um mudo suado, sem nada a contribuir. Ainda assim, a figura de Gwyn, admitia Richard, era a única força do livro: uma nulidade autêntica, uma nulidade envolvida, que trazia informações sólidas sobre o mundo das nulidades. O resto era pura merda: fantasticamente desprovido de brilho. Tentava ser "tocante"; mas o único traço tocante de *Summertown* é que aquele livro queria fazer-se passar por um romance. Ao ser publicado, teve vendas modestas e (novamente Richard) críticas desgraçadamente inofensivas. No ano seguinte, uma edição de bolso conseguiu se manter aos tropeços nas livrarias, por um ou dois meses... Poderíamos dizer que Richard estava sentindo o gosto de um novo fracasso com seu sexto romance, só que o fracasso nunca é novo, é sempre estagnado, e apresenta um borbulhar atenuado, como um iogurte velho, no momento em que Gwyn lhe enviou as provas encadernadas de seu segundo livro, intitulado *Amelior*. Se Richard tinha atravessado *Summertown* com risos sufocados, gargalhava aos urros enquanto lia *Amelior*: tudo era correto, ameno, aqueles ponto-e-vírgulas ingênuos e pomposos, aquela ausência total de humor e de incidentes, aquelas imagens de segunda mão, a transparência quase cativante de seus pequenos esquemas de cor, aquelas simetrias de brinquedo de armar... E "sobre" o que era *Amelior*? O livro não era autobiográfico: tratava de um grupo de jovens esclarecidos que, num país sem nome, tentavam criar uma comunidade rural. E conseguiam. E então o livro acabava. Nem merecia ter começado a ser escrito; pronto, na opinião de Richard, era um fiasco ridículo. E ele esperou com impaciência o dia do lançamento.

Já que fizemos esta menção à paciência, ou a seu oposto, acho que podemos adotar por algum tempo o ponto de vista dos filhos gêmeos de Richard — o ponto de vista de Marius e Marco. Havia em Richard uma latitude ou lassidão paterna que os meninos, creio eu, concordariam em chamar de *paciência*. Nunca era Richard quem ficava atrás deles, falando dos deveres, das roupas que deviam usar e, acima de tudo, mandando que arrumassem os brinquedos — quem fazia isso tudo era Gina. Richard jamais gritava, não se irritava e nem batia nos meninos. Era Gina quem fazia isso tudo. Ao contrário, quando era Richard quem estava no controle, eles podiam se empanturrar de sorvete e pacotes de biscoitos, ver TV horas a fio e estragar os móveis, enquanto ele ficava curvado sobre a mesa naquele escritório misterioso. Mas aí a paciência de papai começou a mudar... *Amelior* tinha sido lançado há mais ou menos um mês. Não causara nenhuma reação mais forte, e portanto nenhum manto de desgraça se abatera sobre o apartamento da família Tull. As críticas, embora não exibissem a pirotecnia de sarcasmo e desprezo que Richard esperava, ainda assim foram aceitavelmente condescendentes, unânimes e curtas. Com alguma ajuda da sorte, Gwyn estava liqüidado. Era manhã de domingo. Para os meninos, isso significava uma quase eternidade de brincadeiras sem controle, seguidas de um passeio pelo parque ou coisa ainda melhor (o jardim zoológico ou o museu, com um ou outro dos pais transidos e mudos) e o aluguel de pelo menos duas fitas de vídeo de desenhos animados, porque até mesmo Gina era tolerante com a TV nas noites de domingo, depois de um fim de semana na companhia deles, e quase sempre acabava indo dormir antes dos dois.

Então. Papai na cozinha, tomando café da manhã mais tarde. Os gêmeos, com as pernas ainda mais finas dentro das bermudas largas que ambos usavam, estavam sentados no tapete da sala, Marius construindo habilidosamente com seus blocos de plástico naves destinadas a cruzar os mares e o espaço, e Marco envolvido numa ocupação mais sonhadora: com os fios trançados do telefone e do abajur que ficavam sobre a mesinha baixa ao lado da lareira, Marco estava amarrando e aprisionando vários bonequinhos de animais, aqui um estegossauro, ali um porquinho, sempre tendo em mente a transformação, dispondo as coisas de tal maneira que — como é mesmo que acabava a fábula? — o leão pudesse deitar-se ao lado do cordeiro... Os meninos ouviram um gemido alto e dolorido vindo do outro lado do corredor. Aquele som, com seu registro de dor ou sofrimento, era incompatível com o pai deles ou qualquer outra pessoa que conhecessem. Talvez alguma criatura...? Marco se ergueu endireitando as costas, e com isso puxou aquele emaranhado de patinhos e velocirraptor; a mesinha balançou; seus olhos tiveram tempo de se arregalar antes que ela caísse, tiveram tempo de se encher de lágrimas de contrição e expectativa antes de Richard entrar na sala. Nos tempos da paciência, ele poderia ter dito apenas "E agora, o que é que foi?" ou "Que nó medonho" ou coisa mais simples (e mais provável): "Meu Deus". Mas não naquela manhã de domingo. Dessa vez, Richard avançou e, com um movimento único da mão aberta, deu em Marco a pancada mais forte que ele jamais levara. Marius, sentado em imobilidade absoluta, percebeu que o ar da sala continuou agitado em seguida, como a superfície vacilante da piscina muito depois de todas as crianças já terem saído da água.

Daqui a vinte anos, esse incidente poderá ser algo que os gêmeos vão contar aos seus psiquiatras, deitados no sofá — o dia em que a paciência do pai acabou. E nunca mais voltou, nunca de todo, não em sua forma original. Mas nunca saberão o que realmente aconteceu naquela manhã de domingo, o urro caótico, os lábios ferozmente apertados, o menino caído no chão da sala. Gina poderia ter juntado as pontas, porque com ela também as coisas mudaram, e nunca mais voltaram a ser as mesmas. O que aconteceu naquela manhã de domingo foi o seguinte: o livro de Gwyn Barry, *Amelior*, tinha aparecido na lista dos mais vendidos, na nona posição.

Mas antes de fazer qualquer outra coisa, antes de tomar alguma providência séria ou ambiciosa como levar *Sem título* até o fim, reescrever sua resenha de *Robert Southey: gentleman poet* ou começar a foder com a vida de Gwyn (e ele tinha imaginado, achava ele, um bom movimento inicial), Richard precisava levar o aspirador para o conserto. Isso mesmo. Precisava levar o aspirador para o conserto. Antes disso, sentou-se na cozinha e tomou um iogurte de frutas tão emborrachado de aditivos que lhe lembrava, em matéria de textura, uma das vezes em que ficava teoricamente de pau duro... Quando lhe propôs a tarefa, quando o convidou a levar o aspirador para o conserto, Gina usara as palavras "pulo" e "largar": "Você podia dar um pulo no técnico e largar o aspirador?", perguntou ela. Mas os dias em que Richard pulava e largava haviam ficado definitivamente para trás. Ele estendeu a mão e abriu a porta do armário. Lá estava o aspirador, todo enrolado, como algum animal de estimação de outro planeta que habitasse o cubículo do *boiler*. Ficou olhando para ele por mais ou menos um minuto. Depois fechou os olhos devagar.

A ida ao técnico requeria ainda uma visita ao banheiro (para fazer a barba: a essa altura, estava por demais atolado internamente para se apresentar ao mundo sem limpar de algum modo a sua superfície; em sua aparência, lembrava demais a figura em que sabia que, no futuro, iria se transformar: o velho assustador na cabine telefônica, levando sua mala, precisando terrivelmente de alguma coisa — dinheiro, trabalho, abrigo, uma informação, um cigarro).

No espelho do banheiro, é claro, estaria reduzido a duas dimensões, de modo que o espelho do banheiro não era o lugar mais recomendado para procurar quando o que se queria era profundidade. E profundidade não era o que ele queria. *A uma certa idade, todo mundo adquire o rosto que merece.* Assim como *os olhos são a janela da alma.* Divertido de dizer, divertido até de acreditar, quando se tem dezoito anos, ou trinta e dois.

Olhando-se no espelho agora, na manhã de seu quadragésimo aniversário, Richard sentiu que *ninguém* merecia a cara que ele tinha. Ninguém, em toda a história do planeta. Não havia no planeta nada que fosse tão ruim. O que tinha acontecido? O que ele tinha *feito?* Seu cabelo, espalhado a partir do cocuruto em ondas e dobras de várias formas, parecia ter acabado de concluir uma prolongada (e fútil) quimioterapia. E depois os olhos, cada um deles empoleirado sobre a respectiva pálpebra inferior, inchada e orlada de vermelho. Se os olhos eram as janelas da alma, aquelas janelas eram um pára-brisa dianteiro ao final de uma viagem de ponta a ponta do continente; e sua tosse lembrava o metal do limpador de pára-brisa raspando o vidro seco. Naqueles dias, ele fumava e bebia, em grande parte, para aliviar o mal que fumar e beber lhe tinham feito — mas fumar e beber lhe fizeram muito mal, e por isso ele fumava e bebia muito. Além disso, experimentava praticamente todas as outras drogas que lhe caíam nas mãos. Seus dentes eram todos porcelana rachada remendada com a cola-tudo de antes da guerra. A cada momento, em qualquer situação que se encontrasse, pelo menos dois de seus membros estavam sempre dormentes e imóveis. De vários pontos de seu corpo partiam rumores sussurrados de dor. Na verdade, do ponto de vista físico, sua sensação, em qualquer momento, era uma epifania trágica. Seu médico morrera quatro anos antes ("Infelizmente, tenho uma doença terminal"); e isso, na opinião madura de Richard, havia sido um acontecimento definitivo. Tinha na nuca um caroço gran-

de e lustroso, que ele próprio tratava da seguinte maneira: mantinha o cabelo comprido atrás, para escondê-lo. Se alguém abor-
dasse Richard Tull e lhe dissesse que estava negando a realidade,
ele negaria. Mas não com ênfase.

Nada disso mudava o fato de que precisava levar o aspirador
para o conserto. Precisava levá-lo para o conserto, porque até mesmo Richard (que era, é claro, ainda mais por ser homem e tudo
o mais, incrivelmente desleixado) sabia que a qualidade da vida
no número 49E da Calchalk Street declinara de forma dramática
sem ele. Em seu escritório, a plumosa ubiqüidade da poeira o fazia suspeitar, erradamente dessa vez, que estava a ponto de ter
outro ataque do fígado. E fatores adicionais, como as alergias as-
sassinas de Marco, também precisavam ser levadas em conta.

No momento em que conseguiu arrancar o aspirador de pó
de sua cabine de sentinela, Richard já estava chorando de raiva
e autocomiseração. Estava virando um especialista em ataques de
choro. A se acreditar nas mulheres, todo mundo precisa chorar
umas três ou quatro vezes por dia. As mulheres choram nas horas
mais estranhas: quando vencem concursos de beleza, por exemplo (e, provavelmente, também quando perdem: só que mais tarde). Será que Richard choraria se vencesse um concurso de beleza? Será possível imaginá-lo nessa situação, em cima do palco, com
o buquê de flores, o maiô de banho e a faixa, e sua mãe vazando
de seus olhos?

Quando conseguiu sair do apartamento com o aspirador e chegar até a escada, Richard se perguntou se alguma vez já tinha sofrido tanto. É certamente essa a explicação para o tom sombrio
e invariavelmente melancólico da literatura do século xx. Esses
escritores, esses sonhadores e exploradores, se amontoam como
trêmulos filhotes abandonados à beira do precipício de um estranho mundo novo: um mundo sem empregadas domésticas. Nas
escadas e nos patamares, havia bicicletas encostadas em toda parte, e também penduradas em ganchos presos nas paredes — e no
teto. Ele vivia numa verdadeira colmeia de bicicletas.

No momento em que conseguiu chegar à entrada do edifício
com o aspirador, Richard estava convencido de que Samuel Beck-
ett, em algum momento vulnerável de sua vida, fora igualmente
obrigado a levar um aspirador de pó para o conserto. Céline também, e talvez Kafka — se é que já existiam aspiradores de pó àquela

altura. Richard respirou fundo enquanto examinava sua correspondência. Sua correspondência já não lhe dava mais medo. O pior já tinha passado. Por que iria alguém temer sua correspondência quando, pouco antes, recebera uma intimação de um advogado constituído por seu próprio advogado? Quando, recentemente, em resposta a um pedido por mais trabalhos avulsos, fora sumariamente dispensado, pelo correio, por seu próprio agente literário? Quando estava sendo processado (adiantamentos recebidos por livros que não escrevera) por seus dois ex-editores? Quase sempre, porém, sua correspondência era puro lixo. Certa vez, na rua, numa agitada tarde de abril, de volta do almoço com algum editor de caderno de viagens em alguma transitória *trattoria*, ele vira um ciclone urbano de correspondência descartável — folhetos voando como folhas, circulares descrevendo círculos, prospectos que pairavam — e pensara: sou eu, esta é a minha vida. E, muitas vezes, não recebia correspondência alguma. Agora, na manhã de seu quadragésimo aniversário, estava recebendo um cheque de pequena monta e duas contas enormes — além de um envelope pardo, entregue em mãos (sem endereço ou selo), com seu próprio nome em maiúsculas tortuosas, com o adendo preciso mas nada costumeiro "M. A. (Oxford)". Enfiou-o no bolso, e tornou a equilibrar seu fardo nos ombros.

A Calchalk Street era uma transversal da Ladbroke Grove, um quilômetro depois da Westway. Houve um tempo em que a Calchalk Street dava a impressão de que estava destinada a subir na vida. Richard e Gina lá chegaram como parte do influxo de dinheiro novo, mais de meia década atrás, pouco depois de seu casamento, junto com vários outros casais mais ou menos jovens que costumavam ver e com quem trocavam sorrisos na loja da esquina e na lavanderia automática. Por algum tempo, naquela primavera, sob os botões das macieiras, a Calchalk Street era uma sinfonia saudável da música do progresso, tap-tap aqui, bang-bang ali — tapumes e andaimes, e pirâmides alaranjadas de areia para construção. E então, de repente, todos os jovens casais se mudaram de lá, menos Richard e Gina. Em resposta à promoção social que lhe ofereceram, a Calchalk Street respondeu não, obrigada. E assumiu uma identidade de pós-guerra, racionamento e livros de aluguel. Recusando a cor, permaneceu monocromática; mesmo os asiáticos e antilhanos que a ocuparam tinham se saxoniza-

49

do de algum modo — andavam sempre apressados, olhavam sempre de soslaio, mijavam, faziam fila, diziam palavrões e bebiam até cair, exatamente como os nativos. A Calchalk Street tinha um *pub* medonho, o Adam and Eve (cena, para Richard, de muitos copos cheios até a borda de um líquido trêmulo), e uma pavorosa subagência dos correios, diante da qual, às oito da manhã de todos os dias de semana, formava-se uma fila desesperada de Hildas e Gildas, Nobbies e Noddies, agarrados aos seus formulários. Havia famílias irlandesas atulhadas em porões, donas de casa grávidas que fumavam sem parar nos degraus da entrada, velhos curvados de macacão e tênis desbotados bebendo cerveja em lata sob o bafo morno da máquina de moedas. Havia até mesmo putas, na esquina — um pequeno contingente. Richard passou por essas jovens, pensando, como sempre pensava: Vocês estão querendo me enganar. Com seus casacos de nylon, alguns forrados outros não, elas se apresentavam como executivas sócio-econômicas. Por dinheiro, nos carros, elas abafam o escândalo que são os homens.

Aspiradores de pó são planejados para deslizar suavemente por sobre o tapete. Não para serem carregados nas costas pelas ruas de Londres numa quarta-feira úmida, com o tráfego levantando seus rastros de orvalho. Dolorosamente sobrecarregado, cruelmente atravancado, Richard continuou a caminhar em passos trôpegos, a base marrom do aspirador debaixo de seu braço pesando tanto quanto um tronco encharcado, a junção em forma de T na mão livre, o tubo envolto em lã enrolado em torno do pescoço como um cachecol gordo, e mais o fio, libertado de sua tomada quebrada, balançando cada vez mais entre as suas pernas. O "frescor e a vitalidade moral", o "otimismo que tem a coragem de contrariar a moda" e a "crença sem pejo na perfectibilidade humana" por que *Amelior* era hoje tão louvado em retrospecto — era de se esperar que todas essas qualidades viessem a ficar ainda mais acentuadas quando sua continuação fosse publicada, já que Gwyn Barry nunca fora obrigado a levar o aspirador para o conserto. Richard atravessou Ladbroke Grove com a cabeça baixa, sem olhar para os lados e sem se importar com o tráfego. O fio da tomada insistia em se enrolar em seus calcanhares, como boleadeiras. O tubo apertava seu pescoço num abraço de serpente.

50

Depois de chegar à loja, deixou toda a trapizonga cair com estrépito no balcão, e depois apoiou-se nele com a cabeça entre os braços. Quando tornou a erguer os olhos, havia um jovem à sua frente preenchendo um formulário em tamanho ofício. Richard respondeu com voz rouca aos primeiros quesitos, MARCA, MODELO, NÚMERO DE SÉRIE. Finalmente chegaram a TIPO DE DEFEITO, e o jovem disse:

"Qual é o problema?"

"Como é que eu vou saber? Desliga toda hora, está fazendo um barulho esquisito e o saco está vazando sujeira pelo fundo."

O rapaz estudou Richard e a informação recebida. Seu olhar e sua esferográfica retornaram ao retângulo em questão. A esferográfica ficou pairando alguns segundos acima do papel, muito infeliz. O rapaz ergueu os olhos por um instante — tempo suficiente para uma onerosa troca de olhares. Voltou a olhar para o formulário. A esferográfica chamou a atenção de Richard: com a ponta mordida, rachada e sem tampa, e plenamente paranóica, cônscia de seus defeitos. Finalmente, em TIPO DE DEFEITO, o rapaz escreveu: NÃO FUNCIONA.

"É", disse Richard. "Isso dá conta do recado."

Para além deles, em plena rua, do lado de fora, as antigas divisões de classe e depois de raça davam lugar às novas divisões: entre quem usava sapatos bons ou sapatos ruins, entre quem tinha olhos bons e olhos ruins (num extremo os olhos descongestionados, contrastados com os olhos mais ardidos que qualquer pimenta), entre os diferentes graus de aptidão para as formas que a vida urbana vinha assumindo, aqui e agora. O rapaz olhou para Richard com dor e uma hostilidade pré-enfraquecida. Já trabalhava naquela loja há muito mais tempo do que devia, e por isso seus olhos eram tão opacos e marginais quanto os faróis de um carro que se deixa acesos a noite inteira e boa parte do dia seguinte. O que separava os dois, naquela loja, eram as palavras — que eram universais (pelo menos neste planeta); bastou olhar para Richard para o rapaz saber que ele dispunha de uma fonte de mais palavras. Havia acessórios e peças presos na parede, com fins decorativos ou de poupar trabalho, cones e esferas brancas. Mais além, nos fundos, numa pilha relativamente ordenada como a cidade úmida, ficavam todos os aparelhos que não funcionavam e nunca mais tornariam a funcionar: os inconsertados, os indescritos.

51

A caminho de casa, Richard deu uma entrada no Adam and Eve. Sentado no canto diante de um copo grande de cerveja amarga e um pacote de salgadinhos, o aniversariante tirou o envelope pardo do bolso: Richard Tull, M. A. (Oxford). Em Oxford (segundo Richard), Gwyn estudara como um louco para obter um *middle second*, enquanto Richard conseguira seu *formal first* sem sequer forçar muito a caneta... Tirou do envelope uma única folha de papel que parecia ter sido arrancada de um caderno de deveres de casa de criança: pautada de azul, ligeiramente amassada, sugerindo muito esforço e um resultado discutível. A carta fora vastamente corrigida por outra mão, mas ainda dizia,

> *Caro Richard Você é autor de um "romance". Premeditação. Parabéns! Comé que conseguiu. Primeiro, escolhe o assunto. Depois empacota tudo. E aí vem o barato.*
> *Estou pensando em virar "escritor". Se você quiser me encontrar e conversar sobre isso tomando um copo, pode me ligar.*
>
> Seu DARKO

Os escritores conhecidos recebem cartas como esta a cada dois dias. Mas Richard não era um escritor conhecido, e só recebia esse tipo de carta a cada dois anos (e normalmente falavam das resenhas que escrevia — embora às vezes recebesse os estranhos bilhetes escrevinhados nos hospitais e hospícios em cujas bibliotecas seus romances podiam ser encontrados e despertavam estranhas reações em depressivos, amputados e outros pacientes com as mentes desorganizadas por medicação pesada). Por isso, Richard examinou a carta com mais vagar do que o faria um escritor conhecido. E seu escrutínio foi recompensado: no canto inferior esquerdo da folha escrita até a metade, quase escondida pela borda rasgada, havia a palavra VIRE. Richard virou a folha.

> *Eu conheço a moça estranha, Belladonna. É ela que todo mundo quer. Meu Deus, como ela é linda. Seu amigo Gwyn Barry, está apaixonado por ela famoso na TV.*

No geral, parecia uma excelente notícia. Richard acabou sua bebida. O que estava vendo podia acabar sendo um plano B perfeitamente utilizável, embora ele estivesse muito animado com o plano A. Na verdade, Richard estava cheio de esperanças.

Quando chegou de volta em casa, deu dois telefonemas. O primeiro foi para Anstice, a secretária de *The Little Magazine*, uma mulher de quarenta e quatro anos. Conversou com ela durante uma hora, como fazia todos os dias, não sobre *The Little Magazine* e não porque quisesse, mas para evitar que ela se matasse ou finalmente resolvesse contar a Gina que ele dormira com ela, uma vez, mais ou menos um ano atrás. O segundo telefonema foi para Gwyn. Richard queria confirmar seu jogo quinzenal de *snooker*. Mas Gwyn não podia ir jogar. A razão (nauseante) que apresentou foi que tinha passado noites demais, nos últimos tempos, "longe da minha dama". Gwyn, aliás, não era famoso apenas como romancista. Também era famoso pela felicidade de seu casamento. Na primavera passada, um produtor de TV com muito tempo de sobra tinha organizado uma série de programas chamada "As sete virtudes vitais". Gwyn escolhera a "Felicidade conjugal". O programa foi muito elogiado, e teve duas reprises, sendo considerado um exemplo do charme britânico. Durava uma hora. Entre as cenas que mostrava havia Gwyn ajudando Demi no jardim, trazendo-lhe chá, sentado olhando para ela numa absorção plena e infantil enquanto ela falava ao telefone e, desligada, marcava compromissos de almoço.

O tempo não estava muito bom, mas ainda assim era supostamente verão. Devia haver algum problema com o verão. Mas estamos na Inglaterra — e isto não é novidade.

Pense bem. Deveria haver uma correspondência entre as quatro estações e os quatro principais gêneros literários. Ou seja, o verão, o outono, o inverno e a primavera deveriam corresponder (e apresento aqui os gêneros em ordem hierárquica) à tragédia, ao romance, à comédia e à sátira. Feche este livro por alguns segundos e veja se consegue descobrir a que estação corresponde qual gênero.

É uma coisa óbvia, na verdade. É só acertar a comédia e a tragédia que os outros vêm atrás.

Verão: o romance. Viagens, sagas, magia, animais que falam, donzelas em apuros.

Outono: a tragédia. O isolamento e o declínio, os males fatais e as quedas, as provações dos heróis.

Inverno: a sátira. As antiutopias, os mundos invertidos, o apelo da tundra: o apelo das idéias invernais.

Primavera: a comédia. Casamentos, botões de macieira, guirlandas, o fim das incompreensões — o fim do velho, o começo do novo.

Estamos sempre atentos a alguma coisa errada que possa acontecer com as estações. Mas já aconteceu alguma coisa errada com os gêneros literários. Todos eles extravasaram e acabaram misturados. Já não se observa mais nenhum decoro.

Lady Demeter Barry tinha um instrutor de auto-escola chamado Gary.

E 13 tinha um irmão mais velho chamado Crash.

Os dois eram a mesma pessoa.

Crash era seu nome de rua. Não o nome verdadeiro, e nem o nome profissional, por motivos ainda mais óbvios: porque Crash era instrutor de auto-escola, e pode-se imaginar a inconveniência para ele de um apelido que evocava uma batida de carros. Seu nome verdadeiro era Gary.

Ainda não está totalmente claro como foi que Gary começou a ser chamado de Crash. Os apelidos que as pessoas têm nas ruas nem sempre são descritivos ou contradescritivos. Entre os conhecidos de 13 — entre seus irmãos de cor — havia personagens totalmente inexpressivos com nomes grandiloqüentes. Por exemplo, 13 tinha um primo mais novo chamado Ian cujo apelido nas ruas era Emu. EMU era o que Ian pichava assiduamente com *spray* em todos os viadutos e fachadas do oeste de Londres, em meio a injunções, imprecações e invocações mais elaboradas como VIVA O ZIMBÁBUE, FODA-SE A POLÍCIA OU FILHOS DO TROVÃO. *E* era uma abreviação de *Ian*; e Ian gostava de música: daí Emu. Brilhante. Ou outro primo de 13, por exemplo: Link. Link não se chamava Link porque, como se poderia supor, tivesse traços faciais fantasticamente rudimentares, como o elo perdido (*missing link*), mas como uma alternativa preferível a Chains (*corrente*), nome comemorativo de certa briga durante a qual derrubara uma escadaria cheia de policiais com apenas um metro desse artefato de aço cuspindo fagulhas. E Link passara os dezoito meses seguintes devidamente acorrentado, razão provável para ter sido Link, e não Chains, o apelido que acabou colando.

Quem podia saber? Crash podia ser chamado de Crash por razões puramente onomatopaicas, porque era muito alto e fazia estrondo quando caía. Ou podia ser chamado de Crash devido ao ritmo previsível de suas finanças pessoais: e a onomatopéia de queda evocava o que sempre acontecia a cada quinze dias, depois que recebia seu pagamento. Mais provavelmente, porém, Crash era chamado de Crash por causa de um hábito que já abandonara há muito, dormir na casa de outras pessoas: no sofá, no chão, na banheira... (E aparecer de surpresa na casa de alguém é *to crash at*.) Alguém relativamente recém-chegado à cena poderia supor, muito compreensivelmente, que Crash era chamado de Crash por causa do que sempre acontecia com os carros da auto-escola que dirigia e ensinava a dirigir. Basta eu fechar os olhos para ver Crash presidindo, com os braços dolorosamente cruzados, sobre mil metros quadrados de ferros-velhos, coalhado de carros destruídos. Ou, por uma extensão modesta, pode-se supor que Crash fosse chamado de Crash devido ao que sempre acontecia a seus alunos, nos carros *deles*, poucos dias depois de conseguirem a carteira. E os carros deles eram lustrosos e alemães, equipados com os acessórios mais modernos e velocímetro digital: Crash dava aulas numa auto-escola elegante, e todas as mulheres matriculadas queriam ter aulas com Crash — embora não o chamassem por este nome.

Entre suas alunas estava lady Demeter Barry.

Então: Steve Cousins no interior sombrio do escritório da auto-escola no final do corredor com um livro no colo (sempre trazia um livro consigo: desta vez era *Sobre a agressividade*, de Konrad Lorenz), olhando para fora. E Crash na calçada, entre as capotas férvidas dos carros, olhando para dentro. Nenhum dos dois soube ao certo se seus olhos se cruzaram através daquela diferença brusca de intensidade da luz. Steve pôs seu livro de lado. Crash se despediu de outro aluno, um rico adolescente com um belo físico, cabelos curtos de aventureiro espacial e crânio futurista.

"Crash, companheiro", disse Steve Cousins.

"Scozzy", disse Crash.

Crash foi pegar dois cafés na cafeteira. Como tantos outros jovens das redondezas, Crash já trabalhara para Scozzy, como vendedor avulso de cocaína. E este fato definia o protocolo observado. Crash, negro, agora estava curvado no canto onde ficava o café, grande, não gordo, só grande, e também não incontrolavelmente enorme, não, não como certas pessoas que têm essa espécie de magnitude negra, cujas mães devem ter assistido a seu crescimento com um orgulho cada vez menor.

"Esqueci do jeito que você gosta", disse ele.

E Steve disse: "Sem leite. Duas pedras de açúcar".

Os dois homens se acomodaram no sofá baixo. O brilho da roupa de atletismo que Crash usava, preta e reluzente (Scozz não usava nada parecido: nunca usava roupas que aquecessem, nunca usava suéter), era superado de longe pelo peso da vitalidade que seu rosto emanava. Como 13, falava à moda das ruas de Londres, mas sua fala trazia memórias da África, como seu nariz memorável, parecendo um sapo preto acocorado de costas em seu rosto, e as trancinhas curtas, formando pequenas molas que partiam da cabeça em ângulo reto. Não eram *dreadlocks* de verdade, é claro: as *dreadlocks* de verdade nunca eram lavadas, por razões religiosas, e acabavam lembrando compridíssimas extensões de cinza de cigarro. Seus olhos eram brilhantes — até mesmo o sangue que os avermelhava era brilhante. Era famoso pelo sucesso com as mulheres brancas, como se fosse um pesquisador da espécie: um quarto de dormir com porta giratória. Steve olhou para Crash e pensou que não existia a menor possibilidade de haver qualquer relação de parentesco entre ele e um troglodita como Link. E Steve sabia ainda que, em qualquer ilustração que mostrasse o caminho evolucionário percorrido entre Link e Crash, ele próprio (Scozzy, com seus genes privilegiados) não apareceria à direita de Crash, mas apenas em algum ponto intermediário.

"Os peitos?", começou Crash, quando Scozzy pôs a bola em jogo. "Só dá para escalar com uma corda e uma picareta. E botas de alpinista."

"Ela é uma prateleira", disse Steve, não sem uma certa tristeza.

"É como esses legumes grandes demais. Os hormônios, ou sei lá o quê. Quando exageram nas injeções."

Steve flexionou o pescoço. "Peitos grandes são uma coisa", disse ele. "Mas também não precisam ser do tamanho da casa."

"E ela ainda levanta os peitos. Estou dizendo, ela se inclina para trás como... como se estivesse puxando num cabo-de-guerra." Crash riu em silêncio, cheio de admiração. "Deve ser para não cair de borco. Com tudo aquilo caindo por cima dela."

Em outra companhia, Crash poderia ter passado meia hora agradável numa conversa similar, antes de mudar de assunto — antes de passar a falar, por exemplo, de como era o corpo de lady Demeter Barry da cintura para baixo. Mas agora perguntou-se de repente o que é que estava fazendo ali — falando dos peitos dela com Scozzy. Não era coisa que se fizesse, não com ele, não com aquele doido. Era uma coisa que não se devia fazer de jeito algum... Crash viu que o queixo quase inexistente de Steve estava ficando franzido, enquanto sua boca se endurecia num bico: e a insatisfação também se exprimia pelo ardor nos olhos. Por reflexo, e neste caso sem qualquer sombra de indignação, Crash avaliou as condições gerais da interação entre brancos e pretos — nossas mulheres: essas coisas. E não encontrou nada em especial. Talvez Scozz só estivesse ganhando tempo antes de entrar no assunto. De qualquer maneira, no final do dia Crash ia dar umas porradas em 13. E ficou esperando. Estava em desvantagem, é claro. Porque ninguém, mas ninguém, conhecia o estranho gosto de Steve em matéria de peitos.

E então Steve disse a Crash o que queria que ele fizesse: apresentando tudo sob a forma de uma série de sugestões. Crash ficou olhando para o outro lado. Outros instrutores, vários alunos (o escritório estava ficando cheio com a mudança da hora), as moças por trás do balcão ao lado: elas custariam a crer, vendo aqueles dois homens sentados no sofá, que era o preto quem tinha medo do branco, que o maior tinha medo do menor. Mas tinha. Crash já tinha visto Scozzy em ação várias vezes, nos *pubs*, em estacionamentos. E o problema é que Scozzy nunca parava. Quando começava, não parava mais. E também, em situações como essas, o homem maior sempre temia o menor, porque era sempre o menor quem tomava a iniciativa. Isso para não falar do jeito de Scozzy com as palavras.

"Ela é bem casada", Crash ouviu-se dizer. "Até apareceu na TV como exemplo."

"Escuta aqui. Os professores de auto-escola. Passam o dia todo olhando para mulheres de pernas abertas. O cinto está bem preso? Deixe eu ajudar. E você. Chegou a hora dos irmãos negros, meu filho. Você tem uma certa latitude." O hálito de Steve se aproximou, com um sabor incrivelmente artificial, como o cheiro de novo de um carro de frota. "Lá, dentro de um Metro pequenino.

A ricaça senta no seu dedo tão gentil. E basta ela piscar para você já ir dizendo: 'Racista!'. Mas de outro jeito não te incomoda, não é?" O hálito se aproximou ainda mais. Aquele hálito era mais uma arma. "Quando elas resolvem dar em nome da democracia. Ou da antropologia. Ou de alguma outra coisa. Vai aproveitando, companheiro. Enquanto dura. É uma compensação, entendeu? Pelo tráfico de escravos."

Crash se afastou daquela conversa por um instante. Por acaso, ele tinha uma imagem própria do tráfico de escravos, que sempre levava na cabeça. A imagem era de um volume limitado de escuridão absoluta; os efeitos sonoros eram surdos uivos humanos e o estalar da madeira em alto-mar. Virou-se de novo para Scozzy. Ele ia *arrebentar* 13. Crash geralmente não bebia, mas às vezes, quando a pressão ficava muito forte, pegava uma garrafa de uísque — estava cagando para a marca — e tomava inteira. Não muitas vezes. Mas de vez em quando, para diminuir a tensão, ele comprava uma garrafa de uísque e jogava a tampa fora. (Estava cagando.) Crash engoliu em seco e disse, pensativo:

"Preciso comer coisas leves por uns dias. Estou me sentindo meio mal."

"Você não *precisa* fazer nada, Crash, companheiro. Eu só quero informação. Um conselho: diminui o perfume. Você está fedendo a cafetão barato. Parece o cheiro de táxi."

É isso mesmo, pensou Crash. Scozzy sempre dava um jeito de ser desagradável, só trazia más notícias, informações terríveis do começo ao fim, como um telejornal que nunca acabasse sobre uma catástrofe, durando horas a fio.

"Está na hora."

Demeter Barry era pontual: ao bater do meio-dia. Vindo da rua ensolarada, entrou pela porta de vidro com a cabeça abaixada, numa posição que dava a impressão de que estava tentando olhar para cima sem querer que percebessem, com os olhos num certo ângulo. Na verdade, a primeira coisa nela em que se reparava, da cintura para cima, era a linha central de sua blusa de seda cinzenta: não estava exatamente reta e nem bem centralizada; descrevia uma ondulação no caminho de descida e acabava desencontrando da fivela do cinto, que podia estar por sua vez mal ajustada.

"Oi, Gary", disse ela.

"E como está hoje?", disse Crash em seu tom de voz mais grave, mais sacerdotal e mais africano, o tom de voz que usava nas aulas da auto-escola para mulheres brancas.

Virou-se para Scozzy, o qual recolheu seu livro, acenou para ela com a cabeça e depois estendeu-lhe a mão, dizendo: "Steve Cousins".

Enquanto saía andando pela calçada, Steve percebeu que nunca tinha chegado tão perto de dizer uma coisa que muitas vezes quase chegava a dizer. "Steve Cousins", dissera ele, e quase: "criado em orfanato".

Como alguém poderia dizer "operador de som" ou "analista político" ou "poeta e ensaísta".

É claro que podia ter dito "selvagem", o que também era verdade.

"Como é que você anda em matéria de agente?", perguntou Gwyn Barry. "Tem algum?"

Gwyn e Richard estavam no Westway Health and Fitness Centre, cercados por trinta ou quarenta bêbados estiolados: jogando *snooker*. À luz inclemente de todos os salões de bilhar do mundo. Gwyn tinha tomado várias cervejas, e Richard, naturalmente, estava completamente de porre. Dezoito mesas, todas em uso, dezoito pirâmides de luz por cima do feltro verde e das bolas multicoloridas de osso; e os competidores também multicoloridos, espanhóis, antilhanos, sul-americanos, melanésios — e os ingleses descorados, indistinguíveis, aparentemente, dos grandes gênios de fumaça de cigarro que pairavam por sobre as mesas como fantasmas de juízes... A Inglaterra estava mesmo mudando. Vinte anos antes, Richard e Gwyn ou seus equivalentes jamais poderiam ter entrado num salão de *snooker* — Gwyn com suas roupas de algodão cáqui e o suéter de *cashmere*, Richard com seu colete (acidentalmente adequado) e sua gravata-borboleta torta. Teriam ficado do lado de fora, soprando nas mãos em concha, sentindo o cheiro de toucinho frito, observando as anotações de ortografia quase correta no quadro de avisos do térreo, e dando passagem aos ases do taco de casaco marrom ou terno de paletó folgado que contornavam os mortos e feridos enquanto desciam os degraus de pedra rachada. Gwyn e Richard poderiam até entrar. Mas jamais conseguiriam sair. Naqueles tempos, todos os ingleses tinham nomes como Cooper, Baker ou Weaver, e sempre batiam em você. Agora eles usavam nomes como Shop, Shirt e Car, e todo mundo podia ir ao lugar que quisesse.

"Por que você está perguntando?"

"A questão é que eu mudei. E agora estou com Gal."

"Eu li no jornal."

"Você se lembra dela. Gal."

"Claro que lembro."

Richard reassumiu a postura que usava para dar suas tacadas, o queixo à altura da mesa, o tronco dobrado ou desabado sobre a tabela lateral. Ninguém devia conversar enquanto jogava *snooker* — só sobre o jogo. Richard vivia insistindo naquilo. Vezes demais, ou pelo menos era o que lhe parecia, Richard estava no meio de uma tacada de fechar a mesa e Gwyn começava a falar da equipe da TV italiana que iria entrevistá-lo na manhã seguinte ou da quantia surpreendente que fora oferecida pelos direitos de tradução do seu livro na Arábia Saudita, e Richard acabava conseguindo, de algum modo, fazer a bola branca parar na mesa ao lado...

Duas semanas depois do acontecido, ainda lia diariamente a coluna de Rory Plantagenet, esperando encontrar um longo artigo contando como Richard Tull humilhara Gwyn Barry diante do ministro das Artes do governo paralelo. Em vez disso, naquela manhã, encontrara um longo artigo contando que Gwyn Barry mudara de agente, trocando a firma de Harley, Dexter e Fielding por Gal Aplanalp.

"Ela já me conseguiu um *ótimo* negócio para o próximo livro."

"Mas você ainda nem acabou o próximo livro."

"É, mas hoje eles fazem essas coisas bem antes. É uma campanha. Como se fosse uma guerra. Direitos mundiais."

"Vá pegar mais umas bebidas."

"E com quem você está? Em matéria de agente?"

"Mais bebida", repetiu Richard, cuja posição em matéria de agente era a seguinte. Ele também começara sob as asas de Harley, Dexter e Fielding, que o contrataram aos vinte e cinco anos, antes ainda de *Premeditação*, diante da força de suas resenhas arrebatadoramente destrutivas sobre a ficção e a poesia contemporâneas. Richard ficou com Harley, Dexter e Fielding durante seus dois primeiros romances, e aí desistiu deles depois que o terceiro livro foi recusado por todos os editores do país, inclusive a John Bernard Flaherty Dunbar Ltd., a Hocus Pocus Books e a Carrion Press. Transferiu então seus talentos para a agência de Dermott, Jenkins e Wyatt, que por sua vez desistiu *dele*, depois que seu quarto romance teve o mesmo destino. A partir daí, Richard decidiu ficar por conta própria, e cuidou pessoalmente de todas as propostas e negociações em torno do romance número cinco: ou seja, fotocopiou e empacotou tantas vezes os originais que se imaginava praticamente como uma editora — ou uma gráfica, imprimindo *samizdats* num país livre. Por enquanto, ainda não tinha planos para seu sexto romance, *Sem título*. E precisava de planos. Precisava desesperadamente de planos.

"Não tenho agente", disse ele.

"Você sabe que Gal tem uma grande admiração por você."

"Está querendo dizer que ela tem boas lembranças de mim? Ou que ela gosta do que eu escrevo?"

"As duas coisas. Ela gosta do que você escreve."

Só faltava uma das bolas vermelhas. Só restavam oito bolas na mesa: a preta e a marrom, a cor-de-rosa e a azul, a verde e a amarela; a única vermelha; e a branca, é claro. Aqueles dois jogavam *snooker* tão mal que seria enganador dizer que Richard era melhor jogador do que Gwyn. Mas sempre ganhava. Neste terreno, como em mais um ou dois, ele conseguia entender que existiam um começo, um meio e um fim. Compreendia que sempre havia um fim de partida. E era sempre nos fins de partida que Gwyn manifestava seus poucos laivos de talento: uma certa sagacidade celtibera, uma certa esperteza de costeletas. Cuidado.

"Ela me pediu para dizer que vai ligar para você."

"Mas a lista dos clientes de Gal é meio vagabunda, não é?", perguntou Richard, que descobriu que estava enrubescido e à beira de um desmaio quando abaixou a cabeça por sobre a mesa das bebidas: estava mais corado que a bola cor-de-rosa, mais corado ainda que a vermelha. "Não são só livros sobre cantores de rock e culinária? E manuais?"

"Ela está querendo entrar no mercado. Ficando mais literária. Já tem alguns romancistas na lista."

"Sei, mas são todos famosos por serem alguma outra coisa. Montanhistas célebres. Comediantes. Locutores de telejornal." Richard assentiu para si mesmo. Tinha lido que aquele locutor de telejornal não era famoso só por ser locutor de telejornal e romancista. Também ganhara fama (hoje) por outra razão: por ter levado uma surra fantástica, poucas noites atrás, num beco perto de Kensington High Street. "E políticos", disse ele.

"Pois eu acho que vai ser bom. Assim ela vai fazer um pouco mais de força por mim. Para melhorar a lista. Porque eu sou um escritor de prestígio."

"Você é o quê?" Mas depois Richard fez uma pausa e disse apenas: "É claro que você não sabe o que significa prestígio. Ou significava. Quer dizer mistério. Como em prestidigitação. Fascínio".

"Quando foi a última vez que você viu Gal? Ela era uma garota bonita, mas hoje ela... ela... realmente..."

Richard continuou olhando para ele, sem qualquer compaixão, enquanto a mente de Gwyn tropeçava, procurando a maneira de dizer o que queria. O que ele queria dizer, presumivelmente (Richard ouvira o mesmo de outras pessoas, e acreditara), era que Gal Aplanalp era impiedosamente bonita. Gwyn continuou ali, com seus gestos concessivos de ombros e rosto, assolado por muitas razões para não dizer o que queria dizer. O que não podia dizer sem dar uma impressão odiosa ou pouco política, desrespeitando tanto Gal quanto as mulheres menos favorecidas. E assim por diante.

"Ouvi dizer que ela ficou uma mulher muito bonita", disse Richard. "Espere um pouco. *Você* também é famoso por ser outra coisa."

"É mesmo? O quê?"

"Feliz no casamento. Um marido devotado."

"Oh. Isso."

Gwyn conseguiu matar a bola preta, mas o jogo já estava perdido, e Richard não ficou muito furioso, tendo vencido por três a um. Na saída do salão, descendo lado a lado pela escada carregando suas esbeltas capas de taco, lembrando músicos ou carrascos, passaram pelo salão de exercícios onde, por acaso, Steve Cousins dera aulas de caratê por seis meses, seis anos antes, para os delinqüentes juvenis da área. O contrato foi desfeito porque todos os pais acabaram dando queixa e porque Steve não conseguia entremear em seu discurso uma quantidade suficiente de baboseiras religiosas sobre a contenção, o autocontrole e as *mãos nuas*.

"Você já conheceu uma moça chamada Belladonna?"

"Acho que não", respondeu Gwyn. "E com esse nome é pouco provável que eu me esquecesse."

"Sei lá. As pessoas vivem mudando de nome, não é? Hoje em dia."

Separaram-se em Ladbroke Grove, debaixo do elevado do metrô: aquela parte de Londres controlada pelos vagabundos, pelos bêbados, exemplar a seu modo — a anticidade modelo; aqui, as calçadas, e até mesmo a pavimentação da rua, viviam cobertas por uma película úmida de cerveja (em várias manifestações) que se impregnava nos sapatos de qualquer um que por lá passasse às pressas. Homens acocorados, com os rostos estraçalhados virados para cima... Aquilo lembrava a Richard o *Pandaemonium*, a convocação dos anjos rebeldes — derrubados como raios das alturas cristalinas dos céus, de cabeça para baixo, caindo e caindo no fogo penal e no submundo das trevas. E depois reunidos num concílio desafiador. Seu preferido era Moloch: *Minha sentença é pela guerra declarada*. Mas ele achava que Belzebu tinha mais chances: a traição, a vingança lenta, a sedução — minando aos poucos a inocência e o Éden.

Minha sentença é pela guerra declarada... Uma frase excelente. Sentenciosa. Quando os escritores odeiam, tudo fica muito simples. A palavra dele contra a minha.

Tudo isto é uma crise. Toda esta confusão é uma crise da meia-idade.

Todo pai conhece o parque e o *playground* detestados no ar imóvel das manhãs de domingo (toda mãe os conhece nas tardes de sexta-feira, ou quinta — o resto do tempo), os escorregas, os balanços e as gangorras, lembrando um pictograma da inanidade. Os pais sentados na ponta dos bancos, ou caminhando, ou se abaixando para olhar os filhos; é a vez deles. Trocam lentos e resignados acenos de cabeça e ouvem o muro de rumor infantil em meio ao qual não se consegue distinguir nenhum sentido.

Eu estava lá, no nevoeiro. O nevoeiro estava muito triste — sentia muito por aquilo tudo. Como os pais, o nevoeiro também não tinha outro lugar aonde ir. Antigo e burro, mas equipado com novos elementos e aditivos químicos, o nevoeiro jazia imóvel sobre a cidade, esperando apenas não atrapalhar a vida de ninguém.

E aqui encontrei uma inversão do protocolo mais comum: nenhum adulto podia entrar no *playground*, a menos que estivesse acompanhado de uma criança. O *playground*, assim, ficava livre dos tarados e dos assassinos. Você não era um assassino. Seu filho era a garantia viva de que você não era um assassino.

Um menininho me abordou — não um dos meus. E me fez um sinal. Guardando uma distância curiosa, me fez um sinal: os dois indicadores formando um T. Surdo-mudo, achei eu, e senti meu rosto adquirir uma expressão mais leve, com o tipo de tolerância sem surpresas que eu desejei imprimir-lhe. Eu tinha um ar tão tolerante que nem precisava fazer uma expressão tolerante: bastava que ela fosse aberta. Um *T*. Ou quereria dizer outra coisa, o artigo, *the*, na linguagem dos surdos-mudos? Espere aí. Estava fazendo outro sinal agora, e mais outro. Um círculo. Não seria o zero, *nada* em linguagem dos surdos-mudos? Senti que minha cabeça estava intensamente inclinada na direção dele, que eu estava preparado para uma revelação, com o rosto franzido, esforçando-me para entender, como se aquele menino pudesse me dizer alguma coisa que eu realmente precisava saber.

Porque eu sei tão pouco. Porque preciso de informações de todas as fontes.

"Tom", disse ele. "É o meu nome."

E eu fiz os sinais — o M, o A — com meus dedos estranhos e retorcidos, pensando: como é que eu posso fazer este papel de onisciente, daquele que tudo sabe, quando não sei *nada*? Quando sou incapaz de ler maiúsculas infantis em meio a um nevoeiro arrependido.

Escrevi estas palavras cinco anos atrás, quando eu tinha a idade de Richard. Já àquela altura eu sabia que Richard não tinha uma aparência tão má quanto ele achava. Ainda não. Se tivesse, então alguém, certamente, uma mulher ou criança — Gina, Demi, Anstice, Lizzete, Marius, Marco — haveria de tomar sua mão e levá-lo para algum lugar agradável, macio e branco, murmurando respostas tranqüilizadoras à sua respiração ansiosa e ofegante. Intimações de monstruosidade são comuns, e talvez universais, no início da meia-idade. Mas quando Richard se olhava no espelho procurava alguma coisa que não estava mais lá.

Talvez fosse útil se soubéssemos onde nós vivemos. Cada um de nós, afinal, tem o mesmo endereço. Toda criança sabe de cor. E é mais ou menos assim:

Rua Tal e Tal,
Número Tal e Tal,
Conurbação Tal e Tal,
Estado Tal e Tal,
País Tal e Tal,
Continente Tal e Tal,
Este ou Aquele Hemisfério,
Terra,
Planetas Superiores,
Sistema Solar,
Perto da Alfa do Centauro,
Esporão de Órion,
Via Láctea,
Grupo Local,
Aglomerado Local,
Superaglomerado Local,
Universo,
Este Universo, O Que Contém:
O Superaglomerado Local,
O Aglomerado Local,
E Assim por Diante. Até Voltar a:
Rua Tal ou Tal,
E Tal ou Tal Número.

Poderia ser interessante se soubéssemos para onde estamos indo, e a que velocidade.

A Terra roda à velocidade de meio quilômetro por segundo.

A Terra gira em torno do Sol à velocidade de trinta quilômetros por segundo.

O Sol gira em torno do centro da Via Láctea à velocidade de trezentos quilômetros por segundo.

A Via Láctea se desloca na direção geral da constelação de Virgem à velocidade de duzentos e cinqüenta quilômetros por segundo.

Astronomicamente falando, tudo está cada vez mais distante de tudo.

Poderia ser interessante se soubéssemos do que somos feitos, se soubéssemos como nos mantemos vivos, e ao que retornaremos.

Tudo que existe diante dos seus olhos — o papel e a tinta, estas palavras, seus próprios olhos — foi criado nas estrelas; em estrelas que explodem quando morrem.

Em termos mais próximos, somos aquecidos, chocados e criados por uma bomba H em situação estável, nossa anã amarela: uma estrela de segunda geração na seqüência principal.

Quando todos morrermos, nossos corpos acabarão voltando a seu ponto de origem: uma estrela moribunda, a nossa, dentro de cinco bilhões de anos, em torno do ano 5 000 001 995.

Podia ser interessante se soubéssemos de tudo isso. Podia ser útil se pudéssemos sentir isso tudo.

Absolutamente inquestionável, o Universo é de Alta Classe.

E nós, somos o quê?

artidários de que a Terra é chata. O movimento inicial de Richard, em seu plano para arruinar a vida de Gwyn, não foi calculado para ser decisivo, e nem mesmo dramático. Por outro lado, exigiu de Richard bastante esforço e uma razoável despesa — além do desgaste interno. Vários telefonemas e viagens ao outro lado da cidade, e mais embates marcados pela falta de talento com folhas de papel pardo e rolos de barbante. Talvez seja discutível se Richard tem algum talento para a literatura de ficção; mas não há dúvida de que não leva o menor jeito para fazer embrulhos. Ainda assim, estava decidido. Chegou a erguer o queixo em dado momento, num gesto de heroísmo simplório. Suas narinas se dilataram. Richard Tull tinha decidido enviar a Gwyn Barry um exemplar do *New York Times* de domingo. Junto com um bilhete. E só.

Estava perfeitamente decidido...

"Papai? Você é cavo?"

"Às vezes eu acho que sim, Marco."

"E sempre vai ser cavo?"

Talvez em conseqüência dos males da vida, Marco. Mas apesar de todos os males que ainda me aguardam, Marco, apesar de enfraquecido pelo tempo e pelo destino, com força de vontade, vou resistir, vou buscar...

"E sempre foi cavo? Como foi que começou a ficar cavo?"

Richard fechou os olhos. Deixou a caneta cair na mesa e disse: "Você está querendo dizer calvo. Me deixe em paz, Marco".

O menino ficou. E continuou olhando para os cabelos do pai.

"A sua cavície é do tipo que acontece com todo homem?"

"Acho que sim. Acho que é desse tipo."

"Quando foi que você começou a ficar cavo?"

"Me deixa em paz, Marco. Vai brincar na rua. Estou tentando trabalhar."

Tinha toda a clareza de espírito a respeito... Richard estava sentado à sua mesa; tinha acabado sua jornada de trabalho daquela manhã em *Sem título*, depois de concluir uma passagem histericamente fluente de prosa justa e tensa, e estava reunindo suas anotações (que viviam em ampla dispersão) para uma resenha sobre *The soul's dark cottage: a life of Edmund Waller*. Até mesmo sua carreira de resenhista, o que não era de se esperar, vinha descrevendo uma curva nitidamente descendente, como o gráfico ao lado da cabeceira de um moribundo que os médicos concluíram ser inoperável. Começara a escrever resenhas sobre ficção e poesia; depois só ficção; depois ficção americana (sua especialidade, e sua paixão). As coisas começaram a tomar um rumo preocupante quando passaram a lhe pedir resenhas sobre a ficção sul-americana: uma sucessão aparentemente interminável de floreados romances de mil páginas tratando do tingimento da lã dos carneiros ou da queda dos frutos num coqueiral. E depois começaram as biografias. E mais biografias. Como a maioria dos resenhistas jovens, Richard era muito severo no começo. Mas em vez de suavizar-se, de ficar mais católico, mais capaz do perdão (a caminho da imparcialidade dos idosos e, mais adiante, o fim do caminho: um estupor gorgolejante de satisfação diante de qualquer coisa que fosse escrita), Richard só ficara ainda mais implacável. Por razões pessoais, é claro, que todo mundo acabou percebendo. Como resenhista, tinha um estilo poderoso — uma voz individual e uma memória individual. Mas era partidário da visão do Crítico como Leão-de-Chácara. Só admitia gênios em sua espelunca. E o verdadeiro problema de todos aqueles romances que lhe enviavam é que eles tinham sido *publicados*, e os dele não... Richard encostou-se na cadeira: estava conseguindo realizar a difícil proeza de tomar seu próprio pulso sem parar de roer as unhas. Seu filho menor, Marco, reprovado no teste matinal de aptidão física aplicado por Gina e deixando mais uma vez de ir à escola, continuava ao lado do pai, equilibrando um duende ou gnomo de borracha em várias superfícies mais ou menos horizontais: o antebraço de Richard, os ombros de Richard, um ou outro dos pontos calvos da cabeça de Richard. E do lado de fora, através da janela fremente, vinha o som do metal que perfurava ferozmente a pedra, abrindo caminho pela dolorida calcificação de vigas e vergas com uma persistência sádica: a casa, a rua, toda a cidade estava sofrendo um tratamento de canal.

Por exemplo, só podia ser o *New York Times*. Richard sabia que o *Los Angeles Times* era maior ainda, mas a seu ver a loucura de Gwyn não era suficiente para o *Los Angeles Times*. No entanto, ainda era louco o bastante para o *New York Times*. Richard estava disposto a apostar sua sanidade que sim. Se Gwyn não era louco o bastante para o *New York Times*, é que Richard estava perdendo o controle. Agora ele estendeu a mão para o paletó, pendurado na cadeira, e pescou o talão de cheques dobrado no qual esperava ter anotado algumas palavras sobre *The soul's dark cottage: a life of Edmund Waller*. Tinha: *vende os camaradas para não ser decapitado p. 536ss*. O talão de cheques foi agregado às suas outras anotações, frouxamente reunidas na mesa apinhada: um recibo de cartão de crédito, um envelope rasgado, uma caixa de fósforos vazia. Sua mesa estava tão horrendamente repleta que muitas vezes o telefone parava de tocar antes que conseguisse encontrá-lo — ou, talvez, antes mesmo que chegasse a ouvir seu toque.

O plano era o seguinte: Richard ia enviar a Gwyn Barry um exemplar do *New York Times* de domingo, completo, aquela pilha de tinta espalhada na polpa produzida pelo abate de uma floresta inteira, acompanhado por um bilhete datilografado que diria apenas

> Caro Gwyn,
> Há uma coisa aqui que
> lhe interessa. O preço da fama!
> Sempre seu,
> John

Não haveria, é claro, qualquer indicação sobre o lugar onde essa coisa interessante poderia ser encontrada. Recostado na cadeira em meio à sopa de letras de seu escritório, Richard imaginou Gwyn abrindo o pacote, franzindo o cenho ao ler o bilhete, começando a procurar, com um leve sorriso, na seção de livros, depois, com menos satisfação, na seção de artes, depois...

"Marco, por que é que você está fazendo isso?"

Ou Marco não ouviu ou não entendeu. E respondeu: "Quê?".

Existe, é claro, uma dificuldade para reproduzir a fala infantil. Mas como é que se pode evitá-lo? Marco não disse "O quê?". Ele disse "Quê?".

"Equilibrando esse boneco no meu braço", disse Richard. "Por quê? Para quê?"

"Tá trapalhando?"

"Está."

"E *isso* trapalha?", perguntou, equilibrando o boneco na cabeça de Richard.

"Sim."

"E *isso* trapalha?", perguntou, equilibrando o boneco no ombro de Richard.

"Isso tudo me atrapalha." Edmund Waller me atrapalha. "Como é que eu posso trabalhar assim?"

Ele queria que Marco fosse para outro lugar, para que ele pudesse ligar para Anstice e fumar um cigarro com a cabeça para fora da janela e, de maneira geral, seguir adiante com seu projeto de arruinar a vida de Gwyn. *Edward Waller nasceu em. Vai, adorável rosa! Diz a quem gasta seu tempo e a mim...* Basicamente, agora que a culpa se evaporara, a história de Anstice se reduzira a uma chateação sem fim. Ele só falava com ela para que ela não se matasse. *Um consumado pedante e maçante (e medíocre), Edmund.* Mas ele *queria* que ela se matasse. Por outro lado, matar-se demandava energia, que Anstice normalmente não tinha. Se tivesse um acesso de energia, ela poderia acabar fazendo outras coisas, como ligar para Gina. *Um monarquista pelas vantagens, republicano de primeira hora, e noivo mercenário.* Embora tivesse ido para a cama com Anstice, não chegara a trepar — mas ela não parecia ter percebido. *A conspiração de Waller foi um fracasso. Mas ainda assim lhe deu a oportunidade de trair todos os seus.* E qual seria o problema, se Gina descobrisse? Na verdade, Richard supunha e até esperava que a própria Gina estivesse tendo um caso: por razões que logo ficarão claras. *Pouco vale a beleza da luz retirada...* Os escritores não levam vidas bem-conformadas. Forma dão às vidas de outros: contadores, tarados. *Enquanto Edmund Waller. Embora Waller. Apesar. A despeito de. Ao passo que Waller...*

Ao passo que. Um arcaísmo escrupuloso — como a resenha literária habitual. Não eram as palavras em si que eram pedantes e polidas demais, mas suas configurações, que obedeciam a vários ritmos antiquados de pensamento. Onde estavam os novos ritmos — ainda haveria algum? Richard às vezes gostava de pensar que toda a sua ficção era uma procura dos novos ritmos. Gwyn, com toda a certeza, não procurava nada daquilo. O estilo de Gwyn exibia uma melodia simples: os olhos que se arregalavam diante de uma flor em botão eram todos brilhantes, claros e desprovidos de arte. Richard abriu a gaveta de cima de sua mesa e consultou a carta que recebera pouco antes de seu fã: Darko, confidente de uma estranha moça, Belladonna. A folha de papel gasto, com suas linhas impressas de um azul de piscina, as impressões digitais, o suor, a avidez epidérmica: talvez aqui que estivessem os novos ritmos.

Marco não queria ficar sozinho, e no final Richard o levou até a entrada do prédio, onde pelo menos podia fumar alguns cigarros. O ar estival de Londres estava tão poluído que era o mesmo que soprar a fumaça do cigarro na cara de Marco, ou dividir o maço com ele. Marco tinha asma. E tinha uma outra dificuldade. Richard não costumava pensar muito nela. Os cinco por cento de sua mente que dedicava a Marco (uma proporção capaz de grandes expansões, sempre que Marco ficava doente ou triste) estavam convencidos de que cinco por cento eram suficientes: Marco era um garotinho que vivia bem, só tinha um pequeno problema. O problema se chamava distúrbio de aprendizado, e envolvia erros repetidos de categoria. Se você contasse a Marco por que a galinha atravessava a rua, Marco perguntaria o que a galinha fazia depois. Aonde ela ia? Como é que ela se chamava? Era casada — e tinha talvez uma ninhada de pintos? Quantos?

Espere um pouco. O rosto de Richard se contorceu numa expressão de raiva animal. Meu Deus: aquele cretino de novo. Duas vezes a cada dia de semana, em horários irregulares, um sujeito enorme num carro grande passava pela Calchalk Street a cem quilômetros por hora. Por que tanta *pressa*? Quem poderia querer que ele chegasse em algum lugar antes da hora em que já ia chegar? Trazia o paletó pendurado num cabide. Usava uma camiseta porosa por baixo da camisa branca. Tinha o lábio inferior proeminente, o nariz grosso, cílios e sobrancelhas muito claros, como o último tipo de leitão inventado em algum laboratório. Richard se pôs de pé para assistir à passagem veloz do tal sujeito: um animal odiando outro animal. Ele passa por aqui duas vezes por dia, pensou Richard. Passa por aqui duas vezes por dia, tentando matar os meus filhos.

Quando o ar se acalmou, Richard sentou-se e acendeu outro cigarro... Se, no processo de provocar a destruição de Gwyn, se sobrasse tempo para a arte, seria muito mais satisfatório lançar mão de forças contemporâneas, despertá-las e mobilizá-las, contra a vida dele. Tanto Ladbroke Grove como Portobello Road, com sua agitação, sua dor e suas necessidades cotidianas. Se fosse possível hidroeletrizar essas energias da rua e canalizá-las na direção que se quisesse. Um projeto e tanto. Mais fácil, e mais barato, seria simplesmente procurar as pessoas que faziam esse tipo de coisa, e dar-lhes algum dinheiro para que arrebentassem a cabeça de Gwyn. Enquanto isso, havia ainda Belladonna a ser ativada. Enquanto isso, havia ainda o *New York Times* de domingo.

A essa altura, Marco estava estirado no degrau da escada, com a orelha direita apoiada no bíceps direito, a mão livre brincando com o gnomo, com o duende. Richard continuava sentado, fumando. A nicotina é um relaxante. Cigarros são para os que nunca relaxam.

Nós nunca relaxamos.

13 estava sentado no furgão, esperando, coisa que fazia quase o tempo todo. Numa das mãos, segurava o cangote da pelagem de Giro; na outra, uma reconfortante lata de Ting.

13? 13 estava acabado. As atividades da noite anterior o envolveram numa corrida de cento e vinte minutos a duzentos quilômetros por hora na contramão pela M20 num GTi roubado, com cinco carros de polícia em seu encalço. E daí? Nada de mais. Quando quem está dirigindo é você mesmo: você vai enfrentando o que aparece. Mas quando o idiota no volante só tem doze anos de idade e está completamente chapado de tanto solvente que cheirou... Pelo pára-brisa, no qual uma chuva ultraleve deixara uma espécie de penugem, uma lãzinha de cu, o olhar de 13 contemplava um dos hospitais da cidade: Santo Alguma Coisa. Viu-se mumificado em ataduras só com os cabelos do lado de fora. Triste!

Steve Cousins estava lá dentro. Andava depressa, a cauda de sua capa de chuva e as pontas do cinto da capa chicoteando o ar em seu rastro. As curvas da aba de seu chapéu ecoavam seu rosto pontudo e o ângulo de inclinação de suas assimetrias. Um sinal de tráfego de sangue marcava a capa que se arrastava. No térreo, a caminho da biblioteca do hospital: havia um livro que esperava encontrar e que contava roubar.

Tinha acabado de visitar Kirk, no andar de cima. Lá Scozzy ficou sentado, depois de entregar ao paciente as propiciatórias revistas de automobilismo, e lá estava Kirk deitado, no pequeno quarto exclusivo, o rosto uma teia de pontos, quando a porta se abre. É o irmão de Kirk: Lee. Com uma enorme cesta nos braços. E Lee diz: "É da Fortnum and Mason's", pousa a cesta na beira da cama — e abre a tampa. E aparece uma cabeça horrível. Beef, o *pitbull*! Kirk abre os braços com lágrimas nos olhos: "Beef, meu garoto. Ele está sorrindo! Viu só? Está feliz de me ver!".

Meu Deus. E o maldito cachorro pulou em cima dele feito um vídeo de terror. E não houve jeito de segurar. Não houve jeito de fazer o bicho parar. É como eu. Quem é que consegue me fazer parar? Ninguém consegue. Nem o dono, ou o treinador, consegue fazer ele parar; é a grande qualidade suposta daqueles cachorros: é impossível fazê-los parar. Kirk não consegue fazer Beef parar: o cachorro morde sua boca. De qualquer maneira, Lee golpeia o cachorro umas quinze vezes na nuca com uma garrafa, o cabide do soro despenca, e quando conseguem arrastar Beef para longe, cobri-lo de pontapés e enfiá-lo de volta na cesta, há cinco enfermeiras no quarto indagando o que é que está acontecendo? Scozzy e Lee estavam sentados na tampa da cesta — e Beef por baixo, enlouquecido. "Nada!", disse Kirk. "Os meus pontos se soltaram!" Falaram em chamar a polícia, ou coisa assim, e Steve achou melhor ir embora. Com Kirk ainda babujando alguma coisa para Lee sobre pôr mostarda na comida do cachorro de manhã e de noite, para ele continuar esperto.

13 viu Scozzy chegando de volta e saiu do furgão: ufa. Quando a pessoa passa a metade da vida esperando, quando passa a metade da vida espreitando e vadiando, às vezes as pernas ficam duras e dormentes.

"O que é que você pegou?", disse 13.

Scozzy levantou para ele ver.

"Prestoditação", disse 13.

"*Premeditação*," disse Scozzy.

"Escrito pelo homem."

"Não. Não por ele. Pelo amigo."

"Seja o que for."

Steve ainda estava com uma disposição tolerante, depois de seu recente sucesso. Tinha dado uma surra no sujeito do telejornal das dez: e, na noite seguinte, a notícia *saiu* no jornal das dez. Você bate num locutor e outro locutor dá a notícia. É assim que as coisas devem ser.

"Holland Park", anunciou Scozzy.

"Não dá."

"Por quê?"

"Preciso ir ao tribunal."

"Meu Deus", disse Scozzy.

Fazia um calor sufocante, leu Richard. Suspirou, e acendeu um cigarro.

Fazia um calor sufocante. Langorosamente ele olhou pela janela do quarto. Sim, o dia estava quente demais para sentir sono. Tinha chegado a hora. Ele precisava escolher.

Richard não estava lendo este trecho num espírito especulativo. Estava revendo os originais para mandá-los para o prelo. E disse:

"Esta sim é uma primeira frase que pega você pelas lapelas. *Fazia um calor sufocante.*"

Balfour Cohen se aproximou e olhou para os originais por cima do ombro de Richard. Sorriu com compreensão e disse: "Ah, sim. É o segundo romance dele".

"E nós publicamos o primeiro?"

"Publicamos."

"E como é que começava? Deixe eu pensar um pouco. *Fazia um frio de enregelar.*"

Balfour sorriu com compreensão. "Deve ser uma boa história."

Richard continuou lendo:

Ele *precisava* escolher. Vencer, conseguir, seria incrédulo. Mas fracassar, perder, seria desprezível!

"O que eu não entendo", disse Richard, "é o que essas pessoas têm contra os dicionários. Talvez nem saibam que escrevem errado."

E ao dizer isto descobriu que estava suando, e até chorando. Outra coisa que não entendia era por que ele tinha de corrigir esses textos. Quer dizer, para que tanto trabalho? Quem se incomodava? Ninguém jamais iria ler aquilo, além da mãe do autor e do próprio autor.

"Me espanta que ele tenha escrito corretamente o título."

"Qual é o título?", perguntou Balfour.

"*Outro presente do gênio*. De Alexander P. O'Boye. Se é que ele escreveu certo o próprio nome. Como é que se chamava o primeiro?"

"Um momento." Balfour batucou nas teclas. "*Um presente do gênio*", disse ele.

"Meu Deus. Quantos anos ele tem?"

"Adivinhe", disse Balfour.

"Nove", disse Richard.

"Na verdade, tem quase setenta."

"É de cortar o coração. Qual é o problema dele? Quer dizer, ele é *louco*?"

"Muitos dos nossos autores são aposentados. É um dos serviços que nós prestamos. Eles precisam de alguma coisa para fazer."

Ou alguma coisa para ser, pensou Richard. Passar o dia inteiro sentado no *pub* com o cachorro no colo seria mais criativo, e mais digno, que passar das nove às cinco cultivando uma ilusão iletrada. Olhou de lado. Era possível que Balfour considerasse Alexander P. O'Boyle uma das jóias de seu catálogo. Ele sempre era mais cuidadoso e devotado quando se tratava de ficção ou poesia. De qualquer forma, Richard é que era agora o editor de ficção e poesia na Tantalus Press. Não precisava fazer o que Balfour fazia, rever as biografias de peixinhos dourados e pés de pepino, os tratados de mil páginas que supostamente demoliam as idéias de Freud, Marx e Einstein, as histórias revisionistas de regimentos dissolvidos e sindicatos crepusculares, a exploração não ficcional de planetas distantes, e todos os outros pedidos de ajuda.

"Devemos sempre lembrar", disse Balfour, como dizia toda semana, "que James Joyce apelou, num primeiro momento, para a edição particular." E depois acrescentou: "Proust também, aliás".

"Mas isso foi... Não foi só uma manobra? Para evitar um escândalo por homossexualismo", disse Richard, cauteloso. "Um conselho de Gide. Antes de Proust ir procurar Gallimard."

"Nabokov", sugeriu Balfour.

"É, mas só um livro de poemas de amor. Quando ainda era estudante."

"Mesmo assim. E Philip Larkin. E, é claro, James Joyce."

Balfour estava sempre dizendo a mesma coisa. Richard esperava ouvir qualquer dia que Shakespeare tivera sua primeira grande oportunidade com um editor que lhe cobrou para publicar o que ele escrevia; que Homero respondera a um anúncio suplicando por qualquer porcaria escrita. A Tantalus Press, nem é preciso dizer, não era exatamente um trampolim para a fama literária. A Tantalus Press só era um trampolim para o mesmo tipo de coisa: para *Outro presente do gênio*. A "edição particular" não era exatamente a mesma coisa que o crime organizado, mas tinha laços próximos com a prostituição. A Tantalus Press era um bordel. Balfour era a cafetina. Richard era o ajudante da cafetina. Os escritores pagavam a *eles*... E todo escritor deveria poder dizer que nunca pagou para ser publicado — nunca na vida.

"O que é que você está lendo?", disse Richard.

"Sobre a Segunda Guerra Mundial. Parece muito polêmico."

"O mito dos seis milhões?"

"Ele vai além. Afirma que os campos de concentração eram na verdade dirigidos pelos judeus, e que todos os prisioneiros eram alemães arianos."

"Francamente, Balfour. Esse você não vai aceitar."

Se tivesse estado presente ao Holocausto, em que seus quatro avós haviam sido escravizados e depois assassinados, Balfour teria sido morto meia dúzia de vezes. Triângulo rosa, estrela amarela: teria tido de usar um emblema complicado, em seus últimos dias. Racialmente subumano (judeu), sexualmente pervertido (homossexual), mentalmente doente (esquizofrênico), fisicamente deformado (tinha um pé torto) e politicamente desviante (comunista). Também era dono de uma editora que cobrava dos autores para publicar seus livros; e também era inteiramente a-cínico. E além disso — e na verdade com desinteresse — colecionava, a sério, propaganda anti-semita. Vejam só. Nunca houve rosto mais gentil, pensou Richard: a cabeça calva cercada de cabelos castanhos, as ondulações de concha das têmporas, as órbitas de seus cálidos olhos castanhos que tudo perdoavam. Balfour era um judeu erraticamente generoso que também tinha idéias estranhas sobre o dinheiro. Quando todos almoçavam juntos, em alguma lanchonete ou bar de sanduíches, Balfour ou pegava a conta sem dizer nada ou cobrava de cada um contribuições calibradas com precisão — e depois agarrava o dinheiro de todos, dando a clara impressão de que estava prestes a sair correndo pela porta. Falava com uma voz alta e irrelevante, que depois ia baixando, aos poucos. Era um atavismo, achava Richard: Balfour estava na estrada há dois mil anos. Curiosamente, Richard também achava que Balfour gostava dele mas queria destruí-lo... e ele tinha outro *hobby*, que Richard suspeitava ser uma fonte secundária de renda: falsificar primeiras edições modernas. A seu serviço, havia diversos pequenos eremitas e outros pequenos loucos que, de um dia para o outro, eram capazes de criar fac-símiles espantosos de um *Sons and lovers*, de *Brighton rock* ou de *A handful of dust*.

"Não cabe a mim questionar as opiniões ou as descobertas de um autor."

"Descobertas? Não são descobertas. Ele não descobriu nada. Eles é que o descobriram. Vamos lá, Balfour, destrua isso sem ler."

O escritório térreo da Tantalus Press era comunitário: onze pessoas trabalhavam lá, cuidando de coisas como *traduções*. Richard ainda não entendia ao certo como é que aquilo funcionava. Traduções daquelas porcarias, para o francês, por exemplo? Ou traduções de porcarias francesas? De qualquer maneira, Richard se abrigava no segundo andar, junto com o patrão. O escritório dos dois era confortável, até mesmo de bom gosto, mas cuidadosamente desprovido de luxo (Balfour gostava de dizer, o que não seria o caso de um editor comum, que sua empresa não tinha fins lucrativos), e nele era permitido fumar. Um comunista não podia proibir ninguém de fumar. Além dos comunistas, das pessoas doentes, dos racialmente inferiores — as bocas desnecessárias, as formas de vida indignas —, o Estado alemão matava os vagabundos, os arruaceiros, os mandriões e os descontentes. Mas não os fumantes. Richard podia ter enfrentado a pena máxima por descontentamento (e várias outras coisas), mas não por fumar. Hitler reprovava o fumo. Já Stalin, aparentemente, não. Quando os russos começaram a repatriar os nômades da Europa, depois do fim da guerra, todos os itinerantes sob seus cuidados recebiam uma ração incrivelmente generosa — quase infumável — de tabaco: até as crianças, até os bebês. Balfour pagava muito generosamente a Richard por seu único dia semanal de trabalho.

"Acho que podemos ter encontrado um poeta promissor. É bastante interessante, para uma primeira coletânea."

"Passe para cá... Bom nome. Keith Horridge. *Ótimo* nome", disse Richard.

O qual sabia que, se passasse a trabalhar ali dois dias por semana em vez de um só, acabaria liqüidado, como ser humano, ao final de um ano. Os romances de Richard podiam ser ilegíveis, mas eram romances. Estimulado num primeiro momento pelos Saaras e Gobis de falta de talento com que se deparava a cada hora, agora ele já reconhecia o que aquilo tudo era na realidade. Não era apenas má literatura: era antiliteratura. Pura propaganda, em favor do ego. Os romances de Richard podiam ser ilegíveis, mas eram romances. Já aqueles originais datilografados, impressos em computador ou reunidos em cadernos moles que jaziam à sua volta simplesmente não tinham conseguido superar uma forma mais primitiva: diário, registro de sonhos, dialética. Sentindo-se numa enfermaria de prematuros, Richard ouvia o choro daquelas criaturas e percebia seus incríveis espasmos, convulsões de uma forma anterior de existência. Eram como bebês monstruosos; pareciam imagens pornográficas. Não se devia olhar para eles. Na verdade, o melhor seria ignorá-los.

Balfour disse, com uma circunspeção infinita: "E como vai seu... seu mais recente?".

"Quase pronto." E não acrescentou — pois era incapaz de tanta antevisão, porque os homens são incapazes de enxergar além da próxima briga ou da próxima trepada — que bem podia ser o último. Não que fosse incapaz de ver: é que não queria olhar. Para aquilo também, não se devia olhar.

"Se por alguma razão você não encontrar editora para ele, é claro que eu teria o maior orgulho de publicá-lo com o selo da Tantalus."

Richard conseguia imaginar-se terminando seus dias com Balfour. Este pressentimento vinha se tornando cada vez mais comum — habitual, um reflexo. Terminando seus dias com Balfour, com Anstice, com R. C. Squires, aquela motorista de ônibus, aquele carteiro, aquela guarda de trânsito. Richard, o ex-garoto bonito acabado e neurótico, numa piscina sem ar de solteironice, comedido e imprevisível em seus favores sexuais, vaidoso, terrível e taciturno, e miseravelmente exigente em relação a seu chá chinês.

"Eu sei, Balfour."

"Podemos fazer por subscrição. Uma lista. Começando com os amigos."

"Obrigado. Obrigado. Mas ele precisa correr riscos. Flutuar ou afundar por conta própria."

Afundar ou flutuar no quê? No universal.

Os antigos pensavam que as estrelas — todas elas — ficavam logo depois de Saturno. Bastava passar de Saturno que encontrávamos o turbilhão da Via Láctea. E pronto. Mas não é assim. Depois de passar por Saturno, muito depois (mais do dobro da distância de nossa viagem desde a Terra), encontramos Urano. Mais dois mil milhões de quilômetros e encontramos Netuno, o último dos gigantes de gás. E se continuarmos em frente, encontramos quem? Plutão.

À diferença dos outros gigantes de gás, à diferença de Júpiter, um sol fracassado, Urano não tem uma fonte interna de calor; está inclinado em ângulo reto — na verdade, dezoito graus a mais que um ângulo reto, de modo que sua rotação é retrógrada; tem anéis negros, e quinze satélites conhecidos.

Netuno possui sua Grande Mancha Escura, seus ventos de mais de mil quilômetros por hora, e, entre seus oito satélites, o glamouroso Tritão: do tamanho da Lua, com seus gêiseres de nitrogênio e sua neve cor-de-rosa. Netuno tem anéis. Um de seus satélites menores, Galatéia, é um estabilizador de anel — ou um "pastor de anel", como são chamados.

E agora Plutão. Não se deve chutar cachorro atropelado, é claro, mas Plutão realmente não passa de uma merda. Júpiter não conseguiu ser estrela; pois Plutão sequer conseguiu ser um planeta. Uma atmosfera tênue, uma crosta de gelo (com quinhentos quilômetros de espessura), e depois só pedra. A massa de Plutão é mais ou menos um quinto da massa da nossa Lua, e a lua *dele*, Caronte (outra merdinha), tem metade do seu tamanho. Não possui anéis, e por isso Caronte não é pastor: é só um barqueiro, que carrega os mortos para o mundo inferior de Plutão. A órbita de Caronte coincide com a rotação de Plutão, e por isso este terrível casalzinho, este parzinho medonho de planetesimais de merda, está "preso". Dependendo do hemisfério de Plutão em que você se situar, Caronte ou estará permanentemente imóvel no céu ou permanentemente invisível. De qualquer ponto de Plutão você poderia olhar diretamente para o Sol. Às vezes ele teria uma aparência cruciforme, como uma espada brandida por Deus. Mas jamais seria capaz de aquecer nada, e nem de dar vida.

Os antigos também pensavam que as estrelas eram *fixas*, eternas e imutáveis. Os seres humanos achavam esta noção difícil de abandonar, e ela continuou a persistir, até muito depois de Copérnico e Galileu. É por isso que os homens tiveram tanta dificuldade com as *novas* (que hoje chamamos de *supernovas*). É por isso que tiveram tanta dificuldade com as "estrelas novas".

Por exemplo, Gwyn e a carpintaria. Se você quiser pensar em alguma coisa engraçada (pensou Richard, que estava achando graça — aquela noite, em seu escritório), basta se lembrar de Gwyn e da carpintaria.

Numa entrevista, Gwyn disse, ou pelo menos contaram que disse, que sempre comparava o ofício literário ao ofício da *carpintaria*.

"Você recorta, aplaina, lixa, até tudo ficar liso e perfeitamente encaixado. Acima de tudo, a construção tem que *funcionar*. Qualquer carpinteiro sabe que tudo que faz precisa ser funcional. Precisa ser *honesto*."

P: "O senhor costuma praticar carpintaria, ou fazer algum trabalho manual?"

"Sim. Eu tenho uma espécie de oficina onde eu mexo com as coisas. Acho muito terapêutico."

Da vez seguinte que Richard se encontrou com ele (alguns meses atrás), Richard disse: "Que história é essa de carpintaria? Você alguma vez trabalhou com madeira?".

"Não", respondeu Gwyn.

"E a carpintaria também não presta como metáfora para a literatura. Uma coisa não tem nada a ver com a outra."

"Mas soa bem. Fica parecendo que escrever é mais acessível para as pessoas que trabalham com as mãos."

"E por que você quer dar a idéia de que escrever é mais acessível para as pessoas que trabalham com as mãos?"

Algumas semanas mais tarde, Gwyn levou Richard até o porão de sua casa, para mostrar-lhe como estava ficando a adega. Richard viu uma bancada de carpinteiro debaixo das escadas. Havia um torno, uma plaina, um serrote, até mesmo um medidor de nível. E ainda vários blocos de madeira que alguém atacara com violência, munido de um formão e um malho.

"Quer dizer que você começou a trabalhar com madeira?"

"Não. Só fiquei preocupado com a possibilidade de algum entrevistador pedir para ver o lugar onde eu trabalhava com madeira. Olhe só. Até comprei este banquinho para poder dizer que foi feito por mim."

"Bem pensado."

"Até cortei a mão."

"Como? Trabalhando com as ferramentas?"

"Não. Usando o formão, para dar a impressão de que eu faço carpintaria."

"Estragando aquela cadeira, para dar a impressão de que foi feita por você."

"Exatamente."

Era meia-noite. Richard se esgueirou para fora de seu escritório e foi até a cozinha à cata de alguma coisa para beber. Qualquer coisa alcoólica servia. Sentiu um baque de surpresa nas têmporas quando, em vez do costumeiro vazio fracamente iluminado, encontrou sua mulher. Gina não era grande, mas a massa de sua presença estava dramaticamente amplificada pelo adiantado da hora. E pelo casamento, e por outras coisas. Ele a contemplou com seus olhos de infiel. Os escuros cabelos ruivos estavam puxados para cima e para trás; o rosto estava úmido, com o creme noturno ainda não totalmente assimilado; o roupão atoalhado revelava um triângulo de colo avermelhado pelo banho. Com um pânico súbito, Richard percebeu o que ela tinha feito, o que acontecera com ela: Gina se tornara adulta. E Richard não. Seguindo o modelo de sua geração (ou pelo menos da porção boêmia), Richard continuaria do mesmo jeito até morrer. Com uma aparência cada vez pior, é claro, mas do mesmo jeito. Seriam as crianças, seria o trabalho, seria o amante que certamente devia ter a essa altura (no lugar dela, se tivesse o casamento dela — se Richard fosse casado com Richard, será que *ele* teria um amante)? Ele não podia objetar, argumentando com base na ética ou na eqüidade. Porque escrever é uma forma de infidelidade. Qualquer coisa escrita é uma forma de infidelidade. Ela continuava bonita, ela continuava sexualmente atraente, continuava com uma aparência (era forçoso admitir)... safada. Mas Gina se passara definitivamente para o outro lado.

"Eu achei que estava na hora de um relatório", disse ela. "Já faz um ano."

"Do quê?"

"Exatamente hoje." Ela olhou para o relógio. "Nesta hora exata."

Alívio e lembrança vieram juntos: "Ah, sei". Ele tinha achado que podia ter alguma coisa a ver com o *casamento* deles. "Já sei", disse ele.

Ele se lembrou. Uma noite de verão abafada e poluída, à espera das trovoadas, exatamente como a de hoje. Uma emersão tardia do escritório à procura de uma bebida, exatamente como a de hoje. E a aparição de Gina, de roupão e de surpresa, exatamente como a de hoje. Talvez houvesse algumas poucas diferenças. Pode ser que a cozinha estivesse um pouco mais iluminada. Pode ser que houvesse mais alguns brinquedos espalhados. Pode ser que Gina tivesse uma aparência um ou dois dias mais jovem, naquela ocasião, e definitivamente não desse a impressão de ser uma adulta. E pode ser que Richard estivesse menos fodido do que agora.

Naquela ocasião, um ano atrás, ele estava saindo de uma semana terrível: a estréia de Gwyn Barry na lista dos mais vendidos; a pancada em Marco; Anstice; e mais alguma coisa.

Desta vez, ele tinha tido um ano péssimo.

"Eu me lembro."

Ele se lembrava. Um ano atrás, exatamente àquela hora, e Gina dizendo:

"Quantos dias por semana você gasta com os seus romances?"

"O quê? Gastar?", disse Richard, que só estava pensando no armário das bebidas. "Não sei. Varia."

"É geralmente a primeira coisa que você faz todo dia, não é? Menos domingo. Quantas horas, em média: duas? Três?"

Richard percebeu o que aquilo lhe lembrava, de maneira distante: uma entrevista. Lá estava ela, sentada do outro lado da mesa, com seu lápis, seu bloco e seu chá. Daí a pouco ela ia perguntar-lhe se o material que ele usava eram suas experiências vividas ou se escrevia baseado apenas no esforço de sua imaginação, de que maneira ele escolhia seus temas e se usava ou não um processador de texto. Talvez: mas antes ela perguntou:

"E quanto você já ganhou com eles? Os seus romances. Em toda a vida."

Ele decidiu sentar-se. Richard precisava daquele momento de descanso. O cálculo não lhe tomou muito tempo. Só havia três quantias a somar. E ele lhe disse o total.

"Então me dê só um minuto", disse ela.

Richard ficou observando. O lápis deslizava e arranhava de leve o papel, depois ficou imóvel, como que pairando, absorto em pensamentos, antes de tornar a arranhar de leve o papel.

"E faz quanto tempo que você começou com isso?", murmurou ela para si mesma: boa em cálculos. "Certo. Seus romances renderam a você mais ou menos sessenta *pence* por hora. Qualquer faxineira ganha sete ou oito vezes mais. Com seus romances, você ganha umas cinco libras por dia. Ou trinta por semana. Ou mil e quinhentos por ano. Isso quer dizer que cada vez que você compra um grama de pó — que custa quanto?"

Ele não sabia que ela sabia do pó. "Quase nunca."

"Quanto custa o pó? Setenta? Cada vez que você compra um grama de pó... são mais de cem homens-hora. O trabalho de mais ou menos seis semanas."

Enquanto Gina lhe apresentava, em monótonas frases declaratórias, um resumo da situação financeira deles, como alguma proposição destinada a exercitar seus poderes de aritmética mental, Richard olhava fixo para o tampo da mesa e pensava na primeira vez em que a vira: atrás de uma mesa, contando dinheiro, num cenário literário.

"Pois então", disse ela. "Quando foi a última vez que você recebeu algum pagamento pelos seus romances?"

"Oito anos atrás. Eu devia desistir, é isso?"

"Bem, parece a coisa certa a fazer."

Seguiu-se um minuto de silêncio — talvez em homenagem ao passamento da produção literária de Richard. Richard gastou aquele minuto explorando sua própria indiferença, cuja densidade o deixou impressionado. Havia sons de ondas se quebrando em seu ouvido. Emoção contida em tranqüilidade, disse Wordsworth ao descrever ou definir o ato da criação. Richard, quando escrevia, sentia mais uma emoção inventada na tranqüilidade. Mas havia emoção. Em seu quarto, do outro lado do corredor, Marco suplicava no sono. Os dois podiam ouvi-lo — suplicando a seus pesadelos.

Ela disse: "Você podia fazer mais resenhas de livros".

"Não posso fazer mais resenhas de livros." Ali mesmo, sobre a mesa, estava uma biografia de Fanny Burney que lembrava um tijolo. Richard precisava escrever duas mil palavras a respeito para uma revista literária mensal famosa pelo pouco que pagava, até a sexta-feira seguinte. "Já estou resenhando mais ou menos um livro por dia. Não dá para fazer mais. Não há livros suficientes. Eu já resenho todos."

"E o que houve com os livros de *não*-ficção que você tinha dito que ia escrever? Aquela história da viagem para a Sibéria?"

"Eu não vou mais."

"Eu não queria dizer isso, porque pelo menos é uma coisa regular, mas você podia desistir de *The Little Magazine*."

"É só um dia por semana."

"Mas depois você passa uma eternidade escrevendo os 'recheios'. De graça."

"Faz parte do trabalho. O editor literário sempre escreve os recheios." E ele pensou nos nomes deles, numa placa, como um quadro de honra: Eric Henley, R. C. Squires, B. F. Mayhew, Roland Davenport. Todos sempre escreviam os recheios. Richard Tull. Você deve se lembrar do ataque polêmico de R. C. Squires aos poetas do Movimento. R. C. Squires ainda estava ativo, inacreditavelmente. Richard o via sempre, na Red Lion Street, na cabine telefônica, contemplando com algum objetivo inconfessável a entrada movimentada da escola de idiomas. Ou embriagado, armando rebuliço na saída do *pub* Merry old soul.

"Sem ganhar nada", disse Gina.

"É assim mesmo."

"E ninguém lê *The Little Magazine*."

"É assim mesmo."

Um dos "recheios" mais recentes de Richard era sobre as mulheres de escritores — uma tipologia das mulheres de escritores. O gancho era uma biografia de Hemingway, que, dizia Richard, se casara com uma de cada tipo. (Teimosa ou antiquadamente avesso a títulos espertos, Richard nesse caso cedera ao inevitável "Por quem os sinos dobram".) Quais eram mesmo? A Musa, a Rival, a Companheira da Alma, a Queixosa, a Juíza... É claro que havia muitos outros. Mulheres Concorrentes, como Mary Shelley, Mulheres Vítimas, como Emily Tennyson, Santas Virgens, como Jane Carlyle, e uma imensa multidão de Enfermeiras Gordas como Fanny Stevenson... De que tipo era Demeter Barry? De que tipo era Gina Tull? Provedora de Transcendência, Grande Distraidora, Esvaziadora da Mente no ato do amor. De qualquer maneira, não fazia diferença. Gina estava decidida a deixar a companhia. Não estava deixando Richard, ainda não. Mas estava deixando de ser mulher de escritor.

"Você não pode desistir da Tantalus, que é bastante decente, além de regular. Você resolve. Podia parar de fumar, beber e tomar drogas. E comprar roupas. Não é que você gaste demais. É que não ganha nada."

"Não posso desistir dos romances."

"Por que não?"

Porque... porque então só lhe restaria a experiência, a experiência imediata e sem tradução. Porque então só lhe restaria a vida.

"Porque então só me restaria isto." A cozinha — a bacia de plástico azul cheia com as calças e as camisas dos meninos, a sacola preta na cadeira com a boca aberta querendo ser alimentada, as tigelas, as colheres e a forração da mesa posta para a manhã, e o pacote de oito caixinhas de cereal envolto em celofane: tudo isso se transformou numa figura para o que queria dizer. "Os dias. A vida", acrescentou.

E isso era uma coisa desastrosa de se dizer para uma mulher — para as mulheres, que dão a vida, que a trazem para o mundo, gritando, e nunca admitem que seja posta em segundo plano.

Os olhos dela, seus seios, seu pescoço, mostrando o erro que ele cometera, ficaram todos corados. "A alternativa possível", disse Gina, "é eu trabalhar em tempo integral. Menos às sextas-feiras, é claro." Disse a ele o quanto lhe pagariam: uma soma impressionante. "Isso significa que você precisa cuidar dos gêmeos todos os dias de manhã e todas as noites. Nos fins de semana a gente divide o trabalho. Você faz as compras. Você faz a limpeza. E você cozinha."

"Mas eu não sei cozinhar."

"E nem eu... Assim", disse ela, "você vai estar tendo uma vida bem movimentada. E vamos ver o que lhe resta para a outra coisa."

Havia uma terceira alternativa, avaliou Richard. Ele podia comê-la duas vezes por noite até o fim da vida e não aceitar mais aquele tipo de tratamento. E ficar sem dinheiro. Claro: é isso que ele devia fazer. Ele olhou para o rosto dela, para sua carne ligeiramente lustrosa, preparada para o sono; e para seu pescoço, com suas complexidades combinadas de uva e rosa. Ela era a obsessão sexual dele. E ele se casara com ela.

"Vamos combinar uma coisa", disse ela. "O quanto falta para você terminar o romance que está escrevendo agora?"

Richard franziu o rosto. Um dos muitos problemas dos seus romances é que eles nunca exatamente terminavam. Só paravam. *Sem título* já estava bem grande. "Difícil dizer. Talvez um ano."

Ela atirou a cabeça para trás. Era muito. Mas respirou fundo e disse: "Certo. Você tem uma trégua de um ano. Acabe esse livro e vamos ver se ele rende algum dinheiro. Acho que até lá a gente agüenta. Financeiramente, é claro. Eu vou continuar fazendo a minha parte. Dou um jeito. Eu lhe dou um ano".

Ele assentiu com a cabeça. Achava justo. Pensou em agradecer. Estava com a boca seca.

"Um ano. Não vou dizer uma palavra."

"Um ano", retomou Gina agora. "E eu não disse uma palavra, não foi? Cumpri a minha palavra. E você?"

Que repetição desagradável, pensou ele: palavra. Mas era verdade assim mesmo. Ela cumprira a promessa. E ele esquecera completamente. Ou pelo menos tinha tentado. Eles tinham se agüentado financeiramente, embora até mesmo o mais rápido dos cálculos dissesse a Richard que precisavam de mais duas ou três resenhas de livros por semana. Marco ainda estava em seu quarto, e ainda discutia com seus pesadelos.

"Como é que andou seu livro? Já acabou?"

"Praticamente", disse ele. Não era bem verdade. *Sem título* não estava exatamente pronto, mas ficara sem dúvida incrivelmente longo. "Mais uma ou duas semanas."

"E quais são os seus planos para ele?"

"Andei pensando", disse Richard. "Os meus romances produziram outros ganhos menores que eu não computei. E isso conta alguma coisa."

"Que tipo de coisas?"

"O direito de empréstimo público, por exemplo." Ele conferiu: Gina estava olhando para ele com um ar renovado de incredulidade. "O dinheiro das bibliotecas. Sempre é alguma coisa."

"Eu sei. Aqueles formulários todos. Quanto foi que você recebeu daquela vez? Daquela vez que passou o fim de semana inteiro deitado atrás do sofá. Quanto foi? Trinta e três *pence?*"

"Oitenta e nove", disse Richard, ofendido.

"...Sempre é alguma coisa!"

Houve um silêncio durante o qual ele foi baixando o olhar até começar a fitar o chão. Lembrou da ocasião em que o cheque pelo direito de empréstimo tinha chegado a mais de cem libras: 104,07. Foi quando tinha dois romances em catálogo e ninguém ainda tinha a certeza de que eram uma merda.

"Acho que arranjei uma agente. A agente de Gwyn. Gal Aplanalp."

Gina digeriu a notícia. "Sei", disse ela. "Já assinou o contrato?"

"Ainda não. Talvez daqui a uns dias."

"Ei, quer dizer que é verdade mesmo? Você não se importa com dinheiro, o que é uma bela qualidade, mas eu me importo, e a vida vai mudar."

"Eu sei. Eu sei."

"...E como é que se chama? O livro novo?"

"*Sem título.*"

"E quando é que você vai resolver?"

"Não, o *nome* é *Sem título.*"

"Você não conseguiu nem pensar num título para ele?"

"Não. O *título* é *Sem título.*"

"Mas como é que o título pode ser *Sem título?*"

"Podendo. Porque eu quero."

"Pois eu acho um péssimo nome. Acho que você ia ser bem mais feliz sem esses livros. E pode ser que também desse um jeito naquela outra história. Ia ser um alívio para você. Já Gwyn e o resto, é uma outra coisa." Gina suspirou, com desgosto. Jamais tinha gostado muito de Gwyn, nem mesmo nos velhos tempos, quando ele estava com Gilda — e *todos* eles eram pobres. "Demi disse que chega a dar medo, o jeito como o dinheiro não pára de entrar. E ela já era rica! Não sei se você ainda acredita nisso. Nos seus romances. Porque você nunca... Porque o que você... Ah, eu sinto muito, Richard. Sinto muito."

Porque você nunca teve público — nunca encontrou o universal ou coisa parecida. Porque o que você escreve ali, no seu escritório, não é do interesse geral. Fim da história. Sim: é este o fim da sua história.

"Você deve se casar com a sua obsessão sexual", ouviu certa vez Richard. De um escritor. Anos atrás. Casar-se com a sua obsessão sexual: aquela para quem você sempre volta, aquela com quem você nunca conseguiu chegar ao fim: case-se com *ela*. Richard estava entrevistando esse escritor, que portanto não era famoso e nem popular. Sua obscuridade, de fato, era sua única qualidade notável (vamos chamá-lo de sr. X): se tudo desse certo, ele tinha uma chance de se tornar um monumento de negligência. E quantos deles existiam? Dois? Três? Nove? A sua obsessão sexual, disse ele: case-se com *ela*. Não a beleza, nem a inteligência. O sr. X morava numa casinha estreita em Portsmouth. O que escrevia era hierático e recôndito, mas só falava sobre sexo. E obsessão sexual. E lá estavam os dois sentados, na hora do almoço, no *pub* ao lado do porto, em volta de seus pratos intocados de frutos do mar, com o sr. X suando dentro da capa de chuva. Não se case com a neurocirurgiã engraçada. Não se case com a beldade sonhadora que trabalha na assistência aos famintos. Case-se com a puta da cidade. Com aquela que dá em troca de uma tragada de seu cigarro. Richard sentiu os ombros trincarem. A essa altura, ele se preparara para enfrentar uma crise nervosa completa de ódio sexual — um descontrole total, uma putrefação instantânea de amargura e asco. Mas nunca chegou a acontecer. Case-se com aquela que deixa seu pau mais duro. Case-se com *ela*. Ela vai deixar você de saco cheio, mas a neurocirurgiã também, e a beldade sonhadora também, com o tempo... Deixando o escritor em casa de táxi depois do almoço, Richard esperou para ver a mulher dele, ainda que só de relance. Uma oportunidade de descobrir como ela era: cientista espacial? Totalmente obcecada? A mulher que olhava com desconfiança para a passagem úmida e escura, com a cabeça pequena meio perdida na gola florida de seu casaco, não parecia obcecada. Parecia antes uma cientista espacial; e muito depois de ter conseguido seus melhores resultados. E outra coisa: qualquer que tenha sido a escolha do sr. X, a sra. X não dava a impressão de também ter ficado muito feliz com ela, pois contemplava a volta de seu marido, pareceu a Richard, com um cansaço infinito. Agora, de qualquer maneira, ele estava esquecido, ou reesquecido, em silêncio, esgotado, fora de catálogo. Não chegou sequer a conseguir a Negligência... Alguns de nós, a maioria de nós, todos nós, cambaleamos através de nossa duração com meia cabeça cheia das sugestões e conselhos que acatamos (ou só ouvimos de longe). Use Água Fria Para Lavar a Frigideira Depois de Fazer Ovos Mexidos. Quando Encher um Saco de Água Quente, Mantenha o Gargalo do Saco num Ângulo Reto. Se a Água da Chaleira Não Estiver Fervendo, Encher o Bule Estraga o Chá. Deixe o resfriado morrer de fome, sempre alimente a febre. Os bancos fazem a maioria dos negócios depois das três. Richard casou-se com sua obsessão sexual. Fez o que fez.

Com a exceção de um importante detalhe, a vida amorosa de Richard e Gina, no ano que passou, continuava tão rica e plena como sempre. Ainda havia a sensação de expectativa quando o pijama e a camisola se encontravam, a última coisa do dia, e, nos fins de semana, quando se agitavam, e em outros momentos fortuitos, na medida das possibilidades, com os dois meninos em casa. Gina era uma jovem saudável. Richard estava no apogeu. Depois de nove anos juntos, seus momentos amorosos eram ainda mais inflexivelmente comprometidos com a variedade e a inovação do que em qualquer outro momento do passado. A única diferença efetiva, devemos admitir, acho eu, era que Richard, hoje, sempre brochava. Sofria de uma impotência crônica e aguda. Afora isso, porém, as coisas continuavam como sempre tinham sido.

Brochava com ela a cada duas noites e, nos fins de semana, de manhã também — sempre que os meninos lhe davam a menor oportunidade. (Os passinhos de pés pequenos; a agitação teimosa e incompetente da maçaneta; a ordem rouca emitida da cama e respondida com murmúrios intrigados, um recuo intrigado; o silêncio expectante antes do impacto ou da colisão — o grito, o choro.) Às vezes, quando os horários da família conspiravam, ele podia, preguiçosamente, brochar com ela às tardes. E seus jogos eróticos não se limitavam ao quarto. Só no último mês, brochara com ela nas escadas, no sofá da sala e na mesa da cozinha. Certa vez, depois de uma festa perto de Oxford, brochara com ela lá mesmo, no banco de trás do Maestro. Duas noites depois eles se embebedaram, ou, antes, Gina se embebedou, porque Richard já estava bêbado, e ao voltarem do Pizza Express entraram no jardim comunitário, usando sua chave, e Richard brochou com ela em pleno cenário silvestre. Impotente, num cenário silvestre, debaixo de um salgueiro mudo e louro, com Diana acima deles, o rosto semidesviado, sentindo-se ferida ou traída, e mais acima, muito mais acima, as estrelinhas cintilantes da Via Láctea.

As coisas ficaram tão mal que Richard falou — e até chegou a pensar — em parar de beber; chegou até a falar — mas não pensou — em deixar de fumar. Ele sabia, porém, que seu problema era monótona, intricada e essencialmente literário, e que nada, além de leitores ou da vingança, poderia curá-lo. Então não fez nada, além de tomar Valium e cocaína.

"É difícil para você. É como um ultimato", disse Gina no escuro.

Richard não disse nada.

"Você está cansado. E tem muito em que pensar."

Richard não disse nada.

A casa cinza-claro, cor de pombo, de Gwyn na manhã inocente; a casa de Demi ao alvorecer. E nossa vigília, e uma vigília ainda mais extraordinária, a seu modo. A de Steve Cousins: menino de orfanato.

Scozz vendo a casa não do furgão, mas através do vidro fumê de seu Cosworth (vidros tratados com uma película escura, laterais brancas, saia baixa de carro de corrida). Vendo a casa não como um fenômeno arquitetônico ou mesmo imobiliário, mas como uma colcha de retalhos de pontos fracos. Alguns detalhes pareciam piscar ou apitar para ele, com o contorno destacado — piscando e apitando em sua visão de robô. Do ponto de vista da segurança, a varanda do primeiro andar era uma piada. Se precisasse escolher, porém, é provável que Scozzy entrasse na casa pela porta da frente. Usando uma chave mixa. Não que fosse querer tirar alguma coisa de lá além da informação.

Vamos assumir o ponto de vista oposto. Há as janelas do quarto principal. O vidro estremece. Quem pode entrar lá — o intruso, o delator, o detetive particular? Richard Tull quer entrar lá. Não fisicamente, não em pessoa. Quer fazer com Gwyn o que Gwyn fez com ele. Quer assassinar seu sono. Quer informar o homem adormecido: olho por olho, ego por ego.

Mas eu não vou entrar lá. Não vou entrar lá, ainda não. Simplesmente não vou.

E stava muito claro para todos que Gwyn e Demeter Barry viviam o casamento perfeito.

Bastava olhar para eles para ver que formavam uma combinação perfeita, celestial.

Passavam o tempo todo de mãos dadas (eram "inseparáveis"). Ele a chamava de *meu amor* o tempo todo. Ela o beijava no rosto o tempo todo. Eram adoráveis, eram o ideal — eram um sonho. Mesmo Richard se via forçado a admitir: era uma coisa absolutamente asquerosa. Colunistas sociais como Rory Plantagenet assinalavam o hábito do casal, em festas e compromissos sociais, de sair cada um para seu lado "com hesitação" toda vez que a dinâmica do convívio social os forçava à separação. Gwyn era famoso por mergulhar numa atitude sonhadora sempre que a mulher se encontrava a alguns convidados de distância: "Só estou olhando", dizia ele, "para a minha dama". (Richard, se por acaso estivesse presente e nas proximidades, também se entregava a ponderações sombrias: um martelo num beco deserto, um furador de gelo nos degraus escuros do porão...) Os entrevistadores e os articulistas especializados em literatura falavam de como o rosto de Gwyn "se iluminava" cada vez que Demeter abria as portas da sala, trazendo uma bandeja de chá em que nunca deixavam de figurar os chocolates favoritos de Gwyn. (Ao ler isso, Richard também acendia um cigarro. Através dos suspiros da fumaça, via o agressor furtivo com sua barra de ferro, o gargalo pontiagudo da garrafa quebrada.) Em *As sete virtudes vitais, 4: A felicidade conjugal*, os Barry apareciam caminhando, passando pelos esquilos, os canteiros e os laguinhos de Holland Park, com os braços dados e os dedos entrelaçados; depois, podia-se ver a mulher do escritor franzindo o rosto interessada por cima do ombro do marido, enquanto

93

este sorria e murmurava alguma coisa para a tela do monitor de seu computador; depois, os dois eram surpreendidos em seu restaurante francês "local", na hora da sobremesa, trocando colheradas gotejantes de sorvete derretido. Gwyn falava para a câmera sobre a necessidade de uma troca constante de presentes — "coisinhas pequenas, mas sempre um pouco caras demais". (Richard, engasgado diante da TV, também se deixava inspirar por mais essa: os punhos de aluguel, o pesado coturno militar do mercenário.) Ela era rica. Mas ele também, agora. Ele era inteligente. E agora, ela também. O pai dela, com sua bengala, nos terrenos de sua propriedade, riscados por rodas de carruagem; o pai *dele*, o galês troncudo de pé nas pranchas estendidas sobre a lama. O amor forja a fusão. O sangue se junta ao cérebro, na Alta Boêmia. Basta olhar para a pasta de recortes. "Ela é o máximo" — Gwyn. "Eu sou a mulher mais sortuda do mundo" — Demi. Gwyn: "Ela é a melhor coisa que já me aconteceu". Demi: "As pessoas me perguntam como é ser casada com um gênio, e eu respondo que é uma verdadeira maravilha".

E lá estava Richard, dobrado em dois sobre sua cama de doente, procurando assassinos nas Páginas Amarelas...

Ele ligou para o escritório do *New York Times* em Londres. Eles *sempre* guardavam um exemplar do jornal de domingo, e Richard podia vir consultá-lo ou admirá-lo; mas não podia ficar com ele. Disseram que neste caso ele precisava ir à International Dispatches, em North Islington. Com sua capa, sua ressaca e seu livro (uma biografia de William Davenant, o bastardo de Shakespeare: seiscentas palavras no início da semana que vem), embarcou em Ladbroke Grove, trocou de linha em Paddington e em Oxford Circus, e seguiu, à luz enviesada, até Islington, cujas ruas percorreu por cinqüenta e cinco minutos, torcendo as mãos, até tropeçar com um velho solitário cercado por um muro de informação, vendedor num quiosque atulhado de *Frankfurter Zeitungs, El Paises* e *India Todays,* além de vários outros jornais sarapintados de frases exclamatórias em farsi ou sânscrito. O velho lhe disse que não guardava mais o *New York Times* de domingo; só a edição diária. Falta de espaço. Richard voltou para casa. Alguns dias depois, quando se acalmou, ligou para o escritório de Londres do

New York Times: disseram-lhe para ligar para os distribuidores, em Cheapside. Ele ligou. Responderam que os exemplares do *New York Times* de domingo que recebiam eram todos de assinantes, embora às vezes — é verdade — sobrasse algum... Richard lançou mão de todos os seus encantos com a jovem mulher *errada* do outro lado da linha. Mas o problema é que não tinha encanto algum, pelo menos não mais, e ela lhe disse que ele precisaria passar lá numa segunda-feira de manhã para ver se dava sorte, como qualquer outra pessoa.

E foi assim que começaram suas viagens semanais até o galpão em Cheapside, onde geralmente era impelido da recepção para a boca do caminhão, de lá para o depósito e depois de volta, antes que o mandassem embora — para *The Little Magazine*, onde ainda de manhãzinha ele começava a selecionar as resenhas de livros por sobre um copo de papel cheio de sopa de tomate. Além de péssima realidade, aquele copo de papel de sopa de tomate sempre era um péssimo sinal... Foi só em sua quinta visita que Richard acabou revelando, ao intenso olhar intrigado do subgerente, que não queria necessariamente um exemplar do *New York Times* do domingo *daquela semana. Qualquer New York Times* de domingo servia. Cheio de contrição, Richard acompanhou o subgerente até outro depósito, que nunca vira antes, onde havia uma imensa quantidade de *New York Times* de domingo empilhada com grande descuido e promiscuidade, além de inúmeros *Boston Globes, San Francisco Chronicles* e outros jornais dominicais. Richard oscilou de leve. Na febre e na vertigem que sentia, havia um elemento de incompreensão cotidiana — diante da tristeza, do descoramento, da umidade e da falta de vida daqueles jornais ignorados; e diante do desperdício e do incrível clamor dos homens. Meu Deus, ninguém consegue *ficar calado*. De qualquer maneira, acabou se refazendo, e decidiu escolher por tamanho. Naquele dia, voltou para casa com o volume indecente do *Los Angeles Times* de domingo cuidadosamente aninhado nos braços. Não era apenas maior que o *New York Times* de domingo. Era *muito* maior.

Levou mais ou menos uma semana para comprar papel pardo e um rolo de barbante. E então ficou pronto para dar a partida. Naquele dia, examinou os cadáveres de suas antigas máquinas de escrever até encontrar uma que ainda fosse capaz de dizer "Caro

Gwyn, uma coisa que pode interessá-lo aqui. O preço da fama. Sempre seu, John".

Em sua mesa havia outra carta, manchada e amassada; correspondência de segunda classe. Não há nada que possa ser muito afetado por uma correspondência de segunda classe. Ninguém espera que sua vida vá mudar por causa de uma carta enviada de segunda classe. E a carta dizia:

Caro Richard,

E então? Nenhuma resposta do homem. Você bem disse, Os sonhos não querem dizer nada. Gwyn Barry adora Belladonna, Darko adora Belladonna mas quem Belladonna adora? Ela é mortífera.

E que tal um copinho?

Seu,

DARKO

Como é que se descobria como era um casamento? Como? Porque todos os casamentos são inescrutáveis. Eu posso lhe dizer tudo que se pode saber sobre o casamento dos Tull (posso dizer até qual é o cheiro de seus lençóis: cheiram a casamento); mas não sei nada, ainda, sobre o casamento dos Barry. Um exame detido de *As sete virtudes vitais, 4: A felicidade conjugal* revelaria, talvez, que Demeter se sentia menos feliz do que Gwyn com aquilo tudo — ou menos feliz de ser feliz na TV. Mas como descobrir? Richard, em sua mesa, com a carta de Darko nas mãos, passando as mãos em Demi em pensamento, tinha algumas idéias. Steve Cousins, em seu Cosworth, também tinha algumas idéias. Mas ele era bem mais prático. Scozz ia *descobrir* — ia acabar descobrindo alguma coisa. E ia ser ainda hoje; agora mesmo. Primeiro precisava ir pegar 13.

Quando afinal emergiu, surgindo entre as colunas e descendo solene os degraus da escadaria do Tribunal de Marylebone, 13 exibia o olhar orgulhoso, umedecido e perdido à meia distância de um homem que julga ter sido grave e talvez insuportavelmente difamado. Sempre exibia essa expressão quando saía do tribunal, a menos que, por uma razão ou outra, tivesse conseguido escapar. Enquanto Steve dirigia o Cosworth descendo a Edgware

Road, numa série de curtos espasmos e longas esperas, contemplou o rosto em perfil de 13: jovem demais, arredondado demais para a aparência perplexa e amarga que exibia ao mundo.

"Pegou o quê?"

"Seis meses com suspensão."

"E?"

13 suspirou e, tardiamente, prendeu o cinto de segurança.

"Multa."

Steve assentiu com a cabeça. 13 aspirou fundo: estava a ponto de falar — e no melhor estilo. Sua intenção evidente era falar não só por si mesmo, mas por todos os homens e todas as mulheres, de todos os lugares e de todos os tempos — para lembrar ao coração humano o que ele já soubera mas esquecera há tanto tempo.

"A polícia", disse 13, "é igual a uma quadrilha. A polícia", continuou ele, "é uma gangue. Contratada pelo governo. E quando foi que isso começou? Começou quando aumentaram os salários deles. Lá por 1980. Eles achando: a coisa vai piorar. Mais desemprego. Lutas de rua. Vocês não deixam acontecer, e a gente paga mais. E de onde vão tirar o dinheiro? Não tem problema, a gente *multa* os desgraçados."

"Com quem você andou conversando?"

"Ninguém. É só pensar."

Embora desse a impressão de estar achando graça, ou de pelo menos estar sendo indulgente, Steve na verdade estava contrariado. Tentou endurecer a voz e fazer seu rosto ficar ilegível e reptiliano — mas não conseguiu. Por quê? Estaria Scozz perdendo o jeito? Ou eram as velhas formas, os velhos ritmos, que estavam ficando gastos... A razão para a contrariedade de Steve era a seguinte. 13 o deixara esperando. Dez minutos. Eles discutiram. "Onde é que você estava?" "Procurando a máquina de Coca-Cola. Eu queria uma Coca." "Você passa a metade da vida lá dentro. E sabe muito bem que não tem máquina nenhuma." 13 deu de ombros e disse: "Mas eu queria uma Coca". Pois é: e deixou seu mentor e patrono parado em fila dupla, num quarteirão muito freqüentado por gente de uniforme, à sombra de um prédio municipal que na verdade era um imenso portão de entrada. A frase em latim em cima da entrada dizia: "Este é o caminho para outros lugares"...

"Sabe quanto custa sustentar um sujeito na prisão por uma semana?"

"Pode dizer."

E 13 disse. Meu Deus: custava tão caro quanto a porra de um hotel de luxo. E naquele mundo, cheio de guardas e dedos-duros, toda aquela testosterona estagnada. Empregando muita mão-de-obra: todos aqueles retardados de uniforme seboso. A segurança custava caro, e encarecia mais depressa que o resto. Era superinflacionária, como as armas e o equipamento médico. Embora se pudesse pensar, no caso da segurança, que alguma força oposta acabaria obrigando os preços a baixar, com tamanho aumento da demanda.

13 virou-se para ele e disse: "Sabe o que eles deviam fazer com a porra desse dinheiro?".

"Diga."

"Financiar casas. Financiar casas. Todo esse dinheiro para deixar você preso num lugar onde só aprende mais coisa errada. Ficar vendo programas na tv sobre antiguidades. Deviam financiar casas. Se todo mundo tivesse casa, ficava lá, sem criar problemas."

Até esse ponto, a análise social de 13 tinha encontrado, em Steve Cousins, um ouvinte com razoável boa vontade. Havia velhos de noventa anos que entendiam o crime da mesma forma: como uma guerrilha, parte da guerra entre as classes. Mas a partir daí 13 perdeu sua atenção.

"Não é uma coisa que faça as pessoas mudarem muito de idéia, não é, Treze?", disse Scozzy. "Qual é a mensagem que vão estar passando? Não arrombe nenhuma casa. Senão compramos uma casa para você."

13 refletiu por um ou dois sinais fechados. E depois disse: "O que eles não entendem é que os ricos *gostam* de ser roubados".

"É mesmo? Como assim?"

"Seguro! Está tudo acertado entre eles. Não sei por que fazem tanto drama. Recebem tudo de volta, e mais um pouco, e as companhias de seguro aumentam o que cobram dos pobres. Simples."

Passando pelo Speakers' Corner, no Hyde Park, e entrando na Park Lane, Steve teve o prazer raro e transitório de engatar uma terceira. Olhou para o lado. Reduziu a marcha. Na época em que jogava *squash* regularmente, e chegou a tentar jogar tênis algum tempo, Steve pensara muito numa questão: de onde vinha a força do golpe da raquete, do punho ou do braço? Se você joga uma toalha de pano na cara de alguém com toda a força do braço, não é nada: só uma esponjada. Mas basta uma flexão do pulso para quebrar um nariz ou deixar um olho roxo. Enquanto se afastava das luzes do Hotel Dorchester, Scozzy mudou de primeira para segunda e, flexionando o pulso, deu um murro com os nós dos dedos no rosto de seu passageiro. A cabeça de 13 bateu com força na janela e quicou de volta.

"Jesus. Por quê?"

"Nunca me deixe esperando. Nunca, companheiro. Nunca."

13 piscou muito os olhos, apalpando o rosto. Era só o que faltava. Já ia levar uma surra hoje à noite de Crash e de Rooster-Booster. Para comemorar sua ida ao tribunal. 13 disse: "Doeu de verdade, cara".

É claro que nunca se encontra uma vaga para estacionar. Então 13 podia ficar dando voltas o mais rápido que ousasse em torno da Berkeley Square enquanto Steve ia fazer sua visita à sra. V.

"Viu? Foi só no pulso", disse Steve. "Só no pulso."

O escritório térreo de Anita Verulam era, como sempre, um altar em duas salas erguido pela gratidão e o louvor da classe média — e do Oriente Médio. Buquês envoltos em celofane, caixas de bombons e garrafas de champanhe embrulhadas profissionalmente, várias cestas e pacotes: todas oferendas dos lares opulentos aos quais a sra. Verulam fornecia criadas, cozinheiras, copeiras, babás, enfermeiras, motoristas, jardineiros, rachadores de lenha e carregadores de água, ordenanças, seguranças, lacaios — e qualquer coisa que pudesse ser incluída na categoria dos empregados domésticos. Nas saunas, nos restaurantes e nas lanchonetes das lojas de departamentos do Oeste de Londres, o nome da sra. Verulam era pronunciado em sussurros de reverência por donas de casa ricas, todas elas, a essa altura, especialistas em delegar tarefas, suas casas transformadas em agitados impérios de vassalagem monossilábica. Se essas senhoras fossem um pouco mais loucas, e muito mais ricas, podiam até ter construído "santuários" para a sra. Verulam, nos porões, em quartos de hóspedes sem uso. Os empregados que ela fornecia eram exclusivamente estrangeiros. Os empregados estrangeiros eram efetivamente muito úteis; as faxineiras estrangeiras sabiam limpar de verdade; sabiam como se faz. O gene da faxina tinha há muito desaparecido do DNA nativo. Um fato triste, se contemplarmos a questão global a longo prazo. A faxina, em termos planetários e à diferença de outros setores, era uma atividade maravilhosamente promissora. É evidente que muita faxina ainda iria ser necessária. Lady Demeter Barry nunca pusera os olhos na sra. Verulam, mas a cobria de afeto pelo telefone três vezes por semana.

Steve disse: "Você já deu uma olhada no arquivo para *a gente*?". *A gente* veio com naturalidade: de alguma forma, era menos culpável.

O cigarro na boca da mulher balançou para cima e para baixo enquanto ela disse: "Quando foi exatamente que eles se casaram?".

Ele deu o mês e o ano.

"As coisas estão ficando cada vez mais difíceis. Uma enxurrada de demissões." A sra. Verulam era uma viúva de cinqüenta anos que vestia um *tailleur* cor-de-rosa; quando a sra. Verulam vivia, entrava com ar altaneiro num certo tipo de salões — em Paris, Barcelona, Frankfurt, Milão. "E não é lady Demeter. Dela eu não tenho queixas." Sua voz era cálida e enfisematosa, mas seus olhos eram dissimulados e frios. Muitas vezes, durante os encontros dos dois naquele lugar, a sra. Verulam falava horas a fio, segurando o telefone na ponta do braço estendido enquanto as súplicas nervosas de uma laringe feminina, uma existência naufragada, perdiam-se no ar, como se tivesse sido agarrada pelo pescoço pelos dedos pintados da sra. V. "É dele que elas não gostam. Os dois não têm filhos", acrescentou ela impiedosa.

"Você acha que ele..."

"As minhas espanholas e portuguesas às vezes são muito religiosas. Podem parar de trabalhar para um casal se acharem que estão usando o método das tabelas. E Demeter é católica, não é? A outra coisa é que essas mulheres são muito discretas. Mesmo comigo. Nós precisamos", disse ela, tornando a consultar a pasta, "é de uma filipina. Ou uma *colombiana*."

Steve assentiu com a cabeça, em aprovação. Ele entendia perfeitamente. As filipinas, as colombianas: podiam ser influenciadas com ameaças de deportação. Sabe como é: já faz muito tempo que está aqui, não é, Charito?

"Mmm, muitas. Ah. Ancilla. Ótimo. Vou falar com ela, e depois conto a você."

"Obrigado, senhora V. E como é que vai o nosso amigo, Nigel?"

"Ah, obrigado por isso, Steve."

"Eu tive uma conversinha com ele."

"Agora está uma seda. Silêncio total depois das dez."

"Ah, ótimo. Eu tive uma conversinha com ele."

Eles se entreolharam. A sra. Verulam era uma pessoa moderna, e negociava informações o tempo todo; e se alguma vez tivesse achado aquilo estranho ou pouco profissional, agora não achava mais. Ela também não tinha filhos. Havia uma afinidade entre o menino de orfanato e Anita Verulam. Porque família era uma coisa, e eles eram outra.

Enquanto saía, Steve se perguntou se a sra. V. teria alguma idéia de como tinha sido pesada a conversinha dele com Nigel. Nigel era um *hippy* rico que morava no apartamento de cima da melhor amiga da sra. Verulam, outra viúva chamada Aramintha. E Nigel tinha o costume de ouvir música clássica, em especial Mahler, no volume máximo, em plena madrugada. Aramintha tentou de tudo. Pediu a Nigel com bons modos; pediu com modos menos afáveis; pediu ao porteiro para falar com ele; chamou a polícia para falar com ele; tornou a pedir com bons modos. Mas todas as tentativas de Aramintha não deram em nada. Até Steve arrombar a porta de Nigel às três da manhã e entrar na casa dele com Clasford e T: tirou a porra do Nigel da cama a pontapés e saiu arrastando o homem puxado pelos cabelos, enfiando a cabeça dele no... O que foi mesmo que eles fizeram? Ah, sim. Enfiaram a cabeça dele entre o amplificador e o CD *player* enquanto arrebentavam os aparelhos com tacos de beisebol. E depois Steve enfiou o cotovelo com toda a força na boca de Nigel e disse a ele, no volume máximo — *silêncio depois das dez*. Agora estava tudo certo, e ele sempre se mostrava muito gentil na escada. Não foi a primeira vez que Steve ajudou a sra. V. Ela tinha algum dinheiro, e gostava do tipo de rapazes que criava problemas.

Ele subiu no Cosworth, ao lado de 13, e disse: "Warlock".

Às quatro e quinze Lizzete apareceu com Marius, que usava uma fita verde presa ao casaco cor de vinho em comemoração a algum feito extraordinário em artes ou no futebol, e Richard se viu livre de Marco e de todos os demais deveres. E subiu para o segundo andar. O segundo andar consistia no quarto apertado onde dormiam ele e Gina, e mais um cubículo num dos cantos, com um chuveiro e uma privada. Despiu-se e trocou de roupa depressa, embora tivesse muito tempo, como se sentisse um frio súbito, embora o quarto estivesse quente. Richard tivera uma tarde mais que medianamente ruim. Por volta das três, percebeu que sua agenda de resenhas de livros estava toda fora de ordem. Era obrigado a tirar da cabeça *The soul's dark cottage: a life of Edmund Waller* e *The unfortunate lover: William Davenant, Shakespeare's bastard*, e tornar a aprofundar-se, às pressas, em *Robert Southey: gentleman poet*, sobre o qual precisava escrever setecentas palavras nos setenta minutos seguintes. Conseguiu fazê-lo enquanto fumava quinze cigarros com a cabeça mais ou menos para fora da janela e ao mesmo tempo em que mantinha uma espécie de conversa com Marco, que, naquele dia, estava especialmente agarrado, excitado e indisposto. A última frase lhe custara um quarto de hora, fazendo-o tirar sangue dos dedos roídos... Richard precisou arrumar todo o quarto para conseguir encontrar uma cueca branca; precisou abrir a cesta de roupa suja e sacudir todo seu conteúdo no piso do banheiro para encontrar um par de meias brancas, que estalavam e rangiam ao toque. Não lhe ocorreu naquele momento, embora Gina estivesse em seus pensamentos, como não podia deixar de acontecer, no quarto deles: mas não lhe ocorreu naquele momento que tudo estava ficando menos claro, menos nítido — até mesmo o universo da roupa suja, sobre o qual Gina presidia com gravidade cada vez menor, como uma divindade que não recebesse orações suficientes, que não se sentisse mais obrigada pela força da aliança, que não se sentisse mais aprisionada pela fé. Se Gina o enganava, só podia ser às sextas-feiras. As sextas-feiras eram consagradas como dias de Gina só para si mesma: ninguém podia entrar no apartamento sem aviso, até a hora do chá, quando os meninos chegavam da escola. Era o acordo deles — e já tinha um ano de vigência. Richard ia para a Tantalus Press ou para *The Little Magazine* ou o Adam and Eve. Mas durante algum tempo não foi para lugar nenhum, e ficou do lado de fora, observando. Gina olhava toda hora pela janela e via a fumaça de cigarro escapando do Prelude branco, o carro de então, antes de entrar em colapso e eles comprarem o Maestro vermelho-tomate.

Richard desceu de *shorts*. Sentia frio e parecia que ia chover. "Vai fundo, papai", disse Marius. "Pode ir."

Ficou do lado de fora esperando o motoqueiro mandado para buscar sua resenha. Que foi pontual. Lá vinha ele, acelerando complacente em meio ao tormento, seu corpo negro dobrado com a urgência espúria do motociclista, como se o que estava fazendo fosse claramente mais importante do que o que você estava fazendo. Seria seu capacete, que zumbia e dizia coisas em voz rachada, como um velho par de fones de ouvido gordos? O motociclista e o resenhista de livros gritaram "Salve" um para o outro e cumpriram todo o ritual com a prancheta e a esferográfica, aqueles dois desviantes de olhos ardidos, o motociclista em sua roupa de mergulhador urbano, o resenhista de livros com as pernas nuas por baixo da saia curta de sua capa de chuva. Resenhistas de livros ainda existiriam por mais algum tempo, mas os motociclistas logo haverão de desaparecer, ou passarão todos a entregar pizzas ou batatas assadas — vítimas fatais do advento do fax.

No Warlock Sports Centre, ele estacionou o Maestro empoeirado ao lado da nova camionete sueca de Gwyn, que ainda engolia em seco e ronronava, percebeu Richard, enquanto o computador de bordo comandava a rotina final de verificação de segurança. E então, bruscamente e sem inteligência, o carro deu a impressão de retornar a seu repouso silencioso e obstinado, e à sua vigília permanente. Deixando o Maestro destrancado (não continha nada além de cascas de banana e cópias carbono apagadas de velhos romances), Richard atravessou o estacionamento e sua exemplar diversidade de tráfego imobilizado, como uma ilustração de tudo que se pode encontrar nas ruas de hoje: carro esporte, camionete, carro antigo, furgão, utilitário, limusine, carro adaptado para inválidos. E avistou devidamente Gwyn, caminhando, com uma sacola que balançava devagar, ao longo da margem do campo de bocha, onde figuras santificadas de camisa branca e cabelos brancos se curvavam e se esticavam arcaicas no campo estreito e amarelo. O afeto protetor que uma pessoa de bem deve sentir sempre que observar outra pessoa de bem que ignora seu escrutínio — esse afeto, descobriu Richard, não estava exatamente ausente no caso atual, mas antes invertido ou coagulado: seu rosto era todo lampejos e risos abafados, e por um breve momento ele se sentiu como um deus, e exaustivamente hostil. Nesse exato instante, por cima do telhado negro da sede do clube em estilo Tudor, um bando desordenado de aves urbanas ascendeu como um jogo de ligar os pontinhos, formando um rosto ou um punho humanos... A distância entre os dois homens se reduzia. Richard prorrompeu num trote de calcanhares fletidos e estava a uma raquetada de distância dos ombros de Gwyn quando, com uma pancada da porta lateral, trocaram o ar de fora do final do verão pelo hálito denso do clube.

Todos os homens passam por isso. Mas espere um pouco... Antes precisamos superar a borboleta da portaria e a indiferença sexual da mocinha bonita que trabalha ali, depois os quadros de avisos com suas ligas e escalas (marcadas com alfinetes de cabeça colorida e uma vespa moribunda nos estertores), depois a inconstância agressiva do gerente do Warlock, John Punt. "Gwyn", disse Richard, quando entraram na sede propriamente dita do clube e se aproximavam do bar grande. E? Lá estava: o *pub* da vida. Oitenta ou noventa almas, em grupos fechados e fileiras; e então chegava o momento familiar, uma quebra no som, como se engolissem em seco, uma seleção de perfis virando-se de frente, como numa coreografia. Todos os homens se confrontam eternamente com isso: outros homens, em grupos e fileiras. Equipados com algum talento, todos os homens se vêem diante de um público que pode aplaudir, vaiar, ficar em silêncio, bocejar com rancor ou apenas se retirar — dando um veredito sobre o desempenho de sua vida. Ao que Richard se lembrasse, ele e Gwyn sempre tinham sido igualmente impopulares no Warlock; ninguém jamais lhes dirigia a palavra, apenas um calmo olhar de desprezo. À medida que Gwyn, com seus cabelos de estanho, o corpo da mesma altura do comprimento de sua sacola, passava pelas mesas baixas na direção do quadro de avisos, ouviram-se exclamações e grunhidos de cumprimento: "Ainda está escrevendo?" e "Já vendeu um milhão?" O mundo da aceitação. Como se Gwyn se tivesse tornado bruscamente visível, e sentenciassem que não tinha desperdiçado seu tempo; a TV o democratizara e o tornara disponível para a transferência das massas; o desempenho de sua vida era considerado merecedor de um aplauso sagaz. Enquanto Richard, como figura, continuava inteiramente estranho. E mais: ninguém suportava seu hábito, quando jogava, de ficar gritando *merda* em francês.

"Não vou estar muito bem hoje", disse Gwyn (ainda faltavam dez minutos para começar o jogo). "Com essa história de Profundidade."

"História do quê?"

"Profundidade. Não ouviu falar? É uma bolsa literária, dada a cada ano. Vinda de Boston. É chamada de Dotação de Profundidade."

"Nem precisa me contar", disse Richard, cauteloso. "Alguma herdeira de um jornal escandaloso. Procurando um jeito classudo de pagar menos imposto."

"Nada disso. Já está sendo chamado de mini-Nobel. O dinheiro é ridículo. E você ganha todo ano. Pelo resto da vida."

"E?"

"Disseram que eu estou na lista."

John Punt, com o rosto escaldado e os poros dilatados pela lâmpada infravermelha, muitas vezes se referia ao Warlock como *dinossauro*. Querendo dizer: não tinha hidromassagem, nem barracas de sol, nem bar de *quiches*, nem suco de brócolis. Em vez disso: comida insalubre servida o dia inteiro, fumar era permitido e até mesmo encorajado, gente bebendo contínua e competitivamente, e uma não-exclusividade estrita. Qualquer um podia entrar para o Warlock, com pouco dinheiro e na mesma hora. Depois do bar externo vinha o bar interno, um antimundo onde muitos homens e poucas mulheres sentavam-se em arcos, contemplando suas cartas ou suas palavras cruzadas, ou plantas arquitetônicas ou memorandos de advogados ou rotas de fuga, onde falências e grandes perdas eram invocadas por um gesto de alguma grande cabeça arruinada, e onde, neste momento, por trás de uma densa nuvem mefítica de fumaça de cigarro, virado de costas, Steve Cousins estava sentado tendo uma conversa altamente especializada com três meliantes bronzeados e de rostos marcados: a fala marginal mais exaltada (nada de detalhes, só princípios gerais) sobre recuperar o que tinha empatado, que a vida era assim mesmo e pronto... Gwyn e Richard estavam entre as duas arenas, numa passagem separada por uma treliça que também era um salão de jogos eletrônicos: videogolfe, Bingomatic, videopôquer e, é claro, a Máquina do Conhecimento. Em vez de máquina de discos, havia num dos cantos um piano preto de armário em que, depois do almoço, criminosos sonolentos eventualmente interpretavam alguma balada trêmula. A acústica do clube tinha peculiaridades estranhas; as vozes soavam fanhosas ou sem retorno, enquanto muitas bocas roçavam telefones celulares; muitos ouvidos estavam arrolhados com fones de Walkman ou aparelhos de surdez, acalentando seu *tinnitus* individual.

"Uma Dotação de Profundidade", disse Richard pensativo. "Bem. Uma coisa nós sabemos."

"O quê?"

"Você não vai ganhar."

Gwyn, que estava enganado, franziu a testa e disse: "Um milhão de pessoas não podem estar enganadas".

Richard, que também estava enganado, disse: "Um milhão de pessoas *sempre* estão enganadas. Vamos jogar".

Qualquer um que acreditasse que o declínio do tênis inglês se devia às associações burguesas e de lazer formadas em torno do jogo se sentiria em geral contrariado no Warlock Sports Centre, ao ouvir os rugidos e uivos, as obscenidades cortantes e os fonemas bárbaros que faziam as quadras cercadas de tela lembrar gaiolas abrigando escravos ou animais articulados em motim permanente contra seu confinamento, suas chibatadas, a comida péssima. Por outro lado, qualquer um que observasse Gwyn e Richard enquanto se preparavam para começar seu jogo perceberia de imediato que a evidente superioridade de Richard devia tudo ao fato de ele ser de classe média. Gwyn estava encasulado numa roupa nova que parecia ter sido desenhada e fabricada naquela manhã; seu traço mais saliente era uma frouxidão de contornos bem definidos, um efeito de traje espacial, lembrando a Richard os macacões curtos dos gêmeos ou o *boiler* de sua casa, com seu revestimento acolchoado debaixo da escada. Richard, com mais sutileza, e de maneira mais horrível, desta vez, de certo modo, estava usando *shorts* cáqui amassados e uma camisa crucial, quase branca — que era velha, que não era moderna, que reluzia com sua claridade de leite azedo de antes da guerra (hoje opaca e humilde, comparada com o brilho fácil das camisetas), a claridade de costuras de macacão, de esparadrapo velho, de velhos hospitais de campanha, de velhas triagens. Até mesmo seu tênis era intoleravelmente antiquado: bege, de lona, desenhados para envolver os passos pesados e insensíveis do imperialista mal-humorado. Ficava-se com a expectativa de que ele trouxesse uma raquete de madeira numa prensa e uma sacola de plástico cheia de bolas velhas, resgatadas do cortador de grama do ajudante do jardineiro.

Pela janela de uma das salas de jogos do Warlock (que não estava em uso agora: depois das seis se transformava numa gruta de dardos), Steve Cousins ficou vendo os dois romancistas começarem seu jogo, e se perguntou como é que eles se sairiam no esporte *dele*. Em outras palavras, perguntava-se como é que se sairiam numa briga — ou, mais simplesmente, como seria dar uma surra neles. Isso o envolveu em considerações pseudo-sexuais, porque, sim, o truísmo é verdadeiro, e brigar tem mesmo muito a ver com trepar (basta a proximidade física, além de vários testes de textura e avaliações de peso que de outro modo ninguém faz); e, já que estamos falando disso, outro truísmo também é verdadeiro, e o criminoso tem muito a ver com o artista (embora não pelas razões em geral citadas, que lembram apenas a imaturidade e o fato de terem um trabalho autônomo): o criminoso tem a ver com o artista em sua pretensão, em sua incompetência e em sua autocomiseração. Assim, por um momento, Scozzy ficou observando Gwyn e Richard como se fosse um animal — um animal articulado. Os selvagens eram humanos que eram animais enquanto permaneciam humanos. E suas mentes continham uma meteorologia de bom/mau, quente/frio, gosto fresco/gosto velho, e, no que se refere aos seres humanos, ele é gentil/ele é cruel, ele é conhecido/ele é novo, ele é controlável/ele é incontrolável. Ele é forte/ele é fraco. Olhando para Gwyn e Richard, Steve não conseguia imaginar que qualquer dos dois pudesse lhe dar muito trabalho.

A partida começou. Ele ficou olhando. E não com um olho de todo leigo. Como muitos outros marginais, passara uma fração significativa de sua vida em clubes esportivos; pessoas como ele tinham muito lazer, muito tempo a gastar, o oposto polar, no universo deles, ao *tempo* que se cumpria numa instituição penal. Steve percebeu os restos odiosos da técnica antiquada de Richard, sua severidade de classe média: o *forehand* de braço esticado, o *backhand* muito cortado e cheio de efeito. Dava para ver que suas meias estavam ligeiramente manchadas de cor-de-rosa. O enrubescimento apagado da lavagem da roupa em família. Dois filhos: gêmeos. Ele sabia jogar um pouco, Richard. Embora o ventre fosse bem dilatado, ainda era capaz de girar para dar forma aos golpes; embora as pernas fossem glabras e descarnadas, ainda se dobravam. Quanto à fadinha do outro lado da rede, com seu uniforme de arco-íris de desenho ultramoderno: quanto à fadinha, saltitando com sua varinha de condão... Aqui, um dos homens era o único a jogar tênis, contra um lenhadorzinho móvel que tirava o ritmo de tudo, sempre óbvio, nunca surpreendente, sem nenhum instinto para arriscar alguma coisa ou jogar no contrapé do outro. Steve ficou escandalizado com a falta de malícia de Gwyn.

E então por que tanta raiva — do lado de Richard? Não havia no mundo um modo de ele perder para aquele sujeito. Meu Deus: os palavrões, os maus-tratos à raquete. A maneira como ele enxugava depósitos visíveis de chá ou nicotina dos cantos da boca cheia de espuma. Um momento. Alguma velha da secretaria do clube estava enfiando a cabeça para fora da janela:

"Veja como fala, Richard!"

"Desculpe!"

Ele devia fazer isso o tempo todo: ela sabia até o nome dele! Deve ser famoso por seus palavrões. Pelo menos aqui. Pelo menos em torno da quadra 4. Agora ficou interessante. Um golpe de aproximação no ângulo certo (de Richard), mandando a fadinha bem para fora da quadra — colidindo, na verdade, com o alambrado lateral. Ufa. Mas de algum modo ele conseguiu devolver o golpe, mandando uma bola sem peso por cima da rede. E no momento em que Gwyn volta correndo perseguindo sua causa perdida, em vez de apenas dar uma porrada na bola em qualquer espaço aberto da quadra, Richard tenta jogá-la com efeito por cima do outro, bem junto à linha. E manda a bola para fora.

E o que foi que Richard disse, curvado sobre a rede? "Meu Deus. Nada! Que *merda*."

E o que foi que Gwyn disse, de pé no mata-burro? "Richard, você sempre quer enfeitar as jogadas."

Steve entendeu. Ele sempre exagerava. Agora. A *intenção* de Steve... Da mesma forma que todos os piores elementos do clube, Steve não era sócio de tênis do Warlock, nem sócio de *squash* e nem de bochas: era um sócio *social* do Warlock. E, assim, foi com uma confiança confortável que subiu as escadas com seu copo de refrigerante, até o salão de dardos, que estava vazio e tenso com suas sombras nada naturais, as janelas lambuzadas de tinta ou pasta creme para excluir a luz. Essa sombra, esse silêncio e essa súbita solidão o deixaram momentaneamente incerto sobre quem ele era ou podia ser. Ataques fracos de irrealidade não o deixavam necessariamente inquieto — porque não lhe *pareciam* irreais. Pareciam-lhe adequados. Steve já os esperava, dizendo-se, afinal, não existe ninguém como eu: ainda. E não era uma ilusão de singularidade, não exatamente. Só acreditava que era o primeiro de muitos. Muitos Scozzys estavam só esperando para acontecer. Sou um viajante do tempo. Eu venho do futuro.

A intenção de Steve era ser inesquecível. Gwyn, ou Richard, ou talvez os dois, jamais o esqueceriam. E isso ele garantia. Enfeitadores. São raros, pensou ele enquanto fechava a janela em silêncio: não é a minha linha de ação. Eu sou único.

"Jogou bem", disse Gwyn.

"Obrigado", disse Richard. "Foi duro."

Apertaram-se as mãos por sobre a rede. O tênis era a única ocasião em que se tocavam. Só se encontravam para jogar. Ficara claro seis meses antes que Richard já não era mais capaz de chegar ao fim de um jantar na companhia de Gwyn sem cometer algum desatino. Embora Gina e Demi ainda se encontrassem à tarde de vez em quando.

"Estou melhorando", disse Gwyn.

"Não está não."

"Ainda chego lá."

"Não chega mesmo."

Usando a rede como um corrimão ou muleta, Richard chegou até sua cadeira. Sentou-se bruscamente e no mesmo instante assumiu uma postura de meditação em transe ou alcoolizada. Gwyn continuou de pé — à sombra das obras da construção, de onde vinham ruídos detalhados que raspavam e gemiam no ar: furadeira, plaina, lixadora.

"Não sei o que houve hoje", disse Gwyn. "Estava com a cabeça longe. Sem tesão. É essa história de Profundidade. Ridícula, na verdade", disse Gwyn. "Só vai ser anunciado na primavera."

"Ah, entendi. Não tem nada a ver com a técnica, nem o talento, nem ritmo, nem nada. Você só estava com preguiça."

"É, hoje eu estava totalmente desconcentrado. Meu *backhand* não estava funcionando."

Richard estava aproveitando para respirar — e era *respirar* mesmo a palavra que procurava. "Você não tem *backhand*. É só uma ferida no flanco. Uma ausência. Como a memória que o amputado tem de um membro que perdeu. E também não tem *fore-*

hand. Nem voleio. Nem cortada. É *este* o problema do seu tênis. Você não sabe bater na bola de jeito nenhum. É um cachorro na quadra. Isso. Um cão de caça galês."

Pôs um cigarro na boca e, por respeito à rotina muda, ofereceu um a Gwyn, que disse:

"Eu só não conseguia me concentrar. Não, obrigado."

Richard olhou para ele.

"Eu parei."

"Você o *quê?*"

"Parei. Três dias atrás. De uma vez. Pronto. Escolhi a vida."

Richard acendeu o cigarro e tragou com ansiedade. Olhou para o seu cigarro. Na verdade, não queria fumá-lo. Queria comê-lo. Esta novidade de Gwyn era um golpe duro. Quase a única coisa de que ainda gostava em Gwyn era que ele ainda fumava.

É claro que Gwyn nunca fumou a sério. Só um maço por dia. Não como Richard, com seus pacotes, seus pulmões de palha, suas glicínias defumadas... Richard lembrou outra conversa inexpiável que tivera com Gwyn, na mesma quadra, debaixo do mesmo céu cor de vísceras e a mesma lua de verão. Um ano antes, quando *Amelior* decolava e todo o resto desabava, Gwyn se virara para ele, ao lado da quadra, e dissera abruptamente: "Vou me casar". E Richard respondeu na mesma hora: "Ótimo. Já estava na hora". E estava sendo sincero. Sentia, como se diz, um "prazer genuíno". O prazer lhe chegava na forma de um alívio voluptuoso. Isso mesmo. Ótimo. Já era hora de Gwyn se estabelecer para sempre com aquela besta de carga, Gilda: sua namorada da adolescência, Gilda, a invisível. Ainda agora, Richard podia fechar os olhos e ver suas formas pequenas numa dúzia de colchas e apartamentos diferentes, seu rosto virado úmido de vapor enquanto ela servia mais um prato de espaguete, seus cabelos claros, seu lábio superior rachado de frio, as funcionais roupas de baixo dela (ou talvez dele) estendidas num cordão abaulado acima dos canos brancos e fibrosos do gás, sua humildade fóbica, sua tristeza nada poética, seu sobretudo volumoso e de um verde-esmeralda infantil que vinha de outro tempo e de outro lugar. "Ótimo. Aposto que Gilda está feliz. Gilda está feliz?" Gilda era boa. Richard não via muita graça nela. Nunca tinha querido comer Gilda, nenhuma vez. Podemos então imaginar sua mudança de humor quando Gwyn fez uma pausa e disse: "Não. Acho que se pode dizer que Gilda definitivamente não ficou muito satisfeita. Porque eu não vou me casar com *ela*". Gwyn não ia se casar com Gilda Paul. Ia se casar com lady Demeter de Rougemont, uma célebre beldade de fortuna ilimitada e sangue imperial que Richard conhecia, admirava e em quem recentemente começara a pensar toda vez que gozava. "Pois é isso", disse Gwyn. Richard não conseguiu dar os parabéns. Saiu correndo, achando que sua intenção era localizar e consolar Gilda. Na verdade, só saiu dirigindo a esmo, estacionou em algum lugar e ficou sentado no carro, soluçando, praguejando e fumando.

"Seu canalha", disse Richard. "Pensei que você estava comigo nisso."

"Três dias atrás. Dá dó ver você arquejando desse jeito. Daqui a uns dois anos vou estar ganhando de você por seis a zero e seis a zero."

"E como é que você está se sentindo?"

Richard já *imaginara* parar de fumar; e naturalmente supunha que não podia haver inferno pior na vida de ninguém. Hoje, há muito resolvera parar de pensar em parar. Antes dos meninos nascerem, às vezes pensava que não seria mau parar de fumar assim que se tornasse pai. Mas os meninos pareciam ter imortalizado sua dependência dos cigarros. Essa dependência dos cigarros — essa relação viva com a morte. Paradoxalmente, não queria mais parar de fumar: o que ele queria era começar a fumar. Não tanto para preencher os intervalos entre os cigarros com mais cigarros (para isso, não haveria tempo) ou para fumar dois cigarros ao mesmo tempo. É que ele sentia vontade de fumar um cigarro até quando estava fumando um cigarro. A necessidade estava e não estava sendo atendida.

"Na verdade, é uma coisa engraçada", disse Gwyn. "Parei três dias atrás, certo? E sabe o quê?"

Richard respondeu com um sofrimento prolongado: "Não sentiu a menor vontade desde então".

"Exato. Sabe como é. O tempo. O futuro."

"Você pensou bem, e achou melhor continuar a viver para sempre."

"Não é por isso que a gente escreve, Richard? A imortalidade? De qualquer maneira, acho que a minha obrigação para com a literatura ficou bem clara."

Mais uma provação masculina os aguardava: o vestiário. O vestiário tinha os cabides e os bancos de sempre e armários de menos, os espelhos embaçados onde os homens podiam se inclinar para trás e pentear o cabelo, se tivessem algum, e uma boa quantidade de suor masculino evaporado com esforço (estagnado no processo, e formando um nevoeiro furtivo que tornava o ar mais lento) competindo com colônias, gel para o cabelo e adocicadores de axilas. Havia também uma bancada de chuveiros cheia de costas pulsantes e cacetes ensaboados e balouçantes cuja inspeção era evidentemente interditada: não se deve olhar. A afetação recente de Gwyn, de tudo contemplar com um espanto infantil, não era exercida no vestiário. Não se deve olhar, mas como homem você sempre se registra mentalmente, com uma inveja inevitável e sem idade (deve ser tão bom ter um grande)... Nu, Richard olhou para Gwyn, nu, e enxugando com vigor seus pêlos úmidos. Richard estava animado: Gwyn estava sem dúvida alguma louco o bastante para o *Los Angeles Times* de domingo.

Voltaram pelo bar, o que lhes deu tempo de começar a suar de novo, e saíram no fim de tarde. Richard disse com cuidado:

"Você ia dizendo? Sobre a imortalidade?"

"Eu não quero parecer pretensioso..."

"Pode falar com sinceridade."

"Milton disse que era a última enfermidade das mentes nobres. E — e alguém disse sobre Donne, quando ele estava morrendo, que a imortalidade, o desejo da imortalidade, tinha raízes na própria natureza do homem."

"Walton", disse Richard. Estava duplamente impressionado: Gwyn andava até *lendo* sobre a imortalidade.

"Quer dizer que você sabe. Já teve pensamentos assim. Cobrir de carne o esqueleto do tempo."

"Eu voltei a ler", disse Richard, com cuidado ainda maior, "uns trechos de *Amelior*..."

O acordo tácito entre os dois era o seguinte. O acordo tácito era de que Richard, embora sentisse um prazer autêntico e descomplicado com o sucesso de Gwyn, reservava-se o direito de deixar claro que as coisas que Gwyn escrevia eram uma merda (mais especificamente, *Summertown*, o primeiro romance, era uma merda perdoável, enquanto *Amelior* era uma merda imperdoável). Ah, sim: e que o sucesso de Gwyn era, curiosamente — não, na ver-

112

dade comicamente — acidental. E transitório. Acima de tudo transitório. Se não em tempo real, pelo menos, com certeza, no tempo literário. O entusiasmo pela obra de Gwyn, achava Richard, esfriaria mais depressa que seu corpo. Ou então o universo era uma piada. E uma piada desprezível. Assim, Gwyn admitia saber que Richard cultivava certas restrições e dúvidas acerca de sua obra.

"Da primeira vez", continuou ele, "como você sabe, eu achei que o livro não era muito bem realizado. Era sem energia, otimista demais. Condescendente, até. E programático. Com uma densidade insuficiente de elementos. Mas..." Richard olhou para cima (tinham chegado aos carros). Não há dúvida de que Gwyn vinha esperando pacientemente aquele *mas*. "Mas da segunda vez eu percebi que tudo fazia sentido. O que me espantou foi a tremenda originalidade do livro. Quando nós começamos, eu achava que nós dois queríamos levar o romance a algum lugar novo. E eu achei que o caminho adiante era o estilo. E a complexidade. Mas você viu que era na verdade uma questão de tema." Tornou a erguer os olhos. A expressão de Gwyn — brevemente interrompida para cumprimentar um passante, e depois reassumida com energia — era de dignidade e falta de surpresa. Richard sentiu toda sua cautela desaparecer com um grito. "Um mundo novo", disse ele, "mapeado e reificado. Não a cidade, mas o jardim. Não mais a neurose, mas a clareza, fresca. Você teve a coragem", disse ele, ainda estranhamente capaz de fitar Gwyn nos olhos, "...de forjar uma nova arte da bravura."

Devagar, Gwyn estendeu a mão. "Obrigado, amigo."

Deus do céu, pensou Richard. Qual de nós dois está enlouquecendo mais depressa? "Não", disse ele. "Obrigado a *você*."

"Antes que eu me esqueça, Gal Aplanalp está de viagem para Los Angeles a qualquer momento, então é melhor você ligar logo para ela. Amanhã. De manhã."

E então se separaram no estacionamento, sob a lua do fim da tarde.

Lá fora, no universo, o quilômetro supera de longe a milha. Se é que o universo de fato gosta de números redondos. O que parece ser o caso.

A velocidade da luz é de 186 282 milhas por segundo, mas é muito próxima de trezentos mil quilômetros por segundo. Uma hora-luz mede seiscentos e setenta milhões de milhas, mas é muito próxima de um bilhão de quilômetros.

Da mesma forma, uma unidade astronômica, ou a distância média entre a Terra e o Sol, de centro a centro, é de 92 950 000 milhas, mas muito próxima de cento e cinqüenta milhões de quilômetros.

Será isso arbitrário? Será *antrópico*? Dentro de um milhão de milênios, o Sol ficará maior. Vai dar a impressão de estar mais próximo. Dentro de um milhão de milênios, se você ainda estiver lendo estas palavras, vai poder compará-las com a experiência pessoal, porque as calotas polares estarão derretidas e a Noruega terá o clima do Norte da África.

Mais tarde ainda, os oceanos vão começar a ferver. A história humana, ou pelo menos a história terrestre, estará chegando ao fim. Honestamente, acho que você não vai estar lendo estas palavras a essa altura.

Enquanto isso, porém, o quilômetro tem definitivamente muitas vantagens sobre a milha.

"Quando for entrar numa rua preferencial vindo de uma transversal, você pára, olha para a esquerda e para a direita", disse Crash com sua voz mais grave e solene, "e espera até ver um carro chegando."

"É mesmo?", perguntou Demeter Barry.

"Você engrena a primeira. E aí, quando o carro chega bem perto — sai na frente dele."

"Entendi."

"E aí reduz a velocidade, fica andando bem devagar. E põe o cotovelo para fora da janela."

"Sei."

"A não ser que ele queira ultrapassar."

"E nesse caso?"

"Nesse caso, é claro que você acelera."

O Metro surrado ficou parado numa transversal sem saída da Golborne Road. Por baixo da armação da capota sustentando os anúncios e as indicações de que era um carro de auto-escola, Demeter estava com o cinto atado no banco do carona, e Crash se dobrava todo atrás do volante. Enquanto falava, ele fazia gestos de cutelada com as mãos.

"Vou fazer uma demonstração. Agora, vamos — o cinto está bem amarrado? Vamos lá."

Era verdade — o que Steve Cousins dizia. Para dar aulas de auto-escola, o sujeito precisava de um profundo aprendizado de canalhice, assim como em muitos outros ofícios em que os homens eram obrigados a atender mulheres desacompanhadas: bombeiros, policiais, vendedores de roupas (especialmente sapatos). Basta lembrar de todo folclore em torno do leiteiro. Como Eros deve ter chorado ao vê-lo desaparecer das ruas da Inglaterra... Crash, por exemplo: os impulsos contraditórios relacionados com a autoridade macho-fêmea — e mais o medo novo que as moças ricas eram obrigadas a sentir de parecerem racistas ou esnobes — criavam uma proveitosa confusão. Até mesmo o lavador de janelas, um artista do porta a porta com seus trapos e seu balde de plástico, seus dramáticos vislumbres pelas vidraças, sua silhueta acocorada e atenta do outro lado do vidro, a luz renovada que deixava entrar na área habitada: até mesmo o lavador de janelas era motivo de novos arranjos, de reconsiderações domésticas... Um livreto provavelmente tão comprido quanto o *Código da estrada* poderia ser escrito sobre, por exemplo, o Uso do Cinto de Segurança na Promoção de Contato Corporal entre Instrutor e Aluna; e também a Elevação do Banco, a Permissibilidade de Contatos Táteis durante e depois de uma Freada de Emergência, a Alavanca de Marchas como Símbolo ou Totem.

"E o objetivo de tudo isso é?", disse Crash, pedindo uma resposta.

"O quê?", perguntou Demeter.

"Sou eu que estou perguntando."

"Hum. Não sei."

"*Imprimir a sua personalidade na rua*. Eu digo e torno a repetir. O seu objetivo, quando estiver dirigindo, não é chegar ao seu destino com segurança ou rapidez. O seu objetivo quando está dirigindo é...?"

"Imprimir a sua personalidade na rua."

"Isso mesmo. Mostrar quem é o dono da rua."

Com ousadia, Crash acelerou o Metro e se aproximou da esquina, indicando que ia entrar à esquerda. A rua estava vazia, e ficou assim, estranhamente, por vinte segundos, quarenta, sessenta, mais ainda. E estava em Londres, onde o que não falta são carros. Uma cidade moderna, onde os carros existiam em quantidade infinita, onde havia carros, carros e mais carros, até onde a vista alcança. Crash dobrou o pescoço. Um segmento considerável da hora de Demeter já fora consumido em sua vigília.

"Parece que explodiu uma bomba de nêutrons."

Continuaram esperando. Finalmente, uma camionete branca manchada apareceu, vindo da direita. Sempre se podia contar, em Londres, com uma camionete branca manchada: parecia ter sido arranhada pelos dedos imundos de crianças imensas. E lá vinha ela, passando por cima do viaduto, avançando com um perceptível sentido de finalidade. A camionete já estava em cima deles — já tinha praticamente passado por eles — quando Crash saiu da transversal bem à frente dela.

Primeiro, o grande esforço fanhoso dos freios; depois o trombetear brutal da buzina e (Demi se virou) o estroboscópico cintilar dos faróis altos. Crash recostou-se no banco, cantarolando com a boca fechada enquanto reduzia cada vez mais a velocidade do Metro e a camionete relinchava e bufava logo atrás, tentando ultrapassar, passar por cima, saltar à sua frente. Olhando para Demeter, Crash abriu a janela e pôs para fora uma exagerada extensão de cotovelo.

"Agora", anunciou ele, "o arroubo irracional de velocidade."

E Demeter foi devidamente imprensada contra o encosto do banco quando o tênis imenso de Crash desceu até o piso.

Vinte minutos depois, o Metro estava estacionado em fila dupla na All Saints Road, paralela à Portobello, diante da corpulência do velho Adonis. Crash explicava que as técnicas que acabara de demonstrar, e outros mistérios que pretendia apresentar em breve, pertenciam ao domínio da direção de alto nível; talentos, sugeriu gentilmente Crash, que Demi só podia sonhar vir a dominar um dia.

"Mas o mesmo princípio sempre se aplica. Mostrar quem é que manda na rua."

Com um ou dois acenos de cabeça e limpando a garganta em silêncio, Crash recaiu num silêncio cheio de pensamentos elevados. Seus pensamentos estavam, provavelmente, naquela terra onde os motoristas de alto nível, com muitas guinadas, freadas bruscas e curvas em duas rodas, tinham plenas possibilidades de demonstrar sua especialização. Ou talvez refletisse sobre o mau momento recente: a camionete branca manchada, perceberam no sinal seguinte, continha três policiais de uniforme.

"Acho que saio dessa", refletiu Crash, que devia ter experiência, "com uma DSD."

"Perdão?"

"Direção Sem o Devido."

"Perdão?", disse Demi. E era verdade: estava pedindo perdão por perguntar.

"Direção sem o devido cuidado e atenção", elaborou Crash.

"Mas não é verdade. Posso depor. Você estava dirigindo com um cuidado *incrível*. Você só..."

Crash desqualificou as palavras dela com um gesto da mão imensa: não era qualquer um que tinha sua compreensão dos mistérios da direção de alto nível. Certamente não a polícia... Seu olhar fervoroso mas ferido se voltou para a fachada do velho Adonis. A All Saints Road, com suas novas galerias vendendo *posters* e seus bares mexicanos, sofrera mudanças dramáticas, já durante a vida adulta de Crash. Mas não muito antes (Crash balançou a cabeça, concordando consigo mesmo) o velho Adonis se erguia junto à esquina das drogas mais movimentada e com certeza mais barulhenta de West London: um "local simbólico", para citar a *Police Review*.

Era um ponto de vendas para carros, a esquina de All Saints com Lancaster: os carros reduziam a velocidade, a noite inteira, e as cabeças negras raspadas se enfiavam nas janelas que se abriam. O Adonis, o velho *superpub* com seus lustres pegajosos e seu tapete encharcado, seus vídeos de rock em contraponto e a massa de caridosas máquinas de venda de frutas, era o fulcro natural de todo o movimento. E lá se encontrava o *apartheid* invertido da economia das drogas, onde os brancos, em sua confusão espumante de cerveja, mantinham a devida distância dos negros sóbrios mas acalorados, acalentando seus copos de vitamina no balcão que dava para a rua. O Adonis. Sua simetria e alegria coloniais — onde tinham ido parar? Apagadas, anuladas, por trás de tábuas e extensões de tela de arame. Mas se você (Crash gemeu enquan-

117

to relaxava ainda mais o pescoço), mas se você... era aqui. Uma porta baixa, de um dos lados e depois de descer um ou dois degraus, e o cara lá dentro, olhando tudo. Se escutasse com atenção, dava para ouvir lá no fundo a monotonia modesta da música e — claro — o som de copos batendo ou se quebrando. Isso: o velho Adonis se recusa a morrer. Encontrara, nas beiradas, uma existência atenuada e secundária: mas uma forma de continuar, de qualquer modo. Demi, que observava Crash, viu uma expressão de indulgência satisfeita aparecer em seus olhos. Ela não sabia, também, da associação profunda existente entre Adonis e o renascimento, da identidade que ele compartilhava com Orfeu, e com Cristo, representando um poder que podia trazer de volta as almas dos mortos, como Orfeu não conseguira fazer.

"Canalhas", disse Demi.

Crash sorriu. Ela se referia aos policiais. "Você não quer entrar lá", disse ele.

"No Adonis?"

"É um bar *do mal.*"

Ele continuou sorrindo: um silencioso gorgolejo de cumplicidade até soou no fundo de sua garganta. A luz estava sumindo mas dava para ver a cal e o marfim de seus dentes. Ela deu um riso musical e disse:

"Eu sei muito bem como é o Adonis."

"Não me diga!"

Pronto. Agora vai aparecer. Crash ficou basicamente aliviado, mas também se sentiu promovido, e lisonjeado, é claro, em muitos pontos sensíveis do espírito e do coração. Até agora, com Demi, não lhe ocorria nenhum movimento investigatório além do assédio sexual puro e simples. Onde poderia descobrir alguma coisa, de qualquer natureza: onde poderia obter alguma informação. E ele não conseguia. Não conseguia. Mas agora, antes de engrenar a primeira no Metro, inclinou-se para o universo caro da lourice e inglesice dela e beijou o canto de sua boca pálida. Não, estava tudo bem. Tudo calmo. Tudo perfeito.

Mais tarde, de volta a seu apartamento em Keith Grove, depois de Shepherd's Bush, depois da ginástica e da grande conversa com o maldito Adolf, Crash, de cuecas, reclinoú-se em seu *futon* com as mãos entrelaçadas por trás da nuca. É. Na tela: o jogo de futebol que tinha gravado. Observou o andamento do jogo com

118

terror e piedade, e com flutuações extremas do ritmo com que piscava os olhos, reservando uma compaixão de especialista pelos destinos dos dois goleiros, porque era nessa posição que ele próprio era escalado, duas vezes por semana, para jogar pela igreja e pelo *pub*. "Saiu mal!", disse Crash. "Ah, que frango." O modo como os lábios dela cederam só o suficiente para serem mais que educados. Nada de língua ou coisa assim. "É do goleiro! Boa bola, goleiro." Continuaria a tratá-la com o mesmo respeito de sempre. "Sai! Boa." Mas aquela pequena sugestão de que tinha cedido: era uma sugestão em si mesma. Dizendo a ele alguma coisa que jamais transmitiria a Scozz. "O lateral está livre! Boa saída." Que quem estava lá era *outra* mulher — oh, meu Deus, eram tantas — que talvez fosse amada. "Bem em frente. Vai chutar! Boa, goleiro." Mas não o suficiente, e nem da maneira certa. "Olha a hora! Isso! *Acabou!*"

O jogo terminou com o resultado certo, mas Crash não estava mais se sentindo tão bem: perturbado. Com raiva e vagar, vestiu sua roupa preta de corrida e foi correndo até o Pressures. O bar se chamava Thresher's, mas Crash o chamava de Pressures. No caminho de volta, subindo a Keith Grove, percebeu o que era: ele, no bar de sucos de fruta, dizendo a Scozzy, e *rindo*: "*Ah*, claro. Ela certamente tem experiência". 13: aquele garoto *desgraçado*.

Fechou a porta do apartamento atrás de si, abriu a garrafa de uísque e jogou a tampa fora. Estava cagando.

Antes de entregar, antes de embrulhar o jornal, ocorreu a Richard uma idéia desagradável: e se *houvesse* alguma coisa do interesse de Gwyn Barry naquele determinado número do *Los Angeles Times*? Oito páginas de debates sobre a sua obra, por exemplo. Ou toda uma seção dedicada a Gwyn Barry. Como acontecera no Reino Unido, *Amelior* no início não tivera o menor sucesso, depois passara a vender medianamente e, no final, fizera o maior sucesso nos Estados Unidos. Trazido à atenção de Richard não pelo próprio Gwyn mas por uma nota patriótica num jornal londrino, esse fato lhe infligira um ferimento que latejava ainda mais que os outros: mais que os cortes e raladuras que lhe provocava a popularidade aparentemente universal do livro, sobre a qual ouvia falar aos pedaços, nas notícias que Gwyn lhe dava de supetão: um importuno repórter argentino ou uma equipe de TV incômoda, um questionário interminável vindo de Taiwan. Mas os *Estados Unidos. Francamente...* Richard acendeu um cigarro. Podia ser que Gwyn tivesse tropeçado no universal, aquela voz que fala com e pela alma humana? Claro que não. E agora Marco entrou no escritório. No momento em que assumiu sua fiel posição ao lado do pai, Richard deu uma última tragada no cigarro e o atirou pela janela. "Eu gosto do papai", cantarolou Marco, com a voz discretamente abafada, "ele mora comigo..." Desde o dia em que batera na cabeça de Marco porque *Amelior* tinha aparecido em nono lugar na lista dos mais vendidos (e foi só o começo: em comparação, os romances comerciais de gorduchos francófilos, os livros de cosmólogos fanáticos, achava Richard, tinham vida extremamente efêmera), o menino se apaixonara inapelavelmente pelo pai, como se, naquele dia, em vez de dar uma porrada no ouvido de Marco, Richard tivesse derramado nele alguma coisa. "Eu te amo", dizia o menino a toda hora. E também havia a musiquinha que ele tinha inventado, notável, na verdade, pela escassez de informação que transmitia (e por sua canhestra *rime riche*):

> *Eu gosto do papai.*
> *Ele mora comigo.*
> *Eu gosto dele.*
> *E ele gosta de mim.*

Embora, talvez, diante da nova situação demográfica, essa notícia fosse espantosa. Nas cidades da Inglaterra, as crianças cantavam:

> *Eu não gosto do papai,*
> *Ele não mora comigo.*
> *Eu não gosto dele.*
> *E ele não gosta de mim.*

Do ponto de vista técnico, também, a canção ou poema de Marco faria imenso sucesso na Tantalus Press, onde Richard passara uma tarde deprimente. Aquela canção que Marco inventara: seu pai ficara muito satisfeito ao ouvi-la, nas primeiras duzentas vezes. Gina não cantava nada parecido... Richard não gostava de pensar que aquela verdadeira maratona de manifestação emocional de Marco pudesse ter sido desencadeada pelo medo. Não gostava de pensar que Marco sabia que o pai estava enlouquecendo e tentava, por meio de sua presença e de seu exemplo, ajudá-lo a controlar a loucura. Ele pedira desculpas pela porrada muitas vezes. A única coisa que Marco jamais respondeu foi que todo mundo tinha seus maus dias na vida.

Richard estava tendo um dia relativamente bom. Telefonara para o escritório de Gal Aplanalp e Gal Aplanalp ligara de volta poucos minutos depois — do avião que a estava levando para Los Angeles. Voltaria, porém, tão breve que parecia uma frivolidade. Ou assim pareceu a Richard, cuja paixão era o romance americano. Nunca estivera nos Estados Unidos. O que era mais ou menos um resumo de quem ele era. Talvez em conseqüência de sua conversa com Gal, *Sem título* vinha dando um grande salto para a frente. Ele tinha o que faltava a seu predecessor imediato: a perspectiva segura de um leitor. Gina não lia os seus textos. E ele não esperava mesmo que ela lesse: a prosa moderna fanaticamente difícil não era o que ela apreciava. Mesmo quando ela tentou ler seus romances publicados, sempre dizia que eram o tipo de coisa que lhe dava dor de cabeça.

"Apoia o... Bota o... Aperta o dedo aqui. O dedão. Agora fique aí parado enquanto eu dou o nó mas tira quando eu... Isso."

"Ajudando papai, em tudo que ele faz. Todo dia."

Ele riu — uma versão mais silenciosa de seu riso capturado, gutural, de boca travada. "Agora vai para outro lugar", disse ele. "Vai procurar Marius. Eu dou uma libra para cada um se vocês forem."

Eram sete da noite. Um espaço em sua mesa não fora aberto para o pacote contendo o *Los Angeles Times*, mas lá estava ele de qualquer maneira, razoavelmente simétrico, volumoso, anômalo, como um UFO no telhado de uma casa de favela. Richard supôs debilmente que talvez fosse melhor examinar o conteúdo do jornal, antes de entregá-lo. Exigiria uma destreza incrível, é verdade, mas se pudesse desfazer o embrulho preservando ao menos sua forma geral... Puxou o nó (tão recente e firmemente amarrado, por sobre a ponta carmesim do polegar de Marco); começou a desfazer com cuidado as dobras do vincado papel pardo: e no final simplesmente rasgou tudo. Os meninos no quarto ao lado — ouviram seus gritos selvagens mas nem repararam, tão acostumados estavam com aquele timbre. Talvez papai tivesse perdido o apontador, ou deixado cair uma tachinha? Porque a relação de Richard com o mundo físico das coisas, que já era muito ruim, se deteriorara bastante. Cristo, a insolência muda dos objetos inanimados! Ele nunca conseguiu entender qual era o *problema* dos objetos inanimados, para se comportarem daquele jeito. *Por que* a maçaneta da porta cismava de enganchar no bolso do paletó quando você passava? Qual era o *problema* do bolso do paletó?

Com cuidado e temor, Richard examinou a seção "Mundo do livro" (todas as resenhas, mais as notícias curtas, os fuxicos), a seção "Arte e lazer" (no caso de alguma coisa de Gwyn estar sendo adaptada para a tela ou o palco), a *Revista* do jornal (inclusive o "Perfil" e as "Leituras de cabeceira"), e a "Semana em revista" (o fenômeno Gwyn Barry). Com o espírito mais relaxado, esquadrinhou a fundo a seção de moda, a seção de novidades, a seção de elegância, a seção de informação, a seção "Última palavra" e a seção "Você". Depois, sentindo-se ridiculamente rigoroso e vastamente vingado, verificou a página de editoriais do caderno de notícias (i)": multiculturalismo? a redefinição dos roteiros? as razões das editoras? a seção de negócios, a seção pessoal e a seção de acontecimentos: nenhuma o fez perder muito tempo. Os encartes de anúncios e o suplemento de decoração — ignorou com mordacidade.

À meia-noite, Richard estava chegando à conclusão de que havia gasto as últimas cinco horas de forma divertida e compensadora. Não duvidava de que Gwyn fosse louco o suficiente para ler tudo aquilo pelo menos duas vezes, talvez três, talvez quatro — talvez ainda mais. Talvez Gwyn continuasse lendo aquele jornal *para sempre*. Richard imaginou seu amigo, dali a alguns anos, percorrendo cada receita, cada chave das palavras cruzadas e todos os resultados dos jogos de golfe — com as roupas por lavar e tomando caneca atrás de caneca de café solúvel. Lá estava ele, esfregando os olhos enquanto lia mais uma vez a seção "Cadeira de convés"... E mais uma coisa. Se Gwyn Barry era tudo o que se dizia, não havia o menor sinal disso no *Los Angeles Times* de domingo.

Usando um quilômetro de barbante e quatro rolos de fita gomada, Richard remendou seu pacote. Estava pronto para partir. Tomando um conhaque, começou a contemplar o tremendo e exaltador desafio da entrega.

Dia sim dia não, na primeira página do jornal, aparece a fotografia de uma criança assassinada. Assassinada por um maníaco pálido, assassinada por sectários ou separatistas, assassinada por um empresário aos arrotos cercado por uma tonelada de metal, assassinada por outras crianças. Esta última era dura de contemplar, para o olho atento e inocente. Sinta seu suor inesperado enquanto se desloca em meio a elas, nas calçadas, nas portas das lojas — as novas crianças.

Sobre o criminoso ou os criminosos, a mãe ou o pai dos mortos quase sempre dizia *Não tenho palavras para eles*. Ou algo como *As palavras não podem exprimir o que eu sinto por eles*. Ou *As pessoas que fizeram isso, não tenho palavras para elas*. Ou *Não há palavras para eles*.

O que a meu ver quer dizer: as palavras são inadequadas, e também impróprias. Não se pode encontrar as palavras certas — por isso, melhor nem procurar. Não procure.

E eu concordo. Estou com o pai, com a mãe. Quanto aos que fazem isso, não tenho palavras.

A informação me diz — a informação me diz para parar de dizer *olá* e começar a dizer *até logo*.

Onde eu moro há uma anã amarela que eu sempre vejo, nas ruas com suas lojas e pontos de ônibus. Ela é jovem e amarela e tem pouco mais de um metro de altura, com os membros caracteristicamente compactos (os braços retorcidos para dentro numa postura que lembra um pugilista, as pernas lembrando dois castores), meio asiática, meio caribenha, com as sobrancelhas claras, os cílios brancos, os cabelos de um laranja animal, seus filamentos eletricamente carregados. Ela é jovem. Pode envelhecer, mas nunca irá crescer mais... No primeiro momento, sempre que trocamos olhares, ela olha para cima na minha direção e seu queixo se tensiona em *desafio*. Desconfiança e muitas outras coisas, mas acima de tudo *desafio*. Mais recentemente, à medida que esses olhares tendem a se prolongar, seu rosto exibe outras expressões, além do desafio; o desafio é descartado como desnecessário (embora tenha sido necessário, tantas vezes). Sem exatamente sorrir ou acenar com a cabeça, reconhecemos a existência um do outro.

Anã amarela é um rótulo terrível, provavelmente porque — com mais pertinência — seja uma condição terrível. Terrível. Pobre anã amarela. Eu queria que ela soubesse que as anãs amarelas são *boas*. Eu devo a vida a uma anã amarela, todos nós devemos — lá em cima: o Sol.

A anã amarela não é exótica. Anãs amarelas não são exóticas. Estão entre os fenômenos mais típicos do universo. Já um quasar — uma galáxia do tamanho de um sistema solar aglomerada em torno de alguma monstruosidade ou criptograma quântico e absorvendo o espaço observável a cento e cinqüenta mil quilômetros por segundo: eles sim são exóticos.

Nunca poderei enfrentar o olhar da anã amarela lá de cima. O brilho de seu olhar nunca se atenua; seu desafio sempre será absoluto.

Ela é ordinária, em termos mais amplos. Quem jamais lhe dirá? Ela é ordinária. Não como as outras estrelas da rua. Não como a gigante vermelha, se esgotando e caindo por baixo do viaduto, nem como o buraco negro por baixo da janela do porão, nem como o pulsar no cruzamento ou no *playground* deserto.

Richard Tull, com sua carga própria de preocupações estritamente locais, estava quarenta andares acima da cidade. Sofria uma ressaca francamente assustadora e se encontrava nos escritórios de Gal Aplanalp. Não apenas acima da cidade, mas acima da City, talvez ao alcance do som dos sinos de Bow. Não era uma terra de despossuídos. Construções catárticas em grande escala ocorriam à toda volta: macacões, capacetes, escavações, guindastes, blocos grandiosos de tijolão. Uma luz azul escaldante de magnésio brilhava em meio ao nevoeiro da manhã. Richard pensou no terreno baldio para o qual dava seu escritório, onde havia sempre construtores em movimento, entra ano sai ano. Para ele, construtores eram sinônimo de destruição. Caubóis grosseiros de calças caídas atolados até os joelhos em lodo e na falta de sentido, criando apenas tumulto.

Os escritórios dos agentes literários, na vasta e infeliz experiência de Richard, tendiam a ter as paredes forradas de livros. Aqui, ele estava cercado por fotos imensas — fotos dos escritores que Gal já representava. Estava cercado por romancistas conhecidos; mas romancistas conhecidos por alguma outra razão. Por serem locutores de telejornal, alpinistas, atores, cozinheiros, costureiros, arremessadores de dardo ou parentes da rainha. Nenhum deles era conhecido como resenhista de livros. Havia Gwyn, é claro. Muitos dos escritores, Richard não reconheceu. Verificou nos folhetos elegantemente dispostos em leque na mesa de centro. Quer dizer que aquele babaca de rabo-de-cavalo... escrevia biografias de cantores de rock. O vasto corpo de sua obra compunha-se exclusivamente de sobrenomes de estrelas do rock seguidos de pontos de exclamação. Cada título causava um solavanco na cabeça de Richard, em deplorável contraponto com o latejamento de sua dor de cabeça. Ele bem podia imaginar... *Davenant! Deeping! Bottrell! Myers!*

Gal entrou. Richard virou-se. Fazia dez anos que não a encontrava. Quando Gal tinha dezesete anos e viera passar um ano na Inglaterra, fazendo trabalhos avulsos para as editoras, Richard e Gwyn a adotaram e a levaram a passeio: o boliche da Shaftesbury Avenue, os *pubs* irlandeses além de Piccadilly Circus; e uma vez (é verdade) levaram-na para um passeio de bote a remo, no Hyde Park. Gostavam dela. Ela possuía um talento para a ternura, lembrou-se ele; beijava você no rosto em momentos inesperados. Quem mais faz isso? Oh, sim: Marco. Uma viçosa mocinha de aspecto masculino, dezesete anos: parece a descrição de um ideal. Mas Richard não ficou interessado. Ele parecia querer coisa mais complicada: ele gostava de — ou pelo menos sempre dava um jeito de se envolver com — depressivas morenas e violentas que nunca comiam e nunca ficavam menstruadas. E Gwyn também não se interessou: ele tinha Gilda. E sem dúvida Gal também não se interessou. E de qualquer maneira os rapazes chegaram a um acordo tácito: eles próprios eram jovens o suficiente para pensar que Gal Aplanalp era jovem demais para eles.

125

Trocaram um aperto de mãos, depois um abraço, idéia dela (os lábios de Gal fizeram "mwa" junto ao ouvido direito dele). E então ela disse a coisa que ele menos queria ouvir:

"Bem, deixe eu ver como você está."

Richard ficou parado, à distância de um braço.

"Você está...? Você parece — parece um pouco, não sei, assim meio..."

"Velho", completou Richard. "O adjetivo — ou será um complemento? — que você está procurando é *velho*."

Entre os vários sintomas de sua ressaca estava uma forte relutância em encarar qualquer olho humano. Mas Richard disse a si mesmo para ser louco e orgulhoso (e como sua cabeça se ergueu com esse *complemento*): continuou ali parado, orgulhoso, louco e inédito, os destroços cobertos de sangue claro de Richard Tull. Pode ser que sua ressaca não fosse tão violenta assim, determinando apenas, talvez, meia semana de sofrimentos sepulcrais, em posição fetal, por trás de cortinas fechadas.

"Café? É bom. Eu mando buscar."

"Acho ótimo."

Conversaram um pouco sobre os velhos tempos. Sim, como as coisas eram melhores, nos velhos tempos, quando Gwyn era pobre, suas colchas amarfanhadas, sua namorada grossa, sua carreira sem perspectivas. Nos velhos tempos, Gwyn não passava de um resenhista fracassado (por indicação de Richard) e tarefeiro barato das editoras. Durante o verão que Gal passara na Inglaterra, Gwyn estava preparando guias de estudo para as várias partes das *Canterbury Tales*. Não eram sequer livros, ou panfletos. Eram vendidos em *pacotes*... Agora que Gal estava fora de seu campo de força, Richard podia contemplá-la. E assentiu com a cabeça; concedeu. Não apenas jovem; não apenas saudável e simétrica. Alguém que trabalhasse vendendo cremes faciais ou óleos para banho daria uma nota alta à beleza de Gal. Era uma beleza que podia de fato ajudar a vender as coisas. Era uma beleza que tanto homens quanto mulheres admiravam. Tudo se harmonizava: a pele, os ossos, os cabelos negros encaracolados. E o corpo, também. Quando ela mudava de posição na cadeira, a metade superior de seu tronco se atrasava um pouco, com um certo peso ordenado. Richard supôs que ela fosse moldada de acordo com os padrões do pensamento e da prática da mulher profissional. Era impiedosamente profissional da cabeça aos pés; mas o pé trazia um bracelete no tornozelo e saltos agulha. Quando eles se cumprimentaram, Richard gostaria de ter sido capaz de dizer algo como "Passei um mês bebendo sem parar" ou "Levei um tiro na cabeça semana passada". Mas fora Gal quem passara as duas últimas noites sem dormir — atravessando o Atlântico até os Estados Unidos. E Richard só ficara sentado à sua mesa.

O café chegou. Fizeram uma pausa. E começaram.

Primeiro, a questão inescapável e deprimente do currículo de Richard. Preso à sua prancheta, ela tinha um resumo a respeito dele; tinha informações. Gal tomava notas e dizia "Hm-hm". Seus modos sugeriam, de modo promissor, que sabia bem o que era uma carreira atolada; Richard começou a acreditar que ela lidava todos os dias com prodígios ainda maiores de obscuridade e pauperismo — casos ainda mais tristes, fracassos ainda mais audíveis.

"E essa biografia de Denton Welch", disse ela, franzindo o rosto de maneira acusatória para sua prancheta.

"Nunca escrevi. Deu errado."

"E de R. C. Squires?"

"R. C. Squires. Editor literário de *The Little Magazine*."

"Que revista é essa?"

"*The Little Magazine*. Onde eu hoje sou editor literário. Uma vida interessante. Ele esteve em Berlim nos anos 30 e na Espanha durante a Guerra Civil." Respectivamente vadiando no Kurfürstendamm e jogando pingue-pongue em Sitges, como Richard viera a saber ao cabo de um mês de desalentadas pesquisas. "Posso fumar?"

"E esse livro de viagem? Pela Sibéria."

"Eu não vou."

"Os *leprosos* da Sibéria..."

"Eu não vou."

"E isto? *A história da humilhação crescente*. Não-ficção, certo?"

Richard cruzou e recruzou as pernas. Era um livro que ainda queria escrever: um dia. E disse, como já dissera tantas vezes: "Seria um livro sobre o declínio do status e da virtude dos protagonistas literários. Primeiro deuses, depois semideuses, depois reis, depois grandes guerreiros, depois burgueses, mercadores, vigários, médicos e advogados. Depois o realismo social: você. Depois a ironia: eu. Depois maníacos e assassinos, vagabundos, multidões, a ralé, a choldra, a canalha".

Ela estava olhando para ele: "E como você explicaria isso?".

Ele suspirou. "A história da astronomia. A história da astronomia é a história de uma humilhação cada vez maior. Primeiro o universo geocêntrico, depois o universo heliocêntrico. Depois o universo excêntrico — o universo em que vivemos. A cada século ficamos menores. Kant viu tudo, sentado em sua poltrona. Como é a frase? O princípio da mediocridade terrestre."

"...Um livro grande."

"Grande." E acrescentou: "Um mundo pequeno. Um universo imenso".

"Qual é a situação de todos esses projetos?"

"A situação de todos esses projetos é a seguinte", disse Richard, "recebi adiantamentos por todos eles e não escrevi nenhum."

"Dane-se", disse ela. "Eles lançam na conta das perdas." E então eles começaram a acelerar.

"O novo romance. É sobre o quê?"

"A consciência moderna."

"É tão difícil quanto os outros?"

"Mais difícil. Muito mais."

"Você não pensou em mudar de linha?"

"E escrever um *western*?"

"Como é que se chama?"

"*Sem título*. O título é *Sem título*."

"Vamos dar um jeito nisso."

"Ah, não vamos não."

"Eu reli *Os sonhos são difíceis de encontrar*, e..."

"*Os sonhos não querem dizer nada*."

"Não diga uma coisa dessas. Você desiste fácil demais."

"*Primeiro*", disse Richard. E depois se calou, aplicando o freio. Na verdade, tinha escrito um *western*. Tinha tentado escrever um *western*. Mas seu *western* tinha morrido de desânimo depois de algumas páginas de janelas fechadas com estrondo e rolos de erva seca empurrados pelo vento... "Primeiro. O título do meu livro é *Os sonhos não querem dizer nada*. Segundo. O que quer dizer é que os sonhos não *significam* nada. Não exatamente. Terceiro. Eu não 'desisto fácil demais'. É difícil me fazer desistir. Tem sido árduo."

"Posso dar uma tragada?"

Ele apontou o cigarro com o filtro virado para ela. Ela não o pegou com seus dedos — mas com os lábios. E Richard ficou enternecido pela visão de um sutiã colorido contra uma pele persa. Gal tragou a fumaça e tornou a se recostar na cadeira. Ela gostava de fumar; usava adoçante artificial em seu expresso. A mão dela, ele percebeu, não era menos rechonchuda do que dez anos atrás. A mesma mão que ele segurara, com uma ternura de tio, muitas vezes. Gal tinha um defeito, uma predisposição. O peso gostava dela. A gordura gostava dela. A mesa a que se sentava estava organizada, mas havia nela algo que não era organizado, não de todo... Atrás ficava a janela: naquela moldura de céu cinzento, os guindastes lembravam réguas-tê numa prancheta. O papel que o arquiteto estava usando era manchado e imundo. Ele usara demais uma borracha suja para apagar e começar de novo. Cancelamentos gráficos, e os fiapos de borracha se espalhando no ar, escovados e empurrados pelo mindinho suspenso. Uma boa idéia, sempre que se imagina Londres, quando se imagina alguma cidade, voltar à prancheta de desenho.

"Eu quero representar você", disse ela.

"Obrigado", disse ele.

"Agora. Os escritores precisam de uma definição. O público só consegue se lembrar de uma coisa por escritor. Como uma assinatura. Bêbado, jovem, louco, gordo, pervertido: sabe como é. E é melhor se você mesmo escolher, em vez deles. Já pensou alguma vez no número do jovem antiquado? O metido. Você usa gravata-borboleta e colete. Fuma cachimbo?"

"É provável que eu fumasse", disse Richard, esticando o pescoço, "se alguém me oferecesse. Já cheio de fumo e com um fósforo aceso. Escute aqui, estou velho demais para ser um jovem metido. Eu sou um velho chato." E Richard estava pensando na flatulência. De manhã, enquanto se barbeava, ele se preparara, esperando o ruído alto e o odor pungente. Mas só ouviu um *clique* terrível. "Não estamos esquecendo que primeiro eu preciso ser publicado?"

"Oh, acho que posso cobrar alguns velhos favores. E aí tudo vai começar a funcionar. O que você escreve é o que você escreve. Não vou me meter na sua criação, mas a gente precisa de mais alguma coisa para trazer você para a linha de frente. A sua prática no jornalismo, por exemplo. Você não devia escrever tantas resenhas assim. Devia ter uma coluna regular. Pense nisso."

"Espero que você não se incomode de eu perguntar. Estou supondo que você seja muito boa no que faz. Você acha que a sua aparência ajuda?"

"Claro que sim. E que tal... que tal escrever um artigo grande, em profundidade, sobre como é ser um romancista de sucesso?"

Richard ficou esperando.

"Entendeu: como é *de verdade*. As pessoas se interessam muito pelos escritores. De sucesso. Estão mais interessadas nos escritores do que nas coisas que eles escrevem. Na vida dos escritores. Não sei bem por quê. Você e eu sabemos que eles passam a maior parte do dia sentados em casa."

Richard ficou esperando.

"E então, o que acha de escrever esse texto? Posso vender nos Estados Unidos. Em qualquer lugar."

"O texto sobre como é ser um escritor de incrível sucesso."

"O dia-a-dia. Como é. Na verdade."

Richard tornou a esperar.

"...O novo romance de Gwyn vai sair nos Estados Unidos em março. Aqui, em maio. Ele vai fazer a *tournée* das oito cidades. Nova York, Washington, Miami, Chicago, Denver, Los Angeles, Boston e Nova York outra vez. Você pode ir com ele. Eu cuido de tudo."

"Quem foi que teve a idéia?"

"Eu. Eu sei que ele vai ficar encantado com a idéia de você ir junto. Essas viagens são terríveis. Vá também. Você está sorrindo. Vá. Vai mostrar a todo mundo que você não é invejoso."

"E vai ser essa a minha assinatura? Um homem sem inveja?"

Ele disse que iria pensar a respeito (mentira: já tinha decidido que ia), e apertaram-se as mãos sem o abraço dessa vez, de maneira estritamente profissional. No metrô a caminho do Soho e dos escritórios de *The Little Magazine*, Richard ficou refletindo sobre a sua marca: sua assinatura, aquilo que o distinguia. Porque hoje todos precisamos de uma, uma assinatura, até mesmo o sujeito sentado à sua frente: a assinatura dele era o par de alfinetes de fralda cor-de-rosa que usava passando por furos no nariz... Não ocorreu nada de bom a Richard. Só — uma coisa. Nunca tinha ido aos Estados Unidos. E era algo que ele declarava com a maior franqueza, erguendo as sobrancelhas e retesando o lábio superior com um certo orgulho lacônico.

Eu concordo. Que babaca.

Gal tem razão. Nunca acontece nada com os romancistas. Só — isso.

Eles nascem. Ficam doentes, ficam bons, ficam sentados perto do tinteiro. Saem de casa, levando tudo que têm num caminhão alugado. Aprendem a dirigir, à diferença dos poetas (os poetas não dirigem. Nunca confie num poeta que dirige. Nunca confie num poeta ao volante. Se ele *souber* dirigir, desconfie dos poemas). Casam-se em cartórios. Têm filhos em hospitais — o milagre de sempre. Seus pais morrem — a tragédia de sempre. Eles se divorciam, ou não. Seus filhos saem de casa, aprendem a dirigir, se casam, têm filhos. Eles envelhecem. Nada lhes acontece, além do universal.

Com tantas biografias literárias lidas, Richard sabia perfeitamente disso. A confirmação era sazonal e vinha a cada abril ou setembro, quando percorria com desprezo os suplementos coloridos dos jornais e encontrava o olhar trêmulo dos romancistas — sentados em seus sofás ou em seus bancos de jardim. E coçando.

Embora não saibam ou não possam dirigir, os poetas se movimentam mais. William Davenant, sem dúvida, tinha corrido riscos: "Pegou uma terrível doença venérea com uma bela negra que vivia em Axeyard... e acabou perdendo o nariz". E a *Life of savage* de Johnson — bastardia, adultério, a briga fatal numa taverna, a sentença de execução — descreve uma vida selvagem: pode ser lida como a tragédia de um vingador que realmente aconteceu. Em contrapartida, pode-se dizer que um babaca não é a mesma coisa que um cretino. Há uma grande diferença separando os dois. Todos somos *babacas* às vezes, mas um *cretino* é um *cretino o tempo todo*. E Richard, era o quê? Era um vingador, no que provavelmente pretendia ser uma comédia.

Quando Gwyn disse, sobre a Dotação de Profundidade, que o dinheiro era "ridículo", Richard entendeu que era irrisório. Mas não era irrisório. Era ridículo de tão grande, um absurdo. E *pago todo ano*.

Richard, o que não é de surpreender, podia ser encontrado sentado à sua mesa, sobre a qual, junto com as pp. 1-432 de *Sem título* e várias pilhas imensas de porcarias variadas, havia três objetos em proeminência: uma carta em estilo de minuta de Gal Aplanalp; um tablóide, aberto na página da coluna de Rory Plantagenet; e um terceiro bilhete rabiscado por "Darko" — o patrocinador ou mecenas de Belladonna. Richard estava tentando estabelecer uma conexão.

Tornou a ler:

Recapitulando: o itinerário é Nova York, Washington, Miami, Chicago, Denver, Los Angeles, Boston, Nova York.

Denver. Por que Denver? Tornou a ler:

...atribuído a cada ano, em caráter vitalício. O júri é composto de três pessoas: Lucy Cabretti, a feminista de Washington militante na crítica literária, além de poetisa e romancista, Elsa Oughton, que vive e trabalha em Boston, e Stanwyck Mills, escritor e professor de direito na Universidade de Denver.

Richard recostou-se na cadeira, assentindo com a cabeça. E tornou a ler:

Qual é o segredo? Conta, vai. Ou é tudo só pose? Belladonna é ótima para descobrir segredos. Consegue saber qualquer coisa de qualquer pessoa. É por isso que Gwyn é apaixonado por Belladonna. Será tarde demais para tomar um "copo"?

O que interessou Richard aqui, naturalmente, foi a frase dizendo que Gwyn era apaixonado por Belladonna. Até mesmo no mundo de Darko — onde tudo dava a impressão de futilidade — a *paixão* significava alguma coisa. Podia significar vulnerabilidade. *Gwyn é apaixonado por Belladonna* seria uma frase interessante ainda que apenas gravada no tronco de uma árvore num parque qualquer, ou pintada com *spray* no flanco cinzento de um vagão de metrô. Mas sendo Gwyn quem era e quem diabos fosse a tal de Belladonna: era uma informação de amplo interesse — de interesse dos tablóides. *Gwyn é apaixonado por Belladonna* ficaria ainda melhor como manchete, posicionada bem abaixo dos traços epicenos e comprometidos de Rory Plantagenet. Minar ou destruir o casamento de Gwyn parecia muito atraente, mas também canhestro e fora de propósito, da mesma forma que, com toda a certeza, um ataque físico à sua pessoa nunca chegaria a ser mais que uma aproximação grosseira. Richard não queria atingir a *vida* de Gwyn, que lhe parecia um sucedâneo distante do que ele de fato detestava. Ainda assim, se precisasse atingir apenas o casamento de Gwyn, estava disposto a se satisfazer com o casamento de Gwyn. Se precisasse atingir apenas a vida de Gwyn, estava disposto a se satisfazer com a vida de Gwyn.

"Alô. Posso falar com Darko, por favor. Claro. É, ahn, Richard Tull." Richard era o nome de Richard, e não havia nada a fazer: Rich e Richie estavam fora de questão por razões óbvias de pobreza; ele jamais gostara de Rick, e com Dick aconteceram coisas terríveis. "Não, eu espero... Darko? Oi. Aqui é Richard Tull."

Um silêncio. E então a voz disse: "Quem?".

"Richard Tull. O escritor."

"...Como é mesmo o nome?"

"Meu Deus. Você é Darko, não é? Você me escreveu. Três vezes. Richard *Tull*."

"Entendi. Entendi. Desculpe ahn Richard, é que eu acabei de acordar."

"Eu sei como é."

"Ainda estou meio tonto. Preciso me organizar primeiro", disse a voz, como se tivesse começado a pensar em alguma coisa a prazo mais longo.

"Acontece com qualquer um."

"...De qualquer maneira: o que é que você quer?"

"O que *eu* quero? Eu quero desligar. Mas vamos mudar de assunto. Eu queria conversar com a moça de quem você falou. Belladonna."

"Ela não pode atender."

"Não, agora não."

"Belladonna só faz o que lhe dá na telha. Isso mesmo. Acho que ela só faz o que quer."

"E por que nós três não nos encontramos algum dia?"

"...É a coisa mais simples."

Depois disso, ele ligou para Anstice e teve sua hora de conversa com ela. Depois disso, foi para o quarto dos meninos e conseguiu pescar Marco das profundezas de sua pilha de Comandos em Ação e o vestiu. Sentado na outra cama, olhou pela janela e viu

133

uma curva bem clara de nuvem rala, bem longe, como uma mesa molhada nos últimos segundos antes de secar...

O dia estava ficando quente, e por isso, afinal resolveu levar Marco para fora, numa volta pela cultura da titica de cachorro e dos parques públicos. Fazendo fila no quiosque de lanches com todos os outros problemas de peso e de pele, entre as inúmeras mães solteiras com roupas de banho em tons pastel, as manchas e descoloridos das peles inglesas, sob cabelos bem tratados, e todas as crianças pegajosas, cada uma precisando de sua lata de refrigerante, Richard observou os corredores que percorriam a pista exterior em macacões magenta, turquesa, limão ou verde-piscina. Marco estava a seu lado, reagindo com um esgar hostil que descobria os dentes superiores à pressão do excesso de dados sensoriais.

Com seus copos de papel cheios de uma bebida repulsiva, passaram caminhando pelos banheiros do parque com seu telhado plano, onde um menino menor do que Marco fora estuprado pouco tempo atrás enquanto sua mãe ficava batendo o pé nesse mesmo trecho de asfalto. Um homem e seu cão passaram seguindo na mesma direção, o homem magro feito uma vara, o cão esférico e socado feito um foguete. O gramado em declive era lama, pisada e espalhada, bege e castanha, meio terra e meio merda. Do banco, Marco contemplava o panorama com o espanto cândido de seu olhar, virando-se e erguendo a cabeça, de poucos em poucos segundos, para examinar o perfil perplexo de seu pai. O menino pode ter olhado para as chaminés do hospital, e depois para os solitários, os vociferantes, os oscilantes recém-saídos do *pub*, todos os que nasceram para caçar nos parques, e depois de novo para seu pai, com as seis ou sete dificuldades imediatas repuxando a pele em torno dos olhos, cada uma com seu tique nervoso, sem saber qual era a diferença.

Pois Richard estava pensando, se é que pensar é a palavra que queremos (e estamos cumprindo aqui a tarefa habitual de extrair esses pensamentos da parolagem furiosa e incessante que os cerca e os sufoca): não há meio de demonstrar, provar, decidir — não há meio de saber se um livro é bom. Uma frase, uma linha, um parágrafo: ninguém sabe. Os filósofos literários de Cambridge passaram um século dizendo o contrário, sem dizer nada. Será um verso melhor do que outro? Sim, mesmo quando às vezes uma de suas palavras só foi usada para completar a métrica. I. A. Richards redefiniu a anatomia da mente humana para dizer que era capaz de responder a perguntas como essa. William Epson apresentou uma teoria quantitativa do valor do que era ambíguo, do que era complexo, e portanto *bom*. Leavis disse que não se podia julgar a literatura, mas a vida sim, e que desse modo, para fins de avaliação, literatura e vida são iguais! Mas a vida e a literatura não são iguais. Basta perguntar a Richard. Basta perguntar a Demi ou Gina. (Ou a Scozzy, ou Crash, ou Link, ou 13.) Perguntem ao homem com o cachorro fusiforme. Perguntem ao cachorro fusiforme... Gwyn não era bom. Isto era claro, mas não demonstrável. O pescoço de Richard fez um oito para livrar-se da dor. Então: um homem-sanduíche carregando um cartaz em Oxford Street (GWYN BARRY NÃO É BOM), alguém batendo num barril em pleno parque ("Gwyn Barry não é bom"), um pregador de fronteira enfrentando o vento e a chuva dos bairros de periferia de Londres, divulgando a nova: Gwyn não era bom. O Speakers' Corner (homens em cima de caixotes emborcados, com o ar de professores mas discretamente loucos) — o Speakers' Corner não ficava mais ao sul de Marble Arch. Agora era uma esquina qualquer: todas as esquinas de Londres. E as vozes roucas e exaltadas, a Lei Natural, as finanças internacionais, o Rearmamento Moral, um anjo americano chamado Moroni, a natureza infernal da eletricidade; e Richard Tull, exibindo as citações adequadas e uma leitura minuciosa para provar além de qualquer dúvida, a seus três ou quatro ouvintes estranhamente atentos, que Gwyn Barry não era bom.

Na esfera sublunar local, o gosto literário de cada um é como sua preferência sexual: não há nada que se possa fazer para mudá-lo. Certa vez, na cama, quinze anos atrás, alguém lhe perguntara: "Qual é a sua posição preferida?". E ele respondeu. E a posição preferida dele era a mesma que a dela. E deu tudo certo. Gwyn, ou *Amelior*, era o preferido de *todo mundo*. Ou pelo menos não causava aversão a ninguém. *Amelior* era mais ou menos como um papai-mamãe com um orgasmo simultâneo. Enquanto a produção de Richard, a prosa de Richard, era sem dúvida de interesse minoritário, a um grau insuportável: se a polícia jamais os descobrisse, os textos de Richard seriam instantaneamente banidos — isto é, se a polícia chegasse ao ponto de *acreditar* que havia gente capaz de ler coisa tão contorcida e laboriosa... Richard se casara com sua obsessão sexual. E agora ela deixara de ser sua obsessão sexual. Gina fora suplantada, em matéria de obsessão sexual, por todas as outras mulheres do planeta entre as idades de doze e sessenta anos. O parque pululava com obsessões sexuais. Aqueles clamores sem sentido, sabia ele (dos livros), eram apenas os últimos ou penúltimos estertores de seu DNA: de seus genes egoístas, ansiando pela propagação antes da morte. Aquilo tinha a ver com o envelhecimento, ele sabia. Mas o fazia sentir-se como o adolescente prototípico: uma sombra cheirando a mofo, cheia de revistas de mulher nua. Ele queria todo mundo. Ele queria qualquer uma. Richard queria Gina, mas seu corpo e sua mente não permitiam. Quanto tempo mais aquilo podia durar? Eu vou me levantar — vou me levantar e...

Marco terminou seu refrigerante, e depois o de Richard (cujo crânio doía com o frio do gelo moído). De mãos dadas, deram sua volta por aquela pastoral urbana — o relvado sob a luminária celeste — com as figuras humanas semivestidas de cores brilhantes em repouso ou em alegre movimento. Como é que as pessoas puderam achar em algum momento que a *pele branca* podia ser boa, quanto mais a melhor que existe? A pele branca era sem dúvida a pior. Andando pelo parque, ele sentiu o pluralismo, a bela promiscuidade e, por enquanto, a ausência de hostilidades intergrupais. Se estavam presentes, essas hostilidades, Richard não sentiu o cheiro de seus hormônios: ele era branco, de classe média, trabalhista e estava envelhecendo. Às vezes lhe parecia que tinha passado a vida inteira evitando ser surrado (pelos *mods*, pelos *rockers*, pelos *skinheads*, pelos *punks*, pelos negros), mas a terra em que vivia não era mais dominada pelas gangues: a violência viria, se viesse, do indivíduo, de onde menos se esperava, desprovida de qualquer motivo. A pastoral urbana era toda ela o lugar de onde menos se esperava. Não havia um lugar de onde se pudesse esperar a chegada da violência. E a violência não viria para Richard. Viria para Marco.

Os portões norte estavam fechados a corrente, por isso Richard escalou, inseguro e trêmulo, as grades com pontas e depois puxou Marco para o outro lado. À esquerda deles, onde menos esperavam, ficava o gramado mais limpo de todo o parque, seu ponto mais bonito (podem conter as lágrimas de orgulho). Era, é claro, o lugar destinado a servir de banheiro para os cachorros, onde os cachorros deviam cagar, e é claro que nunca cagavam.

Havia muita especulação sobre aonde Gwyn Barry "iria" depois de *Amelior* — nos círculos literários, pelo menos, onde quer que ficassem. (Nos círculos literários, que são eles próprios, talvez, uma ficção bem-intencionada.) E havia certamente muita especulação no número 49E da Calchalk Street. Em que "direção" Gwyn agora se "voltaria"?

Humildemente local, abjetamente autobiográfica, *Summertown* era uma obra de aprendiz. *Amelior* era um best-seller por acaso. E agora? A pergunta logo foi respondida, pelo menos a Richard: no dia seguinte à entrega do *Los Angeles Times*, Richard recebeu, também por entrega especial, uma amostra do primeiro capítulo do romance número três. Vinha num envelope verde desenhado de modo a lembrar uma mochila; além disso, trazia uma foto de Gwyn e algumas citações, não dos críticos, mas dos balancetes. Richard rasgou o envelope e examinou seu conteúdo com um suspiro espartano. Meu Deus. O terceiro romance de Gwyn se chamava *Amelior reconquistada*. Não *Summertown reconquistada*, notem bem. Oh, não. *Amelior reconquistada*. E por que precisariam reconquistá-la? Nunca chegaram sequer a *perdê-la*.

Em *Amelior* propriamente dita, doze seres humanos relativamente jovens se encontravam reunidos em algum lugar indefinido e talvez imaginário mas de clima muito ameno, em algum momento do futuro próximo. O que os levou até lá não foi um holocausto, um meteorito ou uma distopia convulsiva. Eles apenas apareceram lá. Para encontrar um caminho melhor.

Todos os grupos raciais se encontravam representados, no arco-íris costumeiro com mais alguns extras superexóticos — um esquimó, um ameríndio e até um taciturno aborígine australiano. Cada um deles era portador de um mal sério mas não desfigurante: Piotr tinha hemofilia, Conchita endometriose, Sachine colite, Eagle Woman era diabética. Desses doze, lógico, seis eram homens e seis eram mulheres; mas as características sexuais eram deliberadamente indistintas. As mulheres tinham ombros largos e quadris estreitos. Os homens tendiam a ser confortavelmente rechonchudos. No lugar chamado Amelior, onde tinham ido parar, não havia beleza, nem humor, nem incidentes; não havia ódio nem amor.

E era só isso. Richard diria que era só isso: verdade. Além de muita conversa sobre agricultura, horticultura, jurisprudência, religião (desaconselhável), astrologia, construção de choças e dieta. Quando leu *Amelior* pela primeira vez, Richard toda hora esquecia o que estava fazendo e ia ler a contracapa e a nota biográfica, esperando encontrar alguma coisa como "Embora mudo e cego", ou "Malgrado portador da síndrome de Down", ou "Ignorando os efeitos de uma lobotomia total"... *Amelior* só teria algum valor se Gwyn o tivesse escrito com os pés. Por que *Amelior* fazia tanto sucesso? Quem haveria de saber. Gwyn não sabia. O mundo sabia.

Toda aquela semana, cada vez que se sentava na privada, Richard lia algumas páginas da amostra de Gwyn. O primeiro capítulo de *Amelior reconquistada* consistia numa discussão entre um dos homens e uma das mulheres, numa floresta, sobre a justiça social. Em outras palavras, ali estavam uma espécie de gnomo aquático e uma espécie de Hobbit sem peitos, com o pé apoiado num tronco, discutindo a liberdade. A única verdadeira diferença estava no estilo. Embora fosse bastante simples, *Amelior* arriscava de vez em quando uma espécie de cadência literária de escola noturna. *Amelior reconquistada* era barbaramente desprovida de estilo. Richard olhava toda hora para a contracapa. Só dizia que Gwyn morava em Londres, não em Bornéu, e que o pai de sua mulher era o conde de Rielvaux.

Era tarde de domingo, e Richard ia até lá, como às vezes fazia nas tardes de domingo.

Junto à calçada da Calchalk Street, subiu no Maestro com uma sensação de novidade em perspectiva. Seis noites antes, às três e meia da manhã, quando voltava de Holland Park depois de deixar o *Los Angeles Times* empacotado na soleira da porta de Gwyn, Richard foi acusado de dirigir embriagado. O caso nem foi muito complicado. Na verdade, seu carro colidiu com uma delegacia de polícia. Alguns de nós podem achar embaraçoso um solecismo tão declarado, mas Richard ficou até satisfeito com essa parte do problema, porque pelo menos acelerou os trabalhos. Não precisou ficar esperando enquanto pediam um bafômetro pelo rádio. Não precisou ser chamado para acompanhar os policiais até a delegacia... E nem naquele momento se arrependeu muito de ter excedido o limite de velocidade. Pelo menos não se lembrava de nada

— além do contraste brusco: lá estava ele, dirigindo com todo o conforto, talvez um pouco perdido, e com a mão esquerda cobrindo o olho esquerdo; no momento seguinte, subia aos solavancos os degraus da delegacia. E batendo com o carro nas portas envidraçadas até a metade. Enquanto seguia, agora, pela Ladbroke Grove na direção de Holland Park, sentindo-se vergonhosamente sóbrio e clandestino, Richard lembrou o que dissera, quando os guardas saíram correndo da delegacia ao seu encontro. Não, o caso não era complicado. Ele baixou o vidro da janela e disse: "Sinto muito, seu guarda, mas o problema é que eu estou bêbado demais". E isso ajudou a acelerar ainda mais os trabalhos. Ele devia comparecer perante o tribunal no final de novembro. E o carro não tinha ficado muito mais destruído (embora o cheiro tivesse piorado muito, por alguma razão). E pelo menos a batida não tinha acontecido quando estava a caminho da casa de Gwyn, e sim na volta. "O que é que você estava fazendo, de carro por aí a essa hora?", disse Gina. Richard apresentou-lhe três quartos de perfil e respondeu: "Ah. Sabe como é. Pensando nas coisas. O livro novo. E como é que vou conseguir. Não ser um escritor". É, ia ser duro, não ser escritor. Não ia poder mais inventar respostas como aquela para Gina...

Na biblioteca octogonal, sentado numa poltrona francesa, Gwyn Barry franziu o rosto para o tabuleiro de xadrez. Franziu o rosto para o tabuleiro, como se algum fotógrafo ocasional tivesse pedido: "Será que dá para *franzir o rosto* para o tabuleiro? Como se estivesse concentrado?". Mas não havia fotógrafos presentes. Só Richard, que, sentado do outro lado da mesa e jogando com as pretas, jogou C(Br5)-R6 na notação antiga, C(c4)-e5 na nova, e deixou sua visão periférica regalar-se com o *Los Angeles Times* de domingo, aberto num sofá próximo numa desarrumação altamente estimulante. A sala era alta e estreita, uma espécie de capricho em miniatura; dava a impressão do interior do cano oitavado de um revólver — as seis facetas de prateleiras marchetadas, e as duas janelas frente a frente, como duas câmaras vazias do tambor. Agora Richard dirigiu um olhar exasperado aos cabelos de Gwyn (tão espessos, tão uniformes, tão bem cortados — os cabelos de um pastor televisivo) antes de reexaminar, em breve inocência, o tabuleiro. Tinha um peão de vantagem.

"Você assina o *Los Angeles Times*?", perguntou como que por acaso.

Gwyn deu a impressão de perder o ritmo, ou a oposição: fez uma pausa canhestra antes de responder. O último movimento de Richard era do tipo que propõe ao adversário um problema estritamente local, e finalmente solúvel a longo prazo. Havia uma resposta adequada — melhor ainda que adequada. Richard a vira assim que seus dedos soltaram a peça. Gwyn acabaria por vê-la também, depois de algum tempo.

"Não", disse Gwyn. "Foi algum idiota que me mandou."

"Por quê?"

"Com um bilhete dizendo: 'Uma coisa aqui que lhe interessa'. Sem dizer o número da página, veja só. Sem marcas, nem nada. E olhe só o tamanho do jornal. Parece um caixote."

"Que coisa ridícula. Quem foi?"

"Não sei. Estava assinado 'John'. Até parece que ajuda. Conheço milhares de pessoas chamadas John."

"Eu sempre achei que seria muito útil me chamar John."

"Por quê?"

"Porque aí você percebe quando está enlouquecendo."

"O quê? Não entendi."

"Quer dizer, é um sinal seguro de megalomania, quando um John começa a achar que basta dizer 'John'. 'Oi. Aqui é John.' Ou 'Sempre seu, John'. Imagine! *Todo mundo* se chama John."

Gwyn encontrou e fez o melhor lance de resposta. A jogada não era apenas oportuna; tinha o efeito acidental de clarear a posição das brancas. Richard assentiu com a cabeça e estremeceu. Ele forçara Gwyn a fazer o melhor movimento: isso parecia acontecer cada vez mais, como se Richard estivesse de algum modo fora do tempo, como se Gwyn estivesse jogando com a notação nova enquanto Richard ainda se esfalfava na antiga.

Richard disse: "...Gwyn. É John em galês, não é?".

"Não. Euan é que é John em galês."

"E como é que se escreve?"

"E, u, a, n."

"Que vulgaridade", disse Richard.

Contemplou os sessenta e quatro quadrados — naquele campo de jogo da inteligência livre. É mesmo? Quer dizer que a inteligência ali era livre? Mas não era a impressão que dava. O jogo de xadrez diante dos dois sobre a mesinha de vidro era, por acaso, o mais belo que Richard jamais usara, ou jamais vira. Por alguma razão, deixara de perguntar a Gwyn como o adquirira, e supôs, ansioso, que fosse uma herança de Demi. Porque com certeza Gwyn, deixado por sua própria conta (seu gosto, e muitos milhares de libras), teria escolhido coisa muito diferente: em que as peças fossem trinta e dois fragmentos mais ou menos idênticos de quartzo, ônix ou ósmio; ou então insuportavelmente ricas em detalhes — as torres no estilo do castelo de Windsor, os cavalos rampantes com arreios completos, os bispos em tamanho quase natural, com seus cajados, mitras e bíblias em filigrana. Não. O jogo de peças era do austero desenho Staunton, esplendidamente sólidas e firmemente ancoradas em seus fundos de feltro (até mesmo os peões eram pesados como pistolas), e o tabuleiro com proporções tais que o jogador se sentia de fato como um príncipe guerreiro no alto de uma encosta, despachando seus cavalarianos com mensagens em rolos de pergaminho, e apontando com a luneta erguida para um certo ponto do terreno, envolto no nevoeiro matinal. E sem qualquer derramamento de sangue. Era essa a aparência do vale dois minutos atrás: *Field of the cloth of gold*. Mas agora lembrava alguma sanguinolenta calamidade de uma era rica em doenças, todos os combatentes pressionados, todos da ralé, os bêbados aleijados oscilando, os vagabundos inermes curvados e vomitando nos fossos. Richard contemplava agora o que qualquer jogador razoável reconheceria como uma posição perdida. Mas ele não ia perder. Nunca perdera para Gwyn. Antes, Richard era melhor em *tudo*: xadrez, *snooker*, tênis, mas também na arte, no amor, e até no dinheiro. Com quanta naturalidade Richard pegava a nota para pagar, às vezes, nas lanchonetes. Com quanta superioridade, e com quanta vantagem de sobra, Gina brilhava mais que Gilda. Como *Os sonhos não querem dizer nada* dava uma boa impressão, na edição encadernada, quando posto ao lado do envelope contendo os cadernos de notas de Gwyn aos *Contos de Canterbury...*

Trocaram os cavalos.

"E o que você fez? Por que não pegou tudo e simplesmente jogou fora?... O *Los Angeles Times*. O que há com você?"

Ao formular esta última pergunta, Richard enfatizou levemente o pronome pessoal. Porque estava acontecendo com Gwyn uma coisa cada vez mais freqüente nos últimos dias, uma coisa que deixava a nuca de Richard arrepiada com calombos de ódio. Gwyn estava examinando um objeto — no caso, o cavalo preto — como se nunca o tivesse visto antes. Com um espanto infantil nos olhos arregalados. Richard não conseguia ficar sentado ali: de frente para alguém que fingia inocência. Talvez Gwyn tivesse lido algum romance escrito por uma mulher sobre um poeta, e achasse que era assim que os sonhadores e os pensadores deviam se comportar. Outra explicação possível era a que Richard chamava de Teoria do Verme. De acordo com a Teoria do Verme, Gwyn tinha um verme no cérebro, e todas as suas expressões, fosse um franzir de sobrancelhas, um estender do lábio inferior, uma pose qualquer, podiam ser diretamente atribuídas aos meandros que o verme descrevia, a seus caprichos e, acima de tudo, ao que estava comendo no momento. Observando Gwyn agora, Richard sentiu a Teoria do Verme ganhar terreno.

"É uma peça de xadrez", disse Richard. "Um cavalo. Preto. Feito de madeira. Na forma de uma cabeça de cavalo."

"Não", disse Gwyn sonhador, juntando a peça às outras que já tinha capturado, "é que eu descobri finalmente o que era."

"O que era o quê?"

Gwyn ergueu os olhos. "O que era sobre mim. O que me interessava no *Los Angeles Times*."

Richard curvou-se mais uma vez sobre o tabuleiro.

"Acabei de pôr os olhos, por acaso. Olhe ali. Eu podia passar toda a semana sem encontrar."

"Isto pede uma reflexão mais profunda", disse Richard num registro mais agudo e mais frágil. "Do lado do rei", disse ele. Atrás dele, uma porta se abriu. "E vamos ver o que dá para fazer", continuou, "do lado da rainha."

Demi estava entrando, ou atravessando: a biblioteca ficava entre as duas salas de estar. Ela passou por eles com uma reverência fortuita, chegando a dar os poucos passos centrais na ponta dos pés, com os joelhos ingenuamente elevados. Alta, loura, nada satírica, mas também não o contrário (sem verniz, sem refinamento), Demi caminhava na ponta dos pés sem facilidade e sem talento. Como o pai que, com pouca naturalidade, brinca com uma criança. Richard lembrou-se do contador que contratara sem necessidade e por muito pouco tempo depois da venda de *Premeditação* para os Estados Unidos: como, durante uma reunião na casa dele, o homem fizera um verdadeiro escarcéu correndo atrás de sua filha para fora da sala, chacoalhando moedas e chaves, com os joelhos erguidos, passando pelas primeiras edições modernas e os manuais sobre impostos... Demi fez uma pausa junto à porta do outro lado.

"Brrr", disse ela.

"Oi, Demi."

"Não está muito quente aqui."

Gwyn virou-se na direção dela, com os olhos arregalados de tanta felicidade marital. Richard achou que ele parecia um vidente empenhado, por uma questão de princípios, em desmistificar seu próprio ofício.

"Por que você não veste um casaquinho, meu amor?"

"Brrr", disse Demi.

Richard abaixou a cabeça e, com uma dor infinita, começou a elaborar um novo plano.

PARTE DOIS

Lá estava a rua, ao aproximar-se a meia-noite, depois da chuva, lustrosa, com uma camada de umidade que lhe dava uma aparência de *cinéma noir*. E lá estava o canal, de cor doentia até mesmo no escuro, túrbido, cáustico, como um remédio chinês de eficácia feroz. A estação estava a ponto de mudar.

Entre a rua e a água, Richard estava sentado, curvado sobre uma bebida chamada Zumbi, na Canal Crêperie. Usava uma gravata-borboleta vermelha enganosamente alegre; usava um colete multicor enganosamente opulento; usava os cabelos compridos na nuca para esconder aquele caroço estranho e assustador; e usava óculos escuros, por trás dos quais as bolsas ardidas por baixo de suas pálpebras inferiores coçavam e soravam. Darko dissera, ao telefone, que ele e Belladonna o encontrariam aqui às onze. Era meia-noite e cinco. Um jovem sentou-se do outro lado, em frente ao compartimento de Richard, e abriu um livro na mesa. Seu rosto era ectomorfo, assimétrico e preocupado. Não era Darko. Não era Belladonna.

Richard esforçou-se por se convencer de que tinha motivos para comemorar. Naquela manhã, entregara em mãos o texto completo de *Sem título* nos escritórios de Gal Aplanalp. Nos últimos doze dias, aplicando-se com grande clareza e concentração, Richard trabalhara como quase nunca trabalhara antes: lendo o *Los Angeles Times*. Não, não tomara a cópia de Gwyn ("Você já acabou de ler?"), e nem ficou agachado a noite inteira ao lado da lata de lixo dos Barry esperando pelo saco de plástico significativamente volumoso. Chegou a pensar nesses estratagemas, mas preferiu comprar sem demora outro exemplar do mesmo jornal, incorrendo na inconveniência e na despesa que já se conhecem, em Cheapside. Esse segundo exemplar do *Los Angeles Times* ele acabara de simplesmente atirar numa lata de lixo, a caminho da Canal Crêperie. Tinha encontrado o que procurava.

Livros, artes, lazer, "A semana em revista", imóveis, esportes. Tinha a impressão de conhecer tudo de trás para a frente. Estilo, moda. Leu tudo, da coluna de culinária a cada uma das chaves das palavras cruzadas. Será que existia um modo de preparar ovos e batatas fritas *à la* Gwyn Barry? Seria possível imaginar uma chave de palavras cruzadas com aquele prenome insuportavelmente desprovido de vogais? Quando Richard saiu andando pelas ruas com todas as pontas dos dedos na testa, estava se perguntando: sou um? sou dois? sou pior? sou melhor? À noite, quando se preparava para ingressar nas florestas do sono e da tentação, tudo lhe lembrava alguma outra coisa: a tábua de passar roupa era uma espreguiçadeira, e o espelho era uma piscina de pé. Ele estava sendo *informado* — a informação vinha à noite, para inumá-lo. Cabos condutores de agonia: esse tempo todo, havia cabos condutores de agonia ligando Holland Park à Calchalk Street. O que seria? Um cano, um chicote elétrico com um ferrão de escorpião. E agora parecia que as próprias ruas que separavam as duas casas eram dez quilômetros de chibata ou açoite, compostas de Londres, impensadamente manejadas por Gwyn Barry e fazendo dançar, aos uivos e com muito suor, Richard Tull.

Impensadamente? Ocorreu evidentemente a Richard, enquanto passava horas sentado em seu escritório esquadrinhando os resultados do hóquei universitário ou o valor dos contratos futuros de trigo, quando abandonou os anúncios, por exemplo, e começou a ler a previsão do tempo, que ele fora enganado por sua vez, com uma *finesse* — que o *Los Angeles Times* estava, de maneira inocente e até encantadora, isenta de qualquer menção a Gwyn. Mas ele estava basicamente convencido de que Gwyn não precisava responder a ele com um ataque ao flanco. A palavra bastava. Tarde da noite do décimo dia, ele encontrou. Na página onze, terceira coluna: a página de anúncios pessoais, na seção de classificados, sob o título "Diversos". E era assim:

"Stephanie." Adoção de animais domésticos. Rottweiler um ano, fêmea carinhosa. Mais um hamster grátis com a compra da gaiola.

Summertown. Procura-se. Primeira ed. do romance de Gwyn Barry.

Grande venda de garagem. Venham todos.

Ele acenou para a garçonete. Não, não queria outro Zumbi, obrigado: ia experimentar uma Tarântula. O jovem sentado à frente dele com seu rosto escaleno e os ombros curvados sobre o livro na postura de um ciclista profissional — o jovem aproveitou a oportunidade para pedir uma club soda. A garçonete se demorou, tomando notas.

As garçonetes eram menos jovens e bonitas do que costumavam ser; mas a Canal Crêperie também era menos jovem e bonita do que já tinha sido — era hoje, na verdade, o refúgio de alcoólatras insones preparados para pagar por, e ficar sentados ao lado de, pratos de comida que a lei os obrigava a pedir para poderem encomendar suas bebidas. Na mesa, intocados, havia uma cesta cheia de *nachos* mergulhados num molho pegajoso, e uma *tortilla* que esfriava inerte como um órgão humano na bandeja de um cirurgião. A garçonete de Richard reapareceu com sua Tarântula. E olhou através dele enquanto Richard agradecia. Antes, as moças olhavam para ele e demonstravam algum interesse, ou desinteresse. Depois, passaram a olhar para além dele. Agora olhavam bem através dele. Richard sentiu um remorso generalizado, suave, crônico e secreto; como, por exemplo, a dor do tutor doméstico com sua paixão casta pela filha de quatro anos da família que, pela primeira vez, lhe dá boa-noite sem o olhar e o sorriso de sempre, e ele se vê obrigado a fungar com bravura, e dizer-se que é assim mesmo, todas as crianças devem se ocupar com seus assuntos infantis — e continuar a conversar com os adultos sobre Aristófanes ou o Afeganistão... Costumavam olhar para além dele. Agora olhavam através dele. Porque ele não tinha mais apelo algum para o DNA delas. Porque ele tinha passado para o outro lado, e ficara em parte invisível, como todos os fantasmas que entravam ali.

De repente, o jovem se recostou; levantou o livro até a altura do queixo e ficou olhando para ele à distância, como se contemplasse a mão que recebeu num jogo de cartas. Richard deu um salto. O livro era *Os sonhos não querem dizer nada*. Seu autor era Richard Tull. Lá, no canto do alto da contracapa, acima das

149

bolhas e das lantejoulas do desenho (o efeito pretendido, e não conseguido, era de iconoclasmo em desordem), empoleirava-se uma foto seis por nove: Richard Tull aos vinte e oito anos. Que aparência limpa. Que aparência extraordinariamente limpa.

Richard corou, e seus olhos procuraram alguma outra coisa para contemplar — outras fotografias, emolduradas e penduradas na parede, de estrelas de cinema sorridentes ou orgulhosas: exemplos, como as caixas quadradas de guardanapos de papel, os açucareiros aflautados e a velha *jukebox* atarracada num canto, da cultura eminentemente exportável a que se dedicava a Canal Crêperie. Havia até uns dois escritores americanos na parede, com os rostos marcados pela contorção épica, pela celebridade épica... Uma semana depois do lançamento de *Premeditação*, Richard vira um jovem de ar inteligente sorrindo e franzindo o rosto por sobre um exemplar aberto do livro — em pleno metrô, na estação de Earls Court, onde Richard morava na época. Pensou em dizer alguma coisa. Dar uma batidinha no ombro do rapaz, talvez. Erguer o polegar. Piscar o olho. Mas pensou: fique calmo. É meu primeiro livro. É claro que isso vai acontecer o tempo todo. Pode ir se acostumando... Mas nunca mais tornara a acontecer, é claro. Até agora.

"Quer que eu autografe para você?"

O livro se abaixou. O rosto se revelou por trás dele. Suas assimetrias se definiram num sorriso. O sorriso não era, na opinião de Richard, um bom sorriso, mas revelava dentes em bom estado, o que era surpreendente e até sinistro. Os dentes inferiores, em especial, eram quase felinos em sua acuidade e falta de profundidade. Os dentes inferiores de Richard eram como uma fileira de sujeitos de capa num degrau de arquibancada de estádio, levados pela pressão da massa a assumir esta ou aquela posição.

"O quê?"

"Quer que eu autografe para você?" Ele se inclinou para a frente e bateu com o dedo na contracapa do livro. Tirou os óculos escuros, mas não por muito tempo. Deu um sorriso desolado.

O jovem fez todo o número de olhar da foto para o rosto até dizer: "Quem diria, hein? Como o mundo é pequeno. Steve Cousins".

Richard apertou a mão que lhe foi estendida como um cartão. Saboreou o luxo raro e desconfortável de não precisar anunciar seu próprio nome. E também se perguntou, com uma pertinência que se revelava quase sobrenatural, se estava prestes a levar uma surra. Seu radar para loucos e a violência costumava ser bom, quando ele estava mais sóbrio e ele próprio ainda era menos louco.

Steve disse: "Acho que vi você uma vez no Warlock".

"No Warlock, claro. Você também joga lá?"

"Não tênis. Não tênis. Sempre achei que tênis era um jogo meio afeminado. Sem querer ofender."

"Não me ofende", disse Richard com sinceridade. Seu impulso agora era tirar a carteira do bolso e mostrar a fotografia dos dois filhos.

"Meu jogo é *squash*. *Squash*. Mas eu não jogo lá. Não sou nem sócio de *squash*. Sou membro social."

Todo mundo já tinha ouvido falar dos membros sociais do Warlock. Eles não iam lá jogar tênis nem *squash* e nem bocha. Iam lá porque gostavam.

"E eu estou sem poder jogar", disse Richard. "Cotovelo de tenista." Era verdade. Levantar uma raquete? Mal conseguia levantar um cigarro.

Seu interlocutor balançou a cabeça: a vida era assim. Ainda estava com o livro (fechado) à sua frente: parecia inevitável, agora, que ele tivesse de dizer alguma coisa a respeito. A ansiedade que isso produziu levou Steve Cousins a pensar numa mudança radical de plano: do plano A para o plano B ou plano V, plano O, ou plano X. Para ativar o plano X, chegou até a enfiar a mão no bolso para pegar o frasco de colírio. O plano X era o seguinte: jogar algumas gotas de ácido lisérgico na bebida do sujeito e depois, assim que ele começasse a ficar enjoado ou a falar besteiras sobre luzes coloridas, levá-lo até o lado de fora, para pegar ar fresco, descer até o passeio que chegava perto da água e arrancar os dentes dele a pontapés, um por um. Scozz fez uma pausa. O plano A readquiriu substância. Era como a luz que ia aumentando num cenário de teatro. Engolindo em seco com o esforço, ele disse:

"Eu sou um autodidata."

Olhem só, pensou Richard: ele até consegue dizer *autodidata*... Acenou para a garçonete. Não, outra Tarântula não, obrigado: ia experimentar uma Cascavel. Na verdade, Richard estava ten-

151

do uma série de percepções. O que tanto fazia. Percebeu que o rapaz não era um tipo. Não um original, talvez; mas não um tipo. Também percebeu (pela primeira vez) que os autodidatas estão sempre sofrendo. O medo da ignorância é um medo violento; é um medo atávico; o medo do desconhecido é igual ao medo do escuro. E por fim Richard pensou: mas eu também sou doido! Não se deixe esmagar pelo rolo compressor: mostre sua própria esquisitice no campo onde se enfrentam os loucos.

"Eu me formei com honras em Oxford", disse Richard. "Autodidata — é difícil ser. Está sempre correndo atrás, e nunca exatamente porque gosta de aprender. É sempre por você mesmo."

Essa frase acabou sendo um bom lance de Richard. Não acalmou o jovem, mas o tornou mais cauteloso. Ele sopesou *Os sonhos não querem dizer nada* na mão e o segurou com o braço estendido, para avaliá-lo, para vê-lo em perspectiva, com paralaxe. "Interessante", disse ele.

"Interessante como?"

"Você não devia fumar, sabia?"

"É mesmo? E por que não?"

"Toxinas. Faz mal à saúde."

Richard tirou o cigarro da boca e disse: "Meu Deus, *isso* eu já sabia. Na porra do *maço* vem escrito que o cigarro mata".

"Sabe de uma coisa? Achei o livro... muito legível. Não dá para largar."

Pronto. Uma prova definitiva. Era clinicamente impossível que o sujeito estivesse jogando limpo. Richard sabia perfeitamente bem que ninguém achava legível o que ele escrevia. Todo mundo achava ilegível. E todos concordaram que *Os sonhos não querem dizer nada* era ainda mais ilegível que *Premeditação*.

"E eu também li *Premeditação*. De uma vez só, também."

Não ocorrera a Richard que essas afirmativas pudessem ser uma mentira ou um ardil. E nem lhe ocorreu agora. E ele estava certo: o rapaz estava dizendo a verdade. Mas disse porque queria se cobrir.

"O que é que acontece exatamente na metade de *Premeditação*?"

"Fica tudo em — em itálico."

"E o que acontece logo antes do final?"

"Volta ao normal", disse Steve, abrindo o livro e olhando "carinhosamente", por assim dizer, para a página dos créditos (porque a pessoa moderna nem sempre é bem servida pelos antigos advérbios), que também trazia, por trás de uma fina película de plástico, o cartão de empréstimo da biblioteca do hospital de onde roubara o livro. Não a biblioteca do hospital de onde roubara *Premeditação*: a biblioteca do hospital para onde Kirk fora transferido, depois do segundo ataque de Beef. Com lágrimas nos olhos (e curativos ensangüentados por toda a boca) Kirk disse a Scozz que Lee ia mandar sacrificar Beef. Kirk queria que Scozz fosse lá e matasse Lee! Scozzy disse: "Não diga uma babaquice dessas". Mas Kirk jurou que a morte de Beef não ficaria sem vingança... Se a cortesia literária o impelia a aceitar um autógrafo do autor em seu exemplar, Scozzy tinha uma resposta pronta. *Os sonhos não querem dizer nada* estava em ótimas condições: quase novo. As velhotas trêmulas, os espectros de roupão de toalha esperando o resultado dos exames, os criminosos estóicos sendo remendados depois de espancamentos e esfaqueamentos que eram os ossos de seu ofício — nenhum deles, aparentemente, procurara consolo ou diversão nas páginas de *Os sonhos não querem dizer nada*...

"No Warlock. Você joga com o outro escritor."

"Gwyn."

"Gwyn Barry. Muito sucesso."

"Ele mesmo."

"O maior de todos. Meteórico. Um acontecimento."

"É, um acontecimento. Quando o que você escreve é pura merda."

"Uma bosta."

"Titica em estado inalterado."

"Uma porcaria total."

Richard olhou para ele. Os olhos iluminados mas estreitos. A linha curvada da boca. Um maníaco violento que detestava as coisas de Gwyn. Por que existiam tão poucos?

"Com a mulher viciada dele."

"Demi? Demeter?"

"Ela, com uma preferência nítida por... pelos nossos irmãos de cor."

"Ah, essa não."

"Você sabe como é, ou não? Primeiro: ela era uma cheiradora conhecida. Vivia entrando e saindo dessas clínicas de luxo. Narcóticos Anônimos. Essas coisas. Uma loura alta. Uma mulher que gosta de ver a coisa preta? Você acha que essas notícias não correm por aí?"

"Quando é que foi isso? E por que a notícia não correu por aí?"

"É tudo uma questão de dignidade. Você está deitado no chão em algum lugar, certo? Todo feliz. E está satisfeito porque Lance, ou seja lá quem for, acabou de entrar com um saquinho branco e preparou as fileiras para você cheirar. E pronto: um crioulo alto e solene olhando para você, e estendendo a mão daquele jeito deles." E ele estendeu a mão do jeito deles, com a palma lentamente virada para cima. "Todo mundo de lá está meio no barato, menos Lance, que nunca toma nada mais forte do que Lilt. E você vai me dizer que ela diz não para ele? 'Não, obrigada, meu amigo.' Com toda essa pressão? A metade dos traficantes só se mete nisso por causa das grinfas."

"Quem?"

"As gatas. As mulheres."

Deixando claro, deixando inteiramente claro, o que os jovens acham das grinfas: o que ele achava das mulheres. Muitas vezes acusado ele próprio desse pecado (embora nunca por sua mulher), e amplamente inocente, a seu ver (e a seu ver ele era apenas franca e medianamente idiotado, à maneira habitual dos homens), Richard era capaz de identificar o ódio autêntico pelas mulheres a uma distância de vinte metros. Era uma coisa nos olhos ou na boca. A boca, que logo começaria a salivar em abundância ao começar a contar a piada sobre o gambá e a calcinha. Richard tornou a recomendar-se cautela. Aquele rapaz continha alguma complicação sexual. Mas não era um tipo. E sua boca não ia começar a contar a piada.

"O pai dela é o conde de..."

"Rielvaux", disse Richard, pronunciando as duas sílabas relativamente fáceis — e interceptando (ao que imaginava) a dificuldade de pronúncia do jovem.

"Sujeito importante. Amigo dos chamados barões da imprensa. Conseguiu segurar a notícia. Orgias com drogas e negros. Uma prima em vigésimo grau da rainha. Hoje, ele não conseguiria."

"Fascinante", disse Richard que, a essa altura, pensava sonhador no almoço que poderia marcar para breve com Rory Plantagenet.

Steve endireitara as costas. Olhava fixo para a página de créditos de *Os sonhos não querem dizer nada*: na página em frente à ficha de empréstimo da biblioteca. Se Richard se oferecesse para autografar o livro (o que, na realidade, nunca chegou a fazer), Steve diria que tinha comprado o livro de um camelô na Portobello Road, pagando trinta *pence*. Ele não sabia nada do orgulho literário, da pose literária: ainda não.

"Estou vendo — estou vendo que foi publicado... há muito tempo. E você...? Ahn..."

"Hoje mesmo de manhã eu entreguei o novo. Depois de um longo e tenebroso inverno, como se diz."

"É mesmo? E como é que se chama?"

Richard se preparou. "*Sem título.*"

"Legal. Um brinde ao sucesso."

"Obrigado. Essa história toda de Demi." Ele estava pensando: Demi não bebe. Estava lembrando de Demi nos jantares, cobrindo o copo vazio de vinho com a palma da mão. "Já passou, não é? Quer dizer. Agora ela está lá. Casada e feliz."

"O cacete. Pura propaganda. Não vai me dizer que você acredita em tudo que passa na televisão."

"E como é que você sabe disso?"

"Você se lembra de uma certa senhora Shields? Cozinheira deles. Ou ex-cozinheira."

"Sei", disse Richard, com uma ênfase lenta mas sem se comprometer.

"Ela é mãe do meu irmão."

"...Sua mãe."

"Meio-irmão."

"O mesmo pai", disse Richard, que infelizmente escolheu este momento para olhar para o relógio. Se tivesse continuado a olhar para o outro lado da mesa, teria percebido com certeza que o rapaz não tinha um meio-irmão. Nem mãe. E nem pai.

"Ela disse que nunca viu uma recém-casada chorar tanto."

"E por quê?"

"Ela quer filhos: é católica. E ele não quer."

155

Richard bebericou sua Cascavel com uma certa desconfiança. Não sabia se iria conseguir andar muito bem, quando chegasse a hora. Ele ainda estava razoável, pensou. Mas sua voz toda hora escorregava de barítono a baixo; e ele conhecia os sinais. Disse:

"O que você faz?"

"Você esqueceu o meu nome, não foi? Esqueceu."

"Þara dizer a verdade, sim. Esqueci completamente."

Novamente a mão foi flexionada na direção dele, tensa, horizontal — o cartão arremessado.

"Steve Cousins. O que eu faço? Eu podia responder 'de tudo um pouco'. Como algumas pessoas. 'Eu? Ah, sabe como é. De tudo um pouco.' Sabe como é. 'Um pouco disso, um pouco daquilo.' Mas agora eu estou fazendo uma coisa de contornos menos claros. Em termos financeiros, eu não preciso mais negociar. Semi-aposentado, pode-se dizer. Minha atividade principal, hoje, é o que se pode chamar de recreativa."

Por um instante estudaram-se mutuamente: o que um podia fazer pelo outro. Para Richard (que estava bastante bêbado), Steve parecia um tabuleiro branco e cinza: como um suspeito na TV, o rosto transformado em quadrados sem definição. Para Steve (que estava totalmente sóbrio, como sempre), Richard parecia uma representação bidimensional de si mesmo, oca, oscilante, aproximada, e realizada com um talento mínimo: a obra de um retratista da corte. Richard era uma testemunha. Richard era uma testemunha especializada.

"E então?", disse Richard. Tomou mais um gole e ficou esperando.

Scozzy encolheu os ombros e disse: "Eu fodo com a vida das pessoas".

Richard virou-se em sua cadeira. Sentiu que aquilo pedia uma comemoração. Outra Cascavel.

The Little Magazine ficava agora no Soho, para onde se mudara recentemente e onde não ficaria por muito tempo. *The Little Magazine* tinha conhecido dias melhores. Os escritórios de *The Little Magazine* eram pequenos, e o aluguel estava atrasado.

The Little Magazine nasceu e foi criada num prédio georgiano de cinco andares ao lado do Sloane Museum, em Lincoln's Inn

Fields (1935-61). Jarros empoeirados, sofás que pareciam redes de dormir, largas mesas de jantar em que se espalhavam livros e publicações especializadas: aqui um belo pretendente de calças de lona produzindo um ataque a Heinrich Schliemann ("A *Ilíada* como *reportagem* de guerra? A *Odisséia* como levantamento de artilharia combinada a diário de bordo? Tolice!"); ali um erudito trêmulo compondo onze mil palavras sobre a prosódia de Housman ("e a reabilitação triunfal do troqueu"). Dos gramados de Lincoln's Inn, *The Little Magazine* — cada vez mais nômade e móvel na descendente — fora para a Fenchurch Street, para Holborn, para Pimlico, Islington, e King's Cross (1961-79). Dormia em sótãos, em quartos de hóspede, estendia-se no chão das casas dos amigos; estava sempre à procura de moradia mais barata. Havia sempre algo de confortadoramente eduardiaño, algo de desafiadoramente estouvado e infantil, nessas mudanças compulsivas de endereço (1979-83). Até agora.

The Little Magazine, já há vários anos, jazia e se escondia do outro lado da cidade com o rosto desviado de um vagabundo ou de uma velha esfarrapada com seus sacos de compras. Despejada com freqüência e à força deste ou daquele apartamento estiolado, às vezes se escondia no escuro por trás da porta, como um invasor malcheiroso na propriedade ocupada. O dinheiro estava acabando. O dinheiro estava sempre acabando. Sua identidade — a única coisa que possuía em abundância — era aristocrática; seu proprietário e editor, a despeito da esqualidez desesperada de suas instalações, sempre usava monóculo e tomava pitadas freqüentes de rapé. Prodigiosamente ineficaz e cheia de autocomiseração, *The Little Magazine* drenava dinheiro de qualquer um que dela se aproximasse. Bastava atravessar sua porta de aglomerado, com um chapéu de seda e um sobretudo de *cashmere*, para duas semanas mais tarde estar dormindo na rua. Por outro lado, *The Little Magazine* de fato representava alguma coisa. De fato representava alguma coisa, nesta trêfega era materialista. Representava o princípio de não pagar ninguém. E quando pagava, pagava pouco e com atraso. Gráficos, senhorios, fiscais de impostos, leiteiros, colaboradores, funcionários: pagava quase nada, e sempre no final da undécima hora. Ninguém sabia o que acontecia com as "contribuições" — os pequenos empréstimos, as dotações — que *The Little Magazine* processava com imparcialidade: os cheques de donativos e as doações, as economias, as fortunas que fermentavam há cinco gerações. Algumas revistas eram histórias de sucesso, mas *esta* era uma história de fracasso retumbante: até mesmo Richard Tull, depois de um ano de trabalho não remunerado em seus escritórios, surpreendeu-se fazendo um cheque de mil libras em nome do trenodista de monóculo sentado na cadeira do editor... Richard editava a segunda metade. Muitas vezes também editava a primeira. A cada duas segundas-feiras, ia até lá e cuidava da seção de livros. A cada duas sextas-feiras, ia até lá e preparava a seção sobre arte. O resto do tempo, ao que parecia, ele passava escrevendo os "recheios" — sem ganhar nada, é claro, e também sem assinar, embora "todo mundo" (na verdade um grupo muito seleto) soubesse com certeza que os textos haviam sido escritos por ele.

Hoje era sexta-feira. E lá vinha Richard. Guarda-chuva, gravata-borboleta, volumosa biografia presa sob a axila, cigarro. Fez uma pausa, na Frith Street, antes de se aproximar do tríptico de portas que *The Little Magazine* compartilhava com uma agência de viagens e uma loja que vendia roupas para os muito altos ou muito gordos — fez um pausa, e baixou os olhos. Olhou para baixo porque o vagabundo sobre o qual estava passando (e que, concentrado, consumia comida de cachorro de uma lata com uma colher de plástico) tinha uma semelhança acentuada com seu crítico de ópera. Tão acentuada que Richard disse: "Hugo". Mas o vagabundo não era Hugo. Ou Hugo não era um vagabundo. Ainda não: não naquela semana, pelo menos. Richard entrou e ficou aliviado ao ver Hugo deitado de borco nas escadas que levavam ao escritório no primeiro andar. Passou por cima de Hugo e fez uma nova pausa numa tentativa surpresa de identificar a fonte dos efeitos sonoros de aquário de golfinhos ou focas (os uivos e guinchos, as egrégias barrigadas) que vinham do banheiro que ficava no meio da escada. Era seu crítico de balé: Cosmo. E então entrou no departamento literário. Sua secretária se levantou e veio ajudá-lo a tirar a capa de chuva.

"Obrigado. E então, Anstice?"

Anstice, com a cabeça muito baixa, disse a ele o que precisava saber. Não precisava saber do crítico de ópera ou do crítico de balé — ou do crítico de rádio, que estava ali perto com a cabeça para fora da janela, esfregando os olhos e arquejando ritmicamente, ou do crítico de artes, sentado junto à mesa dos livros, chorando nas mãos ensopadas. Richard perguntou pelo crítico de cinema, que, assustadoramente, escapara algumas horas atrás para ir comprar um maço de cigarros. Mas ficou satisfeito de saber que o crítico teatral, que escrevia a matéria principal daquela quinzena, estava instalado em seu nicho habitual, no alto das escadas. Dali a pouco Richard foi ver como estava indo. E lá estava Bruno sentado à sua mesinha, o rosto barbado imerso, como sempre, nas teclas de sua máquina de escrever. Richard estendeu a mão, agarrou com firmeza um punhado de seus cabelos secos e puxou: assim pôde ver que Bruno, antes de perder os sentidos, quase completara a primeira frase de seu artigo. O que escrevera, até aqui, era "Tchekho". E Richard, por acaso, sabia que o tema de Bruno naquela quinzena era uma nova montagem das *Três irmãs*. Retornou a seu departamento literário, a tempo de ver o crítico de cinema subir as escadas em tamanha fúria de torpor dissimulado que com certeza teria colidido com a parede oposta, além da mesa de Anstice. Mas a figura ajoelhada do crítico de balé estava lá para quebrar seu ímpeto. Richard passou por cima deles e foi para o escritório do editor, no andar de cima, onde sempre se escondia quando o editor não estava escondido lá.

O que ele queria saber era o seguinte. Por que não recebera notícia alguma de Gal Aplanalp? Por que o telefone não estava tocando? Onde estava a crítica longa, favorável e procedente de *Sem título*? E qual seria o julgamento de Steve Cousins? Richard não sabia por que razão não ligava para Gal Aplanalp. Orgulho, achava ele; e um certo sentimento de seu valor artístico. Então acendeu um cigarro e decidiu ir em frente e ligar para Gal Aplanalp.

"Está tudo indo", disse ela. "Na verdade, já consegui um editor."

Evidentemente, ela não se referia ao romance, mas ao planejado perfil de Gwyn Barry em cinco mil palavras, que inspirara um vasto e competitivo interesse. Gal mencionou uma soma que correspondia exatamente ao salário anual de Richard na *The Little Magazine*. Depois de um silêncio, ele disse:

"E o meu livro?"

"Eu sei. Reservei o fim de semana para ele. Vou levar para casa hoje à noite. Gwyn diz que é notável."

"Mas Gwyn não leu."

"Oh", disse Gal Aplanalp.

Depois de se despedir e desligar, Richard conseguiu dedicar-se ao trabalho construtivo. Telefonando para várias editoras, identificou e pediu três livros para serem resenhados. Um era de Lucy Cabretti. Outro de Elsa Oughton. Outro do professor Stanwyck Mills. Esses autores, podemos lembrar, eram os juízes da Dotação de Profundidade. Ligando para vários colaboradores em seguida, Richard encomendou três resenhas favoráveis. Para isso podemos contar com ele. Tinha suas razões. Richard já estava a ponto de se levantar e ir procurá-la quando Anstice enfiou devagar a cabeça pela porta. O rosto dela piscou para ele.

"Alguma coisa que deva me preocupar, Anstice?"

"Não, acho que vamos conseguir chegar do outro lado."

"Cosmo parece bem melhor. Hugo também."

"Sabe, eu respeito muito Hugo pela maneira como ele está enfrentando isso tudo. Não, é Theo."

"Oh?"

Devido a uma anomalia há muito consagrada, a última página da seção de livros (a resenha de ficção) era fechada no mesmo dia que a seção de artes. Mas nunca se esperava qualquer problema com a resenha de ficção. Era o serviço mais fácil da revista, muitas vezes disputado com certa timidez: quem escrevia a resenha de ficção terminava com mais ou menos doze livros encadernados para vender ao sujeito do sebo de Chancery Lane. Richard queria escrever a resenha de ficção. Até mesmo o editor queria.

Anstice disse: "Ele quer saber se pode mandar o texto dele por fax".

"Mas ele não tem fax. E *nós* também não temos fax."

"Foi o que eu disse."

"Então diga a ele para sair da cama, se vestir, pegar um ônibus e vir trazer aqui. Como sempre."

"Ele me pareceu um pouco..."

"Claro". Richard disse que se ela conseguisse agüentar — e se de fato Theo tivesse escrito o texto —, ela podia simplesmente ligar para ele e pedir que lhe ditasse. Antes que ela saísse, ele perguntou: "E você, como vai?".

"Bem. Para uma mulher arruinada. Seduzida e depois deixada de lado. R. C. Squires esteve aqui."

"Que coisa horrível. Vai voltar?"

"Não sei. Vejo você mais tarde?"

"É claro, Anstice", disse ele.

Ela saiu. Devagar, com uma presença que relutava em deixá-lo. Quando acabou de sair, ele deixou cair a cabeça de uma só vez, como um peso. Ela ficou pendente, formando um ângulo reto com o brilho de seu colete multicor. Tendo caído cerca de quarenta e cinco graus... O que é bastante, em algumas escalas, segundo certos cálculos. Por exemplo, a Estrela de Bernard, como é chamada, descreve 10,3 segundos de arco por ano. Isso equivale a mais ou menos um quarto do deslocamento de Júpiter — cerca de um sexto de grau: por ano. E não existe outro corpo celeste que exiba tamanho movimento próprio. E é por isso que é chamada de Estrela Peregrina... E apenas com o gesto de deixar cair a cabeça daquele modo, Richard estava mudando sua relação temporal com os quasares em milhares e milhares de anos. De verdade. Porque os quasares estão muito distantes, e distanciando-se cada vez mais a grande velocidade. Isso é para pôr as dificuldades de Richard no contexto. O contexto do universo.

Onze horas mais tarde ele estava com Anstice no Book and Bible. Tinham fechado aquele número da revista.

The Little Magazine estava prontinha. Que nem criança depois do banho. Só faltava botar na cama. Adulto ninguém põe na cama. Um leva o outro para cama.

Mimado e ninado, depois de ganhar lanchinhos e copos de água, tranqüilizado de seus temores, *The Little Magazine* havia sido posto na cama. Bruno, o crítico de teatro, tinha terminado seu artigo de fundo sobre *As três irmãs*. Infelizmente, só tinha trinta linhas. O crítico de ópera, Hugo, não conseguira escrever nada, apesar de ter passado toda a tarde enfiado numa tina de água gelada e apesar de ter sido orientado por Anstice num programa de exercícios de respiração que lembravam a Richard as aulas que freqüentara com Gina: adultos sentados em círculo no chão e olhando para o professor como se fossem as crianças que esperavam. Otto, o crítico de rádio, terminou seu artigo, rasgou-o e o jogou pela janela. Várias cabeças se viraram, primeiro consternadas e depois com grande desconfiança, quando Inigo, o crítico de cinema, disse em lágrimas que estava traindo sua poesia ao escrever por dinheiro. Quer dizer que alguém aqui estava ganhando *dinheiro*? Ao entardecer, houve um momento em que pareceu que Richard e Anstice teriam de enfrentar mais uma Sexta-Feira

Negra. Esta fora uma ocasião em que os sete críticos — agrupados na sala em posturas diversas de contemplação exausta — não conseguiram produzir, no total, uma sílaba sequer. E Richard teve de criar às pressas uma colcha de retalhos de anúncios da própria revista, palavras cruzadas e colunas de problemas de xadrez.

"Inigo foi incrível", disse Anstice, acabando seu copo de vinho branco.

"Inigo foi incrível", disse Richard, acabando seu copo de uísque.

Inigo estava deitado no tapete aos pés de ambos. Homem de grandes e coagulados talentos, mais ou menos como eles todos, Inigo escrevera sete mil e quinhentas palavras quase todas coerentes sobre um desenho animado búlgaro — o único filme que vira, ou que se lembrava de ter visto, nas últimas duas semanas. Com devoção, Anstice abaixou a cabeça. Richard ficou olhando, como tantas outras vezes, para o repartido central de seu cabelo. Aqui, tinha-se a impressão de duas forças opostas que se encontravam e se enfrentavam com uma dificuldade eriçada. Oh, meu Deus: as pessoas que vemos nas esquinas, quando seus cabelos não estão só maltratados, mas tratados da forma errada, com mechas individuais e descoordenadas em demasia, não só cacheadas mas retorcidas, e propagando-se nos ângulos errados. Os cabelos de Anstice cresciam com um vigor fútil; aqui estava o rabo-de-cavalo, tão pesado quanto uma corda antiga de navio, chegando até o colo. Seus cabelos davam a impressão de nunca serem lavados, como os de um rasta. Ela ergueu a cabeça e sorriu devagar para ele, com uma cintilação de ternura arrependida.

"A saideira?", perguntou ele.

Quando voltou do bar, achou que Anstice podia estar virada para a parede, olhando para suas próprias retinas e cantando trechos de canção — as cantilenas enlouquecidas, talvez, da pobre Ofélia. De maneira não muito menos assustadora, porém, Anstice estava com o rosto quase apoiado na mesa; seu nariz pairava a uns dois centímetros, talvez, do tampo. E sem se mover ela disse, assim que ele se sentou:

"Chegou a hora de contar para Gina. Se não, como continuar? Não tem problema. Nós contamos juntos. Contamos *tudo*."

Richard achava provável que acabasse vivendo com Anstice. Achava que acabaria com Anstice. Será que se casariam? Não. Foi

162

a caminho do apartamento dela naquela manhã, um ano antes, que ele cunhara a palavra "solteironice". Não havia como evitá-la. Isso é a *solteironice*, meu amigo, pensou. A solteironice em estado puro, a solteironice mais extrema. E pensava no verdadeiro bafo de solteironice que o recebera quando chegaram à casa dela. No manto de solteironice que o recobria quando saiu, como se usasse as roupas dela, os lençóis, as toalhas, os cabelos dela. Era o cheiro de roupas que há muitos anos não se mandava lavar a seco; o cheiro de telhados infiltrados; mas acima de tudo era o cheiro da negligência. Richard conhecia e entendia de negligência. Mas negligência no sentido físico? Naqueles dias, achava que ele cheirava a homem sozinho. Pijamas, chinelos, casacos e limpadores de cachimbo velhos. Mas não pode ser, dizia ele. Não posso cheirar a homem sozinho. Sou casado. Em seu escritório, com uma biografia no colo, cheirando o próprio ombro e depois olhando para cima, franzindo o rosto e abanando a mão para afastar a mulher fastidiosa, os filhos cheirosos, que ainda tinha. E não demorou muito a se imaginar sozinho, com sua única mala usada, subindo os degraus gastos até a casa de Anstice. A solteironice e a solidão masculina reunidas, num eterno cara a cara. A solidão masculina e a solteironice, numa dança sem tempo.

"Maldição", disse Gina. "Você viu *esta*?"

Richard ergueu os olhos pelo tempo suficiente para ver que *esta* não era uma carta de dez páginas de Anstice e depois tornou a pousá-los em *Love in a maze: a life of James Shirley*. Gina estava lendo um relato extenso, em seu tablóide, de uma série de crimes de morte em algum lugar dos Estados Unidos. Ao lado, no chão do corredor, os gêmeos brincavam em silêncio e até com ternura com seus brinquedos violentos. Sábado de manhã na casa da família Tull.

O problema de mandar dar uma surra em Gwyn... Richard se esforçou para ser mais específico. O problema de catapultar Gwyn para a extrema velhice era o seguinte: Gwyn nunca saberia que fora Richard quem o catapultara para lá. Só um idiota, é verdade, deixaria de *desconfiar* (com desconforto) de que fora Richard o responsável pelo *Los Angeles Times*. Mas Gwyn *era* um idiota: segundo Richard. E não se podia esperar que um idiota — em especial um idiota enfiado de cabeça para baixo numa lata de lixo ou tentando recobrar os sentidos numa UTI — desconfiasse de que fosse Richard o responsável por Steve Cousins. Não, faltava àquilo um toque de justiça. Richard sentiu-se cada vez mais atraído por outra empreitada, outro projeto, algo mais clássico, mais simples, mais nobre. Ele ia seduzir a mulher de Gwyn.

"Por quê?", disse Gina. "Eu não... Oooh."

A cabeça dele, hoje, estava cheia de mulheres, como sempre, mas não apenas representantes do sexo oposto, e sim indivíduos autênticos — Gina, Anstice, Demeter. E também Gal Aplanalp: deitada na cama e envergando sua pulseirinha no calcanhar, aninhada em torno de *Sem título*, e franzindo levemente o cenho com admiração e divertimento. E também Gilda: Gilda Paul... Quando Gwyn começou sua relação com Demi, terminou com Gilda, sua namorada da juventude, e com uma certa rapidez: terminou com ela na manhã seguinte. Num momento Gilda estava vivendo com um escritor galês baixinho, autor de dois romances imprestáveis em andamento e mais uma pilha de guias de leitura; no momento seguinte, estava sendo embarcada num trem pelo autor *cult* de um *best-seller* surpresa, em Paddington, com sua mala de plástico e seu corpulento sobretudo verde, rumando para Swansea e para um colapso nervoso em grande estilo. A essa altura, Richard já estava à procura de uma razão aceitável para odiar seu amigo mais antigo, e o colapso de Gilda, num primeiro momento, pareceu-lhe um sopro de ar fresco. Para reforçar moralmente seus argumentos, chegou até a viajar, com o sorriso inexpressivo dos profundamente incomodados, até o hospital em Mumbles, passando uma hora com a mão branca e úmida de Gilda na sua, enquanto uma TV falava inglês e a outra falava galês, num quarto cuja luz parecia vir do chá vermelho-escuro e dos biscoitos laranja-acastanhado, e povoado de mulheres, nenhuma delas velha, cujo prato favorito (como foi que aquilo lhe ocorreu, em meio à fumaça do chá sangrento?) — cujo prato favorito era *miolo*. Richard ainda escrevia para Gilda. Suas cartas tendiam a coincidir com alguma nova iniciativa de Gwyn, ou com algum novo elogio que mencionasse sua generosidade ou — melhor ainda — sua compaixão. Lamentavelmente, talvez, Richard lhe enviara uma entrevista em que Gwyn mencionava Gilda e caracterizava a separação dos dois como "amigável". Só às vezes chegava a sugerir que a verdadeira história era algo que o público — ou Rory Plantagenet — merecia saber. Richard achava ótimo que Gwyn nunca tivesse ido visitar Gilda. E esperava que nunca fosse. Richard, na verdade, não estava muito interessado em Gilda, é claro. Mas estava muito interessado em Demi.

"Eu só queria saber... *por quê?*", disse Gina. "Aah, se eu pudesse..."

Ele ergueu os olhos. A mão de Gina estava na garganta dela. Uma hora atrás, os lábios dele tinham estado no mesmo lugar. E não tinha funcionado... O olhar de Richard voltou ao índice de *Love in a maze: a life of James Shirley — A vingança da donzela, O traidor, A crueldade do amor, A dama do prazer, A impostura, Amor num labirinto.* Enquanto contemplava a sedução de lady Demeter, Richard não tinha um bigode que pudesse cofiar, ou um sorriso à socapa que conseguisse conjurar: o sedutor elisabetano tinha uma grande vantagem sobre Richard. Ninguém consegue imaginar, digamos, Lovelace segurando os sapatos pelas fivelas enquanto sai mancando do quarto, aos prantos. Ninguém imagina Heathcliff deitado de costas na cama de dossel, com um antebraço pousado frouxo na testa, dizendo a Catherine que deve ser porque anda muito ansioso, e trabalhando demais. As coisas só parecem ter começado a afrouxar depois de 1850. Bounderby, em *Hard times*: um frustrado evidente. E quanto a Casaubon, em *Middlemarch*, quanto a Casaubon e a pobre Dorothea: nunca deve ter sido parecido com enfiar uma ostra crua na fenda de um parquímetro. A impotência aguda e crônica, Richard sabia, não era o trampolim ideal para uma operação de sedução. Mas agora ele tinha informação sobre ela, o que sempre significava o vulnerável, o oculto, o íntimo, o coberto de vergonha. Aquilo prometia. E ele não podia ser acusado de tentar enganar Gwyn. Porque aquilo só fazia sentido se ele ficasse surpreendido.

"Não tenho", disse Gina, "...não tenho *palavras. Por quê? Ninguém vai me dizer por quê?*"

Deslizando devagar de sua cadeira, Richard tomou posição por trás dela. As páginas centrais do tablóide de Gina descreviam o julgamento e a condenação de um assassino de crianças no estado de Washington. Havia uma foto. Dava para ver o homem. Lá estava ele em seu uniforme de presidiário, os olhos introspectivos, o lábio superior exageradamente curvo, na forma de uma gaivota mergulhando na sua direção. "Desculpe! Desculpe!", gritou uma de suas vítimas, segundo as testemunhas: um garotinho, apunhalado por um adulto desconhecido no *playground* da vizinhança de casa. O irmão do garotinho também foi esfaqueado e morto. Ele não disse nada. Também havia uma terceira criança, muito mais nova, que o assassino tinha seqüestrado por vários dias, antes daquilo.

Gina disse: "Olha só para a cara desse tarado horrendo".

Marius entrou na cozinha e, sem cerimônia, apresentou aos pais sua opinião de que estava "com uma cara de merda" em sua foto da escola. A foto foi devidamente exibida. E ele *não* estava com cara de merda.

"Você *não* está com uma cara de merda", disse Richard com autoridade. Achava que entendia bastante de ter uma cara de merda. "Está com uma cara ótima."

"Acho uma coisa tão terrível", disse Gina, "o garotinho dizer 'desculpe, desculpe' desse jeito."

As crianças de hoje dizem mais palavrão, e os mais velhos também. Esta é talvez a única área em que seus pais podem chocá-lo tanto quanto seus filhos. As pessoas de meia-idade também dizem mais palavrão, é claro, em reação de protesto contra a diluição de seus poderes.

"Desculpe! Desculpe!", gritou o garotinho ao adulto estranho no *playground* da vizinhança. O irmão do garotinho também foi esfaqueado e morto. Ele não gritou "Desculpe! Desculpe!". Era mais velho, e talvez soubesse o que seu irmãozinho não sabia.

Entre os muitos desaparecimentos recentes, o *motivo* perdera o lugar no velho triunvirato policial: meios, motivo e oportunidade. Meios, motivo e oportunidade foram substituídos por testemunhas, confissão e indícios físicos. Qualquer investigador contemporâneo pode dizer que quase nunca pensa no motivo. Não ajuda. Ele sente muito, mas não adianta. Foda-se o porquê, diz ele. É preciso saber como, o que vai acabar revelando quem. Mas foda-se o porquê.

"Desculpe! Desculpe!", gritou o garotinho. Ele achou que tinha ofendido e irritado de algum modo seu assassino, sem querer. Achou que era essa a razão. O garotinho estava à procura de motivação, no *playground* dos dias de hoje. Não adianta procurar. Ninguém vai encontrar, porque não existe.

Desculpe. Desculpe.

Aquela área da cidade se ramificava como uma família incestuosa de baixa renda cujo nome comum fosse Wroxhall. Wroxhall Road, depois Wroxhall Street. Wroxhall Terrace, depois Wroxhall Gardens. Depois Court, Lane, Close, Place, Row, Way. E então Drive, depois Park, depois Walk. Richard trancou o Maestro, cujos dias estavam contados, e virou-se para contemplar uma paisagem de um de seus próprios romances — se é que se pode falar da presença da paisagem, ou do *locus*, ou de qualquer coisa, numa prosa tão enviesada e retorcida. Na verdade, este momento é tão bom quanto qualquer outro para fazer o que Gal Aplanalp está fazendo e examinar brevemente a obra de Richard Tull — enquanto o autor tropeça, aos palavrões, da Avenue ao Crescent aos Mews, à procura de Darko e de Belladonna.

Em essência, Richard era um modernista desgarrado. Se perguntado, Gwyn Barry provavelmente concordaria com Herman Melville: que a arte está em agradar os leitores. O modernismo foi uma breve divagação pela dificuldade; mas Richard ainda estava lá, na dificuldade. Não queria agradar seus leitores. Queria tensioná-los até fazê-los emitir um som de corda esticada. *Premeditação* era na primeira pessoa, *Os sonhos não querem dizer nada* era uma terceira pessoa estritamente localizada; as duas sem nome. O eu e o ele eram sucedâneos do autor e os romances se compunham de seus *monologues intérieurs* mais ou menos ininterruptos e indiscerníveis. *Sem título*, com seu esquema temporal óctuplo e uma tripulação rotativa de dezesseis narradores nada fidedignos, parecia uma inovação, mas não era. Como antes, tudo que se percebia era uma voz. Esta era a cesta que continha todos os ovos. E a voz era urbana, erótica e erudita... Embora sua prosa fosse talentosa, ele não tentava escrever romances de talento. Tentava escrever romances de gênio, como Joyce. Ninguém jamais escrevera romances de gênio como Joyce, e mesmo ele, o próprio Joyce, era um chato mais ou menos na metade do tempo. Richard, pode-se dizer, era chato o tempo todo. Se tivermos de escolher uma descrição de sua obra numa só palavra, acabaremos com certeza recorrendo a *ilegível*. *Sem título*, até agora, permanecia sem leitura, mas ninguém jamais lera seus predecessores até o fim por vontade própria. Richard era orgulhoso demais, preguiçoso demais e — de certa forma — esperto e louco demais para escrever romances de talento. Por exemplo, a idéia de fazer um personagem sair de casa e atravessar a cidade para chegar a algum outro lugar o deixava vago de tanta exaustão...

Chegou a uma esquina. Wroxhall *Parade*? Do outro lado da rua ficava um *playground* cercado de tela povoado não por crianças (note-se o silêncio) mas por velhos bêbados ameaçadoramente sóbrios, por trás das gangorras, por trás do trepa-trepa, por trás dos balanços e escorregas. Será que Nova York era assim? A caminho daqui, Richard notara os quebra-molas. O único tipo de policial que se encontrava aqui eram policiais adormecidos, nessa terra de ninguém. Richard passou por mais um colchão incendiado. A revelação, nessas paragens, tomaria a forma de um colchão ardente... Richard continuava a escrever sobre este mundo, mas já fazia seis ou sete anos que não andava por ele. Tudo que ele fazia, hoje em dia, neste mundo, era atravessá-lo de carro, dirigindo o Maestro carmesim.

Enquanto se aproximava do endereço que anotara, e o identificava, fez uma pausa e cumpriu seu dever, percorrendo com os olhos mais uma vez o cenário que o cercava. Os fios claros, os brutalistas cortes de cabelos das árvores pendentes. A pobreza dizia a mesma coisa, século após século, mas usando frases diferentes. As frases ditas pelo que via diante de si seriam curtas, ricas apenas entre solecismos e profanidades. E como é que isto se combinava com o silogismo confuso, a que chegara dez horas antes sobre uma xícara de chá e um cigarro estupefato, depois do fracasso habitual com Gina? Mais ou menos o seguinte:

A. A merda que Gwyn escreve é adorada pelo mundo; é uma merda universal.

B. O mundo adorava merda; o mundo era uma merda.

C. Neste caso, o melhor era *usar* o mundo; arranjar uma merda do tamanho de Gwyn para arrumar uma briga com ele...

Richard não precisava se esfalfar, distribuindo o *Los Angeles Times* pela cidade. Ou procurando a hospitalidade das páginas de

The Little Magazine para o "recheio" raivoso que passava o tempo todo planejando em sua mente. A literatura não podia dar conta daquilo. Mas a porra do mundo podia... Enquanto Richard subia os degraus, a noção supostamente ultrapassada de pagar alguém para dar uma surra em Gwyn voltou a lhe ocorrer com todo o frescor da descoberta.

Como combinado, a porta da frente estava destrancada ("eu garanto", dissera Darko). Enquanto se localizava no corredor, Richard ouviu o som de uma lixadeira ou plaina elétrica: uma plaina elétrica chorando pela mamãe plaina elétrica. Era o barulho da dor de dentes: era o barulho da dor. *O elo mais fraco é você,* lhe dissera Steve Cousins na Canal Crêperie. Se formos fazer alguma coisa, o elo mais fraco é você. Se alguém fizer pressão, você não vai agüentar. As pessoas não conhecem a dor e o medo, disse ele. Mas *eu* conheço a dor e o medo. A dor e o medo são meus amigos. Eu sou à prova d'água. O elo fraco é você... Richard sempre achara que conhecia a dor e o medo; mas não conhecia — ainda não. A dor e o medo estavam à sua espera, como estavam à espera de todos. Um hospício inteiro de dor e medo, esperando com toda a paciência.

Ele bateu na primeira porta que encontrou. Darko abriu. Um confronto transilvaniano: os olhos de Darko eram mais vermelhos que seus cabelos vermelhos, mais vermelhos que o Maestro. Examinou Richard de alto a baixo, e disse, como se o identificasse pelo nome: *"Transplante de carisma".* Pouco depois, estavam numa sala mais ou menos do tamanho de uma quadra de tênis, cheia de móveis que podiam ter vindo de qualquer lugar, ou até de toda parte: das secretarias dos departamentos de sociologia de província, de hotéis baratos, de acantonamentos militares.

Virando-se, Richard disse, com coragem: "De onde você é, Darko? Originalmente".

"Do lugar que ainda chamo de Iugoslávia."

Darko estava de pé no meio da parte da sala que servia de cozinha, olhando para algum tipo de alimento espalhado num prato. Depois ergueu os olhos, e sorriu. Um lábio superior longo, com um bigode plumoso; gengivas superiores também compridas, e também de cor de gengibre.

"E você é sérvio ou croata? Só por interesse."

"Não aceito essa distinção."

"Muito bem. Não existe distinção étnica, não é? Só religiosa. Nada visível." Na prateleira acima da lareira, Richard achou ter visto um ícone devocional; iluminado por dentro por uma lâmpada acesa em forma de tulipa, era a Virgem Maria (pressentiu ele), mas travestida, com seios caricatos atirados para a frente como a figura de uma donzela assustadora na proa de um barco. "Não existe uma questão ligada à ordem em que a pessoa faz o sinal-da-cruz? Na guerra, na guerra mundial, os soldados croatas reuniam as crianças e mandavam fazer o sinal-da-cruz. Para ver de que lado começavam. Para ver se iam morrer ou ficar vivas."

Isso, para Darko, era uma evidente novidade: informação nova. Richard tentou relaxar com o seguinte pensamento: que hoje, de certa maneira, pode-se saber mais sobre um estranho do que ele sabe sobre si próprio. Pouco tempo atrás, envolvera-se numa discussão na porta de casa com um mórmon proselitista que nunca ouvira falar de Moroni: Moroni, o anjo americano do século XIX, o Messias da busca infrutífera em cujo nome o arengador barbado seguia de casa em casa.

Darko disse: "Acredito que todo mundo é um ser humano".

"E eu concordo. Belladonna, por exemplo, deve ser um ser humano. Quer dizer, estou achando que ela existe. Onde é que ela está?"

"Se vestindo. Tirando a roupa. Dá no mesmo. E o que é que eu faço com essa bomba de colesterol?"

Fez um gesto indicando o prato e o que ele continha. O prato parecia a paleta de um artista em grande atividade: algum primitivo moderno que trabalhasse com cores pastel.

"Enfiar esta merda no MO", decidiu Darko.

MO queria dizer microondas. Ótimo. De qualquer maneira, Darko já tinha aquecido seu prato, e já estava comendo — aquela pizza de manga ou aqueles rissoles de romã — com as duas mãos... Num vídeo que alugou e admirava, Richard lembrava do herói, ao volante, falando de seu FWD, *four-wheel drive*. Pode-se lembrar ainda que existem certos cosmologistas mais fantasiosos que se referem ao "universo WYSIWYG", ou *What You See Is What You Get*. Na verdade, esta não é uma abreviação, mas um acrônimo. Eles não dizem "dábliu-ípsilon-esse-i-dábliu-ípsilon-gê", mas falam Wysiwyg mesmo. Os babacas. A quem confiamos a tarefa de especular como viemos parar aqui. O universo Wysiwyg é aquele em que a *matéria escura*, a sombra superabrangente compreendendo cerca de noventa e sete por cento da massa universal, é inexótica, o arranjo habitual, próton-nêutron-elétron, só planetas, talvez, maiores do que Júpiter mas não grandes o bastante para brilhar, "grandes objetos compactos com halo" conhecidos (qual será o problema desses sujeitos?) como MACHOS (de *massive compact halo objects*). Qual será o problema desses sujeitos? O universo do "almoço grátis". O universo "planejado". O universo do "transplante de carisma"? Recuando mentalmente dezesseis bilhões de anos, lançam mão de nomes engraçadinhos que já estavam ficando antigos seis meses atrás.

"Belladonna está vindo? E me conte mais", pediu Richard, cuidando de manter um tom apenas divertido, "sobre esta coisa entre ela e Gwyn Barry."

Darko levantou um dedo enquanto terminava de engolir um bocado de comida especialmente exigente, envolvendo muito trabalho da língua nos quatro grupos de molares. E afinal disse: "Quem?".

"Belladonna."

"Ah, você quer dizer Diva. Agora ela se chama Diva. E eu não conheço Diva hiperbem."

"É mesmo."

"Diva vive criando problemas com homens. De cada vez, é um Divagate."

"Sempre acontece muita coisa", sugeriu Richard. "Mais do que a gente consegue ver."

"Parece que ela é um foguete. Isso mesmo."

Richard continuou parado ali.

"Ah é", disse Darko em tom resignado. "Diva é louca por loucuras."

"Você já conhece Diva há hipertempo? Onde é que ela está, por exemplo?"

Darko pediu licença e saiu da sala por uma porta que ficava depois da cozinha. Quando voltou, olhou de repente para Richard e perguntou: "E você, quem é?".

"Richard. E você?"

"Ranko."

"Quer dizer Darko."

"Darko é meu irmão gêmeo. Ele é croata. Eu sou sérvio. Somos idênticos mas não temos nada em comum."

"Mas os dois comem pizza. Ainda tem um pouquinho preso no seu bigode."

O homem continuou ali, num estado de neutralidade, continuando a limpar os dentes com a língua. "Ela está se levantando", disse ele. "E eu estou saindo."

Richard ficou sozinho naquela sala em que nunca deveria ter entrado por apenas cinco ou seis turbulentos segundos, enquanto uma porta se abria e outra se fechava. Se você pudesse monitorar em escala infinitesimal o que ocorreu nesse período de tempo, encontraria: medo de se machucar, da doença e de assassinato, medo da escuridão que começava a descer, medo da pobreza, de salas pobres, medo de Gina e de suas íris dilatadas; desespero pela identidade perdida e seu sangue que murmurava com timidez; e, entre todos esses medos e ódios, a sensação de alívio, de clareza e segurança que qualquer um sente diante da possibilidade de tentação, quando sabe que lavou bem o pau antes de sair de casa. Olhou de relance para Diva quando ela entrou obliquamente na sala e pensou: sem a menor possibilidade. Ele está a salvo. Eu estou a salvo. Não é uma erva mortífera. É só urtiga. Estamos todos a salvo.

"Oi."

"Oi."

"Richard", disse ele.

"Diva."

Ela deu uma volta completa e olhou para ele de baixo para cima, dizendo: "Belladonna. Sou eu".

Richard a examinou, agora (achava ele), com o distanciamento de um recenseador. Sem dúvida ela teria rido em sua cara se ele o dissesse (ela devia pertencer a alguma nova tribo, os godos, ou os grrrl, ou os bombos: ainda não li os jornais de sábado, pensou ele, engolindo em seco para se fortalecer), mas sem dúvida Belladonna era uma *punk*. Ou seja, tomara todas as providências possíveis no sentido de obliterar seus dotes naturais. Usava rímel espalhado formando uma espécie de máscara de assaltante; seu batom era aproximado e sanguinário, seus cabelos negros espetados, pendentes e assimétricos, como as árvores podadas do lado de fora. Ser *punk* era um exercício de democracia física. E a mensagem era: vamos ser feios juntos. Era uma idéia que tinha um certo apelo automático para Richard — para Richard, que não se im-

172

portaria de ser pobre se ninguém fosse rico, que não se importaria de ter uma aparência descuidada se ninguém fosse elegante, que não se importaria de ser velho se ninguém fosse jovem. Ele com certeza não se importava, porém, de ser doido, por mais que houvesse gente sã; na verdade, até apreciava a loucura, e acreditava que era a única coisa boa que lhe acontecera nos últimos anos. Ela era muito jovem, muito baixinha e muito marrom. Com uma perversidade eficaz, usava suas roupas de baixo por cima das roupas de cima: calcinhas cor-de-rosa de renda por cima das calças pretas de ciclista; um sutiã branco apertado adornando a camiseta preta. Seu sotaque era londrino. Richard não conseguia situá-la do ponto de vista étnico. Achou que talvez tivesse vindo de alguma ilha.

Ela disse: "Você não é como eu imaginava".

"É mesmo?" Esta idéia era nova: que alguém o imaginasse. E acrescentou, em tom ligeiro: "Quer dizer que eu sou diferente das resenhas que eu escrevo?".

Belladonna procurou algum lugar para sentar-se, e escolheu o sofá.

"Você também não é como eu imaginava."

"É mesmo?"

"É tão jovem. Não sei. Não parece ser o tipo de Gwyn."

"Mas ele está meio... apaixonado por mim."

Com uma sacudida ou torsão desafiadora da cabeça. Na palavra *apaixonado*.

"Está mesmo?", perguntou Richard, sentando-se ao lado dela. Ela não despregava os olhos das próprias mãos entrelaçadas: Belladonna, a anacoreta. E ele se surpreendeu cultivando a esperança desvairada de que ela já estivesse grávida. "E você, o que é que acha disso?"

"Eu gosto muito, é claro. Fico orgulhosa. Eu sei que ele é casado ou coisa assim."

"E vocês...? Quer dizer, isso já vem há muito tempo?"

Ela deu um sorriso furtivo. "Você sabe qual é o meu segredo? Leia os meus lábios." *Meu segredo*, disse ela em silêncio, *é a minha boca.*

"A sua boca."

"Os apelidos que me dão. Bocão. Engole-tudo. Desde que eu era pequena já tinha essa *boca.*" *Meu segredo é a minha boca. Sou famosa pela minha boca.*

173

"Você ainda é pequena."

E aqui, pensou ele, estava o segundo segredo de ser *punk*. Cada um era seu próprio criador. Cada um era sua própria lenda. O segredo daquele sujeito é usar um quilo de jornais velhos colados no cabelo, o daquela moça é usar um pregador de roupa atravessado na bochecha. O segredo de Belladonna era a boca. Richard sentiu a contradição (ou sentiria mais tarde: agora estava ocupado), porque aquele talento ainda era um não-talento, ainda era ociosamente particular, sem qualquer pretensão à universalidade. E isso lembrava uma contradição do próprio Richard. Será que ele não se importaria de ser desprovido de genialidade, se ninguém mais fosse ingênuo? Não, não era verdade. Ele queria que as pessoas tivessem genialidade: ele queria que a genialidade existisse fora dele.

Venha olhar, formou Belladonna com a boca. *Olhe de perto.* Ela se inclinou para trás e ajustou a luminária de pé, como se fosse sua própria dentista. Richard — um consultor, uma segunda opinião — aproximou-se. *Nunca tive uma obturação*, ele a viu dizer, com o lábio inferior respondendo, como numa dança, ao movimento da língua. Seus dentes eram de fato impiedosamente perfeitos. *Veja como a minha língua é comprida...* A boca de Belladonna: Richard quase enfiou o nariz lá dentro. E soube que nunca mais ia achar a mesma coisa das bocas das mulheres, nunca mais deixaria de saber como eram internas, rosadas, brancas e úmidas. É, isso mesmo: como um púbis horizontal e platonicamente perfeito, contendo trinta e dois dentes. De um modo que não admitia qualquer confusão. Nesse caso, ele sabia onde os dentes ficavam e onde não ficavam. Antes de reclinar-se no encosto do sofá, ele gravou o registro do hálito dela e descobriu que seu sabor era agradável, mas agradável como um remédio doce, não como uma fruta fresca.

"E sei fazer muitas coisas com ela."

Sua língua apareceu e arqueou-se para cima, encostando sua esforçada extremidade na ponta do nariz. Depois ela foi recolhida, a boca sorriu e disse: "Ou isto". E os lábios se distenderam e foram se afastando um do outro. Os dentes e as gengivas lá dentro pareciam distantes, como se fossem uma boca dentro de outra boca. Afinal reconstituída, a boca formou as palavras. *Pegue a minha mão.*

Ele obedeceu. A mão dela era até normal, mas ele não conseguia associá-la a Belladonna, que era, como ela própria dissera, como sua própria boca acabara de dizer, apenas uma boca.

Que disse "Olhe só" enquanto a outra mão se aproximava dela e depois desapareceu em seu interior, até o pulso.

Richard afastou os olhos, à procura de sua identidade. E só encontrou uma coisa muito usada. "Você precisa tomar cuidado", disse ele, "com quem escolhe para mostrar isso."

"Eu tomo." Todo o rosto dela olhava para ele com uma indignação indulgente. *Eu tomo.*

Quando ela desligou a luminária, Richard percebeu que a sala fora mansa e silenciosamente invadida pela luz adulterina do crepúsculo; a luz que os amantes conhecem, íntima, isoladora e favoravelmente ambarina. Neste espasmo determinado de sua evolução matrimonial, o adultério era uma zona de luz vermelha, e o vermelho significava apenas perigo. Ele já estivera antes em salas erradas, mas sempre tendiam a ser melhor mobiliadas que aquela em que agora se enfiara. O vermelho do ambiente era o vermelho das gengivas de Darko, fechando-se sobre o *fruit vert*. Um ano antes, com Anstice, ele tirara as roupas num desses aposentos errados. O que o salvara do adultério técnico, naquela ocasião, foi uma enigmática força interior, uma coisa misteriosa até para si mesmo (embora a conhecesse bem melhor hoje em dia): a impotência... O que estava mais ou menos começando agora, decidira ele, não era tesão, mas a *sensação* de tesão. E à perda dessa sensação (o sangue, doendo) se segue a perda da fé, a perda da transcendência e, logo depois (antes, na verdade, que se possa perceber), a ausência de tesão. Fosse qual fosse. Em seu rastro, a pequena morte, a pequena morte dos poderes arruinados, da mágica imprestável. De qualquer maneira, a sensação o informou que a impotência não poderia salvá-lo agora, se fosse o caso. Alguma outra dinâmica seria obrigada a interceder. A candidata mais provável, na conjuntura atual, era a ejaculação precoce. E ele pensou: estou aqui porque tenho medo de morrer. Não fui eu. Foi a morte.

Sua vida, toda a sua vida, estava se aproximando do clímax do terceiro ato. E ainda faltavam mais dois atos. O quarto ato (por convenção, um ato tranqüilo). E depois o quinto. A que gênero pertencia a sua vida? Eis a questão. Não o pastoral. Não o épico. Na verdade, sua vida era uma comédia. Ou uma anticomédia, que

175

não deixa de ser um certo tipo de comédia, um tipo mais moderno. Antigamente, a comédia falava de jovens casais que superavam as dificuldades e acabavam se casando. Mas hoje não falava mais disso. Era o romance, que antes falava de cavaleiros, feiticeiros e encantamentos, que hoje falava de jovens pares amorosos que se casavam — os romances, os romances de supermercado. A comédia, hoje, falava de outras coisas.

"Eu costumo fazer um teste com os rapazes", disse ela. E diante do interesse de Richard, continuou: "Pode dizer. Eu saio da sala, depois volto e faço o que você quiser".

"Como assim?"

"É simples. Você me diz e eu faço."

"Que tipo de coisa?"

"Qualquer uma. O que você preferir."

"O que eu preferir do quê?"

"Não precisa ficar com vergonha. Sabe como é: qualquer coisa. O que você preferir."

"E se eu não preferir nada em especial?"

"Todo mundo prefere alguma coisa. Às vezes são umas coisas engraçadas. Dizem tanto sobre a pessoa."

"Sei, mas que *tipo* de coisa?"

"Qualquer coisa!"

De repente, a sala lembrou a Richard a sala de aula da escola que freqüentara, anos atrás, na rua de Gwyn. Basicamente por causa das dimensões, supôs ele, e pela sensação intransigente de adomesticidade que a sala transmitia. Talvez também fosse a sensação que ele tinha na época, aos dezoito anos, de que estava sendo formado para o resto da vida; de que a informação sobre si mesmo, bem-vinda ou não, estava a caminho, e cada vez mais próxima.

"E você gosta de fazer esse teste?"

"Gosto, eu quero muito saber como são as pessoas. O que elas preferem."

"Por que..."

"Revela tanto. Sobre elas."

"Quantas vezes você já, ahn, fez esse teste com rapazes?"

Ela encolheu os ombros de maneira expressiva — mas não esclarecedora. Duas ou três vezes? Duas ou três vezes por dia? Ocorreu a Richard que talvez não fizesse muito sentido tentar interpretar os gestos dela. Não havia muito sentido em tentar atribuir-lhes advérbios ou adjetivos (orgulhosamente, indignada, ansiosa). Assim como ocorria com Steve Cousins, Belladonna também tinha seus sentimentos, suas reações e suas afetações, mas todos obedeciam a um ritmo diferente e novo, um ritmo que ele Richard não conhecia.

"Por exemplo. Qual é a coisa que Darko prefere?"

"*Darko*", disse Belladonna (orgulhosamente, indignada, ansiosa).

"...Certo. O que é que as pessoas costumam preferir? O que elas costumam pedir a você?"

"Bem, em geral..." Ela fez uma pausa — carinhosa, pode-se dizer. Seus olhos se arregalaram com inocência total.

"Em geral eles me pedem para sair da sala", disse ela, "e depois voltar nua. E dançar um pouco. E depois, assim, chupar o pau deles."

A sala adquiriu uma nova magnitude de escuridão. Quem mais, além de amantes — ou depressivos solitários —, poderia ficar sentado a uma luz como essa, sem tentar acender uma lâmpada?

"Eu sempre acho que é o truque que eu mostro com a mão. Que faz eles escolherem. Pode falar. O que é que você prefere?"

Mas Richard perguntou: "O que é que Gwyn prefere?".

"Gwyn." E aqui os adjetivos diriam pensativamente, carinhosa, caprichosa. Ela virou-se para ele, com o rosto ainda abaixado na sombra. Suas roupas, como era de se esperar, enfatizavam o que mais a agradava em si mesma e em seu corpo, aquilo de que ela mais gostava, não uma certa parte do corpo (no caso dela), mas uma certa qualidade rotacional da cintura e dos quadris. Ela se retorceu, sorriu e disse: "Você sabe, eu nunca realmente 'estive' de verdade com Gwyn Barry".

Richard se levantou. Ia embora. Estava convencido de que ia embora. "Quer dizer que você não conhece Gwyn", perguntou ele, "hiperbem?"

"Ele me ama."

"Quer dizer, você acha que ele a ama."

"É o jeito como ele olha para mim."

"E quando é que ele olha para você?"

"Quando aparece na televisão."

"E muita gente que aparece na televisão olha para você?"

"Não. Só ele", disse Belladonna, olhando reto para a frente, como se estivesse tendo uma conversa com as calças de Richard. E então inclinou a cabeça para trás. "Você acha que é tudo da boca para fora, não é?", disse ela, deixando a boca produzir um meio sorriso, um estender do lábio inferior e um estremecimento. "Mas não. Não é. O que é que você prefere? Eu quero saber."

"Por quê?"

"Para a gente deixar Gwyn com ciúme."

E Richard foi embora.

Gal Aplanalp não ligou.

"Gal Aplanalp passa duas horas por dia ao telefone comigo", disse Gwyn. "Direitos para o estrangeiro. É ela mesma quem cuida de tudo. Alexander praticamente dava de graça. Mas Gal consegue um bom dinheiro até mesmo da Europa oriental. Gal é o máximo. Tanta vivacidade. Tanta exuberância. Tanto amor pela vida."

Pareceu a Richard que o verme que vivia no cérebro de Gwyn ficara preso num canto ou numa curva fechada entre os dois hemisférios frontais, fazendo seu hospedeiro continuar ali de pé (talvez indefinidamente), produzindo expressões de aprovação casta e cintilante. Os dois estavam no bar externo do Warlock, apoiados na máquina de perguntas, ou Máquina do Conhecimento, como era conhecida naquela área, até mesmo pelos motoristas de táxi, para os quais Conhecimento (*knowledge*) era o nome do exame de qualificação no qual passavam um ano sentados numa motoneta tamanho infantil, com um mapa preso ao guidom, até aprenderem o nome de todas as ruas de Londres. Gwyn e Richard não estavam ali para jogar tênis. Tinham vindo jogar *snooker* (o Portobello Health and Fitness Centre estava fechado para reformas). Isso significava que precisavam esperar por uma mesa. Finalmente, o verme de Gwyn soltou sua pata traseira. O rosto dele se desanuviou, e depois se franziu, atento. Ele estava usando um paletó novo de *tweed*; o tecido era amarelado e penugento, como uma espiga de milho já mordiscada.

"Obrigado pelo primeiro capítulo do livro novo", disse Richard. "Fiquei com água na boca. O livro é todo mais ou menos assim?"

"Mais ou menos. Não se mexe em time que está ganhando — é o que eu sempre digo. No mês que vem as provas já vão estar prontas. Você vai receber um jogo."

"Mal posso esperar."

Uma adolescente mascando chiclete e usando um macacão rosa forte passou por eles, a caminho das escadas e da sala de aeróbica. Ficaram olhando a moça passar.

"Você já pensou", disse Gwyn, "já pensou, enquanto envelhece, nas mudanças da sexualidade?"

"Como é que vai ser a próxima fornada?"

"Ela está mudando com a mesma velocidade de tudo o mais. Tudo acelerado. Elas hoje são diferentes."

"É bem provável."

"Mas diferentes como? Minha impressão... e só pelas cartas que eu recebo, é claro... a minha impressão é de que elas ficaram mais pornográficas. Mais especializadas."

"Que tipo de cartas você recebe?"

"Geralmente com uma foto. E uma sugestão bem clara de alguma — especialidade."

Richard percebeu que sempre achara Gwyn inescrutável do ponto de vista erótico. Isso não importava nada quando ele ainda estava com Gilda. Não pela primeira vez, Richard se perguntou se — por força de alguma complicação impossivelmente humilhante — ele não tinha algum tipo de ligação homossexual com Gwyn. Refletiu a respeito. Richard não tinha a menor vontade de beijar Gwyn. E era, é claro, inconcebível que Gwyn quisesse beijá-lo. De qualquer maneira, aquilo jamais iria acontecer, não é? E Richard não queria muito saber por que estava fazendo o que fazia.

"Demi é jovem."

"Não tão jovem assim."

E Richard sentiu seu poder se esvaziar aos poucos quando Gwyn disse:

"Ela não cresceu exatamente na crista da nova onda sexual. Não que tenha sido muito protegida. Aqui entre nós, teve as suas experiências. Não que se lembre de muita coisa. Foi na fase em que cheirava cocaína. Sabe como é. As moças de classe alta sempre têm uma fase de cocaína. Quando nascem, já são inscritas pelos pais nas clínicas elegantes de desintoxicação. Ela chegou até — chegou até a ter vários amantes de origem antilhana."

"Estou pasmo."

"E eu sinto até um certo orgulho por ela. Mas não é exatamente o exemplo acabado de moça moderna. A felação, por exemplo. Minha impressão, anos atrás, era que certas moças faziam e outras não. Ou eram como Gilda, e só faziam no dia do seu aniversário. Pois eu aposto que hoje em dia todas fazem. A questão não é saber se elas fazem ou não. É saber como elas fazem."

Era como um jogo em que você perdesse o ritmo do domínio, e nunca fizesse os lances por vontade própria, mas sempre em resposta. E Richard disse: "Sei de uma moça que quer conhecer você".

"Atraente?"

"Uma boca extraordinária. Quer perguntar uma coisa a você."

"Qual é a minha cor preferida?"

"Não. O que é que você prefere."

Richard surpreendeu-se então fazendo a Gwyn um relato pormenorizado de sua experiência com Belladonna. E enquanto falava ia pensando: qual era o meu jogo lá? Belladonna mal tinha dezessete anos, e era louca. O senso comum exigia que ele pelo menos tivesse mandado a moça tirar a roupa, ou dançar um pouco. Desde aquele encontro crepuscular, Richard vinha acumulando um número cada vez maior de novidades intoleráveis que eram, concluiu ele (depois de pensar bem a respeito), as suas preferidas. Havia uma coisa especial que ele preferia: o tipo de relação sexual em que, mais que uma eventual troca de fluidos corporais, ocorria uma transferência completa.

"Muito bem", disse Gwyn. "Mande ela me procurar."

"E o que é que você prefere?"

"Não, não. Só quero ter um quadro mais completo. Por que sair na rua para comer um hambúrguer quando a sua mulher serve *chateaubriand* toda noite?"

Pois é, pensou Richard, que já tinha ouvido a frase antes: mas um hambúrguer às vezes tem seus encantos. Será que alguém de fato agüenta comer *chateaubriand* toda noite?

"Eu nunca — quer dizer, o que existe entre eu e a minha dama é..." Gwyn se calou. O verme assumiu o controle por algum tempo, enquanto ele sacudia a cabeça com os olhos fechados e depois balançava a cabeça com os olhos abertos. "Nós trepamos hoje à tarde. Não. Deve ter sido ontem à noite. Não. Foi *ontem* à tarde. Ou hoje de manhã. De qualquer maneira. Não importa. Nós estávamos trepando e eu brinquei com ela sobre um dos amantes antilhanos dela. Ela olhou para mim e me disse: 'Meu querido. Pode acreditar...'. Ah. Ela chegou!"

Ele se interrompeu e recebeu a mulher como se — como se o quê? Como se estivessem em 1945 e ele não a visse desde 1939. Quando acabou, Demi recuperou o equilíbrio e ficou ali parada, com uma muda de roupas na sacola de compras, destinando um sorriso fraco para Richard, que deu um passo à frente para beijá-la, por sua vez.

Gwyn disse: "Quando é que vocês dois vão se encontrar? Para ter uma conversa mais profunda sobre este seu criado. É o mínimo que eu posso fazer para aproximar vocês dois. Em troca da 'jovem fã sexy' que Richard quer levar lá em casa para me conhecer. Vamos lá, Demi — pode subir a escada. Nós queremos que esteja tudo no lugar, não é, amor?".

Depois que Demi partiu para sua aula, Gwyn passou mais alguns minutos contando a Richard tudo sobre as negociações de *Amelior reconquistada* para a Europa. Para tanto, usou vários sinônimos de gíria para "mil". Richard já tinha reparado que, no momento em que qualquer romancista conseguia passar a ganhar em milhares, começava a falar desse jeito na mesma hora. Ele jamais faria uma coisa dessas. Jamais, mesmo que tivesse a oportunidade. Era uma capitulação vergonhosa ao aqui e agora — ao secular, ao mortal. Por que querer falar da mesma maneira que um magnata do cinema, ou um gângster? Todo mundo acabava ganhando o que estava destinado a ganhar, na hora certa. O jogo era este. As chances eram estas... De qualquer maneira, e num âmbito mais restrito, Richard vinha se sentindo tão pobre ultimamente que desligava os limpadores de pára-brisa toda vez que passava debaixo de um viaduto.

"E aí eu disse: 'Aceite as quinze milhas de Portugal, incluindo um pacote pela gravação em áudio. Que diferença faz mais um milho?'. E eu só disse isso", disse Gwyn, "só disse isso para conseguir me livrar de *Gal*."

Durante os últimos minutos da espera pela mesa, o verme tornou a ficar preso, ou então irrompeu esfaimado em uma nova câmara, condenando Gwyn, de qualquer maneira, a uma série de caretas e olhares imperiosos... Subiram. Richard ganhou por três a dois na última bola preta. Não estava conseguindo se concentrar.

Há outras maneiras de cuidar disso, dissera o rapaz. *Botulismo — no sanduíche dele. Ou mandar uma mulher. Como um*

anticorpo. Ir trabalhando psicologicamente. O medo. Não precisa ser necessariamente um ataque físico.
Se bem que os estragos físicos têm seus encantos...
É a mesma coisa com qualquer um. Não é como as outras coisas. É simples.

Richard estava sentado, com Marco, na espreguiçadeira em processo de encalvecimento mas ainda elegante; o rosto do menino repousava em seu peito reverberante enquanto ele lia em voz alta *O livro da jângal*; ele lia excepcionalmente bem... *Estragos são simples.* Enquanto lia, Richard descobriu, para sua surpresa, o quanto admirava a simplicidade. Não a simplicidade na prosa de ficção — mas nas outras áreas. O que é universal muitas vezes é simples. A beleza científica (e a beleza, aqui, era um indicador sólido da verdade) era muitas vezes simples. Ele não queria ouvir qualquer observação brusca ou insensível sobre a simplicidade.

Quer dizer, dissera Richard, *falando em hipótese, se eu quisesse dar um jeito de foder com a vida de alguém...*
E o rapaz disse: *Você vinha falar comigo.*
Ele continuou a ler. O trecho sobre a chegada iminente de Shere Khan e os conselhos afetuosos do lobo. Continuou a ler. Continuou a ler, até perceber que a imobilidade de Marco já não era mais enlevo, e também a mancha de baba que se espalhava por sua camisa. Marco estava dormindo. Gemendo por ter de usar tantos músculos estranhos, Richard escorregou de debaixo dele e depois contemplou seu rosto adormecido: com a boca aberta, úmido de suor — o rosto de um cachorrinho desesperado. Um cachorrinho doméstico, acostumado a ficar em casa. Quando acordou o menino, Marco murmurou alguma coisa sobre orangotangos... Orangotango queria dizer *homem selvagem*. Mowgli era um menino selvagem, criado por lobos. Mesmo Marco, em sua dor, tinha sonhos de selvageria, e em sonhos ia para onde moram as coisas selvagens.

Mais um dia. Mais um dia sem ir à escola. Tendo vestido o menino com roupas tão pesadas que ele mal conseguia se mover, quanto mais andar (parecia um anúncio de roupas esportivas: um dirigível de hipódromo), Richard levou Marco até o parque coberto de titica de cachorro, para pegar ar fresco. O mundo verde, no outono. E o menino selvagem, o rapaz, era o homem verde: em roupas modernas. *Você vinha falar comigo.* Tinha sido o ponto alto da noite. Depois disso, Richard tivera de ficar lá sentado, ouvindo crítica literária: a avaliação que Steve Cousins fazia de *Amelior*.

Marco tomou sua mão. Enquanto caminhavam, sob a minguante da lua diurna, parecendo uma máscara, com a testa afundada e o queixo em ponta, um escudo erguido contra as flechas, Richard recordava como, na Canal Crêperie, entre uma Cascavel e outra, ele estendera a mão para o prato de comida e pôde sentir o quanto era tarde quando o *nacho* ficou agarrado ao molho como um pincel que se deixa tempo demais na lata de tinta, e o rapaz disse: "É falso, é tudo *falso*. Doçura e luz? No mundo real? Meu Deus! Onde está meu violino? Eu sei como é a vida lá fora. Eu fui bem selvagem. Anos a fio. Só eu. Lá *fora*. Anos a fio". Steve Cousins: precursor de uma comunidade da nova era? Ou delinqüente juvenil em fuga? Não ficou claro. O que ficou claro foi que Steve Cousins tinha lido *O menino selvagem de Aveyron* (Richard também), e relido, e lido da maneira errada; e que ele se via, de alguma forma, como uma versão atualizada daquele mudo desgrenhado e trigueiro — dois séculos mais tarde. Richard suspirou. Suspirou então e tornou a suspirar agora, segurando a mão de Marco. Mesmo assim, com todas as suas confusões, Richard era capaz de imaginar uma repulsa tamanha por um livro que a pessoa decidia tomar uma providência, pôr um paradeiro naquilo, proibindo o livro, decidindo queimá-lo ou ir atrás do autor para lhe dar umas porradas. Não era tão estranho assim, num mundo em que os romancistas precisavam de guarda-costas, de esconderijos, de fugir para a liberdade. "Quando você achar que chegou a hora", disse o rapaz, já na rua, "pode me ativar."

"Olha lá!", disse Marco.

Talvez toda a pastoral urbana sempre viesse de onde menos se esperava. Nenhuma previsibilidade. E então chegou um momento em que Londres deu a impressão de se revelar para o olho que a observava, e em toda sua rudeza, como numa demonstração. Richard e seu filho estavam passando pelos banheiros do parque; mais uma vez, um dos dois caminhos que passavam por lá estava isolado pela fita laranja da polícia criminal. A fita dançava ao sopro da brisa: Marco saiu correndo: divertida, aquela fita! Junto a ela havia dois policiais, protegendo e preservando a cena do crime. Richard atravessou a conversa dispersa do aglomerado frouxo de mães e ouviu a canção daquele coro: dessa vez, uma menininha; no verão tinha sido um garoto, e a fita tinha fechado a outra alameda. Dirigindo-se no rumo oeste, na direção da saída, pai e filho passaram por um banco cheio de adolescentes que davam risadas abafadas por causa de alguma coisa pornográfica que tocava em seu aparelho de som. Não era só a letra que era erótica, mas tudo era pornografia sonora explícita: um dueto entre um homem e uma mulher, todo rosnado e carnal. Enquanto dava risos abafados, um jovem pálido ainda conseguia segurar seu cachorro e comer batatas fritas, tudo ao mesmo tempo. Parabéns: isso é que era cultura, e era o que ele estava vivendo, até a última gota. A três metros dali, um rapaz e uma moça vestidos de preto estavam abraçados de pé, imóveis, dois dançarinos congelados no salão verde. Richard os reconheceu, sentindo a pele repuxar-se por trás do joelho, enquanto passava de cabeça baixa. Darko e Belladonna. Estavam cercados de um ar de isolamento que o fez pensar — que o fez pensar nos leprosos da Sibéria e também, sem qualquer conexão, loucamente, no quanto eram terríveis as conseqüências imprevistas...

"Olha!", disse Marco, enquanto ele descansava no banco junto ao portão.

Bem alto, no leste azul, num curso de colisão, dois aviões subiam rumo a seu ápice comum — como duas agulhas, com os rastros gêmeos de linha branca pendendo de seus buracos. Passaram um pelo outro: sem contato. Por um breve instante, porém (pois o céu detesta as linhas retas e logo destrói sua definição), os dois rastros brancos formaram uma cruz inclinada: inclinada para trás, para longe da terra. Alguma coisa tinha acabado, acabado do outro lado.

"Território", disse Terry. "É tudo uma questão de território. Todo mundo quer ser o picão da parada. Todo índio quer ser chefe. É isso: território."

"Pois é, companheiro", disse Steve Cousins, e virou-se para seu outro convidado — Richard.

"O que *eu* quero", disse Richard, e não havia problema em falar, porque Steve Cousins estava tendo duas conversas ao mesmo tempo, e talvez fosse capaz de manter muitas mais, tantas quanto fossem necessárias, como um mestre de xadrez jogando uma simultânea, "é uma amostra grátis. Bem, não exatamente grátis. Quanto a isso, sempre se pode negociar."

"Você quer que eu mande dar uns tapas nele."

"...É", disse Richard. "Mais que uns tapas. Talvez um..."

"Pois é isso que a gente chama de dar uns tapas. É *mais* que uns tapas." Steve virou-se para Terry e disse: "Escute aqui, eu tenho o meu território. E não é a porra da rua". Por baixo da aba de seu chapéu, olhou de Terry para Richard e depois de novo para Terry, e novamente para Richard, convidando os dois homens a se contemplarem um ao outro. Suas sobrancelhas esparsas mas uniformes estavam erguidas com uma expressão afável. E acima da banda cinzenta, os declives da copa do chapéu estavam configurados num desenho que era uma resposta direta aos malares de seu rosto e à sua angulosidade faminta. Virou-se para Terry e disse: "Ah! Star! Olha como você me deixa atrapalhado!".

Como a maioria das figuras das ruas de Londres, Steve conseguia imitar bastante bem o sotaque dos *Yardies*, os membros das novas gangues jamaicanas. Tinha até lido o romance chamado *Yardie* — como a maioria dos próprios *yardies*. Mas Terry não era um *yardie*. Terry, como Richard bem fora avisado, em meio aos chiados e gemidos do telefone celular de Steve, era um *Quacko*: o estágio seguinte. Richard participava desse encontro como "observador": era um bom material. E era exatamente assim que se sentia. Um circunstante, mas desprovido de ponto de vista próprio.

Terry disse: "Alguns dos meus rapazes — não têm raiz nenhuma. Para eles, uma dívida não quer dizer nada. É uma coisa normal. Eles vive disso".

"Meu Deus. Passei a vida inteira ouvindo gente que fala errado. Todo preto que eu conheço fala errado." Como da vez em que fomos acertar as coisas com Nigel, pensou Steve. Eu disse a Clasford que ele era um maldito *hippy*, e ele só conseguia dizer *ippy*, sem aspirar o *h*. Meu Deus.

"Todo mundo quer um carro grande, corrente grossa em volta do pescoço. Placas de ouro. Diamantes nas orelhas e nos dentes."

Steve virou-se para Richard e perguntou: "Para quando é que você quer?".

"Logo. Esta semana."

"Ótimo. Vou lhe dar uma amostra grátis. Um sinal de boa vontade. E vamos arranjar um negro. Clasford. Bom detalhe. Pode funcionar. Sabe como é: Demi. Tudo bem? Por que você não come um sanduíche de bacon?"

Os três homens estavam sentados no interior de um cassino particular (ou seja, ilegal), numa das pontas da Edgware Road. Para se chegar à sala dos fundos, era necessário atravessar um salão de beleza decadente e meio lance de escadas. O ambiente era de bandidagem londrina arraigada e da velha escola: o Jesster's servia de abrigo a velhos criminosos, vários tipos de filho da puta de carreira, e não era pouco estar ali no meio deles. Se não soubesse disso, porém, você podia olhar para o Jesster's e confundir o lugar com a sala de estar de alguma velhota indulgente: o bule de chá no balcão, envolto em seu abafador de babados, a velhíssima máquina de vender frutas que com certeza não funcionava com nenhuma das moedas correntes, os quadros na parede mostrando soldados e caçadores de raposa, e os quatro ou cinco velhotes sentados em torno da mesa, jogando não pôquer nem *brag* ou vinte-e-um, mas um derivativo estritamente local do *whist* que chamavam de *swizzle*. Steve Cousins tinha uma boa palavra para os velhos: costumava chamá-los de *resultados*. E Richard gostava de outras gírias que ele empregava, embora Steve quase sempre se limitasse à gíria rimada, coisa que Richard também usara em seus textos muito tempo atrás. A manhã ia pela metade. O Jesster's parecia um lugar totalmente inócuo. Richard, cujo sistema de alarme interno não estava funcionando como devia, sentia-se à vontade.

"Terry, meu amigo", disse Steve, aplicando-se em sua concentração. Contemplou sem piscar o rosto de Terry, que era de um amarelo profundo, como a casca de uma banana envelhecida, mas escurecido por inúmeras impurezas — manchas, sardas castanhas, sardas negras. "Estou entendendo você perfeitamente. Vocês querem o meu negócio, não é?"

"É. O pessoal quer o seu negócio."

Steve Cousins gostava de se imaginar o criminoso dos criminosos. Todo dia ele planejava o crime do século. Não precisavam ser crimes complicados e nem bem-sucedidos, porque não estava preocupado com *este* século. Estava pensando no próximo. O negócio de Steve era fácil — e dava dinheiro, à diferença dos outros crimes que cometia em grande parte recreativos (surras ferozes, por exemplo em pessoas a cujas bebidas adicionava drogas psicodélicas). O negócio de Steve era o seguinte: ele vendia cocaína e heroína aos clubes esportivos. Nada de esteróides, bolinhas ou drogas que mudavam o sexo. Cocaína e heroína. Os freqüentadores dos clubes esportivos tinham, por definição, um interesse profundo pelo corpo, e quase sempre estavam dispostos a levá-lo nas duas direções extremas. Em alguns casos, até chegar ao tratamento de desintoxicação. Steve tinha orgulho de seu negócio, fácil, seguro e regular; era bonito. Era bonito vender um monte de heroína para uma besta de um malhador de sunga, debaixo de um aparelho cheio de pesos.

"Por exemplo. Você podia mudar de fornecedor", sugeriu Terry.

"Vocês. Seus desgraçados. E onde é que isso vai dar, meu amigo? Vocês, os *quacks*. Quer dizer, para vocês, cortar de faca os filhos e as avós uns dos outros é só o começo. Coisa antiga. Hoje, tudo é papelada. Foi a esse ponto que nós chegamos. Das picaretas à papelada."

Richard estava pensando sobre a relação entre a história do crime moderno e a história dos armamentos modernos — ou a história da literatura moderna. A gangue A se amontoava numa garagem afiando suas facas. A gangue B aparecia com revólveres. E isso até a gangue C aparecer com carabinas. E aí a gangue D aparecia com metralhadoras. As velhas firmas, as novas firmas, depois os *yardies*, depois os *quacks*. A gangue Z. No mundo exterior, lá fora, a escalada terminava com — ou apontava para — as armas nucleares. Mas o que os *quackos* representavam mais parecia a Teoria do Caos. Eram assim, os *quacks*: um caos bem aparelhado. A mesma coisa que acontecia com a literatura, cada vez mais pesada e cabeluda, até finalmente acabar e chegarmos à era da *papelada*. De *Amelior*.

"Agora a gente está se entendendo."

"É, eu sei como é que esses entendimentos funcionam", disse Steve. "No fim, vocês acabam ficando com todo o meu dinheiro."

"Algum recado para o meu pessoal", disse Terry enquanto se levantava.

"Se eu quisesse mandar um recado para eles, sabe o que eu faria?"

O lábio superior de Terry se encolheu de antegozo.

"Mandaria você de volta para casa dentro de três táxis diferentes."

Os dois riram. E continuaram rindo, com uma rouquidão cada vez maior. Depois Steve se virou para Richard e eles combinaram o que iam fazer.

Meia hora mais tarde, quando estavam quase saindo, Richard disse:

"Eu só quero ver como é. A violência. Pode ser que não seja... a coisa mais adequada."

"Certo. A gente dá uns tapas nele. E você vê como é que funciona. Vai pensando no futuro. Só pensando. Ele tem amigos poderosos?"

"Uns dois." Richard deu o nome do financista — Sebby.

"Esse tem ligações", disse Steve. "Com a porra do *exército*."

"É, mas Gwyn é um babaca. Nunca vai descobrir nada."

E Steve disse: "Isso não é problema meu. Você tem lá as suas razões. Nada a ver comigo. Isso é uma coisa que eu respeito. Nada a ver comigo".

Richard achou que percebeu aonde todas essas alegações estavam levando. Podia abrir-se um pouco, ou podia limitar Steve Cousins à mera execução de tarefas.

"Tem a ver com as... ahn..., coisas que ele escreve..."

"Não, não." Ele não tinha pensado em nada a dizer, mas saiu muito depressa: "O filho da puta comeu a minha mulher".

"Cacete", disse Scozzy.

Gal Aplanalp ligou.

"Desculpe o atraso", disse ela. Estava sentada à sua mesa.

"Tudo bem", disse Richard. Ele também estava sentado à sua mesa.

Gal sempre tentava ser o mais direta possível com seus clientes. E contou a Richard a verdade nua e crua. No fim de semana anterior, tinha levado *Sem título* para casa, conforme prometera. Como uma agente literária antiquada, comera um jantar leve e se instalara na poltrona, usando um roupão e óculos de leitura. Na metade da página quatro, uma enxaqueca intensa — e ela nunca tivera enxaquecas, nem mesmo dores de cabeça — a fizera sair correndo para a prateleira de remédios do banheiro. Ainda tinha um galo, no lugar onde batera com a testa no espelho. Ela dormiu bem aquela noite, e acordou cedo. Na página sete, a enxaqueca voltou.

"Que coisa desagradável", disse Richard.

"Acho que agora não vai dar mais para mim." Gal precisava ler um romance, uma saga familiar de setecentas páginas escrita por um especialista em dietas, e arranjar-lhe uma editora até o fim da semana. "Vou dar o livro a Cressida, minha assistente. Ela é muito inteligente — não se preocupe. Vou ter um relatório pronto nos próximos quatro ou cinco dias."

Entre as tachinhas, os clipes de papel e os romances inéditos que coalhavam a mesa de Richard, havia uma caneca de água da torneira — água da torneira fervida e depois gelada (da maneira que Gina ensinou). Era o mais recente cuidado que ele tomava com a saúde: beber água o tempo todo, não em substituição mas além dos litros de café, dos copos de uísque e das cervejas de sempre. Beber água o tempo todo o ajudava na imensa tarefa da reidratação diária. Beber água o tempo todo não custava nada. E não fazia mal algum.

Richard afastou a caneca para um lado e ficou sentado com a testa apoiada na mão.

Meia-noite, e o furgão laranja estava estacionado na esquina de Wroxhall Parade.

13 estava sentado ao volante. Sozinho — só com Giro, que estremecia em pesadelos deitado em seu cobertor quadriculado. 13 exibia sua expressão caracteristicamente escandalizada: indício seguro de mais uma visita ao Tribunal de Marylebone. Fora condenado por perturbação da ordem. Em Ladbroke Grove. Numa noite de sábado. E era uma piada: só estavam se divertindo com as garrafas de leite. Garrafas de leite *vazias*. Dá para acreditar? Perturbação da ordem? Em Ladbroke Grove? Numa noite de sábado? *Que* ordem, porra?

Sacudindo a cabeça, 13 continuou olhando para a porta numerada. Steve estava lá dentro, conversando com Darko, e com Belladonna.

A frase, que, com um estranho fascínio, não tinha qualquer valor em si mesma, dizia: *E o bom menino e o mau menino entraram na floresta.*

"Muito bem", disse Richard — de roupão e sem ter tomado café: uma pilha de lixo nuclear. Eram oito da manhã. Gina e Marius estavam comendo seus cereais na cozinha, do outro lado do corredor. Richard sentia-se como um mineiro de carvão saindo do turno da noite, todo cinzento menos nos pontos onde brilhavam gotas frias de suor. "Muito bem. Agora, qual é a primeira palavra?"

Marco franziu o rosto para a página.

"...É", disse Marco.

"Ê...?"

"...u."

"Não."

"...ô."

"Muito bem."

"Dâ..."

"Não."

"Bâ..."

"Sei..."

"...ô."

"Isso."

"Mã..."

"Isso. E a palavra...?" Richard ficou esperando. "A palavra...?" E esperou mais. Depois parou de esperar e disse: *"Bom"*.

Examinavam agora a fortaleza da palavra número quatro.

"Mã", disse Marco. Depois disse "é". E "nã", e "i", e "nã". E bem depois, "ó".

"E então, Marco?"

"Moine", disse Marco.

"Meu Deus", disse Richard.

Na verdade, não sabia como o menino suportava ficar sentado em seu colo. Será que não conseguia ouvir a triste música sem melodia que tocava o tempo todo na cabeça do pai? Como acontecia muitas vezes, a presença de Marco de pijama (seu inocente amarfanhado sedoso) produzira uma ereção em Richard. Isso costumava deixá-lo inquieto, e lhe parecia algo que ele devia manter em silêncio. Mas ele era artista o suficiente para ter fé na universalidade de suas reações. Andou conversando com outros pais e descobriu que era verdade. Era geral — universal. Mas ainda lhe parecia uma coisa essencialmente pervertida. Quando pensava em

191

todas as outras ocasiões em que precisava ficar de pau duro e não conseguia. E neste caso, ele não precisava. E nem mesmo queria.

Assim eles passaram pelo *e* e o *o* de novo, depois por *mau* (uma, mua), e seguiram adiante (*menino* dessa vez deu certo, por alguma razão), atravessaram a dificuldade de *entraram* e esbarraram no penúltimo *na*. Marco ficou olhando para a palavra por mais ou menos um minuto e meio. A essa altura, Richard o tirou de seu colo. Já chegava: *floresta*, nem pensar. As florestas... as florestas, que em Dante, Spenser, Virgílio e Milton simbolizam as tentações da vida. O bom menino e o mau menino entram lá. Clareiras encantadas ou bosques fechados, lugares complicados ou lugares onde a complicação se dissipa — mas lugares onde seremos *testados*. Richard se perguntou se Gwyn, no decurso de suas experiências de infantilidade e espanto pueril, jamais lia da mesma forma que Marco: uma letra a cada vinte segundos. Como foi que Gwyn desenvolvera esse hábito? Talvez lhe tenha ocorrido automaticamente: nas horas das refeições do verme, por exemplo. Ou talvez ele só achasse que fazia bem aos negócios. Era um número que exibia aos entrevistadores que, cheios de admiração obediente, cuidavam de descrever o fenômeno. Gwyn, calando-se no meio de uma frase, pegando uma laranja na fruteira e então fixando nela o seu olhar. Gwyn parando na rua depois de sair do restaurante, fascinado por uma vitrine de brinquedos. E hoje, mais do que nunca esse tipo de atitude não tem mais cabimento, porque a laranja foi selecionada por algum idiota de guarda-pó e a loja de brinquedos não é mais um templo de maravilhas, e sim uma lixeira sincronizada de marqueteiros e publicitários... Gwyn, insuportavelmente, tinha viajado, ainda inteiro, para uma turnê promocional de dez dias pela *Itália*, onde, informou a Richard, o relançamento de *Amelior* tinha provocado "uma verdadeira convulsão". O único progresso efetivo que Richard poderia alegar foi ter encomendado, recebido, editado e encaminhado devidamente ao prelo uma resenha favorável a *Double dating*, livro da crítica feminista Lucy Cabretti, moradora em Washington, a sair em *The Little Magazine*.

Marco desceu de seu colo, e Richard largou o livro de criança. Por um instante, seu olhar pousou na última biografia que lhe tinham enviado: era do tamanho de um aparelho de som daqueles do Harlem. Richard esfregou a testa. Na noite anterior, sonhara com um clube no Ártico, onde mulheres eram devoradas como numa lanchonete, e onde velhos nazistas bebiam com monstros drogados...

Pesada e zelosamente, Richard subiu as escadas, para tomar banho e se vestir — vestir as roupas, ficar de pé com a cabeça baixa no pequeno cubículo enquanto a água caía. Uma olhada no espelho, ao acordar — as cicatrizes recentes debaixo dos olhos, os cabelos eriçados de terror —, o fizera abandonar, ou pelo menos adiar, seu plano imediato: seduzir a ensolarada Demeter Barry. E também o fizera pensar e murmurar: De onde eu vim? Onde é que eu *estive?* Não na terra do sono, não do sono que eu costumava ter, mas em algum outro terreno de testes, em alguma outra floresta. As florestas de *Comus* e de *The faerie queene?* Não. Antes as florestas que o menino selvagem deve ter conhecido: a clareira, as instalações de piquenique construídas e em seguida abandonadas ao apodrecimento, o lixo contemporâneo, a chuva, e à toda volta árvores que gotejavam pacientes, num pranto químico. A colcha, como sempre, tinha sido retirada por Gina. Richard ficou ali de pé, nu, olhando para o lençol nu, suas rugas, seu brilho úmido. A cada manhã deixamos mais coisas na cama: sem dúvida, o vigor, os amores passados. E cabelos, e lascas de pele: células mortas. O detrito arcaico estava sempre um passo à sua frente, fazendo sem humor seus próprios arranjos para reunir-se ao cosmos.

Richard começou a barbear-se. Uma mosca, uma mosca londrina, debatia-se e zumbia fracamente no pequeno cubículo cheio de vapor; as moscas londrinas são de um tipo determinado — gordas, lentas e, de outubro em diante, mortas-vivas. Richard barbeou-se. Percebeu que seus pêlos estavam ficando mais duros, mais rebeldes. Mas espere um pouco, pensou ele: eu *sou* jovem. Ainda tenho problemas de pele, cravos, espinhas, e, é verdade, até mesmo as espinhas grandes de antanho, daquelas que espirram no espelho (muitas vezes, seu rosto dava a impressão de ser uma espinha só). Ainda penso em sexo o tempo todo, e bato punheta sempre que posso. Ainda olho para o meu reflexo. Essa é a viagem que todos fazemos, de Narciso a Filoctetes, cujos ferimentos fediam tanto. Richard teve um sobressalto, como se tivesse se cortado. Com Gina, percebeu, estava agora num estado de ocultamento sexual. Não podia nem mesmo abraçá-la mais, porque os abraços levavam aos beijos, e os beijos levavam — os beijos levavam à pequena morte. Os poetas estavam errados quando disseram que o sexo tinha a ver com a morte. O que acontecia com *ele*, e não parava de acontecer, é que era sim a pequena morte. Como é que Gina passava as sextas-feiras? Ele parara de espioná-la. Ele perdera o direito de investigar. Meu Deus, e lá estava aquela mosca obesa, zumbindo e se debatendo fracamente entre suas pernas. Peluda, obesa e sem futuro, depois de viver além de sua estação. Quando Gina assistia a filmes que davam medo, cobria os ouvidos com as mãos. Não os olhos, mas os ouvidos. Richard não queria pensar naquilo. O que ele poderia cobrir com as mãos?

Por enquanto, passou os dedos no calombo que tinha na nuca. Só um cisto, é claro: ele era o tipo de sujeito com tendência a ter cistos. Dizendo-se que não havia razão para se preocupar com aquilo, Richard concluiu que conseguira fazer progressos palpáveis com sua hipocondria. Não sofria mais os pânicos periódicos do início da meia-idade, onde uma dor aqui ou uma pontada ali o faziam suspeitar, por algum tempo, que tinha esta ou aquela doença fatal. Tendo-se tornado capaz de lidar com suas dores e incômodos diários, já não era mais assaltado pela suspeita de ter contraído câncer, distrofia muscular, o vírus Ebola ou Lassa, um hantavírus transmitido por ratos, a síndrome do choque tóxico ou um estafilococo resistente aos antibióticos. Ou gangrena, ou lepra. Hoje, estava tomado pela certeza de ter todas essas doenças.

Aquela manhã, uma conversa fútil fora travada entre o sr. e a sra. Tull — será que nunca aprenderiam? — sobre a possibilidade de Marco sair de casa e fazer uma visita àquele lugar fabuloso, a escola. Afinal, sua temperatura mal ultrapassara os trinta e sete; só acordara duas vezes durante a noite, e cada uma delas por menos de uma hora. Só sentia dor num dos ouvidos. Só um de seus olhos estava colado de conjuntivite (o outro não estava tão mal, e até exibia, estranhamente, uma parte branca). Em torno das oito e meia, porém, num intervalo entre acessos de tosse, Marco conseguira vomitar seu café da manhã e podia ser ouvido gritando por socorro do banheiro enquanto Gina saía com Marius (perfeitamente uniformizado, embora com certo descuido, com a mochila contendo os deveres atualizados, a raquete de tênis de criança e a sacola com as roupas de futebol). Richard ficaria com Marco até as quatro e meia. Depois Lizzete chegaria, quando saísse por sua vez da escola. Eles pagavam um extra se ela tivesse de matar aula, e o dinheiro andava apertado.

Richard ficou pensando sobre Marius. De manhã, o gêmeo mais velho se aproximara dele, dizendo: "Papai? Você devia deixar essa história de claque". Marius muitas vezes trocava os erres pelos eles. Ele devia estar querendo dizer *crack*.

Feroz: aquele menino era feroz. E Steve Cousins também. E Richard estava disposto a defender o adjetivo; disposto a enfrentar todas as tentativas de dissuasão (de que não gostava — de que não gostava nem um pouco) por parte daqueles para quem feroz era apenas um sinônimo da moda para *selvagem* ou *indomado*. Oooh, ele *detestava* quando alguém dizia isso. Porque feroz era derivado não apenas de *ferus* (selvagem) mas também de *ferox*. E nem tudo que é selvagem é necessariamente feroz, e pode ser até gentil. E o leão pode deitar-se com o cordeiro. O leão pode e deve deitar-se com o cordeiro.

As pessoas que consultam dicionários o dia inteiro vêem sempre as palavras que ficam no alto das páginas — palavras que não gostam de ver. Sizígia, crapuloso, posteridade, esmegma, higiênico, distopia, dentifrício e *ferae naturae*.

Duas velhas senhoras que moravam na Calchalk Street faziam coisas estranhas por dinheiro. Velhas senhoras, portando o uniforme ovino do bem.

Uma delas se chamava Agnes Trounce. E sua aparência não era só de uma velha: tinha uma aparência classe média, confiável e bem de vida. Tinha a expressão benigna e suplicante dos diplomaticamente idosos numa cultura que valorizava a juventude. Normalmente, qualquer um pode cruzar com uma velha numa noite escura — com toda a equanimidade. Mas não conheço ninguém que pudesse querer cruzar com essa velha em especial, fosse a hora que fosse, quando ela punha em prática sua estranha maneira de ganhar dinheiro.

O alvo passa dirigindo. Sem nenhuma preocupação, como se diz. Embora ninguém que tenha idade suficiente para dirigir possa andar sem preocupação. Todo mundo está no limite de sua resistência à dor. Essa é uma das razões por que é tão fácil atingir as pessoas: nunca estão prontas para isso. Mais dor? Ninguém precisa disso. Ninguém acha que vai agüentar mais dor, até o momento em que ela chega.

De qualquer maneira, o alvo passa dirigindo, sentindo-se relativamente feliz, imensuravelmente mais feliz, com certeza, do que irá sentir-se dali a cerca de noventa segundos. Em retrospecto, esses derradeiros momentos irão parecer-lhe uma verdadeira idade do ouro. Então ficamos assim: ele, o alvo, não tem qualquer preocupação. Mas provações intensas e duradouras estão à beira de atingi-lo, trazidas por Agnes Trounce. Por muitos anos, também, ele irá recordar nesses momentos como a última ocasião em que seus poderes de concentração ainda funcionavam.

Então fico assim: o alvo vem dirigindo sem qualquer preocupação. Pode até estar assobiando. Talvez esteja ouvindo música; e, como está ao volante, seu espírito está totalmente concentrado na cidade... Ele chega ao fim da transversal e reduz a velocidade ao se aproximar do sinal luminoso que guarda uma rua preferencial. Está anoitecendo, e o banho de sangue do crepúsculo se espalha pelos telhados. Não, está mais escuro, e já é quase noite fechada. À sua frente, antes do sinal vermelho, há um Morris Minor com frisos de madeira, o mais inofensivo dos carros. O sinal vermelho espalha uma advertência arterial: depois vira âmbar; depois verde. Aí o Morris Minor dá marcha à ré, bate no carro dele — e empaca.

A sra. Agnes Trounce, viúva, sessenta e oito anos de idade, com um chapéu de velhota e um xale cinza e branco (um toque especial), desce exaltada de seu carro e toma o rumo do alvo com os olhos benévolos e suplicantes. Ele também desce de seu carro. Bem, essas coisas acontecem. Mas é de espantar como as pessoas conseguem ser impacientes e intolerantes nessas circunstâncias. Nada de "Oh, meu Deus — mas não se preocupe!". Não. É "O que é que você pensa que está fazendo na rua, sua velha idiota?". E isso torna tudo mais fácil para Agnes Trounce. Porque nesse momento os dois jovens, dois rapagões que até então se escondiam no banco de trás do Morris, revelam de repente seus corpanzis em plena rua. E aí é "Você bateu no carro da minha mãe!". Ou, se ela estiver usando um elenco negro, "Você bateu no carro da minha avó!". Ou "Você chamou a minha avó de velha idiota?". Agnes Trounce volta para seu Morris emoldurado em madeira e vai embora. E a cabeça do alvo, a essa altura, está sendo sovada e imprensada entre a porta e a carroceria de seu carro. Foi só uma briga entre motoristas que escapou do controle e sabe como é que são as pessoas, quando discutem por causa dos seus carros.

A outra velha que morava na Calchalk Street tinha setenta e dois anos, pesava cento e cinqüenta quilos e fornecia alívio sexual pelo telefone. Chamava-se Margaret Limb. Sua voz era rouca e cansada, mas também aguda e musical, até mesmo virginal, com a pressão de todo aquele peso por trás dela. O canto de sereia de Margaret Limb conseguia atrair executivos de chumbo para fora de seus úmidos quartos de hotel em noites escuras. Narrativa infindável de gordura, ela passava os dias estendida num sofá, fazendo as palavras cruzadas mais simples e falando sacanagens. Na outra ponta da linha, os homens se arqueavam e estremeciam com sua música.

Qual dessas duas velhas você preferia encontrar, numa noite escura?

E agora há uma coisa muito triste em que precisamos pensar.

O Sol vai ter morte prematura, no auge da vida, falecendo com a idade de cinqüenta e três anos! Pode-se imaginar algumas das frases dos obituários. Ao fim de uma longa luta. Sua carreira brilhante. A perda trágica. O mundo ficará menos interessante...

Pensando no lado bom das coisas, porém (e Satã, quando o visitou, achou o Sol "brilhante além de qualquer descrição"), estamos falando aqui de anos *solares*, e não anos terrestres. Um ano solar é o tempo que o Sol leva para completar uma órbita da Via Láctea. E é um tempo bem comprido. Por exemplo, uma semana solar atrás, o homem emergiu aos tropeços das florestas da África. Herbívoro, bípede — ereto mas nada sapiente. Quatro meses solares atrás, os dinossauros dominavam a Terra. Um minuto solar atrás, estávamos em plena Renascença. Tendo acabado de comemorar seu vigésimo quinto aniversário, o Sol ainda estará conosco por muitos anos solares.

Mas não chegará à velhice avançada. Previsivelmente, de algum modo (não vemos a mesma ocorrer todo dia?), o grande declínio será pressagiado por uma atividade hipermaníaca (basta olhar pela janela e ver os sujeitos que passam correndo pela rua), por uma reafirmação frenética de seus poderes que já foram infinitos mas agora estão a ponto de desaparecer. O déspota condenado não quer deixar nada atrás de si: sua decisão, portanto, é estiolar a Terra.

Primeiro virão os ventos solares. Os seres humanos não são capazes de imaginar qual seja o poderio do vento solar. Mas podemos tentar, imaginando um furacão final constituído não de vento, mas de objetos pesados — como caminhões, casas e navios de guerra.

Ao longo de sua vida na seqüência principal, o Sol nunca pôde ser acusado de ser pequeno ou frio. Todo mundo sabe que o Sol é grande e quente. Ser grande e quente sempre foi sua especialidade. Agora, portanto, ele fica maior ainda e ainda mais quente. Abandona a seqüência principal. A anã amarela se transforma numa gigante vermelha.

Neste estágio, só restam ao Sol cerca de dezoito meses (solares) de vida — no máximo dois anos. Com uma ira necrótica, Cronos consumiu seus filhos. Agora ele recua, se encolhe, enrodilha-se sobre si mesmo e morre, uma anã branca, como tudo que morre, cristalizado, amargo e sepulto.

Parece que o universo tem trinta bilhões de anos-luz de largura, e que cada centímetro dele nos seria letal se conseguíssemos chegar lá. Esta é a posição do universo em relação à vida humana.

"*A história da humilhação crescente*, caros senhores, vem sendo escrita." "Por favor, não se exaltem. Já consegui chegar ao ponto onde o caro Denton sai de Repton e vai para o Goldsmith. Ele não viveu muito mesmo, por isso o fim já está mais ou menos próximo." "Senhores: Não se preocupem! O gelo e o azul-cobalto da Sibéria estão cada vez mais próximos." No palheiro da mesa de Richard (onde ele jamais conseguiu encontrar a agulha), entre seus planos, seus sonhos e suas muralhas de pedra, seus cinzeiros, suas xícaras de café, suas canetas de ponta de feltro já secas e seus grampeadores vazios, havia vestígios e rendimentos de outros livros: livros sobre os quais nada disse a Gal Aplanalp; livros encomendados mas inacabados, ou nem mesmo começados. Entre eles, uma biografia crítica de Lascelles Abercrombie, um livro sobre os *salons* literários, um livro sobre a homossexualidade na literatura inglesa do início do século xx com referências especiais a Wilfred Owen, um estudo da etiqueta na ficção, sua metade de um livro ilustrado sobre paisagens (sua metade deveria ser uma meditação em vinte e cinco mil palavras sobre "The garden", de Andrew Marvell), e uma biografia crítica de Shackerley Marmion... Richard decididamente não ia à Sibéria. Mas de qualquer forma os outros livros lhe pareciam iguais à Sibéria: risivelmente adversos. Havia colônias de leprosos na Sibéria. Richard passara uma semana lendo a respeito. Só de pensar nos leprosos da Sibéria ele ficava com frio — não por causa do clima, mas do isolamento. Os leprosos siberianos, com todo seu *pathos* e toda a sua desgraça; e também perdidos no tempo, porque ninguém jamais se aproximava do mundo deles e assim jamais o mudava, e lá continuava ele, imóvel, preservado no gelo. O que o atraiu no caso dos leprosos siberianos? Por que ele se sentia um leproso siberiano? Nem toda a Sibéria era assim; nem tudo lá era quarentena e *gulag*, nem tudo era um fim amargo. A Sibéria tinha ursos, e até tigres.

Ele releu a carta impaciente e educadamente ameaçadora dos editores — sobre a Sibéria e a viagem de Richard até lá.

"Eles só podem estar brincando. Não vou para lá nem por um caralho."

"Você disse um palavrão": era Marco, que meio entrou no escritório, apoiando-se na porta num abraço inclinado.

"Eu não vou, Marco. Não podem obrigar seu pai a ir."

"Quem?"

"A Birthstone Books?"

"Aonde?"

"À Sibéria."

Marco absorveu a notícia. Afinal, para ele aquela era uma conversa perfeitamente comum. Seu rosto se preparou para dizer alguma coisa agradável — alguma coisa, talvez, sobre não querer que seu pai fosse a lugar nenhum; mas ele escondeu o rosto, com timidez. É lá que eu vou acabar, pensou Richard. Depois que Gina for embora, e depois que Anstice se cansar de mim. É entre os leprosos da Sibéria que eu hei de viver. Imaginou que faria bastante sucesso, na colônia, e que teria direito e até razões de sair olhando com desprezo para os menos afortunados, pelo menos no começo, até sucumbir ele também.

* * *

Kirk saiu do hospital e Steve foi visitá-lo: ver como ele ia. Kirk era seu lugar-tenente. Era quem usava a força bruta.

Ficaram sentados juntos, assistindo a um vídeo, Steve de capa, Kirk no sofá, com um cobertor. Seu rosto ainda parecia uma pizza: carregada na lingüiça.

Era um vídeo normal que estavam assistindo. Polícia e ladrão. Ou FBI e assassinos seriais. Steve assistia a tantos filmes pornográficos, e a tão poucas outras coisas, que tinha alguns problemas psicológicos para assistir a vídeos normais. Sempre que um homem e uma mulher ficavam sozinhos numa sala, ou num elevador, ou num carro de polícia — Steve não conseguia entender por que não começavam a rasgar logo as roupas um do outro. Qual era o problema deles? Os olhos desfocados de Steve se desviaram. Na prateleira dos livros, acima do console da TV, ficava a modesta coleção de vídeos eróticos de Kirk: sempre com mulheres atléticas de peitos enormes. Steve conhecia bem a concepção que Kirk tinha de eros: cem quilos de loura nua — numa cama elástica.

"É isso?", disse Steve, referindo-se à condição geral de Kirk e aos planos imediatos que tinha para sua carreira.

Kirk o dispensou com um aceno de mão.

"E Beef?", disse Steve.

"Beef", disse Kirk, deixando cair seu rosto em retalhos — com suas rodelas de cebola, suas anchovas.

Viu? Ainda sofrendo. Beef fora sacrificado por Lee, irmão de Kirk — depois de atacar pela terceira vez a filha de Lee. Depois veio o ataque de Kirk a Lee em retaliação. E logo a nova hospitalização de Kirk.

"Kirk, meu amigo. Você não vai a lugar algum, não é?", disse Steve, levantando-se. "Dê lembranças à sua mãe."

Ninguém ainda tinha escrito um romance chamado *Quacko*. E com razão. O romance não teria início, meio e nem fim — e nenhuma pontuação. Um romance decididamente ordinário.

Jamais existira um romance chamado *Quacko* e jamais haveria uma guerra das drogas. Guerra? Cai na real. "Cai na real", murmurava às vezes Steve Cousins, quando via, em seus vídeos pornográficos, mulheres cujos seios não haviam sido cirurgicamente realçados. "Cai na real. Cai na vida", murmurava ele, ao ver os seios irretocados, sem cicatrizes por baixo. "Meu Deus. Cai na vida." E agora era isso que *ele* precisava fazer. Precisava cair na vida. *Tirar* a vida: era uma coisa que ele sabia fazer. Algum velhinho numa cabana velha, no meio da porra da chuva... Havia decididamente uma pessoa a menos no planeta, graças a Scozz. Só que tirar uma vida e cair na vida eram iniciativas muito diferentes. Mas não opostas, julgava Steve Cousins.

Como um músico capaz de improvisar a noite inteira, a vida amorosa sobre pernas inventa constantemente a partir de tudo que cruza seu caminho. Assim também o casal Tull, Richard e Gina (esses veteranos do fingimento e do *catch* sexual), enfrentando o novo desafio, apelaram para seus poderes de extemporaneidade. Depois de cada tentativa, depois de cada prova da impotência dele, era para as *desculpas* que Richard canalizava seus poderes criativos. E o talento de Gina para a compaixão também não deixava de ser exigido por todos esses fracassos e abandonos, porque, afinal, ela precisava ficar deitada ali, ouvindo tudo, consolando Richard e dando-lhe sugestões (isso, aí... Ééé, bem aí).

Nas primeiras semanas — ainda estavam tímidos e verdes, num período de estudos da situação — exploraram o tema do *cansaço*; e depois tornaram a explorá-lo. Por exemplo, em "acho que estou meio cansado" e "acho que deve ser o cansaço" e "você só está cansado" e "deve ser o cansaço" e "acho que estou muito cansado" e "você deve estar muito cansado" e "*tão* cansado". E ficavam deitados lado a lado, bocejando e esfregando os olhos, avançando sempre pela sinonímia da fadiga: morto, exausto, caindo aos pedaços, esgotado, pregado, acabado, estourado, liqüidado... Em matéria de desculpa, o cansaço era claramente funcional, extremamente versátil e atlético; mas ninguém podia esperar que pudesse continuar sendo usado para sempre. Depois de algum tempo, o cansaço evoluiu para o tema irmão do *excesso de trabalho*, e depois buscou a luz e o espaço da *pressão*, do *stress* e da *ansiedade*.

É claro que hoje já podiam contemplar tudo aquilo com um certo humor amargo. Seus temores, sua inibição, tudo isso ficara para trás. Hoje em dia, com quanta ousadia Richard se estendia, com quanta amplidão, em suas desculpas! Problemas circulatórios, infância infeliz, crise da meia-idade, buraco na camada de ozônio, contas a pagar, superpopulação; como era eloqüente ao franzir o rosto, falando dos problemas de aprendizado de Marco, ou da nova mancha de umidade no teto da sala. (Às vezes ela gostava de explicações puramente físicas: estômago embrulhado, joelho ralado, cotovelo de tenista, dor nas costas.) Havia decepções, naturalmente. *Resenhas de livro*, por exemplo, foi uma coisa que nunca funcionou, apesar do claro apelo de elementos como *prazos*, *cortes do editor* ou *pagamentos atrasados*. Richard não sabia por que, mas não conseguia pôr a culpa de seus males em Fanny Burney, Thomas Chatterton ou Leigh Hunt. Por outro lado, a *frustração artística*, e mais especialmente a tensão associada a *Sem título*, foi um tema que se mostrou embaraçosamente fértil. Gina acreditava nessas bobagens — ou pelo menos *dava a entender* que acreditava. A melhor de todas, sem dúvida (e sem concorrência), era *a morte do romance*, não como causa de preocupação geral (Gina não se importaria com o fim do romance), mas pela maneira como isso afetava pessoalmente a Richard. O Fim da Ficção, o apagar das luzes da arte de Richard, o arremesso de seu bastão nas águas geladas: porque não podiam se dar a esse luxo. *Isto* funcionava. Não pela primeira vez, e não sem alguma sinceridade, Richard sentiu pena dos caretas da vida, dos civis, dos unidimensionais, de todos os não-artistas do mundo, aos quais não era dado usar a arte como desculpa.

De qualquer maneira, já deixara tudo aquilo para trás. Não precisava mais dar desculpas. Porque não se aproximava mais dela. E ela não se aproximava mais dele.

Assim, Richard estava agora onde imaginava ter muita vontade de estar: no sofá da sala grande da frente, perto da esquina de Wroxhall Parade, à luz ilícita do anoitecer. E não só isso, mas Belladonna também estava a seu lado, e também estava, num certo sentido, mais do que nua. Quando ele foi para a cama com Anstice daquela vez, Richard de alguma forma se convenceu de que estava fazendo aquilo "por Gina" — por seu casamento, por sua virilidade abalada. E o resultado foi ótimo, não foi? Com Belladonna, o argumento interno era muito mais complicado (e mais difícil de acompanhar). Se Richard conseguisse dormir com ela, muitos benefícios seriam é claro transferidos para Gina, que poderia colhê-los satisfeita na cama marital, no momento que mais lhe conviesse. Além disso, não era culpa dele — era culpa da morte. Todo homem sensível tinha direito a uma crise de meia-idade: quando descobria com certeza que ia morrer. E se não tivesse uma crise de meia-idade, isso também era uma crise de meia-idade. Finalmente, a presença de Richard naquela sala não passava de mais um lance no grande jogo da ruína de Gwyn. Ele estava ali a serviço da informação. Já tinha tudo planejado.

Belladonna estava a seu lado. Nenhum dos dois dissera nada por três ou quatro minutos. Richard disse a si mesmo que aquele silêncio compartilhado, mantido por um período de três ou quatro minutos (uma eternidade desenraizante), era uma prova clara de como deviam estar relaxados. O rosto dela estava meio desviado. Com a pele suave e luminosa, ela fumava, concentrada, com um ardor de comunhão consigo mesma.

"Andei pensando", disse Richard, com um sorriso fraco e tímido, "sobre o que eu prefiro."

Não era exatamente verdade. A coisa que Richard preferia, a essa altura, levaria oito horas apenas para resumir, quanto mais realizar. Ainda bem para ele que a sala estava ficando mais escura, porque assim ele podia olhar para ela sem uma lubricidade inevitável e intrínseca. Porque Belladonna estava usando uma malha pintada que representava — o corpo; o corpo nu de mulher. Ao contrário dos mamilos, que eram rosados e borrachudos, o tipo de mamilo que um bombeiro podia carregar em meio às suas ferramentas, o triângulo do púbis, na opinião de Richard, era representado com muito gosto: um delta econômico de pinceladas escuras. Ela era definitivamente mais jovem do que ele. Ele era um modernista. Ela era o que veio depois.

"Como assim, o que você prefere?"

"O que eu prefiro."

"O que você prefere do quê?"

"Sabe como é. O que você falou da outra vez. A coisa que revela muito sobre a pessoa. A coisa que todo mundo tem. Uma coisa que prefere."

Ela virou-se para ele: uma caricatura da nudez. Não havia impaciência em sua voz — só dúvida. "Que tipo de coisa?"

"O que você disse. Uma dança e..."

"Parei com isso."

"Ah. E agora você faz o quê?"

"Só faço a coisa que *eu* prefiro."

"E que é?"

"Tudo."

"Tudo?"

Belladonna contemplou o espaço e disse, sem ânimo: "Você faz em mim e eu faço em você. Depois papai e mamãe, depois eu por cima, depois por trás. E depois o resto todo. Quanto tempo você tem?".

Richard não olhou para o relógio. E não se perguntou quantos anos tinha: porque a resposta era noventa e cinco. Esses ritmos, esses ritmos de pensamento — ele não conhecia aqueles ritmos, e não tinha jeito. Sua voz rachou e quase chegou à senilidade quando ele disse: "Preciso estar em casa dentro de meia hora".

"Assim não dá. Eu preciso disso só para começar." Ela estendeu a mão para a bolsa. Outro cigarro? Não. Entregou-lhe uma folha de papel (uma folha impressa, um relatório de perdas em código: arabescos impressos por computador, marcados aqui e ali com uma caneta amarela de sublinhar), e disse: "Meu exame de sangue. Você disse que ia me levar à casa de Gwyn".

Tudo no seu devido tempo, meu bem. "E vou. E vou." Ele se levantou. Richard antes achava que as moças de hoje em dia podiam preferir os homens mais velhos por razões higiênicas. Bastava olhar para a mulher dele, e pensar: *Ela* ainda está andando. E *ele* ainda está andando. Mas só isso. E ele disse:

"Acho que eu só levo se você..." Ele oscilou, e se apoiou no braço do sofá. "Se você me contar tudo. E se você perguntar o que *ele* prefere."

"Certo, Richard. Eu prometo."

Ele ficou parado na esquina de Wroxhall Parade. Do outro lado da rua, no *playground* cercado de correntes, uma figura grande e muito agasalhada guinchava sozinha e sem prazer no pêndulo do balanço; parava, e depois recomeçava, num ritmo mais lento porém não menos desesperado... Na noite anterior, Richard sonhara que estava tendo um caso amoroso infeliz com seu filho Marius. "Vamos parar", dissera Marius. E Richard dissera: "Isso mesmo — vamos parar". E Marius dissera: "Porque, papai, se continuar, isto quer dizer que você é inadequante".

Inadequante. Ah, que *beleza*.

* * *

Gal Aplanalp ligou.

Logo de saída, foi dizendo que tinha uma coincidência infeliz a contar.

Richard ficou sentado, esperando. Não se sentia nada resistente. Seu ouvido direito ainda doía da hora que acabara de passar com Anstice. E depois Gwyn, recém-chegado de sua viagem, ligara para uma entusiástica celebração do calor, da generosidade, da erudição e do discernimento dos italianos — e de como eles se mostravam dispostos a comprar, em quantidades sem precedente, um romance chamado *Amelior*.

"Pode contar", disse Richard.

Na terça-feira, explicou Gal, sua assistente, Cressida, tinha ficado em casa para se dedicar a *Sem título*. E assim Cressida não foi trabalhar na terça-feira. E também não foi na quarta, e nem na quinta. Por quê? Porque no meio da manhã de terça-feira, e na metade do primeiro capítulo de *Sem título*, de uma brevidade anômala, Cressida sofrera um ataque de diplopia, ou visão dupla — sério o suficiente para seu médico suspeitar de um caso de (você vai gostar dessa) "embaraço vascular" ou até, muito possivelmente, uma lesão orgânica do sistema nervoso central. Cressida? Estava ótima. Fazendo apenas coisas leves, e descansando bastante.

"O que eu vou fazer é mandar uma cópia para Tobby Middlebrook, na Quadrant. Ele tem o gosto adequado e um catálogo bem desse tipo. Tanto Cressida quanto eu — nós duas achamos que *Sem título* é evidentemente um romance difícil e altamente ambicioso."

"Até onde ela chegou? Cressida."

Gal sempre tentava ser o mais franca possível com seus clientes. E disse a ele: a página nove.

Ele se despediu. Desligou o telefone. Abriu um espaço para os cotovelos e ficou sentado ali algum tempo, com a cabeça apoiada nas mãos.

"Grossa merda", disse Steve Cousins (para si mesmo e para o velho que estava levando dez minutos para atravessar a rua: a faixa zebrada se estendia à sua frente como uma pista de atletismo). Virou em Floral Grove e entrou em Newland Crescent. Quando chegam a esse ponto, o melhor era que morressem logo. Número sessenta e oito: parou o carro. Era a casa de Terry — o *Quack*. Scozzy não estava procurando o próprio Terry. A casa, no caminho de Wimbledon, era sem dúvida o último lugar onde alguém deveria procurar por Terry. Ele devia estar num clube em algum lugar, ou estragando algum negócio em algum refúgio dos *quackos*, ou debaixo da saia de alguma negra no apartamento que tinha em cima do cassino em Queensway. Aqueles cretinos queimando fumo: os rolos de fumaça saindo dos narizes como se seus crânios estivessem pegando fogo.

Duas crianças, duas meninas usando vestidos floridos e trancinhas apontando para cima, estavam brincando no jardim ao lado, revestido de macadame: balanço, trepa-trepa, escorrega. Debaixo de árvores debulhadas. Essa cena não lembrava a Steve nada de seu passado. Cuidado, meninas: lá vem mamãe. Cozinhando de macacão com a cara enfiada no vapor. Agora está gritando pela janela da cozinha. Já vou... Steve estava no Cosworth com a saia de corrida rebaixada. Girou o pescoço: 13, dormindo no banco de trás. O que ele terá feito na noite de ontem? Deve ter roubado um ônibus de dois andares e feito uma viagem de ida e volta até a Escócia. Os triângulos do rosto de Scozzy — o eqüilátero, o isósceles, o escaleno — se agitaram e se recompuseram.

"Eu sou contra a violência gratuita", costumava dizer Steve. O que não era verdade, o que todos bem sabiam não ser verdade. Um de seus apelidos era Gratuito.

"Meu Deus", disse 13.

Steve se virou: pode voltar a dormir... Richard Tull, inteligente? Steve conhecia atacadistas que tinham acabado de chegar de Oxbridge, ou por ali. Vinte e dois ou vinte e três anos, e já comandando uma tropa que se estendia por quase dez mil quilômetros, tendo na folha de pagamento capitães do exército do Afeganistão, diplomatas japoneses e agentes da alfândega britânica. *Isso* era inteligência. Isso era *organização*. Com as drogas, com o abastecimento, você tendia a continuar sem parar nunca, até explodir feito um carrapato abarrotado de sangue. E todas as formas de diversão não passavam de uma chatice. Levando em conta seu ramo de negócio, a prudência recomendava ter a crise da meia-idade aos vinte e nove anos. E agora? Ele tinha dinheiro. Mas não conseguia imaginar-se tomando o caminho habitual. Abrindo um bar em Tenerife. Preparando coquetéis e exibindo vídeos recebidos pelo corrreio com os jogos de futebol da Inglaterra. Hoje é provável que tudo seja diferente. Eles têm a *Sky*.

Filhas desobedientes, desobedecendo à mãe. A garotinha estava mostrando à irmã menor um truque no escorrega. Pular bem do alto e pousar de bunda já a meio caminho da descida. Mas falta confiança. Na cabeça de Steve: uma perda de concentração seguida de mudança de assunto. Parou de pensar em como fazer para atingir Terry e começou a pensar em como fazer para atingir Gwyn.

É claro que Gwyn tinha estacionamento próprio. Era difícil fazer alguma coisa a alguém na garagem de sua própria casa, com todas as janelas abertas olhando para você. Estacionamento próprio: em certas circunstâncias, era uma coisa vital à longevidade do homem urbano. Para não falar da úlcera ou do câncer que você deixa de adquirir, por passar duas horas por dia à procura de uma vaga para enfiar a porra do carro. Talvez pudesse pegá-lo na saída do Westway Health and Fitness Centre. Mandar Wesley, ou D. Gwyn dobra a esquina — e D. cai em cima dele. Uns duzentos quilos de crioulo atropelando um branco a vinte e cinco quilômetros por hora. O homem só pode cair. Tudo isso caindo em cima de você, passando por você: você tem de cair. E aí, bem: seja o que Deus quiser.

Pegou seu celular e ligou para Clasford. E disse: "Clasford? É hoje à noite, amigo". E então acrescentou, após uma pausa: "Não. Você vai ao cinema".

"É?", disse Clasford com cuidado.

"Um filme com Audra Christenberry. Uma história comovente sobre um grupo de crianças mandado para o interior durante a guerra. E você pega o homem no banheiro."

E Clasford só disse: "Meu Deus".

As meninas entraram para o chá. Atrás dele, uma sirene da polícia começou a tocar lembrando o grito de um comediante homossexual: OOuuuu. Steve deu um de seus bocejos agoniados. Ligou o motor e engatou a primeira. Bem aí, uma *freira* apareceu na frente do carro e, enquanto Scozzy suspirava e esperava, parou para examinar alguma mancha ou descoloração em seu imaculado avental branco. Ela olhou para ele. Por um instante, os dois virgens se encararam, com a ferocidade de todos os virgens.

"Grande merda", disse Scozzy enquanto saía com o carro.

"Audra Christenberry trabalha no filme. Você gosta dela, não gosta?"

"Mas por que ela trabalha no filme? Achei que se passava na Inglaterra."

"Ela é atriz", disse Richard. "Eles dublam a voz. O que é que você quer, uma cerveja?"

Gwyn disse: "Quero um campari com soda".

"Não. Uma cerveja para você. É o que eles tomam no País de *Gales*, não é?"

"Pode ser. E a que horas começa?"

Voltaram ao encontro das mulheres levando as bebidas. Um gim-tônica para Gina. Uma água mineral para Demi. Ela disse que não se dava bem com álcool. E Richard agora sabia o quanto aquele desacordo podia ser violento. Demi também era a exceção num outro sentido, porque Richard, Gwyn e Gina tinham passado pelo menos um ano, no total, no Slug and Cabbage, com Gilda, sem dizer palavra, completando o quarteto. Hoje, os dois casais quase nunca eram vistos juntos. Richard precisara prometer que ia se comportar.

"O que está havendo com o seu romance?", perguntou Gwyn. "Você está bem, meu amor?"

Demi estava com uma aparência ótima. Pareceu a Richard que ela conseguia até exalar a placidez que os *pubs* gostam de ver nas mulheres. Gina, é claro, sabia de tudo em matéria de *pub* — conhecia bem o conforto e o tédio. As portas estavam abertas para o tráfego noturno de Notting Hill Gate. Junto com as nuvens de fumaça de cigarro, dos vapores e humores do *pub*, do cheiro de empadão e do arroto fermentado de cerveja, havia ainda a exalação dos carros, como uma rede cinzenta que chegava à altura das mesas. Do lado de fora, na calçada, só agitada de leve pelos pequenos ciclones de lixo, os rodamoinhos de restos, havia várias caixas de papelão cheias de alimentos comidos pela metade — refeições abandonadas por pressa ou nojo ou vômito mesmo. Acima, as pregas do céu reluziam com celulite. Richard combateu uma onda de náusea e disse:

"Está com Tobby Middlebrook, na Quadrant. Gal disse que ele achou o livro muito ambicioso. O que é desencorajador."

"Mas é ambicioso mesmo, não é?"

"É? Não sei."

"Mas é o que você queria, não é?"

"Eu não — o que você escreve nunca deve ser exatamente o que você quer escrever. Você precisa se sentir *pressionado*. De alguma forma."

"Pois todo o processo me parece totalmente natural. Tão natural... quanto o parto."

Em qualquer metáfora que ligasse a criação literária à parturição — não, Richard não ficaria bem. Onde se enquadrariam os seus romances? Não eram natimortos. Eram mais como esses bebês que as pessoas preferem deixar escondidos: sacos escuros na plataforma de embarque. Mas essa maternidade em especial era primitiva e remota, e rejeitava seus mortos com um temor supersticioso; você próprio tinha de carregar a coisa morta de volta para casa, embrulhada em jornais velhos. Richard superou uma segunda onda de náusea. A primeira dera uma impressão de fragilidade, e de pouca duração; a segunda deu uma impressão projétil em sua força tácita. Seria nervosismo? Seria dor? Ele achou que não — nenhum dos dois. Era apenas a proximidade da violência.

"Você tem algum plano?", disse Gina. "Alguma coisa que não tenha contado para a gente?"

Richard (que vinha olhando para os sapatos de Gwyn) achou que Gina estava falando com ele. Mas não. Estava falando com Demi, que agora sacudiu a cabeça com um sorriso rápido e sem brilho.

Gwyn disse: "Você já viu alguma coisa mais bonita?".

"Do que o quê?"

"A minha dama..."

"Pare", disse Demi.

"Ah, ela ficou envergonhada! Eu adoro quando ela fica corada assim. Mmmmm." Ele prolongou o murmúrio, absorto. "Mmmm. Não vamos ao cinema. Vamos para casa fazer amor. Nós vamos para casa. Vocês vão para casa. E todo mundo faz amor."

Richard disse: "Mas é bom — eu já comprei as entradas — é bom sair de vez em quando do palácio e se misturar ao seu povo. Como se você fosse um deles. Disfarçado". E isso pareceu, e era, uma referência amarga às roupas novas de Gwyn, que ele já descrevera devidamente para seus ouvintes: casaco de camurça avermelhado (Milão), borsalino marrom (Florença), sapatos cinza-claro (Siena). "Acaba logo com isso. Mais uma cerveja. Depressa."

"Mas eu nem comecei essa direito."

"Só falta a metade. Acaba logo."

"Assim eu vou passar o filme todo no banheiro."

Ótimo. É a melhor coisa que você faz, pensou Richard. Enquanto ajudava Gina a vestir o casaco, ela sussurrou em seu ouvido: "Eu *detesto* esse sujeito". Richard franziu o rosto, balançou a cabeça, e sentiu-se quase vingado...

Durante a primeira meia hora no escuro, ele teve grande dificuldade em controlar seus pensamentos. O filme não tinha a menor importância — quem o dirigiu, se era japonês ou preto e branco. Isso só importava antes. O filme precisava ser do tipo que Gwyn, sempre obediente, se vocês se lembram, aos percursos e meandros de seu verme, dizia atualmente ser do seu agrado. E era realmente o tipo de coisa de que Gwyn gostava: inocente, rural, inquieto. Um filme histórico sensível sobre um grupo de adolescentes inteligentes e prolixos que são transferidos de Londres para Cumberland durante a blitz alemã — quase uma premonição cinematográfica de *Amelior*. Richard, se estivesse prestando atenção, teria achado o filme insuportável. Mas não estava assistindo. Não assistiria mesmo se fosse o tipo de filme de que *ele* gostava: um desses banhos de sangue de um bilhão de dólares. Ele não estava assistindo. Sentadas entre os dois romancistas, e sem jamais olhar para baixo, infantilmente, as mulheres dividiam um saco de pipocas.

As figuras solitárias de homens sentados nos cinemas estão sempre cercadas, pensava Richard, por uma intensidade particular de louco ou mongolóide. O que são? Cineastas de rosto franzido? Vagabundos? Os cinemas andavam caros demais para os vagabundos ficarem fazendo hora em suas cadeiras. Richard sabia que, quando fosse um vagabundo, haveria muitas coisas que lhe seriam mais necessárias do que ficar fazendo hora num cinema. Se a platéia estivesse lotada, a identidade do público teria sofrido algum tipo de colapso gravitacional, transformando-se num ser único, como uma turba. Mas o Coronet só estava com um quarto dos lugares tomados, frouxamente sarapintado com cabeças plantadas sobre pescoços e ombros, e a fotografia do filme era escura (porões bombardeados, acampamentos sem lua), de modo que parecia a Richard que todas as pessoas à sua volta eram negras, ou estavam em negativo; depois de algum tempo, imaginou que todas as pessoas nas fileiras adiante da sua estavam sentadas de frente para ele, com as cabeças viradas para trás, como demônios caribenhos; pouco depois, imaginou que suas nucas eram na verdade seus rostos, ocultos pelos cabelos.

Após quarenta minutos, finalmente aconteceu. Richard teve o complicado prazer de se levantar para dar passagem a Gwyn — o famoso Gwyn, maritalmente feliz, com o tronco dobrado para proteger sua bexiga reconhecidamente fraca. Lá foi ele por entre as cadeiras, virando à direita junto ao palco e seguindo sua sombra por uma superfície verde: um campo, uma fileira de árvores, um céu noturno. Ninguém o seguiu. Um velho o seguiu. Richard parou de olhar. Ficou olhando o filme. Assistiu a uma cena de cinco minutos sobre a preparação de um cozido (a mulher de um sitiante mostrando a Audra Christenberry como é que se fazia) sem o menor interesse. Mas seu corpo fervilhava de afeto, como se estivesse assistindo a alguma outra coisa: o clímax de um filme de mistério sem mortes — *Estranhos num trem*, *Um corpo que cai*, *Psicose*.

Passou-se algum tempo. Houve um período de transição durante o qual, sem dúvida, as mulheres supuseram subliminarmente, com aprovação, que Gwyn estivesse enfrentando o duro e universal desafio da defecação. Levando adiante a mesma premissa — na verdade, ao mesmo tempo que Demi e Gina —, Richard ficou imaginando a busca de um esvaziamento completo por parte de Gwyn, que ficasse cada vez mais complicada e dolorosa; ao cabo de quinze minutos, o processo adquiriu dimensões quase augianas. Depois veio um interlúdio de provação localizada: Richard, tendo acompanhado Gwyn copo a copo, também estava precisando ir ao banheiro. A necessidade era aguda e ácida — tão aguda e ácida quanto sua curiosidade.

"Com licença", disse ele, e se levantou.

Era um desses banheiros de cinema cuja promessa e cujo cheiro o levavam a subir rampas e escadas que depois davam voltas e se aprofundavam como as galerias de um antigo aeroporto, ou de uma cidade mitológica — a construção contorcida de imortais enraivecidos. Richard continuou a andar pelas entranhas do prédio, passando por saídas de incêndio e por baixo de tetos inclinados, até a penúltima porta, com uma cortina de material flexível, como uma válvula interna, dar a impressão de admiti-lo e excluir tudo o mais, e lá estava a porta com a palavra — HOMENS — no final dos degraus tortuosos... Fez uma pausa, ouvindo. E só percebeu o eterno gorgolejar dos banheiros, agudo e ácido, como os rumores de seus odores. Lentamente, empurrou a porta. O banheiro admitiu sua entrada e depois tornou a fechar-se.

Seu primeiro pensamento foi de que ele, *Richard*, tinha desaparecido. Tinha à sua frente um arranjo de aparelhos de banheiro (uma fileira dupla de privadas, uma dupla de rolos de toalha nas paredes, uma dupla de luzes fluorescentes no teto), de tal modo que a intuição exigia que houvesse um espelho no meio. Mas não havia espelho algum: só um par de cada coisa, as contrapartidas sempre opostas. Richard fechou os olhos com força e depois tornou a abri-los. Não havia espelho, e portanto não havia reflexo; e ele era momentaneamente um vampiro, desprovido de seu simulacro natural, e temendo a morte pela água corrente. Palpavelmente, o banheiro do Coronet fora a cena de uma catástrofe gástrica muito recente: mas não fora a cena de mais nada. Andando de lado, ele se abaixou rapidamente para olhar por baixo das portas dos cubículos: nenhum movimento trêmulo de veludo marrom, nada de torturados sapatos cinza-claro. Richard ficou decepcionado e Richard ficou aliviado. Dirigiu-se para o mictório e estava inclinado para a frente, respirando fundo (procurando a ponta de seu fecho ecler) quando uma voz lhe disse:

"Isso aqui está cheirando bem."

E a mente de Richard, que estava sempre à procura da dor, teve o tempo de ficar ofendida com isso, teve o tempo de entender aquele comentário de maneira pessoal, como se fosse uma referência sarcástica a ele próprio. A ele, e não ao incrível cheiro de merda que o cercava. Ele se virou.

"Espere aí", disse ele. "Não sou eu."

"Eu saí. Para pegar um pouco de ar fresco. Eu disse a Demi. Você não notou que eu levei meu chapéu? Cá entre nós, eu voltei ao Slug para mais uma cerveja."

"Cá entre nós. Não foi um campari com soda?"

"Tomei uma cerveja."

"Qual foi o problema do filme?"

"Estava me dando no saco, aquela história toda de celeiro. E as vacas, batendo umas nas outras o tempo todo."

"Mas você devia gostar dessas coisas. O campo. Nada de sexo. Discussões civilizadas. Nada acontecendo."

Do lado de fora da janela do escritório, a clematite estava tingida de amarelo e dourado — o outono, e os cigarros de Richard. Ele quase sempre fumava com a cabeça para fora da janela, com o rosto virado para cima, a fim de poupar os pulmões de Marco. Do lado de fora, os pássaros ainda se agitavam e batiam as asas, e cantavam. Os meandros, as espirais escorregadias de som. Vamos supor que todos os pássaros sejam como os papagaios, e só aprendam seu canto com o que ouvem: aqueles trinados eram imitações de regatos da montanha, da queda lenta do orvalho por entre as árvores. E agora o papagaio saíra da floresta e estava no poleiro de um *pub*, gritando "Merda!". Agora as cotovias e os rouxinóis do lado de fora da janela pareciam máquinas. Fazia frio do lado de fora. Agora que tinha quarenta anos, temia o frio. Agora que tinha quarenta anos, alguma coisa animal nele temia o inverno.

Era domingo, e os meninos vagavam soltos por todo o apartamento. Marius passou por ali. Entrou no escritório, se aproximou e examinou cuidadosamente o rosto do pai.

"Ai", disse ele.

"É, é."

Richard saiu do escritório e sentou-se à mesa da cozinha pressionando uma costeleta de porco meio descongelada contra o olho. Ao atravessar essa curta distância, passou do controle de Marius para o de Marco. Através de duas portas abertas e da largura do corredor estreito, Marco ficou olhando para o pai sentado ali, em mangas de camisa e gravata-borboleta cor de ameixa, mas ainda com os chinelos peludos xadrez. Como tantas outras vezes, Marco pensou em perguntar ao pai, com espanto súplice, por que seus chinelos, à diferença dos dos meninos, desperdiçavam a oportunidade de exibir a figura atraente de algum personagem de revista em quadrinhos, ou super-herói da TV — ou de um simples animal. E papai também não estava se dedicando à tarefa óbvia e compensadora de ler as costas do pacote de flocos de milho... Com as pálpebras em fogo, seus cabelos esparsamente agitados pela brisa fria que vinha da janela aberta, Richard estava sentado ali de forma plenamente realista: tentando tratar-se. Mas para Marco (que o olhava, como vocês hão de se lembrar, com seu próprio único olho bom) Richard parecia lembrar uma figura de desenho animado: estava cercado pelo zumbido profundo e fraco da eletricidade. Se saísse andando e caísse de um precipício ou de um parapeito, poderia voltar, contanto que se virasse depressa e movesse as pernas em alta velocidade; se alguém o atingisse na cabeça com um martelo, apareceria um galo pontudo e vermelho que logo depois tornaria a descer. Marco, é claro, estava enganado: nos dois casos, seu pai teria morrido instantaneamente com o choque. Mas ele estava certo quanto à eletricidade. Da vez em que Richard bateu na cabeça de Marco com as costas da mão, no momento em que tudo começou a acontecer — quando o livro de Gwyn chegou dançando à lista dos mais vendidos (e a velocidade de sua carreira adquiria o momento necessário para que desse a partida), e Richard dançava, e dava arrancos —, era como se um fio elétrico viesse desde Holland Park até a Calchalk Street, trazendo dor elétrica de um homem ao outro.

A doença, os dias de verão passados em casa, a condição de irmão mais novo e uma consciência de que, só por ser quem era, causava ansiedade e exasperação — e um cansaço desesperado — em seus pais (ele compreendia, mesmo nos maus momentos, que não era ele que eles detestavam, mas as coisas dentro dele que o faziam tossir e arder em fogo brando e eflorescer, e chorar à noite depois que os sonhos o deixavam inconsolável; ele *era* inconsolável; não tinha como ser consolado): tudo isso tornara Marco mais vigilante, mais sensivelmente atento, que um menino de seis anos normalmente necessitaria ou teria motivos de ser. Os adultos não lhe eram estranhos. Não eram distantes, totalmente autônomos e vivos apenas na medida em que conseguiam manter intatas suas redomas de dor e prazer. Ele sabia que os adultos também eram pequenos, e empurrados e puxados por muitas forças. Marco conhecia gente grande. Muitas vezes passava com eles o dia inteiro e toda a noite... E agora Marco teve a idéia de dar a seu pai um pouco de prazer, ânimo ou conforto. Um beijo, talvez, na testa? Uns tapinhas restauradores no ombro? Quando se levantou, porém, decidiu regalar Richard com uma piada.

Sentindo sua aproximação, Richard levantou os olhos de *The proverbial husbandman: a life of Thomas Tusser*. O rosto erguido do menino, com um dos olhos bem aberto, os lábios apertados, prometendo diversão.

"Toc toc."

"Quem bate?"

"Não sei."

"Quem, não sei?"

"Ooh, você está fedido!"

"...Não achei muita graça, Marco."

"Eu *achei* que não era ele. Mas ele parecia que estava esperando. Foi isso."

"E o que você fez com ele?"

"Dei-lhe um cacete. Primeiro precisei pegar ele."

"Ele saiu correndo? Meu Deus. E você disse alguma coisa? Deu a impressão..."

"Disse, sim: 'Você me chamou de chefe'."

"O quê?"

"Isso: 'Você me chamou de chefe, seu merda'."

"Mais alguma coisa?"

"Sim. Depois de dar um cacete nele, eu disse: 'Não me chame de chefe'."

"Não me chame de chefe."

"É. 'Nunca me chame de chefe.' Sabe como é. 'Nenhum filho da puta nunca me chama de chefe.' "

Steve estava tentando imaginar Richard chamando Clasford de chefe. "Clasford. Quando foi a última vez que alguém chamou você de chefe?"

"Não sei. Quando eu tinha uns três anos."

"Pois é. Se cuida, chefe."

Ele guardou o celular no bolso e estacionou o Cosworth. Aquilo tudo só servia para provar que a cidade era mais segura que o campo. As árvores eram mais perigosas que as ruas. A cidade era como a opinião pública mundial — ela forçava as pessoas à contenção. Os campos não continham ninguém. Por que vocês acham que as pessoas são esfaqueadas *cinqüenta e sete* vezes? Por que vocês acham que as pessoas são mortas com *trinta e nove* pancadas na cabeça? Tendo a oportunidade (a privacidade, o isolamento), as pessoas não param. É a... justiça ao inverso. Hoje, Steve não ficaria surpreso se tivesse ouvido que Gwyn — ou, na verdade, Richard — estava sendo submetido a uma profunda cirurgia craniana, e condenado a comer de canudinho pelos próximos nove meses. Você dá o primeiro tapa; depois começa a pensar que foi mesmo destratado. A porrada de antes só serviu para justificar a porrada que virá depois. A porrada que vem depois só serve para justificar a porrada que veio antes. O que conteve Clasford não foram suas instruções estritas — mas a cidade. É preciso ser rápido: as luzes, os passos. De repente, Steve pensou na *freira* que tinha visto, no caminho de Wimbledon. As freiras usavam botinas de bruxa e nenhum cosmético, além do cosmético da ausência de sexo.

Agora Steve Cousins passou pela câmera de segurança, pelo porteiro, pela câmera de segurança e o monitor da câmera de segurança; entrou no elevador e subiu, subiu até o alto, com as vigas e os blocos de cimento do prédio passando por ele em velocidade; depois saiu, atravessando o campo da câmera de segurança e enveredando pelo corredor tubular. Exceto as duas coberturas, os seis apartamentos duplex e os catorze quarto-e-salas (e ainda havia outras distinções hierárquicas, que tinham a ver com a elevação e o panorama), o apartamento de Steve era exatamente igual a todos os outros do complexo. Uma equipe de arquitetos recebera a ordem de sonhar os sonhos do executivo contemporâneo, e conferir a esse sonho o peso do concreto e do aço: economia de linhas, espaço público/espaço privativo, dinamismo combinado com um repouso duramente conquistado. Depois disso, que cada indivíduo imprimisse sua personalidade — se tivesse. Mas todos temos. Não temos? A sala de estar dupla de Scozzy, a principal área da casa onde sua personalidade deveria manifestar-se, tinha quatro cantos: um canto de exercícios (pesos, aparelhos), um canto do computador (os processadores de informação habituais), um canto de leitura (almofadas, uma mesa baixa de vidro em que se empilhavam vários clássicos niilistas), e um canto de vídeo (uma TV de tela plana do tamanho de uma janela, a negritude elegante e opaca dos videocassetes, a pilha de controles remotos, mais um verdadeiro Canaveral de decodificadores). Haveria uma verdade daquela sala? Num certo sentido, tudo ali era para ser visto, como um cenário — apesar de ninguém nunca ir até lá. Steve tirou as roupas. Em casa, andava sempre nu. Em casa, sempre cheirava a comida antes de pô-la na boca (a boca: ele sabia que seus maxilares, tipicamente, projetavam-se por sobre as arcadas dentárias). Em casa, ele ficava parado balançando ao vento, monotonamente, insuportavelmente, hora após hora. Em casa, muitas vezes pensava em renunciar de todo à fala. Será que fazia essas coisas quando era um menino selvagem? Ou só as fazia agora: agora que tinha *lido* sobre meninos selvagens? Tudo de que parecia lembrar-se, de seu período de menino selvagem, era ter ficado deitado debaixo da porra de uma sebe. Na porra da chuva.

Nu, seguiu para o canto do vídeo. E aí se sucedeu uma série de ativações. Mergulhou no couro frio de uma grande cadeira de balanço. Na tela, formou-se lentamente o torso congelado de uma mulher. Scozzy ficou olhando, com aprovação, com reconhecimento; dava para ver as cicatrizes por baixo dos seios, as marcas do trabalho do cirurgião: selos de aprovação. A mulher, como o homem que olhava para ela, estava sozinha. Mas era ele que era virgem. O menino selvagem nunca fizera aquela coisa selvagem (e ele tinha suas teorias sobre aquilo tudo). Quando ele assistia a vídeos pornográficos, às vezes pensava que estava procurando quem ele queria ferir. Scozzy apertou *play*. A moça se livrou dos restos de sua camiseta, estendeu as mãos com as unhas de três centímetros e, com selvageria, justapôs seus seios refeitos.

Três dias depois, quando o olho de Richard abandonou suas experiências com o espectro visível — parou de tentar ser amarelo ou violeta e se tornou, indiscutivelmente, um olho roxo —, outra coisa adquiriu definição em sua cabeça: ele se levantou da mesa da cozinha e atravessou o corredor. No chão da sala, Marius estava mostrando um truque de cartas a Marco, no crepúsculo outonal da Calchalk Street, com os móveis adquirindo os fantasmas da indefinição e o som dos passos sobrevivendo milagrosamente à sua ascensão desde a rua, lá embaixo... O truque de cartas, Richard sabia, tinha envolvido Marius em longos preparativos. Com o baralho nas mãos, desaparecera no banheiro por cerca de quinze minutos. Mas agora estava pronto. Sua idéia era contar uma história. Num dos extremos dos truques de cartas, uma atividade que se desenvolvera fanaticamente, como todas as outras, havia espetáculos de uma hora de duração com enredos tão complicados quanto o de *Little Dorrit* (que, se vocês se lembram, gira em torno de alguém que deixa dinheiro para a filha mais nova do irmão do guarda da amante de seu sobrinho: Little Dorrit) e com uma combinação de tema e padrão que aspira ao arquitetônico, ao proust-joyceano. O truque de cartas de Marius era antigo, grosseiro e muito conhecido, o que só o prejudicava. Mas Marco não o conhecia. Era conhecido como "Os quatro valetes", e contava uma história simples de sobrevivência urbana.

"São quatro valetes. Está vendo?", disse Marius, mostrando a Marco os quatro valetes formando uma tira vertical — por trás da qual se escondiam de maneira desprezível as três cartas do truque (um nove, um cinco, um três — simples plebeus). "E eles resolveram assaltar uma casa."

"A nossa casa?"

A periferia da visão fixa de Marco lhe dizia que seu pai estava na sala, de pé junto à porta. Eternamente, reconfortantemente, Gina estava sentada junto à janela, tricotando, com as pernas cruzadas em resposta ao ângulo das agulhas.

"Não. *Esta* casa", disse Marius, apontando as quarenta e cinco cartas restantes. "Um dos valetes vai para o porão." Marius enfiou a primeira carta escondida no fundo do baralho; e depois enfiou a segunda e a terceira, dizendo: "Um valete entra no primeiro andar. E outro no andar de cima". Fez uma pausa, pensando. "E o quarto valete vai para o telhado, para ficar vendo se a polícia chega." Com uma perícia razoável, colocou os quatro valetes juntos, como se fossem uma só carta, no alto do monte. Marco assistia a tudo com um interesse drogado. "E aí a polícia chega! Uóóó. E o valete do telhado grita para os outros: 'A polícia!'. E todos eles correm para cima. Um valete, dois valetes, três valetes, quatro valetes."

Os ombros de Marius relaxaram: a tensão ausentou-se dele. "Brilhante", disse Gina. Marius deu um sorriso modesto e ergueu os olhos para Marco — e o olhar suplicante de Marco.

Marco disse: "E *então?*".

Richard transferiu o peso para a outra perna. Ele também estava pensando numa história: "O alef", de Jorge Luis Borges. Sobre um objeto mágico, o alef, que sabia tudo: como a Máquina do Conhecimento. Sobre um poeta terrível, que ganha um prêmio grande, uma dotação substancial, por seu poema terrível. "Espantosamente", escreve o narrador, "meu próprio livro, *As cartas do jogador*, não recebeu um voto sequer." Richard ficou ouvindo o blues sem música que tocava em sua cabeça. Nada daquilo jamais o deixava em paz, e tudo sempre lhe lembrava aquilo.

"E então o *quê?*", disse Marius.

"E *então?*", disse Marco.

"...Nada!"

"A polícia pega eles? O que foi que eles roubaram? Para onde eles foram?"

"Marco."

Sim. Porque Marco era sempre assim. Marco. Tão diferente de Marius, que estava tão firmemente estabelecido no mundo, que sempre procurava e identificava distinções (aquilo era uma franja, aquilo era uma bainha; aquilo era um precipício, aquilo era um desfiladeiro; aquilo era uma arranhão, aquilo era um corte), que já aderira à grande aventura humana da classificação. Naquela tarde, esperando começar uma resenha de um único parágrafo sobre uma biografia de setecentas páginas, *L. H. Myers: the forgotten*, ele passara uma hora com seu maltratado dicionário analógico, à procura de um sinônimo elegante para *grande*. No meio de sua procura, Gal Aplanalp ligou. "Você não vai acreditar", começou ela... Enquanto Marco seria capaz de acreditar em qualquer coisa. Ele queria acreditar em tudo. Nunca queria que história alguma acabasse. Fora sugerido, por um jovem neurologista, que era por isso que Marco chorava à noite: por causa da interrupção da narrativa dos sonhos, ou apenas pelo fato de que os sonhos acabavam.

"*Marco*", disse Richard. "Quero conversar com você no escritório. Agora."

O menino pôs-se imediatamente de pé. Aquilo nunca acontecera antes, mas Marco parecia saber o que fazer. Só quando saía da sala, virou a cabeça para olhar para a mãe e o irmão. Suas pernas nuas pareciam mover-se mais depressa que de costume, também, não com finalidade, mas como se ele estivesse sendo firmemente empurrado ou impulsionado por trás.

Uma vez eu estava deitado numa cama baixa num quarto ao qual uma criança fora convocada — em que um menininho seria denunciado e interrogado. Assim, eu estava no mesmo nível dele, a um metro do chão. Eu próprio já denunciei crianças e vi as cabeças, com seus cabelos fartos e finos, inclinadas em contrição. Mas quando se fica no mesmo nível delas é que se vê que na verdade elas ficam olhando tristes direto para a frente, erguendo os olhos apenas em reflexo obrigatório para confrontar o fogo catártico da ira parental. A acusação é apresentada, a confissão é obtida, a sentença é imposta. Olhando em frente, os dentes da criança — dentes de leite, talvez, ou encavalados, retorcidos, à medida que os grandes vão suplantando os pequenos — se arreganham e aparecem, numa expressão involuntária de sofrimento. As crianças quase sempre fizeram alguma coisa. O que foi que Marco fez?

"Dois dias atrás", começou Richard, "anteontem, você disse — disse uma coisa que me deixou muito magoado. Marco?"

Marco ergueu os olhos.

"E eu quero saber o que você estava querendo dizer com isso."

Richard estava de pé por trás da sua mesa. Levantou o queixo, e Marco pôde ver os calombos e arranhões de seu pescoço, os padecimentos com o barbeador, o volume móvel do pomo-de-adão, o brilho enviesado de seu olho danificado.

"Foi a coisa mais dura que você já disse para mim. A vida toda."

Os ouvidos de Marco ouviam agora o rugido silencioso da vergonha e da torpeza. Ergueu os olhos uma vez, e depois continuou a olhar com tristeza bem em frente. O escritório estava tomado pelo crepúsculo, mas parecia mais escuro para o menino, cujo mundo se encolhia e se dobrava lentamente sobre si mesmo.

"Você disse", falou Richard, respirando fundo, "que eu fedia."

Marco ergueu os olhos, cheio de esperança. "Não", disse ele. Porque o pai, na opinião dele, *não* era fedorento. Tabaco, roupas quase nunca lavadas, uma certa dificuldade misteriosa do corpo: mas não fedorento. "Não disse não, papai."

"Ah, disse sim, Marco. Disse sim. Você disse que eu cheirava" — e aqui ele tornou a erguer o queixo, e a laringe se contraiu — "a cocô."

"Não disse."

"Não sei quem é", citou Richard. "Ooh, você está fedido!"

"...Mas era uma *piada*. Era uma *piada*, papai." Marco não se limitou a apelar para a palavra, e praticamente se atirou a seus pés. "Era uma *piada*."

Richard ficou esperando. E depois disse: "Mas eu cheiro ou não? A cocô".

"Foi uma piada, papai."

"Eu cheiro a quê?"

"Nada. Cheira a você. Foi uma piada, papai."

"Desculpe. Não diga nada à mamãe. Diga que não fez o dever de casa, ou alguma coisa. Vem me dar um beijo. E me perdoa."

E Marco obedeceu.

Por volta das onze e quinze daquela noite, os gêmeos, em suas camas geminadas, estavam tendo uma conversa longa, sussurrada e intendenciosa (tangerinas, um novo supervilão, pistolas d'água), e já começavam a pensar em encerrar os trabalhos daquele dia. De qualquer maneira, seus silêncios começaram a se estender mais, seus bocejos se tornaram mais musicais e vagos. Marius, em particular (sempre o que tendia primeiro a encerrar as coisas), estava deitado de lado com as duas mãos enfiadas nas calças do pijama. Estava entregue às suas fantasias noturnas de resgate. Seu pai, àquela idade, tomando de empréstimo tudo de que precisava de qualquer gênero disponível, estava conduzindo dançarinas adultas para dentro de gôndolas saindo das paredes de pedra negras e gorgolejantes de uma fortaleza numa ilha. Marius enfrentava lasers e raios de partículas, interpondo-se entre os tiros e uma sucessão de moças alienígenas usando roupas justas e túnicas de cor pastel em paisagens de sonho de desenho animado que passavam por trás ou por dentro dele, assim como a pista iluminada é assimilada pelos monitores da cabine de comando do avião quando ele aterrissa. Rolou de costas e perguntou.

"Por que o papai chamou você?"

Marco pensou um pouco. Reviu o rosto de Richard e todos os cálculos perturbados passando por sua expressão. Viu-o num outro dia, a cabeça inclinada, cheirando as pontas dos dedos. E noutro dia (de acordo com o consenso geral, um dia péssimo: pedia-se silêncio em todos os quartos e salas), o pai sentado à mesa da cozinha, com uma carta aberta nas mãos, e fumando um cigarro amassado. Marco disse:

"Ele acha que cheira a merda."

Chocado mas em geral satisfeito, Marius virou-se de lado. Passou-se um tempo.

"Ele chorou", disse Marco, e acenou subitamente com a cabeça no escuro.

Marius estava dormindo. As palavras ficaram no ar. Marco ficou a ouvi-las.

Aquela manhã com Anstice — oh, meu Deus — naquela manhã, quando ele acordou nos braços de Anstice, ou ao lado dela, ou na cama dela, que era pequena, ele ficou deitado de costas, contemplando o mundo do adultério. O teto era uma figura bastante adequada para a situação, da maneira como tinha manchas agrupadas perto dos cantos (o laranja-claro da água represada, da podridão), deslocando-se furtivamente para o centro, de onde pendia o fio descoberto da luz. Ele estava cercado de massa saturada de solidão, por todos os lados. Ele sentiu medo, e pena: tinha saudades do *status quo ante*. Oh, a maneira como as coisas eram... Richard só tinha uma coisa a que se aferrar — uma migalha de consolo: seu completo fracasso sexual, na noite anterior. Aquele fiasco: como ele se aferraria àquilo! Espere só até ele chegar ao *pub* e contar aos rapazes... De repente, Anstice levantou-se da cama. Quase tão bruscamente quanto Gina — quando Marco chorava.

Os adúlteros às vezes se levantam bruscamente da cama. Mas ninguém sai da cama tão bruscamente quanto as mães. Richard fechou os olhos. Ouvia o chicote do rabo-de-cavalo de Anstice enquanto ela atravessava o quarto. Quando ela voltou, trazia uma caneca de chá para ele, uma caneca escura e sarapintada como a pedra de Cotswold, suas rachaduras cobertas e recobertas com o resíduo de um milhão de conteúdos solitários. Um dia, aquele resíduo chegaria às bordas, e a caneca ficaria morta, repleta de seus próprios sedimentos, e Anstice enfim estaria pronta.

O tom dela, e sua escolha das palavras, o surpreenderam: "Você foi muito safado ontem à noite".

"... Como assim, safado?"

Ela o contemplava com uma repreensão confortável. "Você tomou cuidado?"

"Oh, sim", piscou-lhe Richard, sempre cavalheiresco, mesmo quando era safado.

"Eu te amo", disse ela.

Ele sentiu a tentação de deixar-se cair naquilo tudo — de deixar-se cair na vastidão de seu erro. E lá, fazendo cócegas em suas narinas, estavam suas mechas rebeldes de penugem junto às orelhas e suas sobrancelhas desordenadas. Richard ficou comovido, a seu modo. Acariciou o pescoço dela; por baixo do roupão grosseiro, seus dedos encontraram a tira macia que prendia ao ombro dela alguma coisa mais suave e escorregadia. Olhou. Era cor-de-rosa. Richard entendia de notas de recusa; entendia de negligência; entendia as pessoas que não tinham razão para se manterem limpas. E aqui estava Anstice: com sua combinação. Nas mãos, ele sopesou a base de seu rabo-de-cavalo, como a junta de um membro com os tendões inchados. O xarope de Anstice, acima da combinação cor-de-rosa. Para lavar aqueles cabelos, seria preciso levá-los a um lava-carros automático. Ele fechou os olhos e viu um cachorro enfiado numa banheira, tremendo de medo, sua massa corpórea aparentemente reduzida à metade pelo abraço do pêlo molhado.

E Richard ficou comovido, a seu modo. Ficou tão comovido que tentou ser novamente safado. Mas novamente não funcionou. Tentou tudo que sabia poder agradar a uma mulher. Tentou forçar a penetração, ajudando com o polegar. Tentou dobrar ao meio. Mas dobrar o *quê* ao meio? E não se esqueceu de arquejar e tossir no ouvido dela. Dez minutos disso e depois ele escorregou para o lado e caiu deitado de costas. E Anstice sussurrou.

"Tudo que dizem é verdade."

Por um momento, ele ficou surpreso e até aliviado por aquele sarcasmo impiedoso. Mas à medida que ela falava sem parar a respeito, ficou claro que ela confundira totalmente, mais uma vez, a tentativa com o feito. Será que isso poderia ser visto como um progresso — outra maneira (melhor, mais gentil), para os anos da maturidade? Gina conhecia a diferença entre a palavra e o feito. E, é verdade, seria com certeza muito mais tranqüilizador se ela não soubesse. Provavelmente, perto do final da vida, universalmente, não *houvesse* qualquer diferença.

E não havia a menor diferença no que dizia respeito à culpa. Se Gina descobrisse, ele sabia o que ela haveria de fazer (ela o avisara várias vezes): Gina retaliaria à altura. Richard virou a cabeça. Na cadeira que ficava ao lado da cama de Anstice havia uma pilha dos romances que ela consumia, ao ritmo de dois ou três por dia. De antes da guerra, encadernados em tecido. Românticos, sérios: escritos por mulheres. Seus nomes — todas as Susans e Henriettas — nunca ocorriam mais de uma vez. Era ficção amadora, para um público leitor em extinção. Um romance cada uma: o romance que todo mundo supostamente carregava em si.

E Anstice disse: "Obrigada, meu querido. Agora eu já posso morrer. E agora", acrescentou ela, com uma expressão franzida de responsabilidade. "Qual é a melhor maneira de contar tudo a Gina?"

Richard às vezes tentava antropomorfizar o Sol e os planetas — ou sistemassolarizar seu círculo imediato. Nunca conseguia chegar muito longe.

Gina era a Terra: a mãe-terra.

Vênus era a Estrela da Manhã e também a estrela Vésper. Vésper talvez fosse Belladonna. A Estrela Matutina era Demi.

O cometa de Halley só podia ser Anstice, só que ela fazia sua aparição pelo menos uma vez por dia em vez de uma vez a cada vida, uma aparição cheia de detritos, gelo, com seu rastro cometário de cabelos de louca.

Seria Gwyn Júpiter, a estrela próxima, pequena demais para dar início à ignição de seu fogo nuclear, ou já seria o Sol?

Seria Steve Cousins Marte, o planeta da guerra, ou seria simplesmente Mercúrio, o mensageiro, trazendo informações do outro lado?

Por mais que tentasse, Richard nunca conseguiu achar uma boa analogia para os meninos. Quando eles brigavam, o que era comum, os satélites marcianos, Fobos e Deimos, serviam bem: o Medo e o Ódio. Em geral, porém, quando eram obedientes, ou pelo menos estavam quietos, e em algum outro lugar, quando eram apenas pontos luminosos — os Gêmeos Celestes.

Ele sabia quem *ele* era. Ele era Plutão; e sua arte era Caronte.

Gina era a mãe-terra. Bipolar, sublunar, circunsolar.

S teve Cousins foi andando até a geladeira, que disparou num gorgolejar competente assim que ele abriu a porta: uma despensa de luz. Pegou uma garrafa plástica de suco de laranja. Talvez apreciasse uma uva? Não. Não gostou da aparência da casca nem de seu brilho adesivo: *noir*, viscoso, como a mancha de uma bebida pegajosa, como as ruas de Londres à noite. Dando de ombros, escolheu uma uva do cacho; apalpou-a e cheirou-a; comeu-a, e lambeu os dedos. E não haveria qualquer problema se a uva, o suco de laranja e a geladeira fossem dele — se fosse a cozinha dele. Mas era a cozinha de Gwyn. Era a cozinha de Demi. Ele estava na casa deles.

Eu disse que não ia entrar, ainda não. Mas aqui estou eu. Não dá para controlar Steve. A vida toda, muita gente tentou controlá-lo, e não conseguiu. E eu não consigo. E Richard Tull também não conseguirá. Antes de sair da cozinha, ele deu uma olhadela na lata de lixo. Peixe no jantar. Sexta-feira: católicos.

Scozzy entrou pela porta da frente. Dependendo sem gratidão, como todos nós, de tecnologias que não compreendia, utilizou um minimaçarico elétrico e depois uma chave-mestra. Depois daquilo, o sistema de segurança dos Barry passaria a ser da geração seguinte: era o mesmo princípio da corrida armamentista. Ele estava usando um paletó esporte e calças de lã grafite. Nada de macacão de atletismo. Todo mundo trabalhava de macacão de atletismo. Sair de macacão de atletismo às três da manhã era a mesma coisa que levar um saco nas costas e usar uma meia enfiada na cabeça. Saiu da cozinha. Sentou-se ao pé da escadaria principal e tirou o paletó e os sapatos. Vamos logo. Você não quer topar com a babá quando ela descer na cozinha para tomar um chocolate. Ou (um inesperado cada vez mais provável: já lhe acontecera duas vezes) outro arrombador entrando pela janela de macacão de atletismo. Deixou as roupas arrumadas numa pilha perfeita, como que pronto para ir à escola.

Por pouco mais que um sentido de obrigação profissional, fez um rápido circuito de inspeção do andar térreo. Nunca usava lanterna, preferindo confiar em sua visão noturna, uma preciosa herança de seu período de menino selvagem. Mas ao final de algum tempo cansou-se de tropeçar de um lado para o outro, esbarrando nas coisas, e pegou uma vela, em seu pesado castiçal, no aparador da sala de jantar. Como todos os ladrões modernos, entendia um pouco de antigüidades (13 contou que, na prisão, mal dava para entrar na sala de TV na hora dos programas sobre móveis e coleções) e até entendia um pouco de pintura. Como identificar o que não valia nada, por exemplo: qualquer coisa com cachorros ou mais de um soldado de uniforme. Steve já assaltara lugares mais ricos, lugares que eram verdadeiras caixas-fortes forradas de tapetes de seda. O que encontrou aqui, porém, foi uma coisa que nunca vira antes: a feminilidade em grande escala. O mundo feminino era um mundo um tanto acolchoado, como um *boiler* dourado envolto num edredom. Na sala de trás ("sala íntima", pensou ele) havia um nicho em forma de arco contendo uma televisão. Ele ficou satisfeito, até mesmo lisonjeado e comovido, por ver uma televisão — a prova de uma condição humana comum. Toda casa, por mais pobre que fosse, possuía aquele quadrado cinzento e morto. Havia uma pequena estante para os vídeos, com toda uma seção dedicada às participações televisivas de Gwyn Barry, com etiquetas escritas à mão: "Falando sobre livros: Gwyn Barry". Ou *As sete virtudes vitais, 4: O amor conjugal*. Abafou um forte impulso de roubar aqueles vídeos — ou mesmo de assistir a eles. Eram uma fraude. Aquela casa toda era uma armação. Apagou a vela, saiu para o corredor e subiu as escadas aos saltos, sem fazer qualquer barulho.

Sempre que entrava nas casas daquela maneira, havia uma coisa que era capaz de fazer com seus sentidos: conseguia emiti-los em todas as direções, como ondas de radar, cobrindo toda a casa; na volta, eles lhe diziam se todos ainda estavam dormindo. Assim como todas as mulheres, até as meninas mais novas, até mesmo as velhas, ou as enfermeiras, parecem ter na cabeça um *interruptor* que dispara ou apita a cada noventa segundos, à procura do som de um choro de bebê, os sentidos de Steve Cousins, enquanto ele trabalhava, iam produzindo relatórios detalhados, sempre disponíveis para a consulta regular da consciência. Chegando ao primeiro andar, ele hesitou, abrindo ainda mais seus olhos já adaptados à escuridão. Acima dele, um espírito adormecido procurava uma mudança de situação; mas depois se acomodou ou se resignou, continuando a sonhar... Steve suspendeu a porta pela maçaneta para não se atrapalhar com a extravagante espessura do tapete. Sua boca formou um O branco e cerrado, como o anel de um diafragma. E com um movimento pendular do corpo, entrou no quarto do casal.

É claro que Steve era um grande mestre da arte do silêncio. Em matéria de silêncio, tinha categoria internacional. Se a pessoa aprendia o ofício em acampamentos e estacionamentos de *trailers*, em precárias e reverberantes casas pré-fabricadas, num mundo desprovido de isolamento acústico e de espaços livres em meio às coisas, a ausência de ruído se tornava seu elemento, seu meio de vida. Ele já arrombara e invadira casas de *desabrigados*: pescando alguns *shillings* em meio a caixas de papelão abertas enquanto a família de quatro pessoas dormia protegida por aquelas paredes precárias: você tem de saber tudo sobre o sono, o silêncio e todas as gradações que existem entre uma coisa e outra.

Demeter estava deitada no quarto, sozinha. Gwyn deve estar no andar de cima com a empregada, pensou Scozzy sem dar muita importância ao fato. Aproximou-se da cama. E lá estava ela deitada, de costas, as pernas afastadas esticadas como as de uma menina e as mãos para cima dos dois lados de seus cabelos claros, como numa postura de rendição. Brincos numa das mesas-de-cabeceira, copo d'água e livro na outra. Demi dormia no meio da cama. Steve assentiu com a cabeça para si mesmo e seguiu direto para o andar de cima.

Primeiro entrou num quartinho pungente em cujo canto mais distante havia uma esfera morna de cabelos negros e pele morena trançada e embrulhada nos lençóis. Uma palavra bastava para ela, a dona dos sonhos pesados que ele sentira: colombiana. Depois, entrou num amplo sótão com janelas altas e inclinadas, arrumado para servir de quarto de criança, ou santuário dedicado à primeira infância: berço, ábaco, cavalinho de balanço. Num terceiro aposento, encontrou uma jovem adormecida num *futon*, nua, o rosto esmagado contra o travesseiro, um único lençol branco cortando ao meio suas nádegas. Com desprezo e cinismo, ele a examinou. A cena lhe parecia o produto de momentos pornográficos. Em sua cabeça, estendeu a mão para o controle remoto, para o botão *rewind*: voltar a fita, fazê-la reencenar o que aconteceu, de trás para a frente. Bruscamente, os olhos de Scozzy se ergueram, fixando-se no teto, e com um movimento feroz ele relaxou a tensão de seu pescoço.

Gwyn ele encontrou em outro quarto do primeiro andar, em frente ao quarto onde Demeter dormia. Ele estava familiarizado com as convenções do refúgio masculino nas famílias da elite — não por suas leituras, mas por seus arrombamentos. Era aqui que o dono da casa quase sempre dormia, cercado de abotoaduras e escovas de cabelo: sua plataforma de lançamento para as visitas cerimoniais ao leito marital. O quarto onde Gwyn dormia, numa cama de solteiro, não parecia um quarto de vestir. Parecia um quarto de hóspedes de que ele se tivesse apropriado aos poucos. Steve examinou tudo. Armários cheios pela metade. Um banheiro coalhado de artigos masculinos de perfumaria.

Depois de uma visita ao escritório de Gwyn, Scozzy voltou ao quarto de Demeter para se despedir. A criatura ainda estava dormindo de costas. Uma mecha de cabelos caíra sobre seu rosto, fazendo cócegas em seu nariz. As ombreiras da camisola, pensou ele, faziam os braços da criatura parecerem roliços em sua inocência. Talvez ele devesse se abaixar e consertar aquela mecha de cabelo: poderia fazê-lo com um sopro. Chegou mais perto. E Demi acordou. Steve não precisou de qualquer informação ou alarme subliminar para percebê-lo. Ela sentou-se na cama e disse, com voz pastosa: "Gwyn?".

Mas o que se faz nessas horas é o seguinte. Ele já tinha usado o mesmo recurso milhares de vezes, em albergues repletos de mendigos, em *trailers* abarrotados de miseráveis. Basta fechar os olhos. A cabeça e os ombros de Demi avançaram na direção dele — "Gwyn?" — e Scozzy fechou os olhos. Dá vontade de devolver o olhar, pensando Meu Deus! Mas o certo é fechar os olhos e ficar atento ao olhar do outro. Atento ao próprio sangue, ao calor de suas próprias axilas. No instante em que acorda, qualquer um fica momentaneamente desprovido de experiência, e aberto à ilusão infantil. Se você fechar os olhos, ele não o vê. Enxerga, mas não vê você: seu rosto de escultura, suas pálpebras santas. Tem a impressão de que você é outro sofredor, uma figura do sono, como ele próprio.

Steve ficou prestando atenção no olhar dela, ouviu-a engolir em seco e tornar a olhar; depois ela tornou a desabar no travesseiro; e então percebeu que a respiração dela recuperava o ritmo... Enquanto saía da casa e atravessava a rua na direção do Cosworth, continuava ouvindo a palavra "Gwyn?", e a maneira como ela a dissera. Ela dissera *Gwyn?* com surpresa, com cautela, com ansiedade, com esperança. Com desejo, talvez. E certamente com medo.

Ele ganhara um olho roxo de um sujeito preto, mas agora era seu nariz que estava enlouquecendo. Foi a coisa seguinte que lhe aconteceu.

O nariz de Richard estava enlouquecendo. Foi a coisa seguinte que lhe aconteceu: um enlouquecimento nasal. Não parava de pensar que cheirava a merda. Sabia que não era verdade — que não cheirava a merda, ou só muito ligeiramente — porque ninguém ainda falara nada a respeito (e a essa altura ele estava convencido de que a piada de Marco, aparentemente um *coup de théâtre* irrespondível, era inocente ou acidental), mas por via das dúvidas começara a passar até uma hora na banheira duas vezes por dia, lendo alguma biografia pesada de umidade, polvilhando-se depois com talco, loção para após a barba e qualquer outra coisa de cheiro forte: fumaça de cigarro, comida frita, descarga de automóveis. Richard sabia que alucinações olfativas eram um dos sintomas — nem precoce e nem menor — da esquizofrenia. Havia pílulas que se receitavam contra as alucinações olfativas. E por onde, perguntou-se ele, vou tomar essas pílulas? Pelo nariz? Pelo rabo? Pensando bem, todo mundo conhece o prenúncio da esquizofrenia, os momentos com o papel higiênico, essas estranhas ocasiões em que parece não haver uma boa razão para parar de se limpar: a mensagem mental (chega — já basta) perde o sentido, envolta num sudário de desalento. O passo seguinte é começar a lavar as mãos o dia inteiro e a noite inteira, como fazem algumas pessoas. Pois Richard, agora, usava um rolo inteiro de papel a cada manhã; e sua pele estava ficando dormente e borrachenta de tanto tempo que passava na banheira, como alguma coisa que tivessem içado para fora do Tâmisa e depois banhado de desodorante.

Seria por causa da porrada na cabeça? Ou a última de Gal Aplanalp. "Você não vai acreditar", disse ela. Mas Richard acreditou. Toby Middlebrook, da Quadrant Press, depois de passar quinze minutos com *Sem título* no colo, foi internado no mesmo dia no Hospital St. Bartholomew com um grave ataque de rinite vasomotora. No momento, estava no intervalo entre duas cirurgias nos seios nasais. Gal Aplanalp, aparentemente inabalável, disse que ia "bombardear" a comunidade editorial com fotocópias dos originais. De modo que a atividade da publicação de livros, tal como a conhecemos, estava condenada a um fim próximo.

Recorrendo a seus conhecimentos, tentou promover ele próprio sua cura mental. Pelo que entendia dessas síndromes, o *copro* estava associado de perto ao *necro* naqueles casos de adoração da putrescência, dos restos e da decomposição. Boa parte do tempo, assim, numa necrodisposição, ele tinha a impressão de exalar o odor da própria morte, de dar com o nariz nela, sentindo seu cheiro. E o resto do tempo (em coprodisposição) achava que tudo fazia sentido: se você tem uma aparência de merda, um comportamento de merda e se sente uma merda, daí a pouco só pode cheirar a merda. Pois Richard sabia que estava indo para o inferno: a única questão pendente era qual dos círculos. Disso ele sabia, e como. Da mesma forma como sabia que fumar fazia mal à sua saúde. Até o maço de cigarros dizia que eles matavam... Depois que seu nariz enlouqueceu, Richard se perguntou o que poderia fazer, mas não por muito tempo. Seu médico morrera cinco anos antes e Richard não procurara outro. E não conseguia se imaginar num ambulatório de emergência em meio à multidão da noite de sexta-feira, no qual, de qualquer maneira, para ser admitido, era preciso ter levado pelo menos uma machadada na cabeça. E nem indo a alguma superclínica suburbana, dessas do tamanho de um bairro ou de um aeroporto internacional, em que era preciso entrar na fila de carros pelo menos uns dois quilômetros antes da entrada: Richard, no Maestro, tentando ler as placas fincadas à beira das alamedas, procurando a que falava dos casos de enlouquecimento nasal. Na cozinha, aproximou-se experimentalmente de Gina, esperando vê-la recuar com alguma expressão de nojo. Mas nada aconteceu. O fato é que ele *não* estava cheirando a merda. Então, qual era o problema?

Nessa manhã de sábado, mergulhando mais fundo na banheira, quase mediterrânea com sua camada superficial de óleo e seus prismas de ungüentos (e cheiros de merda: será que logo seria tomada pelas garrafas plásticas de 7-Up, pelas águas-vivas de barriga para cima?), Richard inventariou, com nervosismo mas com orgulho, todas as partes de seu corpo que não estavam enlouquecidas — pelo menos ainda não. Havia gente louca dos olhos ou dos ouvidos. Mas não Richard. Havia gente louca das tripas e das glândulas. Richard não. A complacente recapitulação de todos os seus órgãos que ainda não haviam enlouquecido estava longe de terminar — mas Marius bateu na porta.

"Papai. Depressa."

"Meu Deus. Vá no banheiro de cima."

"Estou muito apertado."

Ele se levantou e abriu a tranca complicada. Na parede, o espelho capturou-o em seu vapor. Depois da pausa costumeira, Marius entrou. Baixou alguns centímetros as calças curtas e as cuecas, mas não caminhou direto para a privada. Enquanto Richard se enxugava, seu peito tornou a se umedecer com a idéia de que estava — há muito tempo — louco do pau. Se a loucura era uma traição interna (toda contra-sugestão e sutileza), fazia muito tempo que ele estava louco do pau. Claro. E louco do cérebro.

Marius sentou-se.

É justamente o que eu precisava, pensou Richard: mais merda.

O olhar do menino estava cravado nele. E Marius disse, em tom declaratório: "O seu peru é grande, papai".

"Muito obrigado, Marius, é muita gentileza sua."

"Sabe o quê? Alguém entrou aqui em casa ontem à noite."

"É mesmo? E ela pegou alguma coisa?"

"Não sabemos ao certo."

"E como foi que ela entrou? Sabe se estava armada?"

Gwyn fechou os olhos e baixou a cabeça, reconhecendo a sátira. Em sua prosa, tinha o hábito de sempre se referir a qualquer antecedente neutro com o pronome feminino. Em *Amelior*: "Se alguém quiser podar as roseiras, sabe que ela vai precisar...". Ou, dos tempos em que ainda escrevia resenhas: "Ninguém que leia esta cena poderá deixar de ficar arrepiada...". Richard ainda

insistia no sarcasmo, mas ultimamente Gwyn quase sempre opta-
va por uma construção impessoal, ou então usava o plural, recorrendo à segurança da quantidade.

"Pela porta da frente."

"Mas não foi violenta, foi?"

"Pare com isso, deixe de ser escroto. É uma coisa muito per-
turbadora."

"Desculpe. Deve ser mesmo. Mas vocês não deram pela falta
de nada."

"É tudo muito estranho. Você sabe o tipo de coisas que temos em casa. Castiçais, saleiros de Cellini. Uma sacola pequena
cheia dessas coisas vale uma fortuna."

Richard parou de ouvir. Talvez por ser londrino, não ficava
muito impressionado com casos de arrombamento e furto. A casa
de Calchalk Street costumava ser invadida e saqueada a toda hora, especialmente no verão. Agora acontecia com menos freqüência. Os Tull nunca saíam de viagem.

"Demi sonhou que ele — sonhou que ele tinha entrado no
nosso quarto. No quarto onde *nós dormimos*. No quarto onde *nós
trepamos...*"

Richard teve a impressão de que o verme estava a ponto de
tomar as rédeas, condenando Gwyn a uma série de expressões de
desgosto e raiva; mas quando passaram pelo canteiro junto ao campo de bocha, um bando numeroso de aves londrinas explodiu por
trás ou de dentro das moitas, produzindo o som de um fosso de
orquestra cheio de fotógrafos — os pombos *paparazzi*, disparan-
do contra eles enquanto passavam.

Ao entrarem no Warlock, os dois romancistas se confronta-
ram imediatamente com um grande grupo de figuras falantes mas
imóveis, todas voltadas na mesma direção: reunidas, na verdade,
diante da Máquina do Conhecimento. Um frêmito percorreu o grupo, como se fosse um animal silvestre pressentindo a chuva, e todos se viraram para olhá-los. Já que Gwyn agora confraternizava
com o pessoal do Warlock, Richard fora obrigado a reconhecer
a individualidade de suas presenças predatórias. Havia Hal e Mal,
e também Del, Pel, Bal, Gel e Lol, além de um contingente mais
jovem com nomes como Tristan e Benedict, quando não se chamavam Burt, Mel ou Harrison, alguns sujeitos mais velhos com
nomes do tipo Clint, Yul e Marlon, outros mais ou menos da idade

de Richard, com nomes como David, Steve e Chris, e sujeitos ainda mais velhos (manchados e enrugados) com nomes como Albert, Roger e Bob. Todos se viraram e cumprimentaram Gwyn. Richard sentiu sua censura irônica. E Pel disse:

"Depressa. Ele chegou."

"Chegou", disse Del. "Cedric chegou."

A Máquina do Conhecimento fazia perguntas, apresentando respostas em múltipla escolha (botões A, B e C) e dando modestos prêmios em dinheiro, dependendo do ponto a que se chegasse no caminho do conhecimento. Para conseguir ganhar e seguir em frente, era necessário manter um grupo de bom tamanho em torno da máquina, reunindo assim um volume razoável de informações detalhadas nas áreas de história, geografia, etimologia, mitologia, astronomia, química, política, música popular — e tv. Mais crucialmente, a tv: a tv através dos tempos. Era em forma de tv que todo o resto estava finalmente destinado a se propagar; e as máquinas mais recentes, Richard percebera, nos *pubs* que costumava percorrer, eram na verdade tvs elas também: tinham superado a escrita, abraçando o audiovisual. A máquina do Warlock tinha o apelido de Dinheiro Difícil, e Richard às vezes se referia a ela em seu íntimo como a Dotação de Profundidade, ou o Aleph; mas todos a chamavam de Máquina do Conhecimento.

"Aqui, Cedric. O que quer dizer '*infra dig*'?"

Richard foi se espremendo até junto à tela, que dizia:

P. Se uma tarefa fosse "*infra dig*", você a cumpriria...
A. Rapidamente
B. Lentamente
C. Contra a vontade

"Não faz sentido", exclamou Richard, batendo no botão C. "Tanto faz cumprir a tarefa depressa quanto devagar. Abaixo da dignidade. *Infra dignitatem*."

"Este é o Cedric."

E agora a tela dizia:

P. D. H. Lawrence era um escritor conhecido. O que quer dizer "D. H."?
A. Donald Henley
B. David Herbert
C. Darren Henry

"Darren é uma boa idéia", disse Richard. "Ou que tal Duane? Duane Lawrence."

"Vamos lá, Cedric", disse Lol. "Vá em frente, Cedric."

Cedric? Em matéria de humor interpessoal, era assim que as coisas se passavam aqui no Warlock. Era o que todo mundo fazia. E o que se fazia era o seguinte: para cada indivíduo, procurava-se destacar alguma característica bem óbvia e invariavelmente infeliz — e era dela que se falava o tempo todo, a cada oportunidade, toda hora, todo dia. Qualquer que fosse: Hal tinha mau hálito, Mal era mal vestido, Del, delinqüente, Gel, gelatinoso, Pel, gordo; Bal tinha uma tatuagem infeliz e de mau gosto no pescoço (CORTE AQUI ao longo de uma linha pontilhada), Lol tivera a orelha direita arrancada numa discussão sobre os méritos da marcação por zona. Com Richard, não sabiam bem onde começar e nem onde acabar, e assim o chamavam de Olhos Vermelhos, Jethro, Espantalho, Dicionário Ambulante, Lord Byron... Muitas vezes, nesses dilemas, a TV pode contribuir com alguma clareza; e de modo geral, hoje em dia, chamavam-no de Cedric — em homenagem ao velho gordo e pedante que apresentava um programa de perguntas e respostas toda tarde. Richard sentia que tinha muito em comum com as classes trabalhadoras (entendia bem a catástrofe cotidiana), mas preferia o modo como eram vinte anos atrás, quando tinham uma aparência pior. E havia outro apelido que lhe puseram. Mas ele ainda não sabia.

"Vamos lá, Cedric. Vamos lá."

E Richard seguiu em frente. Na Máquina do Conhecimento, as perguntas sempre retornavam, e por isso a memória era um fator fundamental. Richard tinha memória, muitas magnitudes maior que aquela com que as massas se conformam, sempre chamando de memória. Era questionável, no Warlock, se o conhecimento — a mente — tinha qualquer valor. Mas na Máquina do Conhecimento, o conhecimento parecia de fato importante, e era pontualmente recompensado por moedas e um tilintar elétrico.

Às vezes, como agora, todos se mantinham em silêncio enquanto Richard pilotava a máquina, com o rosto cheio de orgulho, nervoso e meio de lado, proferindo glosas e derivações, zombando da imperfeição gramatical da máquina (pois aquele oráculo era apenas semiletrado, tendendo a colocar mal as vírgulas, atrapalhando-se com os apóstrofos) e batendo no botão da resposta certa antes que qualquer um tivesse tido tempo de ler toda a pergunta. Qual é o coletivo de camelo? Alcatéia. Cáfila. Matilha. "Cáfila, claro." O que estuda um orologista? Aves. Montanhas. Metais. "*Oros*. Montanha." Há quantos anos foi a última Idade do Gelo? 10 000. 100 000. 1 000 000. "Não é tanto quanto a gente pensa." E lá seguia ele, 10p, 20p, 50p — até tropeçar no bordão tradicional de um comediante ou no tamanho do pau de um cantor de rock, e a esta altura Del e Pel e os outros ficavam tão embevecidos com sua maestria, com seu Conhecimento, que o ponteiro do relógio começava a rodar, emitindo um zumbido de aviso, e Richard, furioso, resolvia chutar, apertando o botão errado, e a busca, o caminho dourado, se evaporava, dando lugar a outro. Pois é claro que a busca do conhecimento nunca acaba. Como o universo, ela é uma saga de humilhação crescente. De quem se disse ser o último homem a ter lido tudo? Coleridge. Hazlitt. Gibbon. Coleridge: foi Coleridge. Duzentos anos depois, ninguém tinha lido nem um milionésimo de tudo, e esta fração só tendia a diminuir cada vez mais. E cada livro que saía continha uma parte cada vez menor do todo.

"Vamos lá", disse Gwyn. "Está na nossa hora."

Richard estava olhando para a tela — contemplando a busca reiniciada. O que é um coprólito? Pedra. Jazida de petróleo. Excrementos fósseis. Virando-se para sair, bateu no A sem pensar (sem pensar porque a primeira pergunta de qualquer nova busca sempre permitia duas tentativas, como era justo, como era obrigatório). E então, impaciente, bateu B. Errado, também. "Merda", disse ele.

"Excrementos fósseis!", disse Pel, com uma autoridade irônica, quando a busca se dissolveu.

"Pois é. Claro. *Kopros*: merda. Sabe, como em coprofilia."

"Me admira muito", disse Gwyn.

Richard olhou para ele.

"Achei que de merda você entendia."

O pessoal riu, com relativa insegurança. Graças à TV, tudo o que Gwyn dizia era supervalorizado em matéria de brilho e pertinência: mas a merda, a realidade, a matéria propriamente dita — aquele não era um tema feliz.

"Homero vacilou", disse Bal. "Cedric vacilou. 'Anosmia' vacilou."

Anosmia: perda do sentido do olfato. Embora Richard tivesse uma excelente memória, não se lembrava de que "anosmia" certa vez tinha aparecido na Máquina do Conhecimento. E não sabia que o chamavam de Anosmia não porque sofresse do mal, mas porque fora capaz de dizer o que significava. Ele baixou a cabeça e se afastou do grupo, seguindo Gwyn na direção da Quadra Um.

"Hoje não vou conseguir me concentrar." Gwyn estava sacudindo os punhos e pulando no mesmo lugar como um jogador de futebol que sai do túnel, ameaçando entrar em campo. "Um tarado dentro do meu quarto. Isso não me sai da cabeça."

"E o que é que ela... Como é que você..."

"Ah, o nosso visitante deixou um cartão de visita", disse Gwyn com asco. "Eu não sei como é que as pessoas conseguem ter a cabeça tão doente."

"Você está querendo me dizer que ela..."

"Chega. Por favor."

Se, às sete da manhã, você tivesse dito a Richard que ele ia jogar tênis naquela mesma tarde, ele teria rido na sua cara. Não: não é verdade. Ele podia *tentar* rir na sua cara. De qualquer maneira, não teria conseguido. Na quadra, ele achou que tinha esquecido como se jogava, mas seu corpo, mesmo com o nariz doente, mesmo com o olho arruinado, parecia lembrar. Seu corpo lembrava. O sol baixo, o sol do inverno, cerrava os olhos sobre seu rosto. Quando ele lançou a bola para o alto e armou o saque, uma imagem ficou registrada na cortina escura de suas pálpebras: a bola queimando no centro da órbita brilhante da cabeça de sua raquete, como Saturno.

Ele sempre fora escravo de sua própria vida. Agora era o fantasma de sua própria vida.

Como tudo devia ter sido civilizado, espaçoso e decente quando seu nariz ainda não enlouquecera, quando seu olho ainda não ficara roxo. Todos olhavam para ele. Ninguém o cheirava, mas todos olhavam para ele.

O único lugar onde ele se sentia bem era o Adam and Eve. Ninguém ficava olhando para seu olho roxo, porque lá todo mundo também tinha um olho roxo. Mesmo os homens.

Gal Aplanalp não ligou.

Na Tantalus Press, ele continuou a examinar, com benevolência, a obra de Keith Horridge. Com os poetas, percebeu, ele era geralmente tolerante. Quando, um ano antes de se casar com ele, Gina começara a dormir com escritores, Richard achara o ciúme razoavelmente fácil de suportar quando ela dormia com poetas — mais fácil, muito mais fácil do que quando ela dormia com romancistas e (especialmente) dramaturgos. Ele gostava dos poetas porque nunca tinham poder ou dinheiro.

E escreveu para Horridge, dando-lhe conselhos sobre uma certa estrofe:

> *Espuma retrátil, detritos*
> *do tempo. A estase é epitáfio —*
> *a sizígia da areia.*

E Horridge reescreveu a estrofe de um modo que a deixou ainda mais obscura. Talvez devesse acabar com a carreira de Keith Horridge. Mas Richard respondeu, pedindo a Horridge que justificasse a obscuridade — dizendo a Horridge que toda obscuridade precisava, mais que conquistada, ser *merecida*.

Horridge tinha vinte e nove anos. Parecia uma boa idade para um poeta.

Em *The Little Magazine*, Richard encomendou resenhas favoráveis para a edição em brochura de *Saddle leather*, uma coletânea de contos da poetisa e romancista Elsa Oughton, residente em Boston, e para o livro *Jurisprudential*, fora de catálogo, de Stanwyck Mills, professor de direito na Universidade de Denver.

Ficou três horas sentado no *pub* olhando para o fardo de ferro da cabeça baixa de Anstice enquanto ela se estendia sobre o que lhe parecia a única alternativa ao suicídio: mudar-se para o número 49E da Calchalk Street.

No começo de dezembro, Richard almoçara com o editor de artes do jornal de domingo que publicaria seu extenso perfil sobre Gwyn Barry.

"O que queremos saber", disse o editor, "é o que interessa a todos os leitores: como ele é na verdade. Você o conhece melhor do que ninguém. Entendeu: como ele é *de verdade*." Só vamos publicar o artigo mais tarde: absorver o "impacto".

De modo mais geral, continuou o editor, Richard deveria tratar das pressões enfrentadas pelo romancista de sucesso no final da década de 90.

No dia anterior a seu julgamento por dirigir alcoolizado, Richard saiu para dar uma volta no Maestro: até Wroxhall Parade. Belladonna atendeu a porta usando um *tailleur* preto, chapéu preto e um véu preto. O véu tinha opacas lantejoulas cinzentas presas à trama; lembrava uma teia de aranha, incluindo o detalhe das moscas mortas. No Maestro, os dois foram até Holland Park. Richard não achou que estivesse fazendo o papel de cafetão, de alcoviteiro ou de provocador. Via-se antes como um simples chofer de táxi.

E foi assim que Gwyn o tratou. Sem sorrir, conduziu Belladonna até seu escritório, e Richard ficou dando voltas na cozinha, sem conseguir ler uma nova biografia, mas bebendo cerveja com grande desenvoltura.

Ela estava em silêncio, talvez até em lágrimas silenciosas por trás do véu, quando ele a levou de volta até Wroxhall Parade. Ele lhe perguntou o que havia acontecido, mas ela só respondia Nada.

Richard compareceu ao tribunal e foi devidamente advertido e multado, tendo sua carteira cassada — por um ano.

Demi foi reprovada em seu exame de motorista pela terceira vez.

Crash não conseguia entender. "Isso vai além da minha compreensão", disse ele, enquanto a trazia magoada de volta de Walthamstow. O instrutor e o examinador não tinham em comum apenas a origem antilhana. Na verdade, vinham da mesma *ilha*.

Quando Crash se aproximou do centro de Londres, ficou mais calmo e ensinou a Demi um belo truque: o uso das luzes de alerta para exprimir gratidão. Muitas vezes, quando se entrava numa fila de tráfego vindo de uma transversal e outro motorista parava para lhe dar passagem, não havia tempo para acenar ou piscar o farol em agradecimento. Ligar por algum tempo o pisca-alerta, porém, era um bom meio de retribuir a gentileza do carro que ficava para trás.

Em torno do tabuleiro de xadrez, no domingo seguinte, Richard perguntou a Gwyn o que acontecera entre ele e Belladonna. "Nada", disse ele. "O que é que você esperava? Eu queria conversar sobre sexo oral, mas ela só queria falar de *Amelior*. O livro é a bíblia da moça. Parece que isso aconteceu com muitos jovens. Deve ser a mensagem de esperança."

"*J'adoube*", disse Richard, cheirando as pontas dos dedos.

"Você sabe que o livro está nas listas de leitura de várias escolas. E não só nos Estados Unidos, onde era mais ou menos de se esperar. Mas aqui, na velha e rígida Inglaterra!"

"Mate em três", respondeu Richard. "Não. Mate em dois."

Gal Aplanalp não ligou.

Todo dia à mesma hora, aquele inglês porco filho da puta passava correndo pela Calchalk Street a cem por hora em seu carro alemão. Como um avião voando baixo — como o efeito de alguma droga...

Richard ficava atônito com o filho da puta. Que filho da puta: por que tanta *pressa*? Quem, na opinião daquele escroto, poderia estar esperando logo por ele um *segundo* antes da hora em que já iria chegar de qualquer maneira?

De alguma forma, sempre coincidia de Richard estar na rua quando o carro alemão passava a mil — gelado de ódio, soltando imprecações que eram bloqueadas e dispersadas pelo poderoso deslocamento de ar. Aquele babaca cretino em sua cápsula desprovida de humor. Camisa branca, gravata frouxa e o *blaser* azul-marinho pendurado no cabide da janela de trás.

Qual é o problema desse filho da puta?, ele sempre perguntava em voz alta — passar pela minha rua a cem por hora, vindo aqui para matar os meus filhos.

241

Ele ligou para Demi. "Oh, eu vou bem", disse ela. "E você?"

"Toleravelmente bem", respondeu, porque às vezes era assim o estilo de Richard. Seu olho roxo deixara de ser um olho roxo. A pálpebra estava violeta, a órbita adquirira um amarelo vivo — até mesmo alegre. "Demi, você sabe que me encomendaram um artigo grande sobre Gwyn. Por isso, vamos ter que nos ver. Um almoço, por exemplo. Um cruzeiro de fim de semana, talvez."

"Eu convido. Mas o que você... Qual é a sua..."

"A minha idéia? A de sempre, eu acho. O que é que fez a princesa se apaixonar pelo galês baixinho."

"E qual é a resposta?"

"Eu não sei."

"E você está querendo..."

"Informações em profundidade."

Então ela marcou com ele uma data em meados de janeiro, e disse: "Eu vou passar esse fim de semana na casa dos meus pais. Você pode vir na sexta ou no sábado. Passar a noite lá. Uma coisa muito informal. Só a família".

"E Gwyn vai estar lá?"

"Não. Ele vai a algum lugar com Sebby."

"Demi... vai ser ótimo."

Gina, ultimamente, não olhava mais para Richard como se ele estivesse louco. Ultimamente, ela olhava para Richard como se ele estivesse doente. E como é que ele, por sua vez, olhava para ela? Observou Gina junto ao fogão, virando uma costeleta para ele na frigideira. Sua silhueta miúda, a curva da nuca nua... Alguém que não conhecesse bem Gina poderia supor que aquele tom de sangue queimado de seus cabelos fosse realçado, se não francamente produzido, pelos talos e folhas do arbusto tropical conhecido como *henna*. Mas Gina não aprovava a *henna*, e jamais a utilizava. E Richard podia confirmar: ela de fato não precisava. Como ele costumava mergulhar o rosto na prova concreta, naquela informação, e olhar para cima como se fosse o autor dos livros de viagem mais suicidas (a cachoeira lenta, os cipós escuros e emaranhados) coroado pelo sol, encontrando aquela genuína cor outonal em meio à pieguice de seu amor silvestre. Mas isso não acontecia mais. E o sexo, para ele, estava em toda parte e em lugar nenhum.

Comentou com ela a sugestão de Demi. E ela respondeu:

"Está certo. Posso ir passar o fim de semana com a minha mãe. O que é que você vai dizer no seu artigo? O quanto você detesta Gwyn?"

Richard ergueu os olhos. Em princípio, ninguém sabia daquilo. "Eu não detesto Gwyn."

"Mas eu detesto. Você só acha que tudo que ele escreve é uma merda. E vai dizer isso?"

"Não sei como é que eu poderia fazer isso. Todo mundo ia achar que era pura inveja."

"Gal deu notícias?"

"Nada de novo."

"...A gente precisa conversar."

"Eu sei."

"Logo." O rosto elíptico de Gina continuou abaixado — sobre a tigela de cereal. Que vinha do campo, onde tudo era saudável: o saco de trigo, a prateleira cheia de maçãs rubicundas. "Como é que nós vamos passar o Natal? Espero que Lizzete possa ajudar. E fica mais barato, porque ela não precisa matar aula. Um fim de semana no campo vai lhe fazer bem. Você precisa descansar um pouco."

"Não vai ser exatamente um descanso. Vou estar trabalhando."

"Mas é uma mudança de ares", disse Gina. "E uma mudança de ares vale tanto quanto um descanso."

Você ouve falar de um sujeito que compra um carro esporte quando faz quarenta e um anos e sai roncando pela crise da meia-idade ao volante de um MG.

Outro, cuja mãe morreu, começa a cultivar rosas.

Outro, cujo filho mais velho saiu de casa, começa a ouvir os conselhos do padre Duryea, na igreja de St. Anthony.

Outro, cujo casamento acabou, viaja primeiro para Israel e depois para a África.

Todos sofrem dores. Essas dores são informantes enviados pela morte.

Outro que escutava ruídos mecânicos nos ouvidos prende um espelho no bico do sapato e começa a circular em lugares freqüentados por mulheres.

Outro que usava os cabelos puxados da têmpora direita para cobrir o topo da cabeça abjura o amor das mulheres e procura o amor dos homens.

Outro que ainda conseguia ver o ônibus quando o ônibus se aproximava começa a responder às propostas rabiscadas em cartões e afixadas nas cabines telefônicas das esquinas.

Todos passavam o tempo todo comparando o que ficara para trás com o que viria.

Outro se abstém de carne e peixe, ovos e frutas que não caiam ao solo por moto próprio.

Outro engordou e toda noite sonha com podas.

Outro comprou um aparelho elétrico para espremer laranjas e começa a temer a força da eletricidade.

Todos viam o que ficara para trás. E, se olhassem, poderiam ver o que tinham pela frente. Preferiam não olhar. Mas às três da manhã alguma coisa os despertava com a urgência cintilante de um *flash* de câmera antiga, e lá ficavam todos eles, contemplando os panoramas de suas vidas e recolhendo os cacos de informação.

"E o que é que quer dizer essa história de chefe?"

"Você chamou o homem de *chefe*."

"Mas qual é o problema? Os motoristas de táxi chamam todo mundo de chefe. Chefe não é um xingamento."

"Eu perguntei, mas ele não se lembra bem. Só sabe que ninguém pode chamar você de chefe, e ninguém pode saber que uma pessoa chamou você de chefe."

"E por que eu havia de querer chamar logo ele de chefe com alguma segunda intenção? E por que eu havia de contar para alguém que tinha chamado aquele sujeito de chefe?"

"Você está começando a ver como é. É assim que raciocinam os nossos irmãos de cor."

"Pelo menos eu espero que meu olho roxo não tenha custado nada."

"Claro", disse Steve Cousins, sem dar qualquer sinal de estar achando graça. "Foi totalmente por conta da casa."

"E agora podia ser um bom momento para a gente conversar sobre dinheiro."

Richard não ficara desestimulado por sua experiência com o olho roxo. Longe disso. Sentia que tinha percorrido todo o espectro visível, e que finalmente chegara ao final do arco-íris. Sua vida, no papel (e boa parte dela estava no papel, palavras escritas, memorandos endereçados a si mesmo, rabiscados no canto de envelopes e no verso de recibos de cartão de crédito passados pela Pizza Express), parecia muito difícil de ser piorada; mas bastara um golpe de um punho forte para lhe mostrar que a vida ainda era capaz de um declínio dramático e qualitativo. O mundo em que agora reentrava de olho não roxo, com toda sua penúria e desesperança, parecia-lhe um banquete de imortalidade e alegria. Seu malar, esta noite, trazia apenas um borrão árido de amarelo (não o amarelo vivo e alegre dos últimos dias, mas um amarelo diferente, mortiço). O olho propriamente dito deixara de ser uma anêmona tropical. Voltara a ser um olho. Ele voltara a ser Richard Tull.

"Vá em frente", disse ele, e se recostou na cadeira, pedindo langorosamente mais um Zumbi... Aquele era o mundo em que o corpo era dinheiro: o mundo da pornografia e da vassalagem. Lá estavam os órgãos e apêndices de Gwyn Barry, expostos em bandejas e marcados com etiquetas de preço na prateleira de um açougue — ou sendo medidos e calibrados com a ajuda de uma régua de cálculo circular que um médico americano trouxesse no bolso da camisa, para usar em avaliações instantâneas. A proposta de Steve Cousins, pensou Richard, era incrivelmente razoável: investindo metade do que receberia pelo perfil de Gwyn Barry, ele podia conseguir que seu alvo chegasse diretamente a uma velhice recolhida ao leito. A desilusão com o mundo literário — era isso que movia Richard. Se Leavis tivesse razão, se aquelas queixas pelo esquecimento provinciano fossem justificadas, se o mundo literário fosse uma Hong Kong de arbítrio, suborno, bebida e sexo: num mundo assim, com uma tonelada de dinheiro e uma torre de vitamina E, Richard poderia ter atingido seu objetivo por meios convencionais. Mas o mundo literário não era assim. Em matéria de foder com a vida das pessoas, o mundo literário não dava nem para a saída. A tristeza com aquilo e a desilusão fizeram Richard vir parar aqui, na Canal Crêperie, e diante de Steve Cousins, seu conhecido e seu fã.

Que agora lhe dizia que podia arranjar quem matasse Gwyn por *mil libras* — o preço de oito resenhas de livros! Algum troglodita do Norte faria o serviço. Viaja para cá junto com o resto da torcida, para um jogo de futebol, cuida do serviço, depois abre a sacola, pega o cachecol e o boné do time e toma o trem de volta para sua cidade-dormitório.

"Encantador", disse Richard. "Pura feitiçaria. Mas continue, por favor. Não quero interromper."

"O que a gente faz — o que a gente faz é transformar a vida deles em medo. Tudo que eles fazem. Em todos os lugares onde vão. É como se o mundo..."

"Ficasse contra eles."

"Como se o mundo tivesse ódio deles."

"E depois?", perguntou Richard, melancólico.

"Então, quando acontece, a essa altura, eles só — só fazem baixar a cabeça. Estão prontos. É o fim da história. Eles sabiam que ia acontecer. Estão prontos. Só baixam a cabeça."

"Isso é pura magia. Pura poesia."

"Pois é."

De repente, Richard sentiu-se distraído e oprimido: por uma questão de tempo, da ordem dos acontecimentos. Se executassem o plano agora, Gwyn não teria condições de empreender sua turnê americana. O que tinha até suas vantagens: assim, pelo menos, Richard poderia continuar dizendo que nunca fora aos Estados Unidos. Mas será que a revista dominical ainda iria querer o perfil? Claro. As pressões enfrentadas pelo romancista de sucesso? Claro. Ele sempre podia escrever sobre a pressão exercida pelo gesso, pelo aparelho de tração preso à cama do hospital, sobre a incômoda pressão exercida por esta ou aquela prótese ortopédica.

"Vamos esperar mais um pouco. Vou passar o fim de semana com a mulher dele", disse Richard, examinando as unhas e sentindo uma surpresa autêntica diante da quantidade de sujeira que elas armazenavam.

"A casa deles foi arrombada."

"Foi o que eu ouvi dizer."

"E sabe o que ele fez, o filho da puta? Rasgou todos os livros *dele*. Os livros dele. O tal *Amelior*."

"Ah. Um leitor inconformado."

"É, ou um..."

E chegou um momento de desconforto a dois. Ficou evidente que o jovem estava a ponto de dizer "um crítico literário". Ele manejava bem as palavras, a seu modo, como manejava bem quase tudo o mais; mas a fenda de sua boca não tinha condições anatômicas de dizê-lo. "Um crítico literário": sua boca não tinha a conformação necessária para dizê-lo.

"Um bom crítico", disse Richard.

"Eu andei conversando com a senhora Shields."

"Sei. A mãe do seu irmão."

"Ela não trabalha mais lá, mas é amiga daquela empregada colombiana deles. E sabe o quê? Eles dormem em quartos separados."

"Quem?"

"Gwyn. E Demeter. Eu trouxe uma coisa para você." Tirou algo do bolso e passou a Richard por cima da mesa, escondendo sob a palma da mão em concha. Um pedaço de papel vegetal, dobrado de maneira elaborada, como um origami. "Em compensação", disse ele, "pela porrada."

A hipótese de universos adicionais ou paralelos, que podem existir em quantidade infinita, apresenta ao escritor uma preocupação nova. Shakespeare é o universal. Ou seja, ele se sai muito bem *neste* universo, com seu sódio, seu césio e seu hélio. Mas como seria lido em todos os outros?

Estas questões estavam longe dos pensamentos de 13. Ele estava no furgão laranja com Lizzete. Com o motor ligado: para aquecer.

13 expirou um queixume. Como sempre, acalentava uma sensação de injustiça estritamente local. Recebera um recado do tribunal: o supervisor de seu programa de condicional, informando que a delegacia de polícia de Harrow Road ia acusá-lo de quarenta e três assaltos. Quarenta e três! Harrow Road! A pior das delegacias. Realmente agarram você. Quarenta e três assaltos. E ele só era responsável por vinte e nove deles.

Lizzete disse: "A gente podia ir para o banco de trás".

Ele disse: "Não dá. Giro está lá. Está exausto. Passou a noite inteira acordado, dirigindo".

Ela fez alguma coisa.

Ele disse: "Pode deixar para fora mesmo".

Lizzete tinha catorze anos e 13 sabia. Catorze no máximo. Como sempre, quando estava sozinho com Lizzete, 13 se esforçava para manter sua relação com ela numa base estritamente profissional. Ainda estava de camisa, por baixo da jaqueta de cetim — mas suas calças estavam arriadas até lá embaixo. Lizzete também tirara as calças. Tirara até o chiclete da boca. E colara no velocímetro... Base profissional. Era um prazer fazer negócios com ela. Por exemplo, ele mandava Lizzete bater nas portas. Se houvesse alguém em casa: "É aqui que mora uma garota chamada Mina?... Desculpe incomodar!". Funcionava. Não queria entrar lá às cegas. Não queria ter problemas. O negócio é andar na ponta dos pés. Se alguma coisa acontece, você pode precisar bater em alguém: assalto agravado por agressão. Resultado: entre quatro paredes por três anos. Fim da história. Três anos: 24-7, 24-7. Deus do céu: 60-60, 24-7, 52, 52, 52. Quando eu sair, Lizzete vai ter dezessete anos. Tudo bem. Posso levá-la ao Paradox.

"Pronto", disse Lizzete.

"É", disse 13. "Ooooh que bom."

Deu um branco na cabeça de 13. Naquele momento sexual, sua cabeça foi ocupada por um homem branco: Scozzy. Que disse que ia sair logo, ou que podia demorar um pouco. Disfarçadamente, 13 olhou por cima do ombro de Lizzete: o corpo de Giro estava todo encolhido no sono, como uma banqueta antiga. (O outro modo em que existia era mole e invertebrado, como uma vasta omelete de cachorro ou um tapete feito com seu próprio pêlo.) É, dava para eles se acomodarem ali com toda a facilidade, entre o velho cachorro e as ferramentas de jardinagem que 13 estava tentando vender. Dez minutos. Se Scozzy saísse, ele a escondia atrás de Giro. Tapada por um cobertor. Mesmo assim, era melhor não ir longe demais com uma menina de catorze anos que *queria* ficar grávida. 13 sabia que Lizzete tinha inveja de sua irmã de quinze anos, Patrice, que estava grávida sem sombra de dúvida. Que estava na *vida*. Elas achavam que assim conseguiriam apartamentos do governo municipal, tendo um filho, só que não funcionava mais. Mas elas não acreditavam. Os conservadores, ou coisa assim. A mãe dela acabaria com ele.

Mas quem o impedia não era a mulher negra: era o homem branco. Porque 13 já percebera há muito tempo, e com razão, que não valia a pena trazer nada de sexual para perto de Scozzy. Assim como para os brancos a presença dos negros era uma espécie de afrodisíaco, a presença de Scozzy, com seu olhar raso, na cabeça de 13, tinha decididamente o efeito oposto. Era melhor não fazer nada daquilo perto do cara. Simples.

"Escuta", disse 13. "Que tal fazer um sessenta e oito?"

"*Sessenta e oito?*"

"Sessenta e oito."

"E como é que é um sessenta e oito?"

"Você me dá uma chupada e eu fico te devendo uma."

"13!"

"É pegar ou largar."

Lizzete preferiu largar. E foi embora, depois de um tempo. Melhor assim, pensou 13. Com uma expressão infeliz, usou a mão, suspirou e ejaculou mansamente em lenços de papel. Não queria estragar aquela boa relação de negócios. Adolf apareceu às 12h45, com seu livro, calado, satisfeito. Levar o homem para casa e sair por aí procurando diversão.

"Ora. O que é isso?"

Chiclete no velocímetro! 13 desprendeu o chiclete e o enfiou na boca. De tanta pressa, engoliu na mesma hora aquela massa cinzenta, dura e fria.

Talvez todos eles tivessem o que faltava a Richard.

13 tinha. Bastava andar com ele pela rua que você jamais veria as coisas que ele via. Ele via quem ganhava, quem corria, quem desistia e as alavancas, as trancas e os cadeados, o que estava sem segurança e o que saltava aos olhos, o que era transferível. Em qualquer loja, seus olhos brilhavam com cálculos compostos.

Scozzy também tinha a mesma coisa, só que de outro jeito. Uma termovisão animal, na cidade; a visão noturna do menino selvagem.

Belladonna também. Na atividade da reinvenção, o primeiro gesto é a troca de nome. É o que o romancista faz o tempo todo, no papel. Na rua, a única coisa que pode ter o nome trocado é você mesmo, além de todas as pessoas que você conhece (se você quiser), de modo que todo mundo passe a ter dois nomes, assim como na televisão todo mundo tem dois nomes.

E até mesmo Darko. Quando veio para Londres, com sua sacola de ferramentas, até o ar de Oxford Circus fedia a pornografia, as vitrines das lojas eram fotos de catálogos de compras sem impostos e os carros eram roliços e balouçantes como mulheres: os clios, os starlets, as princesas da rua.

Na verdade (e temos de enfrentar este fato), lady Demeter Barry coloca certas dificuldades de representação. Coloca dificuldades de representação não só por ser uma loura bonita (com peitos grandes) aparentada da rainha, nem por possuir vários cavalos ou ter sido viciada em cocaína e heroína ou dormido com um ou dois negros. Na extensa família da rainha, ser viciado em drogas, ou possuir um cavalo, é coisa corriqueira: os terrenos ajardinados das mais caras clínicas de desintoxicação lembram as *garden parties* do castelo de Sandringham. Já dormir com negros nos mostra o lado mais aventuroso de Demi. Moças de todas as classes fazem a mesma coisa, talvez porque, entre outros atrativos menos evidentes, seja a única coisa que podem fazer e suas mães nunca fizeram. Mas as moças da nobreza, com exceções, nunca dormem com negros. Não me ocorre qual seja a razão, se dar para eles for tão bom como dizem que é. Já assinalamos antes que o negro, com muita freqüência, funciona como uma experiência mental para sua contrapartida branca: é o seu inferior bem-dotado; é seu supersub. Eu próprio trago em mim um irmão de cor — Yo! — que, depois de muitos cumprimentos com pancadas rituais na palma da mão, assume o controle quando estou cansado ou não consigo gozar, ou então nas noites em que fico com dor de cabeça ou prefiro lavar os cabelos. (A maneira educada de se referir a este hábito é *delegação imaginativa*: seja quem for — reluzindo de suor, na fantasia, por cima de sua mulher ou namorada ou caso eventual — ele não é você.) A diferença é excitante. A miscigenação é excitante. Assim, com todos esses argumentos a favor, por que será que as moças da nobreza não se entregam com mais freqüência e intensidade a esta prática? A culpa racial, a culpa igualitária, é excitante: excita a compaixão no coração feminino. Mas talvez esta culpa só funcione se for vaga — um pressentimento, um mero desconforto. E pode ser que, no caso da nobreza, a culpa seja palpável e próxima demais. Os De Rougemont eram famosos tanto por sua devoção quanto por sua rapacidade. O bisavô de Demi, com seus "extensos interesses" nas Antilhas. O avô de

Demi, com suas minas de diamante na África do Sul. E depois as especulações altamente poluentes, escorchantes, desmatantes e entulhantes do pai de Demi, o décimo terceiro conde de Rievaulx. A culpa ainda é real. O encanto ainda se mantém, firme.

Do ponto de vista da representação, porém, não é essa a dificuldade. A dificuldade da representação de Demi tem a ver com a maneira como ela fala: a maneira como reúne as frases. Por algum motivo, o destino de Richard Tull é se ver cercado de idioglotas. Idioglotas com seus idioletos.

A peculiaridade lingüística de Demi é essencial e definitivamente feminina. Sem dúvida. Aspirando com força para denunciar essa proposição, as mulheres muitas vezes emitem coisas como "No có!" ou "Bobaquice!". Porque estou me referindo ao fato de Demi empregar expressões correntes aglomeradas ou superpostas — as pechinchas presentes na fala de Demi: duas pelo preço de uma. O resultado era expressivo, e geralmente, dado o contexto, era fácil entender o que ela queria dizer. Mas esta era a dificuldade. Na prosa ficcional, o idioleto cria problemas porque o romancista, subliminarmente treinado para revelar o caráter de seus personagens por meio da ação, cuida de infletir sua narrativa de maneira a criar belas entradas de cena para a próxima metátese, o próximo malapropismo ou o pleonasmo seguinte. O melhor, a meu ver, é fazer apenas uma lista.

Assim, Demi dizia "bola de neve viciosa", "uma dor viperina" e "no olho da lua"; dizia "saindo pelas tabelas" e "a inveja matou Jó" (embora não "uma paciência de Caim"); dizia "chovia a cânticos", "borborigma de atividade", "com o que é que há com ela?"; dizia "isto não é da minha sorte" e "na hora da porca torcer água"; dizia "ele cantou" (confessou) e "ela desistiu" (suicidouse). Certa vez, uma única vez, ela murmurou: "Desculpe. Só estava falando em voz alta". Demi também não conseguia pronunciar devidamente os erres, mas nem vou tentar reproduzir o resultado.

Eu disse desde o início que Demeter, como Gina, não tinha a menor ligação com a literatura além de se ter casado com um de seus supostos praticantes. Não é bem verdade. Nunca é bem verdade. Todos temos nossas ligações com a literatura, conscientes ou não tanto. De que outra maneira poderíamos explicar a intensidade do interesse de Richard? Todo mundo sabia que ele ia

251

até Byland Court para passar o fim de semana com lady Demeter. A mulher dele sabia; o marido dela sabia; o editor da revista dominical também sabia. Mas ninguém sabia como às vezes Demeter ocupava seus pensamentos — como ele ardia por ela do outro lado da cidade.

Se fosse possível reunir todas as ex-amantes de um homem (as amantes de um homem moderno de meia-idade, medianamente promíscuo) e ordená-las em ordem cronológica, como num *catalogue raisonné*, como num corredor extenso de uma galeria de museu: pela retrospectiva... Começaríamos com uma diversidade extrema, com um ecletismo abrangente. Avançando ao longo do corredor, os olhos do espectador se deslocariam para todos os lados, tantas alturas diferentes, tantos pesos, tantas cores. Depois, ao final de um certo tempo, um padrão começaria a se revelar; a repetição de certos temas acabaria por situá-lo num ou noutro gênero, até chegar à última das mulheres da exposição, a cristalizada: e esta é a sua mulher. E foi assim, mais ou menos, que as coisas aconteceram com Richard. A flecha da obsessão apontava para Gina. Todas as moças, todas as mulheres, iam ficando cada vez mais sinuosas, aderentes e engenhosas — até chegar a Gina. Seus olhos, sua boca, o torneado de sua cintura: eram esses os *Poemas reunidos* de Richard Tull. Enquanto os membros do subgênero que Demi representava, as louras altas e claras de formas arredondadas, nunca chegaram a ser numerosas e desapareceram num ponto muito anterior da exposição. Embora tivesse gostado muito de vê-las àquela altura. Richard estava com quarenta anos. Visitava muito aquele corredor. Sua vida era aquele corredor. O mundo era aquele corredor.

Mesmo assim, a linhagem aristocrática, a grande riqueza, a relativa juventude, um ar de vulnerabilidade, os seios grandes: não seria um resumo abrangente, universal? Será que Demi *precisaria* de alguma coisa literária para atear fogo à paixão de Richard?

Sim. Antes de mais nada, as festas que ela costumava dar para escritores. Num delírio faminto, Richard recapitulou as garrafas de champanhe antigo envoltas em guardanapos e inclinadas em sua direção por atletas vestidos a rigor (até a criadagem era elegante) e grã-finas burras na última moda, oferecendo canapés feitos de ovos de dodô e pintos de colibri na biblioteca octogonal, onde ele se misturara aos sapientes e aos reis-filósofos do mundo vivo — enquanto os agentes, os profissionais do livro e os donos de editoras se encolhiam em seu nimbo de fortuna e preferências: homens e mulheres que o evitavam; homens e mulheres cujas secretárias se aproximavam dele sem pestanejar; homens e mulheres cujas cartas ele abria como algum zelador soviético que recebesse uma convocação de Stalin... Tentando impressionar Gwyn Barry (ou, mais honestamente, esperando deixá-lo deprimido), Richard levou o amigo ao *salon* de lady Demeter de Rougemont. E deu no que deu.

Afora isso, hoje Richard dispunha de informação sobre Demi, e a informação sempre aponta para o vulnerável — o que se mantém escondido. Segredos, segredos de mulher, como a marca de nascença que o decote de suas blusas às vezes deixava de esconder: a mancha da pele de Demi, que ficava mais intensa e brilhante sempre que Demi se animava ou se atrapalhava. Na verdade, ela só apresentava ao mundo uma parte da verdade. Demi saíra da capela cavernosa de Byland Court para o caixa automático, em plena rua, por volta da meia-noite (fazendo dois saques, às 11h59 e às 12h01: prática corrente no mundo das drogas). O elemento que a resgatava da mera beleza dependente da juventude era o apetite, o gosto pela desobediência e a dissolução. Isso conferia uma certa profundidade a seus olhos, deixando-os cheios de humor e decididamente propiciatórios; complicava sua boca, seus dentes; não deixava que seus cabelos se conformassem a seu brilho e caimento. Seu apetite não era vulpino; era generalizado e indiferente. Ela estava ferida, ela se sentia culpada. Era assim que ela era. O amor poderia tê-la levado a crescer. Mas nem todos de nós conseguimos ser amados. Nem todos de nós conseguimos crescer. Ela e o marido dormiam em quartos separados. Richard compreendia. Ele e Gina ainda se deitavam juntos; mas eles dormiam em camas separadas. Richard compreendia. Ego por ego.

A dificuldade de representação permanece. Minha desconfiança permanece. As dimensões de Demeter não chegam a ser três. Isso acontece. Com Gina também, talvez. Se os escritores esgotam toda a vida dos que os cercam, se os escritores são vampiros, são pesadelos... Com mais clareza: eu não procuro essas pessoas. Elas me procuram. Elas me procuram como a informação que se forma à noite. Não sou eu que as faço. Elas já existem.

* * *

"Onde foi que você esteve?"

"Festa. No escritório."

"Festa? Nesta época do ano. Festas. Sei. Você."

"É."

Os motoristas de táxi que atravessavam Richard de um lugar para o outro, em pleno Natal, percorrendo a diáspora da antiga Fleet Street — os motoristas tinham todos os tons do bronzeado asiático, mas falavam todos a mesma língua. É evidente que tinham aprendido a falar inglês nas conversas apressadas com seus passageiros, gente como Richard ou pessoas em condições semelhantes.

"Foi bom conversar com você", Richard arrastou as palavras, descendo na Calchalk Street sob uma lua oblíqua e uma ou duas estrelas urbanas. "Quanto é?"

"Ah. Seis e cinqüenta", respondeu o motorista arrastando as palavras.

"Tome sete."

"...Brigado. Babaca."

A estação de trem mudara muito desde a última vez que ele precisara usá-la. Nesse meio tempo, o saguão repleto de garotos de programas, com sua cúpula coberta de fuligem, suas vigas alcatroadas e suas vidraças foscas, transformara-se num átrio cheio de butiques, quiosques vendendo *croissants* e *capuccino*. Não era mais dominada pelos trens, com sua cultura ferroviária de cargas industriais transportadas em meio à sujeira e sem qualquer sofisticação. Os trens agora entravam timidamente pelos fundos, desculpando-se pelo atraso, esperando humildes ainda ter alguma utilidade para os consumidores orgulhosos, que sorviam compassados seus *capuccinos* e se acotovelavam pelas galerias de lojas. Havia até mesmo um *pub* dickensiano novo em folha chamado Olde Curiosity Shoppe, cujas paredes eram cobertas de milhares de livros — escritos não por Dickens, mas por aquele bando eterno de anônimos que atulhavam as prateleiras decorativas das lojas... Em outras palavras, a estação subira na vida. E Richard não gostava nem um pouco. Queria que tudo continuasse em seu lugar, por mais rasteiro que fosse — juntamente com ele. A inveja, o ciúme e a *Schadenfreude*: advêm da falta de caráter, mas também do medo de ser abandonado. A entrada para a plataforma onde estava se chamava Portal para East Anglia. Monoliticamente acima do peso, como uma cobra pré-histórica que tivesse engolido não um mastodonte ou um mamute, mas outra cobra do mesmo porte, o trem avançava em sua direção cuidando de manter desviados seus olhos amarelos. Os ferroviários asiáticos e antilhanos estavam a postos, com seus sacos pretos de lixo de cinqüenta litros. Richard empertigou-se em sua gravata-borboleta manchada.

Tinha chegado ao fim. Tinha praticamente chegado ao fim. De manhã, pelo correio, recebera um envelope lustroso dos escritórios de Gal Aplanalp. Ao abri-lo, encontrou não um contrato para a publicação de *Sem título*, mas uma cobrança pelas várias fotocópias tiradas de seus originais. A alentada soma que lhe cobravam era suficiente para constituir um prenúncio de ruína para ele; e, pior ainda, prenunciava boas notícias para outro dos clientes de Gal, Gwyn Barry, cujos padecimentos físicos, conseqüentemente, teriam de ser modificados ou reduzidos. Diante de sua família reunida, Richard levantou-se da mesa da cozinha e tomou o caminho da espreguiçadeira da sala de estar. Não desabou na cadeira, mas arrastou-se por baixo dela. Um de cada vez, os meninos vieram olhar para ele com seus rostos virados de cabeça para baixo. Era o fim... Richard não contemplou o dia que passava por ele. Prefigurando sua morte, o sol ou seu halo pairava imensamente ampliado acima do meio leitoso da troposfera. Dava para olhar direto para o Sol — um privilégio necessariamente raro. Quando se podia olhar diretamente para uma divindade, ela deixava de ser divina. Se pudéssemos olhar diretamente para o Sol, ele não nos serviria: jamais nos daria a vida. Veio a chuva. A chuva tornava a paisagem mais pesada, e tudo ficava mais lento: as árvores ensopadas, as ovelhas encharcadas. Richard ergueu os olhos. Um canal corria paralelo ao trem que oscilava nos trilhos. Havia uma barcaça solitária, amarrada à margem, com a chaminé desprendendo fumaça; era possível que houvesse um vagabundo sentado nela, abrigado daquela tempestade feita só para ele. Até que não seria de todo mau, pensou Richard. Casacos grossos, feijão cozido na lata. Agradavelmente entorpecido pelo cheiro de querosene...

Era o fim. Estava quase chegando ao fim. Ele procurou pistas — na crucifixão diária das palavras cruzadas. Dez anos atrás, costumava levar uns dez minutos para derrotar de vez aquele Tirésias gradeado: o tempo que passava sentado na privada. Cinco anos atrás, geralmente completava a metade; mas as suas respostas (descobria sempre no dia seguinte) eram todas *erradas*. Entrecruzavam-se direito; mas eram todas erradas. Hoje, as coisas tinham melhorado: não conseguia dar nenhuma resposta. Hoje de manhã, duas das chaves o deixaram intrigado. A primeira era:

Feito de ovo? (16)

E a segunda era:

Tomando o número oito para o Zimbábue, a locomotiva de Gloucestershire se reúne ao último vagão para Glamorgan (quando nenhum outro se presta ao jogo) para produzir uma bola nova com claro apelo ao filoprogenitor (3)

Ele afastou aquilo e tentou dormir, mas ficou ali sentado, com a cabeça batendo na parede. Por que trens? Por que trilhos? Por que rodas e chaminés? Richard continuou a se propor aquelas perguntas sem sentido por algum tempo, como ocorre em princípio com todo artista. Mas aquelas perguntas já não faziam mais qualquer sentido. Decidiu abandonar a atividade da reconstrução. Não havia qualquer atividade que precisasse dele.

Na chegada a seu destino, foi recebido não por Demi, mas por um jovem gorducho usando um bulboso casaco lavável, filho do guarda da casa, ou guarda-caça. Só que não havia mais caça ou casa para guardar, só aquele jovem gorducho ao volante de seu cortador de grama motorizado, perdido entre as aléias e as sebes até o fim de seus dias. Richard o acompanhou, subindo a colina e descendo a ladeira. A estrada parecia reconduzi-lo a seu próprio sistema nervoso central, rumo à infância e seu mundo verde, onde não houvera queda, onde o leão se deitava com o cordeiro e as rosas cresciam sem espinhos. Na cidade, todos procuravam aquele mundo, nos parques cobertos de titica de cachorro, nas quadras do Warlock, nos delírios do menino selvagem, nas páginas de chumbo de *Amelior*. O mundo verde simbolizava o triunfo do verão sobre o inverno; simbolizar aquele triunfo, porém, era o máximo que podia acontecer com o mundo verde, porque era aqui que ficavam o inverno e o frio que ele tanto temia.

"Quase chegando."

Corretamente, e com a ajuda de um certo desconforto social, Richard percebeu que a terra estava sendo esculpida, transformando-se de fato num jardim — mas numa escala apavorante. Eis um jardineiro assustador, de cem metros de altura, com sua foice assustadora, seu ancinho imenso, sua enxada, seus regos cavados de um quilômetro de comprimento, o topiarista terrível: as árvores pré-reunidas no topo do morro, o platô planejado, as sucessivas canaletas destinadas a dar às encostas uma expressão de dúvida ou zombaria.

A camionete o deixou num pátio traseiro, e foi conduzido até a cozinha onde estavam Demi e todas as suas irmãs: lady Amaryllis, lady Callisto, lady Urania, lady Persephone. Com sua maleta pequena mas respeitavelmente surrada, Richard entrou num aposento onde, contra todas as expectativas, foi recebido com uma informalidade obrigatória: as quatro irmãs, as quatro ordenhadoras nobres, cada uma com um nobre seio à mostra e um bebê a ele preso, além de seis ou sete crianças adicionais com suas eternas cadências de cansaço e exigência, e mais tosses rascadas, espirros curtos, soluços pulsantes, acessos de vômito que interrompiam tudo e, é claro, várias escalas de sofrimento infantil. Esses sons eram eternos e imutáveis, mas aqui soavam mais alto, e eram mais ricos em eructação, devido à incrível sujeira, como Demi explicou.

"Não são só os bebês", disse ela. "Todo mundo que vem aqui passa a maior parte do tempo no banheiro."

E dava para ouvir, dava para ouvir, os petardos dos arrotos, dos peidos e dos engasgos das crianças, ininterruptos como num desenho animado, uma orquestra de bebês, o moto perpétuo do ar.

"Vai acontecer com você também. Não está sentindo o cheiro de rato morto?"

Ele tomou seu café, entre os olhos fixos, os narizes que escorriam e os pés que balançavam, vestidos em suas botinhas. Era o esquecimento olfativo — a libertação olfativa. Richard ficou lá sentado, farejando as pontas dos dedos; mas ocorreu-lhe que seu nariz, finalmente, estava sarando. Quase não achava mais que cheirasse a merda. Quase não achava que cheirasse nem mesmo a solidão masculina. Achava que cheirava a *solteironice*. E não podia ser. Solteironice, repetiu para si mesmo (e a esta altura já era quase um refrão). Francamente. Solteironice. O que ainda falta para você se convencer de que seu nariz anda lhe pregando peças? Solteironice: haverá prova mais clara de que seu nariz está totalmente enganado?

"Richard está escrevendo um artigo sobre Gwyn."

As irmãs se viraram para ele com expressões de consideração.

"Você não vai usar um gravador, ou coisa assim?"

"Não, não. Podem continuar fazendo o que estariam fazendo de qualquer maneira. E eu vou ficar observando. Cheio de sono. O que eu vim mesmo fazer aqui", disse Richard, "foi dormir."

258

Embora não fosse quente ou nada parecido, a casa em que estavam (ela própria imensa, mas separada da casa senhorial, que ficava em algum lugar num dos flancos, como um regimento) dava a impressão interna de um forno ou uma fornalha; onde quer que fosse, você ouvia os pulmões ressecados de antigos foles, o arquejar de chamas-piloto. As tábuas do assoalho gemiam e transmitiam aos pés calçados o calor do hipocausto oculto. A esse equipamento senil se juntava, no inaquecível salão de teto alto, uma imensa lareira aberta, diante da qual, no sofá, uma labrador prenha aguardava ansiosa a chegada de seus filhotes. Uma fumaça acre pairava em volutas no ar, trazendo lágrimas aos olhos — aos olhos da cadela e aos olhos da mulher de idade que, sentada, acariciava o animal... Pilhas úmidas e mofadas de casacos, todas as privadas sujas e manchadas, todas as superfícies cobertas de uma poeira espessa como limalha de ferro. O casamento dos pais de Demi fora a união de duas dinastias católicas. Não que o conde e a condessa tivessem um apreço especial pela sujeira e a decadência. Eram simplesmente incapazes de percebê-las. Quando usavam a cozinha escura como um celeiro, se é que jamais a usavam, a devoção e o orgulho lhes impediam de perceber a crosta ressecada aderida ao fogão ou o cheiro de papelão molhado exalado pela geladeira aberta. Não cheiravam e nem viam o que era apenas mundano. Mas as filhas sim, e riam daquilo, aumentando ainda mais a sujeira com as emanações de seus filhos.

À diferença das narinas de outro visitante a outra grande sede católica, as narinas de *Richard*, por mais sensíveis que fossem, felizmente deixaram de inflar-se ante a visão de uma "cúpula alta e insolente". Mas ele passara bons momentos em grandes casas de campo, no tempo em que ele próprio era mais jovem e mais insolente. Tinha uma certa prática de se esgueirar por seus corredores, roubar bebidas e evitar a igreja; e já percorrera muitos corredores imensos e ressoantes com os sapatos nas mãos. Além disso, já se acocorara à beira de riachos e já disparara espingardas contra bandos de patos (que, com asas ondulantes de gratidão e sinceridade, tomavam o caminho de casa e de seu merecido repouso). Já se sentara ladeado por irmãos imensos em carros imensos a caminho de *pubs*, decorados como carruagens nas manhãs de domingo (o Irmão Número Um, falando de uma loura casada: "Também já rolei com ela". Irmão Dois: "Mentira!". Irmão Um:

"Quer provas?". Irmão Dois: "Qual é a cor dos pentelhos dela?".
Irmão Um: "Pretos!"). Já tomara copos de gim às seis da manhã
antes de sair em perseguição a furões ou doninhas até cair. E, o
que era mais importante, já assumira a posição missionária com
várias filhas atrevidas da nobreza e da plebe, bombeando até tudo cheirar a esperma e ele fazer uma piada, contar a elas quem
era Tchekhov, por que a chuva caía e por que os aviões não podiam ficar parados no céu. Richard sempre se perguntava, enquanto isso, quando é que aquilo tudo ia acabar, mas depois que ia
embora acabava voltando, e tudo tornava a acontecer da mesma
forma. Aquela dinastia em especial, de todo modo, estava à espera da extinção. Embora o conde tivesse produzido cinco filhas,
transformando aos poucos sua mulher em inválida na tentativa de
produzir um herdeiro, e embora aquelas filhas tivessem gerado
para seus maridos vários Jeremys, Jaspers e Josephs, o legado, é
claro, era patrilinear, e dentro de muito pouco tempo haveria de
tomar um novo rumo.

O dia clareou. O teto de nuvens começou a vazar, como um
coador, e os pólos da luz refratada pareciam pernas abertas, como se seu ápice ficasse à altura de cruzeiro dos aviões — quinze
mil metros, talvez, e não cento e cinqüenta milhões de quilômetros. Sem mudar de roupa, e com uma raquete de madeira, jogou
tênis com Demi, Urania e Callisto numa quadra tão cheia de ex-
crescências e asperezas que sua escolha do golpe a dar — *forehand* ou *backhand* — dependia necessariamente do ponto onde
a bola batia no chão. Depois, com as mãos nos quadris, admirou
a piscina. Correntes termais produzidas pela fermentação se agitavam em meio à espessa camada de limo verde que a cobria. Richard não sentiu qualquer vontade de mergulhar naquela piscina;
não se importaria de beber aquela água, mas não sentia vontade
de mergulhar nela. Lado a lado, ele e Demi saíram caminhando
por aléias gotejantes. Visitaram estufas e viveiros de mudas, grutas
e coretos, arcos e arvoredos, canteiros e clareiras; a caderneta de
Richard saía de seu bolso e a ele voltava, assinalando seu interesse profissional, enquanto Demi contava histórias de gatinhos perdidos, cavalos adorados, marmotas aparvalhadas, coelhos hidró-
fobos e assim por diante, além de apostasias e conflagrações e
comandos em tempo de guerra e visitas da família real... Ouvir
é bom, pensou ele; ouvir é sempre bom. Aproximaram-se da co-

zinha, atravessando a horta. Ela tropeçou no caminho e ele estendeu a mão para firmá-la. Richard tinha tempo.

Encontrou uma biblioteca do tamanho de um ginásio que não continha um livro legível sequer, nem mesmo alguma obra de Trollope. E então decidiu dormir ali. A biblioteca estava escura quando Demi o despertou com uma xícara de chá, e biscoitos. Ela ficou a seu lado, no sofá adornado, segurando sua xícara de chá com as duas mãos como se ela contivesse algo de sacramental, incenso fumegante ou um calor santificado; suas coxas enfiadas nos jeans estavam separadas, seus pés tensos e apoiados nos dedos eretos. Ele observou o rosto dela, o perfil que ela lhe apresentava, a maneira como oscilava e se definia — o lábio inferior mordido, os tremores. É claro que lhe parecia óbvio qual era o problema imediato. Bebês inconcebidos adejavam em torno da cabeça dela, como bandos de passarinhos.

"Você é a irmã do meio."

"Tenho doze sobrinhos. Gwyn está muito preocupado com o estado das coisas no mundo."

"Pois não é a impressão que ele me dá."

"Ele já falou até de fazer a tal operação."

"Sempre achei que isso era uma reação estranha — à preocupação com o estado das coisas no mundo." Richard tinha acabado de acordar, e por isso falava com razoável inocência. Realmente achava aquela reação estranha. Tantos sinais de fermentação logo adiante, na história humana — e o sujeito decidia desligar seu pau. Ou então *remover* o pau: uma operação um pouco mais complicada (e mais cara), que ele julgava poder tornar-se necessária no caso extremo de Richard Tull.

"Isto não é para aparecer no seu artigo."

"Claro que não."

Ela estendeu a mão para a dele. E disse: "Precisamos mudar de roupa".

Richard sentiu alguma coisa agitada dentro de si. A sedução de lady Demeter: que coisa mais vil, que coisa mais mesquinha, que coisa mais pueril. E então decidiu perseguir um objetivo mais alto. Seduzir Demi, na verdade, seria uma vitória oca. O grande lance seria, de fato, engravidá-la.

Uma sucessão de faróis perfurou e percorreu a escuridão e a poeira suspensa daquela sala cheia de livros. Eram os maridos, chegando numa formação de quatro Porsches, vindos da City. Como é que tinham passado o sábado? Comprando e vendendo, supôs Richard, e dormindo com mulheres que nunca tinham filhos. Portas de carro eram batidas com força, dando a impressão de despertar uma intensidade maior da iluminação nos lampiões e lustres do pátio. Dava para vê-los da janela. Dava até para ver os dentes deles, seus dentes que pareciam lápides, gotejando de avidez.

O jantar foi inesquecível, e Richard se lembraria dele pelo resto da vida. À mesa, cada lugar era marcado por um cartão com o nome do conviva, uma salva de prata e uma imensa quantidade de talheres; e também, em cristal facetado (do tamanho e da forma de um recipiente de ketchup de lanchonete), uma garrafa individual de vinho tinto. Que nunca era reabastecida. Richard descobriu esse fato logo no início do jantar, pois já sacudia sua garrafa por sobre o copo bem antes de servirem a salada de abacate. Demi lhe deu a dela, o que o ajudou a enfrentar os cinco minutos seguintes. Duas horas mais tarde, depois que as mulheres saíram da sala, dispôs-se a aturar os maridos em troca de dois cálices minúsculos de vinho do porto... Rapazes radiantes em camisas cintilantes, aqueles maridos, até onde ele podia avaliar, eram francos, amigáveis, claramente sintonizados com o funcionamento do mundo, e de modo algum idiotas sem remédio.

Assim: intensamente sóbrio, num permanente ataque de pânico de sobriedade, Richard se viu agora sentado na cama com Demi, numa torre escura: uma torre escura encimada por um chapéu pontudo de bruxa. Para chegar até ali, atravessaram dois gramados congelados, subiram uma tortuosa escadaria de pedra e entraram na torre esférica usando uma chave úmida e pesada. Era o tipo de torre onde as princesas traídas costumavam ficar à espera de uma oportunidade de escapar ou de alguém que as resgatasse. Uma princesa sobre a qual Richard lera pouco antes (sentado com um gêmeo de cada lado) fugira de uma torre como aquela descendo por seus próprios cabelos: a princesa cabeluda. Em suas próprias fantasias de fuga, muitas vezes se via descendo daquela cama em Blackfriars — aquele ninho de águia da solteironice — usando uma corda tecida com os cabelos ressecados de Anstice... Por alguma razão misteriosa ou mesmo mágica, aquele pequeno campanário, como disse Demi, era "adorável e acolhedor". Servira de quarto para uma das fabulosas babás da família, morta há muitos anos. Os dois ficaram sentados lado a lado em seu catre estreito, cujas molas, presumivelmente, nunca gemeram de paixão.

"Isso que Gwyn faz às vezes", disse Richard, ajeitando a caderneta, "de ficar olhando para as coisas totalmente arrebatado, qualquer coisa, uma laranja, um lápis. Como se fosse uma criança. Quando foi que ele começou a fazer isso?"

"Ele ficava muito aborrecido quando as pessoas diziam que as coisas que ele escrevia eram *simples* demais. Disse que parecia que tinha escrito um livro infantil. Foi mais ou menos nessa época que ele começou a fazer essas coisas."

"...E a história da carpintaria. Ele não faz nenhum trabalho de carpintaria, ou faz?"

"Nunca. Só um pouco... Ele disse a alguém que escrever era parecido com carpintaria, e aí achou que era melhor comprar material de carpintaria, para mostrar se perguntassem se ele tinha o costume de trabalhar com madeira, e aí treinou um pouco, só para mostrar se fosse o caso."

As testas das mulheres, às vezes, pontuam o que elas dizem: sublinhados, acentos grave e agudo, um circunflexo intrigado, tristes tis, cedilhas suplicantes.

"O que fez você se apaixonar por ele?"

À diferença de Richard, Demi trocara de roupa para o jantar: um cardigã justo de cor cinza, uma saia leve também cinzenta. Seus sapatos estavam soltos no chão, ainda ecoando sua postura característica: um calcanhar encostado no outro, formando um ângulo obtuso. Tinha as pernas dobradas sob o corpo, mas agora as desdobrou, ficou de joelhos e se virou, apoiando os braços dobrados no parapeito da janela estreita. Richard ficou olhando: as duas aléias das coxas de Demi, entrando no túnel de sua saia. Onde fica o centro das mulheres, perguntou-se ele: onde fica o centro de sua atração gravitacional? Em vários lugares. Na cor do interior da boca, na flexibilidade ansiosa dos pulmões. Na lacuna ou vão entre as coxas, onde não há carne, um tubo de ar da forma de uma *flûte* de champanhe, onde ele pressentia a invisibilidade mercurial do gim... Pousou a caneta e a caderneta e se aproximou dela. Seus rostos quase se tocavam quando ela disse:

"Eu sempre subia aqui, e então sentia que tudo continuaria a ser do mesmo jeito que sempre foi. Todo mundo acha que as pessoas como eu não precisam lutar. Mas eu lutei muito. Ah, pode acreditar que eu poderia lhe contar uma ou duas histórias bem interessantes. Passei um bom tempo muito... perdida. Ainda estou perdida. Ainda preciso enfrentar um dia de cada vez. Um dia de cada vez."

Os dois engoliram em seco. Ela disse: "Olhe".

Ele olhou. Olhou pela janela estreita, através de sua teia de vidro de igreja: os campos gelados, os choupos altos, a lua globulosa, uma fatia de nuvem, a torre. A torre parecia ter de fato algum motivo para apontar na direção do céu, à diferença da massa apatetada de um prédio de escritórios, de algum arranha-céu. Apontava, com uma incerteza afilada...

"É a igreja de St. Bodolph em Short Crendon. Está vendo? Uma nuvem está passando bem em cima dela. Eu costumava sair na minha égua Hester e ir até lá todo fim de tarde. Não me deixavam ir mais longe. E eu sempre achava que se conseguisse chegar até lá e estar de volta antes de minha babá servir o chá..."

"O quê?"

"Ah. Sabe como é. Que eu ia ser feliz na vida."

Era puro romance, mas estava acontecendo no inverno.

Richard perguntou: "Quer um pouco de pó?".

Assim como existem vários gêneros de céu, de alarmes de carro e de muitas outras coisas, também existem vários gêneros de ressaca. Ela pode ter um tratamento trágico, temperado por quantidades e tipos variados de ironia. Ou épico, mostrando o herói, em plena tarde do segundo dia, ainda sentado, esfregando as sobrancelhas com as pontas dos dedos e sempre dizendo baixinho coisas como minha nossa, minha nossa. Há ressacas futuristas, ressacas de terror ou eróticas e ressacas de mistério. E ressacas violentas. E é provável que existam ressacas do tipo água com açúcar, sexo-e-compras: e ressacas feitas de lixo e restos. Ressacas tão chatas como a chuva... Por outro lado, porém, nem todos os gêneros correspondem a um determinado tipo de ressaca. Não existem, por exemplo, ressacas de faroeste. Na vida real, as ressacas costumam se aferrar a um gênero que a literatura acha difícil e ra-

ramente tenta: a tragicomédia, *Murphys* e *Metamorfoses, Third policemans, Handful of dusts*...

Num primeiro momento, a ressaca de Richard parecia destinada a enquadrar-se num gênero inglês relativamente confortável: o romance de mistério passado numa casa de campo. Toda ressaca, no fim das contas, é um mistério; toda ressaca é um romance policial. Mas assim que Richard desceu da cama e apoiou uma trêmula sola branca no linóleo do assoalho, ficou total e terrivelmente claro que tinha ingressado em outro gênero: o terror. Um terror irresponsavelmente absoluto, mas de produção barata: a dublagem era imperfeita, a iluminação péssima, e tudo era filmado de câmera na mão. Do lado de fora da casa, o pátio, o tinido seco das ferraduras dos cascos dos cavalos. Alguns séculos antes, Richard estuprara a namorada do diretor. Agora, fora reduzido a um quadro maldito; era o retrato de um visconde morto na fogueira, guardado num porão secreto. Ou então o palafreneiro arruinado, esgotado, esfolado e mijado, abandonado para morrer no galpão empoeirado, junto a uma pilha de palha velha. Alguma coisa boa tinha acontecido, mas alguma coisa ruim também acontecera. Havia um espelho, acima da pia: Richard contemplou o espectro anódino que vivia além do espelho. Os cabelos que não tinham caído durante a noite estavam arrepiados, e sua boca tinha o franzido de uma batata frita congelada. E não deixou de perceber que seu *outro* olho agora estava roxo.

Desceu as escadas com um lenço gelado pressionando a maior parte de seu rosto. Todos tinham saído. Sem dispor de um relato sobre a razão por que estava com aquela aparência, um casal idoso, os guardiães da ressaca, examinou-o detidamente enquanto ele preparava uma fórmula reconstituinte composta de essência de chicória e leite condensado. Levou aquela bebida até o salão e sentou-se no sofá, segurando a xícara com as duas mãos, logo abaixo do queixo, como fazem as mulheres... Alguma coisa ruim tinha acontecido, mas alguma coisa boa também acontecera: era o que lhe dizia seu saldo interno. E era seguro supor que as duas tivessem a ver com Demi. Curvado sobre a xícara que continha uma fórmula sem nome, lembrou-se de repente que anotara a coisa boa: preto no branco. Que outros escrevam sobre a culpa e a dor, pensou ele, e até mesmo murmurou, enquanto revistava os bolsos à procura de sua caderneta. E lá estava, na última página, em letras maiúsculas triunfalmente sublinhadas. Dizia a frase: DEMI: "GWYN NÃO ESCREVE NADA COM GRAÇA". E ele se consolou o quanto podia com aquelas palavras.

Porque Richard já sabia, a essa altura, que estava com sérios problemas físicos. Aquela ressaca apresentava sintomas, sintomas notáveis, entre eles uma incredulidade primal perante qualquer gesto ou funcionamento do corpo, como cruzar as pernas, coçar a cabeça ou respirar: cada vez que Richard inspirava, não chegava até onde devia — não virava a esquina, não chegava ao ponto devido e nem conseguia mais voltar ao ponto de partida. Mas aqueles sintomas eram sintomas do quê? Ele sabia: do medo da morte. Sua única ambição, naquele momento, era morrer bem. Partir suavemente, com talvez um apotegma modesto mas oportuno nos lábios. Agora, condenando-o a um isolamento ainda maior, seus dois ouvidos se tamparam bruscamente.

E lá ficou ele sentado, tentando se recompor, perguntando-se quem seria o culpado. Ele conhecia a resposta, e nem queria saber qual era o porquê (foda-se o porquê); mas e o *como*? E tinha sido assim. Demi contemplara cada uma de suas narinas com uma fileira da cocaína de Richard — e depois fora dormir. (Lembrou-se do estalo sumário do beijo dela ao lhe desejar boa noite junto à porta de seu quarto.) Em seguida, Richard acabara com o resto. E não era um daqueles papelotes de setenta e cinco libras que costumava comprar — e que mesmo assim quase sempre o deixavam à beira da morte. Aquela era a cocaína que Steve Cousins lhe dera. Era a cocaína que aparecia nos filmes. Nos filmes sobre colombianos com jatinhos particulares e capangas de rabo-de-cavalo. Depois daquilo, ele revirara toda a casa até encontrar um armário onde havia centenas de natais de garrafas de licor quase vazias: licor de ameixa, de cereja, de damasco — Bénédictine, Parfait d'Amour. A noite finalmente se extinguira em vastos panoramas de visões de quinceyanas: visões do sucesso que *Sem título* poderia alcançar (aquele pó, deduziu ele agora, devia ser do bom mesmo). Richard também se lembrava de ter ficado sentado na sala de jantar às escuras, o queixo lambuzado de destilações alcoólicas, ouvindo a cadela labrador gemer em seu pesadelo ou trabalho de parto, torcendo para que ninguém descesse em socorro do animal, e gozando o conforto daquela comunhão na dor... Richard teve um estremecimento. Tão violento que um de seus ouvidos se destampou. Ficou esperando. Começou a se sentir mais aquecido, e até parou de tremer. O fogo da lareira fumegava sem produzir calor, mas teve a impressão de que um certo calor líquido sem infundia em sua metade inferior. Talvez, se conseguisse ficar ali sentado numa incrível imobilidade, saboreando dali a pouco, quem sabe, um cigarro salutar...

Abriram-se as grandes portas do salão. Richard virou-se, contrafeito. E o que viu ele na manhã fria e clara, além da vida? A vida, as cores da saúde e da juventude que fazem a criatura moribunda encolher-se ainda mais em seu covil. Ancas de cavalo e bafo quente de cavalo, as noivas de culote e os noivos sorridentes e, mais à frente, a caravana de carrinhos de bebê. Demi estava a seu lado. Com o azul e branco de seus olhos e o branco e rosa de sua boca, ela deixou claro que ele precisava se apressar: o senhor Bowyer-Smith em pessoa concordara em conduzir Richard numa visita completa a todos os quarenta aposentos da mansão. Com uma dificuldade que não conhecia limite teórico superior, Richard se pôs de pé. E agora, finalmente, todo mundo — o mundo — olhava para ele da maneira apropriada, com decoro, com piedade, com horror. Ele percebeu a direção de seus olhares e olhou para baixo: para si mesmo. Das virilhas aos joelhos, as calças de Richard estavam encharcadas de sangue vermelho. Mas nada de preocupar! Nada que importasse! Era só o sangue do parto da cadela, em que ele se sentara! E pouco importava que fossem as únicas calças que tinha! Demeter o levou por um corredor lateral, atravessando profundezas coalhadas de tênis e capas de chuva até chegar com ele, meio minuto mais tarde, a uma peça cheia de bacias plásticas de roupa suja e frementes máquinas de lavar, onde deu-lhe para vestir calças justas de flanela da cor de aveia. A cadela estava deitada a um canto, numa cama de papelão. E nem deu atenção a ele. Estava ocupada demais com a biologia, lambendo as crias pegajosas.

Richard percorreu todos os quarenta aposentos, depois voltou e ficou sentado na cozinha enquanto todas as crianças capazes de andar desfilavam à sua frente e inspecionavam seu olho roxo como uma fileira de pequenos generais passando em revista o soldado solitário — degradado e rebaixado ao trabalho na cozinha. E sabem o que o mundo ainda fez com ele àquela altura? Não acredito que estão fazendo isto comigo, pensou ele, sentado na camionete com Urania, Callisto e Persephone. Sentiu vontade de fazer uma súplica — a quem? Aos filhotes da cadela labrador, cegos, perdidos, lustrosos com seu verniz de recém-nascidos. Oh, meu Deus, como é que podem fazer isto comigo? Comigo, logo comigo, tão perdido, tão ínfimo, tão ansioso por um mínimo de substância. Uma alma tão exausta do pecado, tão cansada das sombras e impressões do mundo. Meu Deus, não vão fazer uma coisa dessas comigo! Mas vão. Estão me levando para a porra da *igreja*.

Na praça da cidade a camionete se abriu, e ele saiu.

"Ligou uma moça chamada *Girl*."

Richard deu meia-volta. "Uma moça *chamada Girl?*"

"Alguém, o nome era *Girl*. Ela ligou."

"Não pode ser *Gal?*"

"É. Talvez. Gal."

Seu interlocutor era Benjy — o marido de Amaryllis. Trazia nas mãos um pedaço de papel arrancado de um caderno de exercícios, no qual o recado fora anotado, numa caligrafia laboriosa que lembrava Darko. Richard tirou o papel de sua mão e perguntou:

"Posso ver?"

"Foi o velho que anotou o recado. Com grande irritação. Depois a ligação caiu, é claro. O telefone daqui nunca funciona direito, e ele não deixa que a gente traga os celulares. Normas da casa. Ela disse que tinha notícias. E o que mais?"

"O que está escrito aqui? Que palavra é esta?"

"*Posição?*"

"Não, é um adjetivo."

"*Perversas?* Ahn... — *previstas?*"

"Pode ser *positivas?*"

"Ah, deve ser. Deve ser isso mesmo. Notícias positivas."

Era o fim da tarde de domingo, e o destino de todos era a perene tristeza da nòite dominical. A estrada, depois a segunda-feira. Gal tinha notícias positivas. O que aquilo poderia significar? Que todas as editoras estavam positivamente convencidas de que não queriam *Sem título*? Que Gal tinha certeza positiva de que *Sem título* era impublicável? Não. Positivo era o contrário de negativo. Negativo vezes negativo dá positivo...

"Vamos", disse Demeter, e pegou-o pelo braço. "Está na hora de ser apresentado ao velho."

Os homens usam calças o tempo todo, até na cama, e as mulheres usam calças pelo menos a metade do tempo que passam acordadas, mas são as mulheres que usam calcinhas, biquínis, pantalonas, bermudas, culotes, calças de ciclista quando não andam de bicicleta, calças de atletismo quando não são atletas e calças de montaria quando estão desmontadas, enquanto os homens se limitam a usar calças e pronto. Assim, Richard podia ter extraído algum prazer de suas calças de flanela: podia ter achado alguma graça na novidade. Os vincos, por exemplo. A maneira como ficavam baixas nos quadris e curtas nos tornozelos. Sua divertida tendência a formar rugas que se enfiavam na racha de sua bunda. E aquelas calças ainda coçavam — pinicavam e incomodavam, de alto a baixo, mas especialmente no interior das coxas, uma coceira que começava nos joelhos e ia ardendo cada vez mais, até chegar nas virilhas queimando como uma praga de caranguejos. E, claro, a dobra grossa e peluda entre suas nádegas também era enlouquecedoramente lanosa. E por isso Richard detestava as calças que estava usando. Vinha detestando aquelas calças o dia inteiro, porque o envelheciam. Um velho olhando por trás das portas da concha de sua bebedeira, o enrugado nas calças vincadas, as calças de flanela recebidas por caridade.

"Demi", disse ele meio tonto, "eu fui ler minhas anotações hoje de manhã. E queria confirmar uma coisa que você disse." Ela o estava conduzindo em meio à escuridão, atravessando um pátio na direção da ala dos quartos de criança acima das cocheiras onde (explicou ela) o conde e a condessa se haviam refugiado nos últimos sete anos. "Você disse mesmo que Gwyn não escreve nada com graça?"

Depois de uma pausa, ela disse: "Foi. E ele não escreve mesmo, não é?".

"É. Não escreve nada com graça."

"É claro como um varapau."

"Exatamente", disse Richard.

"Vamos lá."

Finalmente, ele estava na presença do conde de Rievaulx. O velho sanguessuga estava sentado muito ereto numa poltrona funcional, diante de um aquecedor a querosene. O ambiente que o cercava era caracterizado por superfícies limpáveis, prateleiras forradas, toalhas de mesa de plástico e um aroma difuso de fenol e odor corporal de noite de domingo; aqui, a práxis geriátrica ainda estava em sua primeira infância. Com que então, o velho senhor de escravos estava fazendo seus últimos preparativos, despojando-se da mundanidade... A condessa, um lustro ou dois mais jovem que ele, porém mais adiantada em relação à mortalidade, quase não saía de seu quarto: tinha seus dias melhores e piores. Ele pronunciava o nome da filha com o pedantismo e a satisfação de um classicista: alongando os três "es" de seu nome. Richard às vezes dizia Demeeter; mas só o velho aproveitador conseguia dizer Deemeeteer. Demeter chamava o pai de um diminutivo familiar que Richard jamais ouvira. Começava com *p* e rimava com *Kamikaze*. E também rimava com *maze*, que Demi declarou ter a intenção de ir visitar naquele mesmo instante.

"Este aqui é Richard *Tull*", repetiu ela enquanto saía do quarto. "É um grande amigo de *Gwyn*."

O velho rapinante permaneceu empoleirado em sua cadeira, a pele com a cor e os poros bem abertos de tijolo. Não estendeu a mão. Havia um vigor intransigente na maneira como balançava a perna direita cruzada por sobre a outra.

"Muito prazer", disse Richard, e tomou um gole do cálice de xerez incrivelmente doce que Demi lhe entregara. As ravinas de sua ressaca, banhadas por uma meia-luz tempestuosa, estavam começando a estabilizar-se. O medo da morte era agora generalizado, e não um fenômeno apenas clínico.

"Você é o quê?"

Ele está perguntando a minha profissão, decidiu Richard, e cogitou de responder alguma coisa como *Eu me devoto, senhor, ao árduo ofício do escriba.* Mas o que disse foi: "Eu escrevo. Sou escritor".

Escrever, como morrer, não era uma atividade mundana, não pertencia exatamente ao mundo. Seria aquilo visto como algo que depunha a seu favor? O velho usurário talvez estivesse refletindo sobre aquela questão, com o queixo estreito erguido, seus olhos azuis manchados e sangrentos um tanto soltos em suas órbitas. Sua cabeça, que oscilava como um fuso numa roca, estabilizou-se num tremor mais contido.

"Muito bem! Quer dizer que nos dá a honra de uma segunda visita. Ficamos muito gratos com a sua condescendência. Pode me dizer por que não vem nunca aqui? Fica mais feliz na cidade? Será a falta de 'instalações higiênicas'? Será a abundância de crianças e bebês, a *progênie*, que lhe causa tanto horror?"

Richard se perguntou como é que o velho açoitador de cafres tivera *tempo* de adquirir tamanho horror por ele. Mas lembrou do que Demi lhe dissera: a visão e a audição do pai dela não eram das mais aguçadas. O fato é que ele não tinha tomado tanto horror pela pessoa de Richard. Só achava que fosse Gwyn.

"É como o senhor diz", respondeu Richard, olhando por cima do ombro e dando um passo à frente. Quem não arrisca não petisca. Melhor dançar conforme a música. "Em parte é a sujeira mesmo. Esta imundície em toda parte. E os bebês. Eu detesto bebês. E eu sou *escritor*. Só me ocupo com coisas *mais elevadas*."

Será que já bastava? Já estava bom? Não. E ele tornou a experimentar aquela sensação — o desejo de um discurso apaixonado. Podia ser uma oportunidade única em sua vida: uma chance que Deus lhe dava. Ele se inclinou mais para perto do poço de pedra do olhar do conde de Rievaulx, dizendo:

"Os escritores são pessoas sensíveis. E eu estou muito preocupado com a situação do planeta. Que ficou bem mais pobre, aliás, graças à *sua* depredação. Mas o senhor não quer pensar sobre isso agora. Vamos fazer de conta que nunca aconteceu. Esse — todo esse Vaticano de negociatas. Nunca aconteceu. Agora é só você e Deus, certo?" Aproximou-se ainda mais. "Me diga uma coisa que eu sempre quis saber. O seu Deus: até onde ele tem influência? Sobre o universo inteiro, ou só aqui? De que tamanho são os domínios dele? Do mesmo tamanho que os seus latifúndios? Ou só vão até Short Crendon e a torre da igreja? Vamos fazer um acordo. Eu não lhe dou netos e você fica a salvo de um Deus guarda-caça. Chega de criancices. Pois é. Você não sabe quem era Perséfone? *Filha* de Deemeeteer. Olhe só o que você aprontou. Até *isso* você fez errado."

Depois de uma inalação, um suspiro, alguma extensão de um tempo veterano (ela própria toda uma aventura de ódio), o olhar do velho se fixou — nas calças de Richard... Cerca de meio minuto foi necessário para que sua repulsa renovada se acumulasse, se consolidasse e produzisse algum resultado. Num ódio minucioso, correu os olhos de alto a baixo das calças que Richard usava, descendo da cintura dobrada até as canelas secas e as bainhas frouxas. E Richard sentiu que o conde — aliado àquelas calças terríveis — estava vencendo no final. Aquelas costuras incomodavam, e ardiam, e coçavam miseravelmente. Ah os homens, ah as calças, o que elas cobrem, o que elas escondem, o traseiro curtido, os pêlos chamuscados pelo selim da bicicleta, vamos ver quem conta mais vantagem, as calças arriadas, os bilhões de valentões...

"Tire *agora*."

Richard parou de respirar. Procurou algum sinal de sarcasmo naquele rosto devastado e só viu mágoa e até a ameaça de lágrimas sanguinolentas. Será que aquelas calças que estava usando — ou roubando — eram do velho?

"Tire *agora*", disse ele, numa escala ascendente, com uma exalação final de raiva obstinada. "Tire *agora*. Tire *agora*."

Será que ele queria as calças de volta, que as cobiçava? A seu redor, tendo renunciado a todos eles, havia quarenta aposentos e quatrocentos anos de bugigangas acaparadas, de butim bem calçado — e ele decidia brigar por aquelas calças de flanela?

"Tire! Eu disse para tirar *agora*!"

Demeter tornou a entrar no quarto. E correu aquele silêncio pesado com os olhos.

"Acho que seu pai", disse Richard, "está brigando comigo por causa destas calças."

Ela se dirigiu ao velho, sacudindo a cabeça numa reprimenda bem-humorada, e pôs a mão em seu ombro. "Ele pode estar velhíssimo", declarou ela inclinando a cabeça, "mas ainda é brilhante."

"...O quê?"

"Eu disse que você ficou velho, mas ainda é brilhante."

"Sou o quê?"

"Brilhante!"

"Gritante?"

"Brilhante."

"O quê?"

"Eu disse que você ficou *velho*, mas que ainda é *brilhante*."

"Grimpante?"

"Brilhante!"

"Irritante?"

"Não, *brilhante!*"

"O quê?"

Richard saíra do quarto, levando seu copo. Vindo do pátio, ouvia o motor da camionete, girando em ponto morto — girando em ponto morto em meio ao frio e à umidade. Estava quase no fim.

Ele chegou de volta à Calchalk Street às seis da manhã seguinte. Em posição de destaque sobre a mesa da cozinha havia um pacote enviado por mensageiro especial pelos escritórios de Gal Aplanalp. Continha uma garrafa de champanhe e um envelope, que ele abriu um atrás da outra. A carta dizia:

> Embora ainda não tenhamos recebido resposta aqui na Inglaterra, temos notícias positivas dos Estados Unidos. *Sem título* foi aceito pela editora Bold Agenda, Inc., de Nova York. É um selo pequeno e recente; não tem como oferecer um adiantamento, mas a porcentagem dos direitos autorais será devidamente reajustada a seu favor. Roy Biv, seu editor na casa, está muito entusiasmado, e acredita que o livro irá fazer muito sucesso. Querem lançar *Sem título* até a primavera: é claro, que você vai estar lá, com Gwyn, para o lançamento. Pode dar certo para você. Espero que tenha ficado contente.

E Richard teve a mesma reação de Gina quando ele a pediu em casamento: assentiu, assoando as lágrimas. Uma hora depois, ainda estava com o rosto mergulhado nas mãos quando sua mulher desceu as escadas pé ante pé e se aproximou dele com todo o cuidado. Ele ergueu os olhos. Um fim de semana no campo o reduzira à condição de um espantalho quase imprestável. Hirto, com o olho roxo e aquelas calças de flanela. Passara toda a noite trepidando, como que em movimento vibratório, por sobre os trilhos cobertos de gelo.

"Oh, o que foi que você andou fazendo?"

Por trás dela, do outro lado do corredor, Marius e Marco estavam acordando. Dava para ouvi-los espreguiçar-se, aos bocejos.

"Não, está tudo bem. Não sei direito como foi que aconteceu. Mas acho que vai dar tudo certo no final."

Hoje eu vi a anã amarela. Não a lá de cima (o tempo está péssimo). Mas a aqui de baixo (o tempo está péssimo). Uma imagem diz tudo.

O caso é que eu acho que ela estava indo a um encontro. Saia curta, saltos altos, penteado novo. É claro que qualquer descrição de sua aparência e de seu traje implica imediatamente sutilezas de escala. Qualquer saia, na anã amarela, fica curta, e quaisquer saltos ficam altos. Ainda assim, curta era a saia e altos eram os saltos. E seu penteado alto, da mesma forma, parecia duplamente alto — prodigiosa e impiedosamente alto... Por um instante, pelo tempo de um espocar de *flash*, antes que o sépia patético tivesse a oportunidade de se fixar na chapa — senti-me usurpado. Eu: *eu* era grande o suficiente para proporcionar grandes emoções à anã amarela, por exemplo, na Big Top Pizza. Mas espere um pouco. Ela estava na entrada de um prédio, em meio a outras pessoas, um buraco naquele muro entre o depósito de bebidas e a loja de consertos na qual, e da qual, Richard Tull às vezes emergia, sufocado pelos anéis constritores de lã xadrez do tubo de seu aspirador de pó. A anã amarela, como várias outras pessoas, abrigava-se da chuva; a marquise lotada e nublada — pelo vapor que se condensava, pelo hálito escuro do tráfego, e pelo final de um desses *fogs* londrinos totalmente compostos de traições respiratórias e arquejos dos asmáticos. Ela baixou os olhos: sua saia salpicada de lama, seus sapatos arruinados. Ela ergueu os olhos, em desafio máximo, através das lacunas na franja encharcada de seus cabelos.

Acontece que eu entendo muito bem o que é sair com outras pessoas — do extremo oposto da escala. Sendo um homem com 1,65 de altura (ou 1,655, segundo um passaporte que tive), entendo bem o que é sair com outras pessoas e ter problemas de altura. No início da adolescência, eu era pelo menos trinta centímetros mais baixo. Minha mãe sempre me dizia que eu ia acabar "espichando". E eu ainda perguntava a ela, já aos vinte anos: "E quando é que eu vou espichar?". (Nunca; mas eu cresci; e já não me queixo mais de ter 1,65.) Trinta anos atrás, meu irmão um pouco mais velho mas muito mais alto que eu às vezes arranjava uma amiga da namorada dele para eu sair: ela trazia uma amiga — ou uma irmã. E eu ficava esperando, escondido na entrada de algum prédio, enquanto ele chegava ao ponto do encontro e depois vinha apresentar-me um relatório dizendo: "Pode vir. Ela é baixinha"

— ou então (sacudindo a cabeça): "Não vai dar, Mart". Nesse caso, às vezes eu o seguia e ficava olhando de longe enquanto ele se juntava às duas gigantas de 1,60 na entrada de alguma lanchonete ou debaixo da marquise iluminada de um cinema, e depois voltava cabisbaixo para casa debaixo da chuva mais que provável.

Mas é provável, e quase certo, que aquela chuva não fosse mais que uma chuva comum, e não o verdadeiro dilúvio do Velho Testamento que inundou e estragou a arrumação da anã amarela. Lá estava ela de pé na entrada de um prédio, em meio aos outros anfíbios da *fast food*. A maquiagem, o figurino — as marcas da maré alta em volta de seus tornozelos, como meias caídas; e a expressão de desafio em seu rosto sob a massa achatada do cabelo úmido. E eu me vi obrigado a pensar: que coisa *horrível*. Mas a gente sempre tenta conseguir muito a partir de muito pouco. A gente sempre tenta fazer muitíssimo pouco render muitíssimo mais.

...A informação está me dizendo que é hora de parar de dizer *oi*, e começar a dizer *até logo*.

PARTE TRÊS

D as pressões que assolam o romancista bem-sucedido em meados da década de 90, Richard Tull não conseguia falar com facilidade. Estava absorvido demais pelas pressões que assolam o romancista fracassado em meados da década de 90 — ou digamos o romancista (por enquanto) ressurgente: o romancista ainda não provado. Richard estava sentado na classe turística. Seu assento não ficava no corredor, não ficava na janela e, acima de tudo, era de não-fumante. Também era não-largo e não-confortável. A centenas de metros e centenas de passageiros dali, Gwyn Barry, praticamente horizontal em seu berço carmesim, calçado com as meias do prestígio e os chinelos das celebridades, assentindo com a cabeça e um sorriso para permitir que lhe fossem servidos os copos de água da fonte e de um borgonha sangüíneo com que as várias e bonitas aeromoças tentavam realçar seus canapés de caviar, seu salmão defumado e sua barquete de aspargos, seus *tournedos* de filé mignon servidos num leito de tomate, sob uma cascata de azeitonas espanholas — Gwyn estava na primeira classe. Richard viajava na classe turística, tomando cerveja barata e comendo amendoins; e a classe turística era o mundo. O mundo da classe turística — o mundo dos viajantes. À sua esquerda imediata havia alguém jovem demais. À sua direita imediata, uma pessoa velha demais. E lá estava Richard, bem no meio. A criança não parava de se mexer, e às vezes esbarrava nele, descuidada, descuidadamente certa de que seu toque seria bem-vindo. Enquanto o velho à sua direita, envolto nas ataduras de idade, permanecia devidamente recolhido. Logo Richard se surpreendeu inclinado para a esquerda, cortejando o toque impensado da criança. Afinal, estava na fase da vida em que — sentado num jardim ou num parque — ficava mais satisfeito que contrariado se uma abelha zumbia perto dele, lisonjeado com o fato de alguma criatura, por mais efêmera e estúpida que fosse, decidir confundi-lo com uma flor.

Seria este, então, um novo Richard? Vocês até poderiam ter essa impressão. Se o tivessem visto nas últimas semanas, sem o olho roxo (nem mesmo a mancha sussurrada de nicotina no alto do malar), com o nariz tão perfeitamente saudável quanto qualquer outro (um nariz hoje ancorado nas margens da razão), com seu ar de piedoso distanciamento nos escritórios da Tantalus Press ("Será um alívio retornar às suas meditações métricas", escrevera ele a Keith Horridge, "depois da confusão do lançamento de meu livro nos Estados Unidos"), diante de seus freqüentes acessos de *respeito* enquanto tomava banho e se barbeava (tendo conseguido trepar com sucesso, ou pelo menos sem dúvida, com Gina na noite anterior — "Eu posso dar o que você quer, meu bem"), diante da promessa pastosa que fizera a Gwyn, ajudando a encerrar um jantar em Holland Park que de resto fora bem agradável, de que ia fazer *muito* mais sucesso do que ele: vendo e ouvindo essas histórias, vocês até poderiam achar que, de fato, ali estava um escritor em plena decolagem. Richard passara várias horas com Anstice, procurando dissuadi-la de seu mais novo plano (suicidar-se *no* apartamento de Calchalk Street) e convencê-la a tirar férias breves mas revigorantes na ilha de Mull (a ilha de Mull em meados de março, calculava ele, faria o próprio Leibniz babar por suas pílulas). Dispensara os serviços de Steve Cousins, operação extremamente delicada em que fora obrigado a engolir vários sapos e durante a qual chegou a sentir um perigo iminente de sofrimentos consideráveis e imediatos pairando sobre sua pessoa; mais calmo, contemplara a tormenta na trama digital do rosto do rapaz e, enquanto voltava para casa da Canal Crêperie, sentira por trás das costas a formação de uma espécie de trovoada que, porém, jamais começou. Não ligou para Belladonna. Teve um almoço sem incidentes com lady Demeter (e ficou até contristado ao saber que o pai dela sofrera um ataque cardíaco relativamente grave naquela mesma noite de domingo — e vinte minutos depois da partida dele Richard). Mas será que seu ódio por Gwyn perdera a força? Esta seria a chave de tudo. Será que ele odiava Gwyn menos do que antes?

De qualquer maneira, Richard persistia na convicção de que uma experiência compensadora o aguardava, a despeito de seu desconforto imediato, a despeito de suas dúvidas adesivas sobre a Bold Agenda Inc. e a despeito do travesseiro de papel vermelho que apertava contra o rosto. Pouco depois da decolagem, enquanto o avião ganhava altitude, uma hemorragia equivalente a todo um período menstrual jorrara de sua narina direita. Agora, enquanto se acomodava no assento com sua cerveja e sua biografia, esperando o almoço cada vez mais próximo, uma hemorragia equivalente a todo um período menstrual jorrou de sua narina esquerda. Para todos os efeitos, o nariz de Richard voltara a ser um instrumento confiável; o único problema é que continha litros e mais litros de sangue indócil. Inclinou-se para a frente e se espremeu na direção do corredor, passando pela criança, sua mãe e outra criança mais velha, entrando na fila que conduzia à mais desprezada das partes do avião, o Mundo do Banheiro — bem no fundo da traseira do avião. Depois de sua primeira visita àquele cubículo, ele se apoiara junto à porta de emergência e ficara contemplando os arredores de Londres, tentando conectar aquela visão à sua jornada de casa para o aeroporto no carro prateado de cortesia tão afavelmente comandado por Gwyn: aquela viagem enviesada, atravessando o domingo pálido e permanente da West London, com suas manchas verdes cercadas de manchas cinzentas, passando por fileiras de casas torturadas pela rua que desciam; mais adiante, o terreno se adelgaçava e ficava mais plano, prenunciando a planura da plataforma de lançamento aos céus (cargas, serviços), enquanto no alto um crucifixo reluzente descia das alturas apontando para você, com os braços estendidos prontos a tirá-lo dali e dirigindo a você os gritos de sua voz mecânica. "Os Estados Unidos vão acabar comigo", dissera ele a Gina, ainda na porta de casa, sorrindo mas com os olhos ardidos, os cabelos finos de seus filhos quentes sob suas mãos — "Vão acabar comigo".

Meia hora mais tarde Richard emergiu no corredor deixando atrás de si um banheiro que lembrava a cozinha de um *serial killer* numa fase descuidada mas hiperativa de sua carreira; inclinado sobre a pia, tivera um sobressalto de culpa quando os alto-falantes do avião o identificaram pelo nome e pediram que se apresentasse ao pessoal de bordo. Mais alguns esforços borbulhantes para assoar o nariz nas toalhas de papel e finalmente saiu do banheiro.

No corredor, viu que uma aeromoça vinha na sua direção, olhando para a direita e a esquerda e repetindo:

"Senhor Tull? Senhor Tull? Quem é o senhor Tull?"

Ele ficou olhando para ela. Ele a conhecia. Ela já tinha chamado sua atenção. E tendemos a especular se alguém desejaria de fato tal coisa — despertar a atenção de Richard. Era ela a aeromoça que, antes da decolagem, fora obrigada a fazer a demonstração dos equipamentos de segurança, a poucos centímetros dos joelhos de Richard. Normalmente, é claro, a tarefa teria sido delegada a uma subalterna: a aeromoça eletrônica na tela de vídeo. Mas a imagem congelara, depois de estremecer; e assim, com uma certa surpresa, precisaram contentar-se com o espetáculo ao vivo. A aeromoça e sua linguagem de sinais — a dama de ferro dos ares, já próxima do fim da carreira, com seus sistemas desregulados pela magnetosfera e pelo desuso (ele entendia muito de desuso), como uma cafetina convocada das profundezas de sua aposentadoria para a última coisa que queria fazer, cumprindo o ritual com as mãos e depois com os joelhos dobrados; a maldição das aeromoças.

"Senhor Tull? Alguém é o senhor Tull?"

Esta também era a linguagem dos ares, a fala aérea; em terra firme, ninguém jamais falaria daquele jeito. Mas aos ouvidos de Richard, ainda pálido com a perda de sangue, a frase soou bem.

Ele se entregou.

A aeromoça escoltou-o ao longo da classe turística, e depois outra o conduziu através do Mundo Executivo; passou por baixo de uma cortina e aí outra aeromoça o levou até a primeira classe. Enquanto fazia essa viagem, uma viagem dentro de outra viagem, cada vez mais perto dos Estados Unidos, Richard tentou ver o que cada um estava lendo, e descobriu que seu progresso ao longo do avião descrevia uma impressionante diagonal de declínio. Na classe turística, a literatura de mão era pluralista, liberal e humanística: *Daniel Deronda*, trigonometria, o Líbano, a Primeira Guerra Mundial, Homero, Diderot, *Anna Karenina*. No Mundo Executivo, não era que os executivos e executivas mergulhassem na obra de figuras incorrigivelmente menores ou canonizadas por descuido, como Thornton Wilder ou Dostoievski, ou de medianos literários peso leve como A. L. Rowse ou lord David Cecil, ou ainda dos filósofos da tempestade em copo d'água, historiadores explosivamente revisionistas, cosmólogos que teimavam no estado sólido ou poetas descorados que continuassem sob o domínio do sentimentalismo. Liam coisas francamente imprestáveis: lixo. Gordos romances de mistério financeiro, alentadas novelas de terror e livros de mistério do tamanho de uma banheira: fugindo das pressões que assolavam os empresários modernos. E depois chegou à favela intelectual da primeira classe, com seus magnatas drogados, e os poucos livros à mostra, pousados com descuido em barrigas suavemente proeminentes, traziam na capa cenas de caça ou jovens casais maduros em pleno encontro. Estavam todos aplastrados pelo torpor digestivo do meio da tarde, e ninguém lia nada — com a única exceção de um solitário que estudava, tendo no rosto uma expressão de maduro ceticismo, as minúncias de um catálogo de perfumes. Meu Deus, o que aconteceria a bordo do Concorde? Atravessando a troposfera no limite que a vida admitia, tendo até vislumbres do outro lado — daquilo que constituía a quase totalidade do resto do universo (um vácuo sem incidentes) —, os idiotas transportados à velocidade Mach II viajavam apenas sentados, os olhos perdidos no espaço. No espaço interior, não o espaço exterior. E na extremidade da aeronave estava instalado Gwyn Barry, estudando a sua programação.

"Olá", disse Richard.

Gwyn apertou um botão que o fez passar de supino a sedentário. Apontou para uma pequena mesa. Richard sentou-se nela, ao lado do vaso de tulipas. Havia flores por toda parte, na primeira classe.

"Como é que vai indo?", perguntou Gwyn. E seus olhos retornaram à sua programação: seis ou sete folhas, com vários quadros e sinais, além de marcas e códigos de cor — TV, rádio, imprensa. "Caramba, eles programaram todo o meu tempo em Los Angeles", continuou ele. "É o interesse, que vem mais de San Francisco. Olhe só. Como é que eu posso dar uma entrevista para o *Chronicle* e depois para Pete Ellery, uma atrás da outra?" Virou-se para Richard como se esperasse uma resposta. E disse: "O que foi que prepararam para você?".

"Eu já disse. Meu editor mudou de emprego. E eles me passaram para outro sujeito, chamado Chuck ou Chip." E era verdade. Roy Biv, o editor de Richard — tão cheio de entusiasmo e idéias —, saíra da Bold Agenda, e cada vez que Richard ligava era passado de Chuck para Chip, ou de Chip para Chuck. "Chuck está?" *Você está querendo falar com Chip.* "Então chame Chip." *Você quer dizer Chuck.* E nenhum dos dois jamais estava no escritório. Richard não conseguia saber se eram a mesma pessoa (como Darko e Ranko), se estavam sempre ausentes ou se tanto Chip como Chuck eram meras invenções de uma *terceira* pessoa chamada, Chup ou Chick. O único editor com que conseguira falar nos últimos dias era um sujeito de voz inofensiva que atendia pelo nome de Leslie Evry.

Gwyn disse: "E o que foi que eles prepararam?".

"Já disse. Só vou saber quando chegar."

"Mas é a América, homem! Você precisa *aparecer*. Você precisa *correr atrás*."

Richard ficou esperando.

"Você precisa chegar com tudo. Falando alto e chutando as pessoas."

"Vamos esclarecer uma coisa. Você está só querendo fazer graça ou está mesmo decidido a bancar o americano depois que chegar lá?"

Gwyn afundou na poltrona e deu um peteleco descuidado em sua programação. "Sabe, é sorte sua. Tudo isso não passa de espetáculo. Enquanto eu corro de um lado para o outro, você vai ter tempo de absorver as coisas. Tempo para pensar. Para refletir. Tempo para sonhar. Tudo bem? Você está meio pálido. Mas pode ser essa luz."

A luz batia de lado, e tudo parecia combustível ou quentíssimo de tão branco, quase a ponto da ignição ou da insolação.

"Tive uma hemorragia nasal. Não via tanto sangue desde o nascimento dos gêmeos. Usei duas caixas de lenços e toalhas de papel."

"O tempo está ótimo."

"Sempre faz sol aqui. Por cima das nuvens."

"Eu trouxe você até aqui, e não foi fácil, para você poder ver como é. Para o seu artigo."

E então, ainda em benefício de Richard, Gwyn correu o olhar pela cabine com uma expressão que combinava judiciosamente o embaraço e a desconfiança. "Quem diria, hein? Um rapaz dos vales. Voando para os Estados Unidos de primeira classe."

"Você se incomoda se eu usar esta frase?"

"Mas é uma beleza aqui, não é? Muito confortável."

"Os sacos de enjôo", disse Richard sem alterar a voz, "não são maiores e nem melhores que os da classe turística. E aqui também tem turbulência. E a viagem também leva sete horas. Vejo você depois do desembarque."

Caminhou de volta até seu lugar, passando por *Magenta rhapsody*, Of kingly blood, por *Cartel, Avarice* e *The usurers*, e pela variedade de *Hard Times, La Peste, Amerika, Despair, The Moonstone, Labyrinths...* Dois passageiros — um homem na executiva e um idiota na turística — estavam lendo *Amelior*: a edição de bolso.

Mas quando Richard tornou a instalar-se em sua poltrona (que exibia por sua vez a marca profunda de *The wouldbegood: a life of Edith Nesbit*), tinha outras informações a processar. Gwyn, a programação de Gwyn, *Amelior*, a infeliz saída de Roy Biv da Bold Agenda: os fatos pendiam diante dele como arpões cravados no núcleo de sua alma. Mas tinha outras informações a processar, informações do tipo que só surge quando a vida muda, do tipo que é necessário presenciar para obter, porque ninguém jamais nos fala delas. E, se alguém fala, ninguém lhe dá atenção.

Em seu caminho de volta através do avião, Richard vira várias mulheres chorando: três, quatro mulheres. E percebeu que sempre havia mulheres assim a bordo dos aviões, chorando, com a maquiagem derretida, encolhidas junto à janela ou francamente medonhas junto ao corredor, agarradas a lenços de papel. Antes, sempre que imaginava alguma coisa, supunha que chorassem pelos namorados ou maridos (despedidas ou separações), ou então (e quem se importava?) porque sentiam dor de dente, cólicas menstruais ou medo de avião. Mas agora ele chegara aos quarenta anos, e sabia.

As mulheres choram nos aviões porque alguém que elas amam ou amaram morreu ou está morrendo. Estão em todos os aviões. As talentosas nas viagens curtas, as mulheres comuns a bordo dos jumbos, sempre agarradas a seus lencinhos. A morte faz dessas coisas; a morte tem esse poder. A morte, que faz as mulheres saírem correndo até o fim da rua, até o ponto do ônibus, que as faz passarem correndo por baixo dos relógios das estações de trem, que as eleva a dez mil metros de altitude e as impele chorosas pelo ar à velocidade da morte, de um lado ao outro do mundo.

Embora sempre fosse justo e verdadeiro dizer que Richard queria um cigarro, agora poderíamos dizer que ele queria e se sentia como um cigarro. Sua boca estava arrolhada por um chiclete chamado Nicoteen. E usava esparadrapos circulares impregnados de nicotina, do mesmo fabricante, no antebraço esquerdo e no bíceps direito. O sangue de Richard fervia ferruginoso, como alguma coisa que se deixa em infusão a noite toda dentro de um bule. Ele era um cigarro; e queria um cigarro. E se sentia como um cigarro... O que estava fazendo era um treinamento de não-fumante. Sabia bem como os americanos tratavam os fumantes, gente da fumaça, gente do fogo e das cinzas, produzindo seus punhados de pó. Sabia que seria muitas vezes obrigado àquilo: não fumar. E era por isso que sentia vontade de fumar um cigarro, e de tomar alguma coisa — muitas coisas. Mas não bebeu e nem fumou. Só tinha uma garrafa plástica de água mineral que Gina o obrigara a levar consigo.

P assou suas primeiras duas horas em Nova York tendo no rosto uma invariável expressão de horror. Essa invariável expressão de horror não era uma reação à violência ou à vulgaridade americanas, à ostentação da riqueza americana, à qualidade dos políticos americanos, à condição das escolas americanas ou ao padrão das resenhas literárias americanas (irremediavelmente irregular, mas muitas vezes humilhante de tão alto, concluiria ele mais tarde). Não. Aquela invariável expressão de horror acabou se tornando bem familiar a Richard. Ele exibia uma expressão invariável e horrorizada, e sabia que exibia uma expressão invariável e horrorizada porque estava contemplando o horror invariável de seu próprio rosto.

No banheiro, no hotel. Era um espelho de aumento para barbear montado num braço retrátil, suplementando o vasto fundo do espelho comum (que já era bastante implacável). O espelho de aumento tinha uma luz logo acima dele, e também uma luz em seu *interior*. Richard pensou muita gente devia imaginar que tinha uma aparência razoável, podendo mesmo passar por uma pessoa normal, até dar de cara com o espelho de aumento de um hotel americano. E aí a ilusão se desfazia. No caso do rosto humano, pode-se presumir que a pior representação possível será sempre a mais verdadeira. E aquele era o melhor dos espelhos, e ao mesmo tempo o pior dos espelhos. Comparados com ele, todos os outros espelhos eram verdadeiros profissionais das relações públicas. Depois de uma audiência com um desses espelhos, só havia duas providências a tomar (e talvez o hotel recebesse uma comissão nos dois casos): uma cirurgia plástica ou uma visita à igreja mais próxima. Richard tentou lembrar que já estava com uma aparência péssima em Londres. Memorável de tão péssima. Uma semana antes da viagem, descobrira que seu passaporte, em desuso por algum tempo, fora silenciosamente retirado de catálogo, ou então vendido como saldo. De modo que foi até a Woolworth's de Portobello Road e entrou apressado na cabine, sem sequer pentear os cabelos. Três minutos depois, rasgava com as unhas a tira de fotos — fotos em que ele tinha uma aparência ao mesmo tempo incrivelmente velha, incrivelmente enlouquecida e incrivelmente doentia. Voltou ao salão de beleza da Calchalk Street antes de uma nova tentativa; e gastou mais seis libras até conseguir alguma coisa que pudesse apresentar sem problemas em alguma das fronteiras do mundo... Aquele espelho o deixava imóvel, paralisado. Seu rosto não era nada. Era terra calcinada.

Logo ao lado, sobre a cama, havia uma pilha das primeiras resenhas e uma cópia de sua programação, além de alguns reluzentes exemplares de capa dura e até um ramo de flores, todos enviados pela editora. A editora de Gwyn, é claro: para ajudá-lo a produzir seu artigo sobre Gwyn. Não havia nada enviado pela Bold Agenda, nenhum recado, nenhuma palavra, nenhuma resposta às ligações que fazia sem parar do telefone do banheiro, com o nariz a dois centímetros do espelho. Seus pedidos para falar com Leslie Evry eram passados de mão em mão no escritório até finalmente darem a impressão de evaporar, ou então eram reduzidos ao silêncio e à submissão por uma cacofonia de construção compulsiva: vigorosas marteladas, baldes atirados no chão e tijolos passados de mão em mão por sujeitos chamados Tug, Tiff e Heft. Dali a vinte minutos, estava sendo esperado no andar de cima: para acompanhar uma entrevista de Gwyn. Depois, devia entrevistar o entrevistador para saber o que ele tinha achado de entrevistar Gwyn. Richard saiu do banheiro e foi sentar-se na cama, fumando com toda a calma para combater um ataque de pânico. Queria que seus filhos estivessem ali, Marius de um lado e Marco do outro. Marius aqui, Marco ali. O espelho lhe dizia que seu corpo estava perto da morte, mas sentia-se com a idade mental de seis meses.

A suíte de Gwyn dava a mesma impressão de superlotação da classe turística: garçons, o subgerente do hotel, dois entrevistadores, um chegando e outro saindo, dois fotógrafos na mesma situação, duas senhoras com cargos importantes na editora de Gwyn ou na empresa que a controlava, e um rapaz da divulgação. O quarto, além disso, estava infestado de buquês e pratos de frutas, presumivelmente verdadeiras mas com uma aparência impressionante de frutas falsas e, em algum nível inatingível de autenticidade, transmitindo a sensação de progresso, de lucro, o tipo de sensação produzida quando o comércio se encontra com a arte e acha que ela é boa. Richard sentou-se ao lado do rapaz da divulgação que, percebeu ele, não estava apenas ao telefone, mas fisicamente ligado a ele: tinha um cabo grosso junto ao queixo, como um microfone de piloto, conservando as duas mãos livres para lidar com a correspondência eletrônica em seu *laptop* e com todas as outras tecnologias movidas à velocidade da luz a que estava conectado. Tinha uma beleza rechonchuda, o rapaz da divulgação: seus cabelos esticados para trás eram tão superlustrosos e escuros quanto uma poça de óleo no asfalto.

"Na verdade, eu sinto", dizia Gwyn, inclinando a cabeça num ângulo mais favorável para o fotógrafo acocorado a seus pés, "que os romancistas precisam encontrar uma nova simplicidade."

"Mas como, Gwyn? Como?"

"*Evoluindo* no sentido da simplicidade. Escolhendo a nova direção e tomando seu rumo."

"Para onde, Gwyn? Para onde?"

"O que você acha de pular o sujeito do Post", perguntou o rapaz da divulgação, "e pedir que ele venha *assistir* a sua entrevista para o rádio?"

"Na direção de novos campos. Certo: o sujeito da EF pode escutar minha entrevista para a TV — da cabine de som. E novas pastagens."

"E aí os autógrafos ficam para depois da palestra, mas antes do encontro."

"É melhor marcar o encontro para a mesma hora dos autógrafos. Phyllis Widener. Richard Tull."

Richard vira, em sua pasta de divulgação de *Amelior reconquistada*, que Phyllis Widener tinha uma coluna que saía duas vezes por semana num dos tablóides de Nova York: personalidades, artes, política local. Ela só lidava com o que era consagrado e estranho; diziam que era rápida e impossível de enganar. Era o que a velhice trazia: experiência. E também maturidade. Em pessoa, Phyllis parecia ser o tipo de americana que adotara um par de idéias americanas (gentileza, afetuosidade) e depois as amplificara ao máximo, como se essas qualidades, a exemplo dos efeitos de uma bomba de hidrogênio, não tivessem limite superior — num espectro sem valor máximo — e nunca parassem de ficar cada vez maiores e melhores, implacavelmente na direção da infinitude. Só seus colegas e chefes sabiam que os artigos que escrevia, à custa de muitas horas e muitas xícaras de café forte em seu pequeno apartamento atulhado de lembranças na rua 13, eram quase sempre e cada vez mais mesquinhos, maldosos e inaproveitáveis — Richard encontrou um bloco e uma esferográfica do hotel e puxou sua cadeira para mais perto. E foi imediatamente premiado com uma ótima contribuição para seu artigo: Gwyn se calou no meio de uma palavra, a rigor no meio de uma sílaba (a meio caminho de "insofisticada"), como se ele próprio fosse um aparelho, no exato momento em que a fita do gravador de Phyllis deu sinal de ter chegado ao fim; ficou lá sentado de boca aberta, em *pause*, enquanto ela trocava a fita. Enquanto isso, também ficou claro que as energias do rapaz da divulgação não estavam empenhadas na multiplicação das oportunidades publicitárias, e sim em sua moderação.

"Uma abordagem insofisticada, eles que fiquem com esta opinião. Eu prefiro comparar a literatura à carpintaria."

"Você faz carpintaria, Gwyn?"

"Com madeira, mal e mal, Phyllis. Mas com as palavras eu tenho meus truques, meus moldes, meu nível, minhas ferramentas de confiança."

"Acho que você coloca a questão de maneira tão linda."

"Sabe como é. Um modo de passar o tempo."

A entrevista acabou, o quarto foi ficando menos ocupado e Gwyn, que a Richard já parecia bem refrescado, foi refrescar-se detrás da porta ao lado. E ele ficou sozinho com Phyllis; ali sentado, banhado pelo olhar intensamente embaraçoso daquela mulher. E, como era de se esperar, ele começou a entrevistar Phyllis sobre a entrevista que acabara de fazer com Gwyn. Ao final de um minuto e meio, não tinha mais perguntas a fazer.

Precedido pelo rapaz da divulgação, Gwyn atravessou o quarto. Estava sendo esperado no restaurante, no térreo, para mais uma entrevista.

"Eu andei me ocupando", disse ele a Richard, "de você. Como é que está a sua agenda? Eu tenho uma coletiva em Miami, e um programa de rádio em Chicago. E uma leitura com noite de autógrafos em Boston. E queria saber se você podia cuidar desses compromissos para mim."

"Como assim?"

"Marcaram várias coisas ao mesmo tempo para mim todos os dias. E então eu ofereci você. Está tudo combinado."

A suíte de Gwyn era para não-fumantes, num andar de não-fumantes. Mais da metade do hotel era reservada a não-fumantes. Richard dedicara toda sua vida à defesa dos não-não-fumantes, e agora constatava que toda sua vida tinha sido um desperdício. E permaneceram todos sentados em silêncio, até Phyllis dizer:

"Vocês dois são velhos amigos."

Ele respondeu com um econômico aceno de cabeça.

"Sabe, ele admira profundamente a sua obra. Eu ouvi. Ele disse a todo mundo pelo telefone que você era um escritor maravilhoso. Ele gosta muito de você."

"Não gosta, não. Mas pode querer que você ache que gosta."

Surpreendentemente, ela respondeu: "Você acha que ele está tentando ferir você?".

"Não precisa. O mundo já vai acabar comigo."

Você mora sozinha, não é? Era o que os vigaristas e os vendedores de cartão de crédito sempre diziam, nos hospitais americanos, aos patéticos fantasmas dos balcões de recepção — inapresentáveis por causa do abandono, isoladas e em quarentena por causa do abandono. Phyllis não tinha má aparência. E isso era uma coisa que Richard não entendia nos outros. Mas entendia muito de abandono e isolamento.

"Você mora sozinha, não é?"

Ela arredondou ainda mais os olhos azuis e alargou um pouco a fenda entre seus lábios fechados; e concordou com uma abundância de sinais.

"Nunca se casou, nem nada?"

E isso duplicou seu desespero. Porque ele acreditava, até então, que não estava pronto para o desespero. De repente, Richard lembrou-se de Anstice — mas viu a si mesmo vivendo com Phyllis: hirto em meio ao *chintz* e à meia-luz de seu quarto de dormir, usando um pijama novo (o pijama talvez fosse crucial para aquele recomeço), e Phyllis debruçada sobre ele, passando um pano úmido em sua testa...

"Desculpe", disse ele, e se endireitou na cadeira.

"Tudo bem", respondeu ela. "Agora posso lhe fazer algumas perguntas sobre Gwyn?"

O artigo que ela tencionava escrever já estaria no limite da hostilidade, de qualquer maneira — mesmo antes de Richard começar a falar. No fim das contas, o editor de Phyllis nem passou do final da segunda frase antes de decidir, encolhendo os ombros de prática, que era melhor não dizer nada e deixar de publicar o perfil do tal Barry. A bem da justiça, vale dizer que Richard nunca achou que o artigo de Phyllis fosse ter influência suficiente para merecer algum tipo de contaminação. Ele só estava treinando para o que ainda o esperava.

Satisfeito, despediu-se de Phyllis no elevador e voltou para seu quarto. Comendo um sanduíche misto, esboçou uma resenha de 550 palavras sobre *Time's song: Winthrop Praed, 1802-1839*, e depois atacou *Antilatitudinarian: the heretical career of Francis Atterbury*. À uma da manhã, no momento em que seu dia completava vinte e cinco horas de duração, saiu para as ruas de Nova York. Uma voltinha, de capa de chuva, pelo Central Park South.

Ele conhecia a literatura americana, e sabia que a literatura, vista em bloco, não mentia. Para ele, vir para os Estados Unidos era a mesma coisa que morrer, ir para o inferno ou para o céu e então descobrir que tudo era mesmo do jeito que sempre ouvimos falar. O inferno, por exemplo: um fogo negro e trevas visíveis, a escuridão palpável — e o gelo, para extinguir com a suavidade de nosso calor etéreo: o antiuniverso dos condenados. Nova York o cercava, e ele não tinha tempo para pensar sobre ela. Mas percebeu, no momento em que saiu andando por suas ruas, que Nova York era a coisa mais violenta que os homens já haviam feito com qualquer extensão de terra. Mais violenta, a seu modo, que os efeitos produzidos pouco acima de Hiroshima, no ponto zero, no dia da bomba. Olhou para o alto. Olhou para o alto e não viu diferença: o céu metropolitano de sempre, com suas seis ou sete estrelas fracamente pingadas. A terra nua não tem armas contra as estrelas, mas as cidades as detestam e não querem que seus habitantes tenham qualquer sinal do que de fato está acontecendo conosco e com o universo.

"Muito bem!", disse Leslie Evry, recostando-se na cadeira giratória com as mãos entrelaçadas por trás da cabeça. "O que traz você ao nosso lindo país?"

Richard não acreditou no que ouvia. Era só o que faltava. A aventura toda só durara cinco segundos. E lá estava ele: sem nada.

"Como disse?"

"O que traz você", repetiu Leslie Evry, com brio, "ao nosso lindo país?"

Já haviam feito a mesma pergunta a Richard várias vezes — ascensoristas, garçons. Mas agora quem perguntava era a Bold Agenda. Era seu próprio futuro quem perguntava. É bem verdade que Richard se considerava um verdadeiro virtuoso da rejeição; a história de sua humilhação era longa — longa e valorosa. Os humilhados estão sempre à procura de reconhecimento, e só recebem em resposta um tratamento indiferente, desrespeitoso e irrefletido. E lá ficou Richard sentado em sua cadeira, devastado, arrasado, por uma banalidade descuidada dita por Leslie Evry.

"O que me traz ao seu lindo país? Alguma coisa me deu a vaga idéia de que um romance meu ia ser publicado neste lindo país."

"E é verdade. Já viu isto?"

Leslie entregou-lhe um folheto estreito, ou marcador de livros. Nele estavam relacionados dez ou doze títulos. E lá estava, quase no final. Richard Tull. *Sem título*. $24.95. 441pp. Richard Tull reconheceu Richard Tull. Os outros nomes eram desconhecidos; até mesmo os compiladores de catálogos telefônicos americanos, pensou ele, ficariam impressionados diante do quanto eram pouco familiares. A única coisa que eles lhe lembravam era a lista de personagens de *Amelior* e *Amelior reconquistada*: os hominídeos reciclados de Gwyn — Jung-Xiao, Yukio, Conchita, Arnaujumajuk.

"E você teve alguma notícia de resenhas, ou coisa desse tipo?"

"Claro", respondeu Leslie. Com gestos rápidos, abriu uma pasta pousada em sua mesa. "John Two Moons escreveu uma nota no *The Cape Codder*. Ele mora num barco de pesca, ou coisa parecida. E Shanana Ormolu Davis citou o livro com simpatia na *Shiny Sheet*. Em Miami. Ela trabalha com os surdos. No Abbé l'Epée Institute."

Dois recortes do tamanho de um selo lhe foram exibidos. Richard olhou para eles e assentiu com a cabeça.

"Você sabe como foi que John Two Moons passou a se chamar assim? A história é ótima. Aparentemente..."

"Desculpe. E *Sem título?*"

"O quê?"

"*Sem título*. Vinte e quatro e noventa e cinco. Quatrocentas e quarenta e uma páginas."

E então Leslie fez uma coisa horrível. Repetiu "O quê?" — e ficou vastamente enrubescido. "Nada ainda. Que nós saibamos."

"Mas existe a *possibilidade* de alguma resenha?"

"Uma 'possibilidade'?"

"Será que eu devia conversar com alguém no departamento de divulgação?"

"Sobre o quê, se me permite perguntar?"

No passado, Richard foi muitas vezes considerado uma pessoa "difícil". *Difícil* era uma palavra que se aplicava tanto à sua pessoa quanto à sua produção em prosa. Infelizmente, porém, nunca chegou a dominar uma arena em que pudesse ser realmente difícil. E não existia mais muito espaço para a dificuldade (a dificuldade estava esgotada), decidiu ele, depois de sua escandalosa saída do salão de debates da Associação Literária da Biblioteca Pública de Whetstone ("Por que o romance?"). Ele saíra por ter sido o único participante da mesa a quem, no refeitório da biblioteca, antes da conferência, não ofereceram biscoitos junto com o chá. Enquanto voltava sozinho de ônibus e, mais tarde, de metrô, com as axilas em chamas, Richard se lembrou de que lhe haviam sim oferecido um biscoito. Mas não de chocolate. Só de amêndoas. E naquele mesmo ano ele fora dispendiosamente dissuadido de processar um crítico de *Os sonhos não querem dizer nada* pelo artigo cheio de desprezo que publicara em *The Oldie...* Richard cogitou de tornar a ser difícil e sair batendo a porta da Bold Agenda. Mas e depois? Ficar fungando plangente, na avenida B? Como qualquer escritor, o que Richard queria era viver numa cabana em alguma ilha esquecida, enfiando a cada dois anos uma página numa garrafa que lançaria, desajeitado, à espuma. Como qualquer escritor, Richard desejava, e esperava, a reverência devida, digamos, ao Cristo Guerreiro uma hora antes do Armageddon. E disse:

"Francamente, por essa eu não esperava. Roy Biv estava cheio de idéias. E na verdade eu..."

"Ah, Roy! Roy Biv!"

"Na verdade eu já preparei algumas coisinhas. Uma conferência e uma noite de autógrafos em Boston. Uma entrevista com Dub Traynor em Chicago."

"Dub Traynor? A respeito do livro?"

"É."

"Que *ótimo*. Veja só. Vou lhe apresentar à minha sócia. Frances Ort. Frances? Venha aqui conhecer Richard Tull."

A Bold Agenda, enquanto empresa, ainda não estava de todo pronta. Frances Ort não precisou exatamente entrar no escritório de Leslie. Simplesmente invadiu a área do piso ocupada por ele. Por trás dela, sujeitos imensos e limpos de macacão andavam de um lado para o outro, carregando divisórias de aglomerado branco. Ao chegar, o próprio Richard tivera de vagar algum tempo entre eles, até encontrar Leslie. Já dava para ver a aparência que o escritório havia de ter no futuro — carpetes de sisal, cubículos criados por divisórias brancas.

"Muito prazer, senhor Tull. Estou ansiosa para ler seu romance."

"Eu estava contando ao Richard", disse Leslie, "como foi que John Two Moons ganhou este nome."

"Eu adoro essa história."

Pela aparência, Frances Ort sugeria uma coalizão multicor de cromossomos. É provável que pudesse circular livremente por todos os territórios da cidade — o Harlem, Little Astoria, Chinatown — sem provocar qualquer comentário além da costumeira incitação ao congresso sexual imediato e vigoroso. Nisto, ela lembrava o sócio. Etnicamente, Evry e Ort eram ou tudo e nada ou nem uma coisa nem outra. Eram apenas *americanos*.

"Pois é. Você sabe como é que os americanos nativos são batizados."

"Acho que sim. A primeira coisa que o pai vê."

"Isso mesmo. E então. Na noite em que John Two Moons nasceu, a lua estava cheia, e aí o pai dele..."

"Tinha bebido", sugeriu Richard.

"O quê?"

"Tinha bebido. E viu duas luas. Todo mundo sabe que eles bebem muito, não é. Os americanos nativos. Quer dizer, todo mundo bebe, mas eles..."

"...E — e aí o pai dele saiu andando pela beira do lago, e viu a lua cheia refletida na água."

"Ah, foi isso?", perguntou Richard. Estava pensando em acender um cigarro, em desafio direto ao cartaz na parede, que lhe dizia não ser permitido: nem pensar em fumar.

"Frances andou trabalhando em Miami com Shanana Ormolu Davis", disse Leslie, levantando-se e tomando posição ao lado da sócia.

"E como foi que ela ganhou o nome *dela*? Desculpe. Pode contar."

"Atualizando a linguagem de sinais para os deficientes auditivos. É muito interessante."

"Africano, ou afro-americano", disse Frances, "era assim." E achatou o nariz com a palma da mão. "E chinês era assim." Repuxou o olho esquerdo com a ponta de um dedo infantil. "E 'avarento' ou 'barato' era assim." Repuxou o queixo com os cinco dedos.

"O que quer dizer?"

"Judeu. Com a barba."

"Meu Deus. Estou vendo que a reforma era mesmo necessária."

"E uma pessoa com preferência pelo mesmo sexo", disse Leslie, "era..."

"Homoerótica", disse Frances.

"Como?"

"Homoerótica. Hoje se diz uma pessoa homoerótica."

"Isso mesmo. Uma pessoa homoerótica", prosseguiu Leslie, "era assim." E quebrou o pulso num gesto lânguido. "Você acredita?"

"E hoje é como?"

"Como é que se diz homoerótico hoje?", perguntou Leslie, virando-se para Frances.

"Acho que é soletrando *homoerótico*."

"Isso é que é progresso", disse Richard.

"Pode acreditar", disse Frances.

"Pode acreditar", disse Leslie.

Ele pegou a mão da sócia. Ou ela pegou a mão dele. Ou suas mãos se juntaram. De certo modo, o gesto não exprimia nada, nem amor, nem amizade ou nem mesmo solidariedade. Mas dava a impressão de querer dizer alguma coisa na linguagem de sinais. Significava o futuro, o que estava por vir, a evolução, *Amelior...*

Frances se despediu e dali a pouco Richard estava sendo conduzido até as escadas por Leslie, que dizia: "Estamos trabalhando duro, mas ainda falta um pouco, como você pode ver. Mandamos pacotes de provas para a imprensa. Por enquanto, a distribuição ainda é muito pequena, quase mínima, mas se as primeiras resenhas forem positivas as coisas vão mudar. Posso lhe perguntar uma coisa? Você veio conhecer os Estados Unidos de qualquer maneira?"

E Richard fez uma pausa no alto das escadas. Não havia saída. "Estou escrevendo um artigo sobre Gwyn Barry."

"Não é incrível, a repercussão que ele está tendo?"

"É. Uma coisa constrangedora. Como é que você explica isso?"

"Acho que é um livro que chegou na hora certa. A Dotação de Profundidade — é o que explica tudo. Ele é quentíssimo. E se receber a Dotação, aí, abracadabra. Vira uma supernova."

Pode deixar, quis dizer Richard: nunca que a Dotação vai ser dada a Gwyn. Richard estava decidido. Era o mínimo que ele devia à Profundidade. Era o mínimo que ele devia ao universo.

Continuaram a caminhar.

"Sinto muito não poder fazer mais pelo seu livro", disse Leslie. "Mas se você está disposto a se esforçar..."

Na porta da frente, Leslie dobrou à esquerda, entrando num depósito ou quarto de despejo. Ouviram-se sons de esbarrões, tropeços e coisas que se arrastavam, e depois, bruscamente, para surpresa de Richard, ele disse: "Merda!". Em seguida arrastou mais algumas coisas e finalmente saiu aos tropeços, puxando um malote postal marrom que arrastou até o corredor e depositou aos pés de Richard.

"Você vai fazer conferências, dar autógrafos", disse Leslie. Tinha um ar animado — aquecido. "Não sei. Você podia dar menos importância a isso, não é? Não sei bem. Aí tem dezoito exemplares do livro. Você está se sentindo com forças?"

O que ele podia fazer? *Sem título* era seu filho mais novo, e provavelmente o último de todos. O saco tinha uma aparência frágil e surrada, com o tecido a ponto de se desfazer. Mas Richard o ergueu ao ombro. E deixou claro para Evry que era capaz de carregá-lo: era homem para tanto.

"Boston. É para lá que você vai primeiro?"

"Por último."

"Oh. Aliás, seu livro é ótimo."

Foi só então que Richard oscilou, com todo o peso apoiado nos calcanhares. "Obrigado", disse ele com uma voz jovem e vigorosa. "Gentileza sua. Eu senti que estava encontrando alguma coisa. Você não acha... Eu fiquei preocupado com as penúltimas passagens. Sabe do que eu estou falando: quando o narrador imaginário parece tentar aquela série de pretensos reajustes do foco."

Leslie assentiu com a cabeça, com uma expressão compreensiva.

"Porque o travesti é falso."

"É."

"Na verdade, ele não é um narrador."

"Hum-hum."

"Nem de confiança, e nem de modo nenhum. Mas ele precisava aparecer como substituto, para dar a impressão de que os pretensos reajustes de foco *poderiam* funcionar."

"Exatamente. Tem certeza que vai agüentar o peso?"

Na esquina da rua Nove com a avenida B, entre a Bold Agenda e o Life Café, ficava uma pequena livraria (chamada Lazy Susan), num meio porão, por trás de espessas vidraças polarizantes. À diferença da maioria das livrarias americanas — à diferença das livrarias que ele já percorrera, na Quinta Avenida e na Madison (constatando sua própria ausência e sempre virando *Amelior reconquistada* de capa para a parede ou sepultando cada exemplar por trás de pilhas de porcarias concorrentes), e à diferença das livrarias que ainda viria a conhecer, com música ambiente e lembrando um supermercado, ou então mal iluminadas, com as paredes forradas de madeira e pseudobodleianas, disco-montparnassianas —, aquela era o tipo de livraria de que Richard gostava. Parecia uma venda de saldos domésticos organizada pelos descendentes de algum bibliômano avarento. À medida que se aprofundava em sua exploração, aspirando aquele agradável aroma de celeiro (o mesmo cheiro dos cabelos dos gêmeos), foi surpreendido por uma associação no sentido contrário — as salas de leitura da Ciência Cristã nas ruas comerciais inglesas, com sua futilidade estrutural: porque uma sala de leitura significa liberdade, possibilidades, e (como ele sempre lembrava na entrada) a Ciência Cristã, que era o único assunto sobre o qual se podia ler nelas, não levava a nada e não queria dizer rigorosamente nada. Ele saiu esbarrando nas prateleiras com seu saco de pano, localizando os gêneros, identificando a ordem alfabética. Talvez aquela igreja fosse mais generosa; oferecia a revelação por vários meios — os cristais, as configurações celestes, a numerologia e, aqui e ali, isso mesmo, a poesia, o romance, a crítica, a filosofia. E então ele encontrou, numa bancada, as pilhas lentas e a placa dizendo BOLD AGENDA. O saco postal esbarrou com força em sua espinha quando ele se aproximou às pressas e se deteve também às pressas. *Hush now*, de Shanana Ormolu Davis; *Cowboy boots*, de John Two Moons e, entre outras obras escritas por outros visionários do catálogo da Bold Agenda, uma braçada de exemplares de *Sem título*, de Richard Tull.

Ele ficou vagando pela livraria Lazy Susan por mais de uma hora. Ninguém entrou para comprar *Sem título*; ninguém folheou suas páginas ou sopesou o livro nas mãos; ninguém sequer se aproximou muito da bancada consagrada à Bold Agenda — cujos lançamentos, podia-se ver, apresentavam todos a mesma estranha aura de pêlo e penugem, tão atemorizante aos olhos quanto ao tato. Eram realmente de dar dó, a aparência e a sensação táctil de *Sem título*. O livro não tinha sobrecapa, por exemplo. Ao arrancar seu primeiro exemplar de dentro do envelope de papel, ainda na Calchalk Street, Richard prendera o canto de uma unha naquela trama eriçada. E a ponta de seu dedo se transformara em pouco mais que uma massa de plasma quando finalmente conseguiu soltá-la... Richard demorou-se mais de uma hora na livraria. E ninguém se aproximou de *Sem título*. Mas ele não se importou. O que era uma hora, afinal? O tempo literário não era o tempo cósmico, nem o tempo geológico, nem o tempo da evolução. Mas também não era o tempo cotidiano. Era bem mais lento que o relógio da parede.

O que Gwyn Barry faria muito bem se aprendesse, pensou Richard, quando voltou ao hotel. Agrilhoado, refém da secularidade, do temporal, escravo ansioso de seu próprio romance, Gwyn ainda dava entrevista atrás de entrevista em sua suíte do décimo quarto andar. Richard assistiu a três ou quatro (a simplicidade, a insofisticação, a carpintaria), silenciosamente hipnotizado pelo tédio e a repulsa. É verdade que *Amelior reconquistada* só seria lançado no início do mês seguinte, e que *Sem título* já estava nas livrarias, ou disponível, há pelo menos quinze dias, mas Richard ainda achava que tinha mais valor. Por quê? E por que ansiava tanto por uma grande quantidade de álcool (por que ansiava por entornar na boca toda a mesinha de bebidas?), e por que ansiava tanto pelo toque das mãos de Gina? Acordando ao lado dela, em manhãs recentes, sentira-se tão ansiosamente núbil quanto os primeiros compassos de *Pedro e o lobo*... O avião deles partia no fim da tarde. De algum modo, Richard encontrou tempo de pegar um táxi até a avenida B, tornar a entrar na Lazy Susan e constatar que nenhum dos exemplares de *Sem título* havia deixado a livraria. Por outro lado, era possível que um deles tivesse sido vendido, e a pilha modesta cuidadosamente reconstituída com um exemplar trazido do estoque. Talvez um exemplar tivesse sido vendido. Talvez, em algum lugar, um leitor estivesse franzindo o cenho, sorrindo e coçando a cabeça. Talvez um exemplar tivesse sido vendido. Talvez até dois.

Já reiteramos que nem Demeter Barry e nem Gina Tull tinham qualquer ligação com a literatura, exceto através de seus casamentos. Assim como Richard não tinha qualquer ligação com Nottingham, exceto através de seu casamento. Assim como Gwyn, no início, não tinha qualquer ligação com a nobreza, exceto através de seu casamento.

Mas não é bem verdade. Demi manteve um *salon* literário por algum tempo, e trabalhou em um ou dois comitês que defendiam a causa do escritor oprimido, silenciado, aprisionado ou assassinado, e até mesmo a causa do *ghost writer*, o escritor-fantasma: aquele que é e não é, que pode ser incluído entre os vivos mas não se encontra entre eles. Quanto a Gina, sua relação com a literatura era bastante antiga.

Da primeira vez que a viu, Richard se perguntou por que ela não estava fazendo as unhas na cabine principal de um iate de trinta cabines em pleno golfo Pérsico, ou repreendendo seus admiradores fanáticos ao descer em seu heliporto no alto de um arranhacéu, atrasada para seu almoço com B. J., Leon ou Whitney. Mais que isso (porque o rosto dela era artístico, nada vulgar, original), ele a imaginava no parapeito de um castelo espanhol, onde há muito vivia na qualidade de musa e amante do pintor de guarda-pó e olhos arregalados... Todas essas impressões foram estranha e fortemente reforçadas da primeira vez que foi para a cama com ela, o que a bem da verdade lhe custou muito trabalho. Mas lá estava ela sentada, sem nenhum assédio, por trás de uma mesa, vendendo cartões postais e catálogos num museu de Nottingham revestido de madeira escura. Por trás dela, do outro lado do vidro, podia-se ver um trecho de jardim cercado de muros onde o sol batia tímido depois da chuva, e um corvo solitário pousado na relva flexionava os ombros, ajustando sua reluzente roupagem negra. O mundo ainda não a tinha descoberto. Como explicar este fato? Richard sabia que não podia ser só *ele*. Ela era uma celebridade genética, que havia de ter seu público e seu valor essencial. Em outros tempos e outros climas, a família dela a teria guardado num quarto fechado a chave, promovendo um leilão no mesmo dia em que ela completasse dezesseis anos. Reclinada sobre sua mesa, contando dinheiro e suspirando sem cansaço, ela já tinha percorrido mais dez anos em sua maturidade de mulher — e a notícia, os telefonemas e os faxes, ainda tinham tempo de ser enviados aos *playboys* de todo o planeta, a todos eles, pelos desocupados do *pub* com suas salacidades de lábios apertados, chegando finalmente aos ociosos de culote montados em seus jipes e depois aos cleptocratas da OPEP dispostos a torrar metade de seus PIBS com o sexo. Richard sentiu a mesma febre ignóbil de um espertalhão da Sotheby's que encontrasse um Ticiano para comprar num brechó de rua. Ele tinha trinta anos, formara-se em Oxford e ainda era bonito. Vivia em Londres: a própria capital. Tinha uma namorada notória — a poderosa Dominique-Louise. Era um romancista recém-publicado. Mas seus joelhos eram os joelhos vistos através daquela janela de caixilhos de chumbo, vistos por aquele corvo horrendo que o observava e ronronava com aspereza.

Ele comprou seu sétimo cartão postal, seu segundo catálogo e disse: "Você gosta de Lawrence?". E ela ergueu os olhos, olhos tão imensos e límpidos que eram obrigados a assumir uma certa insipidez, uma certa insipidez provinciana, porque neles tudo caberia. Gina não era uma rosa inglesa, destinada a morrer no dia seguinte. Ela era puro subsolo: celtibera, robustamente nórdica, um tanto cigana. Seus olhos se destacavam contra um fundo obscuro de sombras, como os olhos de um texugo, de um arrombador, de uma lutadora, sombras dramaticamente produzidas por algum derrame interno (e a vergonha sempre as aprofundava); seu nariz era um quarto de círculo caligular; sua boca era delgada — nem larga e nem cheia.

"Você gosta de Lawrence?"

"O quê?"

"D. H. Lawrence. Gosta dele?"

Como assim, *gosta?*, perguntaram os olhos dela naquele momento. Mas a boca disse: "Agora você me confundiu. Meu namorado se chama Lawrence. E garanteio que *dele* até você ia gostar".

Richard teve um riso comedido e generoso. (E ela realmente disse *garanteio*. Só daquela vez. Para nunca mais.) Com os ouvidos tapados e tomados por um zumbido, Richard explicou melhor. Na verdade, aquela era a quinta visita que ele fazia ao museu em dois dias. Mas seu interesse era estritamente profissional e devidamente remunerado. Em torno deles, uma exposição temporária em homenagem a D. H. Lawrence fora montada (seu pincel de barba, seu relógio de bolso, seus manuscritos, os quadros que ele pintava, surpreendentemente contidos), aqui, na cidade natal do escritor. Richard estava escrevendo um artigo sobre a exposição — o tipo de artigo que ele escrevia naquele tempo: regional, marginal, pago a um preço fixo que incluía o reembolso das despesas. Richard num quarto da pensão desconfortável; meia garrafa de uísque e as *Selected letters*, os poemas, *Lady Chatterley*, *D. H. Lawrence, Novelist*, *A selection from Phoenix*, *Women in love*. O tipo da coisa que na época o deixava feliz.

"É para o *TLS*, o *Times Literary Supplement*." Uma boa lembrança. Aquelas sílabas afetadas soavam bem. Richard sabia que não tinha palavras além daquelas. Não as palavras que publicaria no *Times Literary Supplement*. Nem as palavras que apareceriam nas páginas de *Os sonhos não querem dizer nada*, a ser lançado no outono seguinte. Só as palavras que usaria com Gina Young. Em voz alta, e também nas cartas, é claro, e nos bilhetes. Porque Richard entendia bastante da relação das mulheres com as cartas e os bilhetes. Sabia como eram as mulheres com as palavras.

Ela disse: "Onde é que você está parado?".

Ah: uma ambigüidade local. *Parar* significava estar hospedado. E Richard não estava nada disposto a parar. Agora, ele ia até o fim. E disse: "O Savoy, Stalton Avenue, número 3. Posso perguntar se você aceitaria fazer alguma coisa?".

"Por exemplo?"

"Vir morar comigo, e ser minha amante."

"Cacete."

"E provar de todos os prazeres... Espere. Desculpe. Mas o que é que você me diz? Nunca vi ninguém como você na minha vida. Seus olhos."

Ela estava olhando em volta. Procurando o quê? Um policial. Ou algum crítico literário que a ajudasse a lidar com aqueles clichês. Mas nós gostamos dos clichês nos assuntos do coração, não é? Os amantes são como as multidões. Nada de detalhes, muito obrigado, nada que seja muito interessante em si mesmo, quando se trata do *amor*. Isso só vem mais tarde. Nossas exigências, nossas condições exaustivas e caprichosas, nossas peculiaridades, nossa atenção exasperante para as mais ínfimas minúcias.

"Vá embora", disse ela.

"Certo. Então um almoço."

"Eu já tenho namorado."

"Já sei. Lawrence. Aposto. Há quanto tempo? Muito?"

"Nove anos."

"É claro. E você gosta dele. E Lawrence não ia gostar nem um pouco dessa história."

"Não ia mesmo. O que eu iria dizer a ele?"

"Nada. Não. Nada, não. Poderia dizer adeus. Adeus, adeus."

Ele se virou. Uma senhora — com o rosto tolerante, o bom humor habitual — formara uma fila de uma única pessoa atrás dele. Richard olhou para o cartão postal que tinha na mão: o México. Pagou o cartão. Estava com a garganta tão seca. E o rosto dela, apontado para ele de sua posição dobrada sobre a mesa escura, tão irrigado, tão corado. Precisamos lembrar do fantasma particular (embora Gina nunca tivesse lido o que ele escrevera, e nunca viesse a ler) que presidia sobre a banalidade daquele diálogo. Não era Henry James. E nem E. M. Forster — oh, meu Deus, não. Basta lembrar sir Clifford Chatterley, preso em sua cadeira de rodas: *ele* não era homem para chamar uma boceta de boceta! Mas bastava olhar para o ardoroso Lawrence, com aquele peso imenso de carne quente de cavalo preso entre as coxas, Frieda gorda e assustadora na sela ao lado, trovejando pelas pinceladas carmesim e banhadas de fagulhas do Popocatepetl...

Gina já dormira com Lawrence, supôs ele. Mas não dormira com nenhum escritor. Dali a pouco, dormiria com muitos.

"Posso encontrar com você depois do trabalho?"

"Não."

É o passado. E portanto é verdade.

E m Washington, houve uma festa para Gwyn na embaixada britânica, co-patrocinada, ao que parece, pela Grã-Bretanha e o rapaz da divulgação.

Debaixo de um pesadíssimo candelabro, Richard enfrentava as ovais de luz que jorravam enviesadas sobre seu rosto. E esta iluminação lhe dava a aparência de alguma criatura em vigília ou missão ribeirinha: conferia uma qualidade anfíbia — não, réptil — a seu olhar fixo. E foi com uma paciência francamente réptil, um respeito crocodiliano pelas porcentagens, as comissões e os fatores comerciais, que Richard ficou observando e esperando, esperando e observando. Gwyn fazia seu número com Lucy Cabretti: Lucy Cabretti que, ouvira Richard fora mencionada pelo rapaz da divulgação (o rapaz da divulgação era um craque em matéria de estratégia) como a Mulher da Profundidade. Ao longo da primeira hora, mais ou menos, estacionaram Gwyn junto à porta, recebendo quem chegava: uma sucessão de viandantes encharcados (pareciam constituir o público pagante de um evento sócio-cultural da comunidade), com seus guarda-chuvas coroados de neve e suas galochas escorregadias. Bastante efusivo ao ser apresentado a Lucy no saguão de entrada, Gwyn dedicava-se agora a amá-la com deliberação — num sofá logo abaixo da janela de vitrais, contra o fundo de uma galáxia de neve iluminada. Ela ria, atirando para trás a cabeça pequena, uma das mãos pousada no braço de Gwyn para evitar os excessos de hilaridade. Debaixo do candelabro fremente, Richard continuava em sua vigília de réptil. Perguntava-se o que Gwyn ainda conseguia mobilizar, nos dias de hoje, em matéria de encanto sexual. Gwyn nunca tivera qualquer encanto sexual; mas de uns tempos para cá reformara sua aparência com a ajuda de algum dinheiro (será que Richard precisava aludir às lentes de contato coloridas?), e é claro que agora tinha seus privilégios. O sucesso sempre confere novos atrativos. Preserva a juventude. E não há dúvida de que o fracasso envelhece.

Por razões em grande parte acidentais (uma conferência internacional, mais a semana cultural da Casa Branca, segundo o rapaz da divulgação), vários escritores americanos estavam presentes, nenhum dos grandes heróis de Richard, mas uma razoável coleção de pesos médios, figuras secundárias consagradas, exibidas com o devido cuidado. Caso estivessem presentes, suas contrapartidas britânicas estariam sentadas todas juntas, num monolitismo álacre e, na prática, indistinguíveis entre si. Mas os ídolos das letras americanas se mantinham a distância uns dos outros, cada um o núcleo de seu respectivo círculo imediato. E Richard, pouco antes, circulara por aqueles círculos, avaliando com grande respeito a força de repulsão que os mantinha separados. Por que odiavam uns aos outros? É óbvio. Exagerando: um era nativo do Alabama, com meio metro de altura e a cara enfiada num balde de álcool; outra era uma altíssima beldade da Virginia, com seu licor de menta e suas vogais adocicadas; outro era um judeu de Dnepropetrovsk, com os dentes cerrados; e lá estava o bigode fremente de um libanês errante; outra era a neta de um escravo africano, outro um brâmane de Boston, outro um hippie sueco de St. Paul. Os Estados Unidos são como o mundo. E basta olhar para o mundo. As pessoas não se dão. E é natural que Richard pensasse que os escritores têm *razão* de se odiarem uns aos outros. Basta levarem seu ofício a sério. Estão todos competindo por uma coisa que é única: o universal. Só podem *querer* destruir-se mutuamente.

"Desculpe, a senhora é Lucy Cabretti? Richard Tull. Editor literário de *The Little Magazine*, de Londres. Não sei se a senhora viu a resenha que publicamos sobre *Double dating*."

"Não, não vi."

"Eu soube que a senhora viria aqui, e por isso trouxe um exemplar da revista. Mais tarde, dê uma olhada no artigo. Uma resenha interessante, e muito favorável. Eu também acho que a senhora encontrou a posição mais fácil de defender. A situação legal fica muito clara, sem perder de vista o fato de que os envolvidos são sempre homens e mulheres de verdade."

Ela agradeceu. Richard de fato folheara as páginas de *Double dating: yes and no*, o manual escrito por Lucy sobre como não ser estuprada por todos os seus amigos. Concordara com os argumentos da autora, perguntando-se ao mesmo tempo por que alguém se daria ao trabalho de ouvi-los. Quem poderia explicar o fato de "My way" ser o hino da América moderna? Os americanos não queriam fazer as coisas ao modo deles. Queriam fazê-las ao modo *dos outros*.

"Estou acompanhando a viagem de Gwyn. E escrevendo um artigo. Somos amigos há *muito* tempo. Moramos no mesmo quarto em Oxford. Colegas de faculdade. Eu vinha de Londres, e encontrei Gwyn, recém-chegado das montanhas do País de Gales."

"Que romântico!"

"Romântico? É. Pode ser."

"Desculpe. É que eu sou uma anglófila desavergonhada."

"Ele nasceu no País de Gales, e não na Inglaterra", disse Richard, que achou extraordinário ainda encontrar resquícios de anglofilia naquelas redondezas. "Para vocês, é como se ele viesse de Porto Rico."

"Mais romântico ainda."

"Romântico? É, bem, não há dúvida de que Gwyn era ferozmente... 'Mulherengo' pode ser um termo até discreto para descrever como ele era."

"É mesmo?"

"Um termo *muito* discreto", disse ele, percebendo que corria o risco de perder o controle. "Vamos sentar ali. Vamos tomar alguma coisa. Você vai precisar."

Richard, até então, não encontrara muito para fazer em Washington, que era apenas o centro do mundo. Passara a tarde toda reclinado em sua cama de hotel, num verdadeiro transe de canalhice. Enquanto Gwyn enfrentava quatro sessões de fotos e seis entrevistas para uma variedade de meios de comunicação, e ainda encontrava tempo para visitar a Phillips Collection, o Senado, a Biblioteca do Congresso e o Museu do Holocausto dos Estados Unidos, Richard só conseguira lavar a cabeça. Podem acreditar. Além de ligar para a livraria Lazy Susan (o que foi um trabalho árduo), onde lhe disseram que ainda tinham em estoque dois exemplares de *Sem título*. E lavar a cabeça também não foi uma simples formalidade. Viu-se novamente capturado pelo espelho do banheiro, imerso na dificuldade de saber como um mesmo ser humano podia ter uma aparência tão calva e ao mesmo tempo tão desgrenhada. No final, depois de uma visita à farmácia, decidira untar a cabeça com espumas e condicionadores. Não dera certo e, pelo menos por enquanto, o cabelo de Richard estava basicamente uma merda... Foi sozinho até a festa. Devido ao tempo, ou devido às leis que regiam o trânsito local, seu táxi não parava de pegar mais passageiros, todos órfãos da Via Láctea cada vez mais esparsa, todos estrelados e beijados pelas seis facetas de cada floco de neve. Richard seguia sentado no banco de trás enquanto o motorista levava os passageiros aos quatro cantos da cidade, descendo as avenidas que nenhuma barricada jamais bloquearia, percorrendo os nevados campos estéreis da história americana; os vidros do táxi estalavam aos golpes secos do vento, mas o Capitólio com seus muitos olhos parecia nunca aumentar de tamanho, por mais que dele se aproximassem; passaram por Georgetown, pela colina do Capitólio, por Du Pont Circle, seguindo as grandes linhas do plano da cidade, acessíveis apenas aos seres superiores. Finalmente, Richard desembarcou na área das embaixadas. E lá estava Gwyn para recebê-lo junto à porta.

"Hoje, deve existir algum termo médico para isso", dizia Richard. "Satiromania, ou coisa parecida."

"Ele tem até um certo estilo", observou Lucy com tolerância. "E tantas estudantes bonitas..."

"Ah, não. Não eram as estudantes. Aqueles modelos de perfeição, de Somerville e St. Hilda. Com o nariz coberto de sardas e o currículo coberto de notas dez. Não, não. Imagine encontrar ali a quantidade de que ele precisava. Não eram as estudantes. Nunca." Richard fez uma pausa, e disse: "Quem o amigo Barry procurava para se divertir eram as *empregadas* da faculdade."

Lucy franziu o rosto: um gesto quase discreto debaixo dos pequenos cachos escuros de seus cabelos. E Richard conjurou uma lembrança verdadeira de seu primeiro ano em Oxford: ele próprio chegando em casa às duas da manhã, depois de alguma noite de safadeza em alguma cama da escola de secretariado, e encontrando Gwyn, com suas costeletas que pareciam fones de ouvido, ainda dobrado sobre seus livros, avançando a passos lentíssimos pela longa estrada que o levaria finalmente ao seu diploma sem distinção. Em fins de semana alternados, Gilda tomava o ônibus em Swansea para visitá-lo. E se encolhia toda dentro do quartinho onde os dois moravam. Nas manhãs de domingo, depois do café no refeitório, Gwyn trazia para ela um brioche escondido no bolso. Gilda gostava de bolo. E foi bolo o que ela levou.

"Ele era famoso pela maneira como perseguia as copeiras. Naquele tempo, tratavam as empregadas da universidade quase como escravas. Eram demitidas em massa no começo das férias grandes e recontratadas no outono, depois de todo um verão passado na fila do pão gratuito e em noites mal dormidas nos albergues. Se algum rapaz quisesse se aproveitar..." Richard ergueu a cabeça e a deslocou para o lado, com a dor da lembrança. "Houve um incidente especialmente desagradável envolvendo uma copeira de uns dezesseis anos. Uma menina, tão nova que fazia dó. Com cabelos escuros e cacheados. Uma criança. Diziam que era cigana — adotada." Richard tentou se controlar. Seus olhos ardiam com a fábula que ele próprio inventava. "Gwyn... Gwyn fez uma aposta com um dos amigos dele. Não vou contar os detalhes. Gwyn ganhou, mas o amigo — de nome Trelawney — recusou-se a pagar. Alguns guinéus."

"Guinéus?", disse Lucy Cabretti.

"Uma das denominações da moeda inglesa. A preferida dos jogadores." Richard avançou mais, elevando a voz. "E aí Gwyn resolveu encostar Trelawney na parede. Ele prendeu — prendeu uma das peças íntimas da moça no quadro de avisos da sala de jogos do primeiro ano. Acompanhada de detalhes sobre a maneira como tinha sido obtida."

"E aí? Trelawney pagou, não foi? Pagou a Gwyn os gwynéus, ou os guinéus. Quanto vale um guinéu?"

"Vinte e um *shillings*." Richard teve a impressão de que fora um erro falar em guinéus.

Lucy cruzou os braços e suspirou. E disse: "Sabe, é difícil acreditar na sua história."

"Oh? E por quê?"

"Ele parece tão agradável e normal. E os livros dele. Como *Amelior*. Escrito daquele jeito."

"Que jeito?"

"Sabe como é. Todas aquelas bobagens. Como se não quisesse ofender ninguém, e só isso. É até direitinho, mas não tem a menor graça."

Richard ficou satisfeito e orgulhoso. Mas percebeu que não precisava mais gastar seu tempo com Lucy Cabretti. E se levantou, dizendo: "Adorei conversar com você. E espero que você goste da resenha".

"Obrigada. Você também. O que aconteceu com a garota?"

"Que garota?"

"A copeira. A cigana."

Ele fez uma pausa. Estava literalmente com um dos pés no ar — a ponto de começar sua cuidadosa jornada até a porta. Gravidez? Prisão? Jogada no olho da rua, exposta à chuva e ao vento, nua, sem tostão? Mas ela já achava os livros de Gwyn uma merda, e ele só disse: "Quem sabe? Depois de usadas e descartadas — quem vai saber o que acontece com essas meninas?".

Quando voltou ao hotel, Richard ligou para casa e falou com Lizzete, Marius e Marco, porque Gina estava em algum lugar... Depois sentou-se à mesa e obrigou-se a enfrentar uma coisa: a biografia. Como já suspeitava havia muito, os meandros do caminho de seu programa de resenhas estavam envoltos num nevoeiro gélido e cobertos de gelo negro, todos derrapagens e rajadas de vento: estava a ponto de enfrentar uma catástrofe de prazos. Na verdade, Richard vinha resenhando mais livros do que nunca. É bem verdade que tivera uma ressurreição parcial como romancista; mas seus romances ainda teimavam em não render qualquer dinheiro. Este fato levara algum tempo — e várias repreensões de Gina — até ser assimilado. Richard virou-se na cadeira. Havia biografias espalhadas... Não. Havia biografias teimosamente instaladas por todo o quarto, cada uma delas pesada como um bloco de pedra. Richard ficou tonto e achou estranho, porque se comportara muito bem na festa e contara com todo o cuidado as doses de bebida que consumiu: dezessete. Ainda trazia muitas outras biografias na mala: sua mala, que jamais chegaria a desarrumar de todo; sua mala, prenhe de vidas de peso.

Eram dez horas. Lucy Cabretti já devia estar em casa. E também estava lendo. Richard estava na página cinco de *The Mercutio of Lincoln's Inn fields: a life of Thomas Betterton*. Lucy estava na página 168 de *Come be my love*. Dali a minutos ela haveria de chegar ao fim de *Come be my love*, e começar *Magenta rhapsody*. Lucy lia romances água-com-açúcar à razão de três ou quatro por dia, fato que não tinha qualquer efeito sobre a probidade com que lutava em defesa da igualdade de direitos para as mulheres; não contaminava seus discursos e conferências sobre a eqüidade econômica; e não impregnava de modo algum seu *best-seller* não anedotal e secamente jurídico sobre os costumes sexuais americanos. Mas lia romances água-com-açúcar à razão de três ou quatro por dia. Lucy estava na cama, sozinha. Seu namorado bonito e sagaz estava na Filadélfia, visitando a irmã. E enquanto ela prosseguia em sua leitura (com sua bengala e seu mastim arquejante, sir William perseguia Maria por entre as medas de feno), seus olhos se arregalaram de medo, e sua mão procurou seu alvo pescoço. Maria era uma criada, pequenina, bonita, com cachos escuros.

Meia-noite. Richard estava na página setenta e três. Também estava bebendo tudo que encontrava no míni-bar, o que parece até prudente, num caso como o dele. Se dependesse da sua vontade, estaria bebendo tudo que encontrasse em algum lugar bem maior. Mas Richard estava bebendo a cerveja do míni-bar, o que parece especialmente prudente. Mas só estava bebendo a cerveja do míni-bar porque não restava mais nada no míni-bar, além dos refrigerantes e dos salgadinhos. Lentamente, a cabeça de Richard foi caindo para trás. Ele encarou seu copo com indignação. O líquido pouco borbulhante parecia desagradavelmente ameno à sua língua. E então foi-se formando em sua mente a suspeita de que não contivesse álcool. Bem junto à luz, examinou detidamente a garrafa até encontrar letras miúdas advertindo que seu conteúdo podia fazer mal a mulheres grávidas. E então continuou a beber, assentindo devagar, muito mais tranqüilo.

No dia seguinte, estavam voando para o sul.

Evidentemente, existe algum laço espiritual — uma aliança, uma simpatia solene — entre os aeroportos e os romances vagabundos. Ou é o que parece.

Romances vagabundos são vendidos nos aeroportos. As pessoas que passam pelos aeroportos compram e lêem romances vagabundos. Os romances vagabundos falam de pessoas em aeroportos, na medida em que os romances vagabundos precisam dos aeroportos para deslocar seus personagens pelo planeta, e os aeroportos servem, nos romances vagabundos, como pano de fundo para suas partidas, seus encontros casuais, seus reencontros e suas rixas.

Há romances vagabundos que falam, de ponta a ponta, sobre aeroportos. Há romances vagabundos que até mesmo se chamam, por exemplo, *Aeroporto*. Por que, então, não haveria um aeroporto chamado Romance Vagabundo? Os filmes baseados em romances vagabundos dependem bastante, é claro, do cenário de aeroportos. E então por que nunca se vê, nos aeroportos, os romances vagabundos sendo transformados em filmes? Talvez exista um aeroporto inteiro, chamado, por exemplo, Aeroporto do Romance Vagabundo, onde todos esses filmes sejam feitos. Não haverá de ser um aeroporto de verdade, é claro, mas um cenário montado num estúdio, em que tudo é bidimensional, feito de plástico, papel laminado e outros materiais descartáveis.

Mesmo quando se encontram em aeroportos, os personagens dos romances vagabundos não compram nem lêem romances vagabundos. À diferença de todas as outras pessoas que passam pelos aeroportos. Eles lêem testamentos e contratos ante-nupciais. Se forem intelectuais, especialistas ou mentes privilegiadas, às vezes têm permissão de ler romances não-vagabundos. Enquanto as pessoas da vida real que lêem romances não-vagabundos, até mesmo as pessoas que escrevem romances não-vagabundos, lêem romances vagabundos quando e se, e apenas se, entram num aeroporto.

Os romances vagabundos existem pelo menos há tanto tempo quanto os romances não-vagabundos; já os aeroportos são mais recentes, e não existem há muito tempo. Mas as duas coisas começaram a fazer sucesso na mesma época. Os leitores dos romances vagabundos e as pessoas que passam pelos aeroportos querem a mesma coisa: fugir, e transitar rapidamente de um romance vagabundo para outro, como de um aeroporto para outro aeroporto.

Richard, enquanto atravessava todos esses aeroportos, carregando seu saco de exemplares de *Sem título* e seu pesado fardo de biografias, não se incomodaria de ler um bom romance vagabundo, mas estava ocupado demais lendo toda aquela porcaria sobre poetas de terceira classe, romancistas de sétima categoria e dramaturgos da pior espécie — biografias de ensaístas, polemistas, editores, publicistas. Será que jamais chegaria o dia em que finalmente resenharia um livro sobre um resenhista de livros? Ou um vendedor de clipes de papel, ou um técnico de máquinas de escrever? Não era preciso realizar grande coisa no campo da literatura, pensou ele, para merecer uma biografia. Saber ler e escrever já ajudava... Muitos dos passageiros que corriam de um lado para o outro ou tentavam encontrar conforto nas cadeiras do aeroporto carregavam exemplares de *Amelior reconquistada*. Isso o deixou intrigado. Na opinião de Richard, não havia dúvida de que *Amelior reconquistada* era uma porcaria. No entanto não era um romance vagabundo. Era um romance de merda, mas não era um romance vagabundo. Os heróis e as heroínas dos romances vagabundos, mesmo que fossem cardeais ou noviças, eram de uma secularidade insaciável. Por outro lado, em meio a toda a pequena trupe de trôpegos sonhadores reunida por Gwyn, nenhum fez plástica, ninguém tinha dinheiro, faz sexo ou dirige um carro último tipo, e nunca sequer chegou perto de um aeroporto.

Qualquer que seja a essência dos romances vagabundos, qualquer que seja a razão para funcionarem, eles se assemelham a uma terapia, e os aeroportos têm um certo parentesco com a terapia. Tanto uns como a outra pertencem à cultura da sala de espera. Música encanada, a linguagem da persuasão tranqüilizadora. Por aqui, por favor — isso, agora o comissário de bordo vai poder recebê-lo. Aeroportos, romances vagabundos: todos desviam nosso espírito do medo da morte.

gora, usando um paletó de lã, uma gravata-borboleta e dois esparadrapos de nicotina, mascando (ou sugando) um chiclete de nicotina, fumando um cigarro e sentindo-se mais ou menos como o conteúdo de um saco de lixo de cinqüenta litros atirado nos fundos de uma usina nuclear, esperando com humildade o novo e temido passo de sua degradação atômica, Richard se estendeu numa espreguiçadeira: à sua frente rosnava o Atlântico hostil, com a calma das baías; dos dois lados, as areias varridas e lavadas de South Miami Beach, se estendiam ao longe... Gwyn e o rapaz da divulgação estavam hospedados numa cidadela de cinco estrelas mais ao norte, enquanto Richard se instalara, com menos formalidade, no extremo sul de Miami Beach. E tudo bem. O esnobismo de Richard era sincero: não se limitava a fingir que era esnobe para dar a impressão de ser de classe alta. É bem verdade que não conseguira dar certo como contemporâneo. Era moderno. Mas não pós-moderno. Por isso, não fazia a menor questão de compartilhar com Gwyn aquele Nautilus do século XXI, aquela nave espacial rococó com seus aquários e suas contas de luz assustadoras, onde todos os quartos tinham três aparelhos de TV e cinco telefones (pois o luxo americano tem muito a ver com a proximidade irredutível dos telefones e dos aparelhos de TV), e onde o dinheiro está sempre voando para fora do seu bolso, faça você o que fizer. Consolando-se também (como sempre) com os sinais externos do abandono, Richard sentiu um forte apego por seu hotel de meia altura, com a pintura descascando, em South Miami Beach, exalando seu cheiro matutino de gesso úmido e da Índia. O besouro de Kafka não estava só fingindo que gostava de viver em assoalhos sujos, por baixo de móveis desusados e esquecidos. Parafraseando um crítico que também entendia de besou-

315

ros e de seus gostos, o besouro de Kafka extraía um prazer de besouro, um conforto de besouro, daquela escuridão, daquela poeira e de todo aquele lixo.

Atrás dele, entre a praia e as ruas mais movimentadas, onde o comércio sofria convulsões contra um inócuo pano de fundo de *art-déco*, havia uma área coberta de vegetação esparsa, delimitada por muros baixos de tijolo, em que Gwyn Barry e outros participavam da gravação de um vídeo de *rock*. O papel de Gwyn era mais ou menos passivo, somos forçados a admitir. Ele não dançava e nem cantava. Só aparecia sentado — a pedido do cantor do conjunto em questão, um fã ardoroso de *Amelior*. Gwyn só precisava ficar sentado junto a uma mesa sobre a qual havia um globo terrestre e um livro; por trás dele, colocaram um tapete que exibia carneiros pastando, cuidadosamente vigiados por pastores de cabelos brancos munidos de báculos e liras, harpas eólias. Um grupo de dançarinos pretos passava por ele, abaixando e erguendo o corpo, como retalhos de massa de biscoito. Richard ficara para trás a fim de acompanhar uma conversa edificante, devidamente registrada em sua caderneta de notas, entre Gwyn e o untuoso rapaz da divulgação. Mais ou menos assim:

"Pode acreditar. Isto vai ajudar *Reconquistada*. Vai abrir caminho."

"Talvez", disse Gwyn. "Mas pode criar problemas com aquela história da Profundidade."

"Eles garantiram que só vão exibir o vídeo *depois* do lance da Profundidade."

"...E será que vai ajudar muito *Reconquistada?*"

"Muitíssimo. Ora, vamos lá. Pense só em quem esse *clip* vai atingir."

Depois disso Richard escapara, na direção da areia e do mar, do metal do céu ferindo seus olhos. Não foi o espetáculo de vulgaridade ou venalidade que apressou sua fuga. A razão era interna, assim como tudo, a essa altura, era cada vez mais irreversivelmente interno. Richard fugiu dos dançarinos pretos e de sua energia vital, da temperatura elevada da juventude e da saúde de seus corpos. Aquelas estrelas negras, adolescentes, com seus corpos milimetricamente em forma, eram ainda assim o oposto dos artistas, porque faziam o que lhes mandavam fazer e aceitavam sem reservas o tempo e o lugar em que viviam. Ainda eram escravos. Richard podia alegar só descender de homens e mulheres livres, mas era um escravo e um fantasma em sua própria vida; a única parcela dele que agia com liberdade era a que planejava e datilografava sua produção literária. E os dançarinos também se encontravam no extremo oposto do comércio de bens móveis: calcanhares bem torneados, espécimes sem preço, ariscos e belíssimos. Enquanto Richard... Ainda assim, não foram seus pensamentos que o levaram a passar por cima do muro e tomar o rumo da praia, onde o céu cintilava e pulsava mais violentamente do que o mar, com a cabeça baixa, um antebraço curvado por baixo dos dois livros que carregava, o outro erguido para proteger ou apoiar seu rosto franzido. Era a queimadura da cor escura dos dançarinos, a claridade mais fria de seus olhos e dentes, a polpa macia de suas línguas — que o faziam sentir que, a partir de agora, toda a vida e todo o amor haviam de ancorar alhures. Parecia que as doses atrozes dos remédios fortes que certamente começaria a tomar dali a pouco já começavam a fazer efeito, produzindo uma penumbra espessa e oscilante de ar turbulento, uma turbulência do tipo que, em massas maiores, sacudia os grandes jatos, isolando Richard e mantendo-o afastado da vida e do amor. Diante dele, na praia, americanos se exercitavam e brincavam. A saúde americana atingia a todos no ponto mais doloroso, o bolso, e dispunha as coisas de tal forma que todo desastre para o corpo virava um desastre multiplicado para você e todos que o cercavam em sua vida. Os entes amados, e assim por diante. Mas as pessoas que tinham dinheiro saíam lucrando naquele negócio da saúde, e Miami, com todos os matusaléns robotizados de Miami Beach, era a cidade sagrada de seus milagres. Nos rostos das pessoas que pulavam, corriam, gritavam e arquejavam à sua frente, Richard via uma coisa sobre a qual só ouvira falar em conversas sobre a política externa americana (e muito tempo atrás): a tenacidade americana. Visível no rosto do mais gordo dos corredores. A tenacidade americana, diferente de todas as outras tenacidades, não exatamente a mais inflexível, mas sempre convencida de ter seu direito acima de qualquer questionamento. Pensando seriamente em tirar sua gravata-borboleta, Richard acendeu mais um cigarro.

A coisa, e não só o seu corpo, estava ficando quente. Richard vinha subindo de cotação. Até mesmo o rapaz da divulgação, refletindo sobre a situação de Richard, poderia ter dito, sem ironia, que suas perspectivas estavam ficando mais promissoras. Uma ou talvez duas vezes por dia, Richard ligava para a livraria Lazy Susan, produzindo um dos sotaques americanos que imitava incrivelmente mal (não conseguia superar sequer o resultado dos gêmeos que, para imitar um americano, multiplicavam o número de sílabas das palavras mais curtas e arrastavam os erres); e tudo indicava que *Sem título*, de uma hora para outra e sem qualquer explicação, tinha começado a vender muito. Em vez de dois exemplares, agora só tinham um no estoque. Com a porcentagem maior que ganharia de direitos autorais devido à ausência de adiantamento, isso significava que Richard tinha ficado dois dólares e meio mais rico. E mais do que isso, muito mais do que isso, agora possuía uma coisa que lembrava um programa de divulgação do livro. Tinha uma entrevista marcada, na tarde do dia seguinte, com Pete Sahl do *Miami Herald*; em Chicago, seria o convidado de Dub Traynor para uma entrevista de uma hora no rádio; e em Boston faria uma leitura, seguida de tarde de autógrafos, no Founder Theatre. Tudo marcado ou facilitado por Gwyn. O rapaz da divulgação lhe enviara uma folha de papel com todos os detalhes datilografados.

"Oi."

Richard ergueu os olhos. Uma jovem estava de pé junto a ele. Usava bermudas, tatuagens, uma pochete de plástico preto que lembrava um cinto com uma pança.

"São três dólares."

"O que são três dólares?"

"A cadeira em que você está sentado."

"Estou sem dinheiro nenhum aqui."

"Sinto muito, senhor."

Era uma bela idéia, os americanos chamarem todo mundo de *senhor*, tratando a todos — garçons, motoristas de táxi, recepcionistas de banheiro, assassinos seriais — de *senhor*. A conseqüência, por outro lado, é que *senhor* acabava soando como *vagabundo*, *idiota* ou *babaca*.

"Espere aí. Pode ser que eu tenha."

Depois de receber de Richard duas notas amassadas e um punhado de moedas prateadas e cor de bronze, ela tornou a montar em seu carrinho elétrico e, ao som manso de seu motor, partiu à procura de outras pessoas estendidas nas espreguiçadeiras. "Ótimo emprego, o seu", disse Richard em voz baixa. Disse Richard para si mesmo. Continuou estendido em sua espreguiçadeira, bocejou e, por algum tempo, tentou combater seu desajuste bubônico à mudança de fuso horário. Pelo menos esperava que fosse aquilo, um simples desajuste à mudança de fuso horário, e não a morte certa decorrente de sua velhice avançada.

Sua única concessão ao local onde se encontrava era uma caneta flexível de realçar, de cor amarela que brilhava no escuro (encontrada por trás da mesa-de-cabeceira em seu quarto de hotel), com a qual assinalava os trechos de especial interesse em *The character of sir Thomas Overbury (1581-1613)*. Na verdade, porém, estava lendo dois livros ao mesmo tempo, com um olho desanimado e outro olho auspicioso. O livro que tinha no colo era uma biografia literária. O livro que tinha na mente era o que ele próprio escrevera, *Sem título*, do qual leria um trecho em Boston, Massachusetts. Qual trecho? A descrição do anúncio da agência de modelos, apresentada como uma paródia em um capítulo do *Romance da rosa*? O *tour de force* miraculoso em que cinco narradores mentirosos conversavam em linhas cruzadas de telefones celulares enquanto rodavam sem parar, presos na mesma porta giratória? Gwyn confirmara o compromisso à hora do almoço, nos bastidores do Miami Beach Festival, nos últimos segundos que antecederam "Uma hora com Gwyn Barry". Comovido com as palavras do amigo, Richard ficou para assistir ao evento, esperando apenas que fosse uma decepção profunda, e não um fracasso redondo. Insuportavelmente, cerca de mil pessoas compareceram. Por quê? E em Miami, meu Deus, onde havia tantas outras coisas para fazer. Por que não tinham ido a um *shopping center*, à piscina, ao cassino, a um salão de fumar *crack*? Não teriam coisa melhor para fazer? O único momento bom ocorreu quando Gwyn vinha saindo do auditório, bem devagar, aceitando cumprimentos e apertos de mão e fazendo uma demonstração antecipada de seu talento para dar autógrafos — que tencionava exibir em estilo mais grandioso no mezanino, logo em seguida. Bruscamente, e com uma atitude tão direta que o rapaz da divulgação se interpôs entre os dois, uma volumosa mulher de jeans e camiseta abordou Gwyn e disse: "Não é nada pessoal, mas eu acho seus livros uma merda". Com uma calma e uma postura de grande empresário, o rapaz da divulgação conduziu Gwyn para longe daquele constrangimento revestido de brim, aquela inconveniência de camiseta curta. E ela ainda gritou: "Não é todo mundo que te acha maravilhoso!". Gwyn hesitou; hesitou, quase virando e quase sorrindo, como se quisesse agradecer aquela advertência salutar — de que ainda havia um ou dois recalcitrantes na América. A mulher, por sua vez, virou-se para seu companheiro e disse-lhe alguma coisa na linguagem de sinais. Não apertou o nariz com os dedos nem nada parecido, mas ficou claro que dizia a seu amigo surdo que os livros de Gwyn eram uma merda. Orgulhoso e solidário, Richard já intuíra quem devia ser aquela mulher: Shanana Ormolu Davis, sua companheira da Bold Agenda. Ficou observando Shanana enquanto ela abria caminho com os ombros para sair de lá, contente de observá-la de longe.

O nevoeiro que pairava acima de South Beach estava a ponto de evaporar-se pela ação do calor do sol. Por aquela fração da energia que nossa estrela terrestre — uma estrela na seqüência principal, só que mais pesada que noventa por cento de suas semelhantes, e recém-entrada na meia-idade — irradiava com uma generosidade sem critério. E não só na direção da terra, mas em todas as direções. A cada segundo, 640 mil toneladas de massa se *perdiam* no reator solar, multiplicadas, em (ineficiente) obediência à equação einsteiniana, pelo quadrado da velocidade da luz: $300\,000 \times 300\,000$. Richard tirou o paletó — uma façanha complexa. Nunca fizera uma leitura pública em sua vida. Mas já falara em público várias vezes. Se usarmos uma definição bem ampla de *público*. O metrô Dollis Hill, e depois 198 *B*. Basta seguir o caminho assinalado. O ponto de encontro é junto às máquinas de venda de passagens. Qual o Preço da Poesia Moderna? Grátis. Os convites chegavam, ano sim, ano não. E ele sempre aceitava. E se imaginava, um dia, sendo carregado de maca de seu leito de morte para ir discutir a morte do romance. Diria o romance suas últimas palavras? Com um rugido rouco, inclinou-se para a frente e começou a desatar os cordões de seus sapatos.

O outro lado do oceano era onde Gina estava. Agora, sempre que pensava em sua mulher, tinha a desagradável surpresa de descobrir que sempre a imaginava *in flagrante delicto*, no ato criminoso, e que precisava ficar esperando, com uma toalha dobrada no antebraço, como um garçom, enquanto ela se esgueirava, saindo de debaixo de... ele não sabia quem. Mas tinha fortes suspeitas. Dali a alguns minutos, Richard ia voltar para o bar do hotel e começar a escrever cartões-postais — para Marius e Marco, para Anstice, para Keith Horridge. E uma carta para Gina. Sem novidades. Uma carta de amor. A canção que ele cantara, naquelas manhãs, perante fevereiro:

> O que você quer:
> Meu bem, eu posso dar.
> O que você precisa:
> Você sabe que eu dou...

E depois a segunda parte, tentando homenagear o arrebatamento e o espírito prático das mulheres:

> Não vou fazer nada de errado
> Longe de você.
> Não vou fazer nada de errado
> Porque eu não quero...

Reajustou suas roupas, juntou suas coisas e saiu andando pela praia, de volta para a rua.

"Nada. Não. Nada, não. Diga adeus a Lawrence. Diga a ele: adeus, adeus."

Mas Gina disse adeus a Richard, daquela vez. Adeus, adeus. E ele sempre voltando. Não conseguiu levá-la para almoçar ou tomar alguma coisa no fim da tarde. E nem aquela hora eletrizante e sangüínea em seu quarto do Savoy. Mas a bordo do trem que o levava de volta a Londres, tinha o endereço da casa dela no bolso do colete; e depois daquilo, do ponto de vista sexual, o "quando" ainda estava em dúvida, mas não o "o quê". E o porquê? Porque, em mãos sedosas e determinadas, lápis e papel valem quase tanto quanto a bebida drogada do seqüestrador, a balaclava babada do estuprador. Como os punhos do praticante das artes marciais, as palavras escritas, nesses casos, podem ser consideradas como armas mortíferas, admissíveis apenas no ringue ou no tatame — e em exibições. Se os homens entendessem melhor a relação das mulheres com as cartas, das mulheres com os bilhetes. Se *acreditassem*. É por isso que o marido veterano, antes de sair para o trabalho, rabisca coisas como O BOMBEIRO PEDIU PARA LIGAR

MAIS TARDE OU ESTÁ FALTANDO MANTEIGA DE NOVO, e à noite, quando volta, sempre encontra a mulher de biquíni e salto alto, com um copo gelado de bebida em cada mão; depois do jantar (o prato favorito dele), ela diminui a luz ainda mais, põe a fita de música suave, mais uma tora de lenha na lareira e o instala no tapete à luz semitransparente, recostado em almofadas e num copo de licor de menta. E sai da sala. Para ele poder se masturbar. Calma. Isso só vem depois. Onde é que ele estava?

Aqui. Richard Tull, dobrado sobre uma garrafa de Valpolicella na mesa da cozinha de seu apartamento em Shepherd's Bush, tarde da noite, com os gritos do telefone sufocados sob um travesseiro (Dominique-Louise), escrevendo para Gina Young. As cartas eram como confete, como botões de macieira nas ruas de abril. E seguiam a cada entrega do correio. Ele lhe enviava fórmulas e plágios — truísmos, as palavras descartáveis do amor. E as respostas dela pareciam bilhetes de agradecimento enviados a um avô exagerado e um tanto doido. Ele mal tomava conhecimento daquelas respostas. Fim de semana sim, fim de semana não, com absoluta regularidade, muito depois de D. H. Lawrence ter sido suplantado pela cerâmica e outros produtos do artesanato local, por máquinas de escrever antigas, por butins imperiais, ele viajava até lá, a carne de seu rosto sacudindo com os solavancos da luz e dos trilhos do trem, suas faces urbanas muito brancas com a exceção das manchas de cor nos pontos onde Dominique-Louise o arranhara ou esbarrara nele com o cotovelo; lentamente, ele erguia o queixo, tomado pelo orgulho romântico. Meia hora nos bares da High Street, passeios pelos jardins municipais sob uma chuva leve demais para cair. Dando comida aos patos. A mão dela, quando por fim a pegou na sua, era elegantemente nervosa, com os dedos muito compridos. E ele falou disso. E disse mais. De volta a Londres, fez uma correção importante nas últimas provas de *Os sonhos não querem dizer nada*, na página da dedicatória, onde riscou o nome de Dominique-Louise e optou por coisa mais simples. Numa pastoral encharcada nos Victoria Gardens, encostou-se nela sob um salgueiro gotejante. Ela o beijou com tristeza. Os lábios dela eram estreitos e havia gotas de chuva em seus cabelos. Ele soube que estava no papo quando, numa noite de sábado, perto da porta dos fundos do Station Hotel, foi surrado por Lawrence, o namorado em fim de carreira, acompanhado por um irmão mais velho e um primo — que nem foram necessários. Richard não brigava muito bem. Mas escrevia bem. Resenhas de livros. Cartas de amor. Richard, com sua gravata-borboleta, caiu e ficou caído. Com o corpo mais curvado que encolhido, uma mão aberta frouxamente apoiada no joelho. Mesmo quando a bota de Lawrence começou a atingi-lo, e Richard continuou resignadamente sentado no concreto, apoiado na parede, dando gritos abafados ou soluços altos cada vez que o bico de couro atingia suas costelas, não se sentiu especialmente maltratado ou injustiçado. Já sabia que Lawrence faria o que acabou fazendo, com o corpo dele. Assim, Lawrence socou e esmurrou, depois se ajoelhou, depois chutou (a cabeçada foi a primeira coisa que fez: a dor começou naquele instante, quando as testas se chocaram, os narizes se aproximaram, os lábios quase se encontraram num beijo). E disse um palavrão: "Seu puto!.." E também chorou. Richard tinha levado Gina até seu quarto no Savoy, aquela tarde, pela primeira vez. Inconclusivamente. Mas caiu muito depressa, com sua gravata-borboleta e seu colete colorido, e ficou lá sentado na pedra molhada. Sabia que Lawrence não podia ser tão mau assim. Lawrence devia ser uma pessoa legal, ou ter se transformado numa pessoa legal, depois de nove anos com Gina.

Dois meses e meio mais tarde, Gina se mudou para Londres (ela era espantosamente organizada e intimorata, e sem que ele precisasse tomar muitas providências logo tinha um mapa do metrô, uma cópia da chave do apartamento dele, uma agenda e um emprego, e ainda — não, ela fazia questão — um belo apartamento conjugado perto da casa dele, com cortinas brancas, um sofá branco que à meia-noite ela transformava numa cama aromática, infestada de almofadas bordadas e bichos de pelúcia, onde ele também era acalentado e acarinhado e sempre ficava sem fala diante da diligência e da engenhosidade ultrametropolitanas que ela demonstrava, além de todo o ardor original), Richard a deixou e voltou para Dominique-Louise, sua bulímica beldade que gritava com ele a noite inteira e nunca ficava menstruada. Naquela época, teve uma série de namoradas que nunca ficavam menstruadas. E que ele soubesse não tinha nada contra a menstruação. Mas nenhuma de suas namoradas jamais parecia ficar menstruada. Ele não extraía nenhuma conclusão; mas vários anos se passaram sem que ele vislumbrasse um tampão ou alguma gota de sangue que não fosse dele próprio. Até chegar a Gina, que assim mesmo ele largou. E ela não chorou.

Richard esperava e até desejava que ela voltasse — para Nottingham, e para Lawrence. No dia em que a deixou, percebeu, enquanto se despia aquela noite, sob o olhar indiferente de Dominique-Louise, que todos os vestígios da surra que Lawrence lhe dera tinham sido finalmente absorvidos por seu corpo: os hematomas tenazes nos quadris, o arranhão no antebraço, o espectro variado de amarelos e violetas que cercara seu olho direito, no qual, naquela noite, em Nottingham, a própria Gina aplicara um naco de carne crua. A coincidência pareceu definir, para Richard, aquele caso como um episódio de nostalgia inconseqüente: diferenças de classe, o sangue, o interior, D. H. Lawrence, o amor sem complicações. Cinco noites mais tarde, voltou para Gina, ou pelo menos voltou ao apartamento dela. O mesmo olho direito, aliás, fora arroxeado por Dominique-Louise. E mais uma vez, Gina correu para a geladeira. A carne que voltou trazendo foi tirada de um saco de plástico. Agora era Londres; antes era Nottingham. "Você vai parar?", perguntou ela. Mas não queria dizer *parar*. Queria dizer *ficar*. Ah, ficar! Richard voltou para Dominique-Louise. Deixou os bichos de pelúcia, o chá e as torradas pela manhã, os passarinhos que passeavam confiantes pelo parapeito da janela, Gina com seus olhos redondos e sua camisola curta, seus chinelos peludos e o lenço amassado na mão (desta vez houve duas ou três lágrimas, silenciosas, incontíveis), e percorreu arduamente o caminho de volta para Dominique-Louise. O quarto de Dominique-Louise, aliás, tinha as paredes pintadas de preto e não possuía janelas. À noite, sua escuridão era clássica, mitológica. Às vezes ela ficava deitada, tendo no colo o cinzeiro de dez quilos que ocasionalmente atirava nele (descobrira a história da dedicatória trocada), fumando, esperando e jamais ficando menstruada.

Ele achou que Gina fosse voltar para Nottingham. Mas isso nem pareceu passar pela cabeça dela. Richard assimilou o fato, e viu que era bom: sempre que quisesse, podia aparecer e dormir com ela. E poderia continuar a fazê-lo, projetava ele, mesmo depois que ela tivesse arranjado um parceiro simpático e permanente com um emprego regular. Porque ela era apaixonada por ele. As moças, naquela época, não tinham como nos atingir (não podiam chamar os advogados, os tablóides, a polícia): suas únicas armas eram o suicício ou a gravidez. Só tinham a vida: só podiam acrescentar a ela, ou então tirá-la. Podiam subtrair ou adicionar; e só. E Richard tinha duas certezas adicionais. Gina jamais se suicidaria. E Dominique-Louise jamais ficaria grávida. E então Gina fez o seguinte. Dedicou-se à literatura contemporânea, de maneira sistemática. Era a sua versão de uma escola noturna. Começou a dormir com outros escritores.

Na tarde seguinte, Richard estava de volta à praia. Tinha acabado de ser entrevistado por Pete Sahl, do *Miami Herald*. E a entrevista não tinha dado certo. Nada de calamitoso; mas tampouco muito adequado; nada de embaraçoso ou interessante. Simplesmente não tinha dado certo.

Pessoalmente, até que se deram muito bem. Richard gostou e achou graça em Pete Sahl do *Miami Herald* — porque era uma mulher. Espantosamente bem conservada, Pete foi logo dizendo que tinha cinqüenta e três anos e filhos adultos. O pai de Pete queria filhos homens. Por isso deu nomes masculinos a todas as cinco filhas. Pete se acostumou com Pete, e nunca tentou enfeitar as coisas, com Petranella, Petulia ou Petunia. Era só Pete: Pete Sahl.

Não que ela tenha passado o tempo todo falando de Gwyn ou coisa parecida. De certa forma, foi encorajador perceber que Pete não tinha muita clareza de quem eles fossem, nem um e nem o outro. A entrevista consistiu inteiramente em recomendações que ela ia fazendo: recomendações de outros romances, de livros de poesia, de filmes, peças de teatro, espetáculos musicais. "Vou anotar para você", dizia Pete. Mas não conseguia se lembrar do nome de nada. Era apenas louca, como todo mundo que Richard conheceu em Miami. Quando a meia hora se encerrou, Pete estava recomendado restaurantes.

"Bem, tem o Gino's", disse ela. "Fica a vinte minutos de táxi. Se não conseguir mesa, pode falar o nome de Pete Sahl. Gino's. Vou anotar para você. Peça a vitela. Pode falar que fui eu que mandei."

"É o que eu vou fazer, assim que entrar lá. Vou dizer que foi Pete Sahl."

"Vou anotar para você. A vitela *alla picante*. Com molho de limão. Pode pedir. Adorei conversar com você. E não se esqueça: diga a eles que foi Pete Sahl."

"Anote para mim."

O conde de Rievaulx também queria filhos homens. E era, ele também, um velho cretino. Mas deu às filhas os nomes de Urania, Callisto, Demeter, Amaryllis e Persephone. Não as batizou de lady Jeff, lady Mike, lady Pete, lady Brad e lady Butch.

Richard se retorceu na espreguiçadeira quando ouviu o som do motor do carrinho elétrico. A bruxa avançava na direção dele, com a pochete de dinheiro a tilintar. Um avião pequeno voava lateralmente pelo horizonte. Parecia arrastar uma imensa escada de corda — lembrando a Richard a trupe de dançarinos negros. Tentou focar os olhos contra a pulsação ardente do céu. A escada de corda dizia alguma coisa: era formada de palavras. E dizia simplesmente, em maiúsculas, GWYN BARRY AMELIOR RECONQUISTADA. O avião disparou um raio de luz na direção dele e depois se dissolveu no sol. Richard recolheu seus livros. Dali a uma hora, eles também iam levantar vôo. Ele já tinha visto aquele avião antes, arrastando outra faixa, vendendo alguma outra porcaria. O que era mesmo? *Banho de sangue*, escrito por um sujeito chamado Chuck Pfister. Nenhum problema.

Mas por um instante o céu deu a impressão de gostar de Gwyn Barry — com o sol batendo a palma da mão contra a asa do avião, num cumprimento. Por um instante, o sistema solar deu a impressão de gostar de Gwyn Barry.

Chicago foi a única cidade que o deixou realmente com assustado.

E lhe deu medo porque era lá, em Chicago, que ele seria — ou não — entrevistado por Dub Traynor. No rádio: uma hora, só os dois. Agora estava em dúvida. Mas ficou com medo da cidade por outras razões também. A severidade do aço nu o amedrontava. Chicago, sabia ele, era o berço, ou o antigo ponto de reunião, da máquina política americana. O que sai daqui para cá volta. Eu estou bem: você está bem. A gente só aceita gente mandada por alguém. Chicago, ele sabia, era a oitava maior cidade do planeta. As cidades são máquinas. Nenhuma outra cidade onde ele já tivesse estado declarava claramente, como Chicago: Esta é uma máquina. Eu sou uma máquina.

Havia um imenso engarrafamento desde o aeroporto, e caía uma chuva escura. O nevoeiro era tão espesso quanto as nuvens, as nuvens tão espessas quanto a fumaça, e a fumaça tão espessa quanto o gesso. A Chicago congelada os esperava com seus vapores e sua atmosfera cinzenta, maciça e compacta no horizonte vago. E eles avançavam aos arrancos, cinco metros a cada arranco, pela Kennedy Expressway. As cinco pistas que rumavam para a cidade estavam todas bloqueadas, e as cinco pistas que saíam da cidade também estavam todas bloqueadas; entre esses dois imensos mississippis de metal, vapor e sofrimento, de provação espiritual, havia trilhos pelos quais trens iluminados e totalmente vazios passavam nas duas direções, em altas velocidades. Ninguém jamais andava naqueles trens. Só podiam andar de carro. Os americanos eram mártires do motor; os automóveis eram seus autos-da-fé. Sem levar em conta o que os carros podem nos causar, do ponto de vista global, do ponto de vista biosférico, os carros —

os nossos carros — nos detestam e fazem o possível para nos humilhar. A cada momento, eles nos humilham. Os diversos tipos de motoristas (tímidos ou agressivos) também são os diversos tipos de sofredores: os silenciosos, os permanentemente enraivecidos, os aparentemente equilibrados, os que de alguma forma se convencem que são *eles* que controlam tudo, os que tendem a rosnar, os que xingam, os abatidos, os apagados... E seguiram em frente. A motorista que os conduzia — uma mulher, que trabalhava na editora de Gwyn —, sentada ao lado do rapaz da divulgação com seu pescoço gordo, apontou para onde o maior, o terceiro e o quinto maiores edifícios da Terra podiam ser vistos nos dias claros. E seguiram em frente: a concha da Shell, amarela sobre vermelho como uma mão erguida contra o sol, LEE'S LUMBER e WAYNE'S WINDOWS. A Força de Vontade Zero Atendida Pela Gordura Zero, um *slogan* em louvor de um produto que pelo menos tinha *gosto* de algo que engordasse, despertou por um breve instante a atenção de Richard, que ainda não ficara especialmente gordo. Uma bandeira encharcada. E então, finalmente, chegaram à cidade, ou sob a cidade, com suas muralhas, desfiladeiros e escarpas de aço, e sentiam-se como ratos de laboratório no labirinto de aço de Chicago. Richard teve a súbita impressão de que as cidades americanas eram meias bocas de maxilares inferiores, dotadas de uma extensão monstruosa de dentição irregular; com aqueles dentes imensos, não admira que suas gengivas tenham de sofrer uma permanente manutenção, as raspagens e os trabalhos de canal, as pontes, as obturações, as extrações dolorosas. Foram engolidos pelos sons desse desesperado tratamento dentário, e por um instante Richard imaginou que seus dentes fossem presas cravadas em suas gengivas.

Foi o primeiro a descer do carro. Pela segunda cidade em seguida, Richard ia ficar hospedado num hotel diferente e evidentemente muito inferior, mas não se importava... Caminhou pelo corredor imenso, seguindo o passo acelerado do carregador negro. Com uma suave torção do braço direito, o carregador levava a pesadíssima mala de Richard, mas o orgulho autoral obrigava o próprio fabulador a se responsabilizar pela sacola postal que, já sentia, deslocara para sempre sua espinha dorsal antes de deixarem Washington. Viraram uma esquina no corredor: diante deles, havia uma nova infinidade de corredor. Para o carregador, essa viagem era total e miseravelmente familiar. Aquele corredor não tinha como lhe reservar qualquer surpresa. Para não falar do sujeito muito mais velho, um branco trêmulo que passou por eles na direção oposta, às voltas com um aparelho extremamente desajeitado, mal escolhido e provavelmente obsoleto que lembrava uma torre tripla sobre rodas. Quarenta anos antes, aquele sujeito poderia ter ficado feliz de devolver o boa-noite arquejado por Richard. Mas hoje não tinha o que fazer com ele.

No restaurante do hotel, Richard jantou sozinho — o restaurante do hotel, com as cabeças de veado e as peles de urso, as paredes juncadas, por algum motivo, de pratos de louça local e o teto adornado com cortes pendentes de tecidos locais, com cores e texturas que lembravam um bloco de amostras de carpetes, evocando para Richard, opressivamente, a capa de *Sem título*. Sentia-se aprisionado entre as capas de seu próprio romance. Enquanto Richard terminava ao mesmo tempo suas costeletas de porco e *The house of fame: a life of Thomas Tyrwhitt*, um telefone foi trazido até a sua mesa, não um telefone sem fio ou celular, mas um aparelho antigo, branco, de disco, na ponta de um imenso fio espiralado.

"Está tudo combinado", disse Gwyn. Por trás de sua voz, era possível perceber uma auto-aprovação sonolenta — e também o murmúrio e os tinidos de uma festa; discreta, reservada.

"Como foi que você fez?"

"Eu disse a ele que uma equipe de TV está vindo de avião de Detroit, o que é verdade. E ofereci você."

"E ele... Como foi que ele reagiu?"

"No final, deu tudo certo. Eu disse que faria o programa dele quando viesse lançar a edição de bolso."

Em torno das onze da noite, os bares dos hotéis das grandes cidades americanas se enchem de homens que não estão necessariamente acostumados com as grandes cidades: participantes de convenções, profissionais em viagens de negócios. E então temos a oportunidade de observar o que a cidade grande faz com eles. E nem é tanto assim. A cidade aumenta seu botão de volume; inunda seus rostos de calor; fá-los ficar jovens, malvados e sacanas (como as garçonetes rolam os olhos). A metrópole sempre os faz beber além da conta, é claro; a fumaça os faz fumar também, alguns deles: acendem seus cigarros com gestos floreados, e saem contando para todo mundo há quanto tempo tinham parado... Richard instalou-se, fumando e bebendo, num canto do bar: o canto onde se tinha imaginado, fumando e bebendo. Fumar e beber era o que ele mais gostava de fazer. E estava chegando ao ponto em que fumar e beber eram as únicas coisas que gostava de fazer. Além desse ponto ficava o território onde fumar e beber seriam tudo que ele *conseguiria* fazer, estupidificado, completamente imobilizado por tudo que já tinha fumado e bebido. Mesmo assim, sentia-se bem (fumando e bebendo), e se ficasse acordado até bem tarde poderia ligar para Gina e contar-lhe que as coisas até que não estavam indo muito mal, com as vendas da livraria Lazy Susan, e agora a entrevista com Dub Traynor e a disseminação ainda maior de *Sem título*.

Com tantas biografias literárias na cabeça, Richard conhecia o efeito que os Estados Unidos às vezes tinham sobre os escritores ingleses. Sujeitos tímidos que atravessavam o Atlântico, piscando os olhos tímidos, eram logo absorvidos pelo pânico nativo, a ansiedade de produzir. E perdiam totalmente o controle, como Dylan Thomas ou Malcolm Lowry, derrotados pelo medo e a bebida. Ao que tudo indicava, era aquela a estratégia de Richard. Ou então (a estratégia de Gwyn) revestiam-se de personalidades temporárias, novos sorrisos, novas risadas, munidos dos quais não tinham problemas em andar pelas ruas a noite inteira esperando as críticas dos jornais, como os empresários da Broadway. Depois a febre da transformação acabava, e eles voltavam para seu ponto de origem, tornando a ser pessoas razoáveis. E daí? Mas a questão é a seguinte: quem eles deixavam para trás? Se a América era capaz de ter aquele efeito sobre os literatos do interior da Inglaterra, o que não faria com os próprios americanos — que, no geral, não passavam três anos em universidades do século XII com *Paradise lost* no colo e não tinham uma cidade natal inglesa de onde tivessem saído e para a qual pudessem voltar. Nunca tinham uma vida em algum outro lugar, capaz de protegê-los da América e da febre da mudança possível. Basta ficar acordado em qualquer grande cidade que se ouve um som que lembra o raspar áspero das asas de grilo nas noites de Miami — o cricrilar nasal de inseto da carência e da neurose.

Não há dúvida de que a neurose produziria um som de inseto, se conseguisse emitir sons com seu nariz.

Parecia mais uma venda de saldos domésticos — organizada, desta vez, por uma súcia troglodítica de pequenos assaltantes e aproveitadores do seguro social. Um velho banco de automóvel para se sentar, um velho caixote de papelão para servir de apoio ao copo de papel, o carpete imundo, o papel de parede leproso... só podia ser uma coisa: uma estação de rádio. Ou, mais especificamente, a RPT4456 4534, e o Programa Dub Traynor. Richard não ficou perturbado. A BBC, onde às vezes ia, em troca de quantias da ordem de £ 11.37, falar sobre resenhas de livros, biografias ou qualquer coisa que tivesse a ver com pequenas revistas literárias, era igualmente maltratada, a seu modo. Ambientes cruelmente humilhantes: era este o mal do rádio. O rádio sempre sabia que era ouvido, mas não visto, e que podia descuidar da aparência; não havia problema — todo mundo entendia; o rádio nunca precisava pedir dolorosas desculpas, ante os olhos de todos. Assim, Richard aceitou a atmosfera, mas não sem produzir comentários internos. Se a pessoa já simpatiza com a imperfeição — o inacabado, o fracassado, o abandonado —, há de encontrar ali muita coisa para despertar sua simpatia. Serviram-lhe uma xícara de um café inacreditável. Dub já estava chegando. Dub que, segundo o rapaz da divulgação de Gwyn, era um sujeito sério e um grande leitor: *adorava* literatura moderna. Na noite anterior, Richard extraíra um exemplar de *Sem título* de seu malote postal e, com uma temporária sensação estratosférica, mandou-o de táxi para o endereço de Dub no West Side. É provável que Dub não tivesse tido tempo de ler o livro inteiro, mas Richard estava ansioso para conhecer aquela coisa que lhe acontecia tão pouco: uma reação. Além disso, sua sacola ficara consideravelmente mais leve. Experimentando erguê-la ao ombro de manhã, pareceu a Richard que a pontada de dor tinha ficado bem mais suave: consideravelmente menos aguda.

A moça que lhe entregara o café apareceu e disse a Richard que estava acontecendo, imagine só, um problema: o time de beisebol local, naquele exato minuto, estava anunciando sua intenção de trocar de patrocinador.

Richard olhou para ela com expectativa.

"É uma notícia local muito importante. Dub vai ter que falar a respeito. Mas fique por aqui."

E então Dub apareceu, com sua roupa cáqui, sua preocupação barbada e seu carisma estritamente localizado. Trocou um aceno de cabeça e um aperto de mãos, depois levou Richard para a penumbra de seu estúdio, mobiliado com uma mesa de cozinha coberta pela costumeira macarronada de fios e aparelhos. Dub tinha o exemplar de *Sem título* à sua frente, debaixo de uma pilha de *releases*, pastas e blocos de papel. Passava o tempo todo apertando os olhos com os dedos, o polegar e o indicador, e depois piscando viscosamente.

Instalando-se com a comodidade possível, Dub apertou um botão e murmurou: "Vamos ter que falar dessa...".

"O que Max fez", dizia uma voz, em tom entediado e obediente, "pelo nosso time do ponto de vista empresarial foi, do nosso... ponto de vista... foi um bom negócio — para o time."

"Sinto muito", disse Dub, "mas é um negócio grande. Você já esteve em Wrigley Field?"

"Não. Devia? O que é?"

"É o estádio de beisebol da cidade. Sessenta anos mais velho que qualquer outro estádio do país. As arquibancadas, o placar. Tem um ar triste, como era de se esperar. Até os melhores times perdem uns cinqüenta jogos por ano. É essa tristeza que dá poesia ao jogo. Um jogo sem igual. Basta ver os escritores que já atraiu. Lardner, Malamud..."

Tornou a apertar o botão. Outra voz dizia: "Acreditamos que a Coherent é o máximo na sua categoria de produtos. E que esse sucesso vai se refletir no time." E aí a voz original disse: "E aí, o que é bom para Coherent também vai ser, para o time, bom... também".

Acenando com a cabeça para Richard, Dub disse: "Estes eram o vice-presidente da Coherent, Terry Eliot, e Fizz Jenkerson, direto do Wrigley Field. Vamos voltar a falar da troca de patrocínio, depois dos comerciais, e eu vou conversar com o escritor *cult* inglês Richard Tull. Eu ia conversar com outro escritor inglês, Gwyn Barry, mas nós também trocamos de escritor, e agora é Richard Tull. E então", disse ele, "você gosta de musicais? Esta..."

"Não", disse Richard.

Dub ergueu os olhos de seu microfone.

"Não gosto de nenhum musical."

"...Pois se gostasse, esta semana o Ashbery está oferecendo a matinê acompanhada de almoço. Por vinte e cinco dólares, você pode assistir ao espetáculo *e* ir ao bufê do outro lado da rua, o Carvery, bebidas e serviço não incluídos. Não é uma ótima idéia?"

"Mas eu não gosto de musicais."

"Não estou... é um *comercial*."

"O quê?"

Mais uma vez, Dub decidiu apertar os olhos, enquanto uma voz dizia: "O problema não foi problema nenhum com a Ultrason, que fez muito bem ao time. O problema... não é bem um problema, porque é bom, é a Coherent, é o negócio com a Coherent, que foi mais... que é melhor. Para o time".

"Às vezes você não queria", perguntou Dub, "que escrever fosse igual a algum esporte? Entrar no campo e ver quem ganha? Quem é o melhor. De um modo mensurável. Estatísticas, números, resultados."

Richard pensou um pouco. "É", disse ele.

"E eu ouvi dizer", disse Dub para seu microfone, "que a jogada de troca de patrocínio já está sendo novamente ensaiada nos túneis de La Salle Street. Você tem cachorro?"

"Não", disse Richard.

Dub ergueu os olhos, aparentemente assombrado com aquela confissão. Levantou a palma da mão, dizendo: "Pois se tivesse eu ia recomendar a Cerca Mágica da loja Perter de animais, a 49,95 dólares. E você poderia prender o seu cachorro numa corrente que não embaraça, com um limite que você mesmo estabelece. Ele ia gostar. E os seus vizinhos também".

"Meus dois filhos vivem me pedindo para eu comprar — um cachorro", disse Richard. "Mas nós moramos num apartamento, e você sabe como é..."

"Não acredito", tossiu Dub, e continuou. "Você sabe o que Berryman disse quando contaram a ele que Frost tinha morrido? Ele disse: 'É *assustador*. Quem é o maior agora?'."

"E a resposta devia ser Lowell."

"Isso mesmo... isso mesmo. O suicídio de Berryman teve uma testemunha. Do alto da ponte da Washington Avenue. Pulou no Mississippi. E as pedras junto da margem. A testemunha contou o seguinte: 'Ele subiu na balaustrada da ponte, sentou-se e se inclinou depressa para a frente. E não olhou para trás nem uma vez'. O nome da testemunha era Art Hitman. Não é incrível?''

"É verdade, é verdade. Berryman disse que sempre se sentiu 'bem' de ser considerado menor que Lowell. Pode acreditar.''

"Espere um pouco.'' Dub estava cuidando novamente dos olhos, com uma intensidade ainda maior, como se Richard não estivesse presente. Começou a fazer exercícios de paralaxe com os polegares, focalizando, refocalizando e recuando a cabeça. Enquanto isso, a rádio voltou a transmitir ao vivo a conferência de imprensa no Wrigley Field, e continuou por lá.

Aos três minutos para o meio-dia, Dub puxou seu exemplar de *Sem título*. Que se abriu na página cinco. A mão de Dub se estendeu para suas pálpebras enquanto ele dizia: "Foi a coisa mais estranha. Eu estava começando a ler o seu livro ontem à noite e — acho que alguma coisa entrou debaixo da minha lente de contato. E aí eu... E estes eram Fizz e Terry Eliot, explicando tudo ao vivo do Wrigley Field. Nosso tempo está quase esgotado, e íamos conversar com Gwyn Barry sobre a sua visão de um rumo novo para a espécie humana, mas estamos aqui com outro escritor inglês, Richard Tull. Lendo os livros do seu amigo e colega, nós sabemos qual é a proposta dele. E você? O que o seu romance tenta nos dizer?''.

Richard pensou um pouco. A idéia contemporânea parecia ser a seguinte: a primeira coisa que se precisa fazer, no campo da comunicação, é apresentar uma espécie de *slogan*, pintado numa caneca de café, numa camiseta ou num adesivo — ou então servindo de tema para um romance. Até Dub achava que as coisas eram assim. E hoje, que os escritores passavam tanto tempo contando às pessoas o que faziam quanto efetivamente escrevendo, também acabariam agindo da mesma maneira. Richard continuou a pensar. E Dub bateu no relógio com a ponta do dedo.

"O meu romance não tenta dizer nada. Ele diz.''

"Mas o *quê*?''

"Ele diz o que diz. Em cento e cinqüenta mil palavras. Não dá para dizer de nenhuma outra maneira.''

"Richard Tull? Muito obrigado.''

Antes de ir embora, ele se ofereceu para autografar o exemplar de *Sem título* que oferecera a Dub. Curvado em sua cadeira, com as mãos sinalizando diante de seu rosto, Dub declinou. Na verdade, insistiu em devolver o livro ao autor. Com muita energia. Praticamente obrigando Richard a aceitá-lo de volta. Richard tentou dar o livro de presente à moça que lhe trouxera o café. "Obrigada", disse ela. "Mas eu não tenho fé."

O caminho estava todo engarrafado até o aeroporto, e caía uma chuva escura. As cinco pistas que saíam da cidade estavam todas bloqueadas, e as cinco pistas que iam para a cidade estavam bloqueadas. Na divisão central, os trens vazios, rigorosamente equilibrados, passavam nas duas direções. Dava para sentir a forma e a massa das chaminés enegrecidas. Dava para ver as luzes e o reflexo das luzes, as luzes dos carros, luzindo lamacentas — as jóias sujas da Kennedy Expressway. E seguiram em frente aos arrancos, ladeados e seguidos por mustangs, broncos, pintos, colts, bluebirds, thunderbirds, ladybirds e larks, pandas e cobras, jaguares, cougars: o zoológico encardido da Kennedy Expressway.

S ozinho muitas horas nas últimas filas dos aviões, bebendo, lendo, olhando pela janela, com seu ser em processo de redução constante, ele tinha uma oportunidade de ajustar sua visão do céu. Via nuvens o dia inteiro, tanto de cima como de baixo.

De cima. Imagine as nuvens como se as visse pela primeira vez: chegando ao planeta, *a caminho da superfície*. As nuvens lhe diriam muito sobre a Terra. Sobre as montanhas, os penhascos, os planaltos, as pastagens e os campos de neve. As nuvens diriam muito sobre as dunas e as planícies cobertas de areia, e falariam com insistência (sete décimos do tempo) sobre os oceanos e suas alternâncias de turbulência e calmaria. De cima — embora a beleza das nuvens tivesse perdido boa parte de sua inocência, de sua aura primeva de eterna indiferença —, porque de baixo quase todos já as tinham visto, o céu dizia muito aos forasteiros sobre a Terra.

De baixo, o céu nos falava do que havia do lado de fora — o universo. Richard estava de volta à terra firme, no Colorado, plantado no asfalto, a sacola pousada no chão do estacionamento... À medida que se deslocava para o oeste, o céu ia ficando cada vez maior; o céu tinha muito a dizer. No mais geral, o céu imitava o vácuo: o vácuo do universo cortado, aqui e ali, por nesgas de matéria efêmera. Depois vinham o gás interestelar, os tufos de poeira e as nebulosas. Depois, as formas características das galáxias — disco, saca-rolhas, espiral, charuto, *sombrero*. Mas o céu ainda era capaz de outras imitações. De uma supernova, por exemplo, ou de um quasar. E Richard estava destinado a descobrir muito em breve, para seu horror, que o céu também imitava buracos negros. E que vinha ensaiando sua imitação de pulsar. O céu existia para nos fornecer comentários artísticos sobre o dia, sobre o clima, sobre a luz que filtrava e deixava passar para nós, mas também para nos falar sobre o universo, só os pontos e lembranças mais suaves, sem as duras lições sobre nosso lugar nele e como isso nos situava.

"Este lugar me faz morrer", disse o rapaz da divulgação, a noite inteira em Denver. "Este lugar é a morte."

Em Denver, que também era uma escala de Profundidade, chegaram ao final de uma convenção nacional de vendedores de livros, e a última palavra do momento eram as festas com tema: festas em ginásios, festas em delegacias de polícia, festas em galerias de minas de carvão. A festa que organizaram para Gwyn Barry e *Amelior reconquistada* era num circo, pequeno e itinerante mas com uma lona de bom tamanho e tudo o mais, serragem, animais, malabaristas e acrobatas. Em princípio, o circo devia ser bom, porque todos os artistas eram hispanos, ciganos ou ameríndios — em fim de turnê pelas localidades turísticas e os cassinos da região. Na verdade, era um circo esquálido e triste, e deixou a todos muito deprimidos. Com seu copo de plástico e seu guardanapo de papel, o rapaz da divulgação batia o pé na serragem, dizendo: "Este lugar é a morte". E ameaçava ligar para o corpo de bombeiros, a saúde pública e os advogados da editora. Mas só dizia: "Este lugar é a morte". Tendo em vista o quanto se sentia velho e doente, Richard estava se divertindo como nunca.

Os animais eram todos umas ruínas, todos os tratadores tinham um ar estúpido e cruel e nenhum deles parecia capaz de fazer qualquer coisa direito. Fazia frio do lado de fora e muito calor do lado de dentro, e havia um fogo cruzado entre o calor dos geradores, as rajadas de vento polar que atravessavam a lona rasgada e as lentas lufadas de gás aquecido emitidas pelos animais... A atitude de Gwyn, ao chegar (percebeu Richard), era a de alguém obviamente preparado para toda uma noite de assombro e encanto infantil; mas logo a abandonou, recorrendo a sorrisos inexpressivos e lábios franzidos, seriamente preocupado com os direitos dos animais e as doenças que eles pudessem transmitir.

"Quem é que *patrocina* esses palhaços?", perguntou o rapaz da divulgação.

Mas não havia palhaços.

Nervosíssimos cães quase brancos eram compelidos por muitas ameaças a tentar canhestros saltos em diagonal através de arcos que os tratadores seguravam nas mãos quando Richard identificou o professor Stanwyck Mills, de pé junto à pilha de caixotes e baús em que os artistas guardavam seus malabares, suas capas de lantejoulas, seus acessórios cintilantes e úmidos. Falava com Gwyn Barry, e ouvia o que este tinha a lhe dizer; Gwyn tinha a cabeça inclinada num ângulo cheio de consideração, franzindo o rosto e assentindo como se concordasse (na TV) com uma afirmação tanto bela quanto verdadeira. E no meio do picadeiro, depois de seus truques com os cães, o matador, com os braços erguidos, assumira a postura de nádegas tensas com que pedia os aplausos e o reconhecimento da platéia.

Seguiu-se um gemido coletivo em tom agudo — quase um uivo — quando um elefantinho fedorento apareceu debaixo das luzes. Seria um elefante anão velhíssimo, ou um bebê elefante doente, já em decomposição antes mesmo um de completar um ano de idade? Seus saltos e passos bem-intencionados deveriam combinar-se de algum modo com a tenaz determinação de um pônei malhado, que corria em cículos fechados com uma regularidade absoluta e traumatizada, aparentemente disposto a seguir girando para sempre enquanto o elefante trotava perdido, tão ansioso para agradar, remelas escuras escorrendo de seus olhos como bagas de suor, a pelagem corroída pela umidade exibindo o tipo de pêlo avermelhado e quebradiço que nasce ao lado de uma ferida em fase de cicatrização. Vestido num macacão, aquele elefante poderia passar por um construtor londrino: alegre, não muito desonesto, com sua barriga de cerveja e seu cóccix ossudo, apontando nos quadris descarnados e exaustos.

Richard viu sua oportunidade: "Professor Mills?", disse ele, e se apresentou com todos os detalhes. "Não sei se o senhor recebeu a cópia de nossa resenha da nova edição de *Jurisprudential*. Eu trouxe uma cópia comigo. Esperava encontrar o senhor aqui. Uma resenha interessante, e favorável."

"Muito obrigado", disse ele. "Vou ler com atenção."

Aquelas resenhas, pensou Richard, tinham sido definitivamente uma boa idéia. Os americanos não tinham como saber — sequer poderiam imaginar — o quanto *The Little Magazine* era de fato pequena.

"O que me interessa em especial são as suas idéias sobre a reforma penal", prosseguiu Richard. "Eu gosto da sua abordagem, que se pode chamar de compassiva e utilitária. Num campo tão cheio de retórica vazia. Como o senhor mesmo diz, a questão é saber se ela iria funcionar."

Continuaram a conversar, ou pelo menos Richard continuou falando. Mills tinha um ar de preocupação profunda e trêmula. Depois de ver os animais, aqueles vira-latas nanicos e perdidos mancando pelo picadeiro, Richard ficou impressionado com a altura de Mills: para um americano de origem irlandesa, era um homem fabulosamente alto. Talvez aquela fadiga trêmula fosse o fim de todos os homens altos, ao final de uma vida sustentando toda aquela altitude. Em torno do pescoço, Mills usava um aparelho ortopédico leve, lembrando uma canga aerodinâmica.

"É incrível como ainda somos tacanhos na Inglaterra. As mesmas velhas idéias. Dissuasão. Detenção. Todo mundo fala muito, mas ninguém quer mudanças de verdade. Mesmo nossas figuras públicas mais liberais dizem uma coisa, mas..." Richard deu a impressão de hesitar, como se avaliasse a etiqueta ou a justiça de simplesmente recorrer ao exemplo mais próximo. "Gwyn Barry, por exemplo. Sempre que fala em público, é absolutamente liberal. Mas no fundo..."

"É mesmo? Mas tudo que ele escreve parece — irretocavelmente liberal nessas questões."

"Quem? Gwyn? Ah, o senhor nem imagina as coisas que ele diz em particular. Na verdade, ele é a favor da volta das formas públicas de castigo corporal."

Enquanto Mills recuava em seu plinto, Richard cumpriu a formalidade de dizer-se que não podia se exaltar e perder o controle.

"Com público pagante. Punição retributiva e exemplar. Mas com um toque de vingança. Por assim dizer. Estacas e pelourinhos. Açoitamentos rituais. Piche e penas. Empalamentos e esfolamentos. Ele acha que a multidão não vem tendo o espetáculo que merece. Apedrejamentos públicos, até mesmo um que outro linchamento..."

Foi interrompido, não pelo professor, mas pela comunidade da edição e venda de livros, com seu consenso renovado de indulgência exausta: um par de camelos anões ou lhamas com corcovas irromperam num trote trôpego e ansioso, com um resultado tão pífio que o mestre de cerimônias decidiu fazê-los sentir com seu chicote. Um instrumento modesto — um cordão negro na ponta de um bastão negro. Nada que se assemelhasse aos açoites elaborados e ensurdecedores que Richard tinha em mente. E ele disse: "O senhor é irlandês, professor. E deve ter acompanhado aquele caso da bomba no *shopping center*. E Gwyn disse o seguinte: deviam juntar todos os membros conhecidos do IRA e acorrentar cada um deles aos portões da Torre de Londres. Com um cartaz imenso, com fotos, contando o que tinham feito e convidando o público a dar livre vazão à sua ira. E então, depois de alguns meses, depois que os braços, as pernas e os 'perus' deles tivessem sido arrancados (desculpe), entregar o resto aos corvos. Pode acreditar. Este é o nosso Gwyn Barry."

Richard ainda podia ter falado mais um pouco; mas um túnel sustentado por arcos de aço estava sendo armado às pressas e com grande estrépito, passando em meio aos convidados e levando até uma jaula quadrada no centro do picadeiro. Falava-se de um tigre... Os dois homens foram empurrados pelo movimento da massa. Richard tomou o cuidado de proteger o professor, que parecia temer pela armação que sustentava seu pescoço. Ficaram lado a lado, experimentando o que Richard entendia como a solidariedade muda dos justos. No início daquele inverno (o caso ainda estava *sub judice*), Mills fora passar os feriados do Natal com a mulher em sua casa de campo de Lake Tacoe; entrando à força na véspera do Natal, um grupo de motociclistas nômades sujeitara o casal a duzentas horas de maus-tratos, espancamentos, humilhações e queimaduras. O professor sabia, é claro, que uma experiência pessoal, por mais penosa que fosse, não podia ter mais que um peso estatístico na formulação de nossas posições intelectuais. Mas vinha reformulando suas idéias, o que teria de fazer de qualquer maneira, porque os inúmeros textos que estudara e anotara para preparar seu próximo livro (um esforço de toda a vida, provisoriamente intitulado *The lenient hand* — A mão tolerante) foram queimados às gargalhadas pelos invasores, juntamente com todos seus papéis, sua mesa de trabalho e, ao que parece, tudo mais que lhe importava neste mundo. Sua mulher Marietta, ainda entregue a uma terapia profunda, não emitia nenhuma palavra desde o Ano-Novo.

Estava chegando o tigre. Richard deixou Stanwyck de lado e conseguiu liquidar mais uma bandeja de bebidas antes de se esgueirar até bem perto do picadeiro. Ao longo de seu túnel gradeado, o tigre avançava silencioso, com uma suavidade quase inorgânica, como o conteúdo de uma seringa que respondesse à pressão do polegar do cirurgião. Richard ergueu os olhos: Gwyn estava bem perto, no círculo mais imediato, mas virava a cabeça o tempo todo para o sujeito que se encontrava por trás de seu ombro, um jovem de terno concentrado em terminar sua piada, sua venda ou sua divagação. Foi então que Richard se convenceu, pela milésima vez no mínimo, de que Gwyn não era um artista. Se pelo menos estivesse falando com uma mulher — tudo bem. Mas ficar com a atenção dividida, ouvindo algum idiota, quando podia observar um *tigre*... Igualmente descuidado, mas não da mesma forma, Richard tentou assimilar o animal à maneira devida de um artista, e saudou-o antes de mais nada com medo, o que era sem dúvida a coisa certa a fazer; até mesmo Steve Cousins devia ser saudado dessa forma, com o pensamento do que aquela coisa selvagem poderia fazer conosco se nos víssemos sozinhos com ele. É evidente que o tigre em questão não era um afiado selvagem da floresta ou da tundra: parecia desintoxicado e pré-domesticado, deslocado de seu filo e sobrecarregado com seu equipamento de camuflagem — sua surrada roupa amarela rajada de sombras. Mesmo a severidade essencial de seu olhar dava uma impressão desorganizada. Richard temeu pelos dentes do animal, mas estavam intactos, os caninos de adaga do felino revelados em seus bocejos hirtos de ódio, ódio do domador e do banquinho do domador, ódio da droga que o deixava com a boca seca, submetendo-o a uma luta sem esperança, a uma servidão desesperada, aos bocejos.

Dali a pouco o tigre foi embora e todos os outros animais foram reunidos para os aplausos finais — porque o rapaz da divulgação estava decretando o fim da festa. Um dos cães engasgou e começou a vomitar, por medo retardado do palco ou devido aos bocados inimagináveis que devorara antes do espetáculo. Outro cão inclinou seu focinho trêmulo para farejar e lamber aquele ragu rosado, e todos os editores e livreiros dos Estados Unidos gemeram, depois ficaram nauseados e assim por diante, em ondas sucessivas de asco.

No Aeroporto Internacional de Denver, às cinco da manhã, ninguém queria trabalhar. Um robô é que fazia tudo. Um computador, com voz de robô: uma voz feminina. Richard teve a impressão de que o robô, mesmo levando em conta que era um robô, um escravo integral, não aceitava tergiversações de ninguém, sempre mandando as pessoas darem um passo à frente, entregar depressa a bagagem e ir cuidar da vida. Deixou sua mala e sua sacola postal caírem com estrépito no carrossel, onde inadvertida mas brevemente caiu também, e depois, enquanto Gwyn seguia em frente, conseguiu reaprumar-se e segui-lo até a porta e o exterior de um azul profundo, planejando fumar um cigarro tranqüilo. O cigarro foi um cigarro — mas nada tranqüilo. Começou a tossir desesperadamente atrás de um carrinho de bagagem, a pigarrear como um louco ao lado de uma máquina de venda de refrigerantes e finalmente pôs-se a lacrimejar intensamente encostado na vidraça, enquanto fumava outro cigarro, desta vez mais tranqüilo. Aquelas lágrimas incorporavam um certo elemento de alívio e de uma grata mortalidade, sob aquele imenso céu ocidental, que naquele momento ensaiava sua imitação de um quasar: um bando de nuvens se havia reunido, reluzentes e compactas numa formação de galáxia aglomerada, cercando e cobrindo uma coisa estranha e grandiosa — o Sol. O Sol, enquanto ele observava, abandonou a tumescência da alvorada e adquiriu uma palidez franca, passando de gigante vermelha a anã branca. Quando o Sol ficava branco, não era difícil acreditar em buracos negros, em singularidades astronômicas. Porque aquela estrela comum já dava a impressão de estar meio desaparecida do espaço-tempo.

Instruído a ficar por lá, cuidando da repercussão infeliz daquela história de circo, o rapaz da divulgação só pegaria outro vôo, mais tarde. Assim, Richard iria viajar de primeira classe, junto com Gwyn. Com Gwyn, que precisava dar algumas entrevistas assim que chegassem à próxima cidade.

"Estamos um pouco destrambelhados, não é?", disse a aeromoça.

Richard respondeu que ele estava bem.

"Ah", disse Gwyn, "um café da manhã inglês."

"E café para o senhor? Café, para o senhor?"

"Você tem conhaque?"

"O quê?"

"Conhaque?"

Estudando quantos tipos de pele e cabelos o mundo tinha, Richard ficou olhando por sua escotilha na direção do Pacífico, enquanto Gwyn se entregava devidamente ao sono. Ficou olhando, enquanto sobrevoavam os campos que lembravam *waffles*, as extensões de rabanada salpicada de açúcar de confeiteiro, um lago salgado, a planície poderosa, o deserto, mais deserto, montanha, vale e, finalmente, as escarpas coníferas dos confins do continente, todo o caminho, da tundra à taiga.

Richard pensou que os freqüentadores do circo no conto de Kafka estavam provavelmente com razão quando evitaram contemplar o artista da fome de *Der Hungerkunstler*, semi-enterrado na palha de sua jaula, jejuando, recusando-se plangentemente a comer; e é provável que tivessem razão de preferir a pantera negra que o substituiu. Porque a pantera não tinha qualquer noção de sua servidão nem de seu cativeiro, e carregava a liberdade em seu corpo (talvez oculta em algum ponto de suas mandíbulas). Nas fotografias, Kafka sempre tinha uma aparência tão espantosa, tão espantada, perpetuamente assombrado, como se passasse o tempo todo vendo seu próprio fantasma no espelho.

Quando pousaram, deram-lhes uma hora a mais dentro do avião, já no solo. Um problema técnico, ou uma revolta de escravos: nem mesmo Gwyn foi capaz de descobrir qual dos dois — Gwyn, cujas entrevistas se acumulavam acima dele no céu, como as camadas superpostas das rotas dos jatos... Richard aprendera a reconhecer as paisagens dos aeroportos — paisagens do incompleto. Não os interiores, com seu cheiro de pipoca e sua alegre luz amarela de máquina de pipoca, paisagens em incessante ampliação. Os Bs, Cs e Ds pregados na parede, o Lego prolífero de juntas e ângulos retos; e, para cada casal separado, outro que se beijava sequioso às seis da manhã, e para toda avó aos prantos famílias que floresciam em outro lugar — festas de primos. Os aviões se deslocavam à mesma velocidade, mas os viajantes humanos tinham ritmos diferentes, apressados, arrastados, disparados, desengonçados. Do lado de fora, porém, a paisagem era composta de incompletude. Os ônibus vazios e os tratores estacionados, os barracões pré-fabricados. E depois os caminhões sem cabeça e os chassis sem cabine, as escadarias que apontavam para cima mas não levavam a lugar algum, as juntas amputadas de corredores, espalhadas pelo asfalto, com as duas pontas que não levavam a lugar algum, insistindo na incompletude.

"**V**amos só pensar em voz alta."

"Pense com a gente, certo? Certo. Amelior..."

"Antes de mais nada. Para o público se envolver com a comunidade, a gente precisa de... uma ameaça externa."

"Para o público se envolver."

"Isso."

"A comunidade é ameaçada, se a gente quiser ficar nessa coisa ecológica, por... não sei. Diga lá. Alguma coisa. Ratos assassinos. Ratos mutantes."

"Ah, não, por favor. Alguma coisa humana. A comunidade é ameaçada..."

"Por motoqueiros neonazistas. A Ku Klux Klan. Sei lá."

"Espere, espere um pouco. Solomon — Solomon está no alto da montanha, cultivando o solo ou coisa assim. Com Padma e Jung-Xiao. Baruwaluwu dá um grito! E aí Solomon vê..."

"A coluna de poeira."

"Coluna de poeira?"

"É, levantada pelos motociclistas."

"Espere, espere um pouco. Uma grande empresa de construção está planejando..."

"Uma estrada que passa bem..."

"Quer transformar a comunidade numa..."

"Fábrica de armas para a guerra química."

"Num cassino."

"Num superlaboratório de engenharia genética. Para ficar na coisa ecológica. A gente quer ou não quer a coisa ecológica?"

"Para produzir vacas mutantes."

"Vacas mutantes?"

"Ou porcos. Porcos mutantes. Sabe como é, imensos e quase sem cabeça. Ou ratos mutantes."

"Para o exército. E Solomon..."

"Descobre..."

"Um jeito de atrapalhar os planos deles. Espere, espere um pouco."

Nem mesmo em suas dengues ou beribéris mais suarentas de repulsa jocosa, Richard jamais imaginara que um dia lhe seria dado contemplar a negociação da venda de um romance de Gwyn Barry para o cinema. Mas lá estavam eles, Richard e Gwyn, sentados num sofá numa luxuosa construção pré-fabricada na sede da Millenium, num dos prédios dos Endo Studios, em Culver City, na Grande Los Angeles. E assim LA conseguiu introduzir um horror renovado na viagem, e na forma de uma negociação dupla. Fecharam a opção de venda para *Amelior reconquistada*. Mas *Amelior* já era um negócio fechado.

"É", dissera Gwyn na noite anterior no hotel, "a Millenium vai fazer o filme. Ei", acrescentou ele para o rapaz da divulgação, recém-chegado, e emergindo rechonchudo do chuveiro, "eu não quero que nada disso saia na imprensa antes dessa história de Profundidade ser resolvida."

O rapaz da divulgação olhou para ele.

"As pessoas vão achar que eu não precisava", disse Gwyn com voz ofendida. "Sabe como é, mulher rica, prima da rainha. Um best-seller atrás do outro. Vendidos para o cinema."

"Vídeos de *rock*."

"Isso. Garanto que vão perguntar sobre a venda dos livros para o cinema. Já me perguntaram umas nove vezes."

"Vamos dizer que as produtoras de cinema estão interessadas."

"Certo. Tudo bem. Interesse do cinema. Ótimo."

Richard ainda não tinha conseguido entender. Por mais degradada ou desprovida de talento que fosse, toda obra de arte pertencia a um certo gênero. E os livros da série Amelior pertenciam ao gênero das utopias literárias. Já tinham feito muitos filmes sobre utopias fracassadas e antiutopias, mas nunca tinham feito um filme sobre uma utopia bem-sucedida, onde todo mundo fosse feliz o tempo todo. Filmes inteiros sobre colônias de nudistas, os primeiros *Kulturfilmen*, as mandíbulas crispadas do realismo socialista: a utopia, no cinema, pertencia ao campo da propaganda e da pornografia. Além disso, o que chamava a atenção em *Amelior* era o fato de ser totalmente desprovido de qualquer ação — e igualmente desprovido de sexo, violência, conflito ou dramaticidade. É evidente que esta constatação já havia ocorrido à equipe de três pessoas reunidas ali naquele bangalô sobre rodas com ordens de ventilar as mais variadas idéias para o desenvolvimento do roteiro, na presença do próprio Gwyn. Os dois sujeitos vestiam complicados trajes esportivos — roupas de mergulho reversíveis. A mulher usava uma saia xadrez e uma blusa branca; e fumava.

"Não seria melhor", perguntou Gwyn, a quem, naquele período pré-Profundidade, ainda cabia verter por escrito o argumento do filme, "se o conflito fosse interno?" Gwyn abriu a mão: e tornou a se calar.

"Vamos ver se isso dá alguma coisa. Se Gupta, por exemplo, fosse um *deles.*"

"Um motoqueiro neonazista."

"Não. Um especialista em engenharia genética."

"Gupta? Espere, espere um pouco. Solomon..."

"Por que sempre Solomon?"

"Certo. Abdelrazak..."

"Vocês já imaginaram a merda que isso vai dar, se for Abdelrazak?"

"Certo. Jung-Xiao... engana Gupta..."

"Não. Gupta não. Que tal Yukio?"

"Enganar *Yukio*? Está brincando?"

"Certo. Piotr..."

"Isso mesmo. Piotr."

"Jung-Xiao convence *Abdelrazak* a revelar que Piotr... é um *deles.*"

"Um engenheiro genético."

"Ou agente do FBI."

"Espere, espere um pouco. Gupta detesta Solomon, não é?"

"É. E Abdelrazak também. E Yukio detesta Jung-Xiao. E Mulher-Águia detesta Conchita. E Padma detesta Masha."

"E Baruwaluwu detesta Arnaujumajuk."

"...E por que raios Baruwaluwu detesta Arnaujumajuk?"

"Porque os dois estão sempre disputando os mesmos *financiamentos*."

"Espere, espere um pouco... Conchita começa a espalhar uma *doença* mutante em Amelior."

"...Que ela pegou com o engenheiro genético, Piotr."

"...Que também está tendo um caso com Jung-Xiao."

"...Que está querendo se vingar de Yukio."

"...Que conta tudo a Abdelrazak."

"...Que está profundamente apaixonado por Mulher-Águia..."

Chamado a fazer um comentário, depois de um silêncio extraordinariamente prolongado, Gwyn disse:

"Não existe amor nem ódio em Amelior."

"É verdade, Gwyn. A gente tinha pensado nisso. E essas doenças acontecem com qualquer um."

"O livro de capa dura já está na décima primeira edição", disse Gwyn, que decidiu relacionar as conquistas hemisféricas de *Amelior*. "E sempre sem amor e nem ódio. Talvez fosse melhor levar isso em conta."

"Mas o filme precisa de amor e de ódio, Gwyn. Mesmo que isso crie uma certa confusão com as diferenças étnicas — transformando todos em americanos."

"E abandonando as doenças. O filme precisa ter amor e ódio. Para o público se envolver afetivamente."

"Se envolver afetivamente."

"Se envolver afetivamente."

"Já que estamos falando de afeto", disse Richard, que pretendia ir embora (Gwyn ia almoçar com a equipe), "posso perguntar uma coisa? Eu vi um latão de lixo imenso na recepção, por onde nós entramos. E tem um cartaz escrito 'Barril do Afeto'. Que história é essa de barril do afeto? Achei que era um latão de lixo mesmo."

"Ah, sei. O Barril do Afeto. O Barril do Afeto foi colocado lá depois do terremoto, para..."

"Depois da revolta."

"Depois da revolta. O Barril do Afeto é para os empregados caridosos, que quiserem... depositar alimentos ou agasalhos para..."

"Os necessitados."

"Obrigado", disse Richard. A caminho da saída, passou pelo terceiro executivo, que massageava a testa com o rosto franzido dizendo:

"Quer dizer que é *isso*? Eu achei que era um latão de lixo mesmo".

Enquanto a recepcionista chamava um táxi para ele, Richard examinou detidamente o Barril do Afeto. Continha efetivamente um cachecol velho, um par de meias e alguns pacotes de biscoitos e flocos de cereal, semi-ocultos pelo lixo comum atirado lá pelos empregados que ignoravam o que fosse o Barril do Afeto. Richard entendia de afeto. O afeto era a coisa de que ele mais entendia. Se o afeto era uma coisa errada, então — isso mesmo — Richard estava errado. Mas ele não sabia que tinha tanto afeto assim. Nos anos que viriam, imaginou ele, era possível que viesse a passar muito tempo examinando o conteúdo de Barris do Afeto, preocupando-se com suas possibilidades.

De volta ao hotel, deu mais um telefonema para a livraria Lazy Susan. E, é claro, sua vendagem ainda se mantinha estável: um exemplar.

Durante a turnê, Richard se mostrara muito solícito com sua própria saúde, cuidando, por exemplo, de parar de beber toda noite enquanto ainda faltava pelo menos um mililitro para seu fígado entrar em colapso; lembrava-se quase sempre de tomar sua vitamina C, até ela acabar; e é claro que estava fumando muito menos, ou pelo menos em circunstâncias muito modificadas. O confinamento, a imobilidade e o ar enlatado das viagens de hoje em dia, além dos efeitos de pelo menos três refeições imensas e mal balanceadas por dia, ele compensava com suas corridas freqüentes ao banheiro e com suas insônias agitadas e aeróbicas. Mas em Los Angeles começou definitivamente a se descuidar. Aparentemente, vinha fazendo um esforço sobre-humano para evitar pensar no futuro, e isso lhe custava muitíssimo caro.

Todo mundo achava que Gwyn devia ir com calma — e proteger-se das pressões que sempre assolam o romancista de sucesso. Mas ele tinha a aparência e o comportamento de um aumento de voltagem ambulante, e continuava a acatar e até mesmo estimular o rapaz da divulgação. Gwyn Barry, usando calções brancos de tênis e alpargatas pretas, estava sendo entrevistado ao lado da piscina. Às vezes, Gwyn se apresentava na companhia do rapaz da divulgação; às vezes (houve pelo menos duas ocasiões, que Richard soubesse), o lugar do rapaz da divulgação era tomado por Audra Christenberry, a jovem atriz de cinema, e o rapaz da divulgação dela, ou seu agente, ou o agente do seu agente: de qualquer maneira, era aquele rapaz quem manipulava a realidade para Audra, assim como a realidade de Gwyn era manipulada pelo rapaz da divulgação *dele*. Audra, que se dizia grande admiradora dos livros de Gwyn, era candidata ao papel de Conchita em *Amelior*. E Richard se viu obrigado a dizer que Audra não tinha o físico adequado para o papel. Já não era mais a menina de Montana, de rosto jovem e jeito de garoto. Ao cabo de seis meses em Hollywood, Audra se transformara no fantasma surrado de artifícios para agradar aos homens — enquanto Conchita, no livro, era antes uma mocinha de rosto jovem e jeito de garoto, usando um chapéu de palha e um macacão rústico, com gosto pela jardinagem e problemas respiratórios.

Mas estavam em Hollywood, e Audra era o eflúvio irresistível da fábrica de sonhos. E Richard era o único, achava ele, que continuava a viver no mundo real. Diante do espelho, a rigor, onde se submeteu a um teste de seleção em calção de banho e concluiu que *não*. Não havia agente de publicidade capaz de manipular a realidade que tinha diante dos olhos. Era decididamente inoportuno que seu compromisso para leitura e autógrafos estivesse marcado para o final da turnê, em Boston. Se ele tivesse lido e autografado em Washington, ou Chicago, pensou Richard, sua mala postal estaria mais leve, ou mesmo vazia. E ainda havia as biografias, que o hábito o impedia de descartar. De qualquer maneira, sua mala, com sua espantosa tonelagem, parecia contrabalançar, do ponto de vista quiroprático, o fardo sádico de sua mala postal.

O espelho dizia que aquela sensação era real. Estava convencido de que perdera pelo menos cinco centímetros de altura desde Londres. E ficou ali de pé, usando aqueles calções murchos; sua palidez de pólipo só era atenuada pela irritação ou abrasão que afetava uma ampla porção de seu ombro direito. Havia também uma espécie de escara no canto de sua clavícula. O braço direito até que estava bem, se não precisasse exigir-lhe qualquer esforço, mas toda vez que acordava aos soluços no meio da noite o braço

350

estava sempre dormente, com cãibras e inflexivelmente inchado. Quando conseguia recuperar a sensação na mão, ao amanhecer, tinha a impressão de que ficara do tamanho de uma luva de boxe. Seu único par de sapatos era testemunha do que a gravidade lhe causara: lá estavam eles espojados no tapete, como rodelas de bosta de vaca exibindo as marcas de passos infelizes.

E por isso ele nunca saía. Só quando a arrumadeira chegava é que saía do quarto. Começou a gostar de *The Simpsons*, um desenho animado sobre uma família americana média, com corpos esquisitos e rostos de totem; brigavam o tempo todo. E também ficou intrigado, como se diz, com a pornografia. A televisão de seu quarto exibia seus programas sem passar julgamento, mas Richard tinha a impressão de que o próprio aparelho ficava escandalizado ou até perseguido por aquelas exibições gladiatórias — um casamento moderno do esporte violento com o passeio para ver vitrines. Ou outro casamento pós-moderno: o cinema pornográfico tentava ocupar os porões dos outros gêneros (*westerns* com sexo, ficção científica com sexo, filmes policiais com sexo), mas parecia cada vez mais preocupado com o próprio cinema pornográfico: o gênero "adulto", como dizia a indústria do entretenimento. Pseudodocumentários sobre o cinema adulto; a rivalidade entre as estrelas do cinema adulto; os altos e baixos de um diretor do cinema adulto. Havia até uma paródia pornográfica inspirada nos *Simpsons* — chamada *The Limpsons*. E todos aqueles filmes tinham sido devidamente expurgados para a exibição no hotel: um abajur estratégico aqui, um jarro de frutas ali. Viam-se os rostos, mas não os corpos. Os homens suavam e mostravam os dentes, como se estivessem sendo submetidos à tortura. As mulheres rangiam e relinchavam, como se estivessem parindo. Isso: *The Simpsons, The Limpsons* e o serviço de quarto.

Geralmente, lá pelo meio da manhã, quando examinava o míni-bar vestindo só um par de meias pretas, Richard pensava em ligar para casa. Era com os meninos que ele queria falar, por razões egoístas. Marco. Ou Marius seria ainda melhor. Marius sabia falar ao telefone, ouvia calado (dava para ouvir sua respiração jovem e cálida), enquanto Marco agarrava o fone e saía falando sem parar sobre o que tivesse acontecido com ele nos últimos dez segundos. Marco não prestava para falar no telefone. E era caro demais. Sempre que saíam dos hotéis, aqueles monumentos à inflação e à entropia, Gwyn ia direto para o táxi ou o carro da editora enquanto Richard entrava na fila junto ao balcão e depois, choroso, apresentava seus cheques de viagem em pagamento de seus extras: telefonemas, serviço de quarto, bebidas, aluguel da cama. Richard sentou-se à mesa e recomeçou mais uma longa carta para Gina. Enquanto escrevia, três ansiedades aparentadas competiam por sua atenção. As cartas eram feitas de papel e não tinham peso, massa, para deter ou desviar sua mulher; qualquer coisa pousada no capacho seria inapelavelmente superada pelo peso de alguém postado à porta de sua casa, tocando a campainha: quem? E Richard sentia, também, que seu casamento e até mesmo a existência dos gêmeos não representavam uma alternativa mais limpa à sua carreira de mortal, e sim uma simples reiteração — mais produtos da inveja literária e do esquecimento literário. Finalmente, imaginou que todas as suas cartas para sua mulher seriam apenas abertas, folheadas e depois guardadas ou jogadas fora, permanecendo sem leitura, como tudo mais que ele escrevia. Ou nem isso. Enfiadas debaixo do capacho da entrada do prédio, junto com todo o resto do lixo.

Quando Richard voltou para Dominique-Louise daquela vez, e Gina, em vez de voltar para Nottingham e Lawrence, ficou em Londres e decidiu dedicar-se à literatura contemporânea, ela começou — é claro — pelos poetas.

Os poetas: pastorais, líricos, satíricos. Richard sempre encontrara estímulo e um ânimo genuíno na companhia dos poetas, porque eles eram os únicos escritores vivos com uma posição inferior à sua. E condenados a esta inferioridade, pensava ele então. Richard exibira Gina nos *pubs* esquecidos onde se reuniam os poetas, e Gina não se espantara com eles: também não eram de Londres. Eram capazes de compreendê-la, a ela e ao lugar de onde vinha. Assim que Richard a deixou e reencetou o penoso rumo ao quarto enegrecido de Dominique-Louise, os poetas, com seus instintos carniceiros altamente desenvolvidos pela necessidade, tomaram seu lugar, com suas cartas de amor metrificadas, suas bebedeiras, suas garrafas de Sangre de Toro. Por algum tempo, sempre que Richard chegava ao pequeno apartamento de Gina, o que continuava a ser-lhe permitido, o corredor lembrava o salão da

Sociedade de Poesia numa noite de dia de semana. Na porta, passava por algum Proinnsias ou Clearghill; na escada, por algum Angaoas ou Iaiain, curvado sobre seus prendedores de calças para andar de bicicleta ou batendo nos bolsos de seu paletó de couro ordinário. Havia simbolistas, dadaístas e acmeístas. Mas Gina era realista. Chegaria mesmo a dormir com eles, ou só ficavam conversando sobre as coisas do coração, como é próprio dos poetas? Talvez ela só quisesse ouvir o que tinham a lhe dizer sobre as coisas do coração. A promiscuidade não é uma coisa muito prática no caso dos poetas; ela obriga a pessoa a participar, em desvantagem, de uma nova versão de *A bela e a fera* — vagando pelos jardins municipais, deixando-se arrasar pela ruína financeira, caindo de boca em cada sapo que passasse, na esperança de que fosse um príncipe. Qualquer traço principesco, nessa situação, era muito raro. Perceberia ela que as circunstâncias dos dias de hoje degradam e desclassificam os poetas, reduzindo seu tamanho, reduzindo seu alcance? Ainda por cima, nenhum deles tinha carro. De qualquer maneira, pouco depois Gina começou namoros paralelos com um editor e um agente literário. E em seguida passou aos romancistas. Ainda hoje, quase dez anos depois, poemas ainda eram publicados em revistas e em volumes finos, com títulos como "O rio Trent" ou mesmo "Para a srta. Young", pequenos poemas de oito versos paralisados de nostalgia romântica, ou esforços mais longos, exuberantes e obscuros, cheios de evocações sexuais ou experiências fantasiosas. Richard não tinha como saber ao certo (e Gina não lhe contava). Os poetas conquistavam as mulheres. Não conquistavam mais nada, e as mulheres sabiam disso; e é por isso que conquistavam as mulheres.

A fase dos romancistas foi sem dúvida a mais difícil para Richard. Ele tinha certeza de que ela *só podia* estar dormindo com pelo menos um ou dois deles, ou a ponto de fazê-lo, ao que tudo indicava. Por que outra razão eles teimariam em não deixá-la em paz? Ela não era aristocrata, e nem psicopata. Era uma figura comovente (uma flor de fora da cidade); exótico-proletária, e ainda praticamente desprovida de voz própria, era perfeita para os poetas. Mas isso não bastava para os romancistas. Esses maratonistas, esses estivadores da escrivaninha, essas ampulhetas humanas, querem sempre diversão no fim do dia. Mais tarde, depois que Gina e Richard se casaram, foram lançados dois ou três romances em que Gina podia ser identificada sem sombra de dúvida (quase sempre por sua ligação com um resenhista arrogante, de língua afiada e com uma queda por coletes coloridos); e certas descrições de seus talentos sexuais faziam retinir pequenos sinos ruidosos de náusea, no fundo do ouvido médio de Richard... De onde viria aquele talento? Ele foi o segundo amante de Gina; e não conseguia imaginar Lawrence como uma pessoa dotada de um erotismo sofisticado, com suas lágrimas e seus punhos cerrados. Aparentemente, Gina era um talento sexual: uma *revelação*. Como a enfermeira provinciana que toma sua primeira bebida alcoólica aos quarenta anos e só vai acordar cinco dias — ou cinco anos — depois mergulhada numa poça de tônico capilar e loção para após a barba. Àquela altura, cada vez que lhe acontecia passar pela rua dela, Richard trocava furiosos olhares de soslaio com realistas mágicos ou brutalistas urbanos. Àquela altura, cada vez que chegava à porta da casa dela ao raiar do dia, amarfanhado e irritado depois de uma noite com Dominique-Louise, nunca deixava de encontrar um anatomista brilhante da cultura contemporânea, ou um dissector metódico dos costumes pós-modernos ou (no mínimo) uma voz nova e estranhamente interessante. Àquela altura, ele próprio não passava de uma voz nova e estranhamente interessante, com um livro lançado e outro iminente. Enquanto isso, os romancistas de Gina eram cada vez mais ricos (e mais velhos); e Richard tinha a impressão de que ela mantinha uma lista dos mais vendidos numa gaveta de sua mesa-de-cabeceira, determinada a escalar até o topo. Embora Gina não fosse uma pessoa literária (era uma pessoa literal), conservou-se fiel ao romance literário, sem se dar a experiências com outros gêneros — e nem com o tipo de romancista que era famoso, mas famoso por alguma outra razão. É provável que Richard não se incomodasse tanto se ela fosse passar o inverno em Báli com um golfista que escrevesse romances sobre fraudes no mundo da informática. Ou sobre golfe. Mas Gina tinha decidido operar no interior do que era aproximadamente — e temporariamente — o grupo dos seus pares.

Existe uma linda lei literária, um tanto gasta e desbotada, mas linda mesmo assim, que diz o seguinte: quanto mais fácil for escrever alguma coisa, mais o escritor há de ganhar por escrevê-la. (E vice-versa: basta perguntar ao poeta parado no ponto de ônibus.) Assim, pairava no ar uma sensação suspirante de inevitabilidade quando, depois de um editor de arte e de um crítico teatral, Gina finalmente trocou os romancistas pelos dramaturgos. E mais uma vez Richard deu adeus a seus sonhos de ter à mão a coqueteria e a contenção provinciana. Gina se mudou: e seu novo apartamento, num prédio moderno perto de Marble Arch, logo adquiriu para ele o caráter de um foco da carnalidade mais desprovida de senso de humor. Quando a visitava em seu novo endereço (cumprimentando o porteiro com um aceno de cabeça, enquanto esperava o elevador), Richard era obrigado a rever, uma a uma, as mais ardorosas mediocridades dos palcos londrinos. Não eram mais bardos famintos ou narradores míopes, e sim um marxista de calças de couro preto, com a sede elaboradamente saciada. Richard detestava todos os poetas e romancistas, mas os dramaturgos, os dramaturgos... Da mesma forma que Nabokov, e muitos outros, Richard considerava o drama uma forma primitiva e há muito esgotada. O drama podia se orgulhar de Shakespeare (o que era uma excelente piada cósmica), de Tchekhov e de mais dois escandinavos sepulcrais. E os outros, nesse caso? Eram imediatamente rebaixados à segunda divisão. Quanto aos dramaturgos de hoje em dia: gritando pela cidade, anunciados por sinetas de leprosos, mediam a doença da sociedade pelo número de entradas que deixavam de vender em seus teatros subsidiados. Eram médicos da alma, pedindo aplausos em troca de seus prognósticos implacáveis. E ainda por cima, possível e crucialmente, ganhavam muito dinheiro e sempre davam um jeito de comer as atrizes. Richard não agüentava mais. E tomou uma atitude.

Depois, muitas vezes se perguntou até onde Gina teria ido. E não teve qualquer dificuldade para imaginá-la à beira de uma piscina, na companhia do roteirista de cinema que recebia cinco milhões por texto, caminhando pelos jardins do castelo com o francófilo convicto — ou encerrada na casamata do *Ghost-Writer* (o escritor-fantasma, aquele que existe e ao mesmo tempo não existe), ou então seguindo contrita a cadeira de rodas elétrica do astrofísico incapacitado. Na verdade, ele devia ter se casado com Gina no dia que ela chegou de Nottingham. O que o teria impedido de fazê-lo? A sensação de que ela era insuficientemente literária, e jamais lhe daria material suficiente para suas obras? Houve uma noite, logo no começo, na casa de Gwyn. Gwyn e Gilda. Richard e Gina. Massas, e uma garrafa de vinho tinto tamanho família.

Gwyn ainda era um resenhista fracassado, naqueles tempos dourados. A refeição modesta, as moças falando baixo com suas vogais hesitantes. Richard, com sua gravata manchada, teve a sensação de que merecia de algum modo coisa melhor. E trocou os bichinhos de pelúcia de Gina pelo *boudoir* estigiano de Dominique-Louise. Mas nunca deixava de voltar para ela. Aquela história de Gina com os outros escritores — parecia um estratagema, mas talvez fosse apenas desespero. A idéia que ela passava era a seguinte: Veja só o que você me fez fazer. Por que não? Por que não? Era a idéia que ela passava. E também deu a Richard uma oportunidade de passar por cima de todos os concorrentes. O que ele não tardou em fazer.

Numa bela manhã, ele só ficou no hospital até ver o tubo de alimentação intravenosa ser enfiado no braço murcho de Dominique-Louise e então saiu correndo para a casa de Gina, onde ficou de braços cruzados enquanto um dos mais falados jovens roteiristas da Inglaterra guardava sua escova de dentes elétrica na mala de metal e saía pela porta para sempre. Depois disse: "Vamos nos casar", e Gina concordou fungando suas lágrimas.

Aquelas lágrimas fungadas: Richard achou que eram exclusivas do repertório feminino. No entanto, ele também fungara as suas lágrimas quando *Sem título* foi aceito pela Bold Agenda... Hoje, não tinha mais nada a ver com os dramaturgos, mas Richard ainda pensava na teatralidade das mulheres. As mulheres se entregavam a tantos sentimentos, e sempre davam a impressão de precisar da orientação do teatro. Mas os homens também eram teatrais, na medida do que lhes era necessário, já que sentiam menos. Na vida como nos cortes das calças que usavam, as mulheres gostavam da variedade. E os homens só freqüentavam uma única escola de arte dramática (o método), a escola da contenção. É assim que eles são, os homens. Assim: canastrões especializados na contenção.

"Audra Christenberry vai fazer o papel de Conchita?"

"Ela é uma atriz muito talentosa. Tem muito brilho e vivacidade." Gwyn concordou consigo mesmo, refletindo no que disse. "É, acho que ela faria bem o papel."

"Só vai ter que desistir daqueles peitos", disse Richard, que não era nada contido, que era um fracasso absoluto em matéria de contenção. Vinha ficando cada vez menos contido, à beira de desistir da contenção. Mas haveria outro número a fazer?

"Desistir?"

"É, desistir. Sabe como é. Voltar ao que era."

"Ao que era? Não estou entendendo."

"No livro, Conchita não tem peitos, não é? Os peitos dela são quase masculinos."

"Não exatamente masculinos. Só não são pronunciados."

"Uma tábua."

"Melhor dizer que não chama atenção pelo tamanho dos seios."

"E então, o que é que você vai fazer com eles?"

"Eles quem?"

"Aquelas duas birutas enfunadas de silicone que ela usa hoje em dia."

"O cinema é outro meio de comunicação. Pelo amor de Deus, isso é modo de falar? Como é que você sabe que são falsos?"

"Nós vimos outros filmes dela, antes. Aquele filme, no dia em que ganhei meu olho roxo. Naquele tempo ela quase não tinha peitos. Era quase a mesma coisa, vista de trás ou de frente. Perfeita para *Amelior*."

"Talvez ela tenha tido um desenvolvimento tardio."

"Ah, claro. Cada vez que ela vira a esquina, ela vai para um lado e eles para o outro. Ela entra para comer um sanduíche e eles continuam sentados à beira da piscina, tomando sol."

"Meu Deus."

"Ela parece aquela garota que aparece nos *Limpsons*."

"Onde?"

"Um desenho pornográfico."

"Eu nunca assisto esse tipo de coisa."

"Por quê?"

"...Primeiro porque transforma as mulheres em objetos."

"Pois até que seria bom, para você se atualizar com as novidades da moda sexual. Até onde ir na felação, por exemplo. Na verdade, nunca dá para ver nada, porque sempre colocam uma garrafa de vinho ou um jarro de flores bem na frente. E transformam as mulheres em objetos. Como o silicone."

357

"Qual é o seu problema?"

"Isso aqui é a morte."

"Você bebeu. O que é que houve com a sua voz? Parece um fazendeiro fanhoso. Você precisa cuidar da sua voz antes de chegar a Boston. Ninguém vai entender nada do que você disser."

Assim, ocasionalmente, às tardes, Richard se arriscava a sair, ofuscado sem dó nem piedade, até o jardim ensolarado, vestindo sua camiseta arcaica e seus compridos calções cáqui. Geralmente, sentava-se a uma boa distância de Gwyn e de quem estivesse com Gwyn — e ficava olhando os banhistas. Nem todas as mulheres eram reluzentes e remanejadas como Audra Christenberry. Muitas eram tão opacas e manchadas quanto ele, embora tivessem provavelmente o dobro da sua idade. Davam suas braçadas, naquele estilo de braço dobrado tão favorecido pelas mulheres, especialmente as americanas, e com aquela expressão, não franzida, mas decidida — a expressão da determinação americana. Aquele Hamlet em particular, com sua ruína física, não sentia o ânimo de zombar da determinação americana. Acima do peso a um ponto sem precedente, Richard ainda era magro se comparado ao casal texano com quem descera no elevador até o saguão do hotel: um casal tão gordo que ele se viu levado a reler a advertência do fabricante do elevador, afirmando que tinha a capacidade de transportar dezoito pessoas. Os homens da piscina — magníficos provedores — nadavam, comiam e falavam ao telefone; ocupavam as espreguiçadeiras com confiança, deitados de lado com uma das pernas dobradas e uma das mãos apoiada na barriga chata, tendo uma conversa de provedor com outros provedores como ele, outros homens no auge do vigor. Em Los Angeles, Richard não se sentia moeda corrente: não passava de um zloty, um desprezível copeque. Perto dele, Gwyn estaria provando a omelete simples, tomando um chá gelado e respondendo às perguntas. A literatura é igual à carpintaria. É só uma especulação, mas alguns produtores de cinema demonstraram algum interesse. Eu uso um processador de texto simples, parecido com uma máquina de escrever mais sofisticada. Do café até o almoço, e um pouco mais no final das tardes... A um metro e meio dele, as equações de resistência à tração das roupas de banho de Audra Christenberry. Ou então a absoluta ausência de expressão do rapaz da divulgação.

Com seu sangue ibérico, Gwyn ficava bronzeado e reluzente ao sol. Mas as breves visitas de Richard à piscina, com sua intransferível carne inglesa, valeram-lhe queimaduras de primeiro grau nos braços, nas coxas, no pescoço e na testa. Vestido, ele lembrava um coadjuvante de vídeo barato ou de filme pornográfico, com a maquiagem repulsivamente descuidada e exposto a uma iluminação de velório. Nu, julgava encontrar em si as marcas que distinguiam os pombos londrinos. Mesmo a columbina magreza vermelha de suas pernas contribuía para aumentar as saudades que sentia de casa. Mas outros problemas aconteceram com ele naquela cidade à beira do Pacífico. Não conseguia ficar com a boca úmida, por mais que bebesse. Sua língua ressecada estava ficando com as bordas reviradas. Filetes de informação passeavam por suas gengivas, informação sobre o futuro imediato. Em dois pontos (no alto, à esquerda, e embaixo, à direita), as fadas da dor já estavam quebrando seus ovinhos de fada de dor, ao pulsar de cada segundo. Depois passava. À noite, ele escrevia resenhas sobre biografias em seu quarto, e marcava trechos de *Sem título* para serem lidos em Boston, a última escala da viagem.

Mas outros problemas aconteceram com ele naquela cidade à beira do Pacífico, aquela cidade que se estendia até onde a vista alcançava, em todas as direções, para todo o sempre. Houve ocasiões em que conseguiu acumular energia suficiente para ser levado a passear de carro pelas ruas da cidade, quando Gwyn dava uma entrevista para o rádio ou a TV ou quando ele comparecia a uma leitura de Gwyn, num shopping center qualquer. Aquela cidade parecia uma cidade milagrosamente recuperada pouco depois de um maciço ataque nuclear, depois da queda daquele meteorito imenso, daquele maremoto gigantesco; havia falhas e lacunas, com quilômetros quadrados de extensão, mas o sol, o espírito empreendedor e a sinergia multicultural sempre recuperavam aqueles lugares. Como dissera abjetamente Gwyn a seu público, no início de sua leitura, Los Angeles era Amelior... Com algumas diferenças. Nikita Krutchev, ao sobrevoar aquela última escala do Ocidente e ver todas aquelas piscinas se abrindo inocentes ao sol, percebeu imediatamente que o comunismo fracassara. E o corpo de Richard também percebeu que tudo que Richard representava — o não-tão-mundano, o contorcido, o difícil — também fracassara. Los Angeles procurava a transcendência a qualquer preço: pela astrologia, pelos cristais, pelo culto ao corpo ou pelas idas ao templo, mas nada daquilo era mais que uma tentativa de adivinhação mundana, um modo de obter dicas e previsões sobre como se dar bem aqui e agora. O que importava era se preparar para o futuro. E Richard não estava preparado para o futuro. A percepção corpórea desse fato parecia entupir seus seios nasais; a percepção desse fato não se produzia em sua mente, mas nos ouvidos, no nariz e na garganta.

As mulheres, pensou ele, entendiam o tempo. (Gina entendia o tempo.) As mulheres eram capazes de projetar sua imaginação para o futuro e de situar-se em certos pontos dele. O tempo é uma dimensão, não uma força. Mas as mulheres percebem o tempo como uma força, porque conseguem sentir sua violência, a cada hora que passa. Elas sabem que estarão semimortas aos quarenta e cinco anos. Esta era uma informação que nunca aparecia no caminho dos homens. Os homens, aos quarenta e cinco anos, estavam no "auge do vigor". O auge? O apogeu? As mulheres enfrentam a menopausa. Nós enfrentamos o apogeu. E é por isso que nossos corpos choram e emanam líquidos à noite, porque também estamos semimortos, mas não sabemos nem como e nem por quê.

"Caramba", disse o rapaz da divulgação. "Seu rosto está mal mesmo. Está doendo muito?"

"Não tanto quanto parece", respondeu Richard.

"Como?"

"Não tanto quanto parece."

"Como?"

Ele sacudiu a cabeça, fazendo que não. E aquele gesto doeu muito. Pouco antes do amanhecer, Richard saíra da cama e tinha ido até o espelho do banheiro, movido por uma inquietação estranhamente intensa. E era isso mesmo. Seu rosto estava com o formato de uma televisão. Ele parecia um dos Simpsons. Parecia Bart Simpson. De perfil, Richard lembrava uma figura de caricatura de jornal na sala de espera de um dentista. De frente, porém, parecia Bart Simpson. Porque estava sentindo duas dores de dente: embaixo à direita e no alto à esquerda.

No aeroporto, ficou sentado ao lado de Gwyn enquanto o rapaz da divulgação esbarrava com a cabeça nas paredes de uma cabine telefônica próxima, mudando o horário de várias entrevistas. O vôo deles para Boston estava atrasado, e havia complicações adicionais. Depois da leitura da tarde eles deviam fazer um vôo curto até Provincetown, do outro lado da baía, em Cape Cod, para ir a uma festa na casa de praia do magnata dos artigos de perfumaria, ou rei dos sanduíches, que era o proprietário da editora de Gwyn. E o rapaz da divulgação voltou para junto deles, dizendo:

"O sujeito do *Globe* e a mulher do *Herald* vão nos encontrar no aeroporto, e você pode dar uma entrevista dupla no táxi".

"Conseguiu falar com Elsa Oughton?"

"Quem atende é sempre uma empregada estrangeira, que berra no telefone e não toma recados."

O rapaz da divulgação sentou-se pesadamente.

Gwyn estava olhando fixo para ele. "Pois tente de novo. Que história é essa? Ela é a terceira da Profundidade, ora!"

Na tarde da leitura de Gwyn em Los Angeles, o rapaz da divulgação apontara para uma nuvem solitária no céu — debruada de cor-de-rosa, na forma de um chapéu de mestre-cuca, totalmente perdida — e previra, por pilhéria e errando por muito, que ninguém iria aparecer, porque afinal estavam em Los Angeles. Em Los Angeles, o céu só é capaz de uma imitação: a do vácuo interestelar. Em matéria de dizer a Los Angeles o tipo de dia que estava fazendo o céu, como Gwyn Barry quando lhe perguntavam sobre a venda de *Amelior* para o cinema, não dizia nada. O céu acima de Los Angeles não tinha nada a declarar.

A leitura simultânea ou paralela estava marcada para um antigo teatro convertido no centro comercial de Boston. Richard achou auspicioso quando viu a multidão do lado de fora, a multidão no saguão da entrada, a multidão espalhada pelo corredor e a multidão no bar onde a sessão de autógrafos simultânea ou paralela estava prevista para mais tarde. A mesa de Gwyn estava pronta, quase invisível por trás das paliçadas e muralhas de sua obra literária: as pilhas de *Amelior reconquistada*, as pilhas de *Amelior* e (Deus do céu!) as pilhas de *Summertown* numa nova edição de bolso. Richard se aproximou da sua mesa, que estava é claro completamente nua, e começou a descarregar sua sacola postal. Enquanto puxava para fora o último exemplar de *Sem título*, e enquanto prendia, como sempre, um canto da unha na trama grossa de sua capa, Richard ficou observando Gwyn e tentando imitar sua expressão, benigna, bestificada e insurpreendível. Também cogitou de achar graça no entusiasmo indiscriminado, rampante e (por definição) risível que predominava à sua volta. Na Inglaterra, se seu escritor favorito, que também era seu irmão gêmeo desaparecido desde sempre, fosse fazer uma leitura na casa ao lado, nunca ocorreria a você sequer enfiar a cara na porta. Mas era evidente que os americanos iam em frente e faziam as coisas.

Os dois escritores passaram os quinze minutos seguintes ocupando uma área do bar, onde um grupo de jornalistas e acadêmicos fora reunido para que eles pudessem misturar-se. Elsa Oughton fazia parte do grupo, e Richard ficou espantado com sua aparência. Não era mais a dríade angulosa e parecida com Gina da foto da capa de seu livro: ele jamais a reconheceria se ela não estivesse com os sapatos de Gwyn apontando por baixo de sua saia. Com base no princípio da casualidade, da coincidência e da ação inimiga, Richard resolvera que não difamaria mais seu amigo. Mas depois que Gwyn se afastou dela (não sem antes contemplá-la com o perfeito aperto de mãos do relações públicas, as duas palmas envolvendo-lhe a mão, como em oração conjunta), ela se aproximou do ponto onde ele estava, com o rosto inchado e seu copo plástico de vinho branco. Richard decidiu mandar os escrúpulos às favas, e disse:

"Elsa Oughton? Richard Tull. Não sei se você viu a resenha de *Horsehair* em *The Little Magazine*. O artigo é favorável, e muito interessante. Vou providenciar para lhe mandarem uma cópia."

"Obrigada. Ótimo. Como foi a sua viagem?"

O que Richard tinha diante dos olhos era uma narrativa de gordura. A história completa: de que modo ela ficara daquele jeito, o quanto ela tentara reverter o quadro. O quanto ela detestava aquele estado. Richard chegou a pensar em inventar alguma coisa sobre o ódio que Gwyn nutria pelos gordos — uma implicância com as crianças afetadas por problemas glandulares, talvez. Mas não viu maneira de abordar com elegância o tema da gordura. Por um momento, sentiu um certo orgulho da embaraçosa inchação de seu rosto. A única outra coisa que sabia sobre Elsa é que ela escrevia contos tensos e sensíveis sobre excursões ao ar livre, acampamentos e encontros com animais silvestres. E que se casara com Viswanathan Singh, o economista de Harvard.

Ele encolheu o peito, encheu a barriga e disse: "É realmente chocante".

"O quê?"

"Ora. Eu conheço Gwyn há vinte anos." Richard sequer se deu ao trabalho de dizer-se para tomar cuidado e não perder o controle. "Conheço bem as fraquezas dele. Quer dizer, achava que conhecia. Um esnobe, certo. Adora seu conforto. Detesta animais. Nada demais. Até aí, tudo bem. Mas eu não tinha idéia de como ele era racista. E estou pasmo."

"Racista?"

"É bem verdade que ele foi criado no País de Gales, que é um lugar racialmente muito homogêneo. E em Londres ele e a mulher — lady Demeter — só freqüentam círculos muito seletos. Mas aqui, com toda essa variedade racial..."

"Que tipo de coisa?"

"Faz duas semanas que eu só faço escutar uma gracinha atrás da outra sobre os judeus, os pretos, os italianos, os paquistaneses, os indianos e os árabes. Por que eles não voltam para a terra deles? Sabe como é." E depois? Gwyn recortando buracos para os olhos nas fronhas do hotel. Gwyn com sua cruz de fogo, atacando a galope... Não. Nada de cavalos. Richard fez um esforço e conseguiu balbuciar, com sua nova voz embargada: "Eu tentei ler para ele Dickens, sobre os estados do Sul. Mas não adiantou nada, é claro. Não. Não com o amigo Barry."

"Mas os livros dele são tão amenos. Tão amenos."

"É, mas muitas vezes é assim, não é?"

"Não vai dar para eu ficar para a leitura. Não... posso ficar."

Elsa Oughton não podia ficar para a leitura porque um carpinteiro ia à sua casa pendurar as cortinas, e Viswanathan se recusava a lidar com operários. Os Singh tinham acabado de se mudar, e esse tipo de coisa acontecia quase todo o dia. Viswanathan ligava dizendo que voltasse para casa, porque havia um homem batendo na porta, tentando entregar algum pacote. Na noite anterior, bem tarde, ele a surpreendera acocorada diante da geladeira no escuro, e anunciara sua intenção de passar a dormir num quarto separado. E de ter um banheiro separado. Hoje de manhã: outra briga. Ela atravessara a sala à frente da mesa dele. No futuro, ela só poderia atravessar a sala *por trás* da mesa dele. Mesmo com todas as restrições vigentes, parece que ela só tinha licença de olhar para ele quinta-feira sim, quinta-feira não.

"No aeroporto, agora mesmo", disse Richard, "o nosso carregador era um asiático de uma certa idade, e por acidente derrubou a bengala de Gwyn. E Gwyn disse que ele era um amarelo desgraçado! Desculpe. Mas você acredita numa coisa dessas? Para *mim*, não faz a menor diferença se as pessoas são verdes, azuis ou quadriculadas..."

Claro, pensou ela. Experimente ir até a minha casa e enfrentar o *meu* amarelo desgraçado. "Prazer em conversar com você. Vou tornar a examinar os livros dele."

"É bom mesmo."

Estava na hora. A organizadora pegou-o pelo braço e, com um sorriso indecifrável, levou-o embora, antes de Gwyn. Enquanto era conduzido por corredores, e subindo escadas que lembravam o poste pelo qual os bombeiros desciam para sair do quartel, com degraus enrodilhados a toda volta, Richard começou a suspeitar que um desastre estava à sua espera: não uma humilhação literária, mas uma verdadeira calamidade, com mortos e feridos. Primeiro, passou por ele uma jovem estendida numa maca, carregada por dois autônomos da indústria da saúde usando aventais cor de laranja. Depois, um policial, outro paramédico e um bombeiro de verdade, levando um machado, e em seguida um jovem casal, reunido e consolidado pelo que parecia ser um profundo sofrimento comum. Richard dobrou uma interseção. As paredes, dos dois lados, estavam cobertas de figuras reclinadas, em atitudes de tensão, exaustão e vários graus de recuperação qualificada. Era a entrada para o auditório A, onde Gwyn faria a sua leitura. Richard deu uma olhada para dentro e viu um congestionamento humano numa escala que não se julgava mais possível no mundo civilizado. Talvez nos trens de subúrbio japoneses, em multidões esmagadas, em reportagens sobre calamidades naturais... Pensou em deportações, em navios negreiros, nas ruas de Calcutá. A sala emanava um zumbido espesso de juventude coagulada — um enxame de hormônios concentrados. A acompanhante de Richard fez uma pausa para dizer alguma coisa tranqüilizadora aos dois bombeiros que flanqueavam a porta, depois virou-se para ele e disse, com um carinho sinistro:

"Você também deve ser um ótimo escritor."

E continuaram, na direção do auditório B. O auditório A acomodava 750 pessoas, e o B, 725. Richard concordara prontamente, com acenos astutos de cabeça, em algum aeroporto, em alguma mesa de café, esperando o táxi na porta de algum hotel, que Gwyn só podia ficar com o auditório A. Com uma última explosão nasal em seu lenço, Richard ingressou na vastidão e no silêncio do auditório B.

Mais tarde, ele concluiria que a leitura fora, sem dúvida, o ponto alto da tarde. Sua platéia podia não ser numerosa. Mas era variada. Uma era mulher, outro era preto, outro era um nativo americano e o quarto era gordo. E só. Não, não era só isso. O gordo era fabulosamente gordo — suas dobras pareciam transbordar, espalhando-se por duas cadeiras, por três! E o preto era tão preto quanto o quarto de Dominique-Louise: preto como Adão. E o ameríndio usava botas de caubói, e estava com uma das pernas passada por cima do braço da cadeira do corredor, com a espora girando numa suspensão pluralista. E a mulher, por baixo do tecido quadriculado de seu vestido, era totalmente mulher, concluiu Richard. Gordo, preto, cauboi e índio, mulher... Ele subiu ao palco sob um Krakatoa de aplausos: vindos do auditório ao lado. Parecia uma máquina de café expresso soltando vapor a um centímetro de seu ouvido direito devidamente entupido. Em vez de desmaiar, ele começou a ler as primeiras páginas do capítulo 11: a descrição do covil de vagabundos, apresentado como uma versão burlesca de *The idylls of the king*. No mesmo momento, perdeu um quarto de seu público quando, emitindo um uivo primal, o americano nativo se pôs de pé e começou a subir de costas os degraus da platéia. Richard ergueu a cabeça. Seus olhares se cruzaram. O americano nativo era severo, vaidoso e estupidamente ágil em suas botas de caubói. Botas de caubói? As botas do opressor? Com uma onda de mágoa e ódio, Richard percebeu que só podia ser seu companheiro da Bold Agenda: John Two Moons. Mas ainda lhe restavam três ouvintes. Quando recomeçou, Richard descobriu que estava ficando cada vez mais, e depois totalmente absorvido pela questão daquela tênue equanimidade, dos caprichos e das mudanças de humor de sua platéia. O que ele estava lendo não ajudava: ele precisava de parágrafos que louvassem os gordos, os negros, as mulheres de vestido quadriculado. Provocando um suspense intolerável, o gordo fazia tentativas cada vez mais tímidas de se levantar de sua cadeira. Debateu-se em vão, não conseguiu e finalmente se entregou a um sono agitado. O afro-americano também gerava conflito e dramaticidade: cada vez mais energizado por suas motivações interiores, começou a balbuciar, sussurrar, entoar e urrar, mais alto que a voz de Richard ao microfone. Só a mulher — com sua maquiagem pesada, sem piscar os olhos, com um sorriso inexpressivo, da idade dele — mantinha uma compostura inalterável: o público ideal de uma só pessoa.

E a leitura foi, sem dúvida, o ponto alto da tarde. Depois dela, só fracassos, um atrás do outro.

Durante um dos muitos intervalos, provocados pela balbúrdia que vinha do auditório A, Richard decidiu usar seu lenço. Um lenço que os americanos não viam desde o advento dos lenços de papel. (O rapaz da divulgação, sabia Richard, ficava pasmo com aquele lenço.) Um tanto embolado, infinitamente manchado e quebradiço ao toque; em outros pontos, pegajoso como a clara de um ovo mal cozido: o todo tentando assumir uma forma estranha — uma assimetria definitiva. Ele umedeceu o nariz com ele. Pois é, um lenço carregado de corrimento nasal. Como o lenço que o menino de escola que ele fora costumava encontrar no bolso do paletó do uniforme ao final de uma semana de resfriado. Da mesma forma, e da mesma cor, dos céus de Londres.

Boston ardia além deles em seu crepúsculo vermelho da cor de tijolo, enquanto saíam para a pista do aeroporto e caminhavam na direção do avião — um teco-teco. Richard virou-se. A ferrugem e a poeira daquele ocaso de Logan continha um elemento de ameaça, um tanto obsceno, como um bordel. E dava para ouvir um gemido primal, acima do vento comum.

Gwyn disse: "Quero ser tranqüilizado".

"É um vôo curto", disse o rapaz da divulgação. "Mais ou menos meia hora. A gente vai chegar antes do mau tempo. Garantiram que a gente chega antes."

"Mas nós não vamos voar *naquilo*. Meu Deus. Parece o avião dos irmãos Wright."

"Orville e Wilbur", divagou Richard. "O *Kitty Hawk*."

"Eu já fiz mais de mil vôos assim. É só um ventinho."

"Não é um ventinho. É um furacão."

"Não se preocupe."

Richard desprendeu a sacola do ombro e a arriou no chão. A mala postal tinha ficado um pouco mais pesada do que antes da tarde de autógrafos em Boston. Como que para provar e consignar aquele fato, como que para eternizá-lo em prosa e verso, sua sacola ia ser *pesada* numa balança. A questão do peso, naquela área, estava sempre no ar. Perguntaram a todos os passageiros, no embarque, quanto pesavam. Gwyn apresentou seus razoáveis cinqüenta e cinco quilos, Richard seus superados e excessivamente detalhados setenta e um, e finalmente o rapaz da divulgação revelou seus lamentáveis setenta e nove. Retesando as pernas, uma jovem de paletó e calças compridas azuis transferiu a sacola de Richard para a ampla plataforma da balança. Sua mala já a fizera arquear as sobrancelhas, mas a sacola tornou-se objeto de uma animada discussão. Para enfrentar aquele debate, Richard tinha de sorrir. E quando a gente sente dor cada vez que sorri, percebe quantas vezes sorri sem querer — quantas vezes nossos sorrisos são sorrisos de dor. Ele sabia, de olhar-se no espelho, com que cara ficava ao sorrir. Com a cara de alguém convalescendo de um derrame cerebral. Assim, aqueles sorrisos, produzidos em prol do transporte de sua sacola, na frente de Gwyn, na frente do rapaz da divulgação, aqueles sorrisos lhe custaram toda a energia de que dispunha. Aqueles sorrisos o deixaram com os bolsos vazios. Totalmente limpo... A algumas dezenas de metros dali, o pequeno avião estava timidamente abrigado em seu hangar, com suas pernas finas mas o corpo atarracado, um atestado eloqüente da evolução da aerodinâmica. Olhando para ele, Richard pensou não em Orville e Wilbur com seus sorrisos e seus óculos de proteção, mas nos espasmos tortuosos de inventores bigodudos — pulando de altas encostas em bicicletas adaptadas e batendo freneticamente as asas de pantomima. Sua mala postal lhe foi devolvida com ceticismo, aprovada como bagagem de mão. Tornou a passá-la por sobre o ombro, e virou-se para Gwyn.

"Meu Deus. Você viu aquilo?"

"O quê?", disse ele, e olhou para o sul.

A noite estava prestes a chegar, a abater-se sobre eles, mas o dia não aceitava chegar ao fim. A luz estava sendo empurrada à força pela escuridão, porque a terra não parava de girar; mas a luz não aceitava aquilo. A luz e o dia ainda não tinham ido dormir. Continuavam acordados noite adentro. No núcleo da escuridão que avançava, a luz — o talento, a paixão — resistia febril, e ainda combatia, brilhando como louca: o dia histérico.

Ele não estava preocupado, porque já estava morto. Já tinha acabado.

Afastou-se com sua sacola e sentou-se nela, por trás de uma escada que apontava para o alto mas não levava a lugar nenhum, enfiando um cigarro na rigidez desconhecida de seus lábios e esperando que sua morte passasse devagar.

O que o matara fora a tarde de autógrafos. Keats fora morto por uma crítica. Richard foi morto por uma tarde de autógrafos. No caso da leitura, pelo menos não havia muita gente assistindo. Mas a platéia da tarde de autógrafos era biblicamente imensa. A pedidos, Gwyn fizera uma leitura bem curta — em três sessões. E ninguém fora embora.

Assim, enquanto seu amigo e rival esgotava quatro esferográficas inteiras, autografando *Amelior reconquistada*, *Amelior* e *Summertown*, programas, folhetos, fotos, cadernos de autógrafo, aparelhos de gesso, os braços das moças, as coxas das moças, Richard ficou duas horas sentado na mesa ao lado, sem ter o que fazer... No passado, e em várias situações, nenhuma delas muito elevada, ele já estivera em feiras e festivais, examinando, com uma hostilidade casual, as filas das noites de autógrafos de outros escritores. Cada fila, a exemplo de cada livro e de cada escritor, pertencia a um gênero determinado. Havia a contracultural, a pedagógica, a fragmentada, a retilínea e ordenada, a bem-humorada, a séria, além de filas marcadas por outras distinções de classe, idade, sexo e raça. E a fila de Gwyn, era forçoso admitir, tinha uma aparência universal. Lá vinham todos naquela fila, subindo pela prancha a bordo da arca do futuro.

Enquanto faziam fila (e onde acabava aquela fila? Onde acabava?), os pretendentes ao autógrafo de Gwyn podiam contemplar Richard e pensar sobre ele — tinham Richard à disposição para o seu deleite. Não sabiam disso, mas eram figurantes em seu funeral, participavam de seu velório, desfilando lentamente à frente do cadáver de seu ofício, das botas ordinárias em suas pernas esticadas, dormentes e luminosas na cera de sua morte.

E o fantasma ficou ali sentado, junto à mesa onde se empilhavam exemplares de *Sem título* sem qualquer assinatura. Cerca de quarenta minutos mais tarde, um velho usando jeans bem passados se aproximou, com um rosto arcangelical de tanta integridade; o fantasma de Tom Paine. Extraiu um exemplar do livro de Richard de sob o braço e o deixou cair na mesa com estrépito. *Sem título* se abriu nas páginas oito e nove, ambas inconfundivelmente manchadas e empapadas de sangue seco; na fenda entre elas, o marcador reconhecível da Lazy Susan; e o canto superior da página nove fora dobrado, exibindo o contorno perfeito das impressões digitais de um polegar ensangüentado. Ele não queria um autógrafo em seu livro. Era o *livro* que ele não queria mais... O único outro visitante foi uma mulher: a mulher que assistira à sua leitura. Àquela altura, ela lhe parecia a única pessoa presente que prestara alguma atenção às suas palavras. Com uma timidez de gata recém-nascida, ela se aproximou de sua mesa. Richard lhe deu as boas-vindas, com sinceridade, e continuou a dedicar-lhe um afeto sincero enquanto ela extraía de sua mochila o exemplar de um romance escrito não por Richard Tull, mas por Fiodor Dostoievski. *O idiota*. De pé ao lado dele, inclinada sobre ele, com o rosto pavorosamente quente e próximo, ela começou a folhear o livro, dando explicações. Seu livro também estava marcado, não por jorros de sangue mas pelas cores vivas de duas canetas marcadoras, uma azul e outra cor-de-rosa. E não só duas páginas, mas todas as seiscentas. Cada vez que as letras *e* e *l* apareciam juntas, como em *selo, pelo, mel*, ou em *cerebelo, cabelos, celeste*, vinham marcadas em azul. E toda vez que as letras *e, l* e *a* apareciam juntas, como em *ela, bela, cadela, apelação* etc., vinham marcadas em cor-de-rosa. E como todas as *elas* continham *el*, o que predominava, discutível e surpreendentemente, era a forma masculina. Aliás, era exatamente isso que ela pretendia demonstrar. "Entendeu?", perguntou ela com seu hálito morno, um hálito que recendia a remédios metálicos, baterias de carro e clichês de impressão. "Entendeu?"... Os organizadores conheciam aquela mulher — aquela recorrência infeliz, aquele estorvo infatigável — e tentaram convencê-la a ir embora. Mas Richard não deixou. Nunca tinha encontrado companhia tão agradável. Nunca vivera experiência mais deliciosa. Nunca mais sairia do lado dela. Juntos, em seus anos de velhice, sem filhos, é claro, mas com pares sempre novos de canetas marcadoras, eles se dedicariam à exegese dos grandes textos, um a um. Se ele fraquejasse, ela cuidaria do azul. Se ela ficasse cansada, ele manejaria o cor-de-rosa. Mas a vida é breve e a arte é longa: conseguiriam eles esgotar os grandes escritores russos? Lado a lado, ele com sua caneca de cerveja e ela com seu zinco e seu manganês.

A dama do cachorrinho e outros contos. O capote. Pais e filhos. Um herói de nosso tempo.

A morte de Ivan Ilitch. O cavalheiro de San Francisco. O mestre e Margarita.

Os demônios. O duplo.

Nós.

Richard esfregou uma palma no revestimento esponjoso do próprio rosto. Achou que agora já tinha entendido — onde se situava o que ele escrevia, e onde se situava o que Gwyn escrevia, em relação ao universo. O rapaz da divulgação estava chamando. No alto, o céu demonstrava que era capaz de imitar buracos negros. Essa imitação (um horizonte só aproximadamente circular, com a habitual pupila dilatada por drogas no centro do olho — o tipo de ilustração mal-acabada que se podia encontrar num dos livretos de astronomia dos gêmeos) ainda precisava de muito aperfeiçoamento.

O avião avançou, pronto para a decolagem. Os sete passageiros estavam sentados com o pescoço torcido, quase de lado, em posturas de compressão torturada. Não era apenas o teto baixo da aeronave: era também a embaraçosa proximidade do asfalto da pista, a menos de um metro das solas de seus sapatos. A Richard pareceu que o motor fazia tanto barulho que escapava totalmente da escala humana, e só era possível sentir sua vibração, em cada átomo do corpo. Mais ou menos sepultado por sua mala postal, estava sentado na última fileira, ao lado de Gwyn. Os dois avaliavam o piloto — figura que despertava um interesse extraordinariamente intenso: alto, robusto, louro-arruivado, um sujeito imenso com passos leves, que exibiu uma delicadeza feminina ao arrumar seu quepe de piloto, sua caixa de ferramentas, seus fones de ouvido. Virando-se de lado em seu assento, com um descaso tranqüilizador, transmitira aos passageiros as instruções de segurança numa voz talvez incapaz de qualquer modulação, e depois se dedicara aos seus controles — o tipo de painel mais adequado a uma espaçonave de antes da guerra ou a um modelo em escala de submarino nuclear: mostradores redondos, ponteiros, pequenas alavancas de metal com a tinta descascada. Richard percebeu que o painel não continha plástico. Seria um bom sinal?, perguntou-se ele, e tentou perder-se num tributo silencioso ao talento e à habilidade artesanal durável e calejada daqueles construtores, coisa que hoje, infelizmente, não se encontrava mais. O piloto usava camisa branca e calças frouxas de cor creme, com a textura de papel de parede acamurçado. Era fácil, talvez, perder-se na vastidão daquelas ancas cremosas; firmemente encaixadas na moldura justa da abertura inferior de seu banco, elas preenchiam todo aquele espaço com solidez e dignidade, arredondadas nos cantos, como uma tela de TV — como a forma do rosto inchado de Richard.

E o aviãozinho começou a taxiar para a decolagem. O aviãozinho era um aviãozinho, no meio dos maiores, e fazia o possível para não se atravessar no caminho de ninguém. Mas estava atrapalhando. Os imensos jatos de passageiros, com seus focinhos de cachorro (os focinhos negros e molhados pelo orvalho, ou o suor da tempestade que se aproximava), esperavam em fila atrás deles, lembrando perdigueiros retesados prontos a abocanhar a caça. Richard olhou para fora através das pás das hélices, que se moviam invisivelmente depressa, dando a impressão de borrar o ar, ou amoldá-lo. À frente deles, depois da curva, viam-se as ancas tensas dos aviões mais importantes — com destino a Nova York ou a Washington —, prontos a levar os americanos para onde precisassem ir: os quatro cantos da América. Acima da angústia somada dos aviões em marcha, todos urrando uns com os outros, mandando que saíssem da frente, dava para ouvir o céu e o rugido épico da atmosfera. A escuridão, a noite, se aproximava vindo do norte. Mas do sul indômito vinha uma demonstração de luz negligente e irrespondível, um dardejar eletromagnético: os flagelos de Deus, os açoites e chibatas de cobre e tochas de acetileno.

Ninguém dizia nada. Gwyn se curvou para a frente e começou uma conversa com o rapaz da divulgação. Suas perguntas eram abafadas pelo encosto de cabeça do banco, e quando o rapaz da divulgação respondia parecia estar falando ou gritando sozinho, como um vagabundo ou um doido, como um americano febril. *Você viu o que está lá atrás... Mas eles fazem isso dez vezes por dia... Não é um furacão, é só a chuva... Do tipo desses furacões que têm* nome?

"Antigamente, todos os furacões tinham nome de mulher", disse Richard. E só falou para tentar fazer o rapaz da divulgação parecer menos louco. Ele próprio também soava menos louco, e continuou a divagar: "Mas agora são alternados. Nome de mulher, nome de homem. Menino, menina. Acho melhor assim. Sei lá. Furacão Demi. Furacão Gwyn. Furacão Gina. Furacão Marius. Furacão Anstice. Furacão Scozzy."

"Furacão quem?"

"Nada."

"Olhe só", disse Gwyn. "Ele já está louco de medo. Meu Deus. E tudo isso para ir a uma *festa*."

O piloto exibiu o rosto de perfil e, em voz monótona, informou que ia ficar bem mais frio dentro do avião depois que decolassem. Boas novas. Porque os passageiros estavam descobrindo o que acontecia com o ar dentro dos aviões, e o que aconteceria com o ar dentro dos grandes jatos se não o submetessem a cuidados especiais, fazendo-o passar por certos tubos e aparelhos. O ar logo se esgotava, ficava quente e malcheiroso. Em pouco tempo, você começava a respirar os bocejos alheios. Nos jatos, dava para esperar meia hora na porta do banheiro e depois entrar direto, assim que o nonagenário explosivo se arrastasse para fora: o sistema era quase perfeito. Naquele aviãozinho, porém, o ar já estava em situação crítica. E nem dava vontade de contaminá-lo com a fala...

Todos os passageiros estavam calados, entregando-se àquela estranha atividade, o sofrimento de alto custo, em que a América se destaca do resto do mundo; mas quando o avião fez a última curva e não encontrou mais nada à sua frente, além do mar e do céu, entregou-se ao galope arquejante rumo à imensidão manchada, e subiu, alçando vôo, trocando a terra por um meio novo e melhor, e imediatamente deslizou de lado, sacudindo as asas, todos os oito gemeram em uníssono, respondendo ao rugido que ecoou sobre suas cabeças.

Corrigiram o rumo, e ganharam altitude. Passando por cima do estacionamento, por cima do cemitério, por cima do porto, por cima da baía. Dali a pouco, a espuma das ondas ficou menor do que flocos de caspa nos ombros largos do mar. Richard olhou despreocupado para fora de sua escotilha, na direção do sul. E não acreditou no que viu. Lá estava a tempestade, erguendo-se como uma catedral gótica, com os beirais adornados de gárgulas... A seqüência do dia era uma boa metáfora para a duração da vida humana: a aurora, a inocência da manhã, o apogeu do meio-dia e a pompa da tarde, depois o descoramento, depois o cansaço, depois uma exaustão mortal e a certeza do sono, depois o pesadelo, depois a ausência de sonhos. Do lado de fora, o dia já tinha acabado mas se recusava a ir dormir. O dia estava morto e acabado, mas se recusava a acreditar nisso, recusava-se a aceitar o fim: o dia e seu retorno doentio, tentando voltar, dizendo: *Ainda sou dia. Não está me vendo? Não gosta mais de mim? Ainda sou dia.* E se recusando a largar o osso, reanimado por choques, ligado à eletricidade e dando arrancos toda vez que os fios transmitiam a corrente. E a chuva: uma chuva ansiosa por lubrificar aquela tensão desesperada entre o dia e a noite, ansiosa por limpar, trazer alívio. Mas a chuva entrara em pânico e exagerava, soando como os aplausos maníacos de um psicopata.

"Aquele interruptor vermelho", disse Gwyn. "Por que ele está mexendo naquele interruptor vermelho?"

Ao lado do relógio digital do painel, marcando seu tempo de vôo (nove minutos transcorridos), havia um pequeno interruptor vermelho ao lado de uma luz vermelha que piscava e apitava, o que fazia o piloto reagir de modo desanimador. Ele mexia sem parar no interruptor, tentando fazer com que a luz se apagasse, mudasse de cor ou parasse de apitar. Mas seus movimentos talvez fossem antes curiosos que agitados. A rígida carapaça creme da base de suas costas ainda estava firmemente instalada em sua cadeira.

"Estamos perdendo altitude. Acho que estamos perdendo altitude."

"Se estivesse acontecendo alguma coisa, ele nos dizia. Ou não? Ou não."

Sem se virar, o piloto disse: "Estamos tendo um problema de excesso de peso. Mas acho que não vai ser... problema. A gente vai passar por baixo do mau tempo". E então se virou, encarando cada passageiro por sua vez com um ar de razoável desconfiança, como se procurasse um clandestino muito gordo.

"Só vou ficar preocupado", disse Gwyn, "quando *ele* ficar preocupado."

O piloto não parecia muito preocupado. Até começou a assobiar.

"Bem pensado", disse Richard, e virou-se para a sua janela. E o mar dava a impressão de estar tão perto deles quanto o asfalto da pista dez minutos antes, e o avião parecia estar singrando não o ar, mas as águas agitadas. O mergulho, a subida, a crista, a queda. A onda, a espera, a onda, a espera, a onda, a espera, a onda.

"Oh, meu Deus", disse Gwyn.

"Mas ele parou de mexer naquela coisa vermelha."

"É mesmo?"

"É. Pelo menos parou de mexer naquela porra vermelha."

"É mesmo? Que bom."

Acima de suas cabeças, as luzes da cabine perderam a força, piscaram uma vez e tornaram a perder seu brilho.

oi quando a mancha de merda apareceu na bunda cremosa do piloto que Richard soube ao certo que as coisas não iam nada bem. A mancha de merda surgiu como uma ilhota, um atol que logo se transformou numa Cuba, depois numa Madagascar, e depois numa terrível Austrália marrom. Mas isso foi cinco minutos atrás, e agora todo mundo estava cagando para aquilo. Nenhum dos passageiros interpretara o estado das calças do piloto como um sinal favorável, mas isso fora cinco minutos atrás, era coisa do passado, e agora estavam todos cagando, inclusive o piloto, que berrava ao microfone, berrava para um mundo de metal rangente e rebites ululantes, berrava na própria linguagem da tempestade — suas fricativas, suas atrozes explosivas. Os deuses deixaram de lado suas chibatas e seu rodeio com os elementos, e agora começaram a brincar com suas bolas de boliche, que rolavam ruidosas pelas canaletas do espaço-tempo. Lá dentro estavam os mortais, imobilizados das juntas brancas dos dedos das mãos às juntas brancas dos dedos dos pés, esticados como cristos, como joanas na fogueira. Richard ergueu os olhos e agora sentiu amor pelo rapaz da divulgação, que tinha o rosto trêmulo e untuoso lavado de lágrimas.

Ia acabar. Ele pegou a mão de Gwyn e disse alto, no ouvido dele: "A morte é boa".

"O quê?"

"A morte é boa." Aqui, nos Estados Unidos, ele percebera o quanto se importava menos, a cada vez, com a integridade do avião em que se encontrava. A cada vez, havia menos coisas para as quais queria voltar. "A morte é boa."

"Ah, *é?*"

Richard sentiu que tinha vencido. Por causa de seus filhos — por causa de Marius e Marco. Gwyn tinha mulher. E Richard tinha mulher. Mas as mulheres eram o quê? A pessoa com quem você acabava, e que tinha os seus filhos. E você só era a pessoa *com quem* ela tinha os filhos. A infância era o universal. *Todo mundo* passava por ela. E ele disse:

"Eu vou sobreviver."

"Nós vamos sobreviver. Vamos sobreviver."

Não, você não, pensou ele. Mas disse: "O mundo gostava do que você escreveu".

"Foda-se! Não. Obrigado. É pena que você... Gina te adora. Ela só..."

"O quê? Ela só o quê?"

E então mil *flashes* espocaram em todas as janelas. As últimas fotos dos *paparazzi* da tempestade. Com uma trovejante decisão, o céu os recolheu em sua funda, endireitou-os ("A morte é boa", disse ele mais uma vez) e tornou a dispará-los contra a noite silenciosa.

Dava para sentir a presença da península, e ver as luzes do aeroporto. Algumas luzes estavam paradas. Outras se moviam.

"Avental de emergência", soluçava o piloto em seu microfone. "Avental de emergência..."

Os passageiros redescobriram suas vozes e se encostaram em seus bancos, ronronando. Richard ofereceu seu lenço ao rapaz da divulgação, que o aceitou.

"Avental de *emergência*. Avental de *emergência*."

"Que história é essa?", perguntou Gwyn, agitando-se em seu assento. "Que avental de emergência é esse? Um pano para cobrir a pista? Será que perdemos o trem de aterrissagem?"

Mas não parecia importante, e ninguém mais se incomodou. Estavam se aproximando da coisa que queriam, o lugar deles, o solo, a terra. Não calcinados e engolfados por outra coisa, o fogo, nem cobertos e engolidos por outra coisa, a água, e nem despedaçados e espalhados por outra coisa, o ar.

O aeroporto de Provincetown era um aeroporto-bebê, para aviões-bebês, e estava embaraçado com todo aquele movimento. Com sua mala e sua sacola, Richard se arrastara até um pequeno gramado — do lado civil do prédio principal do aeroporto — e lá se deixara cair.

Pacientemente, fumava um cigarro atrás do outro, e de uma garrafa de plástico com um canudo de plástico bebia pacientemente o conhaque que um enfermeiro compassivo lhe entregara. Na pista, uma cena de confusão humana e mecânica estava chegando a seu apogeu e a seu ponto de dispersão. Havia um belo caminhão de bombeiros, duas ambulâncias à procura de fregueses (para uma das quais um passageiro idoso fora transportado, agarrado a seu marcapasso) e alguns policiais chiando em seus rádios... O piloto fora o último a descer do avião, assessorado pelo pessoal de terra. Usava uma saia ou avental de comprimento médio, preta e reluzente. Dois outros passageiros, esparramados em duas cadeiras no prédio do aeroporto, tentaram aplaudi-lo; mas ele passou arrastando os pés, com uma notável modéstia. Gwyn também estava lá dentro, com o rapaz da divulgação e um jovem jornalista gesticulante do *Cape Codder*.

Richard fechou os olhos. Alguém arrancou o cigarro de seus dedos e deu-lhe uma tragada com uma fome audível. Ele ergueu os olhos, e lhe ocorreu que os dois deviam se encontrar num estado que tinha alguma designação médica, porque nunca tinha visto Gwyn daquele jeito. E talvez ele próprio também não estivesse com muito boa aparência, sentado na grama congelada com seus ombros trêmulos, aquela fumaça subindo à sua volta — vapores animais. Mas ele riu e disse, sem divagar desta vez:

"Já descobri. Sabe o piloto? O tal do avental de emergência. Uma das moças que passaram por mim aqui chamou de *cobre-merda*." Richard deu uma gargalhada, por baixo de seus ombros trêmulos. Achou muita graça. Não dava para falar no rádio e pedir um cobre-merda. Ia ofender os passageiros. Por isso ele tinha pedido um avental de emergência. E os passageiros não ficam ofendidos, enquanto se preparam para o pouso de emergência ou para serem ejetados em massa na latrina do aeroporto.

"Avental de emergência", disse ele. "É muito engraçado. Mas você estava falando de Gina."

Gwyn estava imóvel ao lado dele.

"Que ela me ama."

"Apesar de tudo. O que não é pouco. Ah, você sabe. Apesar de ser um resenhista fracassado que fala como se fosse o doutor Johnson. Eu entendi por que *você* acha que a morte é boa. Porque nesse caso eu e você viramos a mesma coisa. Mas eu fiquei vivo. E vou fazer o que qualquer homem faria se achasse que dava para se safar depois. Tudo mudou." Gwyn se ajoelhou, com as mãos apoiadas na coxa, como que preparado para receber o título de cavaleiro. "Eu vou lhe dizer o que é interessante quando você vira uma estrela. É que funciona. E quer saber como é a sensação do silicone? É boa. Melhor. Por causa do que representa. Até que ponto deve ir a felação?, você disse. E isso também mudou. E vou responder por quê. E vou resumir em poucas palavras. Até começar a *fazer barulho*." Tornou a se levantar. Com uma súbita apreensão de asco, jogou longe o cigarro e disse: "Você sabe o que foi que quase matou todos nós naquele avião? O que quase matou você, o que quase me matou?".

E então ele deu um passo à frente e desferiu com toda a força um pontapé na sacola de Richard — e Richard estava segurando a sacola no colo, como um treinador de boxe com o saco de areia, para avaliar a força da direita do lutador.

"A merda do seu livro."

O rapaz da divulgação saiu do prédio do aeroporto com o telefone celular e disse que eles tinham três hipóteses. Podiam seguir direto para o hotel e ir descansar. Ou podiam ir para o hospital da cidade fazer os exames e o ritual habitual pós-trauma. Ou podiam ir para a festa.

E foram para a festa.

No amanhecer do dia seguinte, os dois escritores deixaram o hotel de luxo e, viajando de limousine, fizeram a viagem de seis horas até Nova York num silêncio ininterrupto. Quando o motorista já estava entrando na cidade, Gwyn disse:

"Já que você está aqui..."

De sua pasta, tirou o exemplar de *Sem título* que Richard lhe dera, ainda em Londres, um mês atrás. Os dois olharam para o livro. Assim como *Amelior*, na opinião de Richard, só podia ser considerado notável se Gwyn o tivesse escrito com os pés, *Sem título*, como objeto, só podia ser considerado aceitável se seu criador o tivesse produzido com o nariz.

"Podia me escrever uma dedicatória."

"Já escrevi."

"Ah. É mesmo", disse Gwyn. "É mesmo."

E nquanto Boston se escorava em suas casas de tijolo manchadas de verde, Manhattan, à medida que foram chegando vindos do norte, parecia uma coda ao urbano-erótico, com as ligas e presilhas de meias de suas pontes e viadutos hoje usadas como aparelhos ortopédicos, coletes para a coluna, fundas contra hérnias. Acima de tudo, a hipodérmica pousada do Empire State.

Não havia muito tempo. Richard deixou sua mala estacionada com o porteiro do hotel de Gwyn e, acompanhado por sua sacola postal, seu rosto inchado, seu lenço e sua ressaca, caminhou os sessenta e tantos quarteirões até a avenida B e a Bold Agenda. Chegou sem ser anunciado à mesa de Leslie Evry, que se pôs de pé com ar cauteloso. O silêncio caiu sobre todo o escritório quando Richard perguntou, em sua voz mais alta e áspera.

"De que maneira você está publicando meu livro, se é que está publicando?"

Leslie olhou para ele do mesmo modo que tantos americanos já haviam olhado: como se estivessem pensando seriamente em chamar a Segurança. Os americanos, agora estava claro, tinham ficado decepcionados com Richard. Não porque ele não fosse um duque ou um membro da guarda real, mas por causa das imperfeições mais que evidentes, das máculas mais que perceptíveis do corpo e da mente, com que ele se conformava em viver. Frances Ort estava presente, hesitando em sua visão periférica, mas destemida.

"De que maneira vocês estão publicando o meu livro, se é que estão publicando?"

"O quê?"

"Bom, vamos examinar a questão aos poucos, uma coisa de cada vez. Vocês estão distribuindo o meu livro?"

"Não diretamente."

"Mandaram exemplares para a imprensa, para a crítica?"

"Mandamos alguns exemplares para certos... pontos-de-venda."

"Quantos? Já sei. Um! Zero! Quantos vocês mandaram imprimir?"

"Nós temos um estoque de reserva. Só que ainda não foram encadernados."

"Quantos vocês mandaram *imprimir*?"

Com ar compungido, Leslie apontou para a mala postal que Richard ainda trazia aos ombros. "Esses."

"E quem decidiu publicar o meu romance — imprimir os originais e mandar encadernar com capa dura? Onde é que está Chip? E Chuck? E Roy Biv?"

"Ah, Roy", disse Evry, sacudindo a cabeça. "Roy Biv! Me diga uma coisa. Alguma vez ele assinou Roy G. Biv?... Ele mudou o nome para Roy G. Biv. Se você fosse americano, iria entender. É um nome mnemônico. O arco-íris. Vermelho (*r*ed), laranja (*oran*ge), amarelo (*y*ellow), verde (*g*reen). Azul (*b*lue), roxo (*i*ndigo), violeta (*v*iolet). Ele queria agradar a todo mundo. Coitado do Roy."

"*Alguém* resolveu publicar o meu livro. E qual foi o critério? Por favor, eu quero saber a verdade. Isto aqui é uma vida literária. De certa maneira. A verdade. Qual foi o critério?"

Ele sentiu a mão jovem de Frances Ort em seu braço. Virou-se para ela. Os espaços simpáticos da Bold Agenda ainda estavam tomando forma para uso futuro, da forma que fosse necessária, creche, centro de atendimento de estuprados, posto telefônico de dissuasão de suicidas. Seus cubículos e seus carpetes de sisal — a sensação de serviços prestados ao bem-estar, como uma clínica. E é claro que ele já se imaginava lá, sentado em silêncio num sofá baixo, esperando um aconselhamento para livrá-lo de suas dores e seus males.

"Basicamente", disse Leslie Evry, "basicamente para equilibrar o catálogo. A gente sentiu que a mistura estava errada e podia pegar mal. Criar problemas com os órgãos que nos dão apoio."

"Porque", disse Richard, "todos os outros autores se chamavam Doo Wah Diddy Diddy ou Two Dogs Fucking. E vocês precisavam..." Na parede, percebeu ele, havia um cartaz emoldurado com o nome dos autores da Bold Agenda. E com gratidão, com amor, Richard viu que um de seus companheiros na lista se chamava Unsöld (*unsold* = não vendido) — Unsöld Inukuluk. "Deus do céu", disse ele. "Um fracassado de figuração — nem mesmo *Gwyn* tinha pensado nisso. E por que eu? Por que não alguém de Boston?"

"A nossa linha é representar os mais autênticos..."

"E alguém leu o livro? Alguém? Roy?"

"*Roy*? Roy nunca lê *nada*. *Eu* li o seu livro."

"Leu todo?"

"Não exatamente. Eu tive uma — eu tinha acabado de começar quando eu tive..."

"Leslie foi internado com suspeita de meningite", disse Frances Ort.

"Certo. Certo. Bom, eu vou deixar isso aqui, se vocês não se incomodam. Só vou levar — não. Podem ficar com eles." Richard olhou de um rosto para o outro. E se lembrou. E disse: "Richard de York vence batalhas em vão. É isso. Isso mesmo. É esta a diferença entre as culturas. Entre a nova e a antiga. Entre vocês e eu. Richard de York se encontra com Roy G. Biv. Não dá nem para a saída. Não dá nem para a saída".

"Desculpe", disse Frances Ort.

"Podem deixar que eu acho o caminho da rua. Até logo."

Até logo, e nunca mais. Ficou de pé na calçada, do lado de fora da Lazy Susan. Cujas vitrines... Até mesmo as vitrines da Lazy Susan lhe diziam, com ênfase americana, que se você se dedica às artes, se tenta a profissão do delírio, não pode ser um cretino, e tem de oferecer alguma coisa às pessoas — dizer a elas alguma coisa razoável, alguma coisa que elas queiram ouvir. Richard se sentia leve. Sentia-se leve porque não tinha nada para carregar, nada para arrastar, nada para levar nas costas e fazê-lo curvar-se.

O primeiro bar em que entrou vendia vodca com leite a negros velhos por um dólar e vinte e cinco.

Quando chegou ao Central Park South, o preço já subira para dez dólares a dose, e ele saiu do Plaza, onde se recusaram a servi-lo de novo, um tanto descomposto. Enquanto arrastava os pés de um lado para o outro, entre o engraxate e os esguichos do chafariz, uma falange de civis passou por ele em formação de militares amadores, e em seus rostos — bem, contemplou pela última vez: a determinação americana. A missão do grupo era simples. Pretendiam atrapalhar o negócio das charretes do Central Park. E assomaram do outro lado da rua, erguendo seus cartazes pintados, cada um dos quais tinha algo de indignado ou rimado a dizer sobre a incompatibilidade entre os animais e a cidade: sobre o modo como não combinavam. Os cocheiros, escravos dos turistas, usavam cores de pouco prestígio (e havia também uma cocheira, não muito velha, mas com o rosto profundamente enrugado, usando o que parecia uma tenda de índio por sobre um corpo fino como um mastro): os cocheiros ficaram olhando para seus adversários com um ódio que chegava aos limites da exaustão humana. Arrastado pela massa, Richard conseguiu desembaraçar-se dela e abrir caminho até a calçada. Um cavalo parou — um cavalo e seu olhar cego. O animal, o pangaré lento, causa de toda aquela agitação, ergueu a cabeça com uma indiferença pomposa e depois tornou a deixá-la cair, totalmente absorvido, ao que parecia, pela tarefa de limpar a bosta de sua ferradura (não bosta de cachorro, mas bosta de cavalo — uma categoria à parte, em matéria de bosta), e não da mesma forma que os seres humanos, arrastando o calcanhar no chão e puxando da frente para trás, mas à maneira dos cavalos, apoiando a ponta do casco no chão e empurrando de trás para a frente. E os cocheiros, na confusão étnica de suas mantas quadriculadas e suas colchas de retalhos, com seus casacos de cigano, desviavam seus olhos atrevidos de cigano, e o cavalo continuava a arrastar sua ferradura, sem lhes dar importância. A agonia, tão presente no ar, só encontrava expressão nos carros; os furgões de entrega, as limousines do Plaza, os táxis amarelos. Deliberadamente obstruídas, até a polícia aparecer e limpar a área, essas bestas de carga, feitas de metal e postas a serviço da cidade de concreto, se contorciam e estremeciam, urrando com fúria assassina e soltando fumaça pelos ouvidos. Logo além, profanados à exaustão, estendiam-se os gramados encantados do Central Park.

Fazendo seu último gesto, ele tomou o caminho do leste, cruzando a Quinta e a Madison na direção da avenida do sol e da cor dourada. Olhando para o norte, a perspectiva ficava capturada na rede da cidade, delimitada e canalizada pelos edifícios dos dois lados e sua postura de peito estufado. O panorama parecia infinito e inteiramente desconhecido, como o mar aberto aos primeiros navegantes a cruzar o Atlântico (quando os deuses e terrores ainda eram jovens e fortes), prestes a se transformar no fim do mundo, onde a água se precipitava em cachoeira e o oceano virava um abismo. Richard percebeu que seria obrigado a parar de dizer que nunca estivera nos Estados Unidos. A esta distinção — sua principal realização, o principal argumento na defesa de seu direito à fama — não podia mais pretender. Estivera nos Estados Unidos.

Ele estivera nos Estados Unidos.

PARTE QUATRO

Gwyn acordou. Tinha dormido, como sempre dormia agora, no que Demi não chamava de outro quarto ou quarto de hóspedes, mas de quarto de visitas, em frente ao quarto principal do primeiro andar — onde Demi dormia. Limpando bruscamente a garganta, ele se deitou de costas e depois se virou de lado. O travesseiro mais próximo da outra cama do quarto estava regularmente riscado por mechas de cabelos pretos: cabelos que pertenciam a Pamela, sua assistente de pesquisa. Uma parte de suas costas de ombros agudos era visível, e mesmo em meio à penumbra cortinada da manhã ele percebia os finos sulcos que os cabelos haviam produzido em sua carne impressionável. Passou mais ou menos meio minuto pensando numa boa maneira de descrever o que via. Outros homens, outros escritores, poderiam começar — quem sabe? — por contornos de mapas, ou estuários rasos; mas Gwyn resolvera, algum tempo atrás, que jamais haveria descrições de corpos de mulher, ou de quaisquer corpos, no que ele escrevia, porque havia corpos "melhores" do que outros (e o corpo de Pamela, aliás, era bem melhor que a maioria), e embora Gwyn concordasse com todo mundo em matéria de corpos (sempre reclamando com Demi do corpo *dela*, e dizendo que ela precisava melhorar), sabia que as comparações eram detestáveis (e quase sempre nada lisonjeiras) — por que então perder tempo? Gwyn sentou-se na cama e bebeu um copo de água mineral. A água se chamava Elixir, e os anúncios prometiam a eterna juventude a quem a tomasse.

É provável que não exista nenhuma palavra usual hoje em dia com suficiente delicadeza e gentileza para descrever o tom geral dos sentimentos de Gwyn quando ele deu alguns passos pelo chão atapetado e entrou na cama de Pamela. "Condescendência", no sentido que a palavra tinha nos séculos XVIII e XIX, talvez fosse a que mais se aproximasse. Quando o reverendo, o senhor Collins, janta com lady Catherine de Bourgh e, no dia seguinte, com a voz fraca de gratidão, louva sua extraordinária "condescendência" — chega bem perto. Aquela generosidade, aquela indulgente diluição de seu ser superlativo, para o deleite e o enriquecimento de vidas mais simples. Considerando o quanto ele era magnífico, parecia magnífico da parte dele comportar-se de maneira tão magnífica quando poderia comportar-se mal, se quisesse. Lady Catherine era uma esnobe e tirânica, o senhor Collins era esnobe e bajulador. E Gwyn Barry, como Jane Austen, era *escritor*.

"Bom dia", disse ele com indulgência.

"Mm", disse Pamela. Ou teria sido "Hmm"?

As mulheres adoram ser acalentadas e mimadas de manhã. Este era um fenômeno realmente universal. Todas adoram aquilo. E mais razão para jamais dizê-lo por escrito: acabaríamos com algum incômodo lugar-comum. Gwyn tinha muito a fazer naquele dia (como é a vida do espírito? O quanto ela custa aos homens?), e por isso gozou o mais rápido que pôde.

Onde estava seu roupão simples? Ah, sim, ali.

Ele saiu da cama, atravessou o quarto, abriu a porta, atravessou o patamar e, simetricamente, abriu a porta, atravessou o quarto e entrou na cama. Demi estava acordada. Ele pegou sua mão e apertou-a com benevolência.

"Está na hora do chá, meu amor", disse ele.

Estava servido numa bandeja, é claro — servida por Sherilee, ou Paquita. Demi só precisava se levantar e pegar. Claro, e a correspondência dele.

"Vamos lá, meu amor. O tempo não pára."

Demi era muito preguiçosa, às vezes. Os olhos verdes de Gwyn piscaram tolerantes.

"Pam vai ficar deitada mais um pouco. Está meio resfriada", sussurrou ele, lembrando — como lembrava sempre — que Demi não gostava de esbarrar com Pam de manhã cedo. Ou a qualquer hora. Mas especialmente de manhã. Às vezes ele achava deprimente o desânimo com que Demi saía da cama. Agora ele podia se instalar no calor que ela deixara, sem a menor cerimônia, amando tudo que existia.

"Como eu acredito já ter deixado bem claro, você tem toda a liberdade para mudar o nosso arranjo na hora que quiser. Como eu acho que já deixei bem claro. Escute só: 'A cativante simplicidade da fábula do senhor Barry às vezes tende a um certo simplismo'. Pelo menos, é o que acredita um certo senhor Aaron E. Wurlitzer, do *Milwaukee Herald*. Será que eles não percebem como é difícil fazer uma coisa complicada dar a *impressão* de simplicidade? Na hora que você quiser, Demi, o nosso arranjo pode ser revisto. Ou modificado. Eu sou um homem, no auge do vigor. Um homem. Você tem que me ver como um todo. E um homem tem certas necessidades. Para satisfazer essas necessidades, Demi, eu não posso ir tão longe quanto qualquer outro, ou correr os mesmos riscos. Estou vendo, pela sua expressão contrariada e pela pulsação da sua mancha cor de vinho, que você preferia que eu saísse para procurar mais longe, e não no quarto de visitas. Será mesmo, Demi? Será? Ah. Essa é boa. Excelente. Marion Treadwell, do *Midland Examiner*: 'Parece que Barry vai de encontro a um profundo desejo coletivo. O que explica o sucesso do seu livro. Porque nada do que ele escreve justifica esse sucesso'." Gwyn fez uma pausa estóica. "Por que será que as mulheres gostam menos dos meus livros que os homens? Você podia pensar nisso, Demi. Eu agradeceria muito a sua 'intuição feminina'."

Demi olhava para o marido, que agora contemplava sua metade de *grapefruit*, e com desconfiança: não com uma curiosidade arrebatada e infantil, como antes, como se nunca tivesse visto uma *grapefruit* em sua vida. Parara de fazer aquilo com as *grapefruits* depois que uma delas, em resposta à apalpadela arrebatada e infantil de Gwyn com uma colher, cuspira-lhe seu suco no olho. Ele a fizera correr de um lado para o outro por mais de meia hora, carregando algodões umedecidos e frascos de loção ocular.

"Mais uma vez. Vamos ver se você entendeu. Eu tenho a obrigação de obedecer aos meus impulsos. De seguir os meus impulsos, aonde quer que eles me levem. Na verdade, o que é que eu estou fazendo?"

"Pesquisa."

"Pesquisa. Quando eu jogo *snooker* com Richard, ou tênis, ou xadrez, quando eu..."

"Você não devia."

"O quê?"

"Jogar com Richard. Você sempre perde, e fica num mau humor *medonho.*"

Gwyn fez uma pausa estóica. "Quando eu jogo *snooker*, estou pesquisando. Quando eu durmo, estou pesquisando. Quando saio com Sebby para caçar ou jogar no cassino, estou pesquisando. Quando pratico sexo no quarto ao lado com Pamela, estou pesquisando."

"Ela é a sua assistente de pesquisa."

"Demi, essa foi muito boa. Nós pesquisamos na posição missionária. Na do cachorrinho. E com ela por cima: cavalgando."

"Mas os seus romances não têm nada de sexo."

"Pode ser que você não tenha reparado", disse Gwyn, deixando cair a cabeça (como Richard deixava cair a cabeça quando, pela trigésima vez em quinze minutos, Marco confundia o *d* com o *b*, ou o *g* com o *q*) mas também percebendo, naquele momento, que nunca poderia deixar Demeter, porque era só com ela que conseguia exibir aquela eloqüência excitante e assustadora, aquela periodicidade comicamente entoada, "que também nunca existe *snooker* nos meus romances. Não é assim que funciona. Funciona assim: a prosa vai adquirindo precisão e brilho exatamente pelo que deixa de fora. Os quadros abstratos de Picasso têm mais força por causa do... domínio pictórico que ele deixa de usar. Por causa do que é sonegado. Ou refreado. Como se ele fosse um cocheiro, com as rédeas numa das mãos e um..."

"Ou um carpinteiro."

"*Que* carpinteiro?"

"Também não aparecem crianças nos seus romances. Neles, a metade dos homens já fez vasectomia. Será que é por isso que não devemos ter filhos? Para você poder deixá-los de fora?"

"Não venha se fazer de espertinha, meu amor. Não combina com você. Bom. Estou vendo que voltamos à estaca zero. E eu volto a dizer: tome a pílula, Demi. Mande colocar um DIU, Demi. Arranje um diafragma. Mas você responde que 'é contra a sua religião'. O que não é o caso de cheirar cocaína e nem de sair dando para traficantes negros. Ou será que isso é *a favor* da sua religião? Insondáveis são os caminhos de Deus. Cheirarás cocaína. E para conseguires mais cocaína, sairás dando..."

Demi desceu da cama e foi para o banheiro, dizendo: "Foi só um traficante negro".

"Parabéns. Mais algum traficante de outra religião, ou de outra cor? Branco, por exemplo, e anglicano?" Gwyn levantou a voz, para ser ouvido; mas seu tom não mudou. "Richard ligou. Está escrevendo um artigo longo sobre este seu criado, e alguma coisa me diz que vai ser muito hostil. E não vou me espantar se ele falar dessa história."

Ela reapareceu na porta. Com os braços cruzados. "Que história?"

"De você ter dado para traficantes negros."

"...Nunca. O que é que eu posso fazer?"

"Não sei. Talvez você pudesse ir até lá e dar para *ele*."

Em torno das dez e meia, Gwyn entrou em seu escritório: as três janelas altas, as estantes de madeira trabalhada, o peso da riqueza. Seu imenso posto de trabalho — mesas de jantar de mogno, escrivaninhas francesas — formava um amplo arco no centro da sala, coberto com formas compactas: processador de textos, impressora, copiadora. Aqui, achava Gwyn, havia uma atraente harmonia entre as duas culturas: a chama acesa da curiosidade humana, e mais um monte de aparelhos modernos. Se Gwyn estivesse usando uma casaca de gala, em vez de *jeans* e uma camisa de flanela, poderia passar pelo capitão Nemo, sentado na futurista ponte de comando do suntuoso Nautilus.

Seu café matinal estava lá, servido por Paquita. Seus recortes de imprensa estavam lá, arrumados por Pamela: todos os diários não-tablóides, três semanários, uma revista quinzenal, duas mensais e uma trimestral. Na escrivaninha francesa, havia um caderno italiano, aberto na primeira página, onde Gwyn escrevera, por extenso, O Caminho para Amelior? O Caminho de Amelior? Além de Amelior? A casa estava em silêncio absoluto: um silêncio de pontas dos pés, e de dedo nos lábios. Como a casa do avô dele, que trabalhava toda a noite e dormia o dia inteiro.

Gwyn encomendava seus recortes de imprensa a duas agências. Sua editora usava uma agência, e lhe mandava o que recebia. E durante algum tempo aquilo bastou. Mas ele sempre encontrava outras referências a si mesmo, além das que mandavam para ele. E ficava furioso. Por isso, acabou contratando uma empresa rival, a quem pediu a pesquisa mais ampla possível; e mesmo assim ainda encontrava menções ocasionais ao seu nome, sem duplicata, nos envelopes das duas agências. E agora sentou-se.

Nos primeiros tempos, ele se limitava às resenhas sobre as obras de seus contemporâneos, em que era razoável esperar que o exemplo de Gwyn Barry fosse invocado. Depois ele abriu o leque, passando a ler as resenhas sobre os romances de escritores mais jovens e até mesmo mais velhos. Dali a pouco, estava lendo todas as resenhas de romances. Resenhas sobre alegorias panamenhas e romances policiais japoneses; resenhas sobre reedições de *Dom Quixote* e *Humphrey Clinker*. E o mesmo aconteceu com os livros de crítica literária. Primeiro só lia as resenhas sobre os livros que tratavam da literatura moderna, mas logo criou o hábito de ler todas as resenhas sobre livros que tratassem de qualquer produção literária (poesia, teatro e livros de viagem já tinham sido incluídos há muito tempo). Plínio, Nostradamus, Elizabeth David, Izaak Walton, Beda. O interesse inicialmente limitado à ficção contemporânea ampliou-se não só para cima, mas também para os lados. Começou a ler artigos sobre as artes plásticas contemporâneas, e depois as artes plásticas não-contemporâneas; a sociologia, a arquitetura, a economia, a jurisprudência contemporâneas, e depois as mesmas, não-contemporâneas. E depois a coisa cresceu ainda mais: era natural que as matérias sobre a agricultura contemporânea pudessem conter alguma ligeira referência eventual às páginas de *Amelior* onde ele falava, por exemplo, da rotação de culturas. E por acaso isso acabou acontecendo; e a partir desse dia Gwyn se viu irremediavelmente comprometido com a agricultura, mais um tema a acompanhar, além da hidropônica e assim por diante, e tudo numa prosa habituada a tratar da tosquia de carneiros e do cultivo dos nabos. A essa altura, passou subitamente a desenvolver novos interesses, sempre de maneira tangencial. Certa manhã, estava lendo um artigo (por acaso, sem concentração, com poucas esperanças de encontrar alguma nova alusão a Gwyn Barry) na página de imóveis, escrito por um escritor convidado a narrar as dificuldades supostamente cômicas que atravessara para conseguir vender seu pequeno apartamento; o apartamento era acanhado e o escritor, evidentemente, imenso e expansivo, o que fazia o apartamento parecer ainda menor. "Era melhor ser magro e baixinho como Gwyn Barry", escreveu ele, "do que um..." E aqui citava um dramaturgo de celebrada obesidade. Pois a partir desse momento Gwyn começou a ler tudo que encontrasse sobre imóveis e, pouco depois, tudo que pudesse falar do tamanho: carros, acomodações de hotel, roupas, celas de prisão. Pouco mais tarde — o que era apenas previsível — estava lendo tudo sobre tudo. O que não era propriamente má idéia, se você estava à procura de informação. Mas acidentes acontecem o tempo todo nas estradas da informação. Faróis de neblina acesos, luzes de alerta piscando, e um nevoeiro denso e gelado. Facas e chicotes.

Houve uma época, quinze anos atrás, em que Richard se preocupava tanto com o álcool, com o fato de poder ser um alcoólatra, que se interessou quase tanto pelo alcoolismo quanto se interessava pelo álcool, o que não era pouco. E, quando *ele* lia, seus olhos se revoltavam e agiam por conta própria. Vivia evidentemente ansioso para encontrar qualquer incidência da palavra *álcool*, além de qualquer cognato, homônimo ou sinônimo; e começou a ficar obcecado com palavras inocentes, usadas de maneira inocente: palavras como robusto, mistura, queda, suave, amargo, encorpado, espirituoso e líquido; expressões como "beber as palavras", "alto teor" ou "o vinho da bondade". Sabia que tinha chegado a um extremo nessa história quando, um dia, cismou com as palavras *uma* e *outra*, por causa de "umas e outras". E sua capacidade de apreciar quase todos os textos ficou totalmente prejudicada. A palavra *álcool*, é claro, mantinha sua soberania. E qualquer palavra parecida. Anabolizante. Lacônico. Algoz. Interpol. Argola. Escola. Qualquer palavra que contivesse *l* e *c*, ou *c* e *o*, ou *a*. Hoje em dia, Richard se interessava menos por *álcool*, inclusive porque se tornara francamente alcoólatra... De maneira análoga, as pesquisas e triagens de Gwyn Barry (e qual era sua disposição quando lia? Principalmente intrigada: um deserto de repulsa paciente, pontilhado de oásis infreqüentes) procuravam basicamente o nome de Gwyn Barry. Tudo o que o impedia de se perder no caos leitoral eram aquelas duas maiúsculas, G e B, sentinelas gêmeas de sua sanidade. Quantas vezes seus olhos esbarraram em George Berkeley e Georges Balanchine, George Bush e George Brown, Guy Burgess e Geoff Boycott, Gerald Berners e Grigori Baklanov, George Brummell e Georges Braque, Geoffrey Biddulph e Gertrude Bell, Giovanni Barbirolli, Giovanni Boccaccio, Gianlorenzo Bernini e Giambattista Bodoni. Granville Barker e Gaudier-Brzeska. Guiné-Bissau. Geleiras de Behring. Grã-Bretanha.

Dali a pouco teria de sair, rumo à Grã-Bretanha e sua capital, Londres, que de repente — ou seria gradualmente?... Que de repente se virara contra ele. Eram 2h45. Já lhe haviam trazido o almoço; ele sequer percebera quem tinha trazido a bandeja, tamanhos eram o tato, a discrição e o respeito com que ela entrara e saíra do escritório — Demi? Pam? Paquita? Sherilee? Como se ele fosse um visionário sussurrante, um costureiro do cosmos, à beira da descoberta do... universal. Na verdade, ele tinha percorrido todos os suplementos de sábado, os semanários e a revista quinzenal; mas ainda não sondara o *PMLA* e nem (Deus do céu) *The Little Magazine*. Hoje, encontrara três menções a seu nome: uma num artigo sobre parquímetros; outra num artigo sobre as limitações do teatro de rua multicultural; e outra num artigo sobre a Dotação de Profundidade (o que fez parecer que tudo valia a pena, e era até racional), no qual ficou sabendo que voltara a ser cogitado para o prêmio, embora ainda estivesse atrás da poetisa bósnia que também dirigia um hospital infantil com mil leitos em Gorazde — entre outros. Além disso, também conseguira atravessar o escritório e escrever algo como A Partir de Amelior? em seu caderno. Agora, estava de pé com os punhos apoiados na mesa comprida (mais uma vez, um Nemo debruçado sobre seus mapas); contemplava uma pilha irregular de cartas, não-urgentes, secundárias, em que logo gastaria uma hora com Pam, dizendo às vezes sim, às vezes não, às vezes obrigado e às vezes talvez. O senhor não me conhece mas. Acabo de ser nomeado. Sou estudante de. Esta é a primeira vez que escrevo para um. Apesar de minha recente cirurgia para a implantação de três pontes de safena, achei que eu. O senhor deve estar farto de. Estou enviando uma foto minha com meu. Nós da. Eu não costumo. Como é que o senhor se sente sendo...

Gwyn avançou até a janela do centro e contemplou rua, seu salão de baile de flores de cerejeira — as dançarinas com seus vestidos de baile, girando, empurrando-se e se eriçando, até o pé da encosta. Como é que aquela rua podia não gostar dele? O universo, o mundo, o hemisfério gostavam dele. Mas a rua não gostava, e a cidade também não gostava. E ele continuava precisando sair em suas ruas, para reuniões caras e importantes (as coisas com

Richard ainda não estavam resolvidas): audiências aos pés do grande Buttruguena, do grande Abdumomunov, do grande O'Flaherty. Antigamente, a cidade não lhe dava atenção, a não ser nos bares dos teatros ou nos restaurantes de alta visibilidade e, é claro, de vez em quando, nas ruas, quando as pessoas paravam e ficavam olhando daquele jeito fixo e gratificado, ou franziam o rosto num esforço de memória para situá-lo entre seus conhecidos... Mas agora a cidade estava agindo como se quisesse partir-lhe a cara. A cidade queria partir-lhe a cara.

O que estava enfrentando era a dissonância cognitiva. Nada rimava.

Ao mesmo tempo em que os aplausos e o louvor se acumulavam, a toda volta, em resposta à coisa nova que ele criara para o mundo (seu romance, sua dádiva), o mundo propriamente dito — as ruas, que se estendiam para longe, em dobras e mais dobras — começara a detestá-lo. Não na qualidade de romancista, supunha ele. Mas como pessoa. Não era que as ruas lhe fizessem uma crítica desfavorável. As ruas não liam. A imprensa lhe dizia toda hora que ele era o porta-voz da próxima geração, e até mesmo Gwyn era capaz de imaginar a próxima geração incomodada com *aquilo* — olhando em volta e vendo como eram poucos aqueles por quem falava, e como ele falava baixo. De qualquer maneira, a próxima geração não sabia que ele falava em seu nome, ou que era essa a opinião da imprensa. O que vinha acontecendo era uma coisa pessoal. O celta compacto vestindo seus *jeans* caros mas essencialmente democráticos e um casaco de couro, coroado por seus cabelos pretos sarapintados de prata (cortados bem curto, no momento, para combater a calvície): esta criação deixara de ser invisível e monocromática, em seus deslocamentos de A para B, em seu uso das calçadas, em suas pausas para reflexão e em seus acenos para os táxis: tornara-se exuberante e colorida. Seria a fama? Ele se transformara em parte da paisagem. E a paisagem se obstinava em não aceitá-lo. Gwyn aproximou-se da janela, olhando para fora, perguntando-se o que teria feito de errado.

Começara a acontecer logo depois que ele voltara dos Estados Unidos. Seria alguma coisa provocada por sua viagem à América? Seria o bronzeado californiano, a cor do dinheiro, a aura de febre americana?

Talvez não fosse nada disso. Talvez não fosse nada.

Anteontem, por exemplo. O talentoso fabulista — com sua prosa límpida, comparável a um regato das montanhas — caminha pela Kensington Park Road, sob a chuva primaveril, depois de uma visita à livraria local, e em meio ao fluxo de pedestres uma figura que caminhava no sentido oposto se destaca, por retardamento, por deter-se, e fica parada, aguardando que ele se aproxime. E quando o mitógrafo moderno se aproxima, a figura começa a recuar à sua frente, como se, ao segui-la, Gwyn estivesse sendo seguido — precedido, mas seguido. Não há alternativa: o arauto do futuro precisa erguer os olhos e enfrentar o olhar de seu seguidor. Um rapaz ensopado, com roupas de atletismo. Que diz apenas, emparelhando o passo: "Não olhe para a minha cara. Não olhe para a minha cara. Olhe para as minhas mãos. Olhe para a tinta nessas mãos. Olhe para o sangue na porra das minhas mãos".

Talvez não fosse nada. Talvez não fosse nada disso.

Ontem, por exemplo. Este mais raro dos fenômenos literários — um escritor *cult* com público de massa — está voltando para casa pela Holland Park Avenue, com um saco plástico cheio de pó de café. Baixa os olhos por um segundo e esbarra num gigante de ébano. Moedas se espalham a toda volta dos dois. O célebre alegorista dá três passos para trás, olha para baixo e torna a erguer os olhos. E o rosto escuro com os óculos escuros diz apenas: "Seu babaca. Pode catar. Pode catar tudo, seu babaca". E lá está nosso solitário renovador dos paradigmas culturais, acocorado, catando moedinhas na calçada pegajosa. Apresenta as moedas catadas na mão estendida, elas tornam a ser derrubadas no chão, e tudo se repete. "O que é isso, amigo? Foi um acidente." E a boca, vermelha como a polpa de uma fruta, dizendo: "É mesmo? Pois eu não sou seu amigo nem seu irmão. E você não é meu amigo nem meu irmão. Entendeu?". Até ele ser liberado.

Talvez não seja nada. Ele ficou parado junto à janela, olhando para fora, perguntando-se o que teria feito de errado.

Gwyn tinha um novo *hobby* solitário. Mentalmente, vinha escrevendo, ou parafraseando, sua própria biografia. Não sua autobiografia: de modo nenhum. Sua biografia, escrita por outra pessoa. Sua biografia *oficial*. Gwyn estava tão apegado ao seu novo *hobby* que até mesmo ele percebia que podia acabar tendo efeitos deletérios — e possivelmente desastrosos — para sua saúde mental. Não podia haver prazer solitário muito mais solitário do que aquele; mesmo seu corpo ficava excluído. Naquele caso, a biografia era uma forma de pornografia. Mas ele conseguira chegar à conclusão (contra-intuitiva) de que esse novo *hobby* contribuía de alguma forma para conservar sua sanidade. De qualquer maneira, ficara viciado naquilo, e não conseguia mais largar o hábito.

É claro que a biografia ainda não estava devidamente acabada. Não tinha título, por exemplo. E é claro que precisava ser mais trabalhada. Agora, Gwyn saiu do escritório e atravessou o corredor até o quarto de visitas, para trocar de roupa.

Embora Barry não fosse. Um grande. Mesmo sem ser um atleta, ou um rato de academia, Barry apreciava a animação da vida competitiva. Adorava jogos e esportes. (Só que detestava jogos e esportes. Porque sempre perdia.) Com seu antigo adversário. Com seu velho amigo Richard Tull, cultivava uma saudável rivalidade — nas quadras de tênis, nas mesas de *snooker*, e nos tabuleiros de xadrez. (E sempre perdia. Nunca vencia.) Como romancista, Tull não era. Desfavorecido pelas musas, Tull ainda assim. Em matéria de coordenação entre o olho e a mão, e de percepção espacial, embora não de prosa ficcional, Tull era superior a Barry...

Superior? Camiseta, calção, cuecas, meias: tudo arrumadinho para ele. Como sempre quando chegava àquele ponto, Gwyn passou para um capítulo melhor. Barry tinhaa fama de. Não escondia seu amor por. Para ele, as mais belas. Em todos os sentidos, Barry era um apaixonado pelas mulheres. Demeter, que sempre haveria de continuar a amá-lo, acabou resignada com. Alguns homens, percebeu ela, possuem tamanha intensidade de. Nele, o sangue vital. Hoje que lady Demeter, nas palavras de W. B. Yeats, está velha, grisalha e cheia de sono, é com um sorriso de remorso que ela...

Com sua roupa nova de atletismo, toda preta, desceu para o saguão e examinou os convites acumulados no aparador, enquanto procurava as chaves do carro. Tinha um encontro marcado com Richard no Warlock. As coisas tinham mudado; só diziam como vai, jogavam e depois se despediam. O Warlock era um bom lugar porque ele podia entrar de carro, evitando qualquer contato mais íntimo com a cidade e as ruas que, de uma hora para outra, tinham começado a odiá-lo.

Gwyn estava ansioso por ler o perfil escrito por Richard Tull: cinco mil palavras. Pelo menos, todas elas seriam sobre Gwyn.

E enquanto lesse aquele artigo, não estaria lendo sobre a erosão dos solos, a arquitetura normanda, os trilhos de cortina, Keir Hardie, espreguiçadeiras, a poda de árvores ou todas as coisas que sempre lia, por via das dúvidas.

---

p.1   GWYN BARRY   R. Tull

Gilda Paul está sentada no quarto 213 da Ala Leste do Gwynneth Littlejohn Care Centre — ou "a casa de repouso", como é chamado na área de Swansea. Como num poema ingênuo de dor e rejeição, as gaivotas da península de Gower, com seus gritos famintos dificilmente audíveis, pairam e giram acima das águas da baía. Gilda tem trinta e nove anos. Sua psique desequilibrou-se quatro anos atrás, na plataforma anônima de uma estação ferroviária de Londres, no dia em que Gwyn Barry condenou-a ao passado e seguiu impávido em frente: rumo ao futuro. De vez em quando, ainda escreve para Gilda — para o passado. Mas nunca mais voltou a vê-la.

Richard estava sentado à sua mesa. Sua vida era feita de mesas e escrivaninhas. A vida tinha mudado. Mas ainda era feita de mesas e escrivaninhas. Sempre mesas e escrivaninhas, postadas à sua frente. Primeiro a escola, por vinte anos. E depois os empregos, por mais vinte anos. E sempre, no começo das manhãs e no fim das noites, mais mesas e escrivaninhas. Deveres de casa: por quarenta anos.

A superfície horrenda estava coberta de folhas de papel, cobertas por sua vez com os garranchos de seus rascunhos. Seu olho percorreu os vários inícios. Idiota útil das forças culturais, Barry mal percebe. O amor pela fama, que Milton dizia ser a última enfermidade dos nobres. A atriz Audra Christenberry, vislumbrada à beira da piscina, exibe um espantoso tributo ao cirurgião. Talvez lady Demeter Barry seja a autora da melhor definição: "Gwyn", diz ela, "não escreve nada com. Possuidor de uma esposa voluptuosa, de um amplo contingente de leitores, de uma casa imensa mas nenhum talento, o autor de. Nos anais da sedução barata, da vigarice e da hipocrisia pomposa...

"Papai?"

"O quê?"

"Papai? Eu não quero mais me chamar Marco. Quero mudar de nome."

"E qual vai ser seu nome novo, Marco?"

"Nada."

"Como assim, você não quer mais ter nome nenhum? Ou quer que o seu novo nome seja 'Nada'?"

O menino levantou suas sobrancelhas grossas mas bem definidas e assentiu com a cabeça.

Richard esperou que Marco se pusesse a caminho da porta, e então disse: "Nada?".

O menino fez uma pausa indiferente — niilista — e respondeu: "...O quê?".

"Está na hora do banho."

Ele se levantou e começou a cuidar dos garotos... Quando você viaja e volta, a vida torna a envolvê-lo. Mas sem amor. Ele voltara para casa. Duvidosamente carregado em seu embarque no Aeroporto Kennedy, Richard fora primeiro desembarcado numa cadeira de rodas e, finalmente, retirado de maca do Aeroporto de Heathrow. Ainda estava impressionado com aquilo. A cadeira de rodas, segundo avaliaram (depois de um interlúdio confuso e até mesmo engraçado, rolando no asfalto da pista), era insuficiente para as suas necessidades. E assim ele voltara para casa e tornara a ser engolfado por sua vida. Não de uma forma amorosa. Por alguns dias, depois de sua volta, sempre que pensava em seus tormentos nos Estados Unidos, via-se incluído na galeria dos grandes sofredores de todos os tempos, como Jó, como Griselda, como o Adão de Milton, como a Eva de Milton. Mas agora já se rebaixara à condição de um dos animados concorrentes num programa de jogos da TV japonesa, submetendo-se sorridente às piores degradações na esperança de ganhos imediatos. E também se perguntava se *Sem título*, tão evidente e totalmente imprestável como romance, não poderia ter alguma outra aplicação. Talvez um uso militar. O exército talvez se interessasse em guardar *Sem título* na manga. Os cadernos de Marie Curie, mesmo hoje, um século depois, ainda eram carcinógenos. E imaginou um exemplar de seu romance preservado num laboratório, por trás de um vidro de vinte centímetros de espessura, ocasionalmente folheado por robôs de gestos travados. Com aquele livro, Richard já conquistara, em todo o mundo, um contingente de um único leitor: Steve Cousins.

401

Enviara as provas do romance a Scozzy em fevereiro, e a resposta lhe chegou quase pela volta do correio. "Você é bom, meu amigo", escreveu (datilografou, digitou: margens justificadas) Cousins, que ainda teceu comparações inteligentes, ou pelo menos inteligíveis, entre o novo romance e seus predecessores. Entre *Sem título*, *Os sonhos não querem dizer nada* e *Premeditação*. Você é bom, meu amigo: aquelas palavras muitas vezes sopravam em seus ouvidos quando ele se perguntava por que motivo *não* era bom. E agora sabia a resposta. Não era bom porque lhe faltava inocência. Os escritores sempre são inocentes. Não isentos de culpa — mas inocentes. Tolstoi era sem dúvida inocente. Até Proust era inocente. Mesmo *Joyce* era inocente. E mais uma coisa: Richard não amava os leitores como devia. Embora não tivesse nada de pessoal contra eles, não os amava: e o escritor precisa amar os leitores. Assim, para concluir. Richard *era* inocente (basta ver o modo como se comportava), mas da maneira errada. E ele *amava* seus leitores (oh, como ansiava por eles), mas da maneira errada. Basta ver ao que ele teimava em submetê-los... Devia ter encostado uma faca no pescoço de Gwyn e tê-lo obrigado a ler *Sem título* pelo menos até a página onze. Algum fantástico tumor cerebral teria cuidado do resto. Gwyn também não era bom; mas Gwyn era um caso à parte.

"As mãos", disse Richard. E depois de algum tempo: "A bunda". E depois de algum tempo: "O pescoço". E assim por diante.

Richard nos Estados Unidos; o velho Richard, no Novo Mundo. Foi igual àquela vez em que saiu da auto-estrada de oito pistas e encostou o... não, não o Maestro, mas seu predecessor, o Prelude esbranquiçado de terceira mão: saiu do carro para trocar um pneu, para prender o bagageiro do teto que teimava em se soltar, para abrir o capô e examinar (ou simplesmente contemplar) suas entranhas imundas e fumegantes. Lá, no acostamento (Gina hirta no banco do passageiro, os gêmeos pequeninos enfiados em suas cadeirinhas), ocorrera a Richard que ele era a única figura orgânica daquela paisagem de impiedosa finalidade, que produzia um som — Deus do céu — igual ao de um milhão de band-aids sendo arrancados de um milhão de trechos de pele penugenta (com o devido acompanhamento de gritos de dor e de surpresa). E ele pensara: sou uma piada. E velha. Este lugar não pertence à criatura humana, nua e trêmula, mas aos pesos pesados inabaláveis, às máquinas e ao ronco de seus anátemas.

"Os dentes". E depois de um tempo: "As meias". E depois de um tempo: "Os chinelos". E assim por diante.

Quando os meninos ficaram prontos, chapinhou até a cozinha e desarrolhou sua garrafa de Cabernet norueguês, para acompanhar fosse qual parte de fosse qual animal ele iria fritar. Gina entrava e saía da cozinha, usando um roupão, até mesmo uma touca, toda mascarada de creme. Tudo bem. Agora ela trabalhava quatro dias por semana; eles teriam mais dinheiro; e ela decidira que toda a família tiraria férias no verão, e já vinha examinando com olho crítico as páginas reluzentes de alguns folhetos. Tudo bem. Gina não era mais mulher de escritor, porque ele não era mais escritor. E ele não achava que ela fosse deixá-lo: ainda não. Juntos, tinham se juntado à imensa comunidade dos exaustos.

"Os lábios dos meninos". disse ele. "Os lábios de todas as crianças. Sempre estão meio rachados. Como os lábios dos trompetistas. No meio do segundo número. Ficam mais resistentes depois, acho eu."

Estava tudo bem — e vocês sabem como é que ele sabia? Às vezes, mais tarde, depois que ele terminava sua costeleta e ela terminava sua tigela de mingau ou de flocos de cereal com leite, ele continuava a ler *Man of his words: the life and times of Ingram Bywater* e ela continuava a ler *Férias econômicas na Bélgica*, enquanto a torneira pingava e a luz fluorescente zumbia como uma mosca — e os dois bocejavam juntos. Nada de muito sensual ou explícito, três ou quatro bocejos cada um, um contágio transitório de bocejos. A partir de sua cultura particular, de seu estoque de informações herdadas, Richard sabia que só se pega bocejo de gente que a gente gosta. E ele pegava os bocejos dela. Ela pegava os bocejos dele. No momento, a vida física dos dois se resumia a isso. Um estremecimento do maxilar inferior, respondido pelo alargamento das narinas; uma aspiração lenta respondida por um gemido de surpresa suave. Nada de muito enfático ou que incomodasse a garganta. Mas, definitivamente, uma troca de bocejos. Uma pequena epifania de bocejos.

Gina foi para a cama, e Richard se encaminhou para seu escritório, apropriando-se daquele aposento, porque sabia que ela tinha outros planos para aquela parte da casa. GWYN BARRY: R. Tull. Releu o primeiro parágrafo, com os olhos ardendo de melancolia e orgulho. Tinha havido um momento de desconforto de manhã, quando Richard ligara para o hospício a fim de verificar a situação de Gilda Paul e lhe responderam que ela não estava mais internada lá. Mas tudo bem (ufa): ela só fora promovida a uma espécie de paciente externa. Gilda ainda estava em tratamento. E ainda era considerada louca. A única outra boa notícia que Richard recebera depois de sua volta dos Estados Unidos fora que Anstice, sua fiel secretária em *The Little Magazine*, não tinha tirado férias sozinha na ilha de Mull, como todos pensavam, mas tinha ido para casa e cometido suicídio.

Ah, aquele perfil ia demandar o máximo de seus talentos jornalísticos! Mas vamos dizer a verdade: era inevitável que ele ficasse se esquivando e mentindo até chegar o fim do prazo. Richard acendeu um cigarro e pôs uma folha nova de papel no rolo. Com uma sensação inspirada, de iluminação promissora, ele datilografou depressa

p. 1   GWYN BARRY   R. Tull

As vias aéreas estão desimpedidas — a respiração funciona sem problemas. O paciente já é capaz de apertar a mão do médico e resistir ao movimento passivo das extremidades. A amnésia retrógrada parecia sugerir importantes ferimentos internos na cabeça, mas o paciente vem apresentando um nível constante de atividade consciente. Sua voz é fraca, mas audível. Não são mais necessários os tubos de alimentação intravenosa, e nem o soro da sala de emergência. As marcas do trauma ainda estão dolorosamente aparentes — mas Gwyn Barry já deixou a Unidade de Tratamento Intensivo.

———————

E is o que atraía Steve Cousins nos filmes pornográficos: ele finalmente encontrara alguma coisa tão interessada em sexo quanto ele.

Encontrara uma coisa que só tratava de sexo. E nada mais. O que aparecia no meio eram simples pausas: pausas para a respiração. Os filmes pornográficos às vezes tentavam falar de outras coisas, ou acontecer em outros cenários. Mas a única coisa que conseguiam dizer sobre essas outras coisas e esses outros cenários era que, no fundo, *eles* também só se resumiam a sexo. E nada mais. Freud achava que tudo, no fundo, se resumia a sexo. Era a *teoria* dele. Mas o cinema pornográfico, demonstravelmente, só tratava de sexo. O sexo como espetáculo, é claro. E nada mais.

Steve Cousins não *lia* literatura pornográfica (as palavras nesse caso não serviam de nada), mas lia tudo que pudesse encontrar sobre pornografia — ou seja, tudo que falasse daquilo que só falava de sexo. Sua biblioteca incrivelmente eclética (Freud, revistas em quadrinhos, Nietzsche, as obras completas de Richard Tull) continha vários metros de livros que só falavam de pornografia. *O patriarcado e os limites da. Aperte o meu. Comitê sobre a obscenidade e. O comércio da. A antropologia visual e a. Eu fui uma.* Ele já tinha lido que muitos dos atores e quase todas as atrizes das produções pornográficas tinham sido violentados na infância. Isso queria dizer que ele e eles formavam... não uma família feliz. Mas uma grande família.

Scozzy acompanhava de perto o envelhecimento daquelas estrelas terríveis em suas terríveis galáxias. Aquelas antiestrelas em suas antigaláxias. Sem exceção, todos os homens pareciam imperecíveis (estúpidos, incansáveis, sempre penetrando, sempre apertando os olhos), mas as mulheres, com a curta duração de sua vida nas telas... Com ternura, em todos os sentidos, ele acompanhava a progressão de suas plásticas de rosto e seus implantes nos seios, suas tatuagens, os cortes de seus pêlos pubianos, os corpos cada vez mais cercados de celulite e bijuterias, gargantilhas, correntes de tornozelo, braceletes, anéis presos aos bicos dos seios, brincos de umbigo, jóias pesadas presas às línguas furadas. Basta vê-las em algum filme feito há dez anos e elas próprias parecem não ter mais de dez anos de idade, com os dentes tortos de tantos cruzamentos endogâmicos. E estrábicas de tanto incesto. Depois passam por alguma espécie de laboratório ou clínica, que as reinventa para o desejo masculino. De onde vieram? Para onde vão? Algumas chegam ao meio da carreira com visitas freqüentes à sala de operações — pacientes externas mas permanentes. Outras se acabam ali mesmo, diante do olhar tedioso de seus olhos entediados (os olhos de Scozzy, que quase não piscavam, na escuridão que lhe pertencia, onde o brilho da tela de TV lembrava uma coisa preciosa — como a jóia ou amuleto enfiado na língua mutilada). Ao identificar, com dificuldade, uma veterana conhecida em sua terceira ou quarta encarnação — mais flácida, mais coberta de manchas e, acima de tudo, brusca e seriamente envelhecida —, Steve dizia coisas como "Acabou, querida" ou "Fim da linha, querida", ou às vezes, numa voz mais baixa e mais arrastada, "Oh, meu amor... o que fizeram com você?". Já no fim da carreira, lembrava um rito de passagem: a atriz madura de filmes adultos, submetida a maus-tratos. Sabe como é. Tarde da noite, estirada de costas no balcão do bar, com três guardas sardentos em cima dela. Sabe como é. Como se reencenassem ou celebrassem o que a fizera cair naquela vida.

E, assim, eram todos crianças. Eram todos crianças ao mesmo tempo, naquela — naquela grande família. Todos crianças, até deixarem de ser. A pornografia era a história da vida dele.

Ele tinha saído, agora, e tomara a direção de Wimbledon. Não no Cosworth, com a saia baixa de carro de corrida, mas pilotando a massa volumosa do furgão laranja. Franzindo os olhos, registrou a presença dispersa dos tablóides de 13 e de suas latas vazias de Ting. Vestígios de suas vigílias, de seus esforços para passar o tempo. Também havia indícios menos evidentes (um elástico, um lenço de papel) de que o velho furgão servira de cenário para embates amorosos — quarto, alcova. Scozzy tinha uma certa dificuldade para imaginar aquilo, pois 13 e Lizzete eram jovens demais para terem seus equivalentes nos filmes adultos. Mas supunha, de qualquer maneira, que jamais durasse muito. 13 não iria querer correr o risco. É bem verdade que trepar com Lizzete era ilegal, mas não dava dinheiro.

Tudo indica que o vento precisa soprar com um pouco mais de força a cada ano. Não temos como saber o que o vento acha que está fazendo: varrendo a poeira, soprando os cheiros para longe — mas a cada ano a coisa fica mais difícil. A cada primavera. É interessante pensar que o vento tenha alguma função. Além de enlouquecer as pessoas. Scozzy entendia de vento (vento do campo, companheiro): em alguma choupana, em algum campo, quando era um menino selvagem, esperara o vento passar, gemendo para o vento, balançando ao sabor do vento, com uma monotonia insuportável, horas a fio. Até a luz ficava cansada de viajar. Mas o vento nunca se cansava. E soprara até deixá-lo totalmente limpo. A *ele*. Ficara leve como o ar. Contara isto a 13 e 13 tinha respondido... Isso mesmo. Ele se lembrava. Vai se aposentar cedo?

Novamente, estava observando as mulheres de Terry, as duas meninas com suas brincadeiras no balanço e na gangorra, a mãe na cozinha batendo na janela junto da pia, como todas as mães em toda parte, o que era provavelmente como ela se via. Percebeu que tinha ficado viciado naquele espetáculo (as meninas tinham nomes como Diandra e Desirée); de qualquer maneira, o que o trazia ali nos dias de sol não era qualquer razão estritamente profissional. Uma vantagem de estar ali, dentro do furgão: pelo menos você não estava fora do furgão, olhando para ele. Aquele laranja imperdoável, um laranja que não se podia associar a qualquer fruta viva, um laranja que só se via em plástico, nas latas de lixo e no bico de certos pássaros pretos de Londres. Scozzy achava os subúrbios exóticos e inócuos, não selvagens como o campo, não selvagens como a cidade. E o que seria aquilo que acontecia à volta dele? As folhas, a luz do sol filtrada pelas árvores, a calma e o olhar fixo de tarado de todos os homens que passavam pela rua, um único carro covarde descendo lentissimamente a rua sobre suas lagartas de bordel, os gritos das meninas levados pelo vento, as duas vestidas de listras e bolinhas.

Elas entraram para o chá. E ele pensou: a única época em que isso aqui fica animado é quando o campeonato de tênis. Scozz viu mas não ouviu as meninas sendo chamadas, a voz da mãe bloqueada pelo muro do jardim. As três sentadas em torno da mesa da cozinha. Ele pegou o binóculo. Diandra segurava uma revista de histórias em quadrinhos. Mamãe ameaçava Desirée com o dedo... Ele sabia exatamente de que maneira podia transformar radicalmente aquela cena, em poucos segundos. Scozzy tinha um caos organizado na cabeça, e estava sempre pronto. A gente entra na casa delas, mas na verdade são elas que são levadas para a nossa casa: o mundo do medo. Que a gente conhece como a palma da mão. E elas nunca estiveram lá, embora aquela fosse a casa delas. Não era uma questão de negócios. Ele não cuidava mais de negócios. Era a outra coisa. Mesmo assim, Scozzy não tinha a intenção; aquela opção foi devidamente protelada. E elas eram *muito parecidas* com o que ele queria machucar. Tamanho errado? Cor errada? Ele não sabia. Mas alguma coisa estava errada.

Estendeu a mão para as chaves, olhando para fora através do vidro, ele próprio avivado pelos reflexos caóticos da folhagem enlouquecida. E lá vinha de novo aquela *freira*. Meu Deus, pensou ele: olhe como ela está — a boca enrugada, os olhos mineralizados. As freiras, em sua utopia pessoal, jamais poderiam andar na rua, a menos que se cobrissem com pelo menos dois centímetros de maquiagem. Então, finalmente daria para ver que, pelo menos em princípio, eram mulheres. E não meros resultados nanicos com aqueles estranhos trajes de luto. "Não olhe para mim desse jeito", sussurrou ele. "Acha que eu não tenho tempo para você? Se ficar olhando para mim desse jeito, eu arranjo tempo para você. Eu conheço bem as freiras. As noivas de Cristo." Steve Cousins. *Menino de orfanato.* "Deus quer que eu *também* seja um raio de sol."

O furgão laranja voltou à vida, produzindo sujeira e barulho. Scozzy se afastou do meio-fio (merda) e, depois de virar algumas vezes à esquerda, entrou na corrente que prendia os condenados aos trabalhos forçados do trânsito, no caminho de volta para o centro de Londres.

"D, meu companheiro", disse ele ao telefone. "Amanhã, companheiro." Ficou escutando, dando a impressão de olhar por cima de seu próprio rosto, com os dentes superiores à mostra, os olhos sem brilho. "Me passa... me passa o Styx."

Se você quisesse que alguém fosse atacado na rua, por exemplo, se quisesse que fosse subjugado com um olhar, com o gesto da mão que pousa em seu ombro, precisava optar por uma dupla de crioulos como D e Styx. Thelonius. Netharius. Não era apenas o negrume dos dois, sua densidade, sua massa corporal. Era a diferença que os separava de todos, a severidade com que eles a impunham aos demais. A partir de então, o que vigorava era outra etiqueta, eram regras ilegíveis.

Um minuto mais tarde, tornou a chamar D e disse que tinha mudado de idéia. Não queria mais um irmão de cor na próxima, aquilo podia dar uma falsa impressão. Pode dispensar o Styx, e chamar... Gimlet. "Isso mesmo", disse Scozzy. "Chame o Gimlet."

E então ele ligou para Agnes Trounce.

———

Gwyn estava na biblioteca octogonal, lendo — ou esquadrinhando — um artigo sobre cerâmica etrusca em *The Little Magazine*. Demi entrou e lhe serviu sua bebida (um xerez seco) em seu cálice de cristal. E ficou por ali, com os braços cruzados e seu copo alto de água Perrier. Ele parara de tratar Demi com carinho. Diante de certas informações que Richard lhe transmitira, não olhava para ela há dois dias. E nas duas últimas manhãs tomara seu café com Pamela no quarto de visitas.

"Como foi a sua aula?"

"Boa", disse Gwyn. "Positiva."

"Pode ser que eu vá procurá-lo. E talvez ele possa me ensinar alguns truques ou dois."

"...O quê?" Foi um esforço considerável, fazer a pergunta sem levantar os olhos.

"Só estava pensando."

"Ensinar o *quê*?"

"Uns truques."

"Você disse 'alguns truques, ou dois'. É 'alguns truques'. Ou então 'um truque ou dois'. E não 'alguns truques ou dois'."

Demi encolheu os ombros e disse: "Ahn — 'Pamela' me contou o seu incidente. Que coisa desagradável. Você está bem mesmo? Tem certeza?".

O rosto dele formou a expressão que significava: trabalho. Pesquisa. Demi se desculpou e saiu da biblioteca. Gwyn começou a ler — ou esquadrinhar — um artigo sobre os métodos de recrutamento de Albrecht Wallenstein (1583-1634). O artigo se enquadrava na (ora vasta) categoria em que a própria distância entre o tema e suas preocupações era o que despertava seu interesse. Afinal, as coisas eram ou agradáveis ou desagradáveis, e, se fossem agradáveis, podiam ser comparadas ao mundo de Amelior, e, se fossem desagradáveis, contrastadas com ele.

Três horas antes: Gwyn, confortavelmente instalado junto à quadra com o grande Buttruguena, na vasta geladeira do Oerlich.

O grande homem parecia ainda mais velho do que na TV — sempre que a câmera o surpreendia no camarote real ou na área reservada às celebridades, ou ainda quando ele descia à quadra, como fazia a cada ano, para cumprimentar o campeão de Roland Garros. Mais velho e menos benévolo. Na verdade, tinha uma aparência quase tão selvagem e estúpida quanto uma arraia carnívora ou uma moréia das profundezas — depois de capturar uma presa mais ou menos satisfatória (nada de veneno — ainda; nada de carapaças impenetráveis). Gwyn, porém, não percebeu nada disso. Era um homem absorvido por um objetivo imediato. E se, no espírito de Richard Tull, havia sempre uma espécie de *blues* tocando, no caso de Gwyn a música de fundo era muito mais quadrada; geralmente alguma coisa fácil de se ouvir. Os dois homens foram apresentados pelo afável Gavin do bar, e depois saíram caminhando devagar, em silêncio, por um imenso corredor de casamata com as paredes cobertas de fotografias emolduradas de tenistas famosos e pessoas famosas jogando tênis, locutores de TV, atrizes de novela, alpinistas, membros da família real (boa parte do tempo no Oerlich, Gwyn passava se perguntando quando é que Gavin iria pegar sua máquina fotográfica. Mas talvez não houvesse mais espaço nas paredes). Quando ele caminhava, a sola do tênis do pé direito do grande Buttruguena ficava quase totalmente exposta ao ar. Seu pé direito dava a impressão de ficar de cabeça para baixo.

"Vamos bater bola", disse ele. E os dois começaram.

Em termos de trajetória e de força, não havia qualquer diferença entre o *forehand* e o *backhand* do grande homem. O *fore-*

hand batia de chapa, o *backhand* cortava um pouco a bola e a fazia zumbir cada vez que passava por cima da rede. Sem pedir desculpas ou sentir vergonha, Gwyn pulava e rodopiava junto à linha do fundo da quadra, num estilo que era uma pavorosa miscelânea. Aos poucos, o grande homem foi reduzindo a força e a profundidade dos seus golpes. Ao cabo de dez minutos, apontou para o banco e saiu mancando naquela direção, sacudindo a cabeça.

"Não entendo", disse ele, olhando para o poste da rede. "Você não tem o menor jeito."

"Eu sei que preciso aprender muito."

Usando apenas a testa, o grande Buttruguena encolheu os ombros: traído, enganado. "Não vai dar certo."

"Eu sei que preciso me esforçar."

"O que você quer? Gastar uma fortuna para melhorar um por cento?"

Buttruguena ficou sentado no banco, decidido, velho, belo, amargo. Vencera os franceses no saibro e os australianos na grama. Tinha sido uma estrela, no tempo em que aquele jogo não tinha estrelas. Hoje, dava aulas a rapazes de dezenove anos que tinham seus próprios aviões.

"A questão é que só existe um jogador que eu quero derrotar. Achei que você ia poder — sabe como é, ensinar algumas coisas."

Buttruguena demonstrou um certo interesse.

"Ele não é tão melhor assim do que eu. Costuma ganhar de 6-3, 6-4. O *backhand* dele é bem fraco, mas..."

Buttruguena apagou tudo aquilo com a mão. "Certo. Vamos cuidar disso aqui mesmo, em cinco minutos, e depois a gente sai da quadra. Certo?"

"Perfeito."

"Você é mais rico do que ele? Quem é que compra as bolas?"

Pouco depois, com os cabelos ainda molhados do chuveiro, Gwyn comeu um pão doce e tomou um expresso, mais por um sentido de dever (dever para com as amenidades dispendiosas) que por fome ou prazer. Depois, fingiu estar examinar os artigos à venda na loja: dali, dava para ver bem as moças que guarneciam a recepção, louras de roupas justas nascidas na Suécia e na África do

Sul, com o bronzeado que perdia o viço sob as luzes inclementes das relações públicas. Passou por elas com seu sorriso, seus acenos de cabeça, sua sacola colossal.

Do lado de fora, virou à direita, rumo à área onde os sócios, como ele, tinham o direito de estacionar. Primeiro vinha o terreno em construção, depois o *pub* morto (se você olhar pelo vidro, vai ter a impressão de que foi destruído por alguma briga entre criminosos, trinta anos atrás). Continuou andando. Hesitou, e continuou andando. Um preto grande com um imenso casaco de couro preto estava encostado na porta do motorista do Saab de Gwyn. E agora? Gwyn se aproximou com gestos bruscos, tirando as chaves do bolso: um homem ocupado com um objetivo imediato.

"Desculpe. O meu carro."

Eles trocaram um sorriso. O preto não se moveu. E anunciou: "Tênis".

"Isso", confirmou Gwyn. "Acabei de ter uma aula."

"Não mesmo."

"Como?"

Ele abriu o casaco de couro. Havia um longo bolso costurado por dentro do forro, contendo um taco de beisebol. Ele puxou o taco para fora com o polegar e mais um dedo, e apoiou-o no chão.

Gwyn sentiu o impulso de sair correndo, mas era um impulso desprovido de juventude; e não o levaria a lugar algum.

"Quer uma aula de beisebol?"

"Não, obrigado", balbuciou.

O preto deu um passo de lado, dizendo: "Nah. Você não quer nada disso. Não quer *nada* disso...".

Ele tinha de dar um passo à frente. Sentia vivamente a parte de trás de sua cabeça, com os cabelos arrepiados, ou tentando crescer às pressas — para acolchoar e cobrir o ovo indefeso de seu crânio. No momento em que acionou a tranca e abriu a porta, ouviu o sulco que o bastão abria em meio à resistência espantosamente pesada do ar.

———————

Chegara o momento de dar as boas notícias a Gina.

"Más notícias", disse ele. "Sabe Anstice? Pois se prepare. Ela se matou. Pílulas para dormir. Foi para casa e simplesmente se matou."

É claro que não eram notícias de todo boas, e Richard se sentira muito mal num primeiro momento. Vamos supor que ela tivesse deixado um bilhete para ele, e que Gina tivesse descoberto. Ou que a polícia tivesse vindo conversar com ela por causa do diário que Anstice escrevia. Mas tudo indicava que ele conseguira se safar sem problemas. E pronto. Estava feito. E nada jamais o convenceria de que, para Anstice, fosse pior estar morta. Por outro lado, tinha toda a liberdade para especular por que tantas mulheres de escritores se matavam, ou enlouqueciam. E concluiu: porque os escritores são um pesadelo. Os escritores são um pesadelo do qual não se consegue acordar. Mais vivos quando estão sós, tornam a vida dificílima para aqueles que os cercam. Agora ele sabia disso — agora, que tinha deixado de ser escritor. Agora, que tinha virado apenas um pesadelo.

"*Boas* notícias", corrigiu Gina. "Boas."

"Gina!"

"Quer dizer que pelo menos acabou tudo."

"Tudo o quê?"

"Você sabe muito bem."

"Você sabe? Como?"

"Ela me contou."

"Ela quem?"

"Quem você acha? Aconteceu quando eu estava visitando a minha mãe, não foi? E aí, quando eu cheguei, encontrei uma carta de umas *nove* páginas à minha espera. Com todos os detalhes."

"Não aconteceu nada. Eu brochei, juro."

"Nisso eu acredito... Mas não foi o que *ela* disse."

Gina deixou claro que Anstice, em sua carta, e ao telefone, e em pessoa, uma sexta-feira, tomando café ali em Calchalk Street, sempre retratara Richard como um Coração de Leão, um Tamerlão, um verdadeiro Xerxes na cama.

"Claro. Até parece. Foi uma brochada de uma noite." Pois é: uma dessas maluquices. "Uma noite. E eu me arrependi na mesma hora."

"Mesmo assim. Você tentou."

"Tentei... E o que foi que você fez? Você sabe. Em matéria de represália."

"Melhor não me perguntar nada", disse Gina, "para eu não ser obrigada a lhe contar mentiras."

"É o arauto da cidade, não é? Dermott. Ou você ressuscitou um dos poetas? Será Angaoas? Ou será Clearghill?"

"Melhor não me perguntar nada", disse Gina, "para eu não ser obrigada a lhe contar mentiras. Estamos quites. Como é que você pôde fazer uma coisa dessas? Quer dizer. Aquele canhão! Aquela mulher tão chata! Era um inferno. Ela me ligava duas vezes por dia, até eu mandar ela parar de encher meu saco. Agora vá cuidar dos meninos."

Cuidar dos meninos — coisa que ele vinha fazendo sempre — não era mais tão penoso como um ano antes. Eles não tinham mais o *status* de párias da família real, prisioneiros imperiais em cárcere privado. Hoje, eram tratados como se fossem VIPS excêntricos, teimosos e senis internados, por exemplo, num sanatório ou asilo da era de Stalin (de sua janela, podiam ver um pátio juncado de escavadeiras retorcidas e, mais além, um canal poluído cujas águas tinham a cor de um sinal verde). Suas camas estavam sempre feitas; suas toalhas, sempre quentes; as condecorações e medalhas que conquistaram com seus altos serviços ficavam expostas em ordem à frente deles, e sempre eram guardadas depois que se recolhiam ao leito; os muitos acidentes que sofriam, as fugas e as ocasiões em que sujavam as roupas com seus dejetos, eram tratados com extremo tato e depois devidamente esquecidos. No sanatório, hoje em dia, os internos conseguiam detectar, em seus raros intervalos de lucidez, os sintomas de um certo descuido inaudito: conseqüências da economia forçada, de uma revisão ideológica ou apenas da avareza masculina do enfermeiro de plantão. Por exemplo, não era mais tido como necessário que eles fossem carregados para tomar o café da manhã, e nem mesmo levados pela mão; o repasto simples era posto à mesa, mas agora supunham que fossem capazes de se alimentar sozinhos (embora ainda pudessem fazer toda sujeira que quisessem). A perda de privilégios era uma coisa a que os internos se acostumavam aos poucos. Às vezes pareciam lembrar como era tudo no passado, e aí e resistiam um pouco, sem grande convicção — e depois choravam de vergonha... Mas o enfermeiro continua imóvel, sentado à mesa da cozinha, ouvindo aquele choro. Com sua camiseta, seu jornal, sua caneca de café, seu palito perdido entre os dentes...

Uma vantagem de ser um marido caseiro: sobra muito tempo para vasculhar o quarto da mulher. Sempre dá para subir, levando uma xícara de chá, e passar a tarde inteira fuçando. Richard tinha tempo. Os meninos passavam o dia inteiro na escola. Dali a pouco chegariam as férias de meio de ano, e os meninos passariam os dias inteiros em casa. Não lhe saía da cabeça a idéia de que tinha outras coisas a fazer. Ler uma biografia, falar com Anstice, escrever prosa moderna. Mas agora Richard tinha tempo.

Encontrou: uma caixa de sapatos contendo todas as cartas que jamais escrevera para Gina, arrumadas em ordem cronológica, todas abertas, todas lidas. E teve a impressão de que guardavam vestígios do cheiro dela.

Encontrou: uma polaroid de Gina e Lawrence, sentados num banco de madeira num *pub* à beira-mar. O braço dele passado pelos ombros dela, a luz pálida do sol da manhã, a caiação empoeirada do *pub*.

Encontrou: numa pasta cinzenta de plástico, cartas escritas para ela por outros escritores, e os poemas escritos para ela pelos vários poetas: nenhum daqueles textos era recente.

Encontrou: debaixo das tábuas do assoalho, dentro do *closet* de Gina, quatro envelopes pardos cobertos de sujeira, contendo cada um vinte notas de cinqüenta libras. E lhe ocorreu que talvez tivesse de pegar emprestada parte daquele dinheiro e dar para Steve Cousins, dependendo do tempo que levasse para receber o pagamento por seu Perfil.

Com o início do processo da destruição do ser físico de Gwyn, o espírito de Richard podia alçar vôo em liberdade e contemplar coisas mais elevadas: a destruição da reputação literária de Gwyn, por exemplo. De acordo com os planos que fazia durante suas insônias irresistíveis (com Gina respirando regularmente, esquecida a seu lado), só havia três maneiras de um escritor ter problemas sérios — pelo que escrevia. A primeira era a obscenidade, outra era a blasfêmia; e nenhuma das duas lhe dava muitas esperanças. Não havia amor, nem sexo e nem palavrões em Amelior. Quanto à blasfêmia, o que Gwyn escrevia era incapaz de ofender sequer as pessoas mais tensas, sempre prontas a se sentirem insultadas — as pessoas que *viviam* para ser ofendidas. Mas havia, na opinião dele, um terceiro caminho. Que lhe ocorreu da seguinte maneira.

Richard estava sentado à sua mesa na Tantalus Press. Estava fumando, soprando a fumaça com fatalismo. Uma semana antes, renunciara ao cargo de editor de artes e livros de *The Little Magazine*. Agora, trabalhava mais um dia e uma manhã por semana para Balfour Cohen, e ainda levava trabalho para fazer em casa. Além disso, começara a recusar encomendas de resenhas de livros. Será que ele gostaria de escrever trezentas palavras sobre uma biografia em três volumes de Isaac Bickerstaffe? Não. E sobre a biografia crítica definitiva, quem sabe, de Ralph Cudworth, de Richard Fitzralph, de William Courthope? Não. Em matéria de tempo e movimento, em matéria de dinheiro, era melhor assim. Corrigir a porcaria produzida por gente desprovida de talento: pagava melhor, e era mais valorizado pelo mundo, que a leitura desinteressada de estudos apaixonados e detidos sobre as vidas de poetas, romancistas e dramaturgos menores. Livros sobre nulidades, e escritos por outras nulidades: mas não triviais. Enquanto fazia suas resenhas de livros, Richard percorria os climas temperados da mediocridade. Na Tantalus Press, ingressou no cabo das Tormentas da psicose fecunda. Depois de um relato em duas palavras sobre sua viagem aos Estados Unidos, Balfour o tirara da área do romance e o deslocara para a não-ficção — mais especificamente, o Estudo do Homem. O que levou Richard a concluir que havia velhos enlouquecidos acocorados em porões por toda a Inglaterra, revolucionando o pensamento do século xx. Acabavam com Marx. Viravam Darwin de cabeça para baixo. Puxavam o tapete onde se erguia Sigmund Freud.

"Deus do céu", disse Richard, sentado à sua mesa. Era o que ele dizia o dia inteiro. Naquela manhã, Richard concordara em deixar seu nome aparecer nos catálogos e na literatura produzida pela Tantalus Press... Soprou a fumaça com fatalismo. Seus dentes rangiam à medida que se aproximava do final de mais um tratado desconexo de quinhentas páginas escrito por outro velho idiota pomposo (e malévolo) que, neste caso, e sem muito esforço aparente, encontrara o elo perdido entre a genética e a Teoria Geral da Relatividade. Richard escreveu FIM por baixo do último ponto de exclamação do autor, e atirou os originais em sua bandeja de trabalhos prontos.

Balfour Cohen movia-se tolerante ao fundo, e disse: "Ah. O seu poeta".

"Horridge?"

"Horridge."

"Ah."

O envelope pardo do tipo preferido por Keith Horridge; o clipe de papel característico; a impressão característica de sua máquina de escrever manual. Richard tentava convencer-se de que podia ser razoavelmente satisfatório: descobrir um poeta. Conhecer os prazeres, se é que existiam, de um casamenteiro literário. O envelope de Horridge continha um bilhete e três poemas. O primeiro, "Sempre", começava assim:

> *Nas cosmogonias gnósticas*
> *Os demiurgos amassam e moldam*
> *Um Adão vermelho que não se agüenta*
> *Só.*

Espere um pouco. Talvez fosse excessivamente comprimido, mas não era um tanto *bom*? Como Yeats, em seus momentos mais grandiosos e inspirados?

> *Ser imortal*
> *É lugar-comum, menos para o homem.*
> *Todas criaturas são imortais, já que*
> *Ignoram a morte.*

Não eram versos que assentavam bem no coração — coisas que o coração já sabia? A partir deste ponto, "Sempre" se tornava obscuro, ou mais obscuro; mas o final era aparentemente forte. Richard acendeu um cigarro. Já se imaginava, dali a uns vinte e tantos anos, na tela de TV (inimaginavelmente velho e, é claro, inacreditavelmente horroroso), dizendo, numa cantilena senil: *É verdade, eu percebi na mesma hora — a gente sempre sabe — que Keith Horridge era uma coisa...* O segundo poema, "Decepção", era o Horridge na vertente mais comprimida ("Goma, glúten, gengiva/ Sempre inacabada,/ Sorvo de sopa e degelo de gosma..."): o melhor a fazer era desviá-lo da opacidade do ritmo repetitivo, no rumo da...

"Estou achando", disse ele, "que Horridge pode ser um poeta de verdade."

A cadeira giratória de Balfour deu seu rangido. "É mesmo? A questão é saber se ele tem o bastante para um primeiro livro."

"Bastante o quê, poemas ou dinheiro?"

"Poemas", disse Balfour. "E dinheiro."

"Sabe, eu acho que ele é bom demais para nós. Acho que podia entrar para qualquer catálogo. Por que a gente simplesmente não *publica* o livro dele? Quinhentos exemplares. É só poesia. Com umas setenta e cinco libras ele fica satisfeito."

Richard estava lendo a carta de Horridge (e lembrando-se de guardá-la em lugar seguro). "Como foi a viagem aos Estados Unidos? Bem-vindo de volta." Em anexo, escreveu Horridge, seguiam três "recém-nascidos": "Sempre", "Decepção" e "Mulher". "'Mulher'", dizia Horridge, "é um novo começo para mim, e possivelmente uma descoberta. Aqui, pela primeira vez, eu abandono todas as influências e falo com a minha própria voz."

E eis o poema, "Mulher":

> *Ontem minha mulher, esta menina de quem gosto mais*
> *Que de qualquer outro ser sobre a terra, disse*
> *Que*
> *Ela*
> *Não*
> *Quer*
> *Me*
> *Ver*
> *Mais.*

E não acabava aí. Os versos tornavam a ficar mais compridos, enquanto Horridge lambia suas feridas, e depois voltavam a encurtar, quando Horridge se exortava a "Tentar/ Uma/ Nova/ Conquista/ Dela". Richard olhou em volta, procurando sua cesta de lixo. Mas é claro que isso não se fazia naquela editora. Não se rejeitava nada — não se atirava nada no lixo. O que se fazia era publicar esse tipo de coisa: segurar o papel à sua frente na mesa e escrever com a caneta vermelha, *centralizar título* e *compor em versos*.

"É uma idéia a pensar", disse Balfour.

"Não, não é. Pode esquecer Horridge. Vamos pegar o dinheiro dele e nunca mais tornar a falar do que ele escreve."

Se a literatura era o universal, tudo que se encontrava por ali era lixo espacial. Uma portinhola, girando devagar, perdida por algum Telstar antigo. Um tubo calcinado de algum velho Sputnik.

"Mulher" era como Horridge escrevia quando abandonava todas as influências e falava com sua própria voz. E "Decepção" era como escrevia quando saía correndo solto pelo dicionário analógico. E "Sempre"... Os autores publicados pela Tantalus Press tinham o hábito de se atribuírem crédito pelas coisas alheias, mas a maioria das pessoas não tinha esse hábito, e Richard também não. De outro modo, poderia sentir-se gratificado pela maneira como sua memória funcionou — a maneira como seus neurônios reagiram depressa. Nas cosmogonias gnósticas, os demiurgos amassam e moldam um Adão vermelho que não se agüenta só. Ser imortal é lugar-comum, menos para o homem. Jorge Luis Borges — e de algum texto indiscutivelmente famoso, como "A biblioteca de Babel" ou "As ruínas circulares". Olhou para as margens reluzentes dos poemas de Horridge, viu as impressões digitais dos polegares e as manchas do suor das palmas das mãos dele. E então lhe ocorreu.

Foi então que lhe ocorreu. A obscenidade, a blasfêmia: os romances de Gwyn Barry resistiram àquelas armadilhas explosivas. Mas havia um terceiro perigo, que podia atingir você a qualquer momento. Richard estendeu a mão para o dicionário e leu: "L. *plagiarius*, raptor; um sedutor; também, ladrão literário". *Plagiário*: que palavra feia.

"Balfour. Preciso que você me ajude com uma coisa."

Depois de ouvir o que ele tinha a dizer, Balfour disse: "Espero que você não esteja planejando nenhuma violência".

"Quanto tempo vai levar? E quanto vai custar?"

Ele ficou esperando junto ao portão do colégio por seus filhos na chuva.

Depois foi até a locadora de vídeo, cujas vitrines estavam tão embaçadas quanto as janelas do Mick's Fish Bar, do outro lado da rua. Os cães molhados precisavam esperar do lado de fora, na chuva, mas ainda assim era a cachorro molhado que cheirava a locadora de vídeo. Àquela hora, a loja estava cheia de outros adultos e outras crianças. Richard achou que os adultos tinham cara de assassinos de crianças, e as crianças também, com seus cortes de cabelo, seus brincos e seus olhos rasos e violentos. Marius e Marco estavam acocorados junto à estante de TERROR, em súplica fervorosa, mas finalmente teriam de procurar alguma coisa na seção INFANTIL. Depois ele atravessou a rua com eles (não digam nada à mamãe) e entrou no Mick's Fish Bar para comprar-lhes batatas fritas.

Quando chegou em casa, instalou os meninos em frente de *Tom e Jerry*. Dois ou três anos atrás, eles sempre assistiam a *Tom e Jerry* com toda a atenção, mas sem achar graça nenhuma, como se aquilo fosse uma representação simplificada e estilizada, mas essencialmente fidedigna, de como um gato comum tratava um rato comum. Já hoje eles achavam muita graça. E Richard também achava graça. Achava graça em tudo. Ouvindo o riso dos meninos, sentou-se à sua mesa, no outro aposento. Não estava escrevendo. Estava copiando — copiando *Amelior*. E não palavra por palavra. Mas fazendo pequenas mudanças (às vezes para pior, quando conseguia, às vezes inevitavelmente para melhor) pelo caminho.

———

"E então, meu filho", perguntou-lhe o grande O'Flaherty, "quantos anos você deve ter?"

"Completo quarenta e um mês que vem", respondeu Gwyn, como se esperasse que aquela informação pudesse despertar uma surpresa considerável.

"E não está pensando em abandonar o seu trabalho regular, espero eu. Você ia morrer de fome!" O'Flaherty encolheu os ombros — com tanta leveza, tanta suavidade. "É o jeito como você *segura o taco*, entendeu? E a sua visão. A sua visão."

E pela segunda vez O'Flaherty falou, com alguma loquacidade, sobre o fato de que o *snooker* era um jogo da imaginação visual. Antes, Gwyn tinha ficado animado, achando que aquilo não lhe faltava. Mas as experiências que O'Flaherty o fez realizar (com uma bola branca adicional encostada na bola visada em vários ângulos, e depois retirada) pareciam tornar o jogo ainda mais difícil.

Gwyn o interrompeu, dizendo: "A questão é que eu só quero ganhar de uma pessoa. E ele também não joga muito".

Com o rosto ainda liso aos sessenta anos, mas com uma protuberante proa irônica sobre o lábio superior, o grande O'Flaherty inclinou com paciência a cabeça. "Se eu resolvesse mudar o jeito como você segura o taco e começasse tudo de novo", disse ele, "você ia passar muito tempo perdendo, antes de começar a ganhar."

"Sei, mas não vai dar."

"Mas pense um pouco. Daqui a algum tempo, você ia estar dando tacadas de trinta pontos. Trinta e cinco!"

"Não, eu quero ganhar desse sujeito agora. Só vim aqui para lhe pedir umas dicas. Sobre um modo de ganhar."

O'Flaherty inclinou a cabeça, não com tristeza, mas com docilidade profissional. Para ele, aquele jogo representava a temperança e a impecabilidade; representava a civilização. Disputara duas vezes o campeonato mundial na época em que o prêmio pelo título eram dez *shillings*. E das duas vezes ganhou cinco *shillings*, porque perdeu. Mas ao contrário do grande Buttruguena, que passava cada momento de sua vida se perguntando por que não morava em Monte Carlo, o grande O'Flaherty não deplorava a casa perdida em Marbella — não chorava por não ter seu nome gravado na placa.

"Se você quer a minha opinião, eu diria que não vale a pena. Mas é você quem está pagando..."

"É verdade", disse Gwyn, com ênfase.

O'Flaherty endireitou o corpo. "Vocês dois têm tacos?"

"Temos. Mas o meu é muito mais caro."

"A compra de um pano de camurça geralmente facilita matar mais uma ou duas bolas pretas, no início. Depois você pode seguir adiante. Os extensores de taco, o apoio, e assim por diante. E aquele aparelhinho para apoiar os extensores."

"Você está querendo me dizer que basta comprar mais equipamento?"

O'Flaherty inclinou a cabeça. "No início. Por algum tempo."

Gwyn fez uma sugestão.

Com uma torção dos pulsos, o grande O'Flaherty separou as duas metades de seu taco. "Pode ser que desse jeito dê certo."

Não era de um salão de *snooker*, nem de um clube, que Gwyn precisava sair depois da aula; e isto era um alívio para Gwyn. Os salões de *snooker*, com sua escuridão, suas pirâmides de luz por sobre placas de chumbo revestidas de feltro verde — os salões de *snooker* eram lugares onde a violência era tradicional e podia estar à espreita. Mas não. As aulas tinham sido dadas numa das salas públicas do Hotel Gordon, em Park Lane. Era aqui que O'Flaherty fazia suas exibições de jogadas de fantasia para a instrução e o deleite de executivos reunidos (na verdade, foi Sebby quem pôs Gwyn em contato com o mago irlandês). Gwyn puxou a carteira e perguntou quanto era o prejuízo, mas já estava tudo pago e O'Flaherty não aceitou nem mesmo sua gorjeta.

Nascido nos vales: a vida de Gwyn Barry não servia, porque Barry rimava com *vales*, e ele queria que as pessoas *paras-*

sem de lembrar que ele vinha do País de Gales. *Alegorista* soava bem, e era mais modesto que *Visionário*. *Gwyn Barry: utopista inquieto* estava longe de ser ideal, e era sombrio demais, embora ele gostasse da idéia de que ser um utopista era mais difícil do que parecia. *Um caminho melhor: Gwyn Barry e a busca de...* Na verdade, ele preferia simplesmente *Gwyn Barry*, ou até apenas *Barry*. Os escritores americanos tinham ótimos sobrenomes — ríspidos, ásperos, inassimilados. Mas isso era mais raro na Inglaterra. *Pym*. *Powell*. *Greene*.

Gwyn, com seu taco no estojo, emergiu das profundezas do Hotel Gordon, atravessando corredores, arcadas — como uma estação de metrô que atendesse a uma plutópole desconhecida. A uma certa altura, parou e olhou para a esquerda, por cima da balaustrada, e viu um salão de baile com um ringue de boxe no centro, e mesas postas para o jantar à toda volta. Um cartaz num cavalete revelava que lá se realizariam as finais de amadores: os espectadores deviam comparecer de traje a rigor. Gwyn começou a perceber jovens vestidos com trajes de atletismo aqui e ali, nas escadas e na área da recepção, no andar térreo. Envergando seus calções reluzentes, apresentar-se-iam aquela noite em meio a um enxame de *smokings*. Passou por eles com cuidado, procurando encolher-se. Os rostos daqueles lutadores adolescentes proibiam um exame mais detido; aqueles rostos pertenciam à casta dos guerreiros, e tudo que era desnecessário estava ausente deles — restando apenas duas dimensões de desafio e danos cerebrais emergentes. Tinham os nomes escritos nas costas: Clint, Keith, Natwar, Godspower. É possível que tivessem implicado com Godspower por causa de seu nome: mas não ultimamente. Um deles girou o tronco em sua direção, e Gwyn quase caiu de lado — no colo de *outro* boxeador, sentado estupidamente no sofá, esperando a noite chegar. "Desculpe", disse Gwyn, para o rosto jovem sem profundidade. Sentiu vergonha, não de seu medo mas da repulsa que parecia inspirar, quase universalmente... Como revelar aquilo ao seu biógrafo? Gwyn saiu do hotel, pelas portas de mola, entre as colunas. Sua intenção era dar um pulo até o departamento de divulgação, no escritório de sua editora, em Holborn. Precisava atravessar a rua de dez pistas, o Speakers' Corner e o Hyde Park. Quilômetros e quilômetros de linhas inimigas.

423

No fim das contas, divertiu-se muito na divulgação. Era como se, enquanto subia de elevador, tivesse tomado uma dose de C: a droga chamada Condescendência. Todo mundo que trabalha em divulgação tem o dever de fazer as pessoas se sentirem bem na sua pele, mesmo que a pessoa não tenha a menor razão para se sentir bem na sua pele, ou especialmente neste caso, e Gwyn já estava se sentindo bem na sua pele, de modo que deu tudo certo. Ele achou que eles o achavam maravilhoso porque ele era maravilhoso, mas também porque ele fazia o trabalho deles parecer maravilhoso. Vamos esquecer os livros de culinária e os planos de dieta, os poetas decrépitos, os romancistas irlandeses. Ele já fazia tudo por eles: um escritor sério capaz de atrair tanta atenção da imprensa. Ele só perdeu o bom humor uma vez, e também foi divertido, a seu modo (achava ele cada vez mais). A moça nova, Marietta, começou a falar sobre a Dotação de Profundidade — totalmente incapaz de perceber que Gwyn não *queria* falar sobre a Dotação de Profundidade. Falar no assunto podia dar azar. E o deixava nervoso. De qualquer maneira, no final ela foi tirada do banheiro, com o nariz vermelho, e Gwyn puxou a carteira com um gesto floreado, pedindo-lhe que fosse comprar champanhe para todos.

Noventa minutos mais tarde, tomou o elevador na direção do solo, deixando a equipe trabalhando até mais tarde. Cumprimentou o jovem porteiro preto, que com isso ganhou o dia. Era isso que Gwyn fazia o tempo todo: ajudar as pessoas a ganhar o dia. Caramba, aquela C era mesmo poderosa! Na escuridão do fim da tarde, Holborn ainda estava amarelamente iluminada pelas vitrines de suas lojas, e totalmente abandonada. Era assim a cidade moderna: nela se trabalhava, mas ninguém morava. Deixou a porta fechar-se atrás dele, abotoou o sobretudo e começou a caminhar contra o vento... Quando foi abalroado por um monstro sólido, suado, sardento e com a carne nua e agitada: houve um momento de extrema proximidade facial — fermento, saliva solta e sobrancelhas louro-arruivadas — e depois os dois homens caíram rapidamente nos braços um do outro e Gwyn desabou com cuidado, como um tronco abatido, pousando no brilho sarapintado das pedras da calçada numa velocidade em nada superior, na verdade, à velocidade com que Richard caíra no asfalto do estacionamento de Nottingham dez anos antes, para receber os pontapés sem talento e essencialmente desprovidos de entusiasmo desferidos por Lawrence.

Um jovem se erguia acima dele, sem camisa — e emitindo vapor. Forte, acobreado, parecia envolto numa galáxia de hormônios e juventude. E vapor noturno.

"Desculpe", foi o que disse Gwyn, estendido no chão.

Equilibrando-se, o rapaz disse: "É isso que estão mandando para mim agora? Pois eu vou lhe dizer uma coisa. Eu tenho...". Mas ele estava emocionado! Desesperadamente comovido. Sua voz falhou e assumiu um tom mais grave, dizendo, quase que com lágrimas de orgulho: "Minha mãe tem outro filho menor. Que só tem doze anos de idade. E mesmo assim ele *acabava* com você".

Então, o céu noturno esvaziou-se e a rua tornou a ficar como antes. O rapaz recuperou seu momento e foi embora, descendo a rua que depois atravessou na diagonal, com rapidez, na direção do trânsito engarrafado da Kingsway. Gwyn ficou sentado na calçada. Depois se levantou. Fez um levantamento dos estragos, primeiro de dentro para fora, depois com as palmas das mãos e as pontas dos dedos. Por enquanto, sentia-se extraordinariamente saudável e extraordinariamente seguro, porque por hoje não podia haver mais nada e ele não precisava temer outro confronto inesperado.

Um confronto, por exemplo, com o irmão ou meio-irmão mais novo daquele rapaz, o bastardo caçula. O menino de doze anos capaz de assassiná-lo. E com quem estava naturalmente impaciente por travar relações.

Enquanto limpava sua mesa em *The Little Magazine*, Richard encontrou — para seu alarme, mas não para sua surpresa — um presente de Anstice. No andar de cima, sua festa de despedida já estava em andamento: uma concentração de vozes altas e passos trôpegos. Ele dava os últimos retoques em seu discurso. Iam dar-lhe de presente uma coleção encadernada de *The Little Magazine*, sessenta volumes, começando em 1935. Richard convidara Gina para a festa, além de Gwyn, e Demi.

O presente de Anstice era um livro, com uma dedicatória. *A falsificação do amor*, escrito por alguém chamado Eleanor Tregear. Ela sempre lia muitos daqueles livros, pelo menos um por dia, todas as Dorothys e Susans, compradas e vendidas aos caixotes. Não por coincidência, sem dúvida alguma, *A falsificação do amor* era o romance que um dia ele pedira emprestado a ela (e lera mais ou menos até a metade), curioso, como sempre, por examinar qualquer obra em prosa que conseguisse publicação por uma editora. E agora Richard se lembrou. Contava a história de uma moça do interior que vinha para Londres e se apaixonava por um grande artista, cantor de ópera ou coisa assim. Não, um maestro. Não: um compositor. E a dedicatória de Anstice dizia:

> *Você* não era falso. Aquela noite que passamos juntos trazia o *imprimatur* do próprio amor. Ah, mas você era casado, com seus dois lindos filhos! Agora eu parto para outra noite, sozinha, sem sua imensidão dentro de mim. Sem remorsos, meu amor. Adeus.

Richard deixou de lado seu discurso, olhou para o relógio e acendeu um cigarro. No andar de cima, o tumulto foi diversificado por sons de vidro se quebrando. Autodestruição, dissolução, em nome do amor: tão inocente, tão antiquada. E literária, em oposição a televisual. A TV preparava as mulheres para não serem vítimas. Ou melhor (pensou ele), no caso de Gilda era mais ou menos compreensível: anos de proximidade, em camas estreitas, em quartinhos pequenos. Mas Anstice. Anstice, que se matou por um fiasco... Ele levou dez minutos para ler a segunda metade de *Falsificação do amor*. Bela provinciana (Meg) chega a Londres, para trabalhar como secretária de inflamado compositor (Karl). Ele arde de desejo por ela e tenta seduzi-la. Ela arde de desejo por ele, e resiste. Porque Karl é um tirano emocional, dedicado à sua arte; e também é casado com uma diva vulcânica residente em Salzburgo. Sem filhos. Enamorada, contrariada, Meg faz um acordo: uma noite de amor. Entregaria seu corpo a Karl e depois voltaria a Cumberland — para as montanhas, os vales, as pastagens reconstituintes... A grande noite ocupava um capítulo inteiro, e era toda narrada em termos metafóricos — metáforas musicais. Richard acendeu um cigarro. Preparou-se para um número discreto. Um *scherzo* para flauta pícolo, por exemplo. Mas a peça era uma sinfonia poderosa, com urros histéricos dos metais e das cordas, estouros de manadas de búfalos de toda a percussão. Na última página, Meg está de pé num laguinho de Cumberland quando o carro creme de Karl aparece no fim da estrada. Felizes para sempre. A diva vulcânica tinha se matado — por alguma outra razão. Richard ouviu baterem à porta, e R. C. Squires entrou na sala. Pela segunda vez em meia hora, Richard sentiu-se alarmado, mas sem surpresa: um ou dois outros célebres ex-ocupantes de sua cadeira já tinham chegado. R. C. Squires entrou em sua antiga sala com um ar de insolência enganosa. Tirou o chapéu de caça com as abas de lã para cobrir as orelhas, brandiu o guarda-chuva manchado e bradou: "Alguém dá mais de setenta mil libras?".

As pessoas que faziam entradas grandiosas, sabia Richard (que agora às vezes também pensava em fazê-las) — as pessoas que faziam entradas grandiosas usavam esse recurso, na verdade, como manobra diversionária: para distrair os outros do quanto sua aparência estava terrível, de como estavam velhos ou doentes. R. C. Squires: o rosto devastado, da cor de presunto de Parma, os cabelos ralos como a serragem espalhada no piso de um bar. Por quinze anos, inacreditavelmente, escrevera "recheios" judiciosos e elegantes sobre o Amor Cortesão, sobre as mulheres na obra de Shakespeare, sobre os Rosacruzes e a Uterocracia, sobre John Donne, sobre Keats, sobre Elizabeth Barrett Browning. Talvez fosse possível cogitar encontrar um mentor em R. C. Squires. Ele mostrava a Richard o futuro e o passado: o futuro de que ele dispunha, e seu passado literário marginal. Alguma coisa talvez pudesse ser aprendida aos pés mal calçados de R. C. Squires.

"Setenta mil libras! Alguém disse oitenta?"

No caso, ele se referia às dívidas deixadas de herança por Horace Manderville (outro célebre predecessor), cujo fígado finalmente explodira na primavera passada. Richard acompanhara os obituários do tamanho de "tapa-buracos".

"Como foi que ele conseguiu que lhe emprestassem tanto dinheiro?"

"Os bancos! Ele era casado com uma mulher rica."

R. C. Squires virou-se para as estantes. Dava para ver que ele estava traduzindo o conteúdo das prateleiras em termos de gimtônicas. Os olhos dele eram gim-tônica, implorando por mais gim-tônica. No início daquele ano, Richard encontrara R. C. Squires encostado num toca-discos automático em algum *pub* imenso inundado de *rock* ululante. Contemplando Richard com uma repulsa estagnada, R. C. Squires se inflou com várias inspirações profundas de ar, e começou. A tentativa de denúncia soou quase préverbal. Algumas freadas glotais esparsas.

"Por que você não vai subindo logo? Eles estão lá em cima, não ouviu? Eu já estou indo."

"Sinto muito por — Anstice. Anstice! Coitadinha. Mais tarde nós conversamos. Quero falar com você."

"Sobre o quê?"

"Sobre o seu destino."

Deixado em paz, Richard releu seu discurso de despedida, que lhe pareceu longo demais. Não era sempre que ele tinha um público — um público impedido de ir embora. Pela última vez ergueu-se de sua cadeira, a mesma cadeira que acomodara as bundas de Horace Manderville, de John Beresford-Knox, de R. C. Squires.

Enquanto passava pela saleta, viu uma figura inclinada sobre a mesa dos livros (o chapéu, o cachecol lembrando uma trança, o ângulo dubitativamente inquisitivo) — e a morte roçou por ele. A morte com seus pêlos saindo pelas narinas, seus lábios finos e rachados cobrindo seu cortejo esqueletal de dentes. Mas não era Anstice. Anstice tinha morrido.

"Demi. Que bom você ter vindo. Nada de Gwyn, estou vendo."

"E Gina, também não?"

"Hoje é sexta. Gina sempre fica sozinha às sextas-feiras."

Richard a ajudou a tirar o sobretudo, e quando ela se virou de frente ele teve a impressão de que estava com os dois olhos roxos ou inchados. Mas depois ela arregalou os olhos, contradizendo-o, e disse abruptamente:

"Gwyn está achando que você vai dizer alguma coisa sobre mim no seu artigo. Alguma coisa horrível. É verdade?"

"Não. Acho que não. Só vou contar o que você me falou sobre o que ele escreve. Que ele não escreve nada com graça."

"Ainda bem. Acho que ele não vai se importar com isso."

E Richard se perguntou pela primeira vez como é que Demi tinha podido lhe declarar aquilo, logo a ele. Mas só disse: "Vamos subir. Preciso fazer um discurso. Você tem que me desejar boa sorte."

Eles subiram as escadas até a fonte da balbúrdia. Só que a balbúrdia tinha cessado de repente. Lado a lado, seguiram pelo corredor até a sala de reuniões. Ele estendeu a mão, agarrou a maçaneta e empurrou. A porta avançou poucos centímetros. Empurrou-a com o corpo, mas ela não cedeu. Só ouviu um suspiro angustiado. Só viu um sapato de camurça clara, que estremeceu por um segundo, depois teve um espasmo e depois se estendeu, ficando esticado na morte ou em repouso: o velho sapato de camurça de R. C. Squires.

Enquanto isso, Richard tinha terminado *Amelior* — terminado como escritor. Não tinha terminado de ler o livro, mas de escrevê-lo. Teria ele se transformado em Gwyn Barry? Seria *aquela* a informação?

Tendo acabado de escrever o livro, agora Richard precisava batizá-lo. O nome que realmente queria lhe dar era *Parque da titica de cachorro*. Outra possibilidade era *Terra idílica* — um nome desleixado para aquela utopia silvestre, um mundo novo e melhor. No final, ele se decidiu por uma boa citação tirada de *The garden*, de Andrew Marvell: *Stumbling on melons, Tropeçando em melões*.

Tendo dado um nome ao livro, agora precisava dar nome ao escritor. Seria interessante, pensou ele, criar um anagrama para "Andrew Marvell". Transformando-o numa mulher. Com sua enorme prática em palavras cruzadas, nem era difícil... Ella era um prenome promissor. Ella Rumwarden. Ravella M. Drew. Não. Velma... Meu Deus. Drew La Malvern. Wanda Merlverl. Leandra Wrelmv. Que coisa mais patética. Marvella Drewn...

Tendo fracassado num anagrama para "Andrew Marvell", tentou um anagrama para "*The garden*". E que fosse um homem. Em Amelior não havia sexo mesmo. Gwyn não escrevia como um homem. Gwyn não escrevia como uma mulher. Não era pessoal, ele escrevia como alguma coisa intermediária. "The Garden": Grant Heed. Garth Dene? *Tropeçando em melões*. De Thad Green. Isso.

A tarefa de reescrever *Amelior* tinha envolvido, é claro, ler o livro mais uma vez, e com muita atenção. Na opinião de Richard, *Amelior* não tinha nenhuma qualidade. Leitura de sovaco. Mesmo ao chegar em casa depois de um dia inteiro na Tantalus Press, *Amelior* ainda lhe parecia um livro irritante. Mas agora ele pelo menos achava que sabia o que Gwyn fizera, e como.

O plágio era uma boa idéia. O plágio era um castigo justo. Richard Tull ia dar um jeito de criar a impressão de que Gwyn roubara *Amelior*. E Gwyn tinha de fato roubado o livro. Não de Thad Green. Mas de Richard Tull. E Richard, enquanto recriava o livro, o roubara de volta.

Havia testemunhas. Tudo começara, como tantas vezes acontecia no caso da literatura, com um incidente envolvendo uma conversa e muito álcool. A origem tinha sido um simpósio, que significa "reunião de bebedores": *sym* (com, junto) e mais *potes* (bebedor). Tudo começara num *pub*. Gina e Gilda também estavam presentes. Richard resumia seu novo projeto, um livro imenso e ambicioso que nunca chegou a escrever, intitulado *A história da humilhação crescente*. Naquela mesma noite, gastaram metade do adiantamento.

"A literatura", disse Richard (e seria interessante escrever alguma coisa como "limpando a espuma dos lábios com a manga da camisa em meio ao silêncio dos demais presentes". Mas estava bebendo vinho tinto ordinário e comendo iscas de carne de porco, enquanto Gina e Gilda falavam sobre alguma outra coisa) — a literatura, disse Richard, é a descrição de um declínio. Primeiro os deuses. Depois os semideuses. Depois a epopéia se transformou em tragédia: reis fracassados, heróis frustrados. Depois a nobreza. Depois a classe média e seus sonhos mercantis. Depois, falava de *vocês* — Gina, Gilda: o realismo social. E depois falava *deles*: a ralé. Os vilões. A era da ironia. E ele disse, Richard disse: e agora, o quê? A literatura, durante algum tempo, pode falar de *nós* (com um gesto resignado de cabeça para Gwyn): os escritores. Mas isso não vai durar muito. Como é que nos livramos disso tudo? E perguntou a eles: por que o romance?

E isto, com certeza, fora mais que suficiente. Ah, estava pateticamente claro o que Gwyn fizera. Voltara para seu quarto, reunira seus livros escolares, seus manuais de jardinagem e começara a escrever *Amelior*. Mas foi além. Não era exatamente esta a explicação...

Vamos supor, continuou Richard, estimulado pelo vinho ordinário e por seu público de três pessoas — vamos supor que o

430

progresso (descendente) da literatura tenha sido forçado a assumir essa direção pelo progresso (ascendente — sempre mais para o alto) da cosmologia. Para os seres humanos, a cosmologia é a história de uma humilhação crescente. Sempre histericamente, mas encontrando uma resistência cada vez menor, todas as ilusões foram caindo, uma atrás da outra. Mas uma coisa pode ser dita em favor desta humilhação crescente: pelo menos ela foi *gradual*.

Homero achava que os céus estrelados eram feitos de bronze — um escudo ou uma cúpula, apoiada em pilares. E Homero já tinha morrido há muito tempo quando alguém sugeriu pela primeira vez que o mundo podia não ser chato.

Virgílio sabia que a Terra era redonda. Mas achava que ela era o centro do universo, e que o Sol e as estrelas giravam em torno dela. E achava que a Terra era *fixa*.

Dante também. Foi Virgílio seu guia no purgatório e no inferno: porque nada tinha mudado. Dante sabia dos eclipses, dos epiciclos e das órbitas retrógradas. Mas não tinha a menor idéia de onde estava, e nem da velocidade a que estava se deslocando.

Shakespeare achava que o Sol era o centro do universo.

Wordsworth também, e que o universo era composto de carvão.

Eliot sabia que o Sol não estava no centro do universo; que não estava no centro da galáxia; e que a galáxia não estava no centro do universo.

De geocêntrico a heliocêntrico a galactocêntrico e a simplesmente *excêntrico*. E cada vez maior: não à razão regular de sua expansão, mas aos saltos vertiginosos do espírito humano.

E podem se preparar para mais um choque, outro golpe: a multiplicidade — e talvez a infinitude — de *outros* universos.

E é isso que precisamos fazer. É isso que precisaríamos fazer para devolver a novidade a tudo. Precisaríamos dar a impressão de que o universo *é menor*.

E foi o que Gwyn fez, percebeu Richard enquanto reescrevia *Amelior*. Calmamente, sem insistência, de maneira tranqüilizadora. E fora isto que produzira a única frase memorável do romance: "o universo a olho nu". Amelior era isto: o centro do universo visível a olho nu.

É evidente que, nos romances de Gwyn, não se falava muito de astronomia. De astrologia, sim. E o que é a astrologia? A astrologia é a *consagração* do universo antropocêntrico. A astrologia vai além da idéia de que as estrelas falam de *nós*. A astrologia diz que as estrelas falam de *mim*.

Richard queria saber como Gwyn estava se sentindo ultima- mente. Ligou para ele e perguntou:

"Como está o seu cotovelo?"

———————

"Ainda vai mal", respondeu Gwyn.

"Quer dizer que nada de tênis. E nem de *snooker*. Mas por que não jogar xadrez? Já sei. O seu ferimento na cabeça. Essa ni- nharia no seu crânio. Melhor descansar mesmo. Passe um pouco de linimento nos cabelos antes de ir para a cama."

"Espere um pouco."

Gwyn estava sentado na poltrona ao lado da janela de seu es- critório. Estava no intervalo entre entrevistas. Tinha combinado com a divulgação que agora responderia a todo mundo em casa. Só precisava de uma quadra de tênis no porão, e de um ou dois restaurantes, para nunca mais sair de casa. Pamela bateu na porta e entrou. Disse o nome de uma revista mensal e que o repórter dela tinha chegado.

"Fotógrafo?", perguntou ele.

"Fotógrafo."

"Estão adiantados. Peça para esperar... Entrevistas", explicou ele. "Onde é que nós estávamos?"

Richard disse: "Estávamos falando do seu cérebro".

"Escute. É melhor eu contar logo que venho enganando vo- cê há anos."

"Como assim?"

"Na verdade, eu sou muito melhor do que você em qualquer jogo. Muito melhor do que você em tênis e em *snooker*. E mes- mo em xadrez. É uma coisa que às vezes acontece, sabe como é, depois do sucesso internacional. O poder aumenta. Especialmen- te na área, na área sexual e da competição esportiva."

"Mas você perde sempre."

"Isso mesmo. Eu não queria vencer. Achava que, que com o resto todo, você não ia agüentar. Perder nos jogos também."

"Ah, meu Deus. Aconteceu. Eu sempre soube que você tinha um verme louco solto no cérebro. Abrindo caminho de área em área. Pronto. E agora aconteceu."

"O quê?"

"O verme teve filhos. Bem que Demi me disse que você estava mudado. Que não era mais a mesma pessoa. Se é que se pode falar de *pessoa* no seu caso."

"Escute aqui. Arrume um dia inteiro livre. Vamos fazer um triatlo. Traga uma muda de roupas. Vamos jogar tênis e depois *snooker*. Depois você janta aqui e a gente encerra o dia com umas partidinhas de xadrez."

"Estou louco para começar logo. Sem desculpas dessa vez. Nada de se internar no hospital e ir parar na UTI."

"Me diga uma coisa. O que foi *exatamente* que Demi lhe disse? Sobre as coisas que eu escrevo?"

"Eu tenho a frase anotada aqui. Na máquina de escrever. Gwyn não escreve nada com graça vírgula sabe como é ponto final."

"Tem certeza de que ela estava falando de mim?"

"Eu conferi com ela na manhã seguinte. E ela disse: 'Não escreve mesmo, não é?'. E eu respondi..."

"Arranje um dia livre."

Gwyn se levantou, caminhou até a janela e olhou para fora. O mundo o amava, mas o mundo não o amava. Pobre Gwyn, e todas as suas contradições cognitivas.

Do lado de fora, ele não sabia para onde e nem como olhar. O mundo *dizia* que o amava. Mas então por que produzia uma ardência no canto de seus olhos? Ele não era correspondido. Os lábios rosados das flores de cerejeira o beijavam e sussurravam seu nome, mostrando-lhe as papilas de suas línguas. A Mãe-Terra soprava ventos quentes e frios, quentes como Vênus com os gases presos em sua atmosfera, frios como Plutão e suas rochas congeladas.

Na verdade, os interesses de Gwyn não iam muito além do nível do chão. Chegavam até a troposfera porque era de lá que vinham a chuva e o bom tempo, e às vezes até a estratosfera, nas ocasiões em que voava por ela. Ele sabia que a Terra girava em torno do Sol — sabia disso duas vezes ao ano, quando isto o obrigava a acertar o relógio. A cosmologia de *Amelior* não devia nada a Richard Tull. O que Gwyn tentara transmitir, no livro e em seu sucessor, era a segurança honesta do espírito prático. Só se preocupou em representar o universo na medida em que uma pessoa sensata (como ele próprio, por exemplo) via nele alguma utilidade. Havia um Sol, do que quer que fosse, que se punha e nascia, aparecia e sumia, que ajudava a fazer as coisas crescerem e que bronzeava a sua pele se você se expusesse a ele. Havia uma Lua, onde morava o Homem da Lua. E havia um fundo de estrelas, pensando bem, capazes de orientar os navegantes quando eles precisavam. E além disso tudo — melhor não se preocupar com isso.

Ficou ao lado da janela enquanto o novo fotógrafo armava suas luzes, seus tripés, seus guarda-chuvas brancos. A nova entrevistadora era uma moça (nada atraente). Com uma hostilidade inespecífica, Gwyn percebeu que Pamela, em algum momento, depositara uma nova braçada de revistas semanais na mesinha redonda, ao lado da poltrona. Ao lado das revistas da semana passada. E ele ainda nem tinha... Ávido leitor, Barry sempre. Julgava ser sua obrigação manter-se a par do máximo de. Neste caso também, Barry era devotado à casualidade: tudo era proveitoso para sua...

"O senhor se importa se eu usar um gravador?... Podia dizer alguma coisa? O que o senhor comeu no café da manhã?"

"Espere um pouco. Meia *grapefruit*. E uma xícara de chá."

"O senhor disse uma vez que ninguém gostava dos seus livros além do público. Ainda acredita nisso?"

Além da janela, as flores de cerejeira rolavam. E Londres continuava dali, estendendo-se em todas as direções.

"Como é que o senhor explica então o seu apelo universal?"

Londres continuava dali, estendendo-se em todas as direções. A terra é como uma amante que só nos ama às vezes. Às vezes, quando a tocamos, ela faz *mmmm* e nos envolve com seu calor.

"Amelior é uma espécie de terra prometida? É por causa desse mito que faz tanto sucesso?"

Às vezes, quando a tocamos, ela faz *mmmm* e nos envolve com seu calor. Mas às vezes fica exasperada, com os nervos à flor da pele, cheia de ódio. E se retorce toda quando encostamos nela.

"Seus dois livros são utopias formais?"

Se retorce toda quando encostamos nela. E isso é uma coisa que dá para suportar, até mesmo compreender. Só que os irmãos dela estão todos lá fora.

"Poderiam ser descritos como pastorais?"'

Os irmãos dela estão todos lá fora. Os irmãos dela estão todos lá fora, esperando para quebrar a sua cara.

"O senhor acha que a reinvenção da sociedade é uma das responsabilidades do escritor?"

Só mais uma entrevista depois daquela. E ele esperava que a última entrevista fosse mais fácil do que aquela. Queria uma entrevista com mais perguntas do tipo: O senhor tem uma hora certa para escrever todo dia? ou O senhor usa um processador de texto? ou (pensando melhor) Quanto é que o senhor ganha? ou Quem é que o senhor está comendo agora? Ultimamente ele era levado muito mais a sério. Porque agora as coisas funcionavam ao contrário: o pessoal da ala "literatura e sociedade" entrava pela porta dos fundos, a fim de investigar aquele caso flagrante de apelo às massas. Gwyn gostava de ser levado a sério e queria — e esperava — ser levado muito mais a sério ainda. Sentia um forte apego à idéia de que sua obra era de uma simplicidade *enganosa*. Mas preferia que as perguntas fossem mais fáceis. Agora, enquanto flanava em meio às suas respostas, Gwyn consultou sua agenda para ver quem viria em seguida. Alguém da revista de bordo de uma modesta linha aérea que fazia o serviço Liverpool—Londres. Ótimo.

Depois, estava à espera do grande Abdumomunov: para ensinar-lhe a jogar xadrez. Gwyn antes freqüentava a casa do grande Abdumomunov (num apartamento isolado em Kensal Green), mas agora era o grande Abdumomunov quem vinha a ele. Ele achava que o velho grande mestre adorava aquelas visitas. Mas estava enganado. Aquelas visitas eram penosas para o grande Abdumomunov; eram-lhe penosas no sentido enxadrístico, que era mais ou menos o único sentido que ele possuía. Estava acostumado a ensinar xadrez a meninos de dez anos mimados mas espertos, em quem encontrava o florescimento de um vocabulário tumultuado das trinta e duas peças e das sessenta e quatro casas do tabuleiro. Gwyn recebia muito bem, pagava o táxi, e sua casa era pornograficamente luxuosa; mas nunca aprendia nada. Era a mesma coisa que ensinar poética para uma pessoa que só soubesse dizer *carro*, *quente* e *casa*. No momento, estavam estudando aberturas defensivas, em que um centro infestado de peões dava às pretas uma boa chance de empate.

Pareceu ao grande Abdumomunov que Gwyn queria aprender algum modo de trapacear no jogo de xadrez. As trapaças no jogo de xadrez, ou tentativas de trapaça no jogo de xadrez, tinham uma história longa e ilustre. *Faça o adversário sentar-se de frente para o sol* era uma regra que remontava aos indolentes califas da Ásia do século VI. É evidente que era *impossível* trapacear no jogo de xadrez: em matéria de trapaça, a única coisa possível no jogo de xadrez era achar que você estava sendo trapaceado. A exemplo de muitos velhos grandes mestres, o grande Abdumomunov ainda era capaz de ensinar xadrez, mas não suportava mais a idéia de jogar. A imobilização forçada ainda lhe dava algum prazer. Os empates por acordo ainda o deixavam mais ou menos indiferente. Mas não suportava perder. E não suportava ganhar.

Gal Aplanalp disse: "Espere um pouco. Você não está querendo me dizer para me livrar dele".

Gwyn não estava em casa. Este era seu encontro semanal com sua agente, uma coisa que não podia perder, tão perto do lançamento de seu novo livro. E ele disse:

"Ele próprio já livrou você dele. Jogou o bastão nas águas geladas. A mulher dele trabalha fora. Ele fica em casa e cuida dos filhos."

"Eu vou para o inferno por ter colocado o livro dele no catálogo da Bold Agenda. Como é que eu ia saber que eles eram *tão* fajutos? E ele nem me ligou para reclamar. Por quê?"

"Vergonha", disse Gwyn.

"...É uma coisa muito triste mesmo."

"É mesmo. De qualquer maneira. Agora: os direitos internacionais. Eu vi nos relatórios que estou pagando uma e às vezes duas fatias extraordinárias de cinco por cento a vários intermediários. É provável que esses intermediários sejam ótimos em matéria de enviar e receber faxes. Mas o que mais eles fazem por mim? E por que isso custa vinte por cento no Japão?"

Gal disse a Gwyn que as coisas sempre tinham sido daquele jeito. Gwyn disse a Gal para encontrar um jeito melhor. E depois disse:

"Que horas são?"

"Já?"

Ele saiu da cama e dedicou-se à tarefa de localizar suas meias e as cuecas, que deixara espalhadas por toda a parte quarenta minutos antes — numa imitação de ansiedade que agora achava exagerada. Mas também, o quarto de Gal era de uma desordem incrível. De algum ponto de seu aparelho digestivo, veio um estalido de confirmação silenciosa: aquela profissional impecável o recebia em seu escritório impecável; você saía seguindo as costuras de suas meias de seda e suas impecáveis perpendiculares, escada acima — e chegava a uma arena de desordem neurótica... Na verdade, Gwyn se sentia muito bem. Nada lhe acontecera em seu caminho até lá. E ele tinha o palpite de que nada lhe aconteceria no caminho de volta para casa. Era como voltar a cheirar cocaína depois de um mês de abstinência. Querendo manifestar sua segurança, querendo dar expressão àquela segurança, Gwyn virou-se e disse:

"Não se livre de Richard. Ele dá uma certa respeitabilidade à sua lista de clientes. O resto é tudo meio discutível. Romances escritos por locutores de TV. Jogadores de dardos. Motoristas da família real... Você devia fazer dieta, meu amor."

Gal esperou. Então disse: "E você acha que eu já não estou de dieta?".

"Mas falando sério, meu amor. Eu não posso me imaginar com uma agente gorda. Não ia dar certo. Eu teria que procurar outra pessoa: Mercedes Soroya, por exemplo. Você já viu os olhos dela? E as pernas!"

Pacientemente, Gwyn continuou de pé com a cueca pendendo de suas mãos. Gal, que já tinha saído da cama até certo ponto, entrou de novo sob as cobertas, dizendo:

"Não é justo. Você é um romancista de fama internacional. E tem o corpo de um garoto."

"Obrigado, meu amor."

Por um instante, ele parou de pensar em Mercedes Soroya e começou a pensar em Audra Christenberry, que brevemente chegaria a Londres. E depois pensou em Demeter: com indulgência.

"A semana que vem. O pai de Demi piorou. Pois é. E ela quer que eu vá até lá com ela, passar alguns dias. Na semana que vem não vai dar para nós."

"Que tristeza", disse Gal.

"Por que essa cara?"

"Por nada. Você sabe que sempre me dá vontade de sorrir quando eu vejo você se vestindo."

Ele retesou o corpo, de meias e cuecas, por baixo das enseadas — da lagoa — de sua calvície, e disse:

"Obrigado, meu amor."

Desta vez, foi igual a dar de cara num poste. Ele sempre baixava discretamente os olhos ao sair da casa de Gal, e dava um pulinho sem vigor para descer o último degrau da escada, a fim de adquirir uma certa velocidade... "Você está pronto, amigo." O preto forjado de ferro preto encostou-o na balaustrada e se inclinou para a frente, apertando as pontas dos polegares — tão quentes, tão firmes, tão aromáticos até, como o toque de um médico — nas pálpebras fechadas de Gwyn, dizendo: "O que é que eu posso dizer? Já disseram tudo nos filmes da TV. Eu sou o seu pior pesadelo. Eu vou acabar com você. A gente já ouviu tudo. Na TV. Você está pronto, meu amigo. Olha como você está com a cabeça baixa. Você está pronto".

———

E então chegaram as férias de meio de ano, e a semana em que Richard tinha a Responsabilidade Exclusiva.

Foi um momento de grandes revelações. Um tempo de descobertas sem fim. Quem diria? Em meros cinco dias, enquanto cumpria as tarefas mais simples na companhia daquelas duas almas jovens, teve mais iluminações genuínas que em muitos anos de labor enclausurado, debruçado sobre seus livros, sob o pó e o bolor dos anos...

No meio da manhã de terça-feira, Richard descobriu por que as mulheres nunca faziam nada, não serviam para nada, nunca chegavam a lugar nenhum e nunca contribuíam com nada para coisa alguma. Para qualquer coisa *permanente*. O problema não era necessariamente *ter* os filhos. Era passar o dia com os filhos. Qualquer coisa que se pense a respeito, algo coisa pode ser dito em favor dessa atividade: ela não exige reflexões mais profundas. E mesmo que exigisse, Richard seria incapaz. Por que desperdiçar tempo valioso quando podia dedicar-se a desembaraçar o cordão de um sapato, catar migalhas de pão, tropeçar num brinquedo barulhento, jogar uma fatia de uma porcaria qualquer na frigideira ou ficar de quatro para procurar uma peça de armar debaixo do sofá, debaixo da cama ou do fogão? Gina chegou em casa às seis. Richard foi para o escritório e começou sua resenha sobre uma nova biografia de Warwick Deeping. Ao cabo de quarenta minutos, tinha produzido algo como...

O livro é muito comprido. Mas tem figuras. Eu gosto das figuras. As figuras são boas. Tem a figura de um homem. Tem a figura de uma casa. Tem a figura de uma mulher. As coisas escritas a gente precisa ler, mas as figuras a gente não precisa. Eu gosto das figuras porque as figuras são ótimas.

Na manhã de quarta-feira, a primeira coisa que ele fez foi levar os gêmeos até a locadora de vídeo, e os três voltaram para casa com uma sacola de desenhos animados. Marius decidiu boicotar os desenhos, e reivindicou coisa mais forte. Na quinta-feira, os meninos estavam vendo o que quisessem, contanto que o filme não se chamasse *As picadas do sexo*. Na sexta-feira, os dois gêmeos só falavam com um forte e fluente sotaque americano, desprezando a geléia de morango no café da manhã, por exemplo, e insistindo com energia na compra de manteiga de amendoim. Com os meninos firmemente estacionados diante de algum zumbi ou nazista, Richard avançou em sua resenha, conseguindo acrescentar que o livro tinha uma figura de um cachorro e que ele gostava muito de figuras de cachorros porque os cachorros eram bichos muito bonzinhos. Chegou a pensar seriamente em passar esse texto a limpo e enviá-lo pelo motociclista. Porque sabia que até mesmo seus dias de resenhista estavam contados. Uma lenta contaminação estava destinada a tomar conta dele, emanada pela Tantalus Press. A aparição de seu nome nos cabeçalhos, e nos anúncios (a Tantalus uivava para os desprovidos de talento: os desprovidos de talento uivavam em resposta), ia começar a se espalhar... E Richard aceitou seu destino. Aqui, não havia qualquer dissonância cognitiva. Ele se sentia plenamente contaminado. Pensou em líquidos claros, em soluções salinas. Ele queria que pessoas de branco se juntassem à sua volta e lavassem o seu sangue... Na tarde de quinta-feira, ele saiu de seu escritório, atraído por uma salva de tiros e gritos. Comendo jujubas, os meninos estavam hipnotizados por um banho de sangue de um bilhão de dólares chamado *O dizimador*.

"Eu podia ser preso por causa disso. Meu Deus. Não digam nada à sua mãe. Por que vocês não assistem a nada *direito*?"

"Por exemplo?", disse Marius.

"Sei lá. *Bambi*."

"*Bambi* é uma babaquice."

"Como é que você pode dizer uma coisa dessas?"

"Mas tem uma coisa boa em *Bambi*."

"O quê?"

"A parte em que a mãe dele morre."

"Vamos para o parque. Marco? Marco dormiu."

"Não dormiu, não. Está só fingindo. Ele tem medo de violência, mas não confessa."

"Vamos lá. Vamos esconder os vídeos."

"Marco! Parque!"

O parque — aquele mundo verdejante, aquele fantasma do Éden, até aqui nosso mundo de glória... A uma certa distância, a grama tinha uma camada de estanho prateado: a promessa da memória do orvalho. De perto, o verde era tão municipal quanto a tinta das grades. E havia ainda as flores formais, os gladíolos com seus sobretudos de velhinha; os canteiros de flores eram os chapéus floridos do parque. Pessoas, freqüentadores do parque, contribuíam com outras cores, de outros países: especiarias e noz de bétel.

De repente, ele percebeu como eram as crianças de Londres. As crianças de Londres, as crianças criadas em Londres — pareciam salgadinhos de pacote. O que não queria dizer que tivessem todas a mesma aparência. Havia gêneros, mesmo neste caso. Uma tinha uma aparência de queijo com cebola. Outra de carne com mostrada. E outra de sal com vinagre.

Três mulheres negras atravessaram pela frente deles, cruzando o *playground*. As duas meninas crescidas com sua altura e sua verticalidade africanas, e atrás delas uma velha senhora, de vestido branco e bolsa escura, redonda, rolando, como uma bola de bilhar quando terminava o efeito e ela parava de girar.

Pareceu-lhe que todo o tempo que antes passava escrevendo agora ele passava morrendo. Seu espírito estava mais livre. Infelizmente. Não escrevia mais os "recheios" para *The Little Magazine* — onde tratava dos talentos de primeiro escalão, dos grandes homens, das grandes mulheres sem filhos. Já não consolava mais a estéril Anstice ao telefone por horas a fio. Já não escrevia mais. O tédio e a sordidez pediam para ser considerados magníficos, e era possível achá-los maravilhosos, com a nossa energia. Uma transformação estava a ponto de ocorrer. Pareceu-lhe que todo o tempo que antes passava escrevendo agora ele passava morrendo. Era esta a verdade. E ela o deixou chocado. Chocado de vê-la assim, nua. A literatura não tratava da vida. A literatura tratava era de não morrer.

Bruscamente, ele descobriu que a literatura tratava da negação.

E bruscamente percebeu que a negação era o máximo. A negação era fantástica. A negação era a melhor coisa do mundo. A negação era melhor ainda do que *fumar*.

E começou a pensar na negação como um hotel da moda, um *playground* para os ricos, usando uma prosa que tomava emprestada dos folhetos de Gina.

Na sexta-feira, ela ficou em casa. E eles tinham de sair. Fazendo um esforço colossal, Richard prometeu aos meninos uma ida ao Zoológico. No ônibus, ele levantou a cabeça das mãos e disse: "Onde é que nós vamos primeiro? Na casa dos répteis?"

Marius encolheu os ombros. Estava treinando aquele gesto, com as palmas um tanto afastadas dos cotovelos grudados ao tronco. Cinco anos atrás, ele treinava os reflexos. Hoje, praticava seus gestos — encolher os ombros.

Richard disse: "O aquário?".

"A loja", disse Marius.

"Você está muito calado, Marco. No que é que você está pensando?"

Marco voltou à vida e disse, com sotaque americano: "Na minha identidade secreta!".

No zoológico, havia vários tipos de animais que os seres humanos podiam contemplar. Mas só havia dois tipos de seres humanos que os animais podiam contemplar. Crianças. E divorciados.

E ele não era um divorciado. À noite, em meio à febre árida e à magia esquálida da escuridão, aproximava-se gemendo da mulher e se agarrava a ela. Não estava procurando seu calor. Estava tentando impedi-la de ir embora. O que ela não faria, enquanto ele continuasse agarrado a ela. Mais do que isso: no zoológico devastado de sua cama, ele sentia a presença de certos ecos de animalidade, não do animal de antes, que era um animal jovem, mas de um novo animal, que era um velho. Alguma coisa recondicionada, alguma coisa submetida a uma recauchutagem barata. De manhã também, especialmente nos fins de semana: olhando para ela enquanto tomava banho e se vestia, e depois olhando para as nuvens através da janela, suas panças, suas ancas cinzentas... Vou me levantar e sair agora, com a mala, até a cabine telefônica. Ele pensou nos versos arruinados pela fama de "The second coming", sobre o animal feroz cuja hora finalmente chega, arrastando-se até Belém para nascer. Como seria a aparência daquele animal dele? É. Feroz. Agora ele sempre brochava novamente, mas sem desculpas. E o que é um homem sem as suas desculpas? Não havia nada a que Gina pudesse se aferrar. Não havia nada que Gina pudesse deixar. Richard não chorava mais à noite. Debatia-se, rangia os dentes — mas não chorava mais. Porque agora chorava de dia. De dia e ao cair da tarde. Mas ainda não estava chorando na frente dos outros, como as mulheres. Chorar na frente dos outros era parte da catarse feminina. Ele estava determinado a nunca chorar na frente dos meninos, como daquela vez, na frente de Marco, tanto tempo atrás.

No zoológico, ele sentiu chegar o fim de todas as promessas infantis.

Vou ficar com você mais noventa e nove bilhões nove milhões nove mil novecentos e noventa e nove milhares de milhões de bilhões...

Vou amar você para sempre, todo todo todo o sempre, todo todo todo todo todo...

Ela não ia deixá-lo. Ela nunca iria deixá-lo. Em vez disso, ia pedir a ele que fosse embora.

E eu vou, com a mala, para a cabine do telefone.

Os meninos vão ter de aprender a nos amar separadamente.

Sábado de manhã, Richard acordou tarde. Em torno do meio-dia, Gina disse.

"Por que você não sai para comprar o jornal? Dar um pulo no *pub*. Fazer as palavras cruzadas."

"Boa idéia."

"E aí pode dar um pulo na loja e pegar o aspirador na volta. Hoje de tarde, se os meninos se comportarem bem, você pode levar os dois para escolher um vídeo. Mas alguma coisa calma, por favor. Disney. *Mowgli, o menino lobo* ou *A bela e a fera*. Nada de *Tom e Jerry*."

Quem são as moças que passam sentadas no banco de trás dos carros de polícia? Ele atravessou os pombos e sua cor bronzeada de chofer de caminhão.

Os *pubs* londrinos estão sempre dez anos atrasados em relação à área que servem. Se, dez anos atrás, a Calchalk Street tivesse conseguido subir na vida, como pretendia, o Adam and Eve, a partir de hoje, passaria a se chamar The Tick and Maggot, servindo *quiche* de ricota na calçada, sob um toldo de pára-sóis listrados. Mas a Calchalk Street tinha ficado na mesma, e o Adam and Eve também — dez anos atrasado. Os mesmos irlandeses de paletó marrom tomando a mesma cerveja preta. O mesmo cachorro preto sempre morrendo no caixote de papelão perto do balcão aquecido onde os pratos se mantinham quentes. Richard encontrou sua cadeira habitual. Uma moça pálida passou por ele, maquilada como uma noiva de Drácula. Assim que começou a decifrar suas palavras cruzadas, murmurando sozinho, Richard pensou, sem que nada lhe evocasse a idéia: os melhores peitos sempre ficam com os demônios. Pensamentos como este, idéias de proveniência desconhecida, ocorriam-lhe agora com relativa freqüência.

"Transplante de carisma", disse uma voz em seu ouvido.

Ele ergueu os olhos, perguntando-se se aquelas palavras, ou coisa parecida, seriam a resposta para 3 vertical, e disse: "...Meu querido Darko. Ou será Ranko?".

"Darko", disse Darko.

Ou seria Ranko? Um dos dois, de qualquer maneira, perdera todo o cabelo, ou dera tudo para os pobres. O que restara formava pequenas mechas fungosas aqui e ali, acima de um rosto que era essencialmente e hoje irredutivelmente o dele — as órbitas arroxeadas, os lábios violáceos. E Richard, que já usara cortes esquisitos de cabelo no passado, surpreendeu-se pensando: Sansão e Dalila. Ah, que corte de cabelo! Ah, que serviço porco... O Adam and Eve estava dez anos atrasado. Darko, de certa forma, estava dez anos à frente. Não, vinte. E ele lhe perguntou:

"Você continua escrevendo?"

"Quem escreve é Ranko. Eu nunca mexi com essa merda."

"E como é que *ele* vai, Ranko? E Belladonna?"

"Os dois estão fodidos."

"Mas gostei muito de encontrar com você, porque é exatamente com você que eu queria falar. Preciso lhe perguntar uma coisa."

Em seu Perfil, Richard estava chegando, com pesar, ao primeiro de seus parágrafos sobre as delinqüências sexuais de Gwyn; e estava tentando extrair o máximo possível de Audra Christenberry. Mas queria escrever outro parágrafo. Recentemente, eu. Tive o discutível privilégio de apresentar. Mal tendo completado dezesseis anos, a jovem estudante se dedicava a. Em seu encontro de duas horas, ela. A jovem, que chamarei aqui de Theresa, só disse...

"Aconteceu alguma coisa entre Gwyn e Belladonna? Eu queria saber porque estou escrevendo um artigo grande sobre ele. Para os jornais."

"Sei."

Richard achou que daria uma boa impressão se anotasse as respostas. Tirou seu talão de cheques do bolso — todo amassado e enrolado.

"Já entendi", disse Darko. "Você vai me pagar pela história."

"...Você quer beber alguma coisa? Pelo menos. Agora a gente pode tomar aquele 'copo'."

"Estou saindo. E você é um babaca. Ela fez a coisa preferida dele, não é? Ela está totalmente pirada. Queria que eles morressem juntos?"

"É mesmo? No sentido poético?"

"O quê? Ela não anda hiper bem. Ela é *positiva*, meu amigo."

Levou algum tempo. Mas o corpo de Richard foi mais rápido que sua mente. Seu corpo estava passando pela porta de uma tinturaria num dia quente: sentiu aquele bafo falso da cabeça aos pés, e uma umidade morna se acumulou em cada dobra de suas roupas.

"Meu Deus. E você? Está bem?"

"Ranko — ele também pegou. Mas eu não."

"Continue bem de saúde, Darko. Continue bem."

Novamente sozinho, Richard ficou meia hora sentado com as palavras cruzadas no colo. Ainda estava com a caneta na mão, mas não se sentiu estimulado a usá-la. A única resposta de que tinha certeza era 13 horizontal (nove letras). Só havia uma solução possível: *babaquara*. E não podia estar certa.

E pensou: o leão há de se deitar com o cordeiro. O leão pode e deve deitar-se com o cordeiro. Mas não precisa foder o pobre animalzinho. A menos que os dois se ponham de acordo.

Venha para Negação.

Negação. Para passar as "férias da sua vida". Ou só para ficar "longe de tudo" e gozar de um "merecido descanso".

Todos os quartos, minuciosamente planejados para lhe dar o máximo de conforto, têm uma vista panorâmica do oceano. No restaurante, você pode experimentar a culinária típica local ou iguarias de nosso menu internacional. Antes de sua refeição, por que não um "aperitivo" no bar "Ninho do Corvo"?

Em Negação, o conforto é abundante. Temos uma ampla variedade de atividades e as melhores atrações para os seus momentos de lazer. Você pode procurar "negócios da China" no mercado da cidade. Ou apenas ficar estendido ao sol à beira da piscina, "relaxando".

Embora nos reservemos o direito de aumentar nossos preços a qualquer momento, depois de pagar o sinal o preço da temporada que figura em seu recibo só poderá ser aumentado se você modificar sua reserva. Não devolveremos o dinheiro por cancelamento, diferenças na taxa de câmbio ou ajustes de custo que possam vir a reduzir o preço de sua estada.

Faça agora sua reserva, e aproveite o sol e a diversão de Negação. Negação: a verdadeira "Terra do Nunca" dos seus sonhos...

Mas a informação chega à noite. A tecnologia de comunicação que ela emprega não é o telefone, nem o fax e nem o correio eletrônico. É o telex — para que seus dentes possam ficar chacoalhando na sua cabeça. A informação faz o sono se tornar interdisciplinar, recorrendo a disciplinas sumárias, e mais disciplinas desconhecidas ou ainda não fundadas: a escatoscopia, a sincrodésica, a termodontia.

A informação promete um simpósio de dor. Dores de todos os credos e denominações. Estas são as menores, aquelas são as mais bonitinhas. Vá se acostumando com suas vozes. Elas vão subir de volume, ficar mais persistentes, e mais persuasivas, até se transformarem em tudo que existe.

É uma coisa comum e cotidiana. Na praia, é o que as ondas fazem o tempo todo, acumulando massa e volume, aumentando até quebrarem e tornarem a se dissolver na generalidade, com um som semelhante ao da inspiração sugada por entre os dentes.

A fraqueza vai atingi-lo onde você for mais fraco. A fraqueza será forte e ousada, e irá atingi-lo em seu ponto fraco. Se for a cabeça, ela o atingirá na cabeça. Se for o coração, há de atingi-lo no coração. Se for o ventre, no ventre é que há de ser. Se forem os olhos, vai atingi-lo nos olhos. Se for a boca, será na boca.

A informação não é nada. Nada: a resposta para tantas das nossas perguntas. O que acontecerá comigo quando eu morrer? O que é a morte, afinal? O que eu posso fazer contra isso? Em que consiste basicamente o universo? Qual é a medida de nossa influência na existência dele? O quanto nós duramos, em termos de tempo cósmico? O que o nosso mundo acabará se tornando? Que marca deixaremos — para sermos lembrados?

"Porta" disse Richard. "A porta. Eu..."

"O que foi?"

"Só um pesadelo. Não é nada."

"Calma", disse Gina. "Calma..."

Eram sete horas e Gwyn Barry dirigia na direção oeste, rumo ao sol poente: rumo ao banho de sangue do crepúsculo. A rua de mão única fugia pelo túnel de seu espelho retrovisor; e acima de sua cabeça uma nuvem esfarrapada e esclerótica pendia do céu, excluída de um sistema superior: parecia um imperdoável peixe das profundezas cujo radar defeituoso o tivesse levado para onde não devia ir — uma ofensa às águas rasas e cintilantes. Assim, o cenário tinha um certo ar pictórico e parisiense: a claridade sobre a qual as trevas logo hão de cair. Se ele fosse mais jovem (e tivesse, digamos, dezessete anos), ou outro tipo de pessoa, poderia dar atenção àquela incômoda numinosidade. Mas ele era Gwyn Barry, e estava voltando de sua hora de bate-bola com um profissional no Warlock, e depois sairia para jantar com Mercedes Soroya, que tinha uma proposta a lhe fazer; a história da Profundidade ia ser anunciada aquela noite às dez horas — e ele estava dirigindo por uma cidade, o que ocupa parte da mente e a conecta com outra coisa, com a cidade e as ruas pegajosas da cidade.

Logo adiante, um furgão laranja estava atravessado na entrada estreita para a Sutherland Avenue. O carro de Gwyn reduziu a velocidade e, a uma distância respeitosa, freiou. Ele conseguia distinguir o interior do furgão através de suas janelas iluminadas pelo sol baixo: estava vazio, como se tivesse sofrido morte cerebral. Olhou em volta, esperando ver o cretino que logo subiria no furgão e sairia com ele, ou pelo menos abriria o capô e ficaria contemplando suas entranhas com as mãos na cintura. Quase não houve tempo para que sua impaciência se acumulasse (afinal, ele não era Richard, que já estaria impaciente de qualquer maneira), quase não houve tempo para dar um toque de advertência na buzina... Quando Gwyn sentiu o solavanco do carro, ficou menos surpreso com o impacto, que não foi violento, do que com a afronta à sua percepção espacial: um segundo antes, o espelho retrovisor estava vazio, a rua deserta, a luz do entardecer calma e pesada. Virou-se. Um velho Morris Minor com frisos de madeira ocupava toda a largura de seu pára-brisa traseiro de vidro fumê. Ao volante, uma velha senhora com um chapéu enfeitado de frutas e um xale branco, e com o olhar de súplica que as velhas senhoras costumam usar. Suntuosamente tranqüilizado, Gwyn sentiu um profundo amor pela velha senhora, pelo xale branco, pelos frisos de madeira do Morris inócuo. Mas espere um pouco — isso mesmo — ela estava descendo do carro. Gwyn desafivelou o cinto de segurança. Estava decidido a ter um comportamento magnífico. Mas não sabia o nome da velha senhora. A velha senhora se chamava Agnes Trounce.

Ele saiu do carro à luz rosada do fim da tarde, sob a nuvem da cor de tripas. E virou-se bruscamente quando o furgão laranja relinchou de repente e saiu a toda velocidade pela avenida ora desimpedida. Virou-se de novo: a velha senhora, com o corpo curvado, se afastava depressa demais, caminhando entre os carros estacionados, e a outra porta do Morris estava se abrindo. Os dois saíram abaixados, e depois endireitaram o corpo. Um tinha cabelos arruivados claros, e sobrancelhas invisíveis. O outro era magro, usava um chapéu preto com as abas abaixadas, um cachecol cobrindo a boca e óculos escuros ocultando a faixa central de seu rosto. Gwyn estava inteiramente pronto. Não teve nenhum reflexo, não fez nenhum gesto. Só sentia remorsos, pânico e alívio.

"O que foi que você disse para a minha mãe?"

"O quê?"

"Ninguém", disse Steve Cousins, avançando para ele e tirando a barra de ferro de dentro do casaco, "ninguém *mesmo* chama a minha mãe de babaca."

O Sol contemplava aquilo, mas sem muita sinceridade. O Sol é muito velho, mas *sempre* mentiu sobre a sua idade. O Sol é mais velho do que parece: oito minutos mais velho. O Sol sempre nos exibe a aparência que tinha oito minutos atrás, quando sua luz começou a viagem através dos oito minutos-luz que nos separam. No momento em que Steve Cousins e Paul Limb (o reforço) começaram a avançar para Gwyn Barry, o Sol já estava oito minutos mais velho do que parecia, oito minutos mais vermelho, oito minutos mais distante no céu. E isto abriu uma fenda no tempo.

Oito minutos antes, Crash estava sentado ao volante do Metro azul (debaixo da armação no teto do carro, com seus anúncios e dizendo que era um carro de auto-escola), mais ou menos um quilômetro a leste dali, mostrando a Demeter Barry como se faz para passar por um quebra-molas a cem quilômetros por hora.

Seis minutos antes, Crash estava quatrocentos metros a nordeste dali, mostrando a Demi como se reduzia a marcha do carro para mudar de direção na mesma rua.

Quatro minutos antes, Crash estava quatrocentos e cinqüenta metros a norte-nordeste, mostrando a Demi como se usava o freio de mão para fazer um cavalo-de-pau na faixa de pedestres.

Dois minutos antes, Crash estava duzentos metros diretamente ao norte dali, mostrando a Demi como se fura um sinal vermelho com os olhos fechados.

Zero minuto antes, com a intenção de mostrar a Demi como se fazia para andar na contramão numa rua de mão única, Crash deu uma freada brusca, apoiou com força a palma da mão na buzina e saiu com uma elegância fluida pela porta aberta (com o cinto enrodilhado no tapete do piso do carro, desprezado, desdenhado, duro de tanto desuso). No momento em que Demi desceu do carro e fixou sua frágil visão na cena, ela viu o Morris Minor fazendo um cavalo-de-pau em alta velocidade e descendo a rua de mão única na contramão (ficou momentaneamente impressionada), e Crash de pé, ao lado do carro de seu marido, com seu marido.

O Sol gostava dele. O universo ainda gostava dele. Ou isso, ou então o universo não agüentava mais Richard Tull.

Pouco depois do meio-dia no dia seguinte, Richard podia ser encontrado no barzinho apertado do Warlock Sports Centre. Tomava conhaque e fumava cigarros, olhando para seu sapato. Um jornal, desconfortavelmente encarapitado na mesa redonda ao lado, exibia na primeira página uma foto de Gwyn e da mulher, descrevendo-o, na manchete, como o primeiro ganhador da Dotação de Profundidade Cairns-Du Plessis. Richard continuava bebendo, fumando e olhando, com alguma serenidade, para seu sapato. O barzinho era às vezes chamado de bar do *squash*, e era sem dúvida acanhado e sufocante, mas nunca recebia sócios que jogassem *squash*, e nem tênis, e nem expoentes do *snooker*, dos dardos ou da bocha. Só recebia os membros sociais do clube. Que eram todos sociopatas. Assim, em torno de Richard, reuniam-se alguns brutamontes tatuados e autênticos matusaléns de trinta anos rodando seus brincos enquanto se absorviam na leitura dos tablóides, e a massa heterogênea dos freqüentadores mais velhos de todo dia, sussurrando em meio à espuma de suas canecas de cerveja, encolhendo os ombros e girando belicosamente os pescoços, marcados por aquele ar de crueldade vigilante que tradicionalmente se encontra entre os criminosos envelhecidos. A garçonete, Ela, ia de mesa em mesa recolhendo ruidosamente os copos vazios. Richard ainda estava tentando se recuperar de *outro* mau momento, na Máquina do Conhecimento. Tendo se dado ao trabalho de deslocar-se em ziguezague para enfiar uma libra no aparelho, viu-se quase imediatamente diante da seguinte pergunta:

Quem escreveu o romance "Dizimador", em que se baseia o filme recém-lançado?
A. Brad Pfister
B. Gwyn Barry
C. Dermott Blake

Dermott Blake era o inflamado dramaturgo com quem Gina costumava ir para a cama — e com quem continuava a ir para a cama (na opinião de Richard) toda sexta-feira. Paralisado, e logo com pouco tempo para responder, Richard apertou, ridícula e distraidamente, a letra C. Quando era óbvio que *Dizimador* era produto do talento de Brad Pfister... Ziguezagueou de volta até o seu jornal e releu o anúncio da Dotação de Profundidade, feito por Stanwyck Mills:

"Inicialmente, achamos que o otimismo dos romances de Amelior eram demasiadamente desprovidos de fricção. Mas nos perguntamos se aquele otimismo não seria resultado de uma luta — se não seria uma conquista. E concluímos que era. E decidimos honrar este embate." Richard bebeu mais conhaque, e olhou mais para o sapato.

Alguma coisa aconteceu no barzinho quando Steve Cousins entrou. Alguém de fora poderia identificá-lo como uma força a favor do bem, da ordem — pelo processo de pequenos ajustes e correções de postura que sua presença desencadeou. Os jovens tatuados contiveram a dispersão e a desordem de suas seções de esporte, de seus suplementos de TV; os velhos encasacados fungaram secamente e ergueram o queixo: todos pareceram ficar alguns centímetros mais altos em suas cadeiras.

"Ah, senhor Cousins", disse uma velha voz pantanosa.

Richard ergueu os olhos. Seus olhos e os de Scozzy se encontraram devidamente. Richard disse: "Você se atrasou".

"O senhor Cousins, sim, senhor. O próprio."

E Richard olhou para o lado. A uma mesa próxima, sentavam-se dois cavalheiros de rosto sardento e cabelos cor de cinza, que ele já encontrara várias vezes. Não eram iguais aos outros velhos, artistas artríticos dos campos de bocha que, à medida que envelheciam ainda mais, pareciam desaparecer em cores de potes de doce, caramelo e *nougat*, em roupas de tecido sintético que não precisavam ser passadas. Não, eles conservavam um halo de carisma declinante, de arrombamentos e assaltos — aqueles velhos bandidos, com suas caras de inquilinos arruinados. Uma investigação lacônica e discreta revelaria que eram assaltantes há muito aposentados cujas façanhas tinham chegado às manchetes em décadas passadas: a atriz de olhos grandes aliviada de sua caixa de jóias enquanto dormia num hotel do West End; a subtração do estoque de uma loja de peles em Mayfair; o visconde pesaroso apontando para a calha fora de prumo, para a moldura arrebentada da janela do primeiro andar.

"Senhor Cousins, estamos precisando da sua ajuda. É a pessoa certa para nos ajudar. Um homem cheio de talentos."

"Ben", disse Scozzy, com formalidade. E depois: "Den".

"Inseto, parasita", disse Den.

Girando devagar em sua cadeira, Richard percebeu que Ben e Den estavam absorvidos em alguma coisa que os dois tinham nas mãos e que os atormentava. Era um jornal, dobrado pelo menos dezesseis vezes, quase adquirindo a densidade de um baralho de cartas. Estavam fazendo as palavras cruzadas.

"Já está quase acabando", disse Ben. "Só falta uma palavra na direita, quase em cima. E a gente não consegue descobrir."

"Inseto, parasita do homem", disse Den. "Seis letras."

Não era o tipo de palavras cruzadas que Richard costumava resolver. Não era uma rede de enigmas trabalhosos, de barretadas eventuais aos dramas renascentistas, à mitologia grega, à filosofia cartesiana, onde o poeta, Noyes, nunca conseguia se decidir.

"Inseto, parasita do homem", disse Ben. "Nada, nada, nada, nada, H, nada."

Eram palavras cruzadas de sinônimos simples, onde pedra de moinho era mó, onde muito grande era imenso e o contrário de grande era pequeno.

Scozzy olhou para os dois velhos, em sua capa de chuva de couro bege. Novamente, seu olhar passou pelos olhos de Richard. Depois de um longo intervalo de tempo subjetivo, ele disse: "Aranha".

E Den disse: "Foi o que Ben falou. Mas aí vem... o 7 vertical".

E Ben disse: "Embaixador. Seis. Vamos dizer que é aranha. Aí, vamos ter... N, nada, G, nada, D, nada."

"Negrada", disse Den.

"Negócio", disse Ben.

Até mesmo a porra dos tablóides traziam a notícia sobre Gwyn Barry: o guru de Gower, casado com lady Demeter, e seu míni-Nobel: a fieira de zeros do valor recebido a cada ano, até o fim da vida, para todo o sempre, sempre sempre sempre...

"Embaixador?", disse Scozzy.

"Deus do céu", disse Richard. Pôs-se de pé. E com grande

esforço, como um alpinista. Precisou de todas as cordas e grampos de todos os seus anos. "Legado", disse ele.

Den disse: "Linguado?".

"Legado", repetiu ele. "L-e-g-a-d-o. Meu Deus, o que é que podiam saber aqui, onde Platão não passa de gíria para *chato. Legado*. Não é linguado, nem negrada. E também não é aranha. Aranha não é inseto, e nem parasita. É legado. Embaixador. Meu Deus." Scozzy virou-se para ele e Richard ficou de pé, oscilando resoluto, e disse: "Você acha que mete medo. Pois mete. Você é apavorante. Você só precisava foder com a vida de uma pessoa. E é *você* que se fode. Você acha que mete medo, mas nem em *mim* você mete medo. E eu, faço o quê? Escrevo resenhas de *livros*".

Todo o bar prestava atenção nele, nele e em sua voz. Sua voz se apresentava diante de todos por conta própria. A voz de um cantor de ópera de meia tonelada, abissalmente grave — a voz do barão Ochs.

"Você acha que é uma espécie de menino selvagem. Uma espécie de menino-lobo. E não", disse Richard, "e não a porra de um cachorro que, de repente, deixou de ser vira-lata na cidade e foi ser vira-lata no campo. Pois é, *O menino selvagem de Aveyron*. Eu li o livro, companheiro. Eu *resenhei* o livro! Todo mundo achava que ele ia poder contar o que ninguém sabia. A natureza, a luta pela vida. A civilização. *Ninguém* chama a sua mãe de babaca? *Todo mundo* chama a sua mãe de babaca. *Eu* digo que a sua mãe é uma babaca."

"Deixe para lá, ele está mamado", disse Ben. Ou Den. Porque não havia maneira, nem hipótese, de Scozzy dizer alguma coisa. Nem agora e nem aqui.

"Mas ele não sabia *falar*. O menino não sabia falar. Os meninos selvagens nunca sabem falar. E você, o que é que vai dizer? O que é que vai contar para nós? Quero o meu dinheiro de volta. Quero o meu dinheiro de volta."

"Cacete", disse Den. Ou Ben.

Richard virou-se para eles com uma reverência floreada. E quando passava junto ao rosto de Scozzy, disse: "E não é *aranha*. Aranha não é inseto, e nem parasita do homem. É *piolho*. Entendeu, seu merda? É *piolho*".

Gwyn estava na zona financeira, na City, num arranha-céu, numa poltrona de couro, pensando em certas mudanças que talvez fosse bom fazer em seu estilo de entrevistado, agora que tinha ganho aquela história de Profundidade. Quando alguém fizesse uma pergunta difícil, esperando talvez que ele fosse Profundo, ele agora diria coisas como "Eu só faço escrever o que me ocorre" ou "Cabe aos outros tirar suas conclusões" ou "Eu sou um escritor, não um crítico literário".

Seu amigo Sebby estava para chegar a qualquer minuto. Então, depois de uma conversinha, os dois iam sair para almoçar. Mais ou menos uma vez por mês ele vinha almoçar com Sebby. Às vezes fazia um pequeno discurso. Gwyn dizia sempre que Sebby conhecia pessoas muito interessantes. Levantou-se e foi até a janela: esta era uma das muitas câmaras de Sebby nas alturas. Lembrava o velho escritório de Gal em Cheapside, só que era muito mais alto e muito melhor. Dava para olhar para baixo e, além das aves, ver quilômetros e quilômetros da cidade suada, podendo avaliar as novas formas que lhe estavam sendo dadas por gente como Sebby.

Finalmente Sebby chegou. Esfregando as mãos, pediu desculpas e depois deu seus parabéns a Gwyn.

"Obrigado", disse Gwyn. "Tenho uma coisa para lhe contar."

Disse que ia apresentar uma situação hipotética a Sebby. Sebby já estava acostumado a lidar com situações hipotéticas. Começando todas as frases com as palavras "Vamos supor", Gwyn resumiu para Sebby todos os acontecimentos recentes, e fez-lhe um relato do incidente da tarde anterior.

"Vamos supor que isso tudo tenha acontecido", disse ele. "Quer dizer, eu sei que quando você vira uma pessoa famosa — coisas assim podem acontecer. Mas eu conversei com pessoas que aparecem na TV mais do que eu, e elas me disseram que essas coisas só acontecem com elas uma vez por ano. E não uma vez por dia. E então. Vamos supor que não seja por acaso. Vamos supor que isso tudo. O que é que eu deveria fazer?"

E Sebby respondeu: "Vir me procurar".

Imediatamente, Gwyn sentiu parte de sua mente sendo libertada: "Eu sou um escritor, e não um crítico literário" soava seco e orgulhoso demais. As pessoas deviam ser humildes, mas também reservadas: discretamente brilhantes. Por que eu escrevo? Por que a aranha tece a sua teia? Por que a abelha faz mel? Soava um pouco...

Sebby estava lhe pedindo alguma coisa.

"Ah, claro", disse Gwyn. Procurou em sua carteira o pedaço de papel em que tinha anotado o número da placa do Morris Minor. Não: estava na agenda. No outro paletó. "Está no outro paletó", disse ele. "Você pode começar com o professor da auto-escola. Ele me disse que não, mas Demi disse que ele conhecia um dos homens que saíram do carro. Ele é conhecido como Crash, mas o nome dele é Gary."

Sebby lhe pediu mais alguma coisa. Mas aí já era problemático, porque Gwyn continuaria a ser trabalhista até o fim de seus dias.

"Vou pensar. E com essa outra história, o que é que você vai fazer?"

"Você não quer saber."

E saíram para almoçar.

No fim das contas, Richard ficou muito satisfeito com *Tropeçando em melões* — a sensação, o peso do livro. Comparou-o com *A falsificação do amor*, e ele dava a mesma impressão de antiguidade, marginalidade e esquecimento — embora fosse muito mais novo, é claro. Ele deu alguns pontapés no livro em seu escritório, molhou a capa, usou-o como cinzeiro e arranhou suas páginas com as unhas roídas. A principal diferença entre *Tropeçando em melões* e *A falsificação do amor* era que *A falsificação do amor* dava a impressão de ter sido *lido*. Então ele passou bastante tempo, não exatamente lendo o livro (que acabou lendo de qualquer maneira, duas vezes, saboreando suas interpolações), mas folheando suas páginas. Sem lavar as mãos. Com os dedos sujos das ruas. Balfour fora extremamente discreto e cheio de tato, e não lhe fizera mais nenhuma pergunta. Dava a impressão de saber perfeitamente. Sabia sem dúvida da Dotação de Profundidade, e apresentou suas condolências. E deu a entender que não esperava muito de Richard nas próximas semanas. Na verdade, ofereceu-lhe Férias em Profundidade da Tantalus Press.

Richard ligou para Rory Plantagenet e combinou um encontro para a próxima sexta-feira.

"Não", disse ele. "É delicado demais para ser conversado pelo telefone. Primeiro eu quero verificar umas coisas. Pode ser um truque. Ou então uma notícia quentíssima."

Insuportavelmente, havia agora três Perfis de Barry em construção na mesa de Richard. Três Perfis: o original, a alternativa original e a alternativa alternativa. O original era, na opinião de Richard, uma obra da mais granítica integridade, um nobre exemplo do antigo gênero literário conhecido como "libelo difamatório". Os libelos difamatórios se situam no extremo oposto ao do panegírico, ou seja: consistem basicamente em injúrias e acusações pessoais. Extraordinariamente bem escrito e incrivelmente agressivo, o original podia ocupar, sem favor, um lugar ao lado de certas passagens de Swift, Jonson ou William Dunbar. Mas quase tudo que ele continha não podia mais ser usado. A alternativa original e a alternativa alternativa, em comparação, não passavam de peças razoavelmente bem construídas de literatura destrutiva, do tipo que se pode encontrar, imaginava ele, nos jornais de certos Estados totalitários, quando um editor pressionado começava a amaciar algum inimigo interno destinado à obliteração. Ainda assim, Richard achava que a alternativa alternativa não precisava ser tão água-com-açúcar quanto a alternativa original, destinada à publicação no momento em que Gwyn (cuja condição, como o estilo de Richard, seria grave mas estável) estivesse internado numa UTI. E é claro que agora ela também não podia mais ser usada.

Certo, pensou ele. O plágio era melhor. No caso do plágio, sempre se pode observar o decoro. Quem vive pela pena precisa morrer — etcetera. Richard ainda acreditava que a violência era um caminho mais simples e melhor (escolheria sempre a espada), mas a violência era uma estranha, pertencente a outro gênero. Bastava ver como inibia o seu estilo... Talvez a violência, toda a violência, fosse apenas isto: um erro de categoria. A violência era fabulosa, e ao mesmo tempo banal. De qualquer maneira, não poderia mais ser usada. Era coisa do passado. Ele sabia que Gwyn finalmente somara dois mais dois e que estava tomando as devidas precauções. E Cousins tinha desaparecido. Steve Cousins tinha as qualidades necessárias para chegar ao fim de *Sem título* sem literalmente perder a cabeça, mas seus méritos não iam muito além disso. Cousins: seu leitor. A totalidade dos leitores de Richard.

457

A alternativa alternativa, Richard evidentemente começaria com o escândalo que estava prestes a criar, dizendo desde o início, com uma insinceridade tão pura e rarefeita quanto a música das esferas, que "não tinha qualquer intenção de aumentar" o tumulto que cercava "aquele episódio infeliz". Em seguida, falaria em termos gerais do plágio e da identidade do escritor, de como suas raízes se encontravam no masoquismo e no desespero, nas fantasias de autodestruição e de fracasso; e como, caracteristicamente, esse crime continuava a pairar como uma mancha, infectando tanto o perpetrante quanto suas vítimas.

Em seguida, se conseguisse reunir coragem para tanto, pediria que os leitores se compadecessem de Thad Green, aquele doce e esquecido visionário que viveu e morreu sem saber que sua obra, embora na forma de uma farsa mercenária, acabaria trazendo consolo (falso e passageiro) a todo um hemisfério...

Plagiário significava *raptor, sedutor* — o que significava que ele podia tornar a falar das mulheres. Gilda, Audra Christenberry, talvez até Belladonna. Era uma pena que Audra não fosse casada e que Belladonna fosse presumivelmente maior de idade. Richard precisava repetir-se que o Perfil ainda teria de passar por mais um teste (um teste em que o original, agora sabia, teria sido certamente reprovado): tinha de ser publicável. Nada de assassinos pagos, obrigado: ele já estava no prejuízo por causa de um assassino pago...

Demi podia aparecer também, e a forma do artigo parecia exigir que ela fosse tratada com gentileza. Richard nunca ficara totalmente satisfeito com a extensa digressão sobre as noites de amor com traficantes negros em troca de cocaína gratuita, mas estava decidido a conservar, e ampliar, o trecho em que ela dizia que as coisas escritas por Gwyn — ou por Thad, melhor dizendo — eram uma merda.

Com o polegar e o indicador, Richard massageou seu cotovelo direito, na junta: pilão e almofariz. Belladonna: em que se podia acreditar? Um suor fino de confusão formou um enigma de ligar os pontos em seu traiçoeiro lábio superior. Seu plano, ele sabia, tinha certos defeitos.

Ele entoou uma fórmula infantil de encantamento, e um dos pássaros que viviam na trepadeira nicotizada fora de sua janela deu a impressão de ter aprendido a imitar um alarme de carro: um laço voluteante de som. Os diferentes alarmes de carro pertenciam a tipos diferentes, a gêneros diferentes: o irritante, o histérico, o escandalizado. Havia até um alarme de carro pós-moderno, que emitia uma compilação rica de todos os outros alarmes de carro. E era este alarme de carro que todos os pássaros de Londres acabariam aprendendo a imitar.

Ele tinha gostado de Steve Cousins porque ele era o herói de um romance do futuro. Na literatura, como na vida, tudo não parava de ficar cada vez menos inocente. Os estupradores do século XVIII tornaram-se os protagonistas românticos do XIX; os Lúcifers anárquicos do XIX se transformaram nos Lancelotes existenciais do XX. E assim por diante, até... Darko: poeta faminto. Belladonna: desamparada e prejudicada. Cousins: espírito livre e flagelo da *hubris*. Richard Tull: o mocinho, sem sorte, e incompreendido.

_____

Demi estava apoiada no aparador com os braços estendidos, os braços travados — perto de onde ficava o telefone. Tinha as costas arredondadas viradas para a sala, mas Gwyn pôde vê-la no espelho quando se aproximou: a cabeça inclinada com indiferença (sobre uma agenda de mesa), o colarinho enviesado de sua blusa, o vislumbre inevitável do sutiã bege. E ela também o viu: usando um novo traje de atletismo, preto, justo, lembrando um homem-rã.

"Não tenho aula", anunciou ela.

"O quê? Ah, não tem aula da auto-escola."

"Crash sofreu um acidente."

"De carro, por acaso?"

"Ele caiu. Sofreu uma queda. Ele sofre acidentes às vezes porque está sempre tentando fazer coisas muito difíceis com os carros. Verdadeiros malabarismos. Acho que deve ter sido sério. Perguntaram se eu queria ter aula com Jeff. Mas eu quero Crash."

Gwyn a observou com uma acentuada indulgência. Na verdade, estava ansioso por ir até a cozinha e tomar alguma coisa com seu guarda-costas preferido: Phil. Mas ficou por mais algum tempo, num gesto magnífico, com a mulher. Magnificamente, estava tratando Demi de um modo magnífico. Vejam bem. Até a tomou nos braços. Por quê? Porque agora tudo era muito diferente. Mas o que ela fizera para merecer aquilo?

Na noite anterior, enquanto jantavam, ali mesmo em casa, Gwyn, a um custo considerável para sua própria sensibilidade, finalmente levara Demi a dizer:

"Você me odeia. Por quê?"

"O que é que uma pessoa... Como é que um homem deveria se sentir? Quando a mulher dele, a própria mulher dele... despreza a sua essência. A coisa mais importante da sua vida. Quando ela trata com desprezo a sua *alma*."

"Eu não tenho a menor idéia do que você está querendo dizer."

Um momento antes, Gwyn se sentira à beira das lágrimas — à beira de uma autocomiseração sem fundo. E aquele estado lhe trazia um razoável prazer, descobriu: relaxado, sensual, gerando um calor mole e úmido. Agora ele se encostou na cadeira, ergueu o queixo, fechou lentamente os olhos e disse:

"Você disse a Richard que eu não escrevia nada com graça."

"Mas não escreve mesmo."

"Está vendo? Pronto."

"Mas não escreve mesmo!"

"Está vendo? Pronto."

"Mas não *escreve*."

"Pois eu acho que o próximo passo só pode ser a separação."

"Mas você não escreve mesmo. É uma coisa óbvia."

"A partir de agora, meus advogados é que vão cuidar do assunto."

"Se foi um erro eu dizer em público, me desculpe."

"Vou levar um ou dois dias para fazer a minha mudança. Acho que você vai ter a delicadeza de..."

"Espere aí. Eu não estou entendendo por que você ficou tão zangado. Deixe eu pensar." E novamente o comentário, a pontuação, criado pela testa de Demi: sublinhados, colchetes. "Nós estávamos conversando sobre o quanto você recebe. Não só pelos romances, mas pelos artigos de revista. Sabe como é, um tanto por palavra. Richard disse que era muito. E eu disse que você nunca escrevia nada com graça. Qual foi o problema?"

"...Vem aqui me dar um beijo. Mmmm. Você quis dizer *de graça*, meu amor. Não com graça. Beijinho. De graça."

Dali a alguns segundos ele já estava prometendo com voz rouca que dentro em breve, um dia, ele a encheria de filhos. E passou a noite no quarto do casal, e poderia até ter trepado com ela, carinhosamente, lacrimosamente, cheio de perdão, se não estivesse se sentindo tão cansado — e tão preocupado com a possibilidade de engravidá-la. Demi ainda lhe contou mais uma coisa sobre aquele fim de semana em Byland Court com Richard: uma coisa que ele teve imenso prazer de ouvir. Como todo escritor, Barry muitas vezes se via à mercê de sua. Percebendo aquela luz nos olhos do marido, ela saberia que ele. Hipersensível, mas sempre pronto a perdoar, ele nunca poderia...

E Gwyn disse: "Crash não ensina a dirigir com graça, não é, meu amor?"

"E até cobra muito caro pelas aulas."

"Ah. Ele está chegando."

Um minuto depois, Richard estava de pé na entrada, de calção e capa de chuva, cruelmente carregado, com sua raquete e a caixa de seu taco; carregava suas roupas comuns numa sacola nova e barata que era claramente feita de plástico (se tanto). Demi o beijou. Ele dava a impressão de estar perdido.

"Um boi entrando no matadouro", disse Gwyn.

"Você não está pensando mesmo em fazer tudo isso, não é?"

———————

Richard instalou-se no banco de trás do Saab de Gwyn.

Na frente, ao lado do motorista, ia o guarda-costas, Phil. Podia ser interessante, pensou Richard, reivindicar e saborear a responsabilidade por todo aquele nervosismo, todos aqueles gastos, toda aquela inconveniência e todos aqueles exageros. Mas era patente que o autor de *Amelior* e *Amelior reconquistada*, tão constantemente adaptável e tão impávido como sempre, tinha aderido com vontade à cultura dos guarda-costas: em Phil, Gwyn encontrara mais um manipulador da realidade — um rapaz da divulgação que puxava ferro. Deu a entender que tinha começado a freqüentar uma academia para se exercitar junto com os outros guarda-costas, os colegas de Phil: Simon e Jake. Com um mau humor tipicamente masculino, Gwyn xingava os outros motoristas enquanto dirigia. Chegou até a baixar a janela para reagir aos gritos a alguma afronta à sua territorialidade. Mais um erro de categoria. Silêncio, por favor! Podemos achar que estamos xingando os outros, ou o trânsito. Mas quem *é* o trânsito? O solilóquio é a forma apropriada para esta linguagem, porque na verdade estamos xingando a nós mesmos. Richard não sentia a menor saudade de dirigir; não sentia falta daquela conexão com a cidade. Mas sentia falta dos xingamentos. Sentia falta da sensação de ser mais um sujeito dentro de mais uma tonelada de metal malcheiroso, em mais um cortejo bronquítico, xingando a si mesmo.

Enquanto seguiam na fila pela pista rumo a Marble Arch, Gwyn virou a cabeça para trás e contou a Richard que Phil tinha sido expulso das Forças Especiais de Comandos porque era maldoso demais. Phil grunhiu com suavidade. Phil? Bronzeado por lâmpadas infravermelhas, flexível, de lábios grossos, com os dentes recapeados e os olhos claros — da idade deles. O nome completo de Phil era Phil Smoker. Ocorreu a Richard que, no caso dele, seria uma grande vantagem chamar-se Richard Smoker, especialmente nos Estados Unidos. Ou Richard Smoking. Phil fumou — e por isso Richard também fumou. Gwyn estava contando a Phil os muitos anos de rivalidade entre eles dois — nas quadras de tênis, nas mesas de *snooker*, nos tabuleiros de xadrez.

"E hoje é o dia em que eu vou acabar com ele."

"Ele nunca me venceu em *nada*", disse Richard.

"O esporte", disse Gwyn, "nos dá alívio. Hoje já não nos restam muitas áreas de transcendência. Os esportes. O sexo. A arte."

"Você está esquecendo o sofrimento alheio", disse Richard. "A contemplação langorosa do sofrimento alheio. Não pode se esquecer disso."

Seu destino não era o Warlock, mas o Oerlich. "Eu vou pagar por tudo", disse Gwyn. "E ainda vou ter que pagar o seu ingresso de convidado. Você pelo menos pode comprar as bolas." Phil, que olhou muito em volta durante todo o caminho desde o estacionamento, olhou um pouco mais em volta antes de se instalar numa cadeira com seu jornal. Olhar em volta, concluiu Richard, era o que os guarda-costas faziam com verdadeira maestria. Ele comprou as bolas: eram suecas, pressurizadas internamente, e custaram uma verdadeira fortuna. No caminho pelo tubo verde e frio, rumo à quadra, Gwyn se deteve e disse: "Olhe só. Eu cheguei". Na parede, havia uma fotografia emoldurada de Gwyn em uniforme branco de tenista (acima de sua assinatura de semianalfabeto). Ao lado havia fotografias emolduradas de um costureiro, de um golfista, um boxeador e do grande Buttruguena.

"Faz quanto tempo que você entrou para sócio daqui? E custa quanto?"

"Milhares de libras. Faz algum tempo já. É aqui que eu jogo tênis *de verdade*."

Depois da primeira troca de lado, Richard perguntou: "O que foi que aconteceu com a quarta bola?". Procuraram por ela, e não conseguiram encontrá-la. Era uma quadra coberta e, evidentemente, não havia nenhum lugar onde a bola pudesse se perder. Mas vários onde podia se esconder. E as bolas de tênis estão sempre ansiosas por se perder. É a vida delas; vivem querendo se perder...

Depois da segunda troca de lado, Richard perguntou: "E onde é que foi parar a *terceira* bola?" Procuraram por ela, e não conseguiram encontrá-la. Gwyn, num dos bolsos de cuja sacola as duas bolas estavam aninhadas, perguntou a Richard se ele queria ir comprar mais bolas. Mas Richard encolheu os ombros, e continuou a jogar.

E não entendia o que estava acontecendo. Seria possível odiar tanto? Ele sempre odiara Gwyn nas quadras de tênis, mesmo quando ganhava com facilidade: mesmo quando o fazia correr de um canto para o outro da quadra como um rato de laboratório (e depois cair de costas com um simples contrapé); mesmo quando, depois de uma longa alternância de *lobs* e bolas curtas, fazia Gwyn chegar arquejando junto à rede e, com uma preparação cuidadosa do golpe e um latido seco da raquete ao bater na bola, mandava um *forehand* com *topspin* direto na boca do adversário. O ódio fazia parte do jogo, mas alguma coisa tinha dado errado — alguma coisa dera errado com seu ódio, fazendo-o perder toda eficiência e toda utilidade. Havia razões para tanto.

Geralmente despojado na quadra, Gwyn dava a impressão de se ter convertido, especialmente para aquela ocasião, numa verdadeira sinfonia de tiques e gestos afetados — todos irremediável e imperdoavelmente repulsivos. Cada vez que ganhava um ponto, cerrava o punho e sibilava "*Yes*" ou, ainda mais insuportavelmente, engolia um "*Yup*". É, o *yup* era muito pior do que o *yes*. Cada vez que mudavam de lado, Richard o ouvia praticar algum tipo de exercício respiratório: o som que produzia (pareceu a Richard) lembrava um homem das cavernas muito primitivo, anterior ao domínio do fogo, combatendo um acesso de hipotermia. Quando o primeiro serviço de Gwyn batia na rede e caía no chão, ou quando caía fora da área de saque, ele se preparava, dando a idéia de que fosse dar logo o segundo; mas depois hesitava e ficava parado alguns instantes, com as mãos nas cadeiras, antes de se dispor a recuperar a bola — enquanto Richard dizia, por exemplo: "Mas o que é isso? A Princesa e a Ervilha?". E também nunca sabia quanto estava o jogo. Passava o tempo todo perguntando quanto estava: aquele comportamento insuportável — próprio dos mal-intencionados ou dos literalistas — de perguntar a toda hora. "Quanto está?" Ou "A quantas andamos?". Ou "E agora como é que ficou?". Ou, mais simplesmente, "Quanto?". Finalmente, e cumprindo sua própria profecia, Gwyn estava fazendo mais uma coisa que jamais fizera antes. Estava ganhando.

Ao cabo de meia hora, Gwyn teve um *set point* a seu favor. E então, inclinando-se todo para a frente numa postura tipicamente errada, recebeu a bola de efeito de Richard com o cabo da raquete. A bola bateu na fita, passou por cima da rede e caiu mansamente do outro lado.

"Como é que está o seu dedo?", perguntou Richard quando se sentaram. "Tudo bem?"

"Foi um voleio de efeito, uma bola curta. E eu *mirei* na rede."

"O dedo vai melhorar, não se preocupe. Mais uma semana e ele fica bom. Meu Deus, como foi que nós conseguimos perder *duas* bolas?"

Gwyn não respondeu. Tinha coberto a cabeça com uma toalha — como os jogadores do Australian Open quando a temperatura na quadra passa dos cinqüenta graus. Richard acendeu o cigarro de sempre. Gwyn olhou para fora de sua tenda e disse a ele que era proibido fumar no Oerlich. E depois acrescentou:

"Aqui ninguém joga de graça."

"Como assim?"

"Ou com graça." Explicou Gwyn. "Aliás, alguma vez você já se perguntou como foi que ficou com o olho roxo na casa dos pais de Demi, em Byland? Ou será que para você um olho roxo é coisa pouca, que acontece todo dia?"

"Eu bem que me perguntei. Mas diante do meu estado..." E naquele lugar: um verdadeiro *playground* para qualquer pessoa à procura de um olho roxo. Quanto mais quando saía andando de quatro no escuro, esbarrando nas coisas.

"Você tentou entrar na cama de Demi às três da manhã. Acho que ela me disse que foi um gancho de direita."

"Que notícia terrível."

"Mas ela não ficou com raiva de você. E acho que no fim das contas deu tudo certo."

A meio caminho do segundo *set*, o telefone da parede tocou. Gwyn atendeu: era Gavin, como tinha sido combinado, ligando para confirmar a data de um torneio de duplas de profissionais com celebridades. Em benefício de uma obra de caridade. E de Sebby.

"Era o gerente", disse Gwyn. "Dizendo que se você não parar de gritar e xingar eles vão botar você para fora. E acho que ele tem razão."

Dez minutos mais tarde, Gwyn perguntou: "Quanto?".

"Quarenta a zero", respondeu Richard, aproximando-se da rede para não ter de gritar. "Para você. Quarenta a zero, e cinco a um. Primeiro *set*: seis a dois. Para você. O que significa *match point* triplo. Para você. O que significa que, se você vencer este ponto, o próximo ou o seguinte, você ganha o *set* e a partida. O que nunca aconteceu antes. Entendeu? É esse o placar do jogo."

"Meu Deus! Só estava perguntando", disse Gwyn, que ganhou mais aquele ponto.

Richard aceitou a derrota com hombridade. "Parabéns", disse ele quando trocaram um aperto de mãos por sobre a rede. "Você não joga porra nenhuma, e se eu não ganhar de seis a zero e seis a zero da próxima eu desisto de jogar tênis. Quem é que você anda pagando para lhe ensinar essas palhaçadas novas?"

"Melhor não me perguntar nada", respondeu ele, "para eu não ser obrigado a lhe contar mentiras."

O segundo *set*, como o primeiro, tinha acabado com uma bola que bateu na rede. A bola amarela chocou-se com a fita branca: Richard já se esquecera de quem batera na bola. O que não tinha importância. A bola oscilara no arame que sustenta a rede e até girara equilibrada sobre ele por alguns centímetros suspensos antes de cair. No tênis, quando a bola bate na fita, você sempre espera que ela caia do outro lado. E não do seu lado. Você sempre espera que ela caia do outro lado. Mas a bola tomou a direção dele, e caiu morta na quadra. As bolas jamais gostaram dele. O mundo da bola peluda, com suas costuras, jamais gostara mesmo dele.

Voltaram de carro para Holland Park. As roupas de tênis de Richard fumegavam ligeiramente a detergente e lavagem familiar, em oposição à emanação úmida da colônia de Gwyn — e ao cheiro de desodorante e bronzeador de Phil. Demi tinha saído. "Ela foi para Byland", disse Gwyn. "O pai dela está morrendo." Depois de um rápido ritual de reafirmação de compromisso com seu patrão, Phil desapareceu. Richard foi conduzido até o banheiro do porão, que tinha um chuveiro em algum lugar, além de vários *boilers* revestidos de lã de vidro e varais dobráveis. Depois passou algum tempo, com os cabelos molhados, inspecionando o canto da carpintaria, debaixo da escada. Não parecia haver nada em fase de construção, mas encontrou um antigo descanso de livro cujo verniz tinha sido quase todo retirado com uma lixa: Gwyn, evidentemente, estava tentando dar a impressão de que se tratava de obra sua. Richard subiu.

"Está com o seu taco aí? Vamos lá."

"E Phil não vai conosco?"

Nos últimos meses, o guarda-roupa de Gwyn vinha tendendo para os tecidos femininos mais macios e folgados, camisas da cor de vestidos, casacos de tricô falsamente rústicos, cachecóis enfunados pelo vento: o Will Ladislaw de W9. Agora, apareceu diante de Richard usando um terno com colete, cor de grafite, de uma severidade tubular, devidamente acompanhado da rígida gravata-borboleta. Estava ajustando as abotoaduras, e dizendo:

"Não vai demorar muito. Eu quero lhe mostrar uma coisa antes de sair."

A caminho do andar de cima, passaram por Pamela, que se retirou com um silêncio humilde para as sombras de uma entrada distante.

"Você já esteve aqui em cima, não esteve?"

Richard já tinha estado lá, conduzido por Demi, numa recente visita ligada à produção do Perfil. Estavam se aproximando do sótão que dava para o jardim, que Demi chamava de "quarto infantil". Era dolorosamente óbvio que ela pretendia usá-lo como quarto para seus filhos: papel de parede decorado com motivos de contos de fadas, brinquedos vitorianos (um cavalo de balanço com cílios de cafetina), bichinhos de pelúcia da era georgiana, um berço elisabetano. Gwyn abriu a porta e se afastou para um lado.

O quarto infantil não era mais um quarto infantil. Tinha virado uma sala de *snooker*. Taqueiras, quadros-negros e um bar curvo num dos cantos, com quatro banquinhos de couro e aço para acomodar os jogadores empoleirados. "Foi incrível. Essa coisa pesa mais de trezentos quilos. Precisaram reforçar o piso. E a mesa teve dè entrar pela clarabóia do telhado — usaram um *guindaste*. Mas o mais difícil", concluiu Gwyn, "foi convencer Demi a se livrar de toda aquela tralha." Richard perdeu de 3 a 0.

Jantaram à luz de velas: salmão defumado, ovos de codorna e coquetel de camarão, preparados, ou desembrulhados, por Pamela e servidos na sala de jantar. Incapaz de se impressionar com muita coisa a essa altura, Richard ainda assim ficou abismado com as maneiras dela. Era um comportamento francamente espantoso. Richard ela servia com cordialidade; Gwyn, com melodramática falta de cerimônia.

"Qual é o problema dela? Quer dizer, além de ser sua namorada. Algum outro problema?"

"Não. É só que eu estou me dando incrivelmente bem com Demi nos últimos dias. E Audra Christenberry chegou a Londres."

Uma porta bateu em algum lugar. Gwyn atirou o guardanapo sobre a mesa. "Acho melhor eu ir até lá para tentar dar um jeito."

Foram cinqüenta e cinco minutos. Richard passou o tempo fumando e bebendo. O que o absorvia totalmente: beber e fumar. Quando Gwyn reapareceu na porta e fez um gesto com a cabeça, Richard perguntou:

"E isso tudo?"

Abriu as mãos, indicando a mesa da sala. Referia-se aos pratos sujos, aos restos de comida, à decomposição inevitável...

"Pamela vai tirar a mesa."

Mas antes ela serviu o café e o conhaque — na biblioteca octogonal, enquanto se instalavam diante do tabuleiro — e ainda afofou as almofadas de Gwyn, ajudando a acender seu charuto. E tudo com ar discreto e cheio de devoção. Richard fitava as peças que estava arrumando. Aquelas peças, com seu peso divino. Até os peões respondiam ávidos à gravidade; e dava para sentir sua afinidade com o centro da Terra.

467

A porta se fechou. Ficaram a sós. E Gwyn disse: "Nada como a adolescência. Ainda bem que a minha durou tanto. É o máximo. Você se lembra — da solidão sexual? Deitado na cama estreita, e pensando que devia haver mais de um milhão de mulheres lá fora, sentindo a mesma coisa que você. Solidão sexual. As coisas nunca mudam. Até *Tolstoi* achava a mesma coisa. O tempo acontece no nosso corpo. Mas não na mente. E você continua na janela, vendo as mulheres passar. Eu continuo com quinze anos. Mas com algumas diferenças. Elas não passam mais lá fora. Passam aqui por dentro. E estão gravadas nas memórias do meu celular. Audra Christenberry. Gal Aplanalp. Aliás, eu troquei de agente. Estou com Mercedes Soroya. Você tinha razão. O catálogo de Gal é *muito* ordinário. Romances escritos por costureiros. Por nadadoras sincronizadas. Mas a Mercedes. Meu amigo. Dá vontade de se afogar nos olhos dela. E você sabe da maior? Gal era apaixonada por você, naquele tempo. Na nossa juventude. Sabe, foi muita sorte minha me casar com uma católica. Elas não podem ir embora. Ah. E4. Espere um pouco. *J'adoube.*"

"Entrego os pontos", suspirou Richard, pela segunda vez em meia hora.

Ele continuou a olhar para o tabuleiro. Não era nada em especial que Gwyn tivesse feito. O xadrez era apenas uma decorrência de todo o resto.

Só lhe restava uma possibilidade. "Você se lembra daquela menina esquisita que eu trouxe para conhecer você — Belladonna?" Ficou esperando, de cabeça baixa. "O que aconteceu?"

"Você quer que eu conte os meus segredos?"

"É claro." Ficou esperando. "Você não comeu ela *também*, ou comeu?"

"Você ficou louco? Ou acha que eu sou louco? Aquela menina? Uma pessoa conhecida como eu? Ela só ia precisar pegar um telefone público. E dizer à Reuters que foi estuprada por mim, ou que eu sou o pai do filho que ela está esperando. Era só o que me faltava. Para não falar do risco de doença."

Diante das circunstâncias, Richard ficou muito impressionado com seu próprio desempenho. Sua decepção foi apenas moderada.

"Ah, francamente", disse Gwyn.

"Pois é."

"Não. Eu só deixei ela me dar uma chupada."

O rosto de Gwyn estava aberto, declaratório: o rosto de um homem disposto a transmitir a informação com toda a clareza. E ele disse:

"Depois que ela tirou a roupa e dançou um bocadinho. Ela me perguntou qual era a coisa de que eu mais gostava. E eu disse. Foi muito engraçado. Você sabe como é quando elas caem mesmo de boca — uma das grandes vantagens é que elas ficam caladas. Pelo menos por um tempo. Mas ela não. Ela tirava a boca de dez em dez segundos para *dizer* alguma coisa. Eu na televisão. Ela na televisão. Segurando meu pau diante da boca, feito um microfone. Foi até interessante, porque durou quase duas horas. Ela é muito jeitosa. E muito barulhenta. Aposto que você está achando que vai contar esta história no seu artigo. Mas não vai. Ah, não vai mesmo."

"Não Belladonna. Não sei bem, mas eu acho... Coitadinha. Parece que ela pegou a doença."

"A doença?" Gwyn refletiu. "Pois não me espanta. Depois de passar todo dia fazendo o que as pessoas preferem."

...Da maneira como as brancas estavam configuradas, como a linha que limita os cabelos de um homem, e os quadrados oscilando sob seu olhar leitoso: o tabuleiro lembrava a imagem de um rosto na TV; os cubos indistintos formando a cara de algum criminoso, alguma criança assassina, reduzida a *pixels* — o rosto de Steve Cousins. Como ocorrera na primeira partida, a posição estava longe de ser conclusiva. Mas o jogo de xadrez era apenas uma decorrência de todo o resto.

"Está ficando tarde."

Os dois se levantaram. Brusca e inesperadamente, Gwyn virou-se e agarrou Richard pelos ombros. O que seria agora? Mais adolescência? Com uma expressão de medo primitivo, Gwyn disse:

"*Você* não comeu a minha mulher, comeu?"

"Eu? Não."

E os dois tornaram a se debruçar sobre o tabuleiro.

Richard disse: "Eu fico comovido... É estranho. No fim das contas, nós funcionamos compensando um ao outro. Como Henchard e Farfrae. Você é parte de mim, e eu sou parte de você".

"Quer saber de uma coisa? Eu entendo exatamente o que você quer dizer. E discordo em gênero, número e grau."

Com um gesto indicando as peças de xadrez, Richard disse: "Você acabou comigo". E se referia a todo aquele dia. "Mas eu quero revanche. Da próxima vez você não me escapa."

"Acho que não. Acho que não vai *haver* uma próxima vez. Acho que nós dois já fomos até onde dava para ir. Para mim chega. Acabou."

Ele voltou a pé para casa. Na Calchalk Street, quando ia chegando, olhou na direção dos telhados. Duas da meia dúzia de estrelas que ainda brilham sobre Londres (suficientemente gordas ou próximas) ardiam no céu; mas não havia luzes acesas no número 49E. Subiu as escadas, passando pelas bicicletas. Na cozinha, bebeu um copo d'água, um copo de leite e um copo de vermute doce. Com a cabeça para fora da janela do escritório, fumou um último cigarro. Depois ficou sentado, ouvindo: nenhum ruído que pudesse localizar. Mas o lugar produzia sons sutis.

Saiu para o corredor... Nada. Só os meninos. Dava para ouvi-los se contorcendo e sussurrando. O que era péssimo: Marco estava supostamente doente. Richard entrou, e disse a eles que horas eram. Os dois contra-atacaram com o pedido de uma história — o novo tipo de história que, a seu ver por imprudência, ele passara a contar aos filhos nos últimos tempos. Histórias de gêmeos: histórias em que os gêmeos apareciam em pessoa — e sempre se destacavam por seu engenho e sua coragem. Ele ficava um pouco apreensivo quando contava essas histórias (Marius percebeu de repente. Era Marco que), enquanto os meninos ficavam deitados de costas, agarrados à sua meninice, com os olhos drogados. Nada de história, disse ele. Mas acabou contando uma. Em que eles salvavam corajosamente o pai deles — salvavam-no, e cuidavam de seus ferimentos.

Ele se recostou na parede, junto à moldura da janela. E pensou: a cara de homem que se vê na Lua está mais jovem a cada ano que passa. Antes era uma cara caricata: uma cara de palhaço. Mas tinha mudado. Hoje ele parece um sujeito normal, como se fosse um contemporâneo: conheço gente que tem as mesmas bochechas gordas, pessoas que têm a mesma palidez, pessoas tão calvas quanto ele. Ele se parece comigo. No passado, a cara era sorridente. Hoje, tem uma expressão de súplica. Ele está arrasado — com a aparência que tem. Quando eu ficar velho, a cara vai ficar chorosa. E o Homem da Lua vai parecer um bebê — o deus dos bebês.

Por que os carros? Por que as estrelas? Por que libras e *pence*? Por que o nevoeiro, por que as nuvens? Por que o frio e o rio, por que a poeira e a sujeira? Por que vagabundos imundos, pombas e bombas, trepadas e brigas? Por que os aviões? Por que trens? Por que trabalho? Por que o ar e o vento? Por que o tempo? Por que a lama? Por que a chama?

Vou me levantar... Vou me levantar e ir embora agora, para a cabine telefônica, com a mala. E lá vou fazer uma ligação. Para quem? Balfour? R. C. Squires? Keith Horridge? Gwyn, seu mais velho — e único — amigo? Gwyn nunca fora uma possibilidade. Nunca. Richard percebeu que sempre tinha sido Anstice do outro lado da linha (esperando, em seu ninho de pássaro urbano, com sua poeira e suas bugigangas, sempre desprovido de ovos), mas Anstice já tinha morrido.

Ele se afastou da janela. Os gêmeos estavam dormindo. Mais que adormecidos. Pareciam figuras num campo de batalha, imóveis, abandonadas. Eles também pareciam ter morrido... Richard não queria contar aquelas histórias a eles: aquelas histórias sobre eles mesmos. Faziam mal aos meninos. Lembravam-lhe obras pornográficas.

Mas a pornografia era a vigilância do ato amoroso.

Se ele pudesse subir a bordo de seu barco caça-prantos e sair navegando por cima da Calchalk Street, por cima da Westway com seus quebra-molas e seus olhos eletrônicos, e descer em Windsor Court, passar pelo porteiro noturno, pela câmera de vigilância e seguir o cabo até o apartamento — o clube — de Steve Cousins...

"Não tenho palavras para ele", disse Steve. "As palavras não podem exprimir o que eu sinto por ele."

Estava sentado nu em sua poltrona de couro preto, descobrindo o que queria ferir. Estava vigiando um filme pornográfico, que por sua vez era uma vigilância do ato amoroso. Estava vendo outros verem os outros. E tudo ficava no ar: porque se o que você via não lhe *lembrava* alguma coisa, melhor seria não ver aquilo. Melhor seria não ver.

A pornografia, que era capaz de gastar nossas lonas de freio, impelindo-nos para a frente...

Isto era muito importante para ele: para ele, fazer o que fazia era uma questão de *escolha*. Outros *achavam* ter escolhido — escolhido, por exemplo, uma vida de crimes — só pela repetição abjeta de algum clichê abjeto. "Estamos todos sozinhos no mundo." "Ninguém vai cuidar de você nesta vida" — nesta vida de crimes. Mas não eram eles que escolhiam. Eles eram escolhidos.

O que nunca se devia fazer era encaixar-se no perfil. Ninguém queria ser tão reconstituível assim. Não, ele nunca foi maltratado pelo pai. Sim, tinha torturado animais na infância. Não, não tinha o costume de gravar suas ações ilícitas com uma câmera de vídeo. Hipocondríaco desde sempre: sim. Homossexual latente: não. É preciso evitar sempre o perfil, e fazer o inesperado. O inesperado: a enfermeira de berçário que começa a asfixiar os recém-nascidos; o milionário que envia a orelha de sua própria filha para a casa do conhecido seqüestrador.

Embora acreditasse que os filmes pornográficos continham a informação que procurava, Steve não a encontrara neles. A pornografia do espectro visível: o vermelho, o laranja, o amarelo, o verde, o azul, o roxo, o violeta. Homem-com-mulher, mulher-com--mulher e homem-com-homem: nada daquilo lhe revelara o que ele queria ferir. Mas hoje à noite ele tinha descoberto. Estava pronto.

E a descoberta viera de lugar nenhum — fora inesperada. Ele não era uma dessas pessoas que assistia às coisas e depois saía para fazer igual.

Steve continuava sentado nu na poltrona preta. Diante de seus olhos, desdobrava-se uma coisa completamente comum. Americana, pesada mas violentamente editada com mãos de vândalo. Chamada?... Chamada *Gatas de proveta*. De acordo com a história do filme, as mulheres que nele apareciam só tinham um minuto de idade. Feitas pelos homens, cientistas: de acordo com suas próprias especificações. Eles combinavam o DNA num tubo de ensaio. E depois, enfiavam tudo num microondas ou coisa parecida. E elas nasciam. Com os cabelos longos e as jóias chamativas, tatuadas e com os peitos operados, com correntinhas no tornozelo e anéis de argola enfiados nos mamilos — e um minuto de idade. As partes dos encontros entre os sexos tinham a intenção de ser engraçadas. O que lembrava a quem assistisse que os criadores de filmes pornográficos eram totalmente desprovidos de senso de humor. Era uma condição necessária. Absolutamente todo mundo que trabalhava nos filmes pornográficos era absolutamente desprovido de senso de humor. Coisa que Steve nunca chegou a compreender.

Gatas de proveta. Ele estava na altura da quarta trepada do filme quando aconteceu. O cientista e a criação do cientista: os dois no chão do laboratório, no fim da função. E aí um *gatinho* entra em cena. Os dois estão no chão, cobertos de suor, e aí entra um *gatinho*. O ator sorri, a atriz responde ao sorriso: o tipo de sorriso que exprime uma confiança total, ou um perdão mútuo. E o gatinho (avermelhado. Ou será do tipo que chamam de tigrado?) passa entre os dois na ponta dos pés, cheio de curiosidade, uma das patas traseiras erguida numa esplêndida hesitação — sem ter a menor idéia, por ser um animal, da realidade que ali reinava. A realidade ergonômica. E Steve percebeu o que ele queria ferir.

E isso provocou nele uma reação que não se lembrava de jamais ter tido antes — ou talvez muito tempo atrás, quando tinha um minuto de idade. Ele tentou chorar. Os gatinhos que são separados da ninhada assim que nascem e são criados sozinhos ficam imunes à dor da queimadura e enfrentam imóveis o calor do fogo, com os bigodes fumegando e estalando, enquanto as chamas se aproximam cada vez mais deles. Ele não tinha os pulmões, não tinha os canais; os músculos solados de sua barriga nua — cada um deles se enrijeceu e se arqueou. Mas não deu certo.

O que ele queria ferir era uma coisa que tinha a ver com ele. Não com ele como era *agora*. Mas com ele. Com ele como era *então*.

Ele levou uma das mãos aos olhos. "Estão querendo mesmo liquidar comigo", disse ele, só para fazer aquilo durar mais alguns segundos. "Estão querendo mesmo liquidar comigo", disse ele, só para ganhar um pouco de tempo.

———————

Estávamos na primavera: a estação da comédia.
Nas comédias, tudo é perdoado no final. Todos os obstáculos são superados, todos os mal-entendidos são esclarecidos. E todos são reunidos na conclusão festiva. Os intrigantes tortuosos e os pedantes incorrigíveis: estes são banidos. E todos comparecem às núpcias da esperança.

Mas não tivemos muita sorte com as nossas estações. Pelo menos ainda não. Tivemos sátira no verão, comédia no outono e romance no inverno.

E estávamos na primavera. A estação da comédia.

Mas a comédia tem dois contrários; e a tragédia, felizmente, é um deles. Não precisam temer. Estão em boas mãos. O decoro será estritamente observado.

Marco Tull descia apressado a Portobello Road, de mãos dadas com Lizzete. A menos que estivesse sendo diretamente distraído, Marco, na rua, sempre apresentava um olhar de soslaio cheio de ceticismo. Era possível ver seus dentes superiores de tamanhos diferentes, ansiosa mas resignadamente à mostra. Não dava exatamente uma impressão de medo, e sim de sobrecarga: um excesso de linhas de investigação, um excesso de impressões sensoriais, um excesso de narrativas a acompanhar e completar. Hoje era sexta-feira: o fim de uma semana de brando mal-estar. Lizzete andava a passos rápidos. Para acompanhá-la, Marco não trotava ou acelerava o passo, mas andava e corria, andava e corria.

Aproximaram-se do PriceSlash. Era a primeira loja que Lizzete pretendia visitar. Gina ligara para ela na noite anterior. Sexta-feira era seu dia de folga, e ela queria um pouco de sossego: as mães que trabalham fora. Ela ofereceu a Lizzete o habitual bônus pela gazeta, além do pagamento por três horas com Marco. Mas Lizzete já estava decidida a matar aula de qualquer jeito, e fazer umas compras. E dispensara o bônus pela gazeta, com a devida retidão.

Ela olhou para o menino. Ele olhou para ela. E ela disse:

"Tudo bem? Vou comprar um chocolate para você."

13 observava os dois dos confins do furgão laranja, que naquele momento impedia o acesso à Lancaster Road. Tinha um ar de completa infelicidade. Não a expressão que exibia depois de uma noite no Paradox ou na M25. Por ser preto, não podia estar verde, ou branco como um fantasma. Mas parecia que estava doente.

"Entraram no PriceSlash."

E Steve Cousins disse: "Um rato passeava pela floresta dirigindo o seu Porsche. Ouve alguém pedir socorro e pára do lado de um buraco. Ele sai do Porsche, olha para dentro do buraco — um puta gorila, enorme. Preso no fundo do buraco. 'Não consigo sair daqui, meu amigo. Dá para me ajudar?'

"Aí o rato pega — pega um cipó. Desce a ponta do cipó para o fundo do buraco e amarra a outra ponta no pára-choque do Porsche. 'Se segure bem aí!' Entra no Porsche e dá a partida. E dá certo. Pouco a pouco... Como é que é? Está prestando atenção?"

"Puxando com o Porsche, ou coisa assim", disse 13. Parecia que estava muito doente.

"Aí o gorila diz: 'Muito obrigado, meu amigo. Um dia eu devolvo o favor. Um abraço'... Cinco anos depois, o gorila vinha andando pela — pelo campo. E aí escuta um gritinho. Socorro! Socorro! Vem de um buraco. Ele olha lá dentro. É o rato!

" 'Cadê o Porsche? Não se preocupe. Eu tiro você daí num minuto.' E aí o rato diz: 'Como é que você vai conseguir, meu amigo? Por aqui não tem nenhum cipó'. E o gorila responde: 'Não tem problema. Você sobe pelo meu pau'. Daí ele desce o pau até o fundo do buraco e o rato vai escalando, subindo por ele. E sai do buraco."

Steve ficou esperando. E disse: "Você não quer saber qual é a moral da história?".

"O quê?"

"A moral da história, que é a seguinte: se você tem pau grande, não precisa ter um Porsche. Vamos estacionar na Basing Street. Na velha oficina fechada. Agora."

O pai de Marco estava a cinqüenta metros dali, na Kensington Park Road. Sacudiu seu copo para o garçom como um chocalho e disse a Rory Plantagenet:

"*Tropeçando em melões*, de Thad Green. Chegou num envelope comum de papel pardo. Com carimbo do correio de Londres. Sem nenhum bilhete. O *copyright* é de 1954. Eu passei alguns dias sem nem olhar para o livro. E quando fui olhar, fiquei *pasmo*."

"Não entendi", disse Rory, "por que puseram a gente numa mesa do térreo."

"O enredo, os personagens, o cenário. Ele mudou os nomes, é claro. Páginas inteiras iguaizinhas, palavra por palavra."

"Aqui embaixo é escuro demais. E tem um certo cheiro de mictório. Está sentindo? Desculpe. Pode continuar. Garçom!"

Rory Plantagenet não era pseudônimo. Era o nome de verdade dele. E era um nome que combinava com ele. Ele tinha um ar de nobreza surrada. E apenas residual. Uma geração atrás, estaria vivendo em Cap d'Antibes com uma amiga entrada em anos chamada alguma coisa como Christabel Cambridgeshire. Ele e Richard tinham sido colegas de colégio. Freqüentaram ao mesmo tempo, por vários anos, a pior e mais paranóica escola particular de todas as ilhas britânicas.

"O problema do plágio", dizia Richard, "é que *sempre* acaba desmascarado. É só uma questão de tempo. E foi por isso que eu procurei você. Você sabe o que é um romance. E a importância que um romance pode ter."

Isso era novidade para Rory Plantagenet. E uma novidade agradável, no fim das contas. Tinha a idade de Richard. Depois das noites em que saía, perambulando de festa em festa por três casas ou mais, Rory muitas vezes se surpreendia interrogando-se sobre a posição que ocupava no esquema mais amplo das coisas.

E Richard disse: "Eu quero controlar essa história. Limitar os estragos. Eu sinto pena mesmo", acrescentou ele, refletindo brevemente sobre a sensatez daquele terceiro gim-tônica, "é de lady Demi. Quando eu penso em todas as outras coisas que ela teve que engolir."

"Mulheres?"

"E é a mim que você pergunta? Devia perguntar a Audra Christenberry. A Mercedes Soroya. Na verdade, ele tem até uma... Mas isso é outra história. Escute aqui. A última coisa que eu quero é fazer Gwyn passar por uma situação pior ainda do que já vai ser. Ele é o meu amigo mais antigo. Eu adoro aquele filho da puta."

O padrinho de Marco, o objeto da adoração de Richard, também estava a apenas um quarteirão de distância dali. Gwyn descia a Ladbroke Grove. Não tinha dito nada a Phil sobre aquela excursão. Jamais seria Phil, de qualquer maneira, àquela hora do começo da tarde. Teria sido Simon. Ele continuou a andar, com bravura, passando pela estação do metrô, pelo Mick's Fish Bar, pela Westway. Se alguma coisa fosse acontecer, seria com certeza debaixo da Westway. Aquela cavidade negra, onde os próprios muros e os próprios pilares estavam impregnados de suco de enguias e sibilos de serpentes, e tatuados de grafitis. Se alguma coisa fosse acontecer, seria com certeza debaixo da Westway. Mas não ia acontecer nada. Gwyn estava a salvo. Na noite anterior, Phil lhe dissera, na cozinha (Simon e Jake também estavam presentes, taciturnos, coniventes, debruçados sobre o café), que estavam "dando um jeito" em todas aquelas "bobagens", naquelas "besteiras" dos últimos tempos, naqueles "cretinos". Dali a pouco: amanhã, por exemplo. "Quem é?", perguntou Gwyn. "O que vocês vão fazer com ele?" Phil só respondeu sacudindo brevemente a cabeça e baixando os olhos; mas Jake, sem tirar o rosto amassado de jogador de rúgbi de dentro da caneca de café, disse apenas: "É melhor você não saber". E Gwyn não queria saber. Estava a salvo. O universo tinha voltado a gostar dele. Estava a salvo. Continuou andando.

Quando chegou à esquina da Calchalk Street, fez uma pausa e depois entrou no Adam and Eve. Sua expressão era tímida, tolerante, com o olhar exuberante de um antropólogo. E sua voz soou mais galesa que o habitual quando pediu sua bebida... Barry muitas vezes caminhava sem destino pelas ruas e entrava em simples.

Entrava em despojados. Entrava em despretensiosos *pubs*, pedindo sua bebida e gozando a companhia da gente comum. A companhia comum da gente. Com a gente. Como qualquer um...

Gwyn confirmou a presença de sua carteira com a parte interna do pulso e depois consultou triunfalmente o seu relógio.

No PriceSlash, crianças em rédeas curtas puxavam seus guardiães: pequenos condutores de riquixá, abrindo caminho rumo à passagem do milênio.

Por economia, ou porque as lojas não tivessem mais daquelas coleiras à venda, muitos pais partiram para o improviso, usando cordas de varal e tela de arame. Aquelas crianças tinham inimigos, os inimigos estavam em toda parte e podiam ser qualquer um. Marco andava solto. Lizzete costumava pousar de leve uma das mãos em seus cabelos. E Marco gostava de segurar as pessoas: pela cintura, pelo bolso do casaco.

Lizzete cantarolava uma canção enquanto os dois se deslocavam pelos desfiladeiros iluminados do supermercado. Naquele momento, estavam na seção de limpeza doméstica, com seus plásticos, seu polietileno e todas as cores associadas à higiene impecável.

---

13 estava do outro lado da rua, na Ultraverse. A Ultraverse vendia revistas em quadrinhos de segunda mão: X-Man e a Mulher-Hulk, o Surfista Prateado e a Mulher-Robô, Dr. Estranho contra a Dominadora.

"Estou liquidado", sussurrou ele, e apoiou-se numa estante de revistinhas. A Mulher Submarina contra o Homem-Animal. "Estou liquidado."

Segundo seus cálculos, estava liquidado umas dez vezes. Crash ia acabar com ele por causa daquela história, mas não hoje, e nem amanhã. Crash não ia acabar com ele hoje porque estava de cama, comendo comida de hospital. Na atual conjuntura, Crash não poderia falar com 13, e nem olhar para ele. 13 só sabia que três homens tinham dado uma surra no seu irmão, querendo informações. Tinha sido agressão qualificada, sem discussões. Em sua cama no hospital St. Mary, Crash parecia perdido na contemplação da letra D. Dor, era aparentemente sua única idéia. Nem piscava os olhos. Eles estavam voltados para dentro, cheios de uma melancolia infantil e narcótica — contemplando a dor de seus ferimentos.

Além de tudo, 13 tinha deixado Giro no apartamento de Crash, em Keith Grove. Nervoso, e arranhando as portas.

Magma e Venenosa, Cérbero e Diabólica. 13 olhou para fora pelos vidros escuros da vitrine da Ultraverse, para o supermercado do outro lado da rua: PriceSlash. Obedecendo às instruções, deixara o furgão laranja no pátio da oficina desativada, na Basing Street.

"Quem é esse tal de Tad Green?", perguntou Rory Plantagenet.

"Thad Green. O nome devia ser Thaddeus: americano. Não encontrei nada sobre ele em lugar nenhum. Sumido há muito tempo do mundo editorial. O que faz sentido. Ah, eu imagino que o meu amigo Barry deve ter calculado tudo em todos os detalhes. Não ia aparecer dizendo que tinha escrito *Hamlet*."

"Mas não parece coisa dele. Pelo que eu saiba."

"Taffy era galês. Taffy era ladrão. Taffy entrou na minha casa..."

"Você não está inventando essa história, não é? Eu tenho um sexto sentido para essas coisas. Quando eu sou usado."

"Eu juro pela minha mulher e pelos meus filhos. Francamente. Será que você não está vendo que isso é muito difícil — para mim? Nós dividimos o mesmo quarto em Oxford. Eu adoro aquele filho da puta."

"Pois quanto mais eu penso mais eu acho que Smatt vai ficar louco atrás dessa história", disse Rory — Smatt era o apelido de seu editor no jornal (um peso pesado de Cumberland chamado sir Matthew Druitt). "É perfeita para ele."

"E por quê, especialmente?"

"Porque Gwyn é trabalhista. E galês. Vamos falar das mulheres."

Quando a conta foi pedida, Richard levantou-se da mesa e seguiu até o telefone público. Rory queria examinar *Tropeçando em melões* e levar o livro para casa no fim de semana; pretendia lê-lo junto com *Amelior* e, se tudo ficasse confirmado, botar a boca no mundo na manhã de segunda-feira — a mesma data, o mesmo dia luminoso, previsto para o lançamento de *Amelior reconquistada*. Richard tinha a cabeça debruçada sobre a palma da mão cheia de moedas. Sua intenção era avisar a Gina que ia passar em casa. Naquela mesma tarde, estava sendo esperado — há horas — na Tantalus Press.

Discou seu próprio número.

No número 49 da Calchalk Street, apartamento E, Gina estava sentada nua na banheira, os cabelos cinzentos e empastados com algum ungüento ou elixir pegajoso. Ela tapou os dois ouvidos cóm os indicadores e se inclinou para trás. Em meio ao vapor, só se viam seus seios e seu nariz caligular.

No quarto ao lado, o telefone começou a tocar. Tocou, tocou e tocou. E parou de tocar.

A cabeça e o torso de Gina emergiram da água.

O espaço-tempo não estava do lado de Richard. O universo estava definitivamente farto dele.

Gwyn saiu do Adam and Eve e enveredou pela Calchalk Street.

Embora sua obra evocasse uma visão idealizada da humanidade, ele continuava. Firmemente apegado à sua individualidade, ainda se dedicava à sua própria. Ninguém poderia acusar Barry. Ele sempre...

Nos degraus da entrada do número 49, ele tocou a campainha debaixo do nome Tull. Esperou um pouco. Olhou para o relógio, e examinou suas unhas.

"Alô?"

"Sou eu."

Um silêncio. A campainha soou, destrancando a porta, e ele subiu.

Gina estava esperando ao lado da porta do apartamento, no andar de cima, usando seu roupão de toalha cor-de-rosa. E ela perguntou:

"Você vai parar?"

Lizzete largou a mão de Marco enquanto contava seu troco na rua.

"Oi."

Era 13. Marco ficou satisfeito. Gostava de 13. E admirava o jeitão dos pretos. Lizzete era preta, mas era mulher. 13 era preto, mas era homem.

"Onde é que você andou?", perguntou Lizzete.

"Angela está esperando você." Apontou com um dedo curvado, que significava: depois da esquina. "No Black Cross."

Marco recuou enquanto Lizzete, nervosa, apoiava o peso do corpo no outro pé: Angela era a irmã mais velha dela. Ela transferiu a sacola de compras da mão direita para a esquerda, e estendeu a mão para Marco.

"Você não pode entrar no *pub* com uma criança. A gente espera aqui."

Lizzete fitou 13 com olhos implacáveis.

13 disse: "Deixe ele com a gente".

"Aqui, Gina, a coisa fica ambígua. Porque você é de Nottingham. Se eu vou parar. Eu adoro quando você diz isso. Está querendo saber se eu vou ficar? Ou se eu vou desistir?"

"Qual dos dois?"

"Os dois. Vou ficar desta vez, se você deixar. E depois vou desistir. Vou parar — e depois vou parar."

"Você sempre diz a mesma coisa, mas sempre volta. Por favor: desista, e não fique. Vá embora."

Gwyn suspirou. E disse: "Certo. O que quer dizer que você quer que eu conte para Richard. Eu só queria saber o que é que você vai dizer para ele. Você acha que ele vai achar mais fácil ou mais difícil, saber que era por dinheiro?".

"Não foi por dinheiro. Foi por vingança."

"Ah, sei. Pobre Anstice. Eu conheci a coitadinha. É incrível."

"Não sei como foi que ele não adivinhou até agora. Eu sempre avisei a ele que faria a pior coisa possível."

"Ah, mas ele acha que você não gosta de mim."

"E não gosto."

Ele virou a cabeça. E juro que disse. Ele disse: "Mulheres!". E tornou a suspirar. Depois tirou a carteira e puxou quatro notas de alto valor. "De qualquer maneira, sempre houve dinheiro envolvido. Eu acho uma graça infinita quando penso que fui uma espécie de mecenas de Richard. Sustentando a família dele enquanto ele terminava o último e, há quem diga, o maior dos seus romances. Como é mesmo que o livro se chama?"

"Chega. Pare. Desista."

"E por que *você* continua parada aqui? Quer dizer, por que *fica*? Confesso que, ultimamente, acho a presença dele... totalmente aviltante. Mas esqueci que vocês têm uma vida amorosa extraordinária, não é mesmo? Um mar turbulento de sexo. Por que você simplesmente não bota Richard para fora? Ele iria embora."

E iria mesmo. Com uma mala, até a cabine telefônica... E iria *sem criar problemas*. Uma coisa que se podia dizer em favor de Richard. Ela sentia toda a violência, toda a violência verbal, que ele continha. Mas ele nunca a usava contra ela. E ela sabia que isso ele jamais seria capaz de fazer.

"A última vez", disse Gwyn. "E só a bela e a fera."

Naturalmente, eram os fenômenos que se desenrolavam ao nível de seus olhos que absorviam a parte do leão da atenção de Marco. Por exemplo, a escuridão cavernosa por baixo das bancas, para onde às vezes rolava um nabo, ou uma maçã: entre a sarjeta e o limite da sombra. O brilho interior das coisas que se escondiam ali, onde ele podia entrar com facilidade, abaixando-se, num caso em que ser pequeno era melhor que ser alto.

Ele olhou para cima. Deu uma volta inteira. 13 tinha ido embora. No mesmo instante, os ouvidos de Marco começaram a zumbir. Ele girou e sua visão girou, girando para que uma face se formasse com seus rodopios, os impostores fantasiados, os dissimuladores cobertos de tafetá — os reis, as rainhas e os valetes.

Havia um ônibus parado no cruzamento. Por trás dele, o pai de Marco, acompanhado de um amigo, passou andando, vindo de Westbourne Park Road e enveredando pela Ladbroke Grove.

"Um escritor", dizia Richard, "deu um curso de composição literária na penitenciária de Brixton. Passou seis meses afastado, e quando voltou cada um dos prisioneiros tinha escrito um romance. Ou transcrito um romance cada um. Mas a biblioteca da penitenciária só tinha uns cinco romances que eles pudessem plagiar. *Três* deles tinham copiado *The cruel sea*."

Rory franziu as sobrancelhas. Eles seguiram em frente.

"Meu Deus. É melhor eu parar para pegar o aspirador. Você se incomoda? Deixei consertando há semanas, e vou ter problemas em casa se não pegar."

Havia três dias de mau tempo acumulados no céu. A primeira parte era a de hoje. Depois vinha amanhã. E logo adiante estava o mau tempo do dia seguinte.

"A bela e a fera", disse Gina. "E depois chega. De uma vez por todas."

"É incrível as mulheres acharem que isto é *menos* íntimo. Especialmente quando elas engolem, como você. Eu sempre achei que era uma coisa *muito mais* íntima."

"Só que não tem nada a ver com filhos. Por que você e Demeter não têm logo um filho? Ia ser bom para você. Assim ela parava de falar."

"Mas o bebê não ia parar de chorar."

"Mas talvez *você* parasse de falar. Já está na hora de você mudar."

"E pode ser que eu mude, mesmo sem querer. Demi mudou muito depois que o pai dela bateu as botas. Está botando Pamela para fora de casa. Até andou ameaçando *me* botar para fora de casa. Ela mudou muito mesmo. Está arrasando. Você podia pelo menos tirar o roupão."

"Depressa. Eu não quero que você esbarre com Lizzete na escada, saindo daqui."

Gwyn se levantou, tirou o paletó e disse, com falsa sinceridade, que ia terminar o mais rápido possível.

Uma figura surgiu em meio às bancas do mercado — imediatamente descartada por Marco por não desempenhar qualquer papel em seu mundo. Mas o mundo de Marco estava em processo de desmoronamento, desmoronando, desmoronando e caindo pelo céu curvo. Era o que escutava em seus ouvidos: a fricção do mundo que desmoronava.

Persistindo em sua determinação, o rosto e a silhueta se aproximaram.

"Marco. Sou Steve, não lembra? Eu conheço o seu pai."

O rosto estendeu a mão para ele. Marco recusou-a. Mas ele continuou ali, abjetamente de pé, com o pescoço curvado. Ele era uma criança moderna, e sabia o que o mundo podia conter: catástrofes locais — pessoais. Era como uma sombra que caía, mas uma sombra feita de uma luz inquieta. A luz de uma tempestade, e trovoadas de verão.

"Marius está esperando depois da esquina. Eu quero contar uma história para vocês. Vamos lá. Vou mostrar os gatinhos que estão na mala do meu carro."

A mão foi novamente oferecida, e novamente recusada. Eles se puseram a caminho. Para seguir o passo de seu guardião, Marco não trotava, nem apressava o passo, mas andava e corria, andava e corria.

"Precisa de ajuda?"

"É mais fácil se eu carregar sozinho. Por mais estranho que pareça."

Tinham tomado mais vinho do que a idade permitia; sem falar do conhaque duplo que Richard ainda conseguira consumir enquanto Rory pagava a conta. Depois da caminhada de mil metros em meio aos eflúvios humanos e mecânicos da Ladbroke Grove, Richard, pelo menos, sentia-se embriagado além do limite da sordidez. Subiu os três lances duplos de escadas, vocalizando estentoreamente sua opinião, segundo a qual deveria existir uma continuação de *Tropeçando em melões*, que Gwyn também subtraíra da caçamba do caminhão de Thad Green... Caiu de lado, mas conseguiu endireitar o corpo. As bicicletas nas paredes, no teto, pareciam desencadear uma assonância com o óleo e o metal que ele sentia no fundo da garganta. Richard abriu a porta no alto das escadas: mais degraus.

"É um Everest", disse Rory.

Richard continuou a subir, batendo nas duas paredes com o tubo do aspirador que apertava cada vez mais o seu pescoço; e já estava pensando que o suicídio era uma boa idéia injustamente subestimada, porque a vida era carregar demais, subir demais, procurar demais as chaves no bolso e andar demais de um lugar para outro lugar, e depois para mais outro...

"Vai dar certo", disse ele. "Sempre dá certo."

E o sapato sempre guincha, e a porta sempre range.

Gwyn ouviu. Seu corpo se retesou; mas seu corpo já estava se retesando de qualquer maneira. E sabem o que ele fez? Cobriu com as mãos as orelhas de Gina, avermelhadas pelo banho. Cobriu as orelhas dela e apertou com força.

———————

O que acontece quando as galáxias colidem? Na maioria das vezes, nada. As estrelas são muito mais esparsas que os conglomerados que elas formam. Uma galáxia passa através da outra galáxia. Uma antigaláxia passa através da outra antigaláxia. O espaço dá e sobra.

Richard está de volta na rua. E esta história, a história dele, se encerra aqui. Na rua, com suas casas uma diante da outra, com seus carros enfileirados — e a anticomédia da flor de macieira carregada pelo vento.

Ele se virou. Ele sabia que nada, em seu passado ou seu futuro, jamais seria tão inimitavelmente desprezível quanto o sorriso que conseguira erigir às pressas para Rory Plantagenet: erigir às pressas, em meio às manchas lunares e às sombras ósseas de seu rosto sem juventude. A memória daquele sorriso haveria de acompanhar Richard até o dia de sua morte; daqui a trinta anos ele ainda estaria cobrindo os ouvidos com as mãos, elevando a voz num urro mortificado, tentando suprimir a memória daquele sorriso.

O quanto Rory tinha visto? Ele não sabia. O quanto *Richard* tinha visto? Ele não sabia. A sofreguidão engasgada do atoalhado cor-de-rosa. Eles tinham visto o suficiente. Ah, *basta...*

"Como você deve estar imaginando", disse ele, "inventamos tudo isso só para enganá-lo."

"Não entendi muito bem."

"Como não? Jogando areia nos seus olhos." Richard encolheu os ombros e abriu as mãos. Uma hilaridade negativa tomava conta dele. As palavras não ajudavam muito — não ajudavam nada. "Foi tudo uma encenação que nós inventamos. Nós três, entendeu? Para ver até onde ia chegar. Fizemos você perder seu tempo. Não havia notícia nenhuma. Desculpe. Esqueça isso tudo, Rory. Por favor. Esqueça. Por favor, Rory."

E justo nessa hora Gwyn decidiu fazer sua saída do número 49 da Calchalk Street, descendo lépido as escadas com as mãos nos bolsos: as cores femininas de suas roupas. Aos olhos de Richard, ele parecia cinicamente, e até satanicamente, belo. Inesquecível, também, foi o ríctus de cumplicidade que Richard depositou a seus pés.

"Está indo na minha direção?", perguntou Gwyn.

E Rory se emparelhou a ele. E Richard ficou sozinho.

Enquanto contemplava o panorama em cujo horizonte eles logo haveriam de desaparecer, na direção de Ladbroke Grove e de seu tráfego de cavalos de circo, Richard viu seu filho Marco — muito longe, e do outro lado da rua, mas com o andar inconfundivelmente frágil e derrotista de Marco. Uma coisa terrível acontecera com Marco: não havia ninguém a seu lado. E ainda assim a solidão do menino, seu isolamento, à diferença do de seu pai, se devia a algum erro imperdoável que não fora cometido por ele. Havia sempre alguém ao lado de Marco. Em todos os seus sete anos, sempre havia alguém a seu lado.

Um drama, pensou Richard. E uma mudança de assunto: pelo menos isto vai me fazer subir essas malditas escadas. Ele percebeu que ainda estava com o aspirador de pó: nos braços, atravessado em seu corpo, enrolado em seu pescoço. Richard ainda era Laocoonte, afogado numa espiral de anéis. E aquilo também ele seria obrigado a carregar, até o apartamento 49E. Aquilo também.

Pai e filho começaram a correr na direção um do outro. Marco não estava chorando, mas Richard nunca o vira com ar tão infeliz: a infelicidade que sempre estava à espera de Marco; a infelicidade que era toda sua. Richard se ajoelhou, como um cavaleiro andante, e o tomou nos braços.

"Quem é que estava com você?"

Marco respondeu: Lizzete.

"E você se perdeu?"

Foi um homem.

"E o que foi que aconteceu?"

Me levou até o carro: para ver uns gatinhos.

"E então?"

Apareceram três homens. E levaram ele embora.

"Levaram para onde? Eram da polícia?"

Marco encolheu os ombros.

"Ele foi por bem ou contra a vontade?"

Marco encolheu os ombros — com as palmas das mãos viradas para cima.

"O que foi que eles disseram? Disseram alguma coisa?"

Sim. O homem disse: "Eu sou uma criança".

"O homem disse que *você* é uma criança?" E Richard voltou quatro ou cinco anos no tempo, até as confusões naturais do começo da fala. "Como é que você está?", perguntava ao filho; e Marco respondia, com toda a lógica: "Você está bem". E aí Marco estendia os braços para ele e dizia: "Carrega você". E Richard o pegava, e carregava...

Não. Ele disse *eu* sou uma criança.

"Mas *não era* uma criança."

Não. Era um homem.

Richard se levantou. Um sofrimento definitivo, tendo a ver com conseqüências indesejadas, passou por ele, desgrenhando seus cabelos como o golpe de ar produzido pela passagem de um carro. Ele se virou; e agora Lizzete também apareceu correndo pela Calchalk Street na direção deles, correndo atarracada, com a cintura baixa. Meu Deus: e lá vinha aquele desgraçado no carro alemão, descendo a minha rua a cem por hora para matar os meus filhos. Qual é a *pressa* do filho da puta? Quem é que pode querer que ele chegue em algum lugar antes da hora em que já vai chegar? O cone de ar com um porco na ponta — passou por eles. Um instantâneo de perfil: a pele grossa (em duas camadas, como a camiseta por baixo da camisa dele), as sobrancelhas claras, a beiçola babenta. Richard o enfrentou de pé, oscilando, os cabelos rudemente desgrenhados pela corrente de ar produzida pelo carro alemão.

E no rastro dele, também, vinha o furgão laranja, com suas cortinas bambas de cor creme, e 13 flacidamente curvado sobre o volante. *"Ah, bom"*, disse ele ao ver os três reunidos na calçada. O alívio, e até mesmo o enlevo, abriram caminho em meio a uma septicemia de pavor. Fora atingido por ela enquanto acompanhava tudo pelo buraco do portão traseiro da oficina abandonada: *São os mesmos filhos da puta que deram a surra em Crash.* E disseram ao pequeno Marco para sair correndo, sumir dali. E Adolf dizendo: O que é que há? Qual é o problema, rapazes? Adolf sabia qual era o problema: uma lição. Comparado com vocês, comparado com vocês — eu sou uma criança. Uma criança... 13 estava livre. E passou pelos três no furgão laranja. Não queria que o vissem. Nunca ia querer o fogo dos olhos deles. Marco não estava chorando. Mas Lizzete estava. E Richard também. Nos subúrbios de sua mente, ele já estava reescrevendo seu Perfil (Não é sempre. Quero saudar, quero louvar, quero aplaudir. Tiro o meu chapéu para) e tentando encontrar um modo de perdoar Gina. Uma forma das palavras. Porque se ele a perdoasse, ela nunca mais poderia deixá-lo. Quem era ele? Quem tinha sido aquele tempo todo? Quem seria sempre? Ele era Abel Janszoon Tasman (1603-59): o explorador holandês que descobriu a Tasmânia sem perceber a Austrália...

Todos os rumores do vento, que até então eram anárquicos, como todas as correntes de ar de Londres reunidas, como todos os alarmes de carro de Londres (a blitz que cada um de nós agüenta sozinho) — todos os rumores do vento se combinaram, numa única rajada. Mais uma inspiração de ar que uma exalação, ela seguiu rua acima, sacudindo as árvores até fazê-las bater os dentes e soltar seus belos cabelos. Em pouco tempo as flores de macieira se espalharam por toda parte, como um elemento.

E lá se foram as flores de macieira de mais um ano. Por mais alguns instantes, porém, elas ainda pairaram no ar, numa profusão histérica e festiva, como se todas as árvores tivessem decidido casar-se de uma hora para outra.

O Homem da Lua está ficando mais jovem a cada ano que passa. Seu relógio sabe exatamente o que o tempo está fazendo com você: *tsk, tsk*, diz ele, a cada segundo de todo dia. A cada manhã deixamos mais na cama, mais de nós, à medida que nossos corpos vão fazendo seus preparativos para a reunião com o cosmos. Cuidado com o crítico idoso, e seus cabelos de serragem de piso de bar. Cuidado com a freira, e as fivelas de feiticeira de seus sapatos pretos. Cuidado com o homem na cabine telefônica, com sua mala: este homem é você. A serra circular geme, chorando por sua mamãe serra. E aí vem a informação, que não é nada, e chega à noite.

1ª EDIÇÃO [1995]
2ª EDIÇÃO [2004]

ESTA OBRA FOI COMPOSTA PELA HELVÉTICA EDITORIAL EM GARAMOND
LIGHT E IMPRESSA PELA GEOGRÁFICA EM OFSETE SOBRE PAPEL PÓLEN SOFT
DA COMPANHIA SUZANO PARA A EDITORA SCHWARCZ EM JUNHO DE 2004